中国文学艺术界联合会大事记（1949-2021）

中国文联　组织编写

中国文联出版社

图书在版编目（CIP）数据

中国文学艺术界联合会大事记：1949—2021 / 中国文联组织编写. -- 北京：中国文联出版社，2025.1.
ISBN 978-7-5190-5785-5

Ⅰ. I2-26

中国国家版本馆CIP数据核字第2024YF3225号

中国文学艺术界联合会大事记（1949－2021）

组织编写　中国文联
责任编辑　曹艺凡　　张　甜
责任校对　胡世勋　　方　悦
装帧设计　谭　锴

出版发行　中国文联出版社有限公司
社　　址　北京市朝阳区农展馆南里10号　　邮　编　100125
电　　话　010-85923025（发行部）　　010-85923091（总编室）
经　　销　全国新华书店等
印　　刷　北京顶佳世纪印刷有限公司

开　　本　787毫米×1092毫米　1/16
印　　张　33
字　　数　410千字
版　　次　2025年1月第1版第1次印刷
定　　价　88.00元

版权所有.侵权必究
如有印装质量问题，请与本社发行部联系调换

编写说明

为深入学习贯彻党的二十大精神，学习贯彻习近平文化思想和习近平总书记关于文艺工作、群团工作、文联工作的重要论述精神，充分展现中国文学艺术界联合会（简称"中国文联"）在党的坚强领导下，团结带领一代又一代文艺家和文艺工作者积极投身革命、建设和改革事业，在推动党和国家事业发展方面作出的突出贡献和发挥的独特作用，认真总结党领导文艺文联的历史经验，不断深化对文艺文联工作规律性认识，坚定不移走好中国特色社会主义文化发展道路，我们组织编写了《中国文学艺术界联合会大事记（1949－2021）》，旨在以史为鉴，推动新时代新征程文艺文联工作高质量发展。在新的历史起点上继续推动文艺繁荣发展、建设社会主义文化强国、建设中华民族现代文明，需要在党的领导下团结凝聚爱国奉献的广大文艺工作者，培养造就大批德才兼备的文艺家。中国文联将坚持用习近平新时代中国特色社会主义思想凝心铸魂，牢记初心使命，弘扬优良传统，牢牢把握党和政府联系文艺工作者的桥梁和纽带的科学定位，发挥组织优势和专业优势，紧扣"做人的工作"这一核心职责，聚焦创作生产优秀文艺作品这一中心环节，自信自强，守正创新，深化改革，优化职能，团结引领广大文艺工作者听党话、跟党走，繁荣创作、服务人民，为推进社会主义现代化强国建设、实现民族复兴伟业作出新的更大贡献！

目 录

1949 年 001

1950 年 012

1951 年 015

1952 年 018

1953 年 022

1954 年 028

1955 年 031

1956 年 033

1957 年 035

1958 年 037

1959 年 040

1960 年 041

1961 年 047

1962 年 049

1963 年 051

1964 年 053

1965 年 055

1966 年 056

1967 年 057

1968 年 058

1969 年 059

1970 年 060

1971 年 061

1972 年 062

1973 年 063

1974 年 064

1975 年 065

1976 年 066

1977 年 067

1978 年 068

1979 年 070

1980 年 077

1981 年 081

1982 年 087

1983 年	093
1984 年	101
1985 年	109
1986 年	118
1987 年	123
1988 年	127
1989 年	134
1990 年	140
1991 年	147
1992 年	156
1993 年	161
1994 年	166
1995 年	171
1996 年	178
1997 年	187
1998 年	195
1999 年	205
2000 年	213
2001 年	223
2002 年	233

2003 年 242

2004 年 250

2005 年 261

2006 年 270

2007 年 280

2008 年 291

2009 年 304

2010 年 318

2011 年 336

2012 年 352

2013 年 370

2014 年 386

2015 年 405

2016 年 423

2017 年 440

2018 年 455

2019 年 471

2020 年 486

2021 年 498

后记 516

1949 年

3月22日 华北文化艺术工作委员会和华北文艺界协会（简称：华北文协）在北平（今北京）举行茶会。郭沫若在会上提议：发起召开全国文学艺术工作者大会以成立新的全国性的文学艺术界的组织。全体到会文艺工作者都表示赞成。由中华全国文艺协会在北平的总会理监事和华北文协理事召开联席会议，当场推选郭沫若、茅盾、田汉、洪深、郑振铎、叶圣陶、周扬、萧三、沙可夫、丁玲、曹靖华、曹禺、徐悲鸿、柳亚子、俞平伯、胡风、贺绿汀、程砚秋、李广田、叶浅予、赵树理、柯仲平、吕骥、古元、袁牧之、艾青、欧阳山、荒煤、李伯钊、马彦祥、宋之的、刘白羽、盛家伦等37人组成筹委会，负责召开全国文代大会的一切筹备工作。常务委员为郭沫若、茅盾、周扬、叶圣陶、沙可夫、艾青、李广田。郭沫若被选为筹委会主任，茅盾、周扬为副主任，沙可夫为秘书长。会议决定，华北、东北、西北、华东、中原五大解放区华北文协理事及中华全国文艺协会总会及各分会理监事为代表大会当然代表，此外由筹委会酌情邀请若干文艺界人士参加代表大会。

同日 在北平的中华全国文艺协会总会理监事郭沫若、马叙伦、柳亚子、田汉、茅盾、郑振铎、曹禺、叶圣陶、周建人、洪深、许广平、葛一虹、张西曼、戈宝权等19人开会议决，原在上海的文协总会，即日起移至北平办公，并会同华北文协筹备中华全国文学艺术工作者代表大会，以便产生新的全国性的文艺界组织。

4月6日 中华全国文学艺术工作者代表大会筹委会召开第二次会议，确定机构及代表产生办法，商讨大会筹备工作。筹备会决定在大会召开之际，将近五年来在解放区及国民党统治区的文学艺术作品加以评选。为此，设立"文学艺术作品评选委员会"负责作品初选工作。评选标准坚持专家标准与群众标准相结合，分设个人奖和团体奖，分别发给奖金、奖状及奖旗。评选委员会下设小说组（包括散文、报道）、诗歌组、音乐戏剧组、美术组、音乐组等。

4月15日 中华全国文学艺术工作者代表大会筹委会常委会在中国旅行社招待所召开第一次扩大会议。秘书处及演出委员会、评选委员会、章程及重要文件起草委员会报告工作计划。

5月3日 中华全国文学艺术工作者代表大会筹委会在《人民日报》发布大会代表资格与产生办法。

5月10日 中华全国文学艺术工作者代表大会筹委会举行第三次会议。决定筹委会目前工作重心为国统区及解放区的文艺工作报告、章程纲领等项起草工作。在随后召开的筹委会第四次会议上，决定增聘胡绳、黄药眠、杨晦、钟敬文四人为大会重要文件起草委员会委员。

6月25日 中华全国文学艺术工作者代表大会筹委会第七次扩大常委会召开，通过了各代表团的组织及其负责人人选。参加全国文学艺术工作者代表大会的各地代表开始报到。

6月30日 中华全国文学艺术工作者代表大会预备会召开。推选丁玲、丁里、力群、王希坚、巴金、田汉、田间、白杨、史东山、立波、古元、江丰、成仿吾、艾青、光未然、朱丹（西北）、安波、李桦、李季、李广田、李伯钊、阮章竞、吕骥、阿英、阿甲、沙可夫、何其芳、宋之的、亚马、邵力子、周扬、周信芳、周文、周巍峙、勇夫、洪深、茅盾、柯仲平、郭沫若、胡奇、胡风、胡朋、俞平伯、柳亚子、袁牧之、袁水拍、高沐鸿、马思聪、马健翎、马烽、马彦祥、倪贻德、徐悲鸿、陈白尘、陈播、陈学昭、陈望道、陈钟凡、陈波儿、陆万美、崔峰、阳翰笙、曹靖华、曹禺、梅兰芳、黄药眠、黄佐临、张致祥、张云、张凌青、张庚、程砚秋、曾克、贺绿汀、华君武、冯雪峰、冯乃超、冯至、叶圣陶、叶浅予、杨晦、董天民、塞克、齐白石、郑振铎、熊佛西、赵树理、赵丹、赖少其、欧阳山、欧阳予倩、蔡若虹、蔡楚生、刘开渠、刘芝明、萧三、罗烽、戴爱莲、钟敬文等99人为大会主席团成员。郭沫若为大会总主席，茅盾、周扬为副总主席。

7月2日—19日 中华全国文学艺术工作者代表大会在北平召开。大会于2日开幕。报到代表共644人，有文学工作者213人，美术工作者88人，戏剧电影工作者267人，音乐工作者73人，舞蹈工作者3人。朱德、林伯渠、董必武、陆定一、李济深、沈钧儒、彭泽民、蔡廷锴及工、农、妇、青代表等30余人出席大会。郭沫若致开幕词。茅盾报告大会筹备经过，冯乃超报告代表资格审查结果。朱德代表中共中央委员会讲话。董必武代表华北人民政府和中共中央华北局祝贺大会成功。陆定一发表讲话。李济深代表中国国民党革命委员会讲话。沈钧儒代表民主同盟讲话。叶剑英代表中共北平市委、北平军管会及北平市人民政府向大会致贺。朱学范、李秀真、李德全、钱俊瑞，分别代表中华全国总工会、解放区农民团体、全国民主妇联、新民主主义青年团中央及全国民主青年联合会等团体，庆贺大会的开幕和成功。3日，郭沫若作题为《为建设新中国的人民文艺而奋斗》的总报告。4日，茅盾报告十年来国民党反动派统治区革命文艺运动。5日，周扬报告解放区文艺运动。6日，周恩来作政治报告。下午7点20分，毛泽东莅临大会。全场掌声雷动，代表们起立高呼"毛主席万岁！"毛泽东走向台前向代表们点头答礼，在掌声中向全体代表作了简短有力的即席讲话，欢迎到会的人民的文学家、人民的艺术家、人民的文学艺术工作的组织者。8日，大会各代表团分别举行小组会，讨论大会报告。主席团召开第二次全体会议，决定按不同业务分文学、戏剧、美术、电影、音乐舞蹈、旧剧、曲艺等七个小组，推定各组召集人，负责召集会议，商讨组织文艺各部门协会方案。9日，陈伯达应邀到会讲话。阳翰笙、柯仲平、丁玲等作专题发言。10日，戴爱莲、刘芝明、郑振铎、赵树理、蔡楚生、陈望道、高士奇、赖少其、毕革飞、俞平伯、梅兰芳、周信芳、董天民、王聪文等发言。11日，钱俊瑞作关于"苏联文艺界反对'世界主义'的斗争"的报告。曹禺、陈学昭、杨晦、钟敬文、马思聪、时乐濛、王地子、连阔如等发言。12日，萧三报告出席苏联普希金150周年纪念大会的经过。中国人民解放军军委政治部副主任傅钟报告"人民解放军文艺工作"。14日，大会讨论通过《中华全国文学艺术界联合会章程（草案）》及《全国文联委员会选举条例（草案）》。17日，选举文联全国委员会委员，郭沫若、丁玲、茅盾、周扬、曹禺、沙可夫、古元、赵树理、梅兰芳、袁牧之、贺绿汀、田汉、夏衍、萧三、欧阳予倩、曹靖华、陈白尘、吕骥、阳翰笙、艾青、柯仲平、郑振铎、马思聪、李伯钊、戴爱莲、洪深、何其芳、巴金、冯乃超、周信芳、袁水拍、冯雪峰、胡风、袁雪芬、程砚秋、蔡楚生、阿英、张庚、徐悲鸿、江丰、史东山、叶圣陶、陈波儿、马彦祥、宋之的、刘白羽、叶浅予、田间、于伶、刘芝明、吴晓邦、马健翎、萧向荣、光未然、蔡若虹、塞克、力群、邵力子、周文、赖少其、李桦、任白戈、周巍峙、王统照、丁里、张致祥、熊佛西、倪贻德、齐白石、立波、黄药眠、荒煤、黄源、欧阳山、安波、李广田、陈学昭、沈浮、阿甲、勇夫、刘开渠、俞平伯、冯至、陈望道、李季、吴印咸、柳亚子等87人当选委员，彦涵、何士德、黄佐临、草明、李劫夫、许广平、陆万美、白杨、董天民、李凌、钟敬文、舒模、成仿吾、曾克、野夫、崔峰、王朝闻、江定仙、朱丹（西北）、张季纯、连阔如、罗烽、华君武、周小燕、周而复、马烽等 26 人当选候补委员。大会择定东总布胡同 22 号为中华全国文学艺术界联合会会址。19 日上午，大会闭幕。冯雪峰宣读大会宣言。郭沫若致闭幕词。中华全国文学艺术界联合会（简称"全国文联"）正式成立。下午，中国共产党中央委员会和中共中央革命军事委员会联合举行盛大的招待会，招待演出工作的全体文艺工作者。周恩来、陆定一、傅钟、郭沫若、茅盾等出席并讲话。

会议期间，中国共产党中央委员会，华北人民政府、中共中央华北局、华北军区，东北行政委员会、中共中央东北局、东北军区，中共中央西北局，中国人民解放军第三野战军，中国民主同盟总部临时工作委员会，中国国民党革命委员会、三民主义同志联合会、中国国民党民主促进会，中国致公党中央，中国新民主主义青年团中央，中华全国总工会，中华全国民主妇女联合会，中华全国民主青年联合会，中华全国学生联合会，台湾民主自治同盟，中华全国第一次科学会议筹委会，全国铁路职工临时代表会议，华北高等教育委员会，南京市军管会，南京市人民政府，中国民主同盟北平市支部，上海市文艺工作者纪念"七七"庆祝解放大会，中华全国文艺协会香港分会，济南市文艺协会，上海戏剧电影工作者协会，上海美术作家协会，中华全国木刻协会，中华全国漫画协会，上海市音乐工作者联谊会，中国儿童读物作者协会，香港文艺界，新华社华东总分社，上海解放日报，新华社上海分社，中国青年社，大光明影业公司，新群众剧社，新华书店，新中国书局，中外出版社，读者书店，知识书店，辅仁大学，国立音乐院同学会，中国计政学社，沈阳皇姑屯铁路工厂文艺小组，苏联苏维埃作曲家协会，英国共产党艺术工作者小组，朝苏文化协会中央委员会委员长李箕永，北朝鲜文学艺术总同盟中央常务委员会及全体文艺工作者暨北朝鲜文学艺术总同盟中央常务委员会委员长韩雪野，苏联作家法捷耶夫、肖洛霍夫、西蒙诺夫等来电祝贺。北平曲艺界代表曹宝禄、侯宝林，东北境内朝鲜民族代表、内蒙古代表，北平市评剧界代表及北平中小学教联，辅仁大学师生代表，北平图书馆、历史博物馆等，向大会献旗、献词和表演。《人民日报》《光明日报》等以通讯、特刊等形式充分报道大会盛况。中共中央华北局、华北人民政府、华北军区、中共北平市委会、北平市人民政府、北平军管会、民盟北平市支部、国民党革命委员会北平市分会筹备会、农工民主党北平市整委会等于14日举行鸡尾酒会，宴请与会全体代表，由北平市市长叶剑英代表这九个单位致欢迎词，茅盾代表全体代表致答谢词。

7月2日 "全国美术展览会"（即"第一届全国美展"）在北平艺专开幕。展出木刻、素描、国画、雕塑、漫画、年画、画报、油画、水彩、洋片、美术资料等604件。9月1日移至上海展出。

7月3日—6日 中华全国文学艺术工作者代表大会音乐演奏会在国民大戏院举行。

7月4日 中华全国文学艺术工作者代表大会电唁保加利亚共产党总书记季米特洛夫逝世。

同日 中华全国文学艺术工作者代表大会向在北平正在举行的全国铁路职工临时代表会议致贺电。

7月14日 中华全国文学艺术工作者代表大会代表为闻一多先生死难三周年致哀。

7月17日 中华全国文学艺术工作者代表大会全体音乐工作代表及北平市音乐界在大华影院举行晚会，纪念聂耳逝世十四周年。周巍峙报告聂耳生平革命事迹与伟大贡献、创作内容与创作方法。

7月21日 中国共产党中央委员会、中共中央革命军事委员会联合在北京饭店设宴招待文代会全体代表。朱德、周恩来、聂荣臻、陆定一等祝贺大会胜利成功。

同日 中华全国美术工作者协会（简称"全国美协"）在北平中山公园来今雨轩正式宣布成立。会上通过章程，并选出委员徐悲鸿、江丰、叶浅予、力群、蔡若虹、李桦、古元、刘开渠、华君武、梁思成、陈烟桥、倪贻德、陈叔亮、王朝闻、特伟、王式廓、彦涵、尹瘦石、朱丹、丁聪、王曼硕、胡蛮、赖少其、艾青、野夫、张仃、蔡仪、庞薰琹、莫朴、齐白石、吴作人、符罗飞、赵望云、曹振峰、马达、陈秋草、雷圭元、朱鸣冈、石鲁、李可染、张漾兮等41人，候补委员王流秋、黄宾虹、西野、朱金楼、张文元、张乐平、胡一川、王子祥、师群、艾炎等10人，并留出待解放区委员名额12人，以便将来聘请。首届美协主席为徐悲鸿，副主席为江丰、叶浅予。

同日 中华全国舞蹈工作者协会筹委会在华大三部召开全国舞蹈工作者协会（简称"全国舞协"）成立大会。大会通过章程草案，并选出全国委员戴爱莲、吴晓邦、胡果刚、李伯钊、梁伦、赵郓哥、贾作光、陈锦清、盛婕、胡沙、吴坚、金仁海、赵得贤、兵克、谢坤、隆征丘、田雨、李淑清、叶宁等19人，另保留委员6人将来由各地区各部队有劳绩者补充；候补委员查列、郑红羽等2人。首届舞协主席为戴爱莲，副主席为吴晓邦。

7月22日 中华全国曲艺改进会筹委会在中山公园来今雨轩成立，选出赵树理、连阔如、王亚平、王尊三、董天民、欧阳山、张富忱、林山、史若虚、苗培时、萧亦五等11人为常务委员，钟敬文、何迟、刘乃崇3人为候补常务委员。常务委员会推选王尊三为主任委员，连阔如、赵树理为副主任委员。

7月23日 中华全国文学艺术界联合会全国委员会在北京饭店召开第一次会议。会议选举郭沫若、茅盾、周扬、丁玲、郑振铎、萧三、沙可夫、夏衍、田汉、柯仲平、赵树理、欧阳予倩、马思聪、张致祥、袁牧之、徐悲鸿、阳翰笙、李伯钊、刘芝明、洪深、曹禺等21人为常务委员，并推选郭沫若任主席，茅盾、周扬任副主席。通过了全国文联各部负责人名单。秘书长：沙可夫、黄药眠、周巍峙。联络部：萧三、冯乃超、叶浅予。编辑部：丁玲、曹禺、何其芳。福利部：郑振铎、阳翰笙、江丰。指导部：柯仲平、阿英、张致祥。大会听取文学、戏剧、电影、音乐、美术、舞蹈、戏曲改革、曲艺改革等8个协会的筹备及成立经过报告，通过各协会为全国文联团体会员。

同日 中华全国文学工作者协会（简称"全国文协"）在中法大学召开成立大会。茅盾致开幕词。林伯渠应邀讲话。24日，大会闭幕。通过向毛主席、朱总司令致敬电。选出丁玲、曹靖华、冯雪峰、周扬、夏衍、叶圣陶、田间、沙可夫、周文、茅盾、赵树理、郑振铎、胡风、萧三、冯乃超、欧阳山、冯至、袁水拍、郭沫若、艾青、巴金、柯仲平、何其芳、曹禺、王统照、刘白羽、适夷、李广田、草明、周而复、钟敬文、黄源、王任叔、孔厥、洪深、王希坚、马健翎、张致祥、卞之琳、宋之的、戈宝权、陈学昭、李季、俞平伯、罗烽、曾克、聂绀弩、阳翰笙、许广平、吴组缃、陈望道、金人、严文井、立波、黄药眠、臧克家、田汉、陈白尘、荒煤、王亚平、刘芝明、杨晦、靳以、孔罗荪、唐弢、马烽、沈起予、蒋天佐、吴伯箫等69名委员（留有待解放区名额6人），骆宾基、闻家驷、黑丁、柳青、何家槐、康濯、夏征农、力扬、张庚、杨朔、亚马、柯灵、高沐鸿、马加、李何林等16名候补委员。郑振铎致闭幕词。首届文协主席为茅盾，副主席为丁玲、柯仲平。

同日 中华全国音乐工作者协会（简称"全国音协"）举行成立大会，通过章程，并选出全国音协执行委员吕骥、马思聪、贺绿汀、李凌、安波、向隅、何士德、李焕之、孟波、常苏民、张非、李劫夫、江定仙、李元庆、卢肃、章枚、赵沨、舒模、时乐濛、沈亚威、老志诚、庄映、盛家伦、林路、周巍峙、马可、沈知白、黄庆和、张文纲、张鲁、沙梅、孙慎、方韧等33人（留有新解放区待解放区名额8人），候补委员任虹、李淦、周小燕、王云阶、李伟、蒋风之、谭抒真、瞿希贤、唐荣枚等9人。首届音协主席为吕骥，副主席为马思聪、贺绿汀。

7月24日 中华全国戏剧工作者协会（简称"全国剧协"）举行成立大会，通过章程（草案），选出阿英、塞克、光未然、陈白尘、欧阳予倩、曹禺、顾仲彝、舒强、阳翰笙、崔嵬、周信芳、辛汉文、吴雪、张庚、于伶、洪深、丁里、马健翎、凤子、蓝马、张骏祥、水华、梅兰芳、熊佛西、袁雪芬、吴天、宋之的、夏衍、李伯钊、章泯、田汉、吕复、李少春、张季纯、邵惟、郑君里、朱丹、应云卫、陈鲤庭、瞿白音、舒非、姚时晓、周戈、汪巩、贺敬之、史行、刘露、傅铎、刘郁民、王血波、石挥、苏一平、张望、舒绣文、魏鹤龄、高哲、马彦祥、李之华、洪涛、陈其通、程砚秋、骆文、胡苏、刘佳、虞棘、施林杉、张一然、虞哲光、凌鹤、陈播、胡丹沸、徐韬、马少波、李伦、王地子、沈西蒙、李实、胡奇、白华、史超、赵子岳、吴强、郭维、刘厚生、杨村彬、郑红羽、沈浮、吴茵等正式委员88人，史东山、赵慧深、严恭、苏里、鲁易、张客、贾霁、魏曼青、贾克、赵丹、石羽、白杨、张伐、柯灵、焦菊隐、张瑞芳、牧虹、赵起扬、黄佐临、罗合如、冼群、苏堃、耿震、王瑜、刘念渠、董天民、李波等候补委员27人。27日，全国剧协召开全委会，增补检票时遗漏的正式委员阿甲，选出田汉、张庚、于伶、宋之的、马健翎、阿英、梅兰芳、陈白尘、曹禺、王地子、阿甲、夏衍、洪深、周信芳、光未然、塞克、欧阳予倩、马彦祥、丁里、熊佛西、李伯钊、章泯、张骏祥、程砚秋、崔嵬等 25 名常务委员。首届剧协主席为田汉，副主席为张庚、于伶。

7月25日—26日　中华全国电影艺术工作者在北平召开第一次代表大会，宣告成立中华全国电影艺术工作者协会（简称"全国影协"）。大会选举阳翰笙为主席，袁牧之为副主席。中华人民共和国成立后，机构附属于中央文化部电影事业管理局。

7月28日　中华全国戏曲改进会发起人大会在北京饭店举行。全国文联主席郭沫若讲话。阿英报告筹备经过。推选王聪文、田汉、白云峰、沙梅、阿英、阿甲、李一氓、李纶、李少春、吴天宝、周扬、周信芳、袁雪芬、夏衍、马少波、马彦祥、马健翎、张庚、高步云、梅兰芳、程砚秋、焦菊隐、杨绍萱、叶盛章、董天民、赵树理、赵子岳、刘芝明、韩世昌、齐燕铭、欧阳予倩等 31 人为筹备委员。

8月30日　全国文联等文艺团体联名发表反对美国白皮书宣言。

9月6日　全国文联、全国音协发表慰问罗伯逊并抗议美帝国主义暴行书。

9月25日　全国文联机关刊物《文艺报》正式创刊。在全国文代会筹备和进行期间，《文艺报》已试刊 13 期。

10月5日　全国文联在六国饭店餐厅举行茶话会，招待参加人民政协的人民解放军代表。全国文联主席郭沫若致辞。贺龙、陈毅、粟裕等发言欢迎文艺工作者到部队去。

10月17日　全国文联、全国总工会、全国青联、全国学联、全国妇联、北京市文委、市工会、市青联、市学联、市妇联、中小学教职员联合会、院校教职员联合会等 12 个团体共同发起首都纪念鲁迅先生逝世十三周年筹备会。全国文联副主席茅盾、周扬及各单位代表共 20 余人参会。

10月19日　首都各界在国民戏院隆重举行鲁迅先生逝世十三

周年纪念大会。大会执行主席郭沫若致辞，吴玉章、陈伯达、许广平、魏建功、谢邦定等讲话。蓝天野、田汉朗诵了鲁迅作品。通过请人民政府在北京和上海的适当地点建立鲁迅铜像和整理鲁迅故居、建立鲁迅纪念馆两项建议。

11月3日 全国文联电贺苏联十月革命32周年。

11月4日 全国文联与中央人民政府政务院文化部联合欢宴参加国际青年节的出国文工团。

11月12日 越南文化会中央常务委员会致电全国文联，祝贺中华人民共和国成立。全国文联复电致谢。

12月10日 亚洲妇女代表会议隆重开幕，中华全国文学艺术界联合会致贺电，全国文联主席郭沫若在开幕式上发表祝词。

12月17日 全国文联电贺斯大林70寿辰。此前，已请访华的苏联文化艺术工作者代表团副团长西蒙诺夫，将一本纪念册带回莫斯科送交斯大林。纪念册内有郭沫若的祝寿诗，徐悲鸿、齐白石、叶浅予、吴作人、王式廓等人的画作，茅盾、田汉的题字和中国作家们的签名。

12月20日 东北地区文艺工作者代表大会闭幕。东北文联成立，刘芝明被推选为主席。

从第一次文代会到本年年底，全国各省、区、市成立了40个地方文联或文联筹备机构，出版了40种文艺刊物。

1950 年

1月4日　全国文联在北京饭店举行联欢茶会，欢迎作家老舍归国。

2月1日　全国美协机关刊《人民美术》（双月刊）在京创刊。1954年改名《美术》。该杂志由中国文联主管，中国美术家协会主办。

2月7日　全国文联举行第四次常务委员会扩大会议。会议通过周扬关于全国文联半年来工作概况及1950年工作任务的报告；通过提补老舍、邵荃麟、孙伏园、艾芜、沙汀等5人为全国委员会委员，另留台湾等地区3个名额；由全国文联常务委员会及所属各协会正副主席组成文艺作品评奖委员会办理从延安文艺座谈会起至中华全国文学艺术工作者代表大会这一时期的文艺作品评奖事宜。批准全国文联副秘书长周巍峙辞职，由陈企霞继任。

3月5日　文化部与全国音协重新公布国歌歌谱，希望各地改正词句节奏错误，并广泛征求合唱谱及乐队合奏谱。

3月29日　中国民间文艺研究会成立。在京召开第一次全国代表大会，大会选举郭沫若为理事长，老舍、钟敬文为副理事长，并选出理事47人。

4月1日　由全国剧协编辑的《人民戏剧》（月刊）在上海出版，田汉担任主编。5月开始迁到北京出版。

5月15日　全国文联电唁美国作家、记者史沫特莱逝世。

5月28日　北京市文学艺术工作者代表大会开幕，出席代表

363人。周恩来出席大会。老舍致开幕词。彭真、郭沫若、茅盾、周扬、丁玲等到会讲话。北京文联成立。老舍任主席。

6月1日 《大众电影》杂志（半月刊）创刊于上海。上海文化局领导夏衍、于伶等人为杂志取名"大众电影"，意为"为最广大的工农兵群众服务"。

6月20日 全国文联发表声明，抗议美国政府迫害好莱坞进步作家劳森和特鲁波。

6月30日 全国文联发表声明，坚决拥护周恩来外长声明，坚信杜鲁门直接以武力干涉中国内政的企图必被粉碎。

7月6日 中央文学研究所筹委会举行第一次会议。该所为全国文联和中央人民政府文化部联合创办，目的是培养实践毛泽东文艺方向的文学创作及文艺批评的干部。

7月13日 全国文联召开文艺界反对美国侵略台湾朝鲜宣传工作会议。

7月24日 上海市文学艺术工作者代表大会开幕，出席代表531人。陈毅出席大会。夏衍作报告。大会历时6天，上海市文联成立。夏衍为主席，冯雪峰、巴金等为副主席。

9月5日 全国音协机关刊物《人民音乐》创刊。

9月21日 西北文学艺术工作者代表大会开幕，成立西北文联，柯仲平为主席。

10月13日 全国文联、全国音协、北京市文联、中央音乐学院联合举行音乐家冼星海逝世5周年纪念会。

10月19日 全国文联及北京文联集会纪念鲁迅逝世14周年。中宣部部长陆定一、新闻总署署长胡乔木等出席讲话。全国文联主席郭沫若主持会议。

10月28日 全国文联第六次常委会扩大会议，发出《关于文艺界展开抗美援朝宣传工作的号召》，成立文艺界抗美援朝宣传委员会。此后，全国各地文艺工作者创作编演了大量文艺作品，运用多种文艺形式投入抗美援朝的宣传热潮。

11月21日 全国文联公布《征集以抗美援朝鼓舞战斗意志为中心的戏剧、歌曲的工作方案》。

12月6日 全国文联及所属全国文协、全国剧协、全国影协、全国音协、全国美协、全国舞协、中华全国戏曲改进会、中华全国曲艺改进会等8个全国性文艺团体联合发表声明，拥护中国出席联合国安理会特派代表伍修权对美帝国主义武装侵略中国领土台湾的控诉。

12月16日 全国文联举行座谈会，欢迎捷克文化代表团。

12月23日—24日 全国文联抗美援朝宣传委员会、北京市文联联合举办首都抗美援朝文艺作品观摩演出晚会。

1951 年

1月8日　中央文学所举行开学典礼。全国文联主席郭沫若，中央人民政府文化部部长沈雁冰、副部长周扬等出席。

1月31日　全国文联发表声明，坚决反对美帝国主义重新武装日本的阴谋。

2月1日　全国文联出席中苏友好协会总会举行的联席会议，协商关于发展中苏友好协会组织和开展宣传工作问题。

2月22日　全国文联举行美国作家史沫特莱追悼会。

4月23日　中国人民赴朝慰问团曲艺服务大队队员、著名相声演员常宝堃，弦师程树棠在赴朝慰问时牺牲。陆定一、茅盾、胡乔木、周扬、老舍等发表悼词。24日，天津市人民政府授予常宝堃"人民艺术家"称号，并追认其为革命烈士。

5月18日　全国文联、全国美协、全国妇联、北京市文联和徐悲鸿、梅兰芳、叶恭绰在北京中山公园发起主办抗美援朝书画义卖展览会。展览会为期5天，全部义卖收入1亿8千万元，用于购买药品交由中国人民抗美援朝总会转送朝鲜前线等事项。

6月5日　全国文联向各行政区和较大城市的文联发出急电，号召各地文联组织戏曲、电影、音乐、舞蹈等义演，举办各种艺术品义展、义卖，并大量捐献稿费、出版税、上演税等。全国文联机关工作人员也热烈开展捐献运动。截至9月25日，缴纳捐款36亿元，完成捐献"鲁迅号"飞机目标。

7月3日 全国文联在文化俱乐部欢迎朝鲜人民代表团、艺术团,举行文艺座谈会和宴会。

8月1日 全国文联、全国文协、全国美协、全国戏协、全国音协、全国舞协、全国影协、中华全国曲艺改进会、中华全国戏曲改进会向中国人民解放军成立24周年致贺电。

10月6日 应邀参加中国国庆节庆祝典礼的各国代表团的作家、艺术家和中国文艺界人士举行座谈会。会议由全国文联主持,全国文联副主席茅盾致辞。

10月19日 全国文联等联合主办"鲁迅先生逝世十五周年纪念大会",周恩来、沈钧儒、陈毅、胡乔木等出席。全国文联主席郭沫若致开会辞。

11月17日 全国文联第八次常务委员会扩大会议决定,在北京文艺界组织整风学习。24日,召开动员大会,参会文艺工作者800余人。中宣部副部长胡乔木、全国文联副主席周扬作报告。为统一领导学习运动,全国文联常务委员会决定组织北京文艺界学习委员会,丁玲任主任委员。根据本次整风学习的精神,全国文联决定将组织作家深入生活、进行创作作为今后工作的中心任务。随后,组织作家赴朝鲜前线、工厂和农村深入生活,进行自我改造和从事文艺创作。本次会议还通过了关于调整北京文艺刊物的决定,要求加强《文艺报》办刊力量,使之成为文学、戏剧、美术、音乐、电影的综合性的艺术评论和艺术学习刊物。加强《人民文学》办刊力量,使之成为集中发表全国优秀作品的刊物。停止出版《北京文艺》,其编辑人员与《说说唱唱》编辑部合并,使《说说唱唱》成为发表优秀通俗文学作品和指导全国通俗文艺工作的刊物。《人民戏剧》《新戏曲》《人民音乐》《民间文艺集刊》停止出版。另出版《剧本》《歌曲》。《人民美术》不恢复出版,美术作品分别交《人民文学》《文艺报》和《人民画报》

登载。《新电影》停刊。加强《大众电影》办刊力量，使之成为指导观众的全国性的电影刊物。1952年7月14日，全国文联常委会与北京文艺界学习委员会举行联席会议，决定北京文艺界学习委员会宣告结束。

12月21日 全国文联主席郭沫若获"加强国际和平斯大林奖金"。1952年4月9日，郭沫若在莫斯科接受奖励。

1952 年

1月20日　文化部艺术事业管理局、全国剧协编辑的《剧本》月刊创刊。

3月10日　全国文联等人民团体发表声明，抗议美帝国主义进行细菌战争。

3月19日　全国文联发出通知，要求各地文联组织文艺工作者参加"三反""五反"运动，并组织有关创作。

3月20日　中央电影局艺术委员会编译的《电影艺术资料丛刊》（不定期刊物）在北京正式出刊。

3月31日　全国文联赴朝创作组在巴金率领下抵达朝鲜平壤，受到朝鲜政府、朝鲜各界人民和中国驻朝大使馆的热烈欢迎。4月4日，朝鲜内阁首相金日成接见了创作组。

4月6日　中央人民政府文化部和全国文联设宴欢迎匈牙利国家人民文工团全体团员。宴会后，中匈两国艺术家表演了文艺节目。

4月29日　全国文联等人民团体联合举行酒会，欢迎来中国参加"五一"节观礼和参观的外宾。

4月30日　全国文联等团体联合举行座谈会，欢迎出席莫斯科国际经济会议后前来我国参观的各国代表。

5月2日　全国文联和中国人民保卫世界和平委员会、中华全国总工会、中华全国民主青年联合总会、中华全国民主妇女联合会、中苏友好协会总会、中华全国自然科学专门学会联合会等联合举办音乐舞蹈晚会，招待来中国参加"五一"节观礼和参观的各国外宾。

5月3日 全国文联举行茶话会，欢迎应邀参加我国纪念世界四大文化名人（阿维森纳、达·芬奇、雨果、果戈里）纪念大会和出席我国"五一"节观礼的各国文艺界来宾。全国文联副主席茅盾致欢迎辞。会上，全国文联将《毛主席在延安文艺座谈会上的讲话》（外文本）和荣获斯大林奖金的作品《太阳照在桑干河上》《暴风骤雨》《白毛女》等分送给各国文艺界来宾。

5月15日 全国文联和匈牙利国家人民文工团举行座谈会，讨论中国文学艺术等方面的问题。并于17日，与文化部一起设宴为匈牙利国家人民文工团赴各地表演送行。

5月23日 全国文联举行纪念毛主席《在延安文艺座谈会上的讲话》发表十周年座谈会。郭沫若、周扬、丁玲、冯雪峰、梅兰芳、欧阳予倩、曹禺、赵树理、吕骥、周立波、史东山、江丰、陈沂、曹靖华、李伯钊等50余人参会。晚上，举行文艺晚会，演出了自延安文艺座谈会以来的许多优秀文艺节目。

5月 《大众电影》迁至北京，隶属于全国影协。

6月8日 全国文联举行《太阳照在桑干河上》作者丁玲，《暴风骤雨》作者周立波，《白毛女》作者贺敬之、丁毅荣获斯大林文艺奖金庆祝会。全国文联主席郭沫若，副主席周扬，斯大林奖金获得者丁玲、周立波等，以及苏联驻华大使馆文化参赞顾德夫和来北京出席亚洲及太平洋区域和平会议筹备会议的苏联作家柯热夫尼科夫等出席。庆祝会上，朗诵了《太阳照在桑干河上》《暴风骤雨》两部作品各一节，并演出《白毛女》歌剧一场。

7月30日 全国文联致电朱德总司令祝贺八一建军节，并电贺人民解放军"八一"体育运动大会。

8月23日 全国文联发表声明，抗议美帝国主义轰炸朝鲜和平城乡。

10月6日 中央人民政府文化部主办的"第一届全国戏曲观摩演出大会"在北京隆重开幕。文化部部长沈雁冰主持开幕典礼并致辞。北京市人民政府副市长吴晗在会上致辞。郭沫若、周扬、田汉、梅兰芳、周信芳、袁雪芬、常香玉、吴天保、张德成等在会上讲话。参会全体人员为1951年4月间在抗美援朝前线光荣牺牲的曲艺工作者常宝堃、程树棠起立默哀致敬。首都各文艺单位的代表向大会献旗,各地区参加演出的戏曲工作者代表向大会献花100束,象征戏曲艺术的"百花齐放"。11月1日,观摩演出活动结束,共历时27天,演出35场。参加观摩演出的有京剧、昆曲、评剧、越剧、豫剧、沪剧、秦腔、山西梆子、河北梆子、蒲州梆子、江淮戏、川剧、粤剧、桂剧、湘剧、汉剧、楚剧、滇剧、闽剧、江西采茶戏、湖南花鼓戏、郿鄠戏、曲剧等23个剧种的88个节目。参加观摩演出的各地戏曲工作者共1600多人。14日,举行了闭幕典礼,周恩来总理讲话。获奖的戏曲工作者代表梅兰芳、盖叫天、尹义、贾培之等在会上发言。15日,全国剧协举行宴会,庆祝各地优秀的戏曲工作者在第一届全国戏曲观摩演出大会获奖,并欢迎各地有较高成就的戏曲工作者加入协会。宴会由全国剧协主席田汉,副主席张庚、于伶主持。出席宴会的有全国文联副主席周扬,文化部副部长丁西林和文艺界人士阳翰笙、沙可夫、梅兰芳、洪深、马彦祥、周信芳、马少波、常香玉、盖叫天、张德成、萧长华、姜妙香、张云溪、秦友梅、丁果仙、吴天保等100多人。

10月28日 全国文联发出通知,要求全国各地文联,应很好地执行中苏友好协会总会关于举行"中苏友好月"的通知,根据当地具体情况开展宣传活动;全国各地文艺团体,应有计划地组织所有文艺工作者结合这一活动来进行创作。

10月30日 全国文联组织召开文艺座谈会，欢迎出席亚洲及太平洋区域和平会议的苏联代表、作家与诗人阿尼西莫夫、柯热夫尼科夫、图尔逊-萨德和土耳其代表著名诗人希克梅特。我国文学、戏剧、电影、美术、音乐、舞蹈界人士共250多人出席座谈会。周扬主持会议并致辞。

11月7日 全国文联邀请苏联艺术工作团领导人楚拉基作《苏联共产党和政府怎样领导文艺工作》专题报告。首都文艺工作者400余人听讲。

11月8日 中苏两国文学艺术工作者举行文艺座谈会。苏联文化工作者代表团团长吉洪诺夫，团员查哈罗夫，苏联艺术工作团领导人楚拉基和团员米哈伊洛夫、盖达伊、哈利马·纳赛罗娃、塔马拉·哈侬、聂恰耶夫、裴布托夫、索科洛娃、波马兹科夫、柯岗、叶美里扬诺娃、奥布拉兹卓夫、梅特尼克、马克西莫娃、奥布拉兹卓娃等17人，以及茅盾、周扬、欧阳予倩、沙可夫、田汉、吕骥、艾青、赵沨、曹禺、阿英、曹靖华、戴爱莲、周信芳、老舍、张庚、高玉宝、马可、李焕之、盛家伦、舒模、袁雪芬、常香玉、郭兰英、瞿希贤、张云溪、王昆、蓝马等200多人参加会议。

12月 继1951年下半年全国文联组织第一批文艺工作者深入生活后，全国文协组织了第二批作家和青年文艺工作者共30多人分赴工厂、农村和朝鲜前线，深入生活，进行创作。在出发前的学习期间，中宣部副部长胡乔木召开座谈会，作了《关于文艺工作的思想问题》的报告。全国文联副主席周扬在座谈时，就如何深入生活和接受民族遗产等问题发表了意见。作家艺术家们还听取了中宣部组织的关于工业生产、工会工作、农村互助合作运动、贯彻婚姻法等问题的报告；举行了关于体验生活和诗歌创作等问题的座谈会和讨论会，分享体会，交流经验。出发前，制定了深入生活和准备创作的具体计划。

1953 年

2月20日 中央电影局艺术委员会编辑、中央电影局出版的《电影艺术资料丛刊》易名《电影艺术译丛》并改为月刊公开发行。改版后的杂志内容主要译介苏联等各人民民主国家的电影艺术理论与创作经验，特别是关于表演艺术的论述。

3月28日 全国文联、北京市中苏友好协会、苏联对外文化协会联合会主办高尔基诞辰85周年纪念会。

4月5日—10日 西南文联筹委会召开西南文学艺术工作者代表会议，决定分别成立西南文学工作者协会、西南音乐工作者协会、西南美术工作者协会。各协会召开首次执行委员会会议，具体讨论组织和领导创作等问题。

4月29日 全国文联主持召开芬兰、瑞典、中国三国文化艺术工作者座谈会。会上，全国文联副主席周扬简要介绍中国文学艺术过去和现在的情况。到会人员分为文学、戏剧与电影、美术、音乐四个小组分别进行讨论。

5月6日 全国文联在八宝山革命烈士公墓举行史沫特莱逝世三周年纪念仪式。全国文联副主席周扬讲话并代表全国文联、全国文协献花圈。

6月5日 中央人民政府政务院副总理、全国文联主席郭沫若在北京举行酒会，欢迎以吉科宁夫人为首的芬兰文化代表团。酒会后，中国杂技团演出精彩节目。

6月15日 全国文联举行伟大的爱国诗人屈原逝世2230周年纪念座谈会。全国文联副主席周扬主持会议并致辞。

7月25日 全国文联在北京国际俱乐部举行招待会,欢迎印度艺术代表团。全国文联副主席周扬主持会议并致辞。代表团团长萨钦·森古普塔致答词,希望中印两国人民在维护和平的共同努力中,增进两国人民久远深厚的友谊。两国文学艺术家分成文学、戏剧、音乐和舞蹈等小组进行了交流。

9月23日—10月6日 中国文学艺术工作者第二次代表大会在北京举行。参加这次大会的正式代表560人,列席189人,来自华北、东北、华东、中南、西南、西北六行政区和内蒙古自治区,以及中国人民解放军和中国人民志愿军,广泛代表了全国各地的文学、戏剧、电影、音乐、美术、舞蹈、曲艺等各方面的艺术工作者。23日上午,大会全体代表一致选出郭沫若、茅盾、周扬、丁玲、老舍、夏衍、柯仲平、田汉、梅兰芳、萧三、草明、陈沂、徐悲鸿、齐白石、吕骥、马思聪、阳翰笙、冯雪峰、郑振铎、蔡楚生、史东山、洪深、欧阳予倩、赵树理、周立波、刘白羽、邵荃麟、沙汀、阿英、于黑丁、戴爱莲、王尊三等76人组成大会主席团。郭沫若致大会开幕词。中华全国总工会主席赖若愚、中央人民政府人民革命军事委员会总政治部副主任傅钟、中国新民主主义青年团中央委员会书记胡耀邦,和应邀来访的德国作家协会副主席斯蒂芬·赫姆林先后讲话。23日下午,中央人民政府政务院总理周恩来出席大会作了重要报告,详尽地阐述了当前国家建设的状况。24日,全国文联副主席周扬作《关于四年来文学艺术工作情况和今后任务的报告》;华东、西北、东北、西南等行政区代表报告了各区的文学艺术工作。25日,大会休会。9月26日至10月初,陆续举行文学、美术、戏剧、音乐、舞蹈等各协会全国委员会扩大会议,电影、曲艺工作者和各省、市文学艺术工作者联合会代表的座谈会。各部门的文学艺术工作者在这些会议中热烈和认真地讨论了周恩来和周扬的报告，在分别举行的会议中都通过了改组现有组织的决议，并分别选出新的领导机构。全国文协改组为中国作家协会（简称"中国作协"）。9月30日，中国曲艺研究会在北京成立。选举出由21人组成的理事会。理事会推举王尊三为主席，赵树理、连阔如、王亚平、韩起祥为副主席。10月1日，出席会议的文学艺术各部门的代表应邀参加中华人民共和国成立四周年国庆节庆祝典礼观礼。10月3日，大会复会。3日和4日，中央人民政府政务院财政经济委员会副主任李富春、中共中央农村工作部副部长廖鲁言曾分别向大会全体代表作了《关于国家工业建设和农村工作的报告》。10月4日下午，毛泽东、朱德、刘少奇、周恩来、陈云等党和国家领导人接见了全体代表并合影留念。10月4日，全国剧协第二次全国委员会扩大会议通过决议，改组中华全国戏剧工作者协会为中国戏剧家协会（简称"中国剧协"），选举田汉为主席，欧阳予倩、梅兰芳、洪深为副主席。同日，全国美协全委会扩大会闭幕，决议中华全国美术工作者协会改组为中国美术家协会（简称"中国美协"），推选齐白石为主席，江丰、叶浅予、吴作人、蔡若虹为副主席，华君武任秘书。江丰在全国美协全委扩大会议上作了《四年来美术工作的状况和全国美协今后的任务》的报告。10月5日上午，文学艺术各协会代表在会上发言。应邀来我国的罗马尼亚、捷克斯洛伐克、波兰三国文化代表团代表，日本戏剧家中村翫右卫门，智利画家万徒勒里等20多人到会祝贺。10月6日大会闭幕。上午，接到苏联作家协会的贺电。通过《中国文学艺术界联合会章程》，选举丁里、丁玲、丁善德、于蓝、于黑丁、王尊三、王统照、王瑶卿、王兰西、巴金、田汉、古元、白朗、白杨、史东山、老舍、江丰、艾青、艾芜、任白戈、沙汀、沙可夫、吕骥、何其芳、何香凝、李波、李伯钊、宋之的、吴作人、吴晓邦、沈浮、周扬、周小燕、周立波、周信芳、邵荃麟、阿英、金焰、舍拉西、茅盾、柯仲平、洪深、胡风、俞平伯、柳亚子、查阜西、夏衍、草明、马彦祥、马思聪、袁牧之、袁雪芬、徐肖冰、孙伏园、郭沫若、梅兰芳、许广平、陈沂、陈荒煤、陆侃如、曹禺、曹靖华、张庚、张水华、张季纯、张骏祥、黄佐临、黄宾虹、黄药眠、章泯、梁思成、常香玉、康巴尔汗、连阔如、阳翰笙、贺绿汀、冯至、冯雪峰、程砚秋、喻宜萱、齐白石、叶恭绰、叶浅予、叶圣陶、董天民、赵得贤、赵树理、熊佛西、郑伯奇、郑振铎、欧阳山、欧阳予倩、刘白羽、刘芝明、刘开渠、蔡若虹、蔡楚生、萧三、戴爱莲、钟敬文、缪天瑞、谢冰心、丰子恺等为中国文联第二届全国委员会委员。下午，应邀来我国参加今年世界四位文化名人纪念会的古巴诗人纪廉到会讲话，表示古巴进步作家对大会的祝贺。中央宣传部副部长胡乔木向出席大会的全体代表作了《关于文学艺术团体为争取我国文学艺术的繁荣的组织任务的报告》。茅盾代表大会主席团致闭幕词。

9月26日 中华全国美术工作者协会主席徐悲鸿逝世。

9月28日 中国人民保卫世界和平委员会、全国文联、中国作协、中华全国自然科学专门学会联合会和中华全国科学技术普及协会等五个团体联合主办的世界四位文化名人屈原、哥白尼、拉伯雷、马蒂纪念展览在北京图书馆开幕。展览介绍了屈原、哥白尼、拉伯雷、马蒂的生平事迹以及他们对人类文化的卓越贡献。

10月9日 中国文学艺术界联合会第二届全国委员会第一次会议举行，一致推选出郭沫若、茅盾、周扬、丁玲、郑振铎、夏衍、柯仲平、老舍、田汉、欧阳予倩、梅兰芳、洪深、阳翰笙、蔡楚生、袁牧之、齐白石、江丰、吕骥、马思聪、陈沂、巴金等21人为中国文联第二届全国委员会主席团委员，组成主席团；并推选郭沫若为主席，茅盾、周扬为副主席，阳翰笙为秘书长。会上对组织文艺界的政治和业务学习、协同政府文化部门奖励优秀文艺作品和加强对外文艺交流等项工作交换了意见。

10月17日 中国文联邀请中国人民志愿军国庆节归国观礼代表团团长杨得志、代表赵仁虎，和首都的作家、艺术家举行座谈会。

11月6日 中国文联、中国作协、中国剧协、中国美协、中国音协和中国曲艺研究会致电苏联作家协会，祝贺十月革命36周年。

11月23日 中国文联举行报告会，中央人民政府政务院财政经济委员会副主任李维汉向首都文学艺术工作者作关于国家过渡时期总路线的报告。中国文联、中国作协、中国剧协、中国音协、中国美协、中国曲艺研究会、中国民间舞蹈艺术研究会筹委会等团体的负责人及首都文学艺术工作者1000多人参加。

11月28日 中国文联召开第二届全国委员会主席团扩大会议，通过组织和推动文艺界认真学习过渡时期总路线、努力宣传总路线的决议，要求文联、各协会以及各地文艺组织，组织文艺工作者积极投入宣传总路线的活动。

12月5日 中国文联举行首都文学艺术工作者学习国家过渡时期总路线的第二次报告会，邀请中共中央农村工作部杜润生同志作关于农业社会主义改造问题报告。报告会由中国文联秘书长阳翰笙主持。参加报告会的有首都文学、戏剧、电影、美术、音乐、舞蹈、曲艺界人士1000多人。

12月10日 在中国文联、中国剧协、中国音协、中国美协共同组织之下，首都戏剧、电影、音乐、美术工作者20人经中共北京市委的协助，到北京郊区参加农村工作。前一天，中国文联秘书长阳翰笙主持召开座谈会，希望大家去到农村后，踏踏实实地去参加工作，和区乡干部搞好关系。会上，中共北京市委农村工作委员会副书记周凤鸣就北京郊区目前农村工作情况、方针、政策及工作步骤等方面作了详细的介绍。

1954 年

1月15日　中国美协机关刊物《美术》正式创刊。

1月16日　中国文联召开各文学艺术团体负责人座谈会，邀请中印友好协会中参加在印度举行的印中友好协会第一次全国会议的代表团团长丁西林，副团长夏衍，团员袁水拍、谢冰心报告访问印度的感受和体会。

1月20日　中国剧协机关刊物《戏剧报》正式创刊。

3月20日　朝鲜人民访华代表团部分团员和首都文学艺术界人士举行文艺座谈会。座谈会由中国文联副主席茅盾、周扬主持。会议分为文学、戏剧电影、音乐、美术、舞蹈五个小组进行座谈，由中国文艺界人士分别介绍了几年来中国在文学、戏剧电影、音乐、美术、舞蹈等方面的发展情况和取得的成就。当晚，在中国文联主持下，首都文艺工作者举行欢迎会。

3月27日　中央人民政府文化部、中国文联发布《关于三年来全国群众歌曲评奖的公告》，发布1949年10月1日至1952年10月1日期间全国群众歌曲获奖作品名单。

3月31日　中国文联和中国剧协邀请来京的各省（市）文联负责人举行座谈会，就改组省（市）文联及裁撤省以下文联机构、组织文学创作加强艺术实践等进行讨论。湖南、江西、吉林等省（市）的文联，半年来已经先后改组，改变了原有的团体联合会的性质，成为吸收个人会员的当地文学艺术工作者（包括文学、戏剧、音乐、美术等）的自愿组织。许多地方已经将省以下的文联组织裁撤。

5月21日 中国文联开始举办"中国近代史讲座",帮助首都的文学艺术界人士系统学习从鸦片战争到"五四"运动时期的历史。讲座分为鸦片战争、太平天国、中日战争、戊戌变法、义和团、辛亥革命、"五四"运动等七讲,分别由荣孟源、王崇武、邵循正、刘桂五、胡华等主讲。

7月 京沪两地举行纪念活动,纪念世界文化名人、俄罗斯契诃夫逝世50周年。中国人民保卫世界和平委员会、中国人民对外文化协会、中苏友好协会、中国文联、中国作协、中国剧协等单位在京联合召开纪念大会。

9月4日 中国文联会同中国作协、中国剧协、中国美协、中国音协、中国曲艺研究会和中国舞蹈艺术研究会筹委会,邀请在京的作家和艺术家,分别举行座谈会,学习和讨论中华人民共和国各民主党派、各人民团体为解放台湾联合宣言。

9月5日 中国美协举办首届全国版画展览,展出19个省市86位作者的200多幅作品。

10月3日 中国文联主席、中国科学院院长郭沫若代表中国的文学、艺术和科学界接受由英国文化界600多位知名人士签名信件所表达的致意。该信件由正在中国访问的六位英国作家、艺术家和科学家组成的代表团转交。中国人民对外文化协会会长楚图南主持仪式。

10月7日 中国舞蹈艺术研究会成立。吴晓邦任主席,戴爱莲任副主席。

10月31日—12月8日 中国文联主席团和中国作协主席团先后召开了八次扩大联席会议,就反对《红楼梦》研究中的胡适派资产阶级唯心论的倾向,《文艺报》在关于《红楼梦》研究问题上的错误等问题展开了热烈的讨论,并检查了《文艺报》的整个工作。最后会议作出了关于《文艺报》的决议，重新确定了《文艺报》今后的工作方针，改组了编辑工作机构，并提出了改进中国作协及其他各文艺团体机关刊物今后工作的办法。先前，中国作协主席团作出决议，由康濯、侯金镜、秦兆阳、冯雪峰、黄药眠、刘白羽、王瑶等七人组成《文艺报》编辑委员会，以康濯、侯金镜、秦兆阳为常务编辑委员。编辑委员会由1955年1月起开始工作。

11月15日 中国文联、中国作协、中国剧协、中国人民对外文化协会等单位联合举行大会，纪念世界文化名人、希腊喜剧家阿里斯托芬诞生2400周年。

1955 年

3月27日 文化部、中国美协主办的"第二届全国美术展览会"在北京苏联展览馆展出。展出彩墨画、油画、雕塑、版画、年画、连环画、招贴画、漫画、插图、水彩画、素描、速写等作品996件。展览至5月15日结束,后到上海、广州、武汉、重庆、西安、沈阳等地巡回展览。5月3日《人民日报》就"第二届全国美展"发表社论《争取我国美术的进一步繁荣和提高》。

4月11日 文化部、中国文联、中国剧协在首都天桥剧场联合主办"梅兰芳、周信芳舞台生活50年纪念大会"。文化部给梅兰芳和周信芳颁发荣誉奖状。

4月23日 由中国文联主管、中国民间文艺研究会主办的《民间文学》杂志创刊。

5月5日 中国人民保卫世界和平委员会、中国人民对外文化协会、中国文联、中国作协、中国剧协、中国政治法律学会在北京联合主办世界文化名人席勒、密茨凯维奇、孟德斯鸠、安徒生纪念大会。

7月12日 中国文艺工作者和蒙古人民革命军歌舞团部分人员举行座谈会,交流了两国艺术方面的经验。中国音协和中国舞蹈艺术研究会向歌舞团赠送了礼品。

8月24日 中国文艺工作者和阿尔巴尼亚人民军歌舞团举行座谈会,互相交流在音乐和舞蹈艺术方面的经验。中国音协和中国舞蹈艺术研究会向阿尔巴尼亚人民军歌舞团赠送了中国音乐唱片、乐谱等礼品。

10月30日 文化部、中国文联、中国音协联合举办"聂耳逝世二十周年、冼星海逝世十周年纪念会"。中国文联秘书长阳翰笙在会上讲话。中国音协主席吕骥报告了聂耳、冼星海的生平事迹。

11月12日 中国文联和中国作协邀请中央宣传部副部长胡乔木向在北京的文艺工作者作报告，帮助作家、艺术家更好地学习党中央关于农业合作化问题的决议，开展关于反映农业合作化的文艺创作。

11月25日 中国人民保卫世界和平委员会、中国人民对外文化协会、中国文联和中国作协联合主办"世界名著《草叶集》出版100周年、《堂·吉诃德》出版350周年纪念大会"。纪念大会由中国文联副主席茅盾主持并致辞。中国文联副主席周扬在会上作了关于纪念《草叶集》和《堂·吉诃德》的报告，介绍了这两部世界名著。

1956 年

3月1日　第一届全国话剧观摩演出会在北京开幕。中国文联等10个单位致贺电。

5月24日　中国电影出版社在京成立，隶属于文化部电影局。

5月25日　中国文联等12个全国性的人民团体在北京发起筹组"中巴友好协会"。

7月3日　中国摄影学会（中国摄影家协会前身）筹委会在北京成立。这是中国文联根据广大群众要求和摄影事业发展的需要，会同在北京的摄影家和各摄影部门负责人商讨后成立的。在成立会上，推选出30人为筹备委员，推选石少华为主任委员，吴群、丁聪、张印泉、苍石为副主任委员。

7月27日　中国文联、中国作协、中国剧协等联合纪念世界文化名人萧伯纳诞辰100周年和易卜生逝世50周年。

8月1日—25日　文化部和中国音协在北京联合举办第一届全国音乐周。全国各地音乐工作者3500人参加，举行了26场音乐会。

8月24日　毛泽东在中南海怀仁堂与音乐工作者谈话。

9月16日　中国文联在北京中山公园音乐堂举办鲁迅逝世二十周年纪念系列报告会。

10月19日　首都各界隆重纪念伟大的文学家、思想家和革命家鲁迅先生逝世二十周年。国务院总理周恩来出席。中宣部部长陆定一讲话。中国文联主席郭沫若主持大会并致开幕辞。中国文联副主席茅盾作题为《鲁迅——从革命民主主义到共产主义》的学术报告。18个国家的38位作家应邀参加纪念大会。

10月 《中国电影》杂志创刊。1959年7月，该刊与1958年7月创办的《国际电影》合刊，更名为《电影艺术》，由全国影协主办。

11月5日 中国文联在北京举行主席团扩大会议。会议就文艺团体如何贯彻执行"百花齐放，百家争鸣"的方针，改进今后工作，促进文艺创作的繁荣交换了意见。同时就扩大文联全国委员会和改进各省市文联的工作等问题作了商讨。中国文联主席团在京成员茅盾、周扬、郑振铎、夏衍、老舍、阳翰笙、蔡楚生、马思聪、陈沂，文联全国委员会在京委员叶浅予、李伯钊、吴作人、吴晓邦、刘开渠、阿英、连阔如、蔡若虹、钟敬文和文艺界其他人士50多人出席会议。

11月 中国文联及所属各协会迁入新址办公（北京市东城区王府大街64号，现为王府井大街36号）。

12月19日 中国摄影学会在北京中国文联礼堂召开成立大会。

1957 年

1月26日 中国文联举办的文艺俱乐部服务部"文艺茶馆"开始招待文艺工作者。28日,"文艺茶馆"正式开张,它是为便于文艺界人士聚会、休息而开办的。

2月28日 中国曲艺研究会编辑的《曲艺》杂志正式创刊。赵树理任主编,陶钝任副主编。老舍在创刊号发表了题为《祝贺》的文章。

3月16日 文化部、团中央、中国美协联合主办的"全国青年美术工作者作品展览会"(即"第一届全国青年美展")在北京开幕。共展出845位青年作者的900多件作品。

3月20日 中国文联主席团扩大会议决定,中国文学艺术工作者第三次代表大会定于10月在北京召开,大会主要任务是在新的基础上进一步扩大文艺界的团结,动员一切创作力量,为建设社会主义的民族的新文艺而奋斗。本次文联主席团扩大会议由中国文联副主席茅盾、周扬主持。参加会议的有文联主席团委员14人,在京全国委员28人,以及各协会和各研究会的负责人等。会上通过了在1956年12月成立的中国摄影学会的申请,吸收其为团体会员。后因整风运动和反右派斗争等原因,中国文学艺术工作者第三次代表大会延迟到1958年举行。

4月11日—16日 第二次全国电影工作者代表大会在京召开,决定成立中国电影工作者联谊会(简称"影联")。党和国家领导人毛泽东、朱德、周恩来等接见会议代表。中国文联副主席周扬、夏衍在会上讲话。会议选举蔡楚生为联谊会主席，司徒慧敏、白杨、沙蒙为副主席。

4月30日 中国摄影学会《中国摄影》杂志（季刊）在北京正式创刊。

7月14日 中共中央宣传部、文化部、中国文联在北京邀集出席全国人民代表大会及在北京的文艺界人士举行了座谈会。国务院总理周恩来、中宣部部长陆定一等出席并讲话。中国文联主席郭沫若主持。会后，周恩来和出席座谈会的文艺界人士共进晚餐。

9月16日 中国美协主席、著名画家齐白石逝世，享年93岁。

10月11日 中国文联和中国作协、中国剧协、中国美协、中国音协、中国曲艺研究会、中国舞蹈艺术研究会、中国民间文艺研究会、中国电影工作者联谊会、中国摄影学会向各地文联和有关分会发出关于庆祝十月革命四十周年的联合通知，要求各地文联和有关分会根据自己的业务特点，在当地党委领导下制定纪念活动计划，积极动员和组织文学艺术工作者参加各种纪念活动。

11月6日 首都文艺界举行庆祝十月社会主义革命四十周年大会。国务院副总理陈毅，中国文联主席团委员夏衍、欧阳予倩、蔡楚生、吕骥，以及北京文学、电影、戏剧、美术、音乐界著名人士邵荃麟、曹靖华、萧三、程砚秋、蔡若虹、吴晓邦等1200多人出席了大会。中国文联副主席周扬出席大会并讲话。苏联驻华大使馆参赞苏达利柯夫代表大使馆人员和在北京文艺部门工作的苏联专家对被邀参会表示感谢，并介绍了40年来苏联文化艺术事业取得的巨大发展。

12月 由中国摄影学会主办的首届全国摄影艺术展览在北京开幕。

1958 年

1月5日　中国舞蹈艺术研究会编辑的《舞蹈》杂志正式创刊。

1月8日　中国文联组织全委会委员和作家、艺术家到京郊南苑西红门、老君堂两个农业社进行访问联欢。

1月15日　中国文联在京的全委会委员和作家艺术家们到门头沟和城子矿参观访问，并举行联欢会。

2月25日　中国文联组织以郭沫若为首的文艺界人士100多人参观访问京郊西红门乡曙光农业生产合作社，并参加他们的庆功大会。大会上，上海京剧院著名演员俞振飞、言慧珠、李玉茹等为大家演出了《玉堂春》《拾玉镯》《三岔口》等戏，受到了农民的热烈欢迎。

3月9日　著名京剧艺术家程砚秋逝世，享年54岁。

5月7日　中国文联、中国作协共同组织，在中国文联主席郭沫若率领下，首都第一批"走马观花"体验生活的作家、艺术家，用半个月的时间参观访问了河北省张家口专区的农业建设、地方厂矿和草原上的水库工程，拜访了各位先进人物，回到北京。参加的文学家、艺术家有叶圣陶、萧三、吴作人、叶浅予、金人、沈从文、蒋兆和、邵宇、郑景康等23人。作家、艺术家们在访问过程中，还与当地文学、戏剧、美术、曲艺工作者进行了广泛接触和交谈。

5月20日　文化部、中国文联、北京市文化局、北京市文联共同组织的首都文艺界慰问团到十三陵水库建筑工地，向近十万义务劳动者和工地工作人员进行了慰问。慰问团的大部分人留在工地参加劳动、搜集材料，通过小说、戏剧、电影、音乐、美术等各种文艺创作，来反映这一社会主义建设工程的雄伟面貌。参加者有郭沫若、许广平、阳翰笙、叶圣陶、老舍、田汉、马思聪、吴作人、萧三、刘开渠、艾芜等作家、诗人、戏剧、电影、音乐、美术、摄影工作者，共200多人。首都和外地在京演出的30多个戏剧、曲艺、音乐、舞蹈团体，从20日起有计划地轮流到十三陵水库建筑工地进行慰问演出，直到工程基本结束为止。参加慰问演出的有中央戏剧学院实验话剧院、北京人民艺术剧院、中国青年艺术剧院、中央乐团、中国京剧院、北京市京剧团、北京市评剧团、浙江省绍剧团、呼和浩特市民间歌剧团、中国杂技团、北京曲剧团等演出单位。参加慰问演出的文艺团体根据工地分散和日夜施工的情况，在不同场地日夜轮番演出。

6月28日 中国文联和中国作协、中国剧协等联合举办世界文化名人、中国伟大戏剧家关汉卿戏剧创作700年纪念大会。国务院副总理陈毅出席纪念大会并讲话。中国文联主席郭沫若主持并作了题为《学习关汉卿，并超过关汉卿》的讲话。

7月 中国民间文艺研究会中国民间文学工作者第二次代表大会在北京召开，确定了"全面搜集，重点整理，大力推广，加强研究"的工作方针，决定编写各兄弟民族的文学史或文学概况。选出郭沫若为主席，周扬、老舍、郑振铎为副主席。会议期间，举办了"民间文学展览"。

同月 由中国摄影学会主办的《大众摄影》杂志创刊。

8月1日—11日 第一届全国曲艺会演大会在北京举行。参加会演的有90个曲种，演出了167个节目。

8月6日 中国文联召开关于"毛泽东和赫鲁晓夫会谈公报"的座谈会，一致表示拥护毛泽东和赫鲁晓夫会谈公报。

8月14日—16日 中国曲艺工作者第一次代表大会在北京举行。

中国文联副主席周扬到会发表题为《发展新曲艺，为社会主义服务》的讲话。会议通过了把"中国曲艺研究会"更名为"中国曲艺工作者协会"（简称"中国曲协"）的决议，审议通过协会章程，选举理事45名，常务理事19名。理事会推举赵树理担任主席，周巍峙、韩起祥、陶钝、王少堂、高元钧为副主席。

9月7日 中国文联和中国作协、中国剧协、中国音协、中国美协、中国曲协、中国舞蹈艺术研究会、中国民间文艺研究会、中国电影工作者联谊会、中国摄影学会等十个团体联合发表声明，坚决拥护周恩来总理关于台湾海峡地区局势的声明。

9月27日 中国文联举行主席团扩大会议。中国文联副主席茅盾、周扬主持会议。会议号召全国文艺工作者，继续深入工农群众，和群众结合，加强锻炼，提高思想水平。文艺工作者在思想上、道德品质上和生活上都应该成为人民的表率。

9月30日 中国文联等团体联合发起成立中阿、中保、中匈、中越、中德、中朝、中蒙、中波、中罗、中捷友好协会。

1959 年

4月17日 共青团中央、中国文联等单位联合组成纪念"五四"40周年筹委会。中国文联主席郭沫若担任主任。5月3日，首都各界纪念"五四"40周年大会在北京先农坛体育场举行。郭沫若致开幕词，共3万多人参加会议。大会上由首都2000名大学生表演了大合唱。

5月2日—3日 中国文联召开第二届全国委员会扩大会议。会议邀请了出席第二届全国人民代表大会第一次会议和中国人民政治协商会议第三届全国委员会第一次会议的文艺界人士参加。会上交流了关于发展文学艺术创作和贯彻执行"百花齐放、百家争鸣"的方针问题，并讨论决定于1959年12月召开第三次中国文学艺术工作者代表大会。

7月21日 中国文联等联合举办庆祝波兰人民共和国国庆15周年大会。外交部长陈毅讲话，热烈地歌颂中波两国人民的友谊。大会上演出了精彩的歌舞节目。

9月15日 中国文联主席郭沫若、副主席茅盾、主席团委员老舍参加毛泽东同志邀集的各党派团体负责人座谈会。

10月7日 中国文联主席郭沫若会见锡兰作家协会主席、锡中友协代表团团长马丁·魏克玛沁格和代表团的部分团员，进行了友好的交谈。

1960 年

3月5日 全国妇联、中国文联等单位联合举行庆功表模迎"三八"、高举红旗"齐跃进"广播大会。

3月16日 中国文联、中国作协等在北京发起成立中国拉丁美洲友好协会。中国电影工作者联谊会成为其团体会员。

4月12日 中国文联、中国作协等在北京发起成立中国非洲人民友好协会。中国电影工作者联谊会被吸收为团体会员。

5月8日 中国文联参与举办首都各界人民庆祝捷克斯洛伐克解放15周年大会。党和国家领导人朱德、彭真、贺龙、沈钧儒、陈叔通等出席。贺龙讲话。会后，中国艺术家表演了精彩的文艺节目。

5月14日 全国总工会、文化部、共青团中央、全国妇联、中国文联联合举办的全国职工文艺会演在首都人民大会堂开幕。来自全国28个省、自治区、直辖市的2700多位职工文艺代表演出了许多丰富多彩的文艺节目。31日晚，在首都人民大会堂举行了盛大的会演闭幕式。党和国家领导人朱德、李先念和前来参加世界工联理事会的各国代表出席了闭幕式。会演期间，各地代表还分别到首都工厂、人民公社、部队、学校、机关进行演出。

6月17日—7月31日 "全国美术作品展览会"（即"第三届全国美展"）在北京故宫博物院乾清宫东西两殿、帅府园中国美协美术展览馆、北海公园画舫斋展出。共展出27个省区市的美术作品907件。9月8日移至上海展出。

6月18日 首都文艺界举行反对美帝侵略、坚决解放台湾、保卫世界和平座谈会。会议由中国文联副主席周扬主持。

6月19日 中国文联副主席茅盾、周扬联合发表为反对美帝侵略谈话，表示我国文学艺术工作者热烈拥护人民解放军福建前线司令部17日发表的告台、澎、金、马军民同胞书。

6月21日 文化部和中国文联在首都剧场举行"反对美帝侵略、坚决解放台湾、保卫世界和平宣传周"首都艺术演出开幕式。中国文联副主席茅盾在开幕式上作了题为《彻底揭穿美帝国主义的画皮》的讲话。全国文艺界运用各种文艺武器，投入反对美帝国主义的斗争，在剧场、街头、广场、农村广泛开展反对美帝国主义的宣传活动。

7月22日 中国文学艺术工作者第三次代表大会在首都隆重开幕。党和国家领导人刘少奇、周恩来、朱德、宋庆龄、邓小平等出席开幕式。2300名来自各省、区、市，中央直属机关和人民解放军等单位的文学艺术工作者代表参加大会。中国文联主席郭沫若主持大会并致开幕词。国务院副总理、中宣部部长陆定一代表中共中央和国务院向大会致祝词。中国文联副主席周扬作题为《我国社会主义文学艺术的道路》的报告。当日下午，刘少奇、周恩来、朱德、宋庆龄、邓小平等接见中国文学艺术工作者第三次代表大会主席团全体成员。23日下午，党和国家领导人毛泽东、刘少奇、朱德、邓小平等接见全体代表。23日晚，国务院机关事务管理局在北京人民大会堂举行联欢晚会，招待全体代表。党和国家领导人周恩来、陈毅、陆定一、习仲勋参加晚会，和代表们一起联欢。24日，中华全国总工会副主席许之桢、共青团中共中央书记处书记杨海波、全国妇女联合会副主席李德全、中国人民解放军总政治部副主任傅钟分别代表工、青、妇、部队各方面致祝词。中国文联副主席、中国作协主席茅盾作报告。25日—27日，大会分组讨论。29日，国务院副总理陈毅为大会代表作关于国际形势问题的报告。30日开始，转入各协会、研究会、联谊会、学会分别举行会员代表大会或理事扩大会的阶段。中国作协第三次扩大理事会、中国剧协第二次会员代表大会、中国音协第二次会员代表大会、中国美协第二次会员代表大会、中国电影工作者联谊会第二次会员代表大会、中国曲艺工作者协会扩大理事会、中国舞蹈艺术研究会第二次会员代表大会、中国民间文艺研究会扩大理事会、中国摄影学会第二次会员代表大会在30日同时开幕。8月4日—5日上午，各协会、联谊会、研究会、学会的代表大会或理事会先后结束，分别通过了新的章程，选出新的领导机构，或补选、增选了新的理事。按照新的章程，"中国电影工作者联谊会"改为"中国电影工作者协会"，"中国舞蹈艺术研究会"改为"中国舞蹈工作者协会"，选举出新一届主席，分别为中国作协主席茅盾、中国剧协主席田汉、中国音协主席吕骥、中国美协主席何香凝、中国电影工作者协会主席蔡楚生、中国曲艺工作者协会主席赵树理、中国舞蹈工作者协会主席欧阳予倩、中国民间文艺研究会主席郭沫若、中国摄影学会主席石少华。5日，中共中央政治局委员李富春作经济建设问题的报告。6日，继续举行全体大会。中国文联秘书长阳翰笙代表文联第二届全国委员会主席团向全体代表作会务工作报告。8日，文化部副部长钱俊瑞作题为《文化艺术工作者要为彻底实现党的文化革命纲领而斗争》的书面发言。9日，中国文联所属各协会、研究会和学会分别举行理事会议。13日，大会向党中央和毛主席致敬电。当日下午，大会在北京人民大会堂胜利闭幕。中国文联主席郭沫若主持并致闭幕词。大会通过了《中国文学艺术界联合会章程》，选出了中国文学艺术界联合会第三届全国委员会委员，并由全国委员会推选出主席、副主席。中国文学艺术界联合会第三届全国委员会委员（以姓氏笔画为序）：丁九、丁西林、丁里、丁是娥（女）、丁果仙（女）、丁善德、于伶、于蓝（女）、丰子恺、王少堂、王老九、王秀兰（女）、王尊三、王朝闻、王阑西、方令孺（女）、扎西顿珠（藏族）、巴金、尹羲（女）、田方、田汉、田间、古元、石少华、白杨（女）、布赫（蒙古族）、艾芜、刘开渠、刘天韵、刘白羽、刘芝明、刘肖芜、刘郁民、刘梅村、刘毓中、叶圣陶、叶浅予、叶恭绰、关山月、关肃霜（女，满族）、江云、任白戈、朱石麟、朱光潜、成仿吾、孙伏园、孙瑜、华君武、老舍（满族）、安波、草明（女）、亚马、齐燕铭、肖三、肖长华、远千里、沙汀、沙可夫、邢立斌、李伟、李六如、李少春、李束为、李再雯（女）、李亚群、李伯钊（女）、李波（女）、李劼人、李定坤、李焕之、沈尹默、沈浮、严凤英（女）、吴作人、吴坚、吴雪、吴楚帆、吴晓邦、何其芳、何香凝（女）、佟英、汪洋、杜埃、延泽民、阳翰笙、吕骥、张水华、张天翼、张光年、张印泉、张庚、张季纯、张金辉、张修竹、张景祜、张瑞芳（女）、张德成、张骏祥、张鸿（女）、周小燕（女）、周立波、周信芳、周扬、周传瑛、周慕莲、周巍峙、陈半丁、陈伯华（女）、陈克寒、陈其五、陈建平、陈其通、陈荒煤、陈播、陈鲤庭、邵宇、邵荃麟、尚志田、欧阳山、欧阳予倩、阿英、孟波、舍拉西（蒙古族）、茅盾、罗香圃、林默涵、易剑泉、赵丹、赵树理、赵得贤（朝鲜族）、赵沨、赵鼎新、马少波、马可、马加、马师曾、马彦祥、马思聪、马健翎、柯仲平、郑君里、郑伯奇、郑奕奏、俞平伯、陆地（壮族）、查阜西、柳青、洪林、侯宝林、胡果刚、姜思毅、红线女（女）、姚澄（女）、袁水拍、袁牧之、袁勃、袁雪芬（女）、高元钧、祖农·哈迪尔（维吾尔族）、徐平羽、徐兰沅、徐肖冰、徐嘉瑞、佫树旺、特伟、夏衍、纳·赛音朝克图（蒙古族）、许广平（女）、许彧青、康巴尔汗（女、维吾尔族）、常书鸿（满族）、常香玉（女）、梅兰芳、梅益、盖叫天、冯至、冯雪峰、黄佐临、黄药眠、曹禺、曹靖华、章泯、郭沫若、梁思成、崔嵬、陶钝、傅抱石、傅钟、喻宜萱（女）、董速（女）、彭俐侬（女）、曾惇、焦菊隐、舒绣文（女）、贺绿汀、筱文艳（女）、贾芝、雷圭元、楚图南、虞棘、杨胜、杨荫浏、熊佛西、骆文、潘天寿、潘凤霞（女）、赖少其、臧克家、黎国荃、蔡若虹、蔡楚生、钱丹辉、钱俊瑞、钱静人、燕迟明、缪天瑞、谢冰心（女）、萨空了（蒙古族）、戴爱莲（女）、赛福鼎（维吾尔族）、韩世昌、韩俊卿（女）、韩起祥、魏巍，共224名。中国文学艺术界联合会第三届全国委员会主席为郭沫若，副主席为茅盾、周扬、巴金、老舍、许广平、田汉、欧阳予倩、梅兰芳、夏衍、蔡楚生、何香凝、马思聪、傅钟、赛福鼎、阳翰笙，秘书长为阳翰笙，副秘书长为时曙明、华君武、虞棘、张僖、孙福田、王元方、周文。13日，大会通过决议，号召全国文学艺术工作者更高地举起毛泽东文艺思想的旗帜，坚决遵循党的文艺路线，树雄心，立大志，为实现社会主义文学艺术的更大跃进而努力。当晚，举行联欢晚会。周恩来、陈毅、李先念、习仲勋等应邀和代表们一起进行了联欢。会议期间，文化部和文学艺术界组织了中国作协和中国民间文艺研究会主办的"文学书籍和期刊展览会"、文化部电影事业管理局和中国电影工作者协会主办的"中国电影工作展览会"、文化部主办的"文化事业技术革新技术革命小型展览会"、中国美协主办的"全国美术展览会"、中国剧协主办的"十年来戏剧工作成就展览会"、中国音协主办的"中国音乐家协会及各地分会工作概况展览会"，以及中国摄影学会主办的"摄影艺术展览会"等，通过实物、图片、模型、剪报资料等展品，反映了十年来，特别是"大跃进"以来，我国文学艺术的各个方面在毛泽东文艺路线的指导下所取得的伟大成就，显示了新中国的文学艺术事业在党的领导下蓬勃发展的情况。

10月29日 首都文艺界举行聂耳逝世25周年、冼星海逝世15周年纪念音乐会。国务院总理周恩来、中国文联主席郭沫若等出席。

应邀来中国访问的古巴文化代表团、巴西"桑巴"乐团、委内瑞拉文化代表团的外国朋友们也出席了纪念音乐会。中国文联副主席夏衍主持并致辞。中国音协主席吕骥以《伟大的革命战士、无产阶级革命音乐的先锋》为题作报告。中央实验歌剧院、中央民族乐团、中央歌舞团、中国儿童剧院、中央乐团、中央广播乐团合唱队、中国人民解放军总政歌舞团合唱队等单位演出了聂耳作曲的歌剧《扬子江暴风雨》和冼星海作曲的歌舞《生产大合唱》等群众歌曲。

1961 年

3月13日　中国文联和中国影协联合举行《革命家庭》影片座谈会。

4月20日　中国文联、文化部艺术局和中国曲协共同召开上海市人民评弹团进京演出座谈会。首都文艺界人士50余人参加。上海市人民评弹团这次在北京公演了12场，演出优秀传统节目21个，新编节目6个，以及小唱、开篇10多个节目，第一次比较有规模地向首都听众介绍了苏州评弹，受到广大听众的热烈欢迎和赞赏。

4月　中国音协举行了《九宫大成》演唱会。这是我国音乐家系统地整理、研究唐宋以来古典声乐的集中体现。

6月1日—28日　中宣部在北京新桥饭店召开全国文艺工作座谈会，讨论《关于当前文学艺术工作的意见（草案）》（即《文艺十条》初稿）。8月，草案经过修改，印发各地征求意见。1962年4月，正式定稿为《文艺八条》，由文化部党组、中国文联党组联合印发全国各地文化艺术单位贯彻执行。

8月8日　著名京剧表演艺术家梅兰芳逝世，享年67岁。

9月25日　首都文学艺术界和其他各界1400多人在全国政协礼堂集会，隆重纪念我国现代文学的奠基人、伟大的革命家和思想家鲁迅先生80诞辰。国务院总理周恩来出席了纪念大会。中国文联主席郭沫若主持并以《继续发扬鲁迅的精神和本领》为题致辞。中国文联副主席茅盾作报告。报告后，演出了文艺节目。节目中有鲁迅作品朗诵、根据鲁迅的《祝福》改编的评剧《祥林嫂》和绍剧《女吊》等。

10月16日 中国文联和民族文化工作指导委员会联合举办报告会，邀请从内蒙古访问归来的叶圣陶、老舍等作家、艺术家介绍访问观感。

12月11日 文化部和中国剧协联合举办著名京剧表演艺术家周信芳演剧生活60年纪念会。中国剧协主席田汉致开幕词。党和国家领导人周恩来、陆定一观看了周信芳和上海京剧院二团一同演出的《打渔杀家》。

1962 年

2月18日 中国文联代表、作曲家马可应印度尼西亚人民文化协会的邀请到达雅加达。25日，出席在巴厘岛召开的印度尼西亚人民文化协会全国代表会议并致贺词。3月11日上午，受到印度尼西亚共产党主席艾地接见。12日启程回国。

4月17日 中国文联、中国作协等联合举办世界文化名人、中国伟大诗人杜甫诞辰1250周年纪念大会。中国文联主席郭沫若主持纪念会并致辞。北京大学教授冯至作题为《纪念伟大的诗人杜甫》的长篇报告，详细介绍了诗人的生平和创作。纪念会后放映了电影纪录片《诗人杜甫》，并由查阜西朗诵杜甫诗篇《哀江头》和《闻官军收河南河北》，俞振飞和言慧珠表演昆曲《小宴惊变》。首都各界1400多人参加。

4月27日 《大众电影》（总第257—258期，首届百花奖专辑）公布了首届大众电影百花奖获奖名单。《红色娘子军》获得最佳故事片奖，夏衍、水华（《革命家庭》）获得最佳编剧奖，谢晋（《红色娘子军》）获得最佳导演奖，祝希娟（《红色娘子军》中饰吴琼花）获得最佳女演员奖，崔嵬（《红旗谱》中饰朱老忠）获得最佳男演员奖，陈强（《红色娘子军》中饰南霸天）获得最佳配角奖。

5月22日 中国文联及各协会、研究会、学会分别举行座谈会和学术性报告会，纪念毛泽东同志《在延安文艺座谈会上的讲话》发表20周年。作家、艺术家们纷纷在座谈会上发言，介绍自己学习《在延安文艺座谈会上的讲话》的心得和创作体会。作家和艺术家们还向青年文艺工作者、业余文艺爱好者们作了专题学术性报告。

同日 中国电影工作者协会在全国政协礼堂举行1960—1961年影片评选百花奖授奖大会和电影工作者联欢晚会。党和国家领导人周恩来、陈毅出席了电影工作者的联欢晚会，并接见了全体受奖人员。中国文联主席郭沫若颁奖。百花奖是《大众电影》在1961年12月提出举办的，是我国电影史上第一次群众性的影片评奖活动。授奖仪式结束后，举行了联欢晚会，并放映了影片《东进序曲》。

5月23日 文化部和中国美协联合举办的全国美术展览在北京中国美术馆正式开幕。这个展览是文艺界纪念毛泽东同志《在延安文艺座谈会上的讲话》发表20周年的主要活动之一，展期一个月。

同日 文化部和中国文联联合主办纪念毛泽东同志《在延安文艺座谈会上的讲话》发表20周年联欢晚会。国务院副总理、中宣部部长陆定一，中国文联领导郭沫若、茅盾、周扬及各协会负责人和文艺界著名人士出席联欢晚会。首都文艺界1500多人参加。

9月21日 中国文联副主席、中国舞蹈工作者协会主席、中国剧协副主席、著名戏剧活动家和戏剧教育家欧阳予倩逝世，享年74岁。

1963 年

1月　中国影协创刊《电影剧作》杂志。

3月4日　中国文联、中国作协等发起成立中国老挝友好协会。

3月24日　文化部、中国文联、共青团中央联合组织首都100多位文化工作者组成第一批六个农村文化工作队，赴河北、河南、山东、山西、辽宁、安徽等六省的六个县的农村，帮助开展农村文化工作。农村文化工作队每队20人左右。

4月19日　国务院总理周恩来在中国文联第三届全委会第二次扩大会议上作题为《要做一个革命的文艺工作者》的讲话。中国文联主席郭沫若主持会议并致辞。中国文联副主席周扬在会上作《加强文艺战线，反对修正主义》的报告。会议增选刘芝明为中国文联副主席。会后，中国文联召开了各省、区、市文联工作座谈会，讨论了加强中国文联和省、区、市文联的联系，改进文联工作等问题。

5月1日　中国文联参与联合举办"五一"招待会。国务院总理周恩来出席并致辞。

5月29日　第二届大众电影百花奖颁奖大会在北京政协礼堂举行，郭沫若、老舍为获奖者题写获奖词，中国电影工作者协会主席蔡楚生在仪式上发表讲话。本届百花奖新增最佳戏曲片奖（包括歌剧、舞剧片），由中国文联主席郭沫若颁奖。《李双双》获得最佳故事片奖，《大闹天宫》获得最佳美术片奖，《孙悟空三打白骨精》获得最佳戏曲片奖，李準（《李双双》）获得最佳编剧奖，王苹（《槐树庄》）获得最佳导演奖，张瑞芳（《李双双》中饰李双双）获得最佳女演员奖，张良（《哥俩好》中饰大虎、二虎）获得最佳男演员奖，仲星火（《李双双》中饰孙喜旺）获得最佳配角奖。

6月24日 中国文联主席郭沫若会见越南文联主席邓泰梅和由他率领的越南国家科学委员会文学院代表团。

8月17日 文化部、中国文联、中国作协、故宫博物院联合举办的曹雪芹逝世200周年纪念展览在故宫文华殿内正式展出。展览会陈列了2000多件展品。

9月21日 文化部、中国文联、共青团中央联合组织的第一批农村文化工作队回到北京后，召开了经验交流和向首都文化艺术界汇报大会。汇报大会历时三天。其间，各工作队举行了农村文艺创作汇报演出，并且展出了他们在农村的美术创作，以及辅导和演出活动的图片资料。

12月 文化部、中国文联、共青团中央、民族事务委员会联合组织170多位文化艺术工作者组成的第二批中央农村文化工作队分批离京前往农村工作。这批农村文化工作队和第一批工作队一样，离京前进行了短期的集中学习培训。第二批中央农村文化工作队一共有7个队，其中新增加的一个云南队去云南少数民族地区工作，一个陕西队去渭南工作。河北队的工作地点由定县（今定州市）改为遵化县（今遵化市）。其余山东队、安徽队、辽宁队、河南队的工作地点都与第一批相同。

1964 年

1月22日—2月4日　中国文联和中国曲艺工作者协会在北京召开曲艺创作座谈会。中国文联副主席周扬作报告，阳翰笙、刘芝明、赵树理、袁水拍、陶钝等，分别就曲艺工作和创作问题作了发言。其间，进行了新曲艺观摩演出和公演。

2月13日　文化部、中国文联、北京市文化局、北京市文联在北京饭店新楼礼堂联合举行春节联欢茶话会。1300多位文化艺术工作者参加。

3月4日　中国文联及各协会、研究会、学会开始整风，检查工作。

4月21日　著名粤剧表演艺术家马师曾在北京病逝，享年64岁。

4月30日　中国文联等联合举办盛大招待会，庆祝五一国际劳动节。党和国家领导人刘少奇、周恩来、朱德、董必武、邓小平、郭沫若等出席。

5月12日　文化部、中国文联、北京市文化局和北京市文联在北京人民大会堂联合举办联欢晚会，祝贺人民解放军第三届文艺会演大会（音乐、舞蹈、曲艺、杂技部分）胜利闭幕。党和国家领导人周恩来、罗瑞卿等出席联欢晚会。首都许多著名艺术家同部队文艺战士们相互交流创作和演出的收获和经验。

6月27日　毛泽东在《中央宣传部关于全国文联和所属各协会整风情况报告》上作出批示。7月2日，中宣部召开文联及各协会（研究会、学会)、文化部负责人会议,贯彻毛泽东的批示。7月11日,这个批示作为正式文件印发。之后,文联及各协会(研究会、学会)开始整风。

1965 年

4月30日 全国总工会、中国文联等共同举行盛大"五一"招待会。党和国家领导人刘少奇、周恩来、朱德、邓小平等出席。

6月30日 文化部、中国文联、中国音协联合举办聂耳逝世30周年、冼星海逝世20周年纪念音乐会。

1966 年

3月　中国剧协主办的刊物《戏剧报》《剧本》停刊。

7月　《大众电影》停刊。

8月24日　著名作家老舍逝世，享年67岁。

12月16日　著名京剧表演艺术家马连良逝世，享年65岁。

1967 年

2月24日 在北京的亚非作家、记者同中国文艺界人士举行茶话会，欢迎亚非作家常设局友好代表团访问亚非各国胜利归来。中国文联主席郭沫若在茶话会上讲话。

1968 年

3月6日　著名文艺活动家刘芝明逝世，享年63岁。

7月15日　著名电影艺术家、中国影协主席蔡楚生逝世，享年62岁。

12月10日　著名戏剧家、中国剧协主席田汉逝世，享年70岁。

12月26日　著名京剧表演艺术家荀慧生逝世，享年69岁。

1969 年

7月—9月　中国文联各协会、研究会、学会全部工作人员分别到湖北咸宁、天津静海等"五七"干校及部队农场等地劳动，搞"斗、批、改"。

1970 年

9月23日 著名作家、中国曲协主席赵树理逝世,享年64岁。

1971 年

1月15日　著名京剧表演艺术家盖叫天逝世,享年83岁。
6月10日　著名文艺理论家邵荃麟逝世,享年65岁。

1972 年

5月23日—7月23日　以国务院文化组名义举办的纪念毛泽东《在延安文艺座谈会上的讲话》发表30周年和全国美展、摄影展，在中国美术馆举行，展期两个月。

9月1日　全国政协原副主席，中国美协原主席何香凝逝世，享年94岁。

1973 年

1月8日　著名画家董希文逝世,享年59岁。

10月1日　以国务院文化组名义举办的1973年全国连环画、中国画展览和户县(今西安市鄠邑区)农民画展,在中国美术馆举办。

1974 年

9月20日 《中国摄影》复刊。这是"文化大革命"发动以来最早恢复的文艺刊物。

10月1日—30日 为庆祝中华人民共和国成立25周年,文化部在中国美术馆举办"全国美术作品展览"和"上海、阳泉、旅大工人画展览",展出647件美术作品。"全国摄影艺术展览"和"南海诸岛之一——西沙群岛摄影展览"在北京民族文化宫举办,共展出320幅作品。

1975 年

2月28日 著名导演焦菊隐逝世,享年69岁。

3月8日 著名京剧表演艺术家周信芳逝世,享年80岁。

10月1日—12月1日 "全国摄影艺术展览"在北京民族文化宫展出,"全国年画、少年儿童美术作品展览"在中国美术馆举办。

1976 年

1月31日　著名文艺理论家冯雪峰逝世，享年73岁。

3月下旬　《人民戏剧》《舞蹈》《美术》《人民电影》《人民音乐》相继复刊。

1977 年

6月17日 中国文联副秘书长,著名戏剧和电影作家、文学家阿英逝世,享年77岁。

11月21日 《人民日报》编辑部邀请茅盾、刘白羽、张光年、贺敬之、谢冰心、吕骥、蔡若虹、李季、冯牧、李春光等座谈,控诉和批判"四人帮"炮制的"文艺黑线专政"论。

12月13日 中宣部邀集在京的社会科学界、文化艺术界、新闻出版界党内外人士举行系列座谈会,征求对当前宣传工作和拟于明年召开的全国宣传工作会议的意见。中央宣传部部长张平化主持座谈会并讲话,要求大家行动起来,深入揭批"四人帮",建设和壮大宣传文化工作队伍。26日,中国文联主席郭沫若参加座谈,并吟诵了新作的诗《纪念毛主席诞辰》。

1978 年

1月　中国文联在沙滩北街2号红旗杂志社（现求是杂志社）大院中搭起了几排木板房作为中国文联和中国作协临时的办公用房。

5月27日—6月5日　中国文联第三届全国委员会第三次扩大会议在北京举行。这次会议由恢复文联各协会筹备小组组长林默涵，副组长张光年、冯牧主持。中宣部部长张平化在闭幕大会上讲话。中国文联主席郭沫若以《衷心的祝愿》为题作书面发言，副主席茅盾致开幕词。文化部部长、中宣部第一副部长黄镇代表中宣部作题为《在毛主席革命文艺路线指引下，为繁荣社会主义文艺创作而奋斗》的讲话。中国文联副主席周扬、傅钟、巴金、夏衍等出席大会。会议宣布中国文联、中国作协、中国剧协、中国音协、中国影协和中国舞蹈工作者协会正式恢复工作。《文艺报》立即复刊。中国美协、中国曲艺工作者协会、中国民间文艺研究会和中国摄影学会也陆续恢复工作。这是粉碎"四人帮"后，文艺界召开的第一个全国性的会议。参加会议的有文联第三届全国委员会委员，各省、自治区、直辖市和人民解放军的代表，在北京的文艺部门的负责人和文艺界各方面的代表，以及台湾省籍、港澳代表共340多人。全国人大常委会副委员长乌兰夫代表中央到会看望了全体代表，并作重要指示。大会通过《中国文学艺术界联合会第三届全国委员会第三次扩大会议的决议》。会议决定在1979年适当的时候，召开中国文学艺术工作者第四次全国代表大会。

6月3日　中国文联原副主席、人民艺术家老舍先生骨灰安放仪式在北京隆重举行。全国人大常委会党组副书记吴德主持，茅盾致悼词。

6月12日　中国文联主席郭沫若逝世，享年86岁。18日，追悼大会在北京举行。中共中央副主席邓小平致悼词，全国人大常委会委员长叶剑英主持，中共中央主席华国锋等参加追悼会并送了花圈。

6月13日　中国文联副主席、作协主席茅盾会见以薇薇·略夫斯太特为团长的瑞典文化界友好人士访华团。

6月30日　著名电影艺术家袁牧之逝世，享年69岁。

7月15日　《文艺报》正式复刊。

8月16日　京剧表演艺术家周信芳的骨灰安放仪式在上海革命公墓举行。

8月19日　电影表演艺术家郑君里的骨灰安放仪式在上海革命公墓举行。

9月16日　京剧表演艺术家盖叫天的骨灰安放仪式在杭州举行。

10月17日　著名作家赵树理的骨灰安放仪式在八宝山革命公墓礼堂举行。

本年　中国文联各协会、研究会、学会根据中央文件精神，相继成立专案复查小组，对1957年、1958年间被错划为右派分子的作家、艺术家、文艺编辑、翻译家及文艺组织工作者，进行实事求是的甄别，重新作出结论，予以改正。

1979 年

1月2日　中国文联举行迎新茶话会。中共中央政治局委员、中宣部部长胡耀邦对文艺界提出热情希望。文化部部长黄镇作了讲话。相声表演艺术家侯宝林即席赋诗。艺术家张权、马玉涛、李世济、李和曾等作了精彩演唱。

1月27日　中宣部、文化部、中国人民解放军总政治部、北京市革委会、中国文联联合在北京人民大会堂举办联欢晚会，欢度春节。

1月30日　中共中央政治局委员、中宣部部长胡耀邦出席中国影协举行的电影界春节茶话会并讲话。

1月　《民间文学》《剧本》《电影艺术》《大众电影》《曲艺》等相继复刊。

2月5日　中国文联筹备组在北京召开省区市文联工作座谈会，29个省区市文联代表和中国文联各协会负责人75人参加。会议交流了各地恢复组织机构的情况及存在的问题、困难，讨论了重新组织文艺队伍的问题，对召开第四次文代会提出许多积极意见和建议。10日，中共中央政治局委员、中宣部部长胡耀邦出席会议并作了报告。

2月17日　中国摄影学会筹备组在北京召开全国摄影工作者座谈会，各地摄影界代表一百多人参加。

2月19日—20日　中华人民共和国联合国教科文组织全国委员会召开第一次会议。中国文联为组成单位。

3月16日—23日 《文艺报》编辑部召开文艺理论批评工作座谈会。这是粉碎"四人帮"之后,第一次全国性的文艺理论工作问题的讨论会。

4月25日 中国文联原副主席,中国戏剧家协会主席、党组书记田汉追悼会在北京八宝山革命公墓礼堂举行。国务院侨办党组书记廖承志主持追悼会,中国文联副主席沈雁冰致悼词。

4月 中组部、中宣部、文化部、中国文联联合召开全国文艺界落实知识分子政策座谈会,研究如何进一步加快落实政策,充分调动作家、艺术家和文艺工作者的积极性,团结一致地为繁荣社会主义文艺,为促进社会主义现代化建设贡献自己的力量。中共中央政治局委员、中宣部部长胡耀邦在会上讲话。

5月8日 茅盾和周扬联合发起成立的"鲁迅研究学会"召开第一次筹备会议。鲁迅研究学会筹备小组成员有茅盾、周扬、林默涵、巴金、曹靖华、沙汀、陈荒煤。学会章程(草案)中说:鲁迅研究学会是从事鲁迅研究的专业和业余工作者组成的学术性团体,任务是组织和推动有关鲁迅研究的学术活动,编辑、出版《鲁迅研究集刊》,交流鲁迅研究成果,协同有关单位搜集、整理、交流和出版鲁迅研究资料,开展与各国从事鲁迅研究的组织或个人的学术交流活动;会员分团体会员和个人会员两种。此后,中国文联出版社出版《1913—1983鲁迅研究学术论著资料汇编》。

8月13日 中国文联原党组副书记、代理书记、副主席、秘书长刘芝明追悼会在北京八宝山革命公墓礼堂举行。中共中央委员王震主持,文化部部长黄镇致悼词。

10月30日 中国文学艺术工作者第四次代表大会在北京开幕。中共中央副主席、国务院副总理邓小平代表党中央、国务院向大会致祝辞。他在祝辞中充分肯定了我国文艺事业的成就,高度赞扬我国文艺队伍是一支经得起斗争风雨严峻考验的好队伍。在谈到新时期我国文学艺术的任务时，邓小平同志指出，我们要在建设高度物质文明的同时，提高全民族的科学文化水平，发展高尚的丰富多彩的文化生活，建设高度的社会主义精神文明。他强调说，同心同德地实现四个现代化，是今后一个相当长的时期内，全国人民压倒一切的中心任务，是决定祖国命运的千秋大业。文艺工作者要为建设高度发展的社会主义精神文明，促进四个现代化的实现，作出积极的贡献。邓小平同志衷心祝愿文艺队伍更加团结壮大，要求各级党委都要领导好文艺工作。他祝大会完满成功，热情地期望大会以后，文艺工作者拿出越来越多、越来越好的艺术成果。党和国家领导人叶剑英、李先念、乌兰夫、方毅、邓颖超、胡乔木等出席。日本著名评论家宫川寅雄、荷兰著名电影艺术家伊文思、英国著名作家格林等外国友人应邀出席。中国文联副主席周扬主持开幕式。中国文联副主席茅盾致开幕词。中国文联副主席巴金、夏衍、傅钟、阳翰笙和第四次文代会主席团成员在主席台上就座。中华全国总工会、共青团中央、中华全国妇女联合会、中国人民解放军总政治部、教育部的负责人宋侃夫、胡启立、罗琼、朱云谦、蒋南翔分别向大会致了热情洋溢的祝词，对文艺工作者提出了希望和要求。11月1日，周扬作题为《继往开来，繁荣社会主义新时期的文艺》的报告。3日，中国文联党组书记、副主席阳翰笙作《中国文联会务工作报告》。16日，中国文学艺术界联合会第四届全国委员会第一次会议选出中国文联名誉主席、主席、副主席、秘书长。名誉主席为茅盾，主席为周扬，副主席为巴金、夏衍、傅钟、阳翰笙、谢冰心、贺绿汀、吴作人、林默涵、俞振飞、陶钝、康巴尔汗，秘书长为林默涵。丁里、丁玲、丁峤、丁毅、丁正铎、丁是娥、丁善德、力群、马宁、马加、马若、马玉涛、马学良、马彦祥、马烽、马瑜、于兰、于伶、于是之、于黑丁、于敏、于冠西、万里云、才旦卓玛、王昆、王苹、王子野、王汶石、王玉胡、王众音、王秀兰、王丽堂、王家乙、王雪波、王朝闻、王阑西、戈宝权、公木、毛星、牛桂英、方纪、方行、文菲、云照光、韦君宜、孔罗荪、巴金、尹羲、尹桂芳、尹茅塞、石天、石鲁、石磊、石凌鹤、古元、左哈拉、厉慧敏、卢肃、史行、史若虚、叶圣陶、叶君健、叶浅予、艾芜、艾青、田兵、田华、田雨、田间、田炜、白杨、白桦、白凤鸣、白淑湘、白燕仔、白晓朗（童怀周代表）、冯至、冯牧、冯乃超、刘川、刘天一、刘开渠、刘白羽、刘肖芜、刘诗昆、刘知侠、刘佳、刘宾雁、刘海粟、刘郁民、刘相如、刘德海、刘毓中、华君武、华嘉、任白戈、任清、任德耀、朱丹、朱光潜、朱素甫·玛玛依、成仿吾、成荫、关山月、关肃霜、孙慎、孙振、孙犁、孙瑜、孙家琇、吕厚民、吕骥、延泽民、邢立斌、阳友鹤、阳翰笙、江丰、江定仙、亚明、则克力、司徒慧敏、伊琳、汤晓丹、阮章竞、那沙、红线女、肖三、肖军、李一氓、李少言、李可染、李初梨、李志曙、李进、李乔、李伟、李波、李季、李伯钊、李何林、李名强、李建彤、李健吾、李和曾、李春光、李凌、李承祥、李定坤、李准、李桦、李焕之、李霁野、李默然、李紫贵、李德才、李德伦、李桂云、李英敏、陈书舫、陈白尘、陈沂、陈伯华、陈学昭、陈复礼、陈荒煤、陈涌、陈素真、陈锦清、陈登科、陈播、陈洁民、陈残云、陈白一、陈鲤庭、吴世昌、吴仞之、吴印咸、吴坚、吴作人、吴宗锡、吴祖光、吴晓邦、吴雪、吴强、吴景略、吴楚帆、杨士惠、杨公骥、杨兰春、杨明、杨亮才、杨沫、杨益言、杨荫浏、杨宪益、严文井、严辰、严永洁、严良堃、严寄洲、沈西蒙、沈亚威、沈扶、沈定华、沈浮、沈柔坚、余本、余所亚、余冠英、余耘、沙汀、汪洋、苏一平、苏云、苏里、陆万美、陆地、陆青山、何文今、阿甲、阿良、阿玛次仁、时乐濛、杜埃、杜烽、杜鹏程、杜近芳、杜天文、宋吟可、库尔班·阿里、周戈、周小燕、周而复、周传瑛、周桓、周扬、周钢鸣、周邨、周国瑾、周巍峙、宝音巴图、宝音德力格尔、茅盾、罗扬、罗品超、罗工柳、林淡秋、林风眠、林路、林农、林杉、林散之、林扬、林默涵、金山、金哲、金紫光、郎咸芬、郎毓秀、欧阳山、鱼讯、庞薰琹、思勤、赵丹、赵寻、赵青、赵沨、赵寰、赵朴初、赵羽翔、赵得贤、赵鼎新、赵起扬、赵燕侠、张天翼、张光年、张僖、张振军、张庚、张东川、张季纯、张君秋、张梦庚、张拓、张权、张敬安、张子谦、张仃、张乐平、张水华、张景华、张骏祥、张瑞芳、张耀民、张振铎、俞平伯、俞林、俞振飞、俞百巍、姚雪垠、姚澄、姚璇秋、姚时晓、姚经才、郭绍虞、郭铭、郭兰英、郭颂、郭文秋、郭维、姜椿芳、姜彬、姜秀珍、骆文、骆宾基、骆玉笙、洛丁、胡可、胡采、胡沙、胡一川、胡蓉蓉、胡果刚、胡献雅、贺敬之、贺绿汀、洪林、洪遒、钟敬之、钟敬文、钟望阳、侯宝林、侯波、柯灵、柯岩、草明、彦涵、施展、查列、徐平羽、徐桑楚、徐肖冰、徐迟、袁小平、袁文殊、袁雪芬、袁世海、袁宗杰、袁晓岑、袁静、高虹、高帆、高士其、高元钧、贾克、贾芝、贾桂兰、贾作光、敖德斯尔、铁可、梁文英、梁伦、梁斌、夏衍、夏梦、夏菊花、钱江、钱仁康、钱松嵒、钱静人、钱钟书、钱筱璋、特伟、秦似、秦牧、秦怡、陶钝、顾颉刚、莫朴、唐向青、聂绀弩、曹禺、曹火星、曹汉昌、曹靖华、崔德志、康巴尔汗、康朗甩、康濯、常书鸿、常苏民、常香玉、鄂华、黄河、黄胄、黄虹、黄钢、黄镇、黄翔、黄源、黄友葵、黄永玉、黄佐临、黄俊耀、黄苗子、黄贻钧、黄勇刹、黄药眠、黄新波、盛婕、韩起祥、萨空了、彭俐侬、斯琴塔日哈、董速、赖少其、程十发、程士荣、程秀山、傅钟、傅铎、傅懋勋、舒巧、舒强、喻宜萱、谢冰心、谢瑞阶、谢铁骊、蒋月泉、蒋风之、蒋兆和、游龙、游惠海、蔡尚雄、蔡若虹、雷加、雷圭元、漠雁、路一、虞棘、楚图南、缪天瑞、谭抒真、臧克家、管桦、潘凤霞、德格·格桑旺堆、额尔敦·陶克陶、燕遇明、魏伯、魏巍、魏传统、魏喜奎、戴爱莲、塞先艾、瞿维共456人当选为中国文学艺术界联合会第四届全国委员会委员。16日，大会闭幕，党和国家领导人李先念、王震、韦国清、邓颖超、胡耀邦等出席。闭幕式上，宣布了中国文联名誉主席、主席和副主席的选举结果。周扬主持闭幕式。夏衍致闭幕词。全体与会代表以热烈的掌声，一致通过了《中国文学艺术工作者第四次代表大会决议》。大会同意杂技艺术界同志关于成立杂技工作者协会的建议。同意接纳杂技工作者协会为中国文联的会员。16日下午，党和国家领导人华国锋、李先念等在北京人民大会堂亲切接见了全体代表和工作人员，并同他们合影留念。16日晚，中宣部、文化部联合举行盛大茶话会，招待全体代表，庆祝大会胜利闭幕。华国锋发表即席讲话。胡耀邦在茶话会上讲了话。在大会期间，中国作协、中国剧协、中国音协、中国影协（全称"中国电影家协会"，原中国电影工作者协会）、中国舞协（全称"中国舞蹈家协会"，原中国舞蹈工作者协会）、中国美协、中国曲协（全程"中国曲艺家协会"，原中国曲艺工作者协会）、中国民间文艺研究会、中国摄协（全称"中国摄影家协会"，原中国摄影学会）所举行的会员代表大会，选出了新的领导机构，推选出各协会、研究会的主席、副主席。名单如下：

中国作协

主席：茅盾。第一副主席：巴金。副主席：丁玲、冯至、冯牧、艾青、刘白羽、沙汀、李季、张光年、陈荒煤、欧阳山、贺敬之、铁衣甫江。

中国剧协

主席：曹禺。副主席：马彦祥、关肃霜、李伯钊、陈白尘、张庚、张君秋、阿甲、沈西蒙、吴雪、金山、赵寻、袁雪芬、黄佐临、常香玉。

中国音协

主席：吕骥。副主席：贺绿汀、李焕之、李凌、周巍峙、丁善德、时乐濛、赵沨、才旦卓玛、孙慎、周小燕。

中国影协

主席：夏衍。副主席：于伶、白杨、司徒慧敏、成荫、张骏祥、陈荒煤、袁文殊。

中国舞协

主席：吴晓邦。副主席：戴爱莲、陈锦清、康巴尔汗、贾作光、胡果刚、梁伦、盛婕。

中国美协

主席：江丰。副主席：王朝闻、叶浅予、华君武、刘开渠、关山月、李少言、李可染、吴作人、黄新波、蔡若虹。

中国曲协

主席：陶钝。副主席：韩起祥、高元钧、骆玉笙、侯宝林、罗扬、吴宗锡、蒋月泉、李德才。

中国民间文艺研究会

主席：周扬。副主席：钟敬文、贾芝、毛星、顾颉刚、马学良、额尔敦·陶克陶、康朗甩。

中国摄协

主席：徐肖冰。副主席：孙振、陈昌谦、陈复礼、吴印咸、高帆、黄翔。

11月 阳翰笙任中国文联秘书长，张僖、李庚、夏义奎任副秘书长。

1980 年

1月23日—2月13日　中国剧协、中国作协和中国影协举行剧本创作座谈会。中共中央政治局委员、中宣部部长胡耀邦作了长篇讲话。出席座谈会的有北京、上海，以及部分省、自治区、其他直辖市和人民解放军的电影、戏剧等方面的文艺工作者和文艺评论工作者共100余人。

1月26日　著名电影艺术家蔡楚生追悼会在八宝山革命公墓礼堂举行。中国文联主席周扬主持，中国影协副主席司徒慧敏致悼词。

1月　中国剧协出版的大型季刊《外国戏剧》杂志创刊。《外国戏剧》是介绍外国戏剧艺术的以理论性、知识性为特色的专业性综合刊物。

2月16日　中国文联在北京饭店举行团拜会，文艺界人士500多人欢聚一堂，共庆新春佳节。中央政法委书记彭真、中央组织部部长宋任穷、中国文联主席周扬等参加团拜，向大家热情问候，祝愿文学家、艺术家们团结一致，和全国人民一道，为促进"四化"努力奋斗。

3月17日　中国曲艺出版社在北京成立。

3月28日　文化部、中国文联、中国社会科学院联合举办纪念"左联"成立50周年大会。中共中央书记处书记胡乔木作了题为《携起手来，放声歌唱，鼓舞人民建设社会主义新生活》的讲话。中国文联主席周扬作了题为《继承和发扬左翼文化运动的革命传统》的长篇讲话。中国文联副主席夏衍主持会议。会上宣读了中国文联名誉主席茅盾同志的书面发言。同日，纪念"左联"成立五十周年展览在中国美术馆开幕。

3月 由中国文联主管、中国摄协主办的影像出版专业机构——中国摄影出版社（中国摄影出版传媒有限责任公司前身）成立。

4月15日 由文化部、中国文联、上海市文化局、上海市文联、中国剧协和剧协上海分会联合举办的"俞振飞演剧生活60年"纪念会在上海举行。

5月5日—18日 中国曲协在北京召开相声创作座谈会。中共中央书记处书记、中宣部部长王任重，中国文联主席周扬作报告。中国曲协副主席侯宝林主持会议。

5月23日 中国影协在政协礼堂举行第三届大众电影百花奖授奖大会，工人、农民、解放军、大中小学校学生、首都电影观众代表、文艺界电影界人士共千余人参加，40多位外国驻京记者第一次应邀出席。中国文联主席周扬向获奖者颁发奖杯和奖状。中国影协副主席袁文殊发表题为《创造社会主义的民族新电影》讲话。全国人大常委会副委员长宋庆龄为百花奖题词："热烈祝贺中国影坛百花盛开！"《吉鸿昌》《泪痕》《小花》获得最佳故事片奖，《哪吒闹海》《阿凡提》获得最佳美术片奖，《铁弓缘》获得最佳戏曲片奖，陈立德（《吉鸿昌》）获得最佳编剧奖，谢添（《甜蜜的事业》）获得最佳导演奖，李仁堂（《泪痕》中饰朱克实）获得最佳男演员奖，陈冲（《小花》中饰赵小花）获得最佳女演员奖，刘晓庆（《瞧这一家子》中饰张岚）获得最佳配角奖。

同日 中国书法家协会筹备会召开。筹备会发起人有：王震、谷牧、陈丕显、郭化若、舒同、华楠、魏文伯、魏传统、许涤新、孙毅、张执一、林林、周而复、赵朴初等。

5月24日 中国文联主席周扬会见莱布尼茨文化交流协会副会长埃格贝尔特·巴克为团长的西德作家代表团。

6月9日 中国杂技艺术家协会筹委会第一次会议召开。会议强调，杂技艺术要坚持正确方向，沿着健康的道路发展，杂技节目要日新月异，丰富多彩。其间，中国文联主席周扬等到会讲了话。

6月17日 中国文联、中国作协和中国社科院召集的纪念瞿秋白同志就义45周年座谈会在北京人民大会堂举行。中国文联主席周扬发表题为《为大家开辟一条光明的路》的长篇发言，高度评价了瞿秋白对中国革命的多方面贡献。中国文联名誉主席茅盾、中共中央委员谭震林、政协全国委员会副主席李维汉在座谈会上介绍了瞿秋白为中国人民革命事业建立的历史功绩。座谈会宣布，中共中央已批准有关方面关于搜集瞿秋白同志的手稿、重新编辑出版瞿秋白文集的报告。座谈会由贺敬之主持。

6月 恢复中共中国文联党组工作。周扬任中国文联党组书记，陈荒煤任党组第一副书记，冯牧、袁文殊、赵寻任党组副书记，陆石、张僖、华君武、孙慎、贾芝、盛婕、罗扬、徐肖冰任党组成员。陆石任秘书长。

8月1日—17日 文化部和中国舞协主办的第一届全国舞蹈比赛（独舞、双人舞、三人舞）在辽宁大连举行。

8月4日—15日 中国文联和高等学校文艺理论研究会委托江西举办的文艺理论学术讨论会在庐山举行。全国126所高等院校的教师，44个报刊、出版单位的编辑和部分理论研究工作者、批评家、作家参加会议。

10月27日 文化部、中国文联主办的悼念人民艺术家赵丹同志大会在首都剧场隆重举行。中国文联党组书记、主席周扬主持大会。中国文联副主席夏衍作了长篇讲话，介绍了赵丹的生平、艺术成就和他走过的坎坷道路。

11月下旬　文化部、中国文联、中国剧协、四川省文化局、剧协四川分会、成都市文化局、成都市文联联合在成都举行川剧表演艺术家阳友鹤舞台生活60年纪念活动。

12月20日—1981年1月20日　文化部、共青团中央、中国美协在中国美术馆联合举办"第二届全国青年美展",展出575名青年作者543件美术作品。评出一等奖2件：油画《父亲》、版画《秋瑾》。

1981 年

1月5日—24日 《电影艺术》和《大众电影》编辑部在北京联合召开电影创作、理论座谈会。中国文联副主席、中国影协主席夏衍，中国影协副主席陈荒煤作报告。电影编剧、导演和理论工作者近百人参加。24日，中国电影评论学会成立。该学会理事会由21人组成。会长钟惦棐，副会长程季华、梅朵、罗艺军，名誉会长夏衍、陈荒煤、张骏祥。

1月9日 中国剧协和文化部艺术教育局联合召开的舞台美术理论座谈会在北京举行。这是我国戏剧史上第一次全国性的舞台美术学术会议。座谈会就舞台美术的性质、功能、创作规律、形式和手法的多样性，戏曲如何运用灯光、布景，以及舞台美术与科技的关系等问题，进行了广泛而深入的讨论。中国文联党组书记、主席周扬等会见与会人员。

2月5日 文化部和中国文联在北京饭店联合举行春节茶话会，邀请首都文艺工作者800多人共度新春佳节。中共中央书记处书记、中宣部部长王任重在会上讲话，希望文艺工作者不断增强社会责任感，力争把最好的、有益于人民身心健康的、能够激发斗志的精神食粮，奉献给人民。

2月25日 全国总工会、共青团中央、全国妇联、中国文联、中央爱国卫生运动委员会、全国学联、全国伦理学会、中国语言学会和中华全国美学学会等9个单位发出《关于开展文明礼貌活动的倡议》，向全国人民特别是青少年倡议：开展以讲文明、讲礼貌、讲卫生、讲秩序、讲道德和心灵美、语言美、行为美、环境美为内容的"五讲""四美"文明礼貌活动，使我国城乡的社会风气和道德面貌有一个根本改观。

3月3日 中国影协决定从本年起设立"中国电影金鸡奖"。

3月21日 中国文联副主席阳翰笙率中国文联代表团乘机离京前往日本参加日中文化交流协会创立25周年纪念活动。

3月27日 中国文联名誉主席、中国作协主席茅盾在北京逝世，享年85岁。4月11日，追悼会在北京人民大会堂西大厅隆重举行。追悼会由中共中央副主席、政治局常委邓小平主持。中共中央政治局常委、中共中央书记处书记胡耀邦致悼词。

4月14日—25日 应中国文联邀请，意大利作家出版家协会主席卢伊季·孔特率代表团一行访华。国务院副总理姬鹏飞会见代表团。

5月5日 中国书法家第一次代表大会在北京人民大会堂西大厅开幕。大会主席团执行主席舒同主持开幕式并作题为《团结起来，继承和发扬我国书法艺术传统，为人民服务》的报告。陈叔亮作《中国书法家协会筹委会工作报告》。中国文联党组书记、主席周扬讲话。中国文联和各协会（研究会）、文化部、教育部以及其他有关方面的领导和代表200多人到会祝贺。9日，大会闭幕。在大会产生的中国书法家协会理事会举行的第一次会议上，舒同当选为中国书法家协会（简称"中国书协"）主席。赵朴初、沙孟海、启功、周而复、林林、朱丹、陈叔亮当选为副主席。第一次理事会议还选举产生了19名常务理事。大会期间，与会代表讨论通过了《中国书法家协会章程》，还进行了书法交流活动。

5月17日 中国民间文艺研究会首届年会在北京闭幕。中国文联党组成员贾芝作总结报告。中国民间文艺研究会副会长钟敬文主持会议。

5月23日 中国影协举办的首届中国电影金鸡奖和第四届《大众电影》百花奖的评选结果分别在杭州揭晓。首届电影金鸡奖评奖结果为《巴山夜雨》《天云山传奇》（并列）获得最佳故事片奖，动画片《三个和尚》获得最佳美术片奖，叶楠（《巴山夜雨》）获得最佳编剧奖，谢晋（《天云山传奇》）获得最佳导演奖。第四届大众电影百花奖简化评奖项目，只评选最佳故事片和最佳男、女演员奖。评选结果为《庐山恋》《天云山传奇》《七品芝麻官》获得最佳故事片奖；张瑜（《庐山恋》中饰周筠）获得最佳女演员奖，达式常（《燕归来》中饰林汉华）获得最佳男演员奖。中国影协副主席袁文殊主持授奖大会。首届电影金鸡奖评选委员会名誉主任委员、中国文联副主席、中国影协主席夏衍致辞。中共浙江省委第一书记铁瑛和夏衍、司徒慧敏分别向金鸡奖、百花奖获奖者颁发了"金鸡"和"花神"雕像，以及获奖证书。会后举行了联欢晚会。24日，金鸡奖、百花奖获奖人员在杭州举行座谈会。

5月下旬 应朝鲜文艺总同盟邀请，中国文联副主席林默涵率代表团访问朝鲜，为期两周。

6月9日 朝鲜劳动党中共中央政治局候补委员、政务院副总理郑浚基接见了以中国文联副主席林默涵为团长的中国文联代表团。

6月15日 中国文联"文艺之家"举办北戴河读书会。之后每半月一期，每期20多人至40多人，邀请全委会委员、文联各协会、各省、自治区、直辖市文联的主席、副主席和少数文艺界知名人士分批前往。读书会持续了3个月的时间。

6月20日 中国影协主办的《电影艺术译丛》（双月刊）自本年度第四期起，改名为《世界电影》（双月刊），保留原《译丛》栏目和风格特点，仍以广大电影工作者和电影爱好者为对象，翻译外国电影艺术理论、创作经验，介绍当代世界电影的一些重要思潮、流派和创作倾向，为中外电影工作者的经验交流提供平台，以及刊登我国电影工作者对外国电影的研讨评论文章。

6月26日—28日 文化部、中国文联、中国人民解放军总政治部文化部、中国曲协联合举办三场"庆祝中国共产党成立六十周年曲艺演唱会"。老一代曲艺家高元钧、骆玉笙、李润杰、关学曾、常宝华、王毓宝，以及姜昆、籍薇等表演了节目。

7月1日 文化部、中国文联、中国书协联合举办中国共产党成立60周年纪念书法篆刻展览，在中国美术馆正式展出。

7月15日—17日 中宣部、文化部、中国文联邀请首都文艺界领导干部和知名人士座谈党的十一届六中全会精神，总结历史经验，推动文艺事业获得更大发展。

7月30日 鲁迅诞辰一百周年纪念委员会成立，邓颖超任主任委员，周扬任第一副主任委员。

8月9日 文化部和中国文联在北京联合召开首都部分文艺工作者座谈会，提出要开展批评与自我批评，加强党对文艺的领导，改变涣散软弱状态。

8月20日—25日 文化部、中国文联联合召开文艺界在京部分领导干部、作家、评论家、艺术家学习贯彻邓小平同志、胡耀邦同志关于思想战线问题重要指示的座谈会。

9月17日 中国社科院、中国文联、鲁迅研究学会共同举办的纪念鲁迅诞辰一百周年学术讨论会在北京隆重开幕。邓颖超、周扬、周建人、胡愈之、叶圣陶，以及中宣部、中国社科院、文化部、中国文联及各协会、对外友协的负责人朱穆之、廖井丹、贺敬之、李卓然、周巍峙、邓力群、陈荒煤、傅钟、林林等，还有文艺界老同志、各地代表共160多人出席开幕式。

10月6日—16日 西藏文学艺术工作者首次代表大会在拉萨隆重举行。大会期间，正式成立了西藏自治区文学艺术界联合会，分别成立了中国作协西藏分会、中国民间文艺研究会西藏分会、中国音协西藏分会、中国舞协西藏分会、中国美协西藏分会、中国摄协西藏分会、中国剧协西藏分会、中国曲协西藏分会。中国文联派出以赵寻为团长、葛洛为副团长的代表团参会。

10月28日 中国杂技艺术家第一次代表大会在北京开幕。中国文联副主席傅钟、中国文联副主席林默涵先后在大会上讲话，分别代表中国文联和文化部表示祝贺。夏菊花作题为《为繁荣和发展社会主义杂技艺术而奋斗》的报告。11月3日，大会闭幕。国务院副总理万里、中共中央书记处书记习仲勋出席闭幕式，对中国杂技艺术家协会（简称"中国杂协"）成立表示祝贺。夏菊花当选为中国杂协主席，阿良、冯光泗、王松声、孙泰、王峰、兰天、李甡、卢毅为副主席。新当选的中国杂协副主席孙泰致闭幕词。经第一次常务理事会提议，决定设立中国杂协顾问委员会，由王地子和周云鹏分别担任正、副主任委员。闭幕式后，文化部、中国文联举行联欢晚会，庆祝中国杂技艺术家第一次代表大会胜利闭幕和中国杂技艺术家协会成立。

12月15日—16日 中国文联主席团召开扩大会议。与会同志就文艺界调整、改革，加强中国文联领导机构，文艺界目前状况和文联今后工作等问题交换了意见。会议指出，要采取积极有效的措施，组织作家、艺术家深入生活，努力繁荣社会主义文艺创作。会议希望文艺界重新学习毛泽东文艺思想，开展对毛泽东文艺思想的科学研究，正确总结文艺战线的经验教训。会议决定恢复设立主席团委员会，成立中国文联书记处，以加强和改善文联的日常领导工作。

12月 《中国戏剧年鉴(1981)》由中国戏剧出版社出版。这是我国编辑出版的第一本戏剧年鉴。

本年 经中华人民共和国文化部批准,由中国摄影家协会主办的中国国际摄影艺术展览设立,每两年举办一届。

1982 年

1月1日　文化部、国家民委、中国美协联合举办的首届全国少数民族美术作品展览在北京开幕，共展出422名作者的379件作品，反映了我国少数民族的新生活新风貌。

1月8日—14日　全国摄影工作会议在北京召开。中国文联主席周扬到会讲话，号召广大摄影工作者深入生活，真实地反映人们的心灵美、精神美。

2月15日　文化部、中国文联、中国音协、北京市文化局、北京市文联举办聂耳诞辰70周年纪念会。中共中央书记处书记胡乔木、中国文联主席周扬等出席。文化部副部长周巍峙作了题为《中国无产阶级革命音乐先驱者的道路》的报告。首都文艺界1500人参加。

5月6日—12日　中国文联、中国社科院文学研究所联合召开毛泽东文艺思想讨论会。在京的部分文艺理论和评论工作者、高等院校文艺理论教师、专业作家共80余人参加。中国文联主席周扬到会讲话。会议就中共中央书记处书记胡乔木《当前思想战线的若干问题》一文，以及如何科学评价、正确对待毛泽东文艺思想问题，展开了热烈讨论。

5月17日　全国优秀剧本创作奖（1980—1981）在北京颁奖，获奖剧本72部。（注：1980年，《剧本》月刊创办全国优秀剧本创作奖，1993年更名为"曹禺戏剧文学奖"，1998年更名为"曹禺戏剧奖·剧本奖"，2005年又更名为"中国戏剧奖·曹禺剧本奖"。）

同日 第二届中国电影金鸡奖和第五届大众电影百花奖授奖大会在陕西省体育馆举行。中宣部、文化部、中国文联、中共陕西省委、西安市委、中国影协和全国各地电影制片厂领导同志出席授奖大会。中国文联党组第一副书记陈荒煤向获奖者颁发奖杯"花神"雕像及证书。在本届中国电影金鸡奖中，《邻居》获得最佳故事片奖，《先驱者之歌》《莫让年华付水流》获得最佳纪录片奖，《蜜蜂王国》获得最佳科教片奖，成荫（《西安事变》）获得最佳导演奖，张弦（《被爱情遗忘的角落》）获得最佳编剧奖，张雁（《月亮湾的笑声》中饰江冒富）获得最佳男主角奖，李秀明（《许茂和他的女儿们》中饰四姑娘）获得最佳女主角奖，孙飞虎（《西安事变》中饰蒋介石）获得最佳男配角奖，贺小书（《被爱情遗忘的角落》中饰菱花）获得最佳女配角奖，邹积勋（《伤逝》《许茂和他的女儿们》）获得最佳摄影奖，张瑞坤（《沙鸥》）获得最佳录音奖；韩尚义、瞿然馨、李华忠（《子夜》）获得最佳美术奖，杨绍榈（《喜盈门》）获得最佳音乐奖，傅正义（《伤逝》《知音》）获得最佳剪辑奖，王希钟、李恩德（《西安事变》）获得最佳化装奖，戈永良、陈继章、周浩斐（《李慧娘》）获得最佳特技奖，曹颖平（《南昌起义》《阿Q正传》）获得最佳服装奖，刘清标（《邻居》）获得最佳道具奖，纪录片《钢铁长城》和《沙鸥》导演张暖忻获得特别奖，《喜盈门》获得荣誉奖，最佳美术片奖、最佳戏曲片奖空缺。在本届大众电影百花奖中，《喜盈门》《乡情》《白蛇传》获得最佳故事片奖，王心刚（《知音》中饰蔡锷）获得最佳男演员奖，李秀明（《许茂和他的女儿们》中饰许秀云）获得最佳女演员奖。

5月25日 以朝鲜文学艺术总同盟中央委员会副委员长赵灵出为团长的朝鲜文学艺术总同盟代表团抵达北京。当晚，中国文联主席周扬设宴欢迎朝鲜文艺界使者。

5月 《民间文化论坛》创刊号出版。这是中国民间文艺研究会创办的全国性民间文学理论刊物。

6月15日 中国文联举办庐山读书会。共举办6期，每期15天，190多位文联全委会委员和各省市区文联的正副主席先后参加。

6月19日 中国文学艺术界联合会第四届全国委员会第二次会议在北京人民大会堂三楼小礼堂开幕。中国文联副主席阳翰笙主持开幕式并作文联会务工作报告。中国文联副主席夏衍致辞。中国文联主席周扬讲话。中宣部部长邓力群等出席开幕式。来自全国各地的近400名代表参加。24日，中共中央书记处书记王任重以《团结起来，谱写更多更好的共产主义的凯歌》为题讲话。25日，会议闭幕。闭幕式由中国文联副主席林默涵主持。代表们一致通过了阳翰笙代表主席团所作的《关于中国文联会务工作的报告》《关于增补全国委员会委员的决议》《关于设立中国文联书记处的决议》和《文艺工作者公约》。当晚，中宣部、文化部联合举办茶话会。党和国家领导人王震、韦国清、彭冲、万里、习仲勋、王任重、胡乔木、薄一波等向文艺工作者表示亲切问候。中宣部部长邓力群在茶话会上致辞。中共中央书记处书记胡乔木在茶话会上讲话。茶话会由文化部部长朱穆之主持。为加强中国文联的日常工作，中国文联第四届全委会第二次会议决定设立中国文联书记处。主席团任命赵寻、华君武、李凌、张颖、延泽民、陆石、李庚、江晓天为书记处书记，赵寻任常务书记。会后，各全国文艺家协会、研究会陆续召开理事会，通过关于拥护《文艺工作者公约》的决议。

7月5日—10日 文化部、中国美协联合召开首届全国年画工作座谈会。年画家、年画出版和发行工作者、年画教学和研究工作者等100多人参加会议。

8月10日—13日 文化部和中国剧协举办的全国首届儿童剧观摩演出，先后在长春（北方片）和南昌（南方片）举行，从全国22

个省区市推荐、选拔出43个儿童剧目参加演出，共演出82场。全国人大常委会副委员长邓颖超、中国文联副主席林默涵发来祝词。演出结束后，部分优秀剧目在北京汇报演出。12月2日，举行了颁奖大会。

8月 中国文联党组调整。周扬任中国文联党组书记，赵寻任副书记，张颖、延泽民、冯牧、袁文殊、孙慎、陆石、李庚任党组成员。

9月8日 中国文联和中国作协联合邀请首都文艺界人士，座谈学习党的十二大报告的心得体会。中国文联副主席夏衍主持座谈会。与会同志一致表示，坚决拥护党的十二大的决议，决心把它落实到自己的具体行动中去，挑起社会主义精神文明建设的重担。

9月10日 中国曲协在北京举办首届曲艺创作学习班。中国曲协主席陶钝，副主席侯宝林、罗扬到学习班讲话。学习班为期一个月。

9月13日 中国美协主席、中央美术学院院长江丰逝世。

9月16日—17日 中国文联和中国作协举行宣讲党的十二大精神报告会，十二大代表阳翰笙、张光年、吕骥、柯岩分别在会上发言。中国文联所属各协会、研究会的同志及首都文艺工作者1000多人参加了报告会。

9月29日 中国文联举行学习党的十二大精神报告会。中国文联及所属各协会、研究会负责人、在京文艺界知名人士100多人参加。中国文联主席周扬在会上讲话。

10月1日—13日 应意大利作者出版者协会邀请，以中国文联书记处书记、中国美协副主席华君武为团长，中国音协副主席、中国音乐学院院长李凌为副团长的中国文联代表团一行访意。访问期间，代表团出席了该协会成立100周年庆祝活动并以观察员身份列席了国际作者作曲者协会联合会第三十三届大会。

10月5日 中国文联主席周扬会见并宴请了应中国笔会中心邀请前来我国访问的国际笔会副会长、英国著名作家彼德·艾尔斯托布及夫人。

10月5日—14日 中国音协主办的新中国成立以来第一次音乐美学座谈会在南昌举行。全国各地近40位音乐理论工作者,交流了音乐美学研究成果,并就我国音乐美学如何在建设社会主义精神文明中发挥作用及现实音乐生活中的美学等问题进行了探讨。

10月10日—25日 应中国文联邀请,美国亚洲文化理事会主任理查德·拉尼尔访华。中国文联党组成员张颖、李庚会见并宴请客人。

10月19日 中国文联主席周扬在北京人民大会堂会见并宴请了以日中文化交流协会理事长宫川寅雄为团长的日中文化交流协会代表团一行。

10月 中国文联机关大楼奠基仪式举行,地址位于北京市朝阳区农展馆南里10号。

同月 《中国书法》正式创刊。(注:《中国书法》是中国文联主管、中国书协主办的学术期刊。1986年,《中国书法》杂志社正式成立。)

11月6日—21日 新中国成立以来第一次全国青年摄影艺术展览在北京开幕。213名专业和业余青年摄影家的267幅作品参展。展览由中国摄协举办。

11月9日—18日 文化部、广播电视部、中国音协、全国少年儿童文化艺术委员会等联合举办的新中国成立以来第一次全国少年儿童民族器乐独奏比赛在北京举行。170名选手参赛。

11月16日 中国文联、中国社科院、中国科学院、中国作协联合举办纪念郭沫若诞辰90周年座谈会。党和国家领导人王震、方毅出席，邓力群主持。郭沫若故居当天正式开放。

12月9日 新中国成立以来首次全国舞台美术展览在北京中国美术馆开幕。展览荟萃了新中国舞美创作30多年来的优秀作品，以及少量古代和近代舞美历史资料，展览会受到中外观众的欢迎和赞扬。展品共1300多件，分戏曲、话剧、歌舞剧、舞蹈、综合五个馆展出。其间还举办了专题报告会、座谈会和技术交流会，近10000人参加了艺术交流活动。展览由文化部、中国剧协、中国美协、中国舞台美术学会联合主办。

12月11日 中国文联举办参加五届全国人大五次会议和政协五届五次会议的文艺界代表和委员座谈会。中共中央书记处书记、中宣部部长邓力群等到会同文艺界人士亲切交谈。中国文联党组副书记、书记处常务书记赵寻主持会议。

1983 年

1月7日—14日 中国文联在北京召开工作会议。会议指出，在新的一年里，文艺工作和文联工作的任务是加强学习，立志改革，繁荣创作，开创新局面。会议期间，中宣部副部长贺敬之就文艺界贯彻党的十二大精神、开创文艺工作新局面的有关方针政策和理论问题作了讲话。中国文联副主席夏衍、朱穆之、吴冷西、林默涵分别到会讲话。中国文联党组副书记、书记处常务书记赵寻主持会议并作了工作报告。文艺界有关方面负责人吴作人、陶钝、冯牧，各地文联和中国文联各协会、研究会的负责同志近百人参加会议。

1月18日 中国文联在北京召开理论批评工作座谈会。这是中国文联自1978年恢复工作后第一次召开的专门研究文艺理论批评工作的会议。文艺界有关负责人陈荒煤、冯牧、赵寻、陈涌等到会讲话。中宣部副部长贺敬之作了书面讲话。参加会议的有来自各省、自治区、直辖市文联的文艺理论工作者，文联各协会、研究会以及首都的文艺评论界人士80多人。会议就当前文艺创作与理论批评状况交换了看法，并就如何加强、健全文联系统的文艺理论批评工作交流了经验。

1月21日 为纪念中日和平友好条约签订5周年，中国文联、中国书协、日中文化交流协会、全日本书道联盟在东京联合举办中日书法艺术展览，中日两国各有150名书法家展出作品。3月28日，该展在北京中国美术馆开幕，全国人大常委会副委员长许德珩，中国文联党组成员、书记处书记陆石，中国书协主席舒同等出席开幕式；

日中文交常任总务、日本著名篆刻家梅舒适率代表团出席展览活动，赵朴初会见代表团。

1月25日　在莫斯科病逝的中国音乐家冼星海的骨灰，由中国驻苏联大使馆派专人护送回北京。2月2日，文化部、中国文联和中国音协联合主办了冼星海骨灰回国悼念会。

1月27日　文化部、团中央、中国文联和中国杂协在北京人民大会堂举行茶话会，热烈欢迎在第六届国际明日杂技节比赛中获三块金牌的中国杂技小组载誉归来。中宣部部长邓力群出席茶话会。文化部部长朱穆之在会上讲话。

1月29日　全国电视剧导演艺术理论座谈会在北京闭幕。中国文联党组副书记、书记处常务书记赵寻到会讲话。

1月31日　徐悲鸿纪念馆新馆落成揭幕仪式在北京举行。文化部部长朱穆之致辞，中国文联主席周扬因病请人代读了讲话。

2月22日　中国美协第三届常务理事会推选著名画家吴作人为中国美协代主席。

2月23日　中国铁路文学艺术工作者协会举行成立大会。全国各铁路局、工程局、工厂、院校的140多名文艺工作者出席大会。中国文联有关负责人出席并致贺词。铁道部部长陈璞如在大会上讲话。大会选出常务理事21人。铁道部政治部副主任陈春森当选为中国铁路文协主席，曲波等9人为副主席。

2月26日—27日　中国文联和天津市文联召开深入生活座谈会。中国文联主席周扬在会上强调作家要不断认识生活跟上时代。中国文联、中共天津市委宣传部、天津市文联有关负责同志和天津市的作家、艺术家100多人参加会议。

3月2日　全国政协文化组、文化部和中国文联在北京联合召开文艺体制改革座谈会。

3月10日—18日 中国曲协在河南省郑州市召开了全国农村曲艺座谈会。各省、自治区、直辖市曲协分会负责同志及先进单位和个人的代表近百人参加会议。这是新中国成立以来第一次召开的全国性的农村曲艺座谈会。

3月10日—24日 以中国文联党组副书记、书记处常务书记赵寻为团长的中国文联代表团一行，应日中文化交流协会的邀请，到日本进行友好访问。

3月21日 第一届大众电视金鹰奖与第二届繁荣电视剧飞天奖在昆明东风体育馆举办授奖大会。全国近30家省、区、市电视台的代表，戏剧家、作家、表演艺术家、歌唱家等诸多文艺家共同参与盛会。本届金鹰奖共颁发9个奖项，共23个评奖数额，《武松》等作品获优秀连续剧奖，《周总理的一天》等作品获优秀单本剧奖，《多棱镜》等作品获优秀短剧、小品奖，其他奖项也在大会上颁发。授奖仪式后举行了文艺晚会。

3月21日—30日 新中国成立以来首次举行的全国杂技创新座谈会在北京举行。来自全国28个省、自治区、直辖市杂技界的84名代表参加会议。中国文联领导周扬、周巍峙、赵寻等到会并讲话。

3月28日—4月8日 应中国文联邀请，澳大利亚克拉丹文化交流协会常务理事克拉尔·丹女士访华。中国文联党组副书记、书记处常务书记赵寻会见并宴请客人。

4月 中国文联出版公司成立。（注：后于1992年更名为中国文联出版社。2011年起由经营性事业单位转制为企业，2018年底由全民所有制企业改制为国有独资公司，改制后称中国文联出版社有限公司。）

5月1日 为庆祝刘海粟教授从事艺术教育和美术创作70年，由中国文联、中国美协、中国画研究院、江苏省文联、美协江苏分会和南京艺术学院联合举办的"刘海粟绘画近作展览"在中国美术馆开幕。

5月9日 中国文联主席周扬会见正在北京访问的法国著名作家、剧作家、龚古尔学院院士埃·罗布莱斯。

5月12日 中国文联组织一批文艺家赴延安访问。中国文联副主席陶钝、中国文联书记处书记延泽民等参加活动。23日—24日，中国文联延安参观访问团、中共陕西省委宣传部在延安联合召开座谈会，纪念毛泽东同志《在延安文艺座谈会上的讲话》发表41周年。

5月16日 中国文联主席周扬会见并宴请由澳大利亚美术、音乐、舞蹈、文学界知名人士组成的澳大利亚文学艺术家代表团。

5月18日 中国文联在北京举行学习张海迪座谈会，要求文艺工作者学习张海迪、歌颂张海迪，在文艺作品中塑造更多张海迪式的先进人物的形象，为广大青少年树立社会主义英雄的光辉榜样。座谈会由中国文联副主席夏衍主持。

5月23日 中国社科院郭沫若著作编委会、历史所、文学所、考古所和中国文联在北京联合召开郭沫若研究学术座谈会。中国文联党组书记、主席周扬在闭幕式上讲话。全国各地的郭沫若研究者150多人参加座谈会。27日，中国郭沫若研究会正式成立。周扬任会长。石西民、林林、马识途、黄烈、马良春任副会长，成仿吾、李一氓、夏衍、阳翰笙、冯乃超、李初梨任名誉会长。

同日 第三届中国电影金鸡奖和第六届大众电影百花奖授奖大会在福州福建省体育馆举行。党和国家领导人宋任穷，以及福建省领导、国务院文化部、中国影协和其他方面的领导出席大会。参加大会的还有以德间康快为团长的日本电影代表团和以刘芳为团长的香港电影代表团成员。大会由中国影协副主席袁文殊主持。文化部副部长丁峤讲话。在本届中国电影金鸡奖中，《人到中年》《骆驼祥子》获得最佳故事片奖，《昆虫世界——身体构造与功能》获得最佳科教片奖，《鹿铃》获得最佳美术片奖，吴贻弓（《城南旧事》）获得最佳导演奖，潘虹（《人到中年》中饰陆文婷）、斯琴高娃（《骆驼祥子》中饰虎妞）获得最佳女主角奖，牛犇（《牧马人》中饰郭谝子）获得最佳男配角奖，郑振瑶（《城南旧事》中饰宋妈）获得最佳女配角奖，魏铎（《逆光》）获得最佳摄影奖，俞翼如（《骆驼祥子》）获得最佳美术奖，吕其明（《城南旧事》）获得最佳音乐奖，周鼎文（《牧马人》）获得最佳剪辑奖，张尔瓒、邢培修、金燕茜、李再春、门玉凤、朱革、滕春飞（《孔雀公主》）获得最佳特技奖，颜碧君、许建新、李遵训、张家懋（《风雨下钟山》）获得最佳化装奖，邓成玉（《骆驼祥子》）获得最佳道具奖，于泽、王全荣、邱必奎（《风雨下钟山》）获得最佳烟火奖，故事片《一盘没有下完的棋》、北京人艺话剧同名影片《茶馆》、儿童故事片《泉水叮咚》获特别奖，最佳纪录片奖、最佳编剧奖、最佳录音奖、最佳服装奖、最佳男主角奖、最佳戏曲片奖空缺。本届《大众电影》百花奖增设最佳男配角奖和最佳女配角奖。在本届《大众电影》百花奖中，《人到中年》《牧马人》《骆驼祥子》获得最佳故事片奖，严顺开（《阿Q正传》中饰阿Q）获得最佳男演员奖，斯琴高娃（《骆驼祥子》中饰虎妞）获得最佳女演员奖，牛犇（《牧马人》中饰郭谝子）获得最佳男配角奖，姜黎黎（《赤橙黄绿青蓝紫》中饰叶芳）获得最佳女配角奖。

6月14日 中国美协、中国美术馆和中国画研究院联合举办的张大千艺术成就讨论会在北京举行。这是国内艺术界人士第一次举行张大千绘画艺术的会议。

6月21日 中国文联理论研究室邀集在京的部分文艺工作者举行座谈会，讨论如何认真执行《文艺工作者公约》，进一步端正文艺界的思想风气问题。中国文联党组副书记、书记处常务书记赵寻到会讲话。中国文联书记处书记江晓天主持。

6月22日 中国文联在北京饭店举行茶话会，招待出席六届人大一次会议和政协六届一次会议的全体文艺界代表和委员，欢庆两个会议胜利闭幕，畅谈开创社会主义文艺新局面的灿烂前景。全国政协副主席萧华、中国文联副主席夏衍和文化部部长朱穆之先后在茶话会上祝词。

8月10日 中国文联主席团举行扩大会议，学习《邓小平文选》，并通过了学习《邓小平文选》的决议。在京的中国文联全委会委员和各协会、研究会的负责人共100多人参加会议。中国文联副主席夏衍主持会议并讲话。

9月10日 中国文联和刚果作家艺术家手工艺人联合会（简称"刚果文联"）在北京签订文化合作协议。这是两国文学家、艺术家组织间签署的第一个合作协议。中国文联党组成员、书记处书记陆石和刚果文联书记莱当拜特·昂比利代表各自组织签字。

9月26日 经中国民间文艺研究会主席团提名，中国文联书记处批准，中国民间文艺研究会成立书记处。刘锡诚任常务书记，书记处成员有刘魁立、马振等。

10月5日 为纪念毛泽东同志诞辰90周年，中国文联在烟台召开毛泽东文艺思想学术讨论会。中国文联党组副书记、书记处常务书记赵寻致辞，中国文联党组成员冯牧讲话。70多位文艺理论、评论工作者、教师，以及近年来创作上活跃的中青年作家参加。会议就在新的历史条件下进一步学习和运用毛泽东文艺思想，更高地举起社会主义文艺旗帜问题，交换了看法。

10月25日 文化部、中国文联、中国艺术研究院、中国剧协举行座谈会，探讨我国戏曲艺术在贯彻"百花齐放，推陈出新"和"三并举"的方针中的现状和问题。

同日 水电部召开文艺座谈会并成立了中国水利水电文学艺术协

会。中国文联发贺电。

10月29日 中国文联主席周扬会见并宴请以日中文化交流协会理事长宫川寅雄为团长的日中文化交流协会代表团一行。

11月9日 中国文联主席周扬会见以杉村春子为团长、铃木光枝为副团长的日本戏剧家代表团。

11月10日 中国文联召开在京部分著名文学艺术家座谈会，就学习贯彻党的十二届二中全会精神，抵制和消除精神污染问题交流了心得体会，进一步推动文联各协会、研究会及全国文艺界对十二届二中全会精神的学习。中国文联党组书记、主席周扬主持会议时强调，文艺界搞好整党学习要把自己摆进去。

12月11日 中国文联及各文艺家协会、研究会在北京饭店举行宴会，欢迎以井上靖为团长的日中文化交流协会代表团，并庆祝热心从事日中文化交流工作的白土吾夫第一百次来华访问。中国文联党组书记、主席周扬和井上靖先后祝酒，共同祝愿中日文化交流日益巩固和发展。12日，邓颖超在北京人民大会堂会见了代表团。

12月15日 文化部、中国文联、中国剧协、田汉著作编辑出版委员会联合召开"田汉同志诞辰八十五周年 逝世十五周年纪念会"。邓颖超出席纪念会并会见田汉亲属。文化部部长朱穆之主持会议。中国文联党组书记、主席周扬在会上作了题为《一代杰出的戏剧大师和时代的歌手》的讲话。有关方面负责人、首都文艺界知名人士和群众代表近300人参加纪念会。随后在北京召开了田汉研究学术讨论会。20日，中国田汉研究学会宣布成立。宗白华、周扬、夏衍为名誉会长，阳翰笙为会长，陈白尘、于伶、马彦祥、吕骥、吴作人等10人为副会长。闭幕会上，田汉子女决定将《田汉文集》16卷的全部稿费及田汉藏书6000多册捐献给国家。

同日 新疆生产建设兵团第一次文代会在乌鲁木齐结束。大会宣布成立兵团文联及所属的作家、美术书法家、戏剧家、摄影家、音乐舞蹈家五个协会。中国文联副主席康巴尔汗到会祝贺。

同日 中国民间文艺研究会举办的新中国成立以来首次全国民间文学作品授奖大会在北京举行，共有 86 部作品获奖。中国文联主席周扬和民研会领导钟敬文、贾芝等出席大会。

12月30日《陈云同志关于评弹的谈话和通信》一书，由中国曲艺出版社出版。中宣部为此发出通知，要求文艺工作者紧密联系工作实际和思想实际，认真学习这本著作。

1984 年

1月1日 文化部、中国文联、中国美协、美协湖南分会和湘潭市联合举办杰出的艺术家齐白石诞辰120周年大会。

1月19日 广播电视部电视剧艺术委员会与中国文联主办的首届中日民间电视艺术交流活动在北京开幕。

2月2日 中共中央政治局常委陈云邀请曲艺界著名人士来到他在中南海的住所，一起欢度春节。他希望大家为繁荣社会主义的文艺作出更大的贡献。中共中央书记处书记邓力群参加会见。陶钝、侯宝林、高元钧、骆玉笙、罗扬、袁阔成、刘兰芳、赵玉明、马增蕙等人参加。

2月6日 为推动戏剧表演艺术发展，多出、快出戏剧表演人才，中国剧协主办的《戏剧报》举办"一九八三年首都戏剧舞台中青年优秀演员奖"。该奖被命名为"梅花奖"（取"梅花香自苦寒来"诗意）。中国戏剧梅花奖是由中宣部批准，中国文联、中国剧协共同主办的全国性戏剧表演类专业奖项，每年评选一次，鼓励经过勤学苦练而卓有成效的优秀中青年演员。这是新中国成立以来我国戏剧界首次举办的演员奖。4月17日，首届《戏剧报》梅花奖授奖大会在北京政协礼堂隆重举行。中共中央政治局委员、中共中央书记处书记习仲勋在大会上讲话。余秋里、谷牧、陈丕显、张爱萍等党和国家领导人到会祝贺。张继青、叶少兰、任跟心、晓艇、刘长瑜、李维康、郭泽民、谷文月、刘玉玲、王蔓苓、李雪健、尚丽娟、刘文治、冯宪珍、蒋宝英等 15 名演员获奖。

2月8日—12日 中国文联在京召开部分省、自治区、直辖市文联外事工作座谈会，15 个省、自治区、直辖市文联外事工作负责人及各文艺家协会、研究会外事干部约 50 人参加会议。中国文联领导周扬、夏衍会见与会代表。中国文联党组副书记、书记处常务书记赵寻出席开幕式并讲话，党组成员、书记处书记陆石主持会议。

2月22日 中国音协表演艺术委员会、中央音乐学院、中央乐团、北京钢琴厂联合举办的"部分国际比赛获奖音乐会"在北京举行首场演出。党和国家领导人习仲勋、王震、邓力群等观看了演出。举行这样的音乐会，是新中国成立以来第一次。

3月11日 中国文联和中国作协联合举行座谈会，讨论人道主义和异化问题，交流学习关于胡乔木同志《关于人道主义和异化问题》一文的心得体会。丁玲、陈涌、陈荒煤、冯牧、赵寻、胡采、王蒙等 40 多位作家、艺术家和文艺理论家参加座谈。

3月15日 中国文联、中国作协、中国剧协、中国曲协和北京市文联联合召开老舍诞辰 85 周年纪念会。党和国家领导人彭真、习仲勋等出席了座谈会。中国文联主席周扬在座谈会上发言。座谈会由中国文联副主席夏衍主持。

3月27日—4月1日 应中国文联邀请，日中文化交流协会已故会长中岛健藏的夫人中岛京子率代表团访华。中国文联副主席夏衍设宴欢迎代表团。3月29日，邓颖超在人民大会堂会见中岛京子一行。代表团还拜会了周扬、经普椿、谢冰心、巴金、曹禺。

3月31日 我国首次举办的国际电影研讨会在北京开幕。文化部、中国文联、中国影协等有关部门负责人和首都文艺界人士 1000 多人出席开幕式。会议期间，与会中外电影艺术家结合观摩影片，就电影的社会功能、美学原则和电影制片等方面的问题交换了看法。

4月5日—19日 应中国文联邀请，以国际作者和作曲者协会联合会主席、意大利著名作曲家伏拉德为团长的意大利作者出版者协会代表团一行访华。中国文联副主席夏衍设宴欢迎代表团，党组副书记、书记处常务书记赵寻会见代表团。7日，国务委员姬鹏飞在人民大会堂会见代表团。中国文联党组成员、书记处书记华君武和陆石等参加会见。

4月27日 第二届大众电视金鹰奖授奖大会在北京中南海礼堂举行，中共中央顾问委员会常务委员王首道，委员赵敏、方强、杜义德，副秘书长李凯亭，广播电视部顾问金照等出席大会。中国文联党组副书记、书记处常务书记赵寻发表讲话，指出由专家评定和由群众票选的"飞天奖"和"金鹰奖"，互相分工、配合，会越办越好。本届金鹰奖共颁发9个奖项，共16个评奖数额，《高山下的花环》等作品获优秀连续剧奖，《走进暴风雨》等作品获优秀单本剧奖，《在古师傅的小店里》获优秀短剧、小品奖，其他奖项也在大会上颁发。颁奖仪式后，举行了文艺晚会。

4月 我国第一部从美学角度评论国产电影的专著——《电影美学：1982》，由中国文联出版公司出版。本书由钟惦棐主编，内有14位电影研究工作者和电影导演撰写的文章。全书对1982年我国电影在题材开掘、人物塑造、民族风格，以及表演、音乐、声和光等方面的美学追求，作了有意义的探讨。周扬为本书作了序。

5月7日 文化部、中国文联、中国美协和全国城市雕塑规划组等单位联合举办刘开渠从事艺术活动六十周年庆祝活动。中共中央政治局委员胡乔木到会祝贺。夏衍、吴作人、古元、吕志先及首都文艺界知名人士300多人参加。

5月9日—20日 应日中文化交流协会邀请，中国文联主席周扬率代表团访问日本，代表团成员包括苏灵扬、巴金、江晓天。其间，代表团参加了国际笔会东京大会，会晤井上靖、团伊玖磨等日文化界知名人士，并参拜了中岛健藏先生墓。

5月18日—31日 应中国文联邀请，加拿大安大略省美术家协会主席鲁丝·塔尔文率代表团访华。中国文联党组成员、书记处书记陆石会见并宴请代表团。

5月27日 中国文联在北京饭店招待出席六届人大二次会议和政协六届二次会议的全体文艺界代表、委员，以及首都的部分文艺工作者。邓力群、王任重、萧华、赛福鼎等党和国家领导人出席。中国文联党组书记、主席周扬在招待会上讲话。

5月28日 文化部、中国音协和中国曲协联合召开的《中国曲艺音乐集成》第一次编辑工作会议在武汉召开。

6月2日 中国影协第四届中国电影金鸡奖和第七届大众电影百花奖授奖大会在山东省体育馆举行。在本届中国电影金鸡奖中，《乡音》获得最佳故事片奖，《我们看到的日本》获得最佳纪录片奖，《灰喜鹊》获得最佳科教片奖，《鹬蚌相争》获得最佳美术片奖，汤晓丹（《廖仲恺》）获得最佳导演奖，董行佶（《廖仲恺》中饰廖仲恺）、杨在葆（《血，总是热的》中饰罗心刚）获得最佳男主角奖，龚雪（《大桥下面》中饰秦楠）获得最佳女主角奖，于是之（《秋瑾》中饰贵福）获得最佳男配角奖，宋晓英（《十六号病房》中饰刘春桦）获得最佳女配角奖，杨光远（《再生之地》）获得最佳摄影奖，史平一（《再生之地》）获得最佳录音奖，王兴文（《李冰》）获得最佳美术奖，陶世恭、纪景春、王大雨、董振声、才汝质、雒廷富（《火焰山》）获得最佳特技奖，费兰馨、朱凤堂、李琴（《再生之地》）获得最佳服装奖，王玢瑞、纪伟华（《李冰》）获得最佳化装奖，徐国梁（《秋瑾》）获得最佳道具奖，文献纪录片《毛泽东》、革命历史片《四渡赤水》、故事片《不该发生的故事》、儿童片《候补队员》、导演陈立洲《路》获得特别奖，最佳剪辑奖、最佳编剧奖、最佳音乐奖、最佳戏曲片奖空缺。在本届大众电影百花奖中，《咱们的牛百岁》《十六号病房》《不该发生的故事》获得最佳故事片奖，杨在葆（《血，总是热的》中饰罗心刚）获得最佳男演员奖，龚雪（《大桥下面》中饰秦楠）获得最佳女演员奖，刘信义（《快乐的单身汉》中饰石奇龙）获得最佳男配角奖，王馥荔（《咱们的牛百岁》中饰菊花）获得最佳女配角奖。

6月6日 第二届全国优秀剧本创作奖（1982—1983）在福州颁奖。《宋指导员的日记》《五（二）班日志》《高山下的花环》《火热的心》《梅子黄时》《甘罗十二为使臣》《双人浪漫曲》《江上汽笛鸣》《劳资科长》《六斤县长》《巴山秀才》《五女拜寿》《凤冠梦》《画龙点睛》《驿亭谣》《浪子奇缘》《魂断燕山》《三放参姑娘》《意乐仙女》《恩仇恋》《朝阳沟内传》《袁崇焕》《程咬金招亲》《火把节》等24部剧本获奖。

6月28日 中国文联副主席夏衍会见由印度音乐舞蹈戏剧院主席纳拉亚纳·梅农博士率领的印度音乐舞蹈考察组。

7月2日—17日 应中国文联邀请，冰岛艺术家联合会副主席盖斯特·索格里姆松率代表团访华。中国文联副主席夏衍设宴欢迎代表团。

7月18日 首都文艺界知名人士500人在北京饭店聚会，祝贺中国文联成立35周年。中共中央政治局委员宋任穷等到会祝贺。中共中央政治局委员彭真致电祝贺。中国文联副主席阳翰笙在会上讲话。坐落北京什刹海南沿的中国文联"文艺之家"已在日前落成。

8月31日 中宣部在北京召开文艺工作座谈会。会上传达了中央政治局常务委员、中央委员会总书记胡耀邦同志的有关指示，并就文艺形势和任务、召开第五次文代会，以及文艺体制改革、开创文艺新局面等问题进行了讨论。

9月1日 由中国书协主办的"全国第二届书法篆刻展"在北京中国美术馆开幕。中国书协名誉理事胡厥文、许德珩、李一氓，中国书协副主席启功、周而复、林林，中国书协理事陆石，以及首都书法界、新闻界等数百人出席开幕式并参观展品。共展出书法作品543幅，篆刻作品88件。

9月9日 1984年全国相声评比在沈阳揭晓。党和国家领导人陈云、邓颖超、李德生等致函、致电祝贺。这是我国首次举行全国性的相声评比。

9月18日—10月25日 应喀麦隆新闻文化部、刚果作家艺术家手工艺人联合会、扎伊尔文化艺术部邀请，中国文联副主席、中国音协副主席才旦卓玛率中国艺术家代表团一行访问上述三国，举办多场演出和交流活动。

9月30日 中国文联会同中国音协、中国剧协、中国舞协、中国书协、中国影协与来华参加中日青年友好联欢的3000名青年中的10个代表团130余人开展对口专业交流和联欢。中国文联副主席阳翰笙致辞，中国文联领导吴作人、林默涵、陶钝、赵寻、延泽民、陆石、李庚、江晓天出席。

10月1日 文化部、中国美协联合举办"庆祝中华人民共和国成立35周年全国美术作品展览"（即"第六届全国美展"），分画种在9个城市同时开幕。共展出作品3724件。展出期间分别举行专题座谈会。12月10日，文化部、中国美协在中国美术馆举办"第六届全国美术作品展览"（优秀作品部分），展出作品918件，并从中评出金、银、铜奖，荣誉奖及特别奖作品，共计228件。

10月5日—18日 应中国文联邀请，瑞士文化基金会主席罗朗·吕菲埃率代表团访华。中国文联副主席夏衍会见并宴请代表团。

10月21日—11月4日 应英国艺术理事会、荷兰社会福利卫生文化部邀请，以中国音协副主席、中央音乐学院名誉院长赵沨为团长，中国文联书记处书记李庚为副团长的中国文联代表团一行访问英国、荷兰。这是中荷外交关系降格又恢复后第一个访荷的文化代表团，荷兰文化部部长布林克曼夫妇邀请并陪同代表团观看了荷国家芭蕾舞团的演出，荷兰文化部秘书长（副部级）设宴欢迎。

10月26日 文化部、中国文联、中国剧协、中国艺术研究院、中国京剧院和北京京剧院联合主办京剧表演艺术家梅兰芳诞辰90周年纪念会。中共中央书记处书记习仲勋在讲话中称赞梅兰芳对京剧艺术无限热爱、精益求精、勇于探索，有高度的爱国热情和政治觉悟，为人忠厚、公道正派，与人为善、和衷共济、乐于助人，对年轻一代关怀备至、精心培养。党和国家领导人宋任穷、邓力群出席纪念大会。纪念大会上宣布成立梅兰芳研究学会，周扬任会长。会后，举行了梅兰芳艺术学术讨论会和纪念演出。

10月 中国影协创办的《中国电影报》试刊号在北京出版，这是我国第一份全国性的电影报纸。

11月13日—20日 中国民间文艺研究会第四次全国代表大会在石家庄举行。民研会书记处书记刘锡诚在会上作了题为《民间文学工作者在新时期的任务》的报告，民研会副主席钟敬文致闭幕词。大会选举产生新一届领导机构。周扬为名誉主席，钟敬文为主席，副主席为马学良、毛星、冯元蔚（彝族）、刘锡诚、刘魁立、阿布杜秀库尔·吐尔迪（维吾尔族）、姜彬、贾芝、蓝鸿恩。

11月14日 中国剧协主办的"第一届全国戏剧理论著作奖"（1976—1983年度）结果揭晓。《中国戏曲通史》和《焦菊隐戏剧论文集》两部著作获优秀戏剧理论著作奖。21部著作获戏剧理论著作奖。

《中国大百科全书·戏曲曲艺》（戏曲部分）获特别奖。王季思、张庚、黄佐临等7人获荣誉奖。冯沅君、李健吾、焦菊隐等12人获得表彰。此次评奖，是我国文艺界理论著作的首次评奖活动，在戏剧界也尚属首次。12月17日，授奖大会在北京举行。

12月13日—21日 应中国文联邀请，以匈牙利文教部音乐处处长派杜尔·捷尔吉为团长的匈牙利综合文化代表团访华。中国文联党组成员、书记处书记陆石，书记处书记江晓天会见并宴请代表团。

本年 由中国文联出版公司策划实施的《中国新文艺大系》大型出版项目启动，项目由中国文联主席周扬任总顾问，陈荒煤任总主编。这是记录中国文艺发展历程最重要的大型文献巨制之一，记述从"五四"新文化运动到1982年底我国文学艺术发展、衍变的规律和历史经验。全套共分为五辑，编撰工作前后历时近20年，总计出版62卷，约8000多万字。

1985 年

1月26日　大众电影杂志社在北京正式成立。该社具有国家事业法人资格，为自收自支的事业单位，实行企业化管理，月刊。主管单位为中国文联，主办单位为中国影协。

1月　中国电影出版社的杂志《环球银幕画刊》创刊，以精美图片为主，介绍世界各地电影，时任电影界领导夏衍、袁文殊、陈荒煤为之题词。

2月28日　文化部、中国文联、对外友协和中国民间文艺研究会联合举办的纪念芬兰史诗《卡勒瓦拉》出版150周年活动在对外友协礼堂举行。

同日　中国文联、中国作协、中国剧协、中国影协等单位联合举办纪念阿英同志诞辰85周年学术讨论会。中国文联副主席夏衍主持会议。

3月16日—31日　应中国文联邀请，西班牙小说家伊格纳西奥·戈麦斯访华。中国文联党组成员、书记处书记陆石会见并宴请客人。

3月20日　应朝鲜文学艺术总同盟的邀请，以中国剧协主席曹禺为团长的中国文联代表团乘火车前往朝鲜民主主义人民共和国进行友好访问。3月31日，朝鲜政务院副总理金焕接见了代表团。

3月26日—4月4日　应中国文联邀请，以戏剧家川和孝为团长的日本话剧人社书法代表团一行访华。中国文联党组成员、书记处书记陆石会见并宴请代表团。

4月2日 文化部、中国文联、中国剧协等单位在上海联合举办周信芳诞辰90周年纪念大会，文艺界600多人出席。大会宣读了周扬的书面发言。会议宣布成立周信芳艺术研究会，周扬任会长。

4月3日 第三届大众电视金鹰奖授奖大会在浙江省体育馆隆重举行。出席大会的有中共浙江省委书记王芳、中共浙江省委宣传部长罗东以及全国各电视台（电视剧制作单位）的代表和50家新闻单位的记者等。本届金鹰奖共颁发13个奖项，共18个评奖数额，《今夜有暴风雪》等作品获优秀连续剧奖，《远洋船长和他的妻子》等作品获优秀单本剧奖，《老梅外传》获优秀短剧、小品奖。其中，香港电视剧《大侠霍元甲》以高票获得本届优秀连续剧奖，是金鹰奖历史上第一次获奖的香港电视剧。其他奖项也在大会上颁发。

4月5日 以中国舞协副主席贾作光为团长的中国艺术家代表团离开北京，前往朝鲜民主主义人民共和国访问演出。这个由14位艺术家组成的代表团参加4月6日至23日在平壤举行的国际春季友谊音乐会，并表演各种民族舞蹈、歌曲和乐曲。

4月18日 中国剧协第四次会员代表大会在京西宾馆隆重开幕。全国政协主席邓颖超祝贺大会胜利召开，祝与会同志们身体健康。党和国家领导人习仲勋、宋任穷、邓力群、乔石出席开幕式并讲话。中国剧协主席曹禺主持开幕式并致开幕词。出席代表大会的有正式代表873人，列席代表110人，他们来自全国29个省、自治区、直辖市。24日，大会闭幕。会议选举出由409人组成的中国剧协第五届理事会。在第五届理事会第一次会议上，选举出85名常务理事，并选举曹禺为主席，刘厚生、陈白尘、张庚、于是之、黄佐临、关肃霜、郭汉城、吴祖光、胡可、李默然、杨兰春、徐晓钟、阿甲、袁雪芬、赵寻（主席团会议补选）为副主席。

同日 第二届《戏剧报》梅花奖授奖大会在北京京西宾馆举行。党和国家领导人习仲勋、宋任穷向大会祝贺。茅威涛、茅善玉、洪雪飞、杨淑蕊、刘萍、迟小秋、尚长荣、孙毓敏、张学津、侯少奎、周玲、苏金榜、李邦禹、梁彦、罗历歌、季小琴、房新华等17名演员获奖。

4月18日—24日 中国曲协第三次会员代表大会在北京举行。出席会议代表近300人。中共中央副主席、中共中央政治局常委陈云，中国文联党组书记、主席周扬，中顾委常委傅钟发来贺信。会议选举第三届理事会理事135名。骆玉笙当选为主席，高元钧、罗扬、吴宗锡、蒋月泉、夏雨田、刘兰芳、姜昆当选为副主席。聘请陶钝、侯宝林、韩起祥为顾问。

4月22日 中国书协第二次会员代表大会在北京开幕。中共中央政治局委员、中共中央书记处书记宋任穷，全国人大常委会副委员长许德珩，国务委员兼国防部长张爱萍，中国文联党组书记、主席周扬，中国文联副主席夏衍给大会发来贺信和题词。中国书协主席舒同作了题为《团结鼓劲，繁荣创作，把当代书法艺术提高到一个新的水平》的报告，副主席周而复主持开幕式。27日，党和国家领导人习仲勋、宋任穷、乔石等接见全体代表。29日，大会闭幕。大会选出由150名理事组成的第二届中国书协理事会和由19人组成的常务理事会。会议选举启功为中国书协主席，周而复、方去疾、王学仲、陆石、沈鹏、黄绮为副主席，聘请舒同为中国书协名誉主席。

4月23日—28日 中国影协在北京举行第五次会员代表大会。党和国家领导人习仲勋、宋任穷、胡乔木、乔石出席会议。中国文联副主席夏衍致开幕词。中共中央政治局委员、中共中央书记处书记习仲勋讲话。中宣部、文化部、中国文联的有关领导到会祝贺。本届大会推选夏衍为中国影协主席，苏云、司徒慧敏、吴贻弓、谢铁骊、于蓝、石方禹（1988年1月增补）为副主席。

4月23日—5月4日 应中国文联邀请，以荷兰福利卫生文化部外事局局长范·埃尔柯为团长、荷兰电影基金会主席布劳克尔为副团长的荷兰文化代表团一行访华。中国文联党组副书记、书记处常务书记赵寻，中国文联党组成员、书记处书记李庚会见并宴请代表团。

4月26日—29日 中国电视艺术家协会（简称"中国视协"）第一次全国代表大会在北京召开，中国电视艺术家协会在北京成立。中共中央政治局委员胡乔木在成立会上讲话。中共中央政治局委员宋任穷、张廷发、黄火青等到会祝贺。中国文联副主席阳翰笙代表中国文联向中国视协发来贺信。中国文联党组副书记、书记处常务书记赵寻致开幕词。大会选举出了113名理事、30名主席团委员。选举金照为中国视协主席，赵寻为常务副主席，阮若琳（女）、汪小为、陈杰、金钊、林辰夫、珠兰其其柯（女，蒙古族）、戴临风为副主席。

4月27日 文化部、中国文联、全国政协文化组、中国剧协、中国影协、中国青年艺术剧院和中国艺术研究院话剧研究所联合举办洪深诞辰90周年纪念会。中国文联主席周扬发来贺信。中国文联副主席夏衍、阳翰笙在书面发言中回顾了与洪深并肩战斗的历程，表达了缅怀之情。

5月6日 中国美协第四次会员代表大会在济南市召开，会议代表543名，实际到会468名。中共中央政治局委员、中共中央书记处书记习仲勋给大会发来贺信，勉励美术工作者继续努力学习，努力实践，加强团结，和衷共济，精心培育新秀，建立一支技艺精湛、朝气蓬勃的文艺队伍，为发展有中国特色的社会主义美术事业，建设一个现代化的高度文明、高度民主的社会主义国家而贡献自己的力量。

方毅、谷牧、康克清等党和国家领导人也发来贺信。中国美协代主席吴作人致开幕词，副主席刘开渠主持开幕式。中国美协副主席华君武在大会上作了题为《团结奋发，开创美术事业的新局面》的报告。11日，大会选出由221名理事组成的新的理事会，由56名常务理事组成的新的常务理事会。吴作人当选主席，王朝闻、叶浅予、古元、关山月、刘开渠、华君武、李少言、李可染、周思聪、秦征、黄永玉、蔡若虹、王琦（1990年10月增补）当选副主席；聘请了17位老一辈美术家为顾问。

5月7日 中国杂协第二次会员代表大会在北京开幕，250多名代表参加大会。中共中央政治局委员宋任穷、全国人大常委会副委员长王任重、文化部副部长周巍峙等到会祝贺。中国文联副主席阳翰笙、傅钟发来贺信。王任重在会上讲话。中国杂协主席夏菊花致开幕词。12日，大会闭幕。选出新的理事97人，常务理事55人。理事会选举夏菊花为主席，蓝天、王峰、卢毅、李甡、王松声、张英杰、阿良、迪之为副主席。

5月9日 中国摄协第四次会员代表大会在北京开幕。来自全国29个省、自治区、直辖市的近300名代表参加。中共中央政治局委员、中共中央书记处书记宋任穷代表党中央和国务院对大会的召开表示祝贺，并向战斗在摄影战线上的同志表示慰问和敬意。国务委员兼国防部长张爱萍，全国政协常委萨空了，中国文联党组副书记、书记处常务书记赵寻等到会祝贺，中国文联党组书记、主席周扬，中国文联副主席阳翰笙、傅钟发来贺信。中国摄协主席徐肖冰在会上作工作报告。12日，大会闭幕。14日，中国摄协第四次会员代表大会理事会第一次会议选出新的领导机构。石少华任中国摄协主席，陈复礼、陈昌谦、黄翔、吴印咸、陈勃、高帆、徐肖冰、袁毅平任副主席。

5月11日 中国音协第四次会员代表大会在北京开幕。中共中央政治局委员、中共中央书记处书记宋任穷代表党中央、国务院到会祝贺并讲话。来自全国的660多名代表参加。文化部副部长周巍峙、中国文联副主席林默涵等到会祝贺。中国文联党组书记、主席周扬，中国文联副主席夏衍等发来贺信。中国音协主席吕骥主持大会。17日，大会闭幕。理事会第一次会议推举吕骥、贺绿汀为中国音协名誉主席；选举李焕之为主席，才旦卓玛、严良堃、李凌、吴祖强、孙慎、丁善德、周小燕、时乐濛、瞿希贤、施光南、沈亚威、李德伦、赵沨、瞿维为副主席。

5月17日 全国首届青年电影评论征文奖授奖大会在全国政协礼堂举行。中共中央政治局委员胡乔木发来贺信。中国影协主席夏衍打电话表示祝贺。"全国首届青年电影评论征文奖"活动，自1984年10月到1985年2月收到应征文章一万三千多篇，从中评选出一等奖5篇，二等奖15篇，三等奖100篇，鼓励奖500篇。

5月22日 中国舞协第五次会员代表大会在北京开幕。参加这次大会的有全国各地汉、蒙古、回、藏、彝、壮、朝鲜、满等20个民族的近400名舞蹈家。中青年、少数民族、妇女代表占较大比重，是这次会议的一个显著的特点。中顾委常委王首道、全国人大常委会副委员长彭冲、中顾委秘书长荣高棠到会祝贺。中共中央政治局委员、中共中央书记处书记胡启立发来贺电。中国文联党组书记、主席周扬发来贺信。文化部副部长周巍峙讲话。29日，大会闭幕。吴晓邦当选为中国舞协主席，戴爱莲、贾作光、康巴尔汗、邵九琳、宝音巴图、白淑湘、梁伦、舒巧、邢志汶、游惠海、李正一、查列当选为副主席。

5月23日 第五届中国电影金鸡奖和第八届大众电影百花奖授奖大会在四川成都城北体育馆举行。全国政协副主席杨成武，中国文联副主席夏衍，文化部副部长司徒慧敏、丁峤等，以及四川省领导、各电影制片厂代表、中外记者和电影艺术家出席大会。在本届中国电影金鸡奖中，《红衣少女》获得最佳故事片奖，《零的突破》获得最佳纪录片奖，《广开节能之路》《细胞重建》获得最佳科教片奖，《火童》获得最佳美术片奖，《五女拜寿》获得最佳戏曲片奖，李准、李存葆（《高山下的花环》）获得最佳编剧奖，凌子风（《边城》）获得最佳导演奖，吕晓禾（《高山下的花环》中饰梁三喜）获得最佳男主角奖，李羚（《黄山来的姑娘》中饰龚玲玲）获得最佳女主角奖，何伟（《高山下的花环》中饰靳开来）获得最佳男配角奖，丁一（《黄山来的姑娘》中饰大妈）、王玉梅（《谭嗣同》中饰慈禧）获得最佳女配角奖，张艺谋（《黄土地》）获得最佳摄影奖，苗振宇、冯德耀（《雷雨》）获得最佳录音奖，张之楚（《雅马哈鱼档》）获得最佳美术奖，许友夫（《人生》）获得最佳音乐奖，周鼎文（《高山下的花环》）获得最佳剪辑奖，纪录片《香港一百天》、喜剧片《阿混新传》获得特别奖，最佳道具奖、最佳特技奖、最佳服装奖、最佳化装奖空缺。在本届大众电影百花奖中，《高山下的花环》《人生》《红衣少年》获得最佳故事片奖，吕晓禾（《高山下的花环》中饰梁三喜）获得最佳男演员奖，吴玉芳（《人生》中饰刘巧珍）获得最佳女演员奖，何伟（《高山下的花环》中饰靳开来）获得最佳男配角奖，王玉梅（《高山下的花环》中饰梁大娘）获得最佳女配角奖。

6月10日 我国首次举办的全国体育美术展览在北京中国美术馆开幕。这次展览是在国际奥委会主席萨马兰奇的倡议下，由国际奥委会赞助和支持，由中国奥委会和中国美协主办的。党和国家领导人宋任穷、邓力群等出席开幕式。25日，举行了展览会颁奖仪式，向获奖的作者颁发了国际奥委会的两座特别奖奖杯，以及奖章、证书和奖金。萨马兰奇发来专电表示祝贺。

7月16日—31日 应中国文联邀请，加拿大艺术理事会组派6人文学艺术家代表团访华。中国文联副主席、中国美协主席吴作人会见并宴请代表团。

7月19日 文化部、中国文联和中国美协等联合举办徐悲鸿诞辰90周年纪念会。中共中央政治局委员彭真，中共中央书记处书记、国务委员谷牧给徐悲鸿夫人廖静文写了信。中共中央书记处书记邓力群、中国科学技术大学名誉校长严济慈等出席。文化部部长朱穆之，中国文联副主席、中国美协主席吴作人等在会上发言。首都文化艺术界500余人参加纪念会。

8月30日 中国文联和中国作协联合举办座谈会，纪念抗日战争、世界反法西斯战争胜利40周年。首都近100位老一代文艺战士参加。

9月1日—21日 应中国文联邀请，澳大利亚演员工会代表团访华。中国文联党组成员、书记处书记陆石会见代表团。中国文联副主席、中国影协主席夏衍宴请代表团。

9月20日—30日 应中国文联邀请，日本音乐著作权协会理事长、著名作家芥川也寸志率代表团访华。国家副主席王震在人民大会堂会见代表团。中国文联副主席夏衍设宴欢迎，党组副书记、书记处常务书记赵寻主持座谈会。

10月14日 文化部和中国舞协在南京召开全国舞蹈创作会议。200多位舞蹈编导、舞蹈评论和舞蹈理论工作者参加，对舞蹈的民族风格和时代精神等舞蹈界普遍关心的问题开展了讨论。这是新中国第一次全国舞蹈创作会议。中国舞协主席吴晓邦在会议开幕和结束时讲话。

10月22日 中国文联、中国作协邀请首都文艺界人士举行座谈会，交流学习党的全国代表会议精神的心得体会。到会的作家、艺术家表示，要问心无愧地把自己的光荣职责担当起来，为社会主义的精神文明建设作出应有的贡献。

11月10日 中共中央政治局委员、中共中央书记处书记习仲勋到家中看望曹禺。

11月12日 应美国纽约国际摄影中心邀请，由中国摄协副秘书长吕厚民为团长的中国摄影家代表团赴美进行访问。这次活动主要是参加在纽约国际摄影中心举行的"毛泽东、周恩来、邓小平图片展览"。

11月24日 应苏联文化部的邀请，以中国舞协副主席、著名舞蹈家贾作光为团长的中国舞蹈家代表团离京前往苏联进行为期两周的访问。

11月30日 文化部、总政文化部、中国文联联合举行"欢迎山东吕剧团赴前线慰问归来座谈会"。

12月12日 第一次全国美术理论工作会议在北京闭幕。全国各地的近50位专家学者参加会议。会议决定成立全国美术理论艺术委员会。

12月16日 夏衍电影创作与理论讨论会在北京举行。全国电影战线的百余位编剧、导演、演员、摄影师和评论工作者参加讨论。会议由中国电影艺术研究中心、中国影协等单位举办。文化部授予夏衍"中国革命电影事业的开拓者"奖状。

12月27日 "港澳摄影艺术作品展览"在中国美术馆开幕。全国政协主席邓颖超为展览题词。中共中央书记处书记邓力群等出席开幕式。这次展览由中国摄协和香港摄影学会、香港中华摄影学会、香港卅五米厘摄影研究会、香港沙龙影友协会、香港大众摄影会、香港中青摄影学会、香港（国际）幻影会、九龙摄影学会、海鸥摄影会、影联摄影学会、澳门摄影学会、澳门沙龙影艺会联合举办。

1986 年

2月2日 中国民间文艺研究会民间剪纸学会、中国民间美术博物馆筹备组、人民美术出版社联合举办的"全国剪纸展览"在中国美术馆开幕。这是新中国成立以来规模较大的一次全国性剪纸展览，共展出300多件民间传统剪纸和新创作的剪纸。

3月8日 中国文联、中国曲协、北京市曲艺杂技协会在北京联合举行座谈会，邀请赴广西、云南前线慰问演出归来的曲艺工作者介绍情况。会上，刚从广西前线归来的著名评书演员刘兰芳，讲述了她和鞍山市曲艺团的十位演员赴前线慰问所受到的教育。到云南前线参加慰问演出的著名相声演员常宝华、笑林也分享了体会。

3月14日—28日 应日中文化交流协会邀请，以中国文联副主席、中国美协主席吴作人为团长，中国音协主席李焕之为副团长的中国文联代表团一行访问日本，出席该协会成立30周年庆祝大会。

同日 中国文联、中国美协和青海省文化厅、青海省文联在北京联合举办"青海美"美术摄影作品联展。

4月5日—18日 应中国文联邀请，尼泊尔皇家学院副院长吉米率代表团访华。中国文联副主席夏衍设宴欢迎代表团。全国人大常委会副委员长周谷城、文化部副部长刘德有分别会见代表团。

4月8日 第三届《戏剧报》梅花奖授奖大会在北京举行。中顾委常务副主任薄一波，中顾委秘书长荣高棠，文化部副部长周巍峙、高占祥等到会祝贺。习仲勋同志为大会题词"第三届梅花奖授奖大会：祝愿社会主义文艺园地繁花似锦，欣欣向荣"。裴艳玲、汪世瑜、王立军、于盛乐、阎桂祥、李光、梁谷音、李东桥、林为林、张惠云、王领、丁嘉莉、张家昭、闪增宏、彭丽媛、李小护等16名演员获奖。

4月28日 中国文联、中国美协、中央美术学院和中国画研究院联合主办的"李可染中国画展"在北京开幕。党和国家领导人万里、方毅、邓力群等出席开幕式。

4月30日 中国文联、中国美协和中央美术学院联合主办的"吴作人画展"在北京开幕。党和国家领导人万里、习仲勋、方毅等出席开幕式。

5月6日—20日 以第一副委员长崔荣化为团长、党委书记李勇为副团长的朝鲜文艺总同盟代表团一行访华。中国文联副主席李默然会见并宴请代表团。

5月9日 第四届大众电视金鹰奖授奖大会在福州市体育馆举行。中共中央书记处书记、全国人大常委会副委员长陈丕显，全国人大常委会委员胡绩伟，中共福建省委书记陈光毅，福建省省长胡平和中共浙江省委常委、宣传部长罗东，以及来自全国各地的广播电视台领导，电视界的编剧、导演、评论家等出席会议。福建省委常委、宣传部长何少川主持大会。本届金鹰奖共颁发13个奖项，共21个评奖数额，《新星》等作品获优秀连续剧奖，《穷街》等作品获优秀单本剧奖，《吉祥胡同甲五号》(《暮春》《探新》)等作品获优秀短剧、小品奖，其他奖项也在大会上颁发。陈丕显、陈光毅、胡平、罗东等领导同志为获奖剧组、演员颁发证书和奖杯。游本昌代表获奖剧组、演员讲话。

5月17日 国际和平年中国组织委员会、中国文联、中国美协、中国摄协和中国书协联合主办的"国际和平年——美术·摄影·书法作品展览"在中国美术馆开幕。

5月18日—6月1日 应中国文联邀请，以执行副主席勒费弗尔为团长的加拿大理事会代表团一行访华。

5月 吴祖强任中国文联党组书记，刘剑青、杨澧、徐怀中、邓兴器任党组成员；刘剑青任秘书长，杨澧、江晓天、夏义奎任副秘书长。

6月28日 第三届全国优秀剧本创作奖（1984—1985）在长春颁奖。《田野又是青纱帐》《昨天、今天和明天》《红白喜事》《寻找山泉》《一个死者对生者的访问》《月琴与小老虎》《秋风辞》《狱卒平冤》《喜脉案》《大明魂》《瘸腿书记上山》《鸭子丑小传》《芳草心》13部剧本获奖。

7月4日 中国文联、中国作协、商务印书馆、茅盾研究学会联合举办纪念茅盾诞辰90周年大会。文化部副部长高占祥等出席。

7月10日—18日 应新加坡艺术协会和新加坡美罗公司邀请，以中国文联副主席、中国美协主席吴作人为团长的中国友好艺术代表团一行访问新加坡，举办友好交流画展、儿童京剧演出，并开展其他形式的艺术交流。

7月26日 中国文联在征得主席团同意后，调整工作班子，撤销书记处，恢复秘书长制，负责中国文联日常工作。

8月16日 第九届大众电影百花奖、第六届中国电影金鸡奖、广电部1985年优秀影片奖（政府奖）联合在京颁奖。这是广电部成立后与中国影协联合举办的第一项大型活动。百花奖授奖仪式在北京西郊中国剧院举行，由著名表演艺术家白杨主持。广播电影电视部及中国影协领导、新闻界人士、群众代表共1000余人出席，包括夏衍、吴印咸、司徒慧敏、袁文殊、水华、秦怡、谢添、侯宝林等。特邀嘉宾为香港电影代表团和好莱坞华裔演员卢燕。本次授奖打破以往领导颁奖加文艺表演的惯例，不设主席台，只设颁奖台，并增设提名者与观众见面的环节。在本届中国电影金鸡奖中，《野山》获得最佳故事片奖，《手》《抗日烽火》获得最佳新闻纪录片奖，《崛起的第三金属——钛》获得最佳科教片奖，《金猴降妖》获得最佳美术片奖，《少年彭德怀》获得最佳儿童片奖，曹禺、万方（《日出》）获得最佳编剧奖，颜学恕（《野山》）获得最佳导演奖，刘子枫（《黑炮事件》中饰赵书信）获得最佳男主角奖，岳红（《野山》中饰桂兰）获得最佳女主角奖，辛明（《野山》中饰灰灰）获得最佳男配角奖，王馥荔（《日出》中饰翠喜）获得最佳女配角奖，郑康振、赵晓时（《绝响》）获得最佳摄影奖，李岚华（《野山》）获得最佳录音奖，张璟文、彭俊（《绝响》）获得最佳美术奖，麻利平（《野山》）获得最佳服装奖，故事片《咱们的退伍兵》、《迷人的乐队》、王苹（《中国革命之歌》导演）获得特别奖，最佳音乐奖、最佳剪辑奖、最佳特技奖、最佳化装奖、最佳道具奖、最佳戏曲片奖、最佳照明奖空缺。在本届大众电影百花奖中，《少年犯》《日出》《咱们的退伍兵》获得最佳故事片奖，杨在葆（《代理市长》中饰肖子云）获得最佳男演员奖，方舒（《日出》中饰陈白露）获得最佳女演员奖，陈裕德（《咱们的退伍兵》中饰柳铁蛋）获得最佳男配角奖，王馥荔（《日出》中饰翠喜）获得最佳女配角奖。

10月30日—11月11日 应中国文联邀请，民主德国文化联盟主席汉斯·皮什纳博士率代表团访华。全国人大常委会副委员长周谷城会见代表团。中国文联副主席夏衍设宴欢迎代表团。中国文联党组书记吴祖强与代表团进行工作会谈。

10月 中国曲协、中国音协、四川省文化厅、中国曲协四川分会联合主办的全国首次曲艺音乐学术讨论会在成都举行。

11月10日—21日 应日本音乐著作权协会邀请，中国文联党组书记吴祖强率代表团访问日本。

12月27日 中顾委副主任王震、薄一波、宋任穷和中共中央政治局委员胡乔木、中共中央书记处书记邓力群在中南海会见著名评书演员袁阔成等,强调文艺工作者要继承发扬中华优秀文化传统,为人民提供更多更好的精神食粮。

12月 由文化部、国家民委和中国文联共同组织编纂的我国第一部系列性民族文化遗产丛书"十大文艺集成"开始陆续出版。这套丛书包括《中国民间歌曲集成》《中国民族民间器乐曲集成》《中国戏曲音乐集成》《中国曲艺音乐集成》《中国民族民间舞蹈集成》《中国民间故事集成》《中国谚语集成》《中国歌谣集成》《中国戏曲志》和《中国曲艺志》。

本年 《当代电视》杂志社成立,创刊号于1987年1月正式出版。《当代电视》是中国文联主管,中国电视艺术家协会主办的电视艺术类综合性学术期刊。

1987 年

1月24日 中国文联、北京市总工会、解放军总政文化部在北京联合组织专场文艺演出，慰问在北京的全国劳动模范和北京市的先进工作者。

1月 邓兴器任中国文联副秘书长。

4月15日 第四届《戏剧报》梅花奖在北京举行授奖仪式。党和国家领导人胡乔木、宋任穷等出席授奖大会，邓颖超、陈丕显同志写来贺词，薄一波同志为授奖大会题字。计镇华、华文漪、涂玲慧、汤玉英、马兰、田桂兰、蔡正仁、王凤芝、雷英、张寄蝶、岳美缇、华雯、王玉兰、王芝泉、李二娥、吕晓禾、王宇、梁冠华、张国立、温玉娟、杨洪基等21名演员获奖。

4月25日 第五届大众电视金鹰奖授奖大会在西安举行。大众电影百花奖最佳女主角方舒、相声演员姜昆和青年演员牛娜主持颁奖晚会。本届金鹰奖共颁发14个奖项，共22个评奖数额，《凯旋在子夜》等作品获优秀连续剧奖，《长江第一漂》等作品获优秀单本剧奖，《心灵的答卷》等作品获优秀短剧、小品奖，其他奖项也在大会上颁发。陕西省委副书记周雅光、中共浙江省委宣传部长罗东等出席大会并为获奖者颁奖。

5月2日—15日 应中国文联邀请，以芥川也寸志理事长为团长的日本音乐著作权协会代表团一行访华。全国人大常委会副委员长周谷城会见代表团。中国文联党组书记吴祖强宴请代表团。

5月5日 法国外交部长让-贝尔纳·雷蒙在法国驻华大使官邸举行仪式,代表法国总统授予中国剧协主席曹禺法国荣誉勋位团勋章,以表彰他为促进中法人民之间的友谊和东西方文化交流所作的贡献。

5月8日—15日 应中国文联邀请,西班牙全国舞台艺术和音乐总局局长何塞·马努埃尔·加里多·古斯曼率西班牙艺术家代表团一行访华。中国文联党组书记吴祖强会见并宴请代表团。

5月11日 为适应中国民间文艺事业发展的需要,中国民间文艺研究会更名为"中国民间文艺家协会"(简称"中国民协")。更名后,召开了第一次工作会议。

5月14日 《当代中国》编辑部与中国文联共同召开座谈会,中国文联党组书记吴祖强等出席。丛书文化(综合)卷及文学、电影、戏曲、话剧、美术、音乐、舞蹈、曲艺、杂技、书法、摄影各分卷主编(副主编)及主要编写人员参加。

5月22日 中国文联和中国作协等12个全国性文艺协会联合召开重新学习《在延安文艺座谈会上的讲话》座谈会。延安时期老文艺战士和中青年文艺工作者共300多人参加。党和国家领导人胡乔木、邓力群等出席。中国文联副主席林默涵主持会议。

6月8日—22日 应民主德国文化联盟邀请,以中国文联副主席林默涵为团长的中国文联代表团一行访问民主德国,出席该联盟第十一届代表大会。

6月9日—22日 应中国文联邀请,国际民间艺术组织秘书长法格尔一行访华。中国文联党组书记吴祖强宴请客人。

6月16日—30日 应中国文联邀请,以代表理事、著名音乐家团伊玖磨为团长的日中文化交流协会代表团一行访华。全国人大常委会副委员长周谷城会见代表团。中国文联副主席、中国影协主席夏衍应邀会见代表团成员导演筱田正浩和事务局长佐藤纯子。中国文联党组书记吴祖强等会见代表团。

6月　《美术》杂志社成立。《美术》杂志由中国文联主管，中国美术家协会主办。

7月2日　经国家新闻出版管理部门批准，《摄影报》（《中国摄影报》前身）创刊，每周四出版，四开四版。此前于4月和5月出版两期试刊。

7月14日—27日　应中国文联邀请，刚果作家艺术家手工艺人联合会中央理事会执行书记奥科达卡·埃巴雷·萨维尔访华。中国文联党组成员、副秘书长杨澧宴请客人。

9月2日—20日　应中国文联邀请，加拿大安大略省艺术家协会原主席、著名版画家路丝吐尔文访华。中国文联党组成员、中国文联副秘书长杨澧会见并宴请客人。

9月21日—29日　应中国文联邀请，伊拉克艺术家工会秘书长达乌德·盖西和司库亚辛·贝克里访华，与中国文联签署1987—1990年艺术交流协议。中国文联党组书记吴祖强会见并宴请客人。

10月5日　由中国书协举办的全国第三届书法篆刻展览在河南郑州河南省博物馆（后更名为"河南博物院"）开幕。中国书协副秘书长刘艺主持开幕式，中国书协副主席兼秘书长陆石致开幕词，河南省副省长胡廷积致贺词并剪彩。共展出书法作品499幅，篆刻作品54件。由河南美术出版社出版的《全国第三届书法篆刻展览作品集》在展览会上展出。

10月9日—30日　应中国文联邀请，民主德国著名摄影家托马斯·比尔哈特来华拍摄我国工农业成果照片。中国文联党组书记吴祖强、中国摄协副主席吴印咸分别会见宴请客人。

10月10日　中国美协与香港中华文化促进中心联合举办的"中国漫画展——1900至现在"在香港展出。这是首次在香港举办大型中国漫画展览。

10月12日—23日 应朝鲜文艺总同盟邀请，中国文联党组成员、副秘书长杨澧率代表团访朝。该同盟中央委员会副委员长金永元宴请代表团，第一副委员长崔荣化会见代表团。

10月13日—26日 应中国文联邀请，意大利作者出版者协会组派知名文艺家代表团一行访华。中国文联党组书记吴祖强会见并宴请代表团。

10月27日 河北省对外文化交流协会、中国杂协、中国对外演出公司、河北省文化厅等单位联合举办的首届中国吴桥国际杂技节在石家庄举行。澳大利亚、法国、德意志民主共和国、朝鲜、墨西哥、苏联等6个国家的杂技团和中国的杂技演员参加表演。

11月5日 中国文联发起，中国作协、中国影协等12个专业协会组织近200名当代中国著名的文学艺术界人士召开座谈会，畅谈党的十三大为文学艺术界带来的生机和文艺家肩负的使命。中国文联副主席林默涵主持，多位与会代表发言。

11月18日—30日 应缅甸文化部和孟加拉文化宣传部邀请，中国文联党组成员、秘书长刘剑青率代表团访问缅、孟。

11月24日—12月19日 应阿尔及利亚全国文化艺术联合会和突尼斯文化部邀请，以中国美协副主席、版画家古元为团长的中国文联代表团一行访问阿、突，与阿签署1988—1990年交流议定书。

11月28日 著名文艺家阳翰笙85岁寿诞暨从事文艺工作60周年庆祝会在北京举行。党和国家领导人杨尚昆、薄一波、习仲勋、萧克等到会祝贺。邓颖超派专人前来祝贺。国务院代总理李鹏发来贺信并送了贺礼。

1988 年

1月5日—19日　中国文联党组成员、中国剧协书记处书记邓兴器和中国舞协副主席宝音巴图一行访问伊拉克，其间出席了伊一年一度的艺术日。伊拉克艺术家工会主席、副主席及伊拉克文化新闻部艺术司司长分别会见代表团。

1月15日—20日　中国文联在北京召开"中国文联体制改革座谈会"。中国文联、各文艺家协会和来自各省、自治区、直辖市文联的代表，就文联近四十年的历史和现状、文联体制的弊端、体制改革的可能性等问题，展开了热烈讨论。中国文联党组书记吴祖强在总结讲话中，希望大家加快文艺体制改革和文联体制改革的步伐，繁荣文艺创作，促进文艺人才的成长，争取尽早召开第五次全国文代会。中宣部部长王忍之接见了与会代表。

1月22日—26日　第七届中国电影金鸡奖和第十届大众电影百花奖颁奖活动在北京全国政协礼堂举行。在本届中国电影金鸡奖中，《孙中山》《芙蓉镇》获得最佳故事片奖，《一瞬与十年》获得最佳纪录片奖，《鹗》获得最佳科教片奖，《超级肥皂》获得最佳美术片奖，《我和我的同学们》获得最佳儿童片奖，田军利、费林军（《血战台儿庄》）获得最佳编剧奖，丁荫楠（《孙中山》）获得最佳导演奖，刘文治（《孙中山》中饰孙中山）获得最佳男主角奖，刘晓庆（《芙蓉镇》中饰胡玉音）获得最佳女主角奖，徐宁（《芙蓉镇》中饰五爪辣）、丁嘉丽（《山林中头一个女人》中饰大力神）获得最佳女配角奖，王亨里、侯咏（《孙中山》）获得最佳摄影奖，来启箴、吴凌（《山林中头一个女人》）获得最佳录音奖，闵宗泗（《孙中山》）、金绮芬（《芙蓉镇》）获得最佳美术奖，施万春（《孙中山》）获得最佳音乐奖，冯惠琳、严秀英（《孙中山》）、周夏娟（《T省的八四、八五年》）并列获得最佳剪辑奖，任奉仪、王辑珠（《孙中山》）获得最佳服装奖，颜碧君、赵志敏（《血战台儿庄》）获得最佳化装奖，田世凯、黄校明、林龙添（《孙中山》）获得最佳道具奖，于泽、刘垣（《血战台儿庄》）获得最佳烟火奖，故事片《雷场相思树》、纪录片《紫禁城》被授予特别奖，最佳男配角奖、最佳戏曲片奖、最佳特技奖、最佳照明奖空缺。本届百花奖增设两项特别奖，分别授予导演谢晋（导演奖）和中国电影发行放映公司（协作奖）。《芙蓉镇》《血战台儿庄》《孙中山》获得最佳故事片奖，姜文（《芙蓉镇》中饰秦书田）获得最佳男演员奖，刘晓庆（《芙蓉镇》中饰胡玉音）获得最佳女演员奖，祝士彬（《芙蓉镇》中饰王秋赦）获得最佳男配角奖，张晓敏（《非常大总统》中饰宋庆龄）获得最佳女配角奖。

2月8日 首都作家、艺术家在北京人民大会堂举行迎春联欢会。党和国家领导人胡启立、芮杏文、康克清、伍修权等向文艺界朋友恭贺新春之喜。中共中央书记处书记芮杏文在会上讲话，强调文艺家要解放思想发展文艺生产力。中国文联党组书记吴祖强代表中国文联、中国作协讲话。800位作家、艺术家和中央部门、文艺界领导观看了文艺演出。

2月9日 中国摄协、中国影协辽宁分会、沈阳市摄协等联合主办的"沈阳杯"全国首届农民摄影艺术展览在中国美术馆开幕。展出的350幅作品，从不同侧面反映了我国农村改革的大好形势，表现了农民生活所发生的可喜变化。

2月29日—3月4日 中国文联在北京召开全国文联外事工作

会议，29个省、自治区、直辖市文联，海口、苏州、重庆、桂林、烟台市文联，12个全国文艺家协会派代表出席。中国文联党组书记吴祖强致开幕词，副主席夏衍到会看望大家并发表讲话。

4月8日—28日 应国际民间艺术组织邀请，以中国舞协副主席、著名舞蹈家贾作光为团长，上海文联常务副主席、中国曲协副主席吴宗锡和天津市文联常务副主席、著名作家冯骥才为副团长的中国文联代表团一行访问奥地利、波兰、匈牙利。奥地利政府副总理兼外交部长代表、联邦改革管理部长海因里斯·内塞尔会见代表团。

5月9日—18日 应中国文联邀请，以组织宣传部部长兼党委副书记宋成根为团长的朝鲜文艺总同盟代表团一行访华。中国文联副主席夏衍会见代表团。

5月16日 第五届中国戏剧梅花奖（原《戏剧报》梅花奖）颁奖大会在北京人民剧场举行。中共中央书记处书记芮杏文、全国人大常委会副委员长朱学范、中宣部副部长王维澄、文化部副部长高占祥、广播电影电视部副部长陈昊苏、北京市副市长张百发、江苏省副省长杨泳沂、河北省副省长王祖武等出席。冯玉萍、石小梅、杨至芳、武俊英、马玉璋、宋丹菊、刘芸、蔡瑶铣、赵葆秀、霍俊萍、戴春荣、马少良、高翠英、刘秀荣、王奉梅、奚美娟、宋国锋、野芒、韩童生、张秋歌、刘维维等21名演员获奖。

6月3日—17日 应中国文联邀请，民主德国文化联盟主席团成员、书记处书记威尔弗莱德·马斯博士率代表团访华。中国文联副主席林默涵宴请代表团，党组书记吴祖强会见代表团。

6月 第六届大众电视金鹰奖颁奖仪式在沈阳体育馆举行。本届金鹰奖共颁发8个奖项，共13个评奖数额，《西游记》等作品获优秀连续剧奖，《军魂》等作品获优秀单本剧奖，《跑跑的天地》获优秀儿童剧奖，其他奖项也在大会上颁发。中共辽宁省委书记全树仁、沈阳军区司令员刘精松出席授奖大会并给获奖剧组、演员授奖。

7月6日 第四届全国优秀剧本奖（1986—1987）在岳阳颁奖，《黑色的石头》《狗儿爷涅槃》《大趋势》《四十不惑》《洒满月光的荒原》《古塔街》《决战淮海》《榆树屯风情》《南唐遗事》《风流寡妇》《田姐与庄周》《邯郸梦记》《倒霉大叔的婚事》《曹操与杨修》《节妇吟》《深宫欲海》等16部剧本获奖。

7月15日 经中共中央批准，中宣部在北京召开全国文艺工作会议，就进一步繁荣我国社会主义文艺和做好第五次文代会的准备工作征求各地方、各部门有关负责同志的意见。会议由中宣部部长王忍之主持。会议期间，中共中央政治局常委胡启立、中共中央书记处书记芮杏文同部分与会代表座谈，听取意见。18日，芮杏文在会上讲话。中国文联党组和全国各文艺家协会党的临时领导小组的负责人等参加会议。

8月12日—20日 应中国文联邀请，以八千代市市长助理末吉重夫为名誉团长的日本八千代少年合唱团一行访华。中国文联党组成员、中国剧协书记处书记邓兴器宴请合唱团。

8月17日 为庆祝新中国成立40周年，由中国书协主办的全国第四届书法篆刻展览在中国美术馆开幕。这次展览评出一等奖5人，二等奖10人，三等奖35人，共展出书法、篆刻及刻字作品594件。

8月20日 第十一届大众电影百花奖和第八届中国电影金鸡奖颁奖活动在深圳体育馆举办。以著名电影理论家叶甫德尼·列什科夫为团长的苏联电影代表团出席颁奖大会。在本届中国电影金鸡奖中，《老井》《红高粱》并列获得最佳故事片奖，宋国勋、李子羽、黄蜀芹（《人·鬼·情》）获得最佳编剧奖，吴天明（《老井》）获得最佳导演奖，张艺谋（《老井》中饰孙旺泉）获得最佳男主角奖，潘虹（《老井》中饰徐丽莎）获得最佳女主角奖。在本届大众电影百花奖中，《红高梁》《老井》《原野》获得最佳故事片奖，张艺谋（《老井》中饰孙旺泉）获得最佳男演员奖，刘晓庆（《原野》中饰金子）获得最佳女演员奖，陈佩斯（《京都球侠》中饰赵狐狸）获得最佳男配角奖，吕丽萍（《老井》中饰喜凤）获得最佳女配角奖。

9月10日 中国科协、中国文联、中国作协共同在北京召开科学与文化论坛第二次会议。与会的50多位专家学者呼吁全社会都来重视科学与文化建设。

9月17日—30日 应中国文联邀请，苏联文化基金会副主席卡尔普辛率代表团访华。中国文联副主席夏衍宴请代表团，党组书记吴祖强与代表团会谈。

9月29日 中国文联文艺基金会举行第一次会议。中国文联副主席夏衍主持，通过基金会章程。

9月30日 应中国文联邀请，波兰居里夫人大学民间舞蹈团来华访问。

11月6日 在第五次文代会召开前夕，中共中央政治局常委胡启立看望了中国文联主席周扬、副主席冰心。

同日 中国文联四届三次全国委员会通过召开第五次文代会的决议。中国文联副主席夏衍主持会议。中国文联党组书记吴祖强代表第五次文代会筹备组作关于文代会筹备工作的说明。

11月8日 中国文联第五次代表大会在北京开幕。党和国家领导人邓小平、赵紫阳、杨尚昆、李鹏等会见代表并合影。中共中央政治局常委胡启立代表党中央和国务院致祝词。中国文联副主席夏衍致开幕词。全国总工会、共青团中央、全国妇联、中国科协、全国台联、全国侨联向大会发来贺词。中国人民解放军总政治部副主任周克玉、文化部部长王蒙、广播电影电视部部长艾知生向大会致贺词。中国文联党组书记吴祖强主持开幕式并作了《关于修改〈中国文联章程〉

的说明》。包括文学、戏剧、音乐、舞蹈、美术、电影、电视、民间文艺、曲艺、杂技、摄影、书法12个门类的1500名代表参加会议,听取了《中国文联(1979年—1988年)会务工作报告》。代表们鼓掌通过了中国文联第五届全委会名单:丁圢、才旦卓玛(女,藏)、大丹增(藏)、万里云(壮)、马加、马烽、马识途、王也、王世兴(回)、王玉胡、王安忆(女)、王秀兰(女)、王贵如、王晓棠(女)、云照光(蒙)、丹真贡布(藏)、尹瘦石、巴金、石少华、叶蔚林、白朝蓉、丛深、冯牧、冯德英、冯骥才、亚森·胡达别尔地(维)、朱践耳、刘平、刘绍棠、刘剑青、刘德海、阮若琳(女)、苏云、苏中、严良堃、杜高、李进、李坚(女)、李瑛、李树谦、李焕之、李焕民、李霁野、杨明(白)、杨澧、杨佩瑾、杨亮才(白)、肖洪、肖峰、吴作人、吴祖强、吴晓邦、何南丁、沈鹏、宋汎、启功(满)、张颖(女)、张君秋、张贤亮、张继青(女)、张棣昌、陈白一、陈复礼、陈昌谦、陈荒煤、欧阳山、罗杨、罗德祯、金照、周申明、周民震(壮)、周韶华、武剑青、郑秋枫、胡采、胡维汉、钟敬文、姚雪垠、骆玉笙(女)、秦牧、袁鹰、格桑多杰(藏)、贾作光(满)、夏衍、夏梦(女)、夏征农、夏菊花(女)、顾锡东、徐怀中、徐光耀、徐晓钟、黄悌、曹禺、常香玉(女)、康濯、梁文英、梁光弟、董速(女)、葛维墨、程士荣、鲁琪、谢晋、赖少其、詹建俊(满)、潘虹(女)、蹇先艾、台湾代表2人(保留名额)。大会通过的中国文联新章程中,中国文联的性质和任务,由过去的对会员"负有协调、联络和指导的责任"改为"对各团体会员负有联络、协调和服务的职责"。12日,大会闭幕。胡启立、芮杏文出席闭幕式。13日,中国文联第五届全委会第一次会议在北京举行,曹禺当选中国文联执行主席,才旦卓玛、马烽、尹瘦石、冯骥才、李瑛、吴祖强、张君秋、夏菊花、谢晋当选为执行副主席。周扬、傅钟、阳翰笙、谢冰心、贺绿汀、林默涵、俞振飞、陶钝、康巴尔汗被推举为中国文联名誉委员。大会同意接纳中国电视艺术家协会为中国文联团体会员。

11月28日 由中国剧协及各省、区、市分会主办的首届中国戏剧节在民族宫礼堂开幕。党和国家领导人杨尚昆、李先念、邓颖超、薄一波、宋任穷等题词祝贺。宋任穷、习仲勋等出席开幕式。中国文联执行主席曹禺为戏剧节献辞。来自京、黑、吉、津、晋、豫、湘、陕、川、贵、浙、赣、闽、沪、苏、粤，以及中直、解放军等30多个单位的剧团参加了这次戏剧节。首届中国戏剧节在12月16日闭幕。

11月 孟伟哉任中国文联秘书长，董良翚任副秘书长。

1989年

1月11日 中国文联在全国政协礼堂招待40多个国家的驻华大使、参赞和文化官员，推动加强同各国的文化交流。中国文联执行主席曹禺参加招待会，中国文联执行副主席吴祖强致辞，感谢各国驻华使馆对文联工作的支持和关心。这是中国文联自1978年恢复工作以来第一次举办这样的活动。中外来宾观看了儿童电影制片厂摄制的彩色新片《多梦时节》。

1月28日 中共中央在北京中南海邀请首都150位文艺家参加春节茶话会联欢。

3月21日—4月4日 应中国文联邀请，以外事书记、画家巴卢克为团长的阿尔及利亚全国文化艺术联合会代表团一行访华。中国文联党组书记、执行副主席吴祖强会见代表团。

3月26日 中国文联组织全国"两会"文艺界人士在首都宾馆，就《中共中央关于进一步繁荣文艺的若干意见》进行座谈。中共中央书记处书记芮杏文到会讲话。中国文联执行主席曹禺出席，中国文联党组书记、执行副主席吴祖强主持。

4月15日 第六届中国戏剧梅花奖颁奖大会在深圳市举行。党和国家领导人杨尚昆、薄一波、宋任穷、谷牧以及中国文联执行主席曹禺为颁奖大会题词祝贺。王万梅、叶金援、左大玢、郭彩萍、冯刚毅、沈健瑾、雷保春、曾静萍、邓敏、陈美兰、古小琴、朱世慧、杨春霞、王清芬、沈铁梅、刘远、王巍、宋洁、李放、卢志启、万山红、郭卫民、张克勤等23名演员获奖。

4月17日—5月1日 中国文联以"中国民间艺术协调中心"名义，邀请国际民间艺术组织秘书长亚历山大·法格尔率代表团来华进行工作性回访。该组织亚洲副主席、中国舞协副主席贾作光与代表团进行工作会谈。中国文联副主席张君秋宴请代表团。

4月21日—5月5日 应朝鲜文艺总同盟邀请，中国文联执行副主席、作家马烽率代表团访朝。朝鲜劳动党中央书记黄长烨会见代表团。

4月27日—6月1日 应比利时乌斯特洛泽贝克第十二届国际民间艺术节和法国民俗与文化协会联合会的邀请，中国文联组派中国广东少儿艺术团一行赴比、法参加当地民间艺术节。出访35天，访问11个城市，演出29场。比利时国家议会副议长会见艺术团。

5月8日—22日 应民主德国文化联盟的邀请，以执行副主席、诗人李瑛为团长的中国文联代表团一行访问德意志民主共和国。

5月9日 纪念欧阳予倩诞辰一百周年大会在北京举行。全国人大常委会副委员长习仲勋等出席。中国文联执行主席曹禺讲话。

5月15日 海南省文艺工作者第一次代表大会在海南建省一周年之后在海口市召开。杜式瑾当选为海南省文联主席，罗德祯、洪寿祥、叶蔚林、郭颂为副主席。

6月8日—29日 应苏联文化基金会和蒙古艺术工作者联合会的邀请，以执行副主席、书画家尹瘦石为团长的中国文联代表团一行访问苏联、蒙古。蒙古文化部长苏米亚会见代表团。

6月17日 中国文联和各协会负责人、知名作家艺术家到304医院慰问解放军伤病员。

同日 中国文联党组和机关党委致信中共中央国家机关工委转党中央、国务院，坚决拥护平息政治风波的重大决策。

6月28日 中国文联主席团成员和在京委员在学习党的十三届四中全会公报和有关文件后举行座谈。会议认为，全会的各项文件对平息政治风波性质的深刻分析，以及对今后工作方针、政策作的全面说明，特别是邓小平同志高瞻远瞩的讲话，是提高全国人民认识、统一思想的纲领性文件。全国文艺界要认真学习，并在此基础上回顾过去，思考未来，总结经验教训，以利于今后的工作。

5月—6月 为迎接建国40周年举办第七届全国美展，文化部、中国美协商定按美术种类分设8个展区：北京、南京、哈尔滨、沈阳、上海、昆明、广州、深圳。港澳台地区特邀展在北京举办。"获奖作品展"中的299件作品于国庆期间参加第二届艺术节并在中国美术馆展出。

7月6日 中宣部召开文艺界座谈会。中宣部部长王忍之参加座谈会并讲话。会议一致认为，繁荣和发展社会主义文艺，必须坚持四项基本原则，切实反对资产阶级自由化。

7月31日 中国文联原主席、著名文艺理论家周扬在北京逝世，享年81岁。9月5日，在八宝山革命公墓礼堂举行了遗体告别仪式。党和国家领导人江泽民、杨尚昆、李鹏、万里、乔石、姚依林、宋平、李瑞环等参加。

8月6日 著名曲艺表演艺术家韩起祥病逝，享年74岁。

8月11日—9月3日 应国际民间艺术节组织的邀请，中国文联组派辽宁省海城龙舞、高跷秧歌民间艺术团一行33人赴奥地利和匈牙利参加第十一届克雷姆斯国际民间艺术节和第二届萨尔瓦国际民间艺术节的演出。出访44天，访问20多个城镇，演出29场次。

8月18日 中国影协、《大众电影》编辑部在京召开第九届中国电影金鸡奖、第十二届大众电影百花奖评选揭晓发布会。本次"双奖"未举行颁奖大会，新闻发布会以后由中国影协组成送奖小组分赴各获奖电影制片厂送奖上门，并在各地分别邀请部分电影工作者和主要创作人员座谈，听取对"双奖"评选工作的意见。在本届中国电影金鸡奖中，《蛇口奏鸣曲》获得最佳纪录片奖，《增长的代价——人口与经济》获得最佳科教片奖，《山水情》获得最佳美术片奖，《多梦时节》获得最佳儿童片奖，吴子牛（《晚钟》《欢乐英雄》《阴阳界》）获得最佳导演奖，陶泽如（《晚钟》中饰排长）、谢园（《棋王》中饰王一生）获得最佳男主角奖，徐守莉（《欢乐英雄》《阴阳界》中饰玉蒜）获得最佳女主角奖，孙敏（《晚钟》饰日俘）获得最佳男配角奖，侯咏（《晚钟》）获得最佳摄影奖，邵瑞刚、扈洪元（《村路带我回家》）获得最佳美术奖，钟芙蓉（《疯狂的代价》）获得最佳剪辑奖，最佳故事片奖、最佳女配角奖、最佳编剧奖、最佳音乐奖、最佳录音奖、导演处女作奖空缺。在本届百花奖中，《春桃》《寡妇村》《共和国不会忘记》获得最佳故事片奖，姜文（《春桃》中饰刘向高）获得最佳男演员奖，刘晓庆（《春桃》中饰春桃）获得最佳女演员奖，申军谊（《欢乐英雄》《阴阳界》中饰许三多）获得最佳男配角奖，巩俐（《代号美洲豹》中饰阿丽）获得最佳女配角奖。

8月底 全国部分省、自治区少数民族曲艺座谈会在呼和浩特市举行。这次座谈会是由中国曲协、文化部少数民族文化司、国家民委文化宣传司、内蒙古文化厅、内蒙古民委、中国曲协内蒙古分会等6个单位联合主办，是建国40年来我国少数民族曲艺的第一次盛会。全国12个省、自治区十多个民族的50位代表出席。

9月6日 由中国摄协主办的首届中国摄影艺术金像奖在北京评出。于云天等10人获金像奖，田原等5人获开拓杯奖，张克尧等5人获金烛杯奖。中国摄影金像奖于1988年2月经中宣部批准设立，是中国文联和中国摄协主办的全国性摄影艺术最高奖项。

9月25日—10月1日 应伊拉克文化新闻部的邀请，中国文联组派中国电影乐团5名青年民乐演员组成中国民乐艺术小组赴伊拉克参加第三届"巴比伦"国际艺术节。伊拉克文化部音乐艺术司司长穆尼尔·巴舌尔会见代表团成员。

10月11日 首届中国摄影艺术节在北京民族文化宫隆重开幕。中共中央总书记江泽民在贺信中写道:"希望我国的摄影工作者进一步繁荣新时期的摄影艺术事业,增进国际间的文化艺术交流。"国家主席杨尚昆在贺信中指出:"希望摄影艺术体现民族风格,反映社会主义的现实生活。"中共中央政治局常委、国务院总理李鹏和中国延安精神研究会名誉会长彭真分别为摄影艺术节题词、题字。首届中国摄影艺术节是中国摄协和中央电视台为庆祝建国40周年和摄影术诞辰150周年而举办的。

10月14日 中国文联举行座谈会,学习讨论江泽民同志建国40周年讲话。中国文联在京全国委员、各协会负责人等近百人参加会议。

同日 第七届大众电视金鹰奖授奖大会在杭州大华饭店举行。中共中央顾问委员会委员、浙江省委第一书记、大众电视之友联谊会名誉会长铁瑛等到会。本届金鹰奖共颁发9个奖项,共15个评奖数额,《末代皇帝》等作品获优秀连续剧奖,《十八岁男子汉》等作品获优秀单本剧奖,《三个和一个》等作品获优秀儿童剧奖,其他奖项也在大会上颁发。授奖大会后举行了文艺演出。

10月15日—11月1日 应中国文联邀请,伊拉克艺术家工会委员会委员、国家交响乐团指挥兼作曲家阿卜杜尔·拉扎克·麦哈迪率音乐美术家代表团一行访华。中国文联领导吴祖强、邓兴器会见代表团。访问期间,代表团成员、巴格达美术学院版画系主任拉菲阿·纳绥里在中央美院举办了个人版画展。

12月1日 以中国文联副主席冯骥才为团长的中国文联代表团

赴澳大利亚进行访问和文化交流。

12月6日 中国书协原副主席、著名书法家林散之病逝,享年92岁。

12月15日 中宣部负责同志传达中共中央关于调整中国文联党组的决定。林默涵任中国文联党组书记,孟伟哉任副书记,罗扬、李振玉任党组成员。免去吴祖强、刘剑青、杨澧在党组的任职。

12月27日—1990年1月8日 以代表团理事团伊玖磨为团长的日中文化交流协会代表团一行访华。12月31日,中共中央政治局常委、中共中央书记处书记李瑞环接见代表团。代表团拜会了中国文联领导林默涵、李瑛、尹瘦石、孟伟哉,看望了中国文联执行主席曹禺,并赴八宝山拜祭了周扬、王炳南灵台。

1990 年

1月2日—23日 应伊拉克艺术家工会和科威特文化艺术文学委员会邀请，中国音协常务理事、中国音乐学院教授刘德海率中国文联代表团一行访问伊、科。在伊拉克参加了一年一度的艺术日庆祝活动并举办中国版画艺术展。伊拉克文化新闻部部长贾西姆、科文委秘书长欧迈尔会见代表团。

1月28日—2月14日 应古巴作家艺术家联合会、墨西哥作家总会邀请，中国文联执行副主席、中国音协副主席、西藏文联主席才旦卓玛率中国文联代表团访问了古巴、墨西哥。古巴文化部副部长卡洛斯·马蒂、外交部副部长马索拉·科拉索会见代表团。

2月14日 文化部、中国文联、中国杂协联合举办庆功会，表彰我国选手在1990年法国巴黎第十三届"明日"和第四届"未来"国际杂技节荣获金奖。国家体委顾问荣高棠、文化部代部长贺敬之、文化部副部长英若诚等出席会议并为获奖选手颁奖。

3月27日—4月10日 以朝鲜文艺总同盟中央委员会副委员长、小说家金用元为团长的朝鲜文艺总同盟代表团一行访华。中宣部部长王忍之会见代表团。中国文联执行副主席马烽宴请代表团，执行副主席李瑛同志与代表团会谈。

4月15日 中国文联、中国作协在河北保定联合召开文艺思想座谈会。来自全国各地的文艺理论家、作家、艺术家100多人参加，就如何深入开展反对资产阶级自由化的教育和斗争、密切文艺同人民群众的血肉联系、繁荣社会主义文艺、加强文艺队伍建设等问题进行了讨论。

4月25日 中国民协创立40周年暨《民间文学》杂志创刊35周年纪念会在北京举行。中共中央政治局常委、中共中央书记处书记李瑞环致信祝贺。

4月30日—5月3日 蒙古艺术互助者联合会书记米德和铁木耳赴日访问过境北京，与中国文联就双边合作问题进行了两次座谈。

5月8日 中国文联、三S（史沫特莱、斯特朗和斯诺）研究会举办纪念史沫特莱逝世40周年座谈会。全国政协副主席康克清为座谈会题词。

5月12日 中共中央政治局常委、中共中央书记处书记李瑞环为由全国政协书画室、中国文联、中国青年出版社和炎黄艺术馆等单位联合主办的梁斌、黄胄画展开幕剪彩。书画家等首都各界人士、书画家数百人参观了展出的近130件作品。

5月19日—31日 苏联文化基金会副主席奥·卡尔普辛率代表团访华。中国文联党组书记林默涵会见和宴请代表团。

5月21日 中共中央总书记江泽民参加庆祝京剧音乐家李慕良先生艺术生涯60周年的作品音乐会。这场音乐会同时是为了纪念毛泽东同志《在延安文艺座谈会上的讲话》发表48周年，由中国音协、中国剧协等8个单位在人民剧场联合举办的。

5月23日 中国文联和中国作协举办纪念毛泽东《在延安文艺座谈会上的讲话》发表48周年座谈会。首都50多位作家、艺术家向全国文艺界倡议：以各种有效形式，组织作家、艺术家重新学习毛泽东同志《在延安文艺座谈会上的讲话》，深入生活，繁荣创作，以崭新的面貌和丰硕的成果，迎接《讲话》50周年。人大常委会副委员长赛福鼎·艾则孜、中国文联党组书记林默涵等参加了座谈会。

6月15日 第七届中国戏剧梅花奖颁奖大会在北京举行。党和国家领导人李瑞环、王震、宋任穷、习仲勋等出席大会并向获奖演员颁奖。牛淑贤、黄孝慈、马淑华、许爱英、虎美玲、于魁智、辛宝达、陈智林、张静娴、言兴朋、李秀云、王树芳、李静文、周龙、张幼麟、贾占红、张志中、杨青、魏积安、谭宗尧、张积民、陈素娥等22名演员获奖。

7月10日—8月20日 中国文联组派以玉溪地区文化局所属艺术团为主体的云南民族民间艺术团先后参加阿尔及利亚提济乌祖省国际民间艺术节、突尼斯夏季艺术节和意大利西西里岛第二十届国际艺术节。艺术团出访42天,演出28场。

7月12日 中国文联和中国剧协在北京人民大会堂举行座谈会,欢迎著名京剧表演艺术家张君秋访美载誉归来。党和国家领导人万里、李瑞环、宋任穷、习仲勋等发来贺电。此前,李瑞环会见了张君秋夫妇。

7月22日 中国文联邀请首都70多位表演艺术家到亚运会金海湖分村,为亚运会举行义演。义演的全部收入捐献给亚运会。

同日 中国美协、中国书协和中国摄协联合召开全国美术、书法、摄影创作思想座谈会。会议期间,中共中央政治局常委、中共中央书记处书记李瑞环致电祝贺。中国文联秘书长孟伟哉、中国文联执行副主席尹瘦石到会讲话,著名书法家、画家启功、邵宇、刘开渠、古元、王朝闻,摄影家徐肖冰、高帆等在会上发言。

8月3日—10日 中国文联、中国出版工作者协会、中国美协、中国书协等在中国工艺美术馆联合主办邵宇画展。国务院总理李鹏致电祝贺。

8月11日 古巴作家艺术家联合会主席阿维尔·普列托率代表团访华,参加首届中国国际民间艺术节主要活动,并与中国文联签署双边交流合作协议书。中国文联执行副主席李瑛会见并宴请代表团。

8月13日 中国文联、中宣部文艺局、文化部艺术局和中国剧协联合主办座谈会，纪念著名京剧表演艺术家方荣翔和著名话剧表演艺术家金乃千逝世一周年。全国人大常委会副委员长习仲勋出席并讲话。中国文联党组副书记、秘书长孟伟哉等出席座谈会。

8月14日—30日 中国文联发起主办的中国国际民间艺术节在北京及承德、唐山、秦皇岛、海城等地举办。这是新中国成立以来首次举办以弘扬民族民间艺术为宗旨的国际民间艺术节。

8月26日 董良翚任中国文联党组成员。

9月26日—10月10日 应日中文化交流协会邀请，中国文联执行副主席马烽率中国文联代表团一行访问日本。日本众议院议长樱内义雄出席欢送酒会。

9月27日 国家旅游局、文化部、中国文联等联合主办的首届中国旅游艺术节暨广东欢乐节在广州开幕。

10月5日 中国文联在北京举办茶话会，庆祝新中国成立41周年。首都100多位文艺界人士参加。中宣部部长王忍之、文化部代部长贺敬之等到会向文艺家们问候、致意。中国文联执行主席曹禺以书面发言向全国文艺界，以及台湾省、港澳地区、海外侨胞中的同行朋友们表示问候和敬意。

10月13日 中国文联就深入学习与有效运用《中华人民共和国著作权法》等问题召开座谈会。

10月23日—28日 中国曲协，江苏省人民政府、省文化厅、省文联、中国曲协江苏分会联合在南京举办首届中国曲艺节（南京）。党和国家领导人邓小平、陈云等为曲艺节题写节名和题词，李瑞环发来贺信。曲艺节期间，300多位老中青年演员演出24个曲种的近百个节目，除在书场、剧场演出24场外，还深入工厂、农村、部队和学校，为工人、农民、战士和青年学生演出。

10月24日 庆祝曹禺从事戏剧活动65周年大会在首都剧场召开。党和国家领导人胡乔木、屈武等出席。邓颖超发来贺信。中国文联党组书记林默涵致开幕词。庆祝活动还包括举办曹禺名作演出和曹禺戏剧创作学术研讨会。

11月1日 第八届大众电视金鹰奖在南京五台山体育馆举行颁奖仪式暨文艺联欢晚会。本届金鹰奖共颁发9个奖项，共17个评奖数额，《篱笆·女人和狗》等作品获优秀连续剧奖，《樱花梦》等作品获优秀单本剧奖，《十六岁的花季》获优秀儿童剧奖，其他奖项也在大会上颁发。其中，获得特别奖的除了演员白杨外，中国香港演员米雪和中国台湾演员寇世勋也分别得奖，这是中国内地（大陆）首次将香港及台湾地区演员纳入电视评奖体系。

11月1日—15日 应中国文联邀请，德国文化联盟主席玛丽安娜·皮尔女士率代表团访华。中国文联执行副主席李瑛宴请代表团，秘书长孟伟哉主持工作会谈。

11月3日 中国文联召开学习《关于社会主义若干问题学习纲要》动员会。中国文联党组副书记、秘书长孟伟哉讲话。

同日 在中国文联党组支持下，北京、吉林、辽宁、河北、天津、山东、青海、宁夏、安徽、上海、江苏、浙江、河南、四川、云南和湖南等地的省、市及县文联近百名干部在湖南常德召开县级文联工作研讨会。

11月9日 由中国文联、人民日报社、新华社等首都36家文艺、新闻单位发起的亚运会优秀文艺作品评奖活动，开始推荐作品。

11月19日—12月3日 埃塞俄比亚文体部3人艺术考察组应中国文联邀请访华。中国文联党组成员、副秘书长董良翚会见并宴请考察组。

11月20日 党和国家领导人李瑞环、宋任穷为中国剧协及其各分会联合在北京主办的第二届中国戏剧节剪彩。

11月23日 第五届全国优秀剧本创作奖（1988—1989）在北京颁奖，《天边有一簇圣火》《富有的女人》《娲皇峪》《天下第一楼》《布衣孔子》《日蚀》《中国，1949》《火神与秋女》《天鹅宴》《契丹魂》《多情的小和尚》《一夜皇妃》《镇长吃的是农村粮》《皮九辣子》《膏药章》《深宫怨》《赵王与无容》《草莽劫》等18部剧本获奖，10部剧本获提名奖。

11月24日—28日 国际艺术创作家联盟亚洲委员会委员长舟本贞男率该联盟代表团一行来访。中国文联党组副书记、秘书长孟伟哉会见和宴请代表团。

12月10日—12日 第十届中国电影金鸡奖和第十三届大众电影百花奖颁奖大会在湖北省武汉市举行。在本届中国电影金鸡奖中，《开国大典》获得最佳故事片奖，张天民、张笑天、刘星、郭晨（《开国大典》）获得最佳编剧奖，李前宽、肖桂云（《开国大典》）、谢铁骊、赵元（《红楼梦》）获得最佳导演奖，卢奇（《百色起义》中饰邓斌）获得最佳男主角奖，孙飞虎（《开国大典》中饰蒋介石）获得最佳男配角奖，林默予（《红楼梦》中饰贾母）获得最佳女配角奖。在本届百花奖中，《开国大典》《本命年》《巍巍昆仑》获得最佳故事片奖，古月（《开国大典》中饰毛泽东）获得最佳男演员奖，宋佳（《庭院深深》中饰章含烟、方丝萦）获得最佳女演员奖，孙飞虎（《开国大典》中饰蒋介石）获得最佳男配角奖，林默予（《红楼梦》中饰贾母）获得最佳女配角奖。

12月16日 中国文联主席团五届三次会议在北京举行。会议决定：与产业部门增进联系，重视企业的精神文明建设，支持、关心工人的业余文化活动；加强与各地文联的联系，做好为文艺家服务的工作。中宣部副部长贺敬之到会并讲话。中国文联执行主席曹禺作书面发言。中国文联副主席李瑛、马烽、尹瘦石、张君秋、吴祖强、才旦卓玛参加会议。中国文联秘书长孟伟哉向主席团作年度工作汇报。

12月17日 为进一步促进中外文艺界的友好合作交流，中国文联在国际饭店举行酒会，招待各国驻华大使和文化官员。中宣部副部长兼文化部代部长贺敬之出席酒会。受中国文联执行主席曹禺委托，中国文联副主席尹瘦石在招待酒会上致辞。才旦卓玛、马烽、李瑛、张君秋、孟伟哉等中国文联领导和12个全国文艺家协会负责人，以及在首都的一些知名作家、艺术家与各国使节亲切交谈，共同观赏美术、书法、摄影优秀作品展和民族音乐、歌舞演出。

12月22日—25日 中国文联工作会议在北京召开。中宣部副部长兼文化部代部长贺敬之、中国文联党组书记林默涵出席讲话。孟伟哉作关于文联一年来工作情况的报告。来自中国文联、各全国性文艺家协会和29个省区市文联的负责人80多人参加会议。

1991 年

1月17日—25日　蒙古艺术工作者联合会主席赞格德率代表团应中国文联邀请访华。这是蒙古艺联与中国文联建立关系后第一次派重要代表团来访，也是对1989年中国文联代表团访蒙的回访。中国文联执行副主席尹瘦石会见并宴请代表团。

2月9日　中共中央政治局常委、中共中央书记处书记李瑞环出席文化部、中国文联举办的文艺界团拜会并讲话。中国文联执行副主席尹瘦石主持会议并转告邓颖超的问候。中宣部副部长兼文化部代部长贺敬之致迎春贺词。中国文联执行主席曹禺委托李瑛宣读了他的贺词。

3月7日　全国青年业余文艺创作者会议举行。参加这次会议的500余位代表，大都来自工矿、农村、部队等生活第一线。中国文联党组书记林默涵代表中国文联发表讲话。这是中国文联成立40多年首次召开业余创作者会议。中国文联执行主席曹禺作书面发言。

3月13日　中宣部对中国视协举办大众电视金鹰奖的请示报告正式批复，同意大众电视金鹰奖今后在中国文联和中国视协的直接领导下继续举办。

4月6日　文化部、中国文联等在上海举行京昆艺术大师俞振飞舞台生活70周年暨90寿辰庆祝活动。中共中央总书记江泽民题词，中共中央政治局常委、中共中央书记处书记李瑞环致贺信。

4月21日—5月8日　应中国文联邀请，墨西哥作家总会执委埃拉克略·塞佩达夫妇访华。中国文联党组副书记、秘书长孟伟哉，党组成员、副秘书长董良翚会见并宴请客人。

4月27日 中国文联、文化部、中国作协等7家单位联合举办纪念著名艺术教育家沙可夫座谈会。中宣部副部长兼文化部代部长贺敬之，中国文联党组副书记、秘书长孟伟哉等发言。《沙可夫诗文选》首发式同时举行。

4月29日—5月13日 应中国文联邀请，意大利作者出版者协会主席罗曼·伏拉德率领代表团访华。中国文联执行副主席李瑛会见代表团。

4月 梁光弟任中国文联党组副书记。

5月8日 第八届中国戏剧梅花奖颁奖大会在北京举行。李瑞环、李铁映、丁关根、王平、彭冲、谷牧等党和国家领导人出席大会。白淑贤、胡小凤、杨乃彭、栗桂莲、薛亚萍、宋转转、胡和颜、李金枝、杨赤、林继凡、李喜华、谷秀荣、丁凡、胡锦芳、苏国璋、陈俐、王永光、邓宛霞、马文锦、王继珠、马忠琴、王海波、刘晓明等23名演员获奖。

5月9日 中国文联、中国书协主办的首届中国书法艺术博览会、北京书法庙会在北京劳动人民文化宫开幕。

5月11日 中国文联工作经验交流会在山西省晋城市闭幕。中宣部副部长聂大江在闭幕会上希望文联工作把握"为人民服务、为社会主义服务"这个大方向，带动各方面工作向前发展。中国文联党组副书记、秘书长孟伟哉作总结发言。来自全国30个省、区、市和部分地、市的71个文联组织的代表参加。

5月19日 天津市人民政府和中国曲协举行大会，庆贺著名京韵大鼓表演艺术家骆玉笙曲艺艺术生涯60周年。中顾委主任陈云为骆玉笙题词。中共中央政治局常委、中共中央书记处书记李瑞环致贺信。

5月19日—26日 中国曲协、天津市人民政府在天津联合举办首届中国曲艺节（天津）。400多位艺术家和演员演出了由40多个曲种组成的8台100多个节目。

5月20日—6月3日 应朝鲜文学艺术总同盟邀请，以中国摄协副主席徐肖冰为团长的中国文联代表团赴朝鲜访问。

5月21日 中国文联在北京召开纪念毛泽东同志《在延安文艺座谈会上的讲话》发表49周年座谈会。中宣部副部长聂大江出席讲话。中国文联党组副书记梁光弟主持。

5月27日—6月11日 以中国文联党组副书记、秘书长孟伟哉为团长的中国文联代表团一行访问统一后的德国。

6月20日 中国文联在北京音乐厅举行音乐会，演出中外名歌名曲，以此纪念中国共产党成立70周年。

6月25日 中国文联、中国视协、中央电视台联合举办电视政论片《世纪行——四项基本原则纵横谈》研讨会。会上宣读了党和国家领导人江泽民、李鹏、李先念、王震、胡乔木为《世纪行》题的词。王震出席研讨会并讲话。

6月26日 中国文联在北京召开座谈会，庆祝中国共产党成立70周年。

6月27日 首届中国民间文化艺术展在北京城东南角楼开幕。中顾委常委胡乔木等参加开幕式。展览由中国民协主办。

6月29日 中国文联、中国舞协、中国音协等在北京举办"中国少年儿童专题文艺晚会"。

7月16日—29日 应中国文联邀请，尼泊尔皇家学院副院长伊斯沃·巴拉尔率代表团访华，访问广州、桂林、上海、北京。中国文联党组副书记、秘书长孟伟哉会见代表团。

7月17日 中国文联发出倡议书,号召文艺家投身抗洪救灾中、支援灾区人民的斗争。

7月30日 中国文联组织由文学、戏剧、美术、舞蹈、曲艺、摄影工作者组成的文艺小分队,到北京郊区受洪水和泥石流灾害较重的密云县番字牌乡(今密云区冯家峪镇)慰问采访创作。

8月8日 中国文联、中国作协联合召开学习江泽民同志"七一"讲话座谈会。首都文艺界知名人士畅谈学习江泽民总书记"七一"重要讲话的体会,表示要深入学习,认清形势,明确责任,坚持原则,加强团结,在文艺领域筑起抵御国内外敌对势力对我国实行"和平演变"的钢铁长城。

8月22日—9月12日 应罗马尼亚作协和国际民间艺术组织邀请,中国文联党组成员、副秘书长董良翚访问罗马尼亚、奥地利。访奥期间观摩了第十二届克雷姆斯国际民间艺术节。

9月11日 新闻出版署正式批复,同意宝文堂(中国戏剧出版社副牌)更名并重新组建为大众文艺出版社(书法出版社有限公司前身)。新成立的大众文艺出版社单位性质为自收自支的事业单位,实行企业化管理。2010年12月31日完成转企工作,单位性质由事业转为国有企业。2014年3月正式更名为书法出版社有限公司。

9月19日 第九届大众电视金鹰奖颁奖活动在广州举行。中国文联党组副书记梁光弟、广州市市长黎子流担任第九届大众电视金鹰奖组织委员会主任。本届金鹰奖共颁发8个奖项,共12个评奖数额,《渴望》等作品获优秀连续剧奖,《五朵金花的儿女》等作品获优秀单本剧奖,《赖宁》获优秀儿童剧奖,其他奖项也在大会上颁发。中宣部文艺局局长李准、中国文联党组副书记梁光弟分别代表中宣部文艺局和中国文联发表讲话,公布获奖名单,并为获奖剧组与个人颁发证书和奖杯。

10月8日 中国杂协第三次代表大会在北京开幕。国家副主席王震致信祝贺。党和国家领导人宋任穷、王首道、陈丕显、王任重、程思远等为这次大会题词、写来贺信,胡乔木、程思远、邓力群、荣高棠等出席了开幕式。会议期间,夏菊花代表杂协第二届主席团作了《为建设有中国特色的社会主义杂技艺术而奋斗》的会务工作报告。会议根据国务院《社会团体登记管理条例》,通过了新的《中国杂技艺术家协会章程》。10日,大会闭幕。会议选举了新的领导机构,夏菊花再次当选为主席。蓝天、王峰、李牲、张英杰、郑德兴、刘晓江、君钰宏当选为副主席。闭幕式上,与会代表通过了给全国杂技工作者的倡议书。

10月19日 中国摄协第五次代表大会在北京开幕。党和国家领导人王震、康克清、程思远等会见了全体代表,同他们合影留念,王震、胡乔木、雷洁琼等发来贺词贺电。中国文联执行主席曹禺托人转达他对大会的衷心祝愿。中宣部副部长聂大江,中国文联党组副书记、秘书长孟伟哉分别向大会致辞。中国摄协主席石少华作题为《为繁荣新时期摄影艺术事业而奋斗》的工作报告。会议期间,代表们认真讨论并审议通过了石少华同志代表摄协第四届主席团所作的工作报告,通过了新的《中国摄影家协会章程》。来自全国30个省区市摄影团体的代表、首都各界人士共300余人出席了开幕式。21日,大会闭幕。会议选举了新的领导机构,高帆当选为主席,吴印咸被一致推举为名誉主席。陈复礼、杨绍明、吕厚民、陈淑芬(女)当选为副主席。石少华、徐肖冰、陈昌谦、陈勃、袁毅平被聘为顾问。在闭幕式上,与会代表还通过了给全国摄影工作者和全国千百万摄影爱好者的倡议书。

10月21日—25日 中国视协和四川省重庆市对外文化交流协会联合在重庆市举办电视剧艺术国际交流'91重庆会议。中国电视艺术家和来自美国、英国、法国、德国、日本、苏联、捷克斯洛伐克、新加坡等国家的专家学者共四十多人出席会议。中国文联党组副书记梁光弟、中国视协副主席陈杰和重庆市副市长肖祖修到会并讲话。

10月23日—25日 中国视协在重庆市举办庆祝建党70周年优秀电视节目表彰会。中国文联党组副书记梁光弟和重庆市副市长肖祖修到会并讲话。

11月12日 文化部、中国文联、中国剧协、中国艺术研究院和中国田汉研究会联合举办我国革命戏剧的奠基人之一田汉诞辰94周年、中国左翼戏剧家联盟成立60周年纪念会。党和国家领导人李瑞环、宋任穷、胡乔木、谷牧出席纪念会。国家副主席王震在纪念会上讲话。当年左翼剧联领导人夏衍、阳翰笙向大会发来贺词、贺文。中国文联执行主席曹禺为纪念会题词祝贺。左翼剧联主要成员张庚同志在会上作了《发扬革命传统，争取更大成绩》的主题报告。

11月16日—20日 第十一届中国电影金鸡奖和第十四届大众电影百花奖颁奖活动在北京举行。中共中央政治局常委、中共中央书记处书记李瑞环出席颁奖典礼，台湾导演李行带队的台湾电影代表团，徐小明、徐克、张曼玉等香港电影界人士，美籍华裔影星卢燕等参加典礼。在本届中国电影金鸡奖中，《焦裕禄》获得最佳故事片奖，《周恩来》获得最佳纪录片奖，《花》获得最佳科教片奖，《雁阵》获得最佳美术片奖，《我的九月》获得最佳儿童片奖，古榕（《老店》）获导演处女作奖，李雪健（《焦裕禄》中饰焦裕禄）获得最佳男主角奖，奚美娟（《假女真情》中饰王玉娟）获得最佳女主角奖，伊·呼和乌拉（《骑士风云》）获得最佳摄影奖，吕家进、张喆（《老店》）获得最佳录音奖，钱运选（《双旗镇刀客》）获得最佳美术奖，王志华（《骑士风云》）获得最佳剪辑奖，高建华、孙光、王书堂（《大城市1990》）获得最佳道具奖，冯小宁（《战争子午线》《大气层消失》导演)、故事片《大城市1990》获得特别奖,最佳导演奖、最佳编剧奖、最佳男配角奖、最佳女配角奖、最佳音乐奖空缺。在本届大众电影百花奖中,《焦裕禄》《龙年警官》《老店》获得最佳故事片奖,李雪健(《焦裕禄》中饰焦裕禄)获得最佳男演员奖,宋佳(《落山风》中饰素碧)获得最佳女演员奖,陈裕德(《斗鸡》中饰孙老倔)获得最佳男配角奖,伍宇娟(《龙年警官》中饰仲小妹)获得最佳女配角奖。

11月19日 中国文联在国际艺苑皇冠假日饭店举办各国驻华使节联谊酒会,30多个国家的60多位驻华使节应邀出席。中国文联党组副书记、秘书长孟伟哉主持酒会,执行副主席李瑛致辞。

11月30日 中国民协第五次代表大会暨理事会在北京闭幕。中宣部副部长兼文化部代部长贺敬之在会上讲话,勉励各民族的文艺家们总结经验、坚持四项基本原则,团结更广泛的文艺工作者,使社会主义的文化、文艺工作积极为"四化"建设服务,为中国特色的社会主义服务。大会经过充分民主协商,产生了由18人组成的常务理事会。选举冯元蔚为主席,杨志杰、刘魁立、姜彬、阿不都秀库尔·吐尔迪、农冠品为副主席,推举钟敬文为名誉主席。大会还向全国的100多位各民族的民间文艺家颁发了荣誉证书。

12月3日—23日 应埃及艺术工会联合会和突尼斯文化部的邀请,以中国文联副主席尹瘦石为团长的中国文联代表团一行访问埃及、突尼斯。这是中国文联首次派代表团访埃,访问期间与埃签署1991—1994年文学艺术合作与交流协议书。代表团在突举办了古元、尹瘦石画展。

12月4日 中国文联和光明日报社在北京联合举办座谈会,座谈交流《中国的人权状况》白皮书。

12月13日 为祝贺著名曲艺表演艺术家骆玉笙从艺60周年,中国曲协、天津市文化局、天津市文联和天津市曲协联合主办的鼓曲专场演出在首都吉祥戏院开幕，中共中央政治局常委、中共中央书记处书记李瑞环、中国文联党组书记林默涵等到会祝贺，并与演员合影。骆玉笙和自己的弟子老、中、青、少四代人同台献艺。

12月16日 中国书协第三次代表大会在北京闭幕。会议审议通过了新的《中国书法家协会章程》和第二届中国书法家协会的工作报告，选举产生了第三届中国书协领导机构。舒同、启功当选为名誉主席，邵宇为主席，当选为副主席的有沈鹏、王学仲、李铎、刘炳森、刘艺、佟韦，秘书长为谢云。第三届理事会主席团聘请沙孟海、周而复、方去疾、陆石、黄绮、谢冰岩、董寿平、武中奇、康殷、柳倩、欧阳中石等11人为顾问。大会向书法界发出倡议：自觉贯彻党的"二为"方向和"双百"方针，了解并熟悉新时代的生活和人民群众的审美需求，继承民族优秀书法传统，大胆探索和创作富有时代精神的优秀作品，开拓新时期书法艺术的繁荣局面。

同日 中宣部文艺局、中国文联、中国艺术研究院在北京召开文艺评论研讨会。中宣部副部长兼文化部代部长贺敬之出席会议并讲话。会议就如何改进和加强文艺评论工作，促进社会主义文艺的进一步繁荣的问题进行了认真的讨论。

12月18日 中宣部文艺局、中国文联、中国艺术研究院联合举办的优秀文艺评论报刊表彰活动在北京人民大会堂举行。17家文艺报刊受到表彰。中宣部部长王忍之、中宣部副部长兼文化部代部长贺敬之、中宣部副部长翟泰丰、中国文联党组书记林默涵等出席颁奖。

12月24日 中国舞协第六次代表大会在北京开幕。中宣部副部长聂大江、中国文联副主席张君秋到会讲话。中国文联党组副书记梁光弟代表中国文联致辞。中国舞协主席吴晓邦作了会务工作报告。人大常委会副委员长赛福鼎·艾则孜等出席。27日，大会闭幕。白淑湘当选为新一届协会主席。吴晓邦、戴爱莲、康巴尔汗被推举为名誉主席，孙加保、邢志汶、李正一、贾作光、舒巧、游惠海、斯琴塔日哈当选副主席。

12月28日 中国文联、中国石油文联组织考察访问团赴新疆石油会战前线深入生活。

1992 年

1月23日 600多名文艺界知名人士在北京饭店共贺新春。中国和平统一促进会会长程思远，中宣部部长王忍之等出席。

3月4日—14日 应中国文联邀请，埃及阿拉伯艺术家联合会主席萨阿德丁·瓦赫贝率代表团访华。中共中央政治局常委、中共中央书记处书记李瑞环在人民大会堂会见代表团。双方签署1992—1995年文学艺术合作交流协议书。

3月15日—31日 应中国文联邀请，以澳大利亚著名作家罗德尼·霍尔为团长的澳大利亚艺术理事会代表团一行访华，访问北京、乌鲁木齐、喀什、西安、重庆、武汉、上海。全国人大常委会副委员长赛福鼎·艾则孜会见并宴请代表团。中国文联执行副主席李瑛同代表团签署两组织文学艺术合作与交流计划协议。

5月22日 为纪念毛泽东同志《在延安文艺座谈会上的讲话》发表50周年，中国文联、中国作协和中国艺术研究院联合举行"坚持和发展毛泽东文艺思想理论研讨会"。中国文联党组书记林默涵致开幕词。来自全国15个省市的近100位作家、艺术家、理论家参加。

5月 《电影艺术》杂志社成立。

6月4日 中国书协主席邵宇逝世，享年73岁。

6月16日—26日 应蒙古国艺术联合会的邀请，以中国文联党组成员、副秘书长董良翚为团长的中国文联代表团一行访问蒙古。

6月27日—7月7日 应中国文联邀请，以朝鲜文艺总同盟中央委员会委员长、朝鲜劳动党中央委员兼朝鲜最高人民议会常设会议副议长白仁俊为团长的朝鲜文艺总同盟代表团一行访华。全国人大常委会副委员长彭冲在人民大会堂会见代表团。

6月30日 由中国书协主办的全国第五届书法篆刻展览在沈阳市辽宁美术馆举行。共展出书法、篆刻及刻字作品567件,其中获奖作品48件。

8月14日 中国文联主办的第二届中国国际民间艺术节在北京开幕。国务院总理李鹏致辞,全国人大常委会委员长万里宣布艺术节开幕,中共中央政治局常委、中共中央书记处书记李瑞环等出席。

8月22日 经组织同意,并经中国书协常务理事通过,沈鹏任中国书协代理主席。

8月29日 经有关部门批准,中国杂协设立百戏奖,这是中国杂技艺术最高荣誉奖。之后在武汉国际杂技节期间举行了百戏奖首次颁奖活动。夏菊花、孙泰、周云鹏、王俊武、金业勤、王峰、潘素梅、张英杰、邓宝金获首届百戏奖。青年杂技艺术家李莉萍、戴文霞因在国际杂技比赛中为中国杂技艺术作出开创性的贡献,为祖国赢得殊荣而获"百戏奖"特别贡献奖。

9月10日 第六届全国优秀剧本创作奖（1990—1991）在北京颁奖,《大桥》《没毛的狗》《冰山情》《李白》《旗长,塔赛努》《情结》《辛亥潮》《高高的炼塔》《柯老二入党》《黑头儿与四大名蛋》《丹青魂》《虎将军》《啊,山花》《法门众生相》《党的女儿》《之伢子》《GPT不正常》17部剧本获奖,10部剧本获得提名。

9月22日 第十届大众电视金鹰奖新闻发布会在浙江宾馆召开。晚上举行授奖大会,浙江省省长葛洪升、广电部部长艾知生分别致辞并为获奖者颁发奖杯,第一届至第九届获奖演员一同参加并主持本届颁奖文艺晚会。本届金鹰奖共颁发8个奖项,共11个评奖数额,

《上海一家人》等作品获优秀连续剧奖,《毛泽东和他的乡亲们》获优秀单本剧奖,《少年毛泽东》获优秀儿童剧奖,其他奖项也在大会上颁发。

10月4日 第九届中国戏剧梅花奖颁奖大会在北京举行。全国政协常委何正文,中顾委委员罗青长、荣高棠,中宣部副部长聂大江,文化部常务副部长高占祥,中国文联党组副书记、秘书长孟伟哉等出席并为获奖演员颁奖。王玉珍、邓沐玮、田蔓莎、邢美珠、刘赵黔、杜玉梅、李惟铨、吴国华、邱玲、宋丽、张虹、张爱珍、陈瑜、陈巧茹、陈淑敏、黄小午、黄新德、崔连润、宁才、李琦、杨树田、吴珊珊、宋丹丹、钟浩、夏君、翟万臣、濮存昕、金曼、顾欣、唐德君、顾芗等31名演员获奖。

10月8日 第二届中国摄影艺术金像奖在北京开幕。王达军等10人获得金像奖,龙绪明等10人获得开拓杯奖,牛子祥等10人获得金烛奖。本届金像奖在陕西省西安市闭幕。

10月10日 西泠印社社长、中国书协顾问沙孟海逝世,享年93岁。

10月16日—31日 应意大利作者出版者协会邀请,以中国文联党组副书记梁光弟为团长的中国文联代表团一行访问意大利。罗马、佛罗伦萨、威尼斯三市市长及意总理府新闻出版局局长分别会见代表。

11月2日—6日 在首届中国金鸡百花电影节上,举办了"第一届海峡两岸和香港电影新作观摩展"和"第一届金鸡国际影展"。海峡两岸暨香港近两年来摄制的24部影片参展。颁奖典礼在桂林市体育馆举行,著名导演谢晋致辞并代表中国影协授予著名剧作家、评论家、作家夏衍和阳翰笙终身成就奖。在第十二届中国电影金鸡奖中,《大决战》获得最佳故事片奖,《我们走过的日子》获得最佳纪录片奖，《企鹅大帝》《低温核供热堆》获得最佳科教片奖，《烛光里的微笑》获得最佳儿童片奖，黄亚洲、汪天云（《开天辟地》）获得最佳编剧奖，《大决战》导演创作集体、孙周（《心香》）获得最佳导演奖，王铁成（《周恩来》中饰周恩来）获得最佳男主角奖，宋晓英（《烛光里的微笑》中饰王双铃）获得最佳女主角奖，丁嘉丽（《过年》中饰王梅）获得最佳女配角奖，姚力（《心香》）获得最佳摄影奖，邓清华、冯径生、陆洪（《心香》）获得最佳录音奖，《大决战》美术创作集体获得最佳美术奖，金复载（《风雨故园》《清凉寺钟声》）获得最佳音乐奖，《大决战》剪辑创作集体获得最佳剪辑奖，颜碧君、王希钟（《周恩来》）获得最佳化装奖，《大决战》道具创作集体获得最佳道具奖，《大决战》烟火创作集体获得最佳烟火奖，《周恩来》《开天辟地》获得特别奖，马绍信（《大决战》中饰林彪）、古月（《大决战》中饰毛泽东）、许还山（《筏子客》中饰大把式）、李定保（《大决战》中饰傅作义）、赵恒多（《大决战》中饰蒋介石）、赵奎娥（《风雨故园》中饰鲁瑞）获得最佳表演奖特别提名，最佳美术片奖、最佳男配角奖、最佳照明奖、导演处女作奖空缺。在第十五届大众电影百花奖中，《周恩来》《大决战》《过年》获得最佳故事片奖，王铁成（《周恩来》中饰周恩来）获得最佳男演员奖，赵丽蓉（《过年》中饰母亲）获得最佳女演员奖，葛优（《过年》中饰丁图）获得最佳男配角奖，吕丽萍（《青春无悔》中饰郑加农前妻）获得最佳女配角奖，刘晓庆获特别奖。

11月4日 中国文联在北京召开文艺界部分知名人士座谈会。与会者一致表示，党的十四大为发展有中国特色社会主义文艺事业指明了方向，文艺界要适应社会主义市场经济的需要，加强团结，繁荣文艺创作，脚踏实地地落实十四大精神。

11月24日—12月4日 应尼泊尔皇家学院邀请，以中国文联党组副书记、秘书长孟伟哉为团长的中国文联代表团一行访尼。尼泊尔首相柯伊拉腊、文化教育大臣、下议院院长等分别会见代表团。

11月26日—12月21日 应挪威国际发展合作署、丹麦文化部、瑞典传统舞爱好者协会邀请，以中国文联党组成员罗扬为团长的中国文联代表团一行访问挪威、丹麦、瑞典。这是中国文联首次派团访问北欧。

12月18日 中国京剧艺术基金会、文化部、中国文联、北京市文化局等12个单位联合发起，在京津两地组织祝贺著名京剧表演艺术家张君秋艺术生活60年活动。活动期间，召开"张派艺术研究座谈会"，成立"张派艺术研究会筹委会"，并由北京京剧院等演出《女起解》《玉堂春》等剧目。

本年 《世界电影》杂志社成立。

1993 年

1月12日 中国京剧艺术基金会、文化部振兴京剧指导委员会、中国文联、中国戏曲学院等单位主办祝贺张君秋先生艺术生活60年大会。中共中央政治局常委、中纪委书记、中共中央党校校长乔石，中共中央政治局常委李瑞环等出席会议。大会宣读了中国文联执行主席曹禺的贺信。

1月18日 首都文艺界知名人士及有关部委领导400余人在全国政协礼堂举行迎春座谈会。中共中央政治局委员、中共中央书记处书记、中宣部部长丁关根代表党中央向全国文艺工作者拜年。党和国家领导人李铁映、程思远、王光英，中国文联党组书记林默涵等出席。中国文联执行主席曹禺发来贺词。

2月6日 广播电影电视部、文化部、中国文联、中国曲协等在北京联合召开中国相声艺术大师侯宝林从艺65周年研讨会。中共中央政治局委员李铁映出席并讲话。

2月11日—17日 应中国文联邀请，以韩国现代舞蹈振兴会理事长陆完顺为团长的韩现代舞蹈团一行访华，分别在北京、上海向舞蹈界作了交流演出。全国人大常委会副委员长雷洁琼，文化部副部长刘德有，中国文联领导李瑛、尹瘦石、孟伟哉等观看演出。

2月19日—3月6日 应澳大利亚艺术理事会邀请，以中国文联执行副主席吴祖强为团长的中国文联代表团一行访澳。

3月26日 中共中央总书记、国家主席、中央军委主席江泽民到北京京丰宾馆看望出席全国政协八届一次会议的文艺界委员。

3月31日—4月14日 应中国文联邀请，国际民间艺术组织秘书长亚历山大·法格尔率国际民间艺术组织代表团一行访华。国务委员李铁映、文化部部长刘忠德分别会见代表团，中国文联党组副书记、秘书长孟伟哉会见并宴请代表团。

4月3日—12日 应中国文联邀请，以常任理事、日本艺术院院士高山辰雄为团长的日中文化交流协会代表团一行访华。国务委员李铁映会见代表团。

4月12日—13日 中国文联、中国作协、中国艺术研究院等单位主办庆贺林默涵从事文艺活动60年研讨会。

4月18日 经文化部和民政部批准，曲艺界人士创办的全国性学术社会团体——中华曲艺学会在北京成立。学会选举了知名人士李希凡、罗扬、王朝闻、关德栋为顾问，著名曲艺表演艺术家马季为名誉会长，中国曲协副主席姜昆为会长。

5月21日 中国文联举办纪念毛泽东同志《在延安文艺座谈会上的讲话》发表51周年座谈会，围绕如何在社会主义市场经济新形势下，坚持文艺的正确方向，繁荣文艺创作，为群众提供更多优秀的精神产品展开讨论。

5月23日 第三届中国戏剧节暨第十届中国戏剧梅花奖颁奖仪式在福州市举行。文化部、中国文联、中国剧协和省市领导为开幕式剪彩。文化部常务副部长高占祥宣读了第十届梅花奖得主名单。小香玉、马惠民、刘海波、关静兰、李经文、李树建、张凤莲、陈乃春、陈淑芳、杨仲义、周云娟、侯丹梅、贺小汉、倪同芳、章兰、王丽云、王学圻、王晓梅、刘燕、贾玲珍、米东风、秦鲁锋22名演员获奖。

6月7日 中国文联原党组书记阳翰笙逝世，享年91岁。23日，首都文艺界举行缅怀阳翰笙同志座谈会。原国家主席杨尚昆在座谈会上发言。中国文联执行主席曹禺作了书面发言。

6月25日 著名美术家刘开渠病逝,享年89岁。

7月13日—27日 尼泊尔皇家学院副院长伊索尔·巴拉尔率代表团访华。全国政协副主席孙孚凌、文化部部长刘忠德分别会见代表团。中国文联党组副书记、秘书长孟伟哉会见并宴请代表团。

8月6日—20日 中国文联组派云南省元江民族歌舞团赴瑞典参加斯德哥尔摩水上艺术节和马尔默艺术节,演出13场。

8月21日 中国文联党组召开文联和各文艺家协会报刊负责人座谈会,学习贯彻中宣部、新闻出版署《关于加强新闻队伍职业道德建设 禁止"有偿新闻"的通知》。中国文联党组副书记梁光弟主持会议。

9月21日 中国科协、中国文联、中华全国律师协会、北京博物馆系统和中国化工进出口总公司致电在蒙特卡洛的北京申办城市代表团和国际奥委会,表示全力支持在北京举办2000年奥运会。

10月16日 第十一届大众电视金鹰奖颁奖活动在天津举行。本届颁奖典礼一改以往文艺演出加领奖的固定模式,采用现场揭晓优秀男女演员奖的办法。本届金鹰奖共颁发10个奖项,共13个评奖数额,《唐明皇》等作品获优秀长篇连续剧奖,《一村之长》等作品获优秀中篇连续剧奖,《板桥轶事》获优秀单本剧奖,刘威获得最佳男演员奖,林芳兵获得最佳女演员奖,其他奖项也在大会上颁发。

10月22日 广播电影电视部、文化部、中国文联、中国作协、中国剧协、中国影协、中共北京市委宣传部共同举办的左翼电影60周年纪念活动在北京开幕。

11月18日—28日 应中国文联邀请,以挪威艺术家理事会主席团成员、挪威翻译家协会主席托斯坦因·布格·霍维斯达为团长的挪威文艺家代表团一行访华。中国文联党组成员罗扬、副秘书长邓兴器会见代表团。

11月21日—25日 第二届中国金鸡百花电影节在广州举行。中共中央政治局委员李铁映，广东省领导谢非、朱森林，电影艺术家夏衍为电影节题词。在第十三届中国电影金鸡奖中，《秋菊打官司》获得最佳故事片奖，《天界》获得最佳纪录片奖，《昼夜节律》获得最佳科教片奖，《三毛从军记》获得最佳儿童片奖，王兴东（《蒋筑英》）获得最佳编剧奖，夏钢（《大撒把》）获得最佳导演奖，葛优（《大撒把》中饰顾颜）获得最佳男主角奖，巩俐（《秋菊打官司》中饰秋菊）获得最佳女主角奖，魏宗万（《三毛从军记》中饰老兵）获得最佳男配角奖，张力维（《人之初》中饰母亲）获得最佳女配角奖，李晨声（《离婚》）获得最佳摄影奖，詹新（《阙里人家》）获得最佳录音奖，靳喜武、路奇、赵君（《杨贵妃》）获得最佳美术奖，张晓东（《站直啰，别趴下》）获得最佳剪辑奖，李建群（《杨贵妃》）获得最佳服装奖，殷丽华、沈东生（《三毛从军记》）获得最佳化装奖，杨允铭（《离婚》）获得最佳道具奖，美术片《漠风》获得特别奖，最佳美术片奖、最佳音乐奖、导演处女作奖空缺。在第十六届大众电影百花奖中，《大红灯笼高高挂》《秋菊打官司》《杨贵妃》获得最佳故事片奖，古月（《毛泽东的故事》中饰毛泽东）获得最佳男演员奖，巩俐（《大红灯笼高高挂》中饰颂莲）获得最佳女演员奖，冯巩（《站直啰，别趴下》中饰高文）获得最佳男配角奖，陈小艺（《离婚》中饰马少奶奶）获得最佳女配角奖。

11月22日 中国文联和湖南省文联共同主办的纪念毛泽东100周年诞辰文艺演出，在毛泽东的故乡湖南湘潭隆重举行。

11月27日—12月8日 应韩国文化艺术振兴院邀请，中国文联组派以中国文联党组成员、副秘书长董良翚为团长的中国文联代表团一行访问韩国。

11月30日—12月9日　应阿拉伯艺术家联合会邀请，中国文联组派以中国文联党组副书记梁光弟为团长的代表团访问埃及。访埃期间，代表团参加了开罗国际电影节的部分活动。

11月　中国文联召开产行业文联座谈会，就提高职工文化素养，促进文艺更好地为经济建设这个中心服务等交流经验。中国文联党组副书记梁光弟主持。

12月23日　中国文联邀请部分文艺工作者在北京举行纪念毛泽东同志诞辰100周年座谈会。中国文联执行主席曹禺作书面发言。中国文联领导林默涵、李瑛主持。

12月底　中国文联、中国音协、中央乐团等8个单位在北京举行李凌音乐思想学术讨论会。来自各地的文艺界人士300余人参加。

1994 年

1月5日 为纪念毛泽东同志诞辰100周年，由文化部、广播电影电视部、解放军总政治部、北京市人民政府、中国文联联合主办，文化部承办的纪念性大型文艺晚会《山高水长》在首都人民大会堂隆重推出。

2月19日 全国文联工作会议在北京召开。中宣部副部长兼文化部部长刘忠德、中国文联党组书记林默涵等出席。会议强调，文艺界要加强团结，文联系统首先要搞好团结。

3月 中国文联、中国舞协、中国艺术研究院舞蹈研究所、中央电视台等单位联合主办的"中华民族二十世纪舞蹈经典评比展演"启动。

4月20日—5月10日 应古巴文联和墨西哥全国艺术学会邀请，以中国文联党组副书记、秘书长孟伟哉为团长的中国文联代表团一行访问古巴、墨西哥。古巴外交部副部长和文化部部长分别会见代表团。代表团在墨西哥举办孟伟哉小型画展及4场中国文学概况讲座。

6月5日—14日 应中国文联邀请，以代主席、著名音乐家和作曲家罗曼·伏拉为团长的意大利作者出版者协会代表团访华。中国文联执行副主席吴祖强会见代表团。访华期间，代表团与中国音乐著作权协会签署了相互代表协议，这是创立不久的中国音乐著作权协会首次与外国版权组织签订双边保护协议。代表团还在北京举办了一次意大利著作权管理讲座。

7月12日 中国文联在劳动人民文化宫召开第三届中国国际民间艺术节新闻发布会,组委会主任、中国文联执行副主席尹瘦石主持会议,艺术节秘书长、中国文联党组副书记、秘书长孟伟哉报告艺术节筹备情况。参加会议的有艺术节组委会成员,艺术节大连、惠州等分会场和海城艺术节的负责人,中央电视台和各大报刊的记者等共40余人。

7月26日 在国家版权局支持下,经民政部批准,中国文联文学艺术家著作权保护委员会在京成立。

8月15日 由中国文联主办的第三届中国国际民间艺术节在北京地坛公园举行,中共中央政治局常委、全国政协主席李瑞环宣布开幕。阿根廷、奥地利、加拿大、法国、德国、印度、以色列、日本、韩国、拉脱维亚、墨西哥、新西兰、罗马尼亚、俄罗斯、美国和中国共16个国家的400多位民间艺术家参加。

8月23日 高占祥任中国文联党组书记。

9月6日 第十一届中国戏剧梅花奖暨首届二度梅颁奖大会在天津举行。全国人大常委会副委员长王光英、全国政协副主席万国权、原中顾委秘书长荣高棠、中国文联党组书记高占祥等出席大会。茅威涛、刘芸获二度梅,李仙花、喻海燕、梁伟平、马莉莉、王艺华、史敏、张曼君、陈少云、李龙斌、龙红、王蓉蓉、秦雪玲、朱茵、周红、马路、吕凉、安金玉等17人获梅花奖。

9月27日 中国文联召开首都文艺界庆祝建国45周年座谈会。中国文联执行主席曹禺作书面发言。

10月15日 第十二届大众电视金鹰奖颁奖典礼在北京首都体育馆举行。本届金鹰奖共颁发7个奖项,共10个评奖数额,《北京人在纽约》等作品获优秀长篇连续剧奖,《过把瘾》等作品获优秀中篇连续剧奖,《一个姑娘三个兵》获优秀单本剧奖,其他奖项也在大会上颁发。

10月 《青年文艺家》杂志创刊。这是由原《文艺学习》改刊的为中国文联机关主办的综合性文艺刊物。

11月1日—10日 应日中文化交流协会邀请，中国文联组派以执行副主席、著名导演谢晋为团长的代表团访问日本。日本众议院议长土井多贺子会见代表团。

11月4日—10日 由中国影协、中共湖南省委宣传部、长沙市人民政府、湖南省文化厅主办的第三届中国金鸡百花电影节在长沙市举行。中国文联党组副书记梁光弟、广电部电影局局长滕进贤等出席，中国影协副主席谢铁骊致辞。在第十四届中国电影金鸡奖中，《凤凰琴》获得最佳故事片奖；《水中影》获得最佳纪录片奖；《第十三片绿叶》获得最佳科教片奖；《鹿女》获得最佳美术片奖；《国际女郎》获得最佳译制片奖；《炮打双灯》获得最佳合拍故事片奖；桔生、刘醒龙、卜炎贵（《凤凰琴》）获得最佳剧本奖（含改编）；何平（《炮打双灯》）获得最佳导演奖；杨韬（《燃烧的雪花》）获得导演处女作奖；李保田（《凤凰琴》中饰余校长）获得最佳男主角奖；潘虹（《股疯》中饰范莉）获得最佳女主角奖；方子哥（《无人喝彩》中饰钱康）获得最佳男配角奖；格日图（《东归英雄传》）获得最佳摄影奖；李伯江（《云南故事》）获得最佳录音奖；钱运选（《炮打双灯》）、吕志昌、杨宝成（《重庆谈判》）获得最佳美术奖；曹·道尔基（《东归英雄传》）获得最佳音乐奖；钱丽丽、徐栋（《都市情话》）获得最佳剪辑奖；故事片《东归英雄传》、儿童片《早春一吻》获得特别奖；纪录片《中国出了个毛泽东》获得荣誉奖；最佳戏曲片奖、最佳女配角奖、最佳儿童片奖空缺。在第十七届大众电影百花奖中，《凤凰琴》《重庆谈判》《炮兵少校》获得最佳故事片奖，《狮王争霸》获得最佳合拍故事片奖，李保田（《凤凰琴》中饰余校长）获得最佳男演员奖，潘虹（《股疯》中饰范莉）获得最佳女演员奖，孙飞虎（《重庆谈判》中饰蒋介石）获得最佳男配角奖，丁嘉丽（《无人喝彩》中饰韩丽婷）获得最佳女配角奖。

11月11日 '92—'93曹禺戏剧文学奖在北京颁奖。曹禺戏剧文学奖是由中国剧协主办、两年一届的全国优秀剧本奖。《北京往北是北大荒》《李大钊》《结伴同行》《水下村庄》《山歌情》《大河谣》《铁血女真》《风流小镇》《董生与李氏》《金龙与蜉蝣》《甲申祭》《贵人遗香》《张骞》《潇洒女孩》14部剧本获奖，10部剧本获得提名。

12月1日—13日 应尼泊尔皇家学院邀请，以党组副书记梁光弟为团长的中国文联代表团一行访尼。皇家学院副院长蒂格其德与代表团会谈。尼泊尔内阁首相阿迪卡里、教育文化大臣莫德那特分别会见代表团。

12月7日—21日 应埃及阿拉伯艺术家联合会主席瓦赫贝邀请，中国文联执行副主席李瑛率代表团访埃。访埃期间，代表团应邀出席了第十八届开罗国际电影节闭幕式。

12月15日—21日 应以色列外交部邀请，中国文联执行副主席吴祖强率代表团访以。

12月20日 江泽民、乔石、李瑞环、朱镕基等党和国家领导人出席梅兰芳、周信芳诞辰100周年纪念演出开幕式。纪念活动由文化部、广电部、北京市人民政府、上海市人民政府、江苏省人民政府、中国文联、文化部振兴京剧指导委员会、中国剧协、中国京剧艺术基金会联合主办，在北京、上海、江苏等全国许多地方隆重举行。

12月27日 中共中央总书记、国家主席、中央军委主席江泽民与部分在京戏曲艺术家和专家座谈时提出，弘扬民族艺术、振奋民族精神，是向广大群众特别是青年进行爱国主义教育的重要内容，是建设社会主义精神文明的重要内容，是发展社会主义文化事业的迫切要求。座谈会由中共中央政治局常委、全国政协主席李瑞环主持。

12月27日—1995年1月8日 由文化部、中国美协主办的"第八届全国美术作品展览优秀作品展"在中国美术馆举行，展出作品498件（含126件获奖作品，此届美展获奖作品没分等级）。

1995 年

1月24日　中国文联举行迎春座谈会。

2月6日　全国文联原副主席,中国影协主席夏衍逝世,享年95岁。

3月21日　全国文联工作座谈会在北京召开。中国文联执行主席曹禺为座谈会发来书面讲话,抱病参加会议期间的新闻发布会。中国文联党组书记高占祥在会上指出:做好当前文联的工作,就要紧扣"学习、繁荣、服务、改革、人和、务实"这12个字,并宣布当年中国文联将重点抓好为文艺家服务的十件实事。来自全国各地文联的100多名代表参加了座谈。

3月28日—4月12日　应意大利作者出版者协会邀请,中国文联执行副主席尹瘦石率代表团访意。该协会邀请中国音乐著作权协会代表团同期访意。

3月29日　由文化部振兴京剧指导委员会、中国文联、中国剧协、中国艺术研究院、中国京剧院等单位主办的深切缅怀著名戏曲理论家、表导演艺术家阿甲的会议在北京举行。

同日　中国煤矿文化艺术联合会在京成立。

4月3日　中共中央总书记、国家主席、中央军委主席江泽民出席纪念民族音乐家刘天华诞辰100周年音乐会。音乐会由文化部和中国音协主办。

4月12日—23日　应中国文联邀请,埃及阿拉伯艺术家联合会主席萨阿德丁·瓦赫贝携夫人访华。全国人大常委会副委员长王光英会见客人。中国文联领导李瑛、孟伟哉与其进行工作会谈并签署中国文联与阿艺联1996—1999年文化艺术合作交流协议书。

4月18日—24日 应国际民间艺术组织秘书长法格尔和意大利千里协会邀请，中国文联执行副主席冯骥才率代表团出席国际民间艺术组织第二届大会并访问意大利。冯骥才当选国际民间艺术组织副主席。

4月24日—29日 应中国文联邀请，韩国文化艺术振兴院事务总长金光仁率代表团访华，其间出席了两组织共同举办的现代韩国画展开幕式，签署了1995—1998年两组织文化交流协议书。中国文联党组副书记、秘书长孟伟哉出席展览开幕式。

4月 高运甲任中国文联副秘书长。10月，任秘书长。

5月16日 中国曲协在北京隆重举行缅怀陈云同志座谈会。中国文联党组书记高占祥等和近百名曲艺界人士，深切怀念曲艺界的良师益友陈云同志，重温他对曲艺界的教诲，表达了对他的崇敬、爱戴和思念之情。

5月22日 中国文联在北京人民大会堂举行文艺家"万里采风"出发式。中宣部副部长、文化部部长刘忠德宣读了江泽民总书记致参加采风的艺术家的来信。中国文联领导曹禺、高占祥出席并讲话。23日，140余位作家、艺术家从北京出发奔赴湖北、河南、山东、山西、辽宁、吉林、海南、河北、四川、陕西、甘肃、上海等省市，深入石油、煤炭、水利、电力、地质、有色金属等系统的工矿企业以及三峡工地、上海浦东开发区、延安、山东聊城孔繁森家乡等地参观访问、体验生活。

5月22日—27日 应韩国韩中文化协会会长李钟赞邀请，中国文联执行副主席吴祖强率代表团访韩。访韩期间，代表团参加了韩中文化协会举办的韩中文化教育事业团创建仪式，出席"东亚历史的总结与二十一世纪"学术研讨会，拜会韩国文化艺术振兴院，并与韩中文化协会签署文化交流意向书。

5月23日 中国文联举办纪念毛泽东《在延安文艺座谈会上的讲话》发表53周年座谈会。中国文联党组书记高占祥出席并讲话。

5月30日 中共中央政治局常委、中共中央书记处书记胡锦涛出席纪念人民音乐家施光南逝世5周年音乐会。这台音乐会由文化部、全国青联和中国文联主办。

6月6日—18日 应中国文联邀请，尼泊尔皇家学院副院长马丹·马尼·迪克西特率代表团访华。全国人大常委会副委员长王光英在人民大会堂会见代表团。

6月14日 中共中央总书记、国家主席、中央军委主席江泽民到中国美术馆观看纪念徐悲鸿诞辰100周年展览。展览由文化部、北京市人民政府、中国文联、中国美协联合主办。

6月17日 在第四次世界妇女大会召开前夕，中国文联举办了首届妇女题材小品大赛。

7月8日 中国舞协原主席、名誉主席吴晓邦逝世，享年89岁。

7月19日 中国文联机关报《中国艺术报》在京创刊。高占祥任社长兼总编辑。

7月—8月 中国文联组织中国水利职工艺术团与比利时弗来顿艺术团互访演出。比利时弗来顿艺术团访华10天、演出10场，中国文联党组书记高占祥、水利部相关领导分别出席欢迎欢送会，观看文艺演出。水利职工艺术团在比利时6大城市访演11场。

8月13日—18日 为纪念第二次世界大战胜利50周年和联合国成立50周年，应中国文联和中国国际交流协会联合邀请，以原日本驻华大使中江要介为团长的日本平多武於舞蹈团一行访华，在京演出现代舞剧《痛苦的回忆》和《内罗毕来信》。全国人民代表大会常委会副委员长雷洁琼，民建中央常务副主席、中国和平统一促进会会长、中国国际交流协会副会长万国权，中国文联党组书记高占祥等观看首场演出。日本首相村山富市发来贺信，议长土井多贺子为演出题词。

9月5日　中国文联原党组副书记，著名文艺评论家、散文家冯牧逝世，享年76岁。

9月15日—24日　应韩国文化艺术振兴院邀请，中国文联执行副主席尹瘦石赴汉城出席"中韩美术交流展——现代中国画展"活动。韩国文化体育部副部长金道铉出席开幕式。

9月20日　高运甲任中国文联党组副书记，刘晓江、陈晓光任党组成员。

10月6日—14日　应中国文联邀请，以色列作曲家协会副主席阿里·本·沙贝塔伊率以色列音乐家代表团一行访华。访华期间，代表团成员、钢琴家托莫·列乌和大提琴家希莱尔·佐里在中央音乐学院礼堂和上海音乐厅各举办一场交流演出，中国文联执行副主席吴祖强观看演出并致辞。

10月12日—23日　应台湾极忠文教基金会邀请，中国文联执行副主席冯骥才率大陆文学艺术家访问团访台。海基会秘书长焦仁和会见并宴请代表团。

10月16日　第四届中国戏剧节暨十二届中国戏剧梅花奖获奖演员颁奖晚会在四川成都举行。中共中央政治局委员、国务委员李铁映发来贺信，党和国家领导人万国权、布赫、彭冲等为戏剧节题了贺词。中共四川省委书记、戏剧节名誉主席谢世杰宣布开幕，戏剧节主席、四川省省长肖秧致欢迎词，中国文联党组书记、戏剧节主席高占祥致开幕词。四川省党、政、军领导及各界知名人士，来自全国各地的著名戏剧家和观摩团及各地剧协负责人出席了开幕式。白淑贤获二度梅，陈霖苍、李萍、孟广禄、王芳、何玲、欧凯明、史佳花、张志红、陈韵红、张富光、王红丽、崔建华、景雪变、杨凤一、张九妹、赵亮、王丽华、蔡金萍、雷岩 19 名演员获梅花奖。

10 月 20 日—22 日 第四届中国金鸡百花电影节在北京举行。为纪念世界电影诞生一百周年、中国电影诞生九十周年"双周年"，电影节举办国际电影学术报告会和社会主义市场经济与电影创作学术研讨会。大众电影百花奖颁奖典礼在中国大剧院举行。在第十五届中国电影金鸡奖中，《被告山杠爷》获得最佳故事片奖，《往事歌谣》获得最佳纪录片奖，《果实蝇》获得最佳科教片奖，《大森林里的小故事之一——白色的蛋》获得最佳美术片奖，《木兰传奇》获得最佳戏曲片奖，《亡命天涯》获得最佳译制片奖，《背靠背，脸对脸》获得最佳合拍故事片奖，毕必成、范元（《被告山杠爷》）获得最佳剧本奖（含改编），黄建新、杨亚洲（《背靠背，脸对脸》）获得最佳导演奖，宁海强（《弹道无痕》）、范元（《被告山杠爷》）获得导演处女作奖，李仁堂（《被告山杠爷》中饰山杠爷）获得最佳男主角奖，艾丽娅（《二嫫》中饰二嫫）获得最佳女主角奖，剧雪（《永失我爱》中饰杨艳）获得最佳女配角奖，鲍肖然（《南中国 1994》）获得最佳摄影奖，杨钢（《征服者》）获得最佳美术奖，常宇宏（《征服者》）获得最佳音乐奖，孙惠民（《绝境逢生》）、聂维国（《大漠歼匪》）获得最佳剪辑奖，张建亚（《绝境逢生》导演）获得特别奖，潘虹获荣誉奖，最佳男配角奖、最佳录音奖、最佳儿童片奖空缺。在第十八届大众电影百花奖中，《被告山杠爷》《留村察看》《一个独生女的故事》获得最佳故事片奖，《天与地》获得最佳合拍故事片奖，李仁堂（《被告山杠爷》中饰赵山杠）获得最佳男演员奖，沈丹萍（《留村察看》中饰罗彩云）获得最佳女演员奖，谢园（《天生胆小》中饰马强）获得最佳男配角奖，李媛媛

(《天生胆小》中饰刘羽）获得最佳女配角奖。

11月10日 '94曹禺戏剧文学奖在北京颁奖，《同船过渡》《徐洪刚》《警钟》《甘巴拉》《午夜心情》《刽子手世家》《爨碑残梦》《曹操父子》《三醉酒》《金凤与银燕》10部剧本获奖，10部剧本获得提名。

11月10日—16日 应韩国文化艺术振兴院邀请，中国文联执行副主席夏菊花率代表团访韩。

11月13日—21日 应中国文联邀请，以西班牙旅游作家协会主席加西亚为团长的西班牙作家代表团一行访华。中国文联领导李瑛、高运甲、董良翚会见代表团。

11月25日 中国文联、中国书协庆祝舒同笔墨生涯80周年，出版舒同第一部作品专集——《舒同书法集》，中共中央总书记、国家主席、中央军委主席江泽民题写书名。党和国家领导人李鹏、刘华清等为庆祝会题词，乔石、朱镕基对庆祝会表示祝贺。

12月1日 中国文联举办《国歌》创作60周年纪念座谈会。

12月4日 江泽民、李鹏、乔石、朱镕基、胡锦涛等党和国家领导人出席中华人民共和国国歌纪念音乐会。江泽民总书记为音乐会题词。这台音乐会由中宣部、文化部和中国人民解放军总政治部主办，中国文联等单位承办。

12月8日 第十三届大众电视金鹰奖颁奖典礼在海口市体育馆举行，海南省委书记、省长阮崇武，中宣部文艺局、中国视协等领导出席大会。本届金鹰奖共颁发10个奖项，共13个评奖数额，《三国演义》等作品获得最佳长篇连续剧奖，《九一八大案纪实》等作品获得最佳中篇连续剧奖，《军嫂》获得最佳单本剧奖，其他奖项也在大会上颁发。

12月8日—19日 应西班牙外交部邀请，中国文联党组副书记、秘书长高运甲率代表团访西。

12月 中国书协主办的全国第六届书法篆刻展览在北京中国美术馆开幕,共展出书法、篆刻和刻字作品513件,其中获"全国奖"的作品45件。

1996 年

2月1日 中共中央办公厅印发《中国文联机关机构改革方案》，突出加强联络、协调、服务职能，并对中国文联机关主要职责、内设机构和人员编制进行调整，共设立办公厅、国内联络部、国际联络部、理论研究室、人事部、机关党委、离退休干部局等7个内设机构，以及中国戏剧家协会、中国电影家协会、中国音乐家协会、中国美术家协会、中国曲艺家协会、中国舞蹈家协会、中国民间文艺家协会、中国摄影家协会、中国书法家协会、中国杂技家协会、中国电视艺术家协会等11个全国文艺家协会。

2月3日 中国文联举行"学习宣传孔繁森文艺创作座谈会"。中共中央组织部部长张全景、中国文联党组书记高占祥等有关部门领导及文艺界代表100余人出席会议。

2月6日 中央机构编制委员会办公室印发《关于中国文学艺术界联合会所属事业单位机构编制的批复》，同意设立中国文联机关服务中心、中国文联文艺学校、中国文联出版社、大众文艺出版社、中国文联烟台文艺之家，并批复11个全国文艺家协会的事业编制。（注：2010年12月9日，中央机构编制委员会办公室印发《关于核销中国文联出版社等5个单位事业编制的批复》，批复中国文联出版社、大众文艺出版社、中国电影出版社不再列入事业单位序列，核销事业编制，核销中国摄影家协会所属中国摄影出版社、中国音乐家协会所属中国音乐家音像出版社的事业编制。）

3月13日 为纪念董必武同志诞辰110周年，最高人民法院、中共中央文献研究室、中国文联共同举办"当代名家书董必武诗作品展"。中央政法委书记、最高人民法院院长任建新，全国人大常委会副委员长王光英出席。

3月15日 全国文联工作会议在北京召开。中共中央政治局委员、中共中央书记处书记、中宣部部长丁关根等出席并同大家一起座谈联欢。

3月 中国文联推出的专为老艺术家出版精品图书的"中国文联晚霞文库"，出版首批15种图书。"晚霞工程"旨在繁荣社会主义文艺事业，为德高望重的老艺术家出版艺术精品，为中华文化积累巨大的财富，为子孙后代积攒一笔艺术遗产，这在我国文艺界尚属首次，引起文艺界人士的广泛关注，被誉为"雪中送炭之举"。

4月22日—30日 应台湾中国文艺协会邀请，中国文联党组成员陈晓光率访问团访台。

5月16日 中国文联为1995年享受政府特殊津贴人员召开颁发《政府特殊津贴证书》座谈会。至此，中国文联在京单位已有42名专家享受了政府特殊津贴。

5月21日 中国文联'96首都文艺家"万里采风"出发式在北京人民大会堂举行。中共中央政治局委员、中共中央书记处书记、中宣部部长丁关根，全国人大常委会副委员长铁木尔·达瓦买提，中宣部副部长、文化部部长刘忠德等为艺术家们送行。

6月10日—16日 应中国文联邀请，以韩国前国际合作部部长林东至为团长的韩国文化艺术振兴院代表团一行访华。中国文联党组书记高占祥、文化部常务副部长李源潮会见代表团。中国文联党组成员、副秘书长董良翚与代表团进行了工作会谈。

7月1日—10日 应日中文化交流协会邀请，中国文联执行副主席吴祖强率代表团访日。访问期间，代表团出席了日中文化交流协会成立40周年大型招待会。日议会议长土井多贺子会见代表团。

7月2日 文化部、中国文联、中国作协共同主办的"纪念茅盾诞辰一百周年展览"在北京东城区图书馆开幕。全国政协副主席赛福鼎·艾则孜，中宣部副部长、中国作协党组书记翟泰丰，文化部副部长艾青春，中国文联党组成员、副秘书长董良翚等，以及在京著名作家林默涵、魏巍、姚雪垠、草明、周而复参加开幕式。

7月15日 中国书协主办的"首届当代名家书法精品展"在中国美术馆隆重推出。中共中央政治局常委、全国人大常委会委员长乔石，全国人大常委会副委员长王光英、布赫等领导同志参观展览。展览共展出当代名家作品200多件。

7月15日—25日 应埃及阿拉伯艺术家联合会邀请，中国文联执行副主席冯骥才率代表团访埃。阿艺联主席瓦赫贝会见代表团。

7月18日—26日 应中国文联邀请，越南文联副会长、诗人农国振率代表团访华。中国文联党组副书记、秘书长高运甲会见代表团。文化部部长刘忠德会见代表团。

7月26日 中国艺术报社在北京人民大会堂举行繁荣艺术座谈会，纪念创刊一周年。全国人大常委会副委员长王光英到会祝贺，并希望《中国艺术报》再接再厉，越办越好。

7月 胡珍任中国文联副秘书长。

8月17日 第三届中国摄影艺术金像奖在长春开幕。于俊海等10人获得金像奖，王长春等10人获得开拓杯奖，赵刘兰等10人获得金烛奖。本届金像奖在延边朝鲜族自治州延吉市闭幕。

8月22日—9月2日 应中国文联邀请，台湾极忠文教基金会执行长、著名电影导演李行率台湾戏剧界访问团一行访问大陆。期间出席了"96中国戏剧交流暨学术研讨会"。国务院台办副主任孙晓郁会见并宴请访问团。中国文联执行主席曹禺在北京医院会见访问团部分成员。

8月29日 第十三届中国戏剧梅花奖颁奖仪式在河北省石家庄市第一人民文化宫剧场举行。中共中央政治局委员李铁映、全国人大常委会副委员长王光英、全国政协副主席万国权为本届梅花奖题词。中国文联党组书记高占祥等出席颁奖仪式。尚长荣、裴艳玲获二度梅，彭蕙蘅、小王彬彬、李梅、崔彩彩、鞠小苏、萧德美、郭明娥、曹汝龙、吴凤花、朱巧云、梁国英、杨俊、周桦、刘静、李胜素、魏海敏、杨树泉、徐帆、夏志卿、杨念生、王彦波、韩延文等22名演员获梅花奖。

9月4日—19日 应印度文化关系委员会邀请，中国文联执行副主席尹瘦石率代表团访印。这是中国文联首次派团访印。印度文化关系委员会总主任米尔拉·善卡尔女士会见代表团一行。印人力资源部部长会见代表团。

9月19日—26日 应中国文联邀请，朝鲜文艺总同盟副委员长吉秀岩率代表团访华。全国人大常委会副委员长王光英会见代表团。

9月20日 '95曹禺戏剧文学奖在北京颁奖，《女兵连来了个男家属》《春秋魂》《天之骄子》《山杠爷》《榨油坊风情》《圣洁的心灵》《玉珠串》《苍原》8部剧本获奖，9部剧本获得提名。

9月29日—10月12日 应中国文联邀请，意大利作者出版者协会副主席艾尔玛诺·卡尔萨纳率代表团访华。中国文联领导尹瘦石、吴祖强宴请代表团并进行工作会谈。

10月1日—12日 应古巴作家艺术家联合会邀请，中国文联执行副主席李瑛率代表团访古。古共中央政治局委员、古巴文联主席普列托会见代表团。

10月9日—13日 第五届中国金鸡百花电影节在昆明举办。在第十六届中国电影金鸡奖中,《红樱桃》获得最佳故事片奖,《长城》获得最佳纪录片奖,《种子正传》获得最佳科教片奖,《自古英雄出少年》系列片之《华佗学医》等六集获得最佳美术片奖,《阿甘正传》获得最佳译制片奖,吴天明(《变脸》)获得最佳导演奖,高明(《孔繁森》中饰孔繁森)获得最佳男主角奖,宋春丽(《九香》中饰九香)获得最佳女主角奖,赵军(《吴二哥请神》中饰王金良)获得最佳男配角奖,郑卫莉(《吴二哥请神》中饰水水)获得最佳女配角奖,肖风(《人约黄昏》)获得最佳摄影奖,陈绍勉(《人约黄昏》)获得最佳美术奖,赵季平(《孔繁森》)获得最佳音乐奖,李岚华(《红樱桃》)获得最佳录音奖,张建华(《悲情布鲁克》)获得最佳剪辑奖,超英(《悲情布鲁克》)获得最佳化装奖,吕光、程天、施化林(《七七事变》)获得最佳道具奖,霍建起(《赢家》)获得导演处女作奖,《孙文少年行》获得最佳儿童片奖,《变脸》获得最佳合拍故事片奖,任莹(《变脸》中饰狗娃)、廉冠(《孤儿泪》中饰党生53)获得优秀儿童表演奖,巴音、董娉、契·那日图、涂们、谷子、鄂尔登木图、达烈力汗、巴特尔、沙杰(《悲情布鲁克》)被授予最佳集体表演奖,故事片《孔繁森》、纪录片《较量——抗美援朝战争实录》被授予特别奖,最佳戏曲片奖、最佳剧本奖(含改编)空缺。在第十九届大众电影百花奖中,《红樱桃》《七七事变》《混在北京》获得最佳故事片奖,《大辫子的诱惑》获得最佳合拍片奖,张国立(《混在北京》中饰沙新)获得最佳男演员奖,郭柯宇(《红樱桃》中饰楚楚)获得最佳女演员奖,方子哥(《混在北京》中饰哲义理)获得最佳男配角奖,何赛飞(《敌后武工队》中饰小红云)获得最佳女配角奖。

10月12日 中国文联主办的"九九潇翔敬老音乐会"举行。中共中央政治局委员、中共中央书记处书记、中宣部部长丁关根,中共中央政治局委员、国务委员李铁映,全国政协副主席朱光亚、钱伟长，广电部部长孙家正，中国文联党组书记高占祥等出席音乐会。此次音乐会演出的作品，是10位75岁以上高龄的音乐家所创作的。

10月15日 中国文联第五届全国委员会第二次全体会议在北京举行。来自全国各地的51名委员出席会议。会议决定12月中旬在北京召开中国文联第六次全国代表大会。

10月18日 中国文联"晚霞工程"新闻发布会暨向老文艺家赠书仪式在北京人民大会堂举行。中共中央政治局委员、国务委员李铁映，全国人大常委会副委员长、"晚霞工程"组委会顾问王光英，原中顾委秘书长李力安，新闻出版署署长于友先，中国文联党组书记高占祥等出席。

同日 第十四届大众电视金鹰奖颁奖典礼在广西南宁举办。本届金鹰奖共颁发10个奖项，共13个评奖数额，《宰相刘罗锅》等作品获得最佳长篇连续剧奖，《孔繁森》等作品获得最佳中篇连续剧奖，《军校毕业生》获得最佳单本剧奖，其他奖项也在大会上颁发。大会期间，还举行了新闻发布会、记者招待会、艺术研讨会、演员下基层联欢等多项活动。

10月23日 中国林业文学艺术工作者联合会成立大会在北京举行。林业部部长徐有芳出席并对中国林业文联的成立表示祝贺。

10月25日 中国文联原党组第一副书记，著名作家、文艺理论家陈荒煤逝世，享年83岁。

11月5日—7日 中国曲协第四次全国代表大会在北京召开。来自全国各地的240多名代表参加了这次大会。原中共中央顾问委员会副主任宋任穷发来贺信。全国人大常委会副委员长王光英，中宣部副部长、文化部部长刘忠德，中国文联党组书记高占祥、副书记高运甲等出席开幕式。会议选举第四届理事会理事72名，罗扬当选为主席，刘兰芳当选为常务副主席，土登、朱光斗、余红仙、姜昆、夏雨田、程永玲、薛宝琨当选为副主席。推举骆玉笙为名誉主席，聘请吴宗锡、蒋月泉、马三立为顾问，任命刘兰芳为秘书长。

11月14日 中国文联原党组成员、副主席，中国曲协顾问陶钝逝世，终年95岁。

11月26日 中国文联、中国剧协、中央戏剧学院、北京人民艺术剧院和河北花山文艺出版社等单位联合举办的《曹禺全集》（七卷本）出版座谈会在北京人民大会堂举行。全国人大常委会副委员长王光英对《曹禺全集》的出版表示祝贺。

11月28日—30日 中国视协第二次全国代表大会在北京召开。中共中央政治局委员、中共中央书记处书记、中宣部部长丁关根出席会议并讲话。广播电影电视部部长孙家正、中国文联党组书记高占祥出席会议并致辞。会议讨论通过了阮若琳同志作的第一届理事会工作报告，讨论通过了修改后的《中国电视艺术家协会章程》。大会选举了理事会，并由理事会选举产生了主席团。杨伟光任主席，于广华、卢子贵、刘迪一、阮若琳（女）、苏子龙、张绍林、珠兰其其柯（女，蒙古族）、盛重庆任副主席。主席团任命于广华为秘书长，鲁文浩为副秘书长。中国文联党组副书记高运甲受中宣部委托，宣读了关于中国视协分党组任免通知，任命杨伟光为书记，于广华为副书记；朱景和、鲁文浩为分党组成员。

12月13日 中国文联执行主席曹禺辞世，享年86岁。

12月16日 中国文联第六次全国代表大会和中国作协第五次全国代表大会在北京人民大会堂开幕。中共中央总书记、国家主席、中央军委主席江泽民在讲话中指出，为人民服务、为社会主义服务，决定着我国文艺的性质和方向，为我国文艺的发展和繁荣开辟了无比广阔的前景，在社会主义现代化建设的整个过程中，始终是我们必须坚持的根本原则。植根中国社会主义现代化建设的实践，反映中国人民创造自己新生活的进程和中华民族自强不息的精神，是中国社会主义文艺的立身之本。百花齐放、百家争鸣，是符合社会主义文艺规律、促进社会主义文艺繁荣的方针。一个伟大民族的过去，现在和未来，都会有文艺的发展和繁荣相随。文艺是民族精神的火炬，是人民奋进的号角。李鹏、乔石、李瑞环、朱镕基、刘华清、胡锦涛等党和国家领导人出席开幕式。全国总工会副主席、书记处第一书记张丁华，中国人民解放军总政治部副主任袁守芳分别致贺词。中国文联执行主席曹禺为大会开幕写了致辞。中国文联党组书记高占祥主持大会开幕式。中央和国家机关有关部门负责人，来自全国的文艺界代表共3000多人参加会议。17日，高占祥作题为《肩负新使命，迈向新世纪，为繁荣社会主义文艺而奋斗》的工作报告。中国文联党组副书记高运甲作《关于〈中国文学艺术界联合会章程〉修改情况的说明》。18日，朱镕基作经济形势报告，国务院副总理兼外交部部长钱其琛作国际形势报告。19日，大会选举由163人组成的中国文联第六届全国委员会，选举产生新一届主席、副主席，推举了书记处书记。周巍峙当选为新一届文联主席。才旦卓玛（女，藏族）、尹瘦石、白淑湘（女，满族）、冯元蔚（彝族）、冯骥才、刘晓江、张君秋、吕厚民、李准、李瑛、李默然（回族）、杨伟光、吴贻弓、吴祖强、沈鹏、张锲、罗扬、夏菊花（女）、高占祥、高运甲、谢晋、靳尚谊当选为副主席。中国文联第六届主席团第一次会议研究决定，任命高占祥、高运甲、李准、董良翚（女）、陈晓光、胡珍为中国文联第六届书记处书记，还聘请了马烽等33名同志作为中国文联荣誉委员。20日上午，大会闭幕，周巍峙致闭幕词。20日下午，中共中央政治局委员、中共中央书记处书记、中宣部部长丁关根出席中国文联、中国作协全国委员会全体会议并讲话，指出文艺工作中需要很好认识和把握的八个关系：文学艺术与时代生活的关系、弘扬主旋律与提倡多样化的关系、多出精品与全面繁荣的关系、继承借鉴与探索创新的关系、文艺创作与文艺评论的关系、社会效益与经济效益的关系、尊重个性与注意引导的关系、文艺繁荣与加强管理的关系。20日晚，中国文联第六次全国代表大会、中国作协第五次全国代表大会在北京人民大会堂举行联欢晚会。江泽民等党和国家领导人和作家、艺术家一起联欢。

12月19日 李准、胡珍任中国文联党组成员。

12月21日 中国文联第六届全国委员会举行全体会议。中国文联主席周巍峙主持会议。会议审议通过《中国文联全委会工作试行条例》（讨论稿）及《关于团体会员交纳会费的意见》。中国文联党组书记高占祥就如何贯彻六次文代会的精神作了发言。

1997 年

1月5日—16日 应马来西亚华人文化协会和新加坡国家艺术理事会邀请，中国文联党组书记、副主席高占祥率代表团访马、新。马来西亚华人公会中央文化局主任、青年体育部副部长陆垠佑，交通部长林良实，文化艺术旅游部部长沙巴鲁丁分别会见代表团。

1月28日 中国文联在北京饭店举行'97迎春联欢会。全国人大常委会副委员长王光英，中国文联主席周巍峙，高占祥、高运甲、尹瘦石、白淑湘、吕厚民、刘晓江、李瑛、吴祖强、沈鹏、张君秋、罗扬等部分在京的中国文联副主席，赵文海、甘英烈等有关部委领导同志和中国文联书记处书记董良翚、陈晓光、胡珍与艺术家们同贺新春。

2月21日 中国文联举行缅怀邓小平同志座谈会，追思邓小平同志对新时期社会主义文艺事业的亲切关怀，表达文艺工作者对他的深切悼念。中国文联党组高占祥、高运甲、李准、董良翚、陈晓光、胡珍和在京部分副主席及有关方面的艺术家尹瘦石、吕骥、沈鹏、白淑湘、李瑛、吴祖强、罗扬、刘兰芳、刘秀荣、张虎、刘星、于兰、詹建俊、徐晓钟等出席座谈会并发言。

3月14日—16日 中国文联第六届全委会第二次会议在北京召开。中国文联党组书记、副主席高占祥作了题为《同心同德，埋头苦干，促进文联工作的新发展》的工作报告。中国文联第六届主席团第二次会议通过了关于增聘马加、吴雪、张光年、罗工柳等四位同志为中国文联荣誉委员的决定，批准接纳中国煤矿文联、中国石油文联、中国铁路文联等三个产业文联为团体会员，通过了关于接纳重庆市文联为团体会员的决定。通过了《关于更替和增补中国文联第六届全委会委员的决议》。

4月1日—10日 应中国文联邀请，日中文化交流协会常务理事、著名书画家松尾敏男率代表团访华。全国人大常委会副委员长王光英会见代表团。

4月9日 《骆玉笙暨北方鼓曲名家音配像选萃》座谈会在北京人民大会堂举行。中共中央政治局常委、全国政协主席李瑞环在座谈会上讲话，希望文艺工作者齐心合力，使音配像这种方式尽快推广开来，收到更好的效果。

同日 中国文联荣誉委员，中国美协原主席，中央美术学院原院长吴作人病逝，享年89岁。

4月10日—18日 应越南文联邀请，中国文联党组副书记、副主席高运甲率代表团访越。越共中央思想文化部部长友寿、越南文联主席阮庭诗会见代表团。

4月15日 中国文联和北京市文联在北京人民大会堂举行'97首都文艺家"万里采风"出发仪式。中共中央政治局委员、北京市委书记尉健行，全国人大常委会副委员长雷洁琼，全国政协副主席钱伟长，中宣部常务副部长刘云山，中国文联主席周巍峙，中国文联党组书记、副主席高占祥等出席出发仪式。

4月21日—25日 应香港美术研究会邀请，中国文联副主席、中国书协代主席沈鹏率访问团赴港举办中国当代名家书董必武诗巡展并顺访澳门。

4月23日 经国务院批准，中国文联代表中国首次正式参加文化艺术领域的国际盛会——德尔菲大会，并正式成为这一组织的成员。

同日 中国文联在深圳举办民族文艺家干部培训班。中国文联党组书记、副主席高占祥出席开班式并以《念好文联工作"二字经"》为题讲了第一课。

4月25日 首届中国冶金职工文化艺术节开幕式和中国冶金文联成立大会在北京举行。

5月3日 "世纪之星工程"颁奖晚会在上海举行。中国文联主席周巍峙和上海市委有关领导为入选"世纪之星工程"的艺术家颁发奖杯和奖牌。

5月22日 中国文联、人民日报、光明日报、中央电视台联合召开纪念毛泽东《在延安文艺座谈会上的讲话》发表55周年座谈会。中国文联主席周巍峙主持座谈会并指出,毛泽东《在延安文艺座谈会上的讲话》、邓小平在四次文代会上的祝词和江泽民在六次文代会、五次作代会上的讲话,是党在不同时期指导文艺工作的三个里程碑,广大文艺工作者一定要深入学习,认真贯彻。在座谈会上,中国文联还为在'96中国文艺家万里采风专题片评奖活动中获奖的11部作品颁发了证书。

5月24日—6月4日 应中国文联邀请,以书法家陈坤一为团长的台湾中国文艺协会访问团一行访问大陆。中国文联主席周巍峙会见并宴请访问团。

5月25日—30日 应以色列外交部邀请,中国文联党组成员、书记处书记陈晓光率代表团访以。

5月31日 中国文联及所属各全国文艺家协会共同主办的13项文艺类评奖获准立项。这13项评奖是:戏剧的"梅花奖""曹禺戏剧文学奖"、电影的"百花奖""金鸡奖"、电视的"金鹰奖"、摄影的"金像奖"、杂技的"金菊奖"、音乐的"金钟奖"、美术的"金彩奖"、曲艺的"牡丹奖"、舞蹈的"荷花奖"、民间文艺的"山花奖"、书法的"兰亭奖"。

6月7日—23日 应意大利作者出版者协会邀请，中国文联党组成员、书记处书记胡珍率代表团访意。

6月18日 中国十大民间艺术家精品展在北京开幕，中国文联党组书记、副主席高占祥出席并讲话。

6月20日 "回归颂"中华诗词演唱会在全国政协礼堂拉开帷幕。中共中央政治局常委、全国政协主席李瑞环出席并称赞这台节目很好，很有品位，思想性好，耐人寻味，晚会演出得很成功。全国政协副主席万国权，中国文联党组书记、副主席高占祥等出席，与首都1000余名观众一同观看演出。

6月25日 中国文联、中国革命历史博物馆、深圳市人民政府、国际中国书画博览会组委会在北京人民大会堂举行赠送仪式，将为庆祝香港回归特制的大型艺术品《汉魂》木简赠送给香港特别行政区政府。全国人大常委会副委员长布赫，以及李德生、陈锡联等老同志出席捐赠仪式。中国文联党组书记、副主席高占祥在仪式上讲话。中国文联领导高运甲、陈晓光及文化界、新闻界知名人士百余人参加。

7月 为加强戏剧评论工作，促进戏剧评论队伍的团结、建设，推动戏剧创作，经中宣部批准，全国优秀戏剧评论奖——中国曹禺戏剧文学奖·评论奖正式启动。中国曹禺戏剧文学奖·评论奖两年一届。首届评奖活动由中国文联、中国剧协和《人民日报》文艺部联合主办，中国戏剧年鉴社承办。

8月8日—17日 应加拿大美新文化交流协会邀请，中国文联党组书记、副主席高占祥率中国艺术团一行赴温哥华、卡尔加里、多伦多等地访演。

8月25日 中国化工文联正式成立。来自全国化工战线的130多名代表参加成立大会。化工部部长、党组书记顾秀莲，中国文联党组成员、书记处书记陈晓光等出席会议并讲话。大会讨论通过了《中国化工文联章程》《中国化工作家协会章程》和《中国化工书画家协会章程》，选举产生了中国化工文联、中国化工作家协会、中国化工书画家协会第一届理事会及常务理事会。化工部副部长、报告文学作家李士忠当选为化工文联主席。

8月26日—9月6日 应菲律宾文化中心邀请，中国文联党组成员、副主席李准率代表团访菲。菲总统夫人、国防部长、外交部次长、国会议员以及各到访城市行政长官分别会见代表团。

9月8日—18日 应台湾中国文艺协会邀请，中国文联党组副书记、副主席高运甲率访问团访台。

10月6日 '97曹禺戏剧文学奖在潜江颁奖，《地质师》《商鞅》《都市军号》《雪童》《死水微澜》《哪嗬咿嗬嗨》《歌王》《原野情仇》《木乡长》《水墙》10部剧本获奖，5部作品获得提名。

10月15日 中国文联"晚霞工程"表彰会在北京人民大会堂举行。全国人大常委会副委员长王光英、全国政协原副主席马文瑞出席会议。中国文联党组书记、副主席高占祥出席并讲话。中国文联党组成员、书记处书记陈晓光宣读《中国文联关于表彰"晚霞工程"实施先进单位的决定》。上海市文联等一批为"晚霞工程"的实施作出较大贡献的单位受到表彰。

10月15日—25日 应中国文联邀请，国际民间艺术组织副主席艾亨·万克斯比尔（比利时人）率代表团访华。中国文联党组副书记、副主席高运甲会见并宴请代表团。

10月21日—30日 应西班牙外交部邀请，中国文联副主席夏菊花率代表团访西。

10月22日—28日 应韩国文化艺术振兴院邀请，中国文联副主席、中央美术学院院长靳尚谊率代表团访韩。韩文化体育部副部长金钟民会见代表团。

11月4日 中国文联、中国书协和天津市文联联袂主办的首届中国（天津）书法艺术节开幕。中央军委副主席迟浩田、全国政协副主席万国权、民进中央主席雷洁琼等为书法艺术节活动题词。中国文联党组书记、副主席高占祥代表主办单位在开幕式上讲话。

11月15日 中国剧协和广州市人民政府主办的第五届中国戏剧节暨第十四届中国戏剧梅花奖颁奖活动在广州开幕。中国剧协分党组副书记何孝充宣读了中共中央政治局委员、国务委员李铁映的贺信。中国文联领导周巍峙、高占祥、高运甲、胡珍等，以及广东方面领导朱森林、高祀仁等出席。来自全国各地22个文艺团体的近两千名演员，分别在广州市区的7个剧场为羊城观众上演22台剧目。唐元才、倪惠英、谢涛、成凤英、袁淑梅、翁国生、张艳玲、赵一青、胡新中、许娣、张建敏、窦凤琴、刘丹丽、尹铸胜、扎西顿珠、刘美华、吴京安、齐丽华、车英、孙丽英、么红、张丹丹等22名演员获奖。从本届开始，中国戏剧梅花奖由中国文联和中国剧协共同主办，并将增设舞剧演员评奖。

11月20日 全国文艺集成志书工作会暨成果表彰会在北京召开。党和国家领导人雷洁琼、布赫、万国权、何鲁丽和中国文联领导周巍峙、高运甲、李准等出席会议。被誉为"文化长城"的十部民族民间文艺集成志书，是由文化部、国家民委和中国文联有关文艺家协会自1979年联合发起，由全国艺术科学规划领导小组进行规划、领导、组织实施的艺术学科国家重点项目。该系列丛书共分十大艺术门类，按现行行政区划立卷，共计300卷，约450册、4.5亿字。

12月3日 中国文联各全国文艺家协会中青年会员德艺双馨座谈会在北京召开。中共中央政治局委员、中共中央书记处书记、中宣部部长丁关根出席会议并讲话，文艺界要以"德艺双馨"为主题，大力推进文艺队伍建设，形成重德尚艺的良好风气，多出精品，多出人才，更好地为人民服务，为社会主义服务。全国人大常委会副委员长王光英在座谈会上祝愿广大文艺工作者在德艺双馨的征途中再攀高峰。

12月12日 第十五届中国电视金鹰奖颁奖典礼在上海举行。本届金鹰奖共颁发21个奖项，共40个评奖数额，《和平年代》等作品获得最佳长篇连续剧奖，《大漠丰碑》等作品获得最佳中篇连续剧奖，《法官谭彦》获得最佳单本剧奖，其他奖项也在颁奖典礼上颁发。上海电视台向全国观众现场直播了本届颁奖典礼。

12月13日—16日 第六届中国金鸡百花电影节在广东省佛山市举行。在第十七届中国电影金鸡奖中，《鸦片战争》获得最佳故事片奖，《山梁》获得最佳纪录片奖，《介入疗法》获得最佳科教片奖，《百鸟衣》获得最佳美术片奖，《宋家三姐妹》获得最佳合拍故事片奖，《我也有爸爸》获得最佳儿童片奖，王兴东《离开雷锋的日子》获得最佳剧本奖（含改编），韦廉《大转折》获得最佳导演奖，芦苇（《西夏路迢迢》）、周波（《捕狼人生》）获得导演处女作奖，刘佩琦（《离开雷锋的日子》中饰乔安山）获得最佳男主角奖，于慧（《喜莲》中饰喜莲）获得最佳女主角奖，孙淳（《缉毒英雄》中饰罗毅夫）、林连昆（《鸦片战争》中饰琦善）获得最佳男配角奖，马晓晴（《我也有爸爸》中饰护士长）获得最佳女配角奖，侯咏（《鸦片战争》）获得最佳摄影奖，来启箴、王学义（《鸦片战争》）获得最佳录音奖，崔登高、孙永印、张飙（《大转折》）获得最佳美术奖，金复载（《红河谷》）获得最佳音乐奖，冯四海（《红河谷》）获得最佳剪辑奖，张先春（《鸦片战争》）获得最佳道具奖，于泽、魏新才、邱必奎、王其军、杨奎（《大转折》）获得最佳烟火奖，故事片《埋伏》被授予特别奖，最佳戏曲片奖、外国影片最佳译制奖空缺。在第二十届大众电影百花奖中，《红河谷》《大转折》《离开雷锋的日子》获得最佳故事片奖，高明（《孔繁森》中饰孔繁森）获得最佳男演员奖，宁静（《红河谷》中饰丹珠）获得最佳女演员奖，牛犇（《夫唱妻和》中饰牛二利）获得最佳男配角奖，宋春丽（《离开雷锋的日子》中饰张淑芹）获得最佳女配角奖，故事片《孔繁森》获得特别奖。本届电影节是在有关部门确定金鸡奖、百花奖列入37项常设全国性文艺评奖项目后举办的第一次金鸡百花电影节。中共中央政治局委员李铁映为电影节题词"努力创作精品，再创中国电影的辉煌"。

1998 年

1月6日 中国文联主办的"周恩来风采"摄影艺术作品展在北京举行。中共中央政治局常委、国务院总理李鹏为展览题词"公仆风采，光照千秋"。全国人大常委会副委员长王光英、全国政协副主席万国权出席展览开幕式。展出的作品来自吕厚民、侯波、吕相友、钱嗣杰、张彬、徐肖冰、成元功7位曾在周总理身边工作过的著名老摄影家。

1月16日 中国文联主办，中国曲协、中央电视台文艺部、中央人民广播电台文艺部等单位承办，黑龙江省文联等单位协办的中国评书评话名家展演活动在北京举行。中共中央政治局委员、中共中央书记处书记、中宣部部长丁关根观看演出时指出，曲艺艺术的特点是语言精粹，技艺精深，表演精彩，一个人可以演千军万马，能给人以艺术享受和启迪教育；可以很好地为人民服务，为社会主义服务。希望评书评话艺术三代同堂，再创辉煌。

1月23日 中国文联1998年迎春联欢会在北京人民大会堂举行。全国人大常委会副委员长王光英，全国政协副主席万国权，老同志王定国，中国文联主席周巍峙，中国文联党组书记、副主席高占祥等参加联欢会。

同日 首届中国曹禺戏剧文学奖·评论奖（'97昆泰杯）颁奖活动在北京人民大会堂举行。全国人大常委会副委员长王汉斌、布赫，中国文联党组书记、副主席高占祥等出席颁奖活动。曹禺戏剧文学奖·评论奖是经中宣部批准设立的我国戏剧评论的最高奖项，是戏剧评论领域的第一个全国性奖项。

1月 中国文联举行在京京剧名家座谈会。中共中央政治局常委、中共中央书记处书记、中宣部部长丁关根，中宣部常务副部长刘云山，中国文联党组书记高占祥，中央电视台台长杨伟光，中国文联领导高运甲、陈晓光等领导和7位京剧老艺术家，以及孙毓敏、李维康、刘长瑜等十多位中青年京剧名家一起就如何保留京剧精华，拍好京剧名家电视专题片举行座谈。

2月10日—15日 中国文联和中国书协共同主办的中国20世纪书法大展在北京举办。全国人大常委会副委员长王光英，全国政协副主席杨汝岱，中国书协名誉主席启功，中国文联主席周巍峙等出席开幕式。14日，中共中央总书记、国家主席、中央军委主席江泽民观看在中国美术馆举办的"中国二十世纪书法大展"。本次展览由中国文联和中国书协联合主办，分为20世纪已故知名书法家遗作展、当代书坛名家作品展、全国第七届中青年书法篆刻家作品展、全国第四届篆刻艺术展四个系列。

2月11日 中国文联在北京召开全国性文艺评奖工作会议。中国文联党组书记、副主席高占祥出席会议并讲话。会上宣读《中国文学艺术界联合会关于贯彻中央加强全国性评奖管理工作的意见》。经中宣部审批，由中国文联与所属各文艺家协会共同主办的全国性文艺评奖有13项获准立项，这在获准立项的8部委共40多项全国性文艺评奖中，约占1/3。

2月17日 中国文联第六届全委会第三次会议在北京召开。中共中央政治局委员、中共中央书记处书记、中宣部部长丁关根出席并讲话指出，文艺界要更好地坚持"二为"方向和"双百"方针，弘扬主旋律，提倡多样化，把更多更好的精神食粮贡献给人民，贡献给祖国。希望文联更好地发挥自己的作用，多做团结鼓劲的工作，多做协调服务的工作，多做队伍建设的工作。中国文联党组书记、副主席高占祥作了题为《高举旗帜，重在建设，促进文学艺术事业的新繁荣》的工作报告。会议通报了中国文联第六届全委会委员变动的情况。

2月21日—3月1日 应尼泊尔皇家学院邀请，以中国文联副主席李瑛为团长的中国文联代表团一行访尼，并顺访新加坡。尼国王比兰德拉、首相塔帕、文化大臣班达里、皇家学院副院长迪舍特（院长由国王兼任）分别会见代表团。

3月25日 中国文联党组副书记、副主席高运甲代表中国文联向获得1997年政府特殊津贴的文联系统5位专家颁发证书。

5月11日—20日 应台湾极忠文教基金会邀请，中国文联党组书记、副主席高占祥率访问团访台。

5月20日 中共中央总书记、国家主席、中央军委主席江泽民给参加中国文联"万里采风"活动文艺家们回信指出，百名文艺家分赴改革开放和现代化建设第一线进行采风，这对于繁荣文艺创作、培育文艺人才，是一件很有意义的事情。社会生活是文艺创作的唯一源泉，深入生活是繁荣文艺的重要途径。希望这次文艺家们的"万里采风"活动，能推动各文艺部门和有条件的文艺工作者，积极深入群众，深入基层，坚持"二为"方向和"双百"方针，弘扬主旋律，提倡多样化，创作出无愧于伟大时代，为人民喜闻乐见的文艺精品。

同日 中国视协主办的首届"中国百佳电视艺术工作者"表彰晚会在中央电视台举行。国务院副总理李岚清接见了首届"百佳"代表，并作了讲话。

5月23日 中国文联"万里采风"新作汇报演出在中国剧院举行。中共中央政治局常委、国家副主席胡锦涛与首都千余观众观看演出。

5月27日 中国文联荣誉委员，中国书协原主席、名誉主席舒同逝世，享年 93 岁。

6月4日—13日 应中国文联邀请，韩国文化艺术振兴院院长车凡锡率代表团访华。全国人大常委会副委员长王光英会见代表团。中国文联主席周巍峙会见并宴请代表团，中国文联党组副书记、副主席高运甲与代表团进行工作会谈。

6月6日—23日 应俄罗斯文学基金会和俄作家协会、匈牙利政府文教部和国际民间艺术组织邀请，中国文联党组成员、书记处书记胡珍率代表团访问俄罗斯、匈牙利、奥地利。

6月7日 中国文联、中国舞协等单位主办的全国性舞蹈专业大奖荷花奖首届比赛落下帷幕。荣获金奖的作品有《顶碗舞》（中国民间舞）、《阿惹妞》（中国民间舞）、《踏歌》（中国古典舞）、《走·跑·跳》（新舞蹈）、《天边的红云》（新舞蹈），另有银奖作品和铜奖作品各 10 部。全国人大常委会副委员长布赫和全国政协副主席万国权、雷洁琼及中国文联领导周巍峙、高运甲、李准、董良翚出席颁奖仪式并为获奖作品及演员颁奖。

6月20日 纪念田汉诞辰 100 周年座谈会在北京人民大会堂举行。中共中央政治局常委、国务院副总理李岚清出席座谈会。中共中央政治局委员、中共中央书记处书记、中宣部部长丁关根在座谈会上讲话指出，要认真贯彻百花齐放、百家争鸣的方针，尊重文艺规律，尊重作家、艺术家的创造性劳动，发扬艺术民主，倡导文艺工作者加强文化修养、提高艺术水平，鼓励他们积极探索，努力创作更多思想性艺术性统一、具有强烈吸引力感染力的优秀作品，力求把最好的精神食粮贡献给人民。

6月26日—7月28日 中国文联组派以党组成员、书记处书记董良翚为团长的中国民间艺术团一行赴法国参加瓦隆国际民间艺术节。艺术团在 21 个市镇演出 62 场次。

6月30日 中国摄协原主席石少华逝世,享年80岁。

7月10日 第三届中国曲艺节在内蒙古自治区呼和浩特市举行。中共中央政治局常委、国务院副总理李岚清致信中国曲协,指出,中国曲艺是中华民族独有的艺术瑰宝,是中华民族对人类艺术宝库的独特贡献。广大曲艺工作者要坚持为人民服务、为社会主义服务的方向,坚持"百花齐放,推陈出新"的方针,深入生活,贴近人民,既要敬业,又要精业。曲艺事业要培养接班人,发扬好传统,创作新作品,反映新时代。全国人大常委会副委员长邹家华、布赫、铁木尔·达瓦买提、帕巴拉·格列朗杰,全国政协副主席万国权、孙孚凌、雷洁琼等题词祝贺。全国政协副主席孙孚凌,内蒙古自治区党委书记刘明祖,中国文联领导高运甲、陈晓光等出席开幕式。

8月7日—10日 中国影协第六次代表大会在北京召开。中央宣传部常务副部长刘云山在开幕式上讲话。中宣部副部长刘鹏,文化部部长孙家正,国家广播电影电视总局局长田聪明、副局长赵实,中国文联领导高运甲、李准出席开幕式。大会选举新一届理事会,谢铁骊当选第六届中国影协主席,丁荫楠、王晓棠、刘建中、李国民、李前宽、李雪健、苏叔阳、吴贻弓、奚美娟、谢飞、潘虹当选为副主席,任命张思涛为秘书长,蔡师勇、王菊平为副秘书长,聘请于蓝、石方禹、孙道临、苏云、张瑞芳、高鸿鹄、郭维、谢晋为顾问。

8月12日 中共中央政治局委员、中共中央书记处书记、中宣部部长丁关根与新当选的第六届中国影协主席、副主席座谈。他希望广大电影工作者认真学习马列主义、毛泽东思想,特别是邓小平理论,使邓小平理论真正成为指导电影创作的有力思想武器;始终坚持为人民服务、为社会主义服务的方向,认真贯彻百花齐放、百家争鸣的方针,弘扬主旋律,提倡多样化,把社会效益放在第一位,努力实现社会效益和经济效益的统一;不断深入生活,深入群众,进一步增强社会责任感，进一步增强精品意识，把最好的精神食粮奉献给人民。

8月14日—28日 由中国文联主办的第四届中国国际民间艺术节在北京、南京、常州、江阴、上海、天津、广州、汕头、东莞、深圳等地举办，来自五大洲15个国家的民间艺术团约400人参加，演出40多场。本届艺术节开始设立"艺术友谊杯"和"艺术成就杯"。

9月9日—13日 应中国文联邀请，新加坡国家艺术理事会高级研究员苏启贺率代表团访问北京。中国文联副主席吴祖强会见并宴请代表团，书记处书记胡珍与代表团进行工作会谈。文化部副部长徐文伯会见代表团。

9月10日—13日 中国美协第五次会员代表大会在北京京西宾馆召开，会议代表292人。中共中央政治局委员、中共中央书记处书记、中宣部部长丁关根看望与会代表。中宣部常务副部长刘云山出席开幕式并讲话。国务院副秘书长刘奇葆、中宣部副部长刘鹏、中国文联主席周巍峙等出席开幕式。王琦作了题为《团结奋斗 进一步繁荣有中国特色社会主义美术 迎接21世纪的到来》的工作报告。大会推选理事121人，聘请王琦、王朝闻、关山月、华君武、李少言、吴冠中、罗工柳、秦征、黄永玉、蔡若虹为顾问，选举靳尚谊为主席，刘大为（常务）、刘文西、刘勃舒、肖峰、李焕民、林墉、杨力舟、哈孜·艾买提、常沙娜、程允贤、詹建俊为副主席；李中贵任秘书长，王春立、金毓清、戴志祺任副秘书长。会议对《中国美术家协会章程》作了修改。

9月27日—10月6日 应中国文联邀请，马来西亚华人文化协会会长戴小华率代表团访华。中国文联领导周巍峙、李瑛会见并宴请代表团。

9月29日 第十五届中国戏剧梅花奖颁奖活动在杭州举行。顾芗获二度梅，董成、王平、许荷英、梁耀安、杨丽琼、曹秀琴、谢群英、张春玲、贾粉桃、蒋淑梅、李海燕、李春华、卓佩丽、张腾、宁晓志、张立君、张页川、张金元、程桂兰、李彩勤、刘晶、杨霞、金宝龙、山翀、赵青等25名演员获梅花奖。

10月8日 中国剧协、福建省文化厅、泉州市人民政府联合主办的'98曹禺戏剧奖·剧本奖在新落成的泉州文化艺术中心颁奖。话剧剧本《虎踞钟山》《沧海争流》《炮震》《圣旅》，戏曲剧本《变脸》《丑嫂》《金魁星》《狸猫换太子》《苦菜花》及儿童剧剧本《大森林》等10部作品获奖，另有9个剧本获提名奖。

10月20日 中国文联、中国影协和上海市文联、浙江省文联联合举办的"谢晋从影50周年研讨活动"在北京人民大会堂开幕。中共中央政治局常委、国务院副总理李岚清致信祝贺。中共中央政治局委员、中共中央书记处书记、中宣部部长丁关根在研讨活动前与谢晋亲切交谈，希望广大电影工作者认真学习邓小平理论，弘扬伟大抗洪精神，多出优秀作品，把最好的精神食粮奉献给人民。中共中央政治局候补委员、中共中央书记处书记、中央办公厅主任曾庆红打电话对谢晋从影50周年所取得的成就表示祝贺。中国文联主席周巍峙、广播电影电视总局副局长赵实、中国残联主席邓朴方在会上发言。

10月25日—11月3日 应日中文化交流协会邀请，中国文联主席周巍峙率代表团访日。

10月30日—11月10日 应中国文联邀请，以越南文联副主席何春长为团长的越南文联代表团一行访华。中国文联领导高运甲、胡珍会见代表团。

11月12日 赵志宏任中国文联党组副书记，1999年1月赵志宏任书记处书记。

11月18日 第七届中国金鸡百花电影节在重庆开幕。在第十八届中国电影金鸡奖中，冯巩、陶虹分获得最佳男女主角奖，《安居》获得最佳故事片奖，胡炳榴（《安居》）和塞夫、麦丽丝（《一代天骄成吉思汗》）获得最佳导演奖，《一代天骄成吉思汗》还囊括了最佳摄影、录音、服装三项大奖，葛存壮和白雪云分获得最佳男女配角奖，《周恩来外交风云》获得最佳纪录片奖，《花季·雨季》获得最佳儿童片奖，陆柱国获得最佳剧本奖（含改编），《爱情麻辣烫》的导演张扬获得最佳导演处女作奖。此外，本届金鸡奖除最佳戏曲片奖空缺之外，还评出了最佳科教片、最佳美术片、最佳合拍故事片、外国影片最佳译制片等奖项。故事片《大进军——席卷大西南》和女演员潘予（《安居》中饰阿喜婆）获特别奖。全国政协副主席万国权、中国文联主席周巍峙等向获奖演员代表颁奖。在第二十一届大众电影百花奖中，《甲方乙方》《鸦片战争》《长征》获得最佳故事片奖，葛优（《甲方乙方》中饰姚远）获得最佳男演员奖，刘蓓（《甲方乙方》中饰周北雁）获得最佳女演员奖，李保田（《有话好好说》中饰张秋生）获得最佳男配角奖，张路（《这女人这辈子》中饰香草）获得最佳女配角奖。

11月21日 中国文联、中国舞协和中国国际标准舞学会主办的首届中国舞蹈荷花奖国际标准舞全国大赛暨中国国际标准舞第十一届全国锦标赛在北京落幕。北京舞蹈学院齐志峰和张震获摩登舞金荷花奖，广东李兆林和李小媛、温亮富和孙荣获摩登舞银荷花奖，广东冯彬和蔡艳峰等3对选手获摩登舞铜荷花奖。拉丁舞"金荷花"奖空缺，广东尹卫东和龙卫敏，北京茹宝和朱铮获拉丁舞"银荷花"奖，上海方俊和陈昭等4对选手获拉丁舞"铜荷花"奖。这是国际标准舞进入中国14年、举办十届全国大赛后首次列入全国性艺术专业评奖。

11月21日—12月7日 应希腊文化部、塞浦路斯外交部文化司邀请，中国文联组派以副主席、中央美术学院院长靳尚谊为团长的代表团访问希、塞。塞议长会见代表团。

11月22日—12月3日 应中国文联邀请，以主席卢恰诺·比德利为团长的意大利作者出版者协会代表团一行访华。全国人大常委会副委员长丁石孙会见代表团。

12月4日 中、法两国国家元首支持的中国书法展览在法国巴黎开幕。这是中国书法首次大规模、高水平地在欧洲展出。

12月11日—12日 中国文联和中国视协主办的第十六届中国电视金鹰奖在南京揭晓。本届金鹰奖共颁发43个奖项，《水浒传》等作品获得最佳长篇连续剧奖，《警方110》等作品获得最佳中篇连续剧奖，《小镇女部长》等作品获得最佳短片电视剧奖，其他奖项也在大会上颁发。

12月13日 国家计划生育委员会、国家广播电影电视总局、中国文联、中国作协和中国人口文化促进会联合主办的第六届中国人口文化奖在北京人民大会堂颁发。中国计划生育协会会长宋平、全国妇联主席彭珮云等出席了颁奖仪式。中国人口文化奖是经中宣部批准的全国常设性综合类文艺奖项。彭珮云任组委会主任。

12月13日—20日 应中国文联邀请，以主席奥古斯丁·布祖拉为团长的罗马尼亚文化基金会代表团一行访华。全国人大常委会副委员长彭珮云会见代表团。访华期间，代表团出席了罗马尼亚著名画家柯尔尼留·巴巴画展。

12月20日—27日 应中国文联邀请，尼泊尔皇家学院院长助理德巴昌德拉·高塔姆率代表团访华。全国人大常委会副委员长铁木尔·达瓦买提会见代表团。中国文联领导李瑛、胡珍宴请代表团并进行工作会谈。

12月27日—29日 中国剧协第五次代表大会在北京举行。中共中央政治局委员、中共中央书记处书记、中宣部部长丁关根给大会发来贺词。中宣部常务副部长刘云山出席大会并讲话。国务院副秘长刘奇葆、中宣部副部长刘鹏、中国文联主席周巍峙等出席开幕式。大会选举新一届理事会和主席团。李默然当选为主席，方掬芬、白淑贤、刘长瑜、刘锦云、李维康、何孝充、余笑予、茅威涛、尚长荣、徐晓钟、阎肃、裴艳玲、薛若琳、魏明伦、瞿弦和当选为副主席。张庚被推举为名誉主席，于是之、马少波、刘厚生、红线女、杨兰春、吴雪、吴祖光、陈伯华、胡可、赵寻、郭汉城、袁世海、袁雪芬、常香玉等14人被聘请为顾问，任命王蕴明为秘书长，廖奔、石宏图、韩新民、艾东为副秘书长。

1999 年

1月12日　中国文联党组召开"讲学习、讲政治、讲正气"学习座谈会。

2月3日　文化部、中国文联、中国作协、北京市人民政府联合举办纪念老舍先生诞辰100周年座谈会。中共中央政治局常委、国务院副总理李岚清在座谈会上讲话指出，要学习老舍先生对祖国、对人民的无比热爱和献身艺术的执着精神，研究和继承他为我们留下的丰富的文学艺术遗产。中共中央政治局委员、中共北京市委书记贾庆林出席座谈会。座谈会由文化部部长孙家正主持。王光英、何鲁丽、王兆国和雷洁琼等领导同志，以及中央国家机关和北京市有关负责同志，文化艺术界代表，老舍先生的亲属和生前友好等各界人士多人出席座谈会。

2月8日　中国文联新春茶话会在北京全国政协礼堂举行。全国政协副主席万国权，中国文联主席周巍峙，老同志林默涵、袁世海、吴雪、戴爱莲、徐肖冰、张庚等出席。

2月25日—3月6日　应中国文联邀请，以特蕾莎·阿方索为团长的西班牙音像代表团一行访华。中国文联党组成员、书记处书记陈晓光与代表团进行工作会谈。

3月14日　田爱习任中国文联党组成员。

3月18日—20日　中国文联第六届全委会第四次会议、中国作协第五届全委会第四次会议在北京召开。中共中央政治局委员、中共中央书记处书记、中宣部部长丁关根出席开幕式并讲话强调，文艺界要紧紧围绕庆祝建国50周年，推出更多优秀作品，热情歌颂新中国半个世纪以来的光辉历程，生动反映亿万群众投身改革建设的伟大实践，全面展示中华民族奔向新世纪的精神风貌，唱响祖国颂、社会主义颂、改革开放颂，营造欢乐喜庆、昂扬向上、团结奋进的良好氛围，兴起文化建设新高潮。中国文联党组书记、副主席高占祥作了题为《抓好大事，办好实事，以团结奋进昂扬向上的精神推动文艺繁荣》的工作报告。会议选举田爱习、李世济担任中国文联副主席。会议通报了中国文联第六届全委会委员变动的情况。

3月19日—4月4日 应阿尔及利亚作协和叙利亚作协邀请，中国文联党组成员、书记处书记董良翚率代表团访问阿、叙。阿文化部国务秘书、叙新闻部部长会见代表团。

3月24日 《炎黄百子诗词书画集》征集出版座谈会在北京人民大会堂澳门厅召开。全国人大常委会副委员长王光英，中国文联领导高占祥、赵志宏等出席。

4月2日 中国文联召开"三讲"教育动员大会。6日起，中国文联党组全体成员及各协会、各部门、各单位负责人集中在中国文联文艺学校进行"三讲"教育理论学习。

4月20日 文化部、中国文联主办的吴作人艺术大展在中国美术馆开幕。中共中央政治局常委、全国政协主席李瑞环出席开幕式并观看了艺术大展。展览展出吴作人各个时期的代表作品470幅。

4月26日—5月4日 应中国文联邀请，古巴文联主席卡洛斯·马蒂·布雷内斯和古巴造型艺术协会主席何塞·拉蒙·比利亚·索贝隆一行访华。全国人大常委会副委员长布赫会见代表团。中国文联党组副书记赵志宏与代表团进行工作会谈。

5月8日 中国文联发表严正声明，强烈谴责以美国为首的北约悍然使用导弹袭击中国驻南斯拉夫联盟共和国大使馆这一野蛮行径，号召全国广大文艺工作者紧密团结在党中央周围，以繁荣文艺、促进改革的实际行动，回击以美国为首的北约的侵略，捍卫国家主权和民族尊严。

5月11日 文化部、中国文联主办的纪念《黄河大合唱》首演60周年音乐会在北京人民大会堂举行。中共中央政治局常委、国务院副总理李岚清与首都各界群众5000余人观看演出。党和国家领导人吴仪、布赫、司马义·艾买提、罗豪才等出席。

5月20日 中国文联主办的"向祖国汇报——百名优秀青年文艺家创作经验交流会"在北京开幕。全国人大常委会副委员长王光英出席开幕式。中国文联党组书记、副主席高占祥在22日举行的闭幕式上作了题为《永做祖国的优秀儿女》的报告。

6月10日—19日 应韩国文化艺术振兴院邀请，中国文联副主席、中国剧协主席李默然率代表团访韩，与韩方签署两组织1999—2002年文化交流协议。

7月6日 中国文联主席团会议一致通过中国文联会徽3号方案。会徽中心是一个篆体的"文"字，其状如人形，"文"字的下端两笔与外环状将"文"字围绕在图案中心。作为中国文联标志的这个会徽底色墨绿，象征着和平、生机和繁荣；图案线条银色，体现出高雅、文气和端庄。由中央工艺美院教务处长、著名设计家黄维设计的"文联之友"徽章同时诞生。该标志以四个"文"字巧妙构成一枚如意结，寓意中国文联团结全国四面八方的各团体会员和广大的文艺家，以及社会各界、海内外朋友，为繁荣我国的社会主义文艺事业发挥作用、贡献力量。

7月7日—24日 应国际民间艺术组织秘书长法格尔和意大利作者出版者协会邀请，中国文联党组副书记、书记处书记赵志宏率代表团访问奥地利、意大利。

7月11日 中国文联在北京中国剧院举办《我们共同走过》纪念文艺晚会。中共中央政治局委员、中共中央书记处书记、中宣部部长丁关根亲切会见中国文联主席团成员、晚会主创人员和主要演员及部分老艺术家，并对中国文联成立50周年表示祝贺。

7月13日 中国文联成立50周年纪念大会在北京人民大会堂举行。全国人大常委会副委员长王光英，全国总工会书记处书记李奇生，共青团中央书记处书记、全国青联主席巴音朝鲁，中国文联领导高运甲、董良翚、陈晓光、胡珍等出席大会。中国文联党组书记、副主席高占祥讲话。

7月23日 中国文联主席团召开部分在京文艺家座谈会，坚决拥护党和国家关于处理和解决"法轮功"组织的决定，一致拥护中华人民共和国民政部和公安部取缔"法轮功"非法组织的决定和通告，决心努力用优秀文艺作品倡导科学，反对迷信，提高人民的思想境界。

7月24日 中国曲协成立50年座谈会在北京举行。中国文联主席周巍峙，中国文联党组成员、书记处书记陈晓光，中国曲协主席罗扬，中国曲协分党组书记刘兰芳，中国曲协副主席朱光斗，以及在京的中国曲协理事和相关人士50余人参加了座谈会。

8月6日 中国文联、中国剧协、沈阳市人民政府联合主办的第六届中国戏剧节在沈阳举行。全国人大常委会副委员长程思远、全国政协副主席孙孚凌出席开幕式。中国文联党组书记、副主席高占祥在开幕式上致辞。开幕式上举行了第十六届中国戏剧梅花奖颁奖仪式。陈霖苍、黄孝慈获二度梅，陶琪、姚志强、董翠娜、张保平、赵秀治、陈辉玲、曾昭娟、杨秀薇、张建琴、雷通霞、王振义、朱桂芹、李萍、赵秀君、周卫华、颜永江、李珊珊、杨春荣、李敬慧、何冰、王静等21名演员获梅花奖。

8月18日 第十七届中国电视金鹰奖在深圳颁奖。《还珠格格（第1部）》等作品获得最佳长篇连续剧奖,《呼唤》等作品获得最佳中篇连续剧奖,《太阳出山岗》等作品获短篇电视剧奖,其他奖项也在大会上颁发。

8月25日 《新中国舞台影视艺术精品选》系列光盘出版座谈会在北京人民大会堂举行。中共中央政治局委员、中共中央书记处书记、中宣部部长丁关根,全国政协副主席周铁农出席座谈会。《新中国舞台影视艺术精品选》系列光盘是在中央领导同志的直接关心下,由中宣部、文化部、广电总局、新闻出版署、中国文联、中国作协联合组织编选出版的一套大型音像出版物,是宣传文化战线向中华人民共和国成立50周年献上的一份厚礼。座谈会由国务院副秘书长刘奇葆主持。中宣部、文化部、广电总局、新闻出版署、中国文联、中国作协有关负责同志孙家正、田聪明、高占祥、翟泰丰、龚心瀚、于友先、潘震宙、赵实、李准、陈昌本等也出席了座谈会。

9月1日 中国文联、中国音协主办的'99北京金秋国际音乐节在北京拉开了帷幕。全国政协副主席孙孚凌,中国文联主席周巍峙,文化部部长孙家正,中国文联党组书记、副主席高占祥,国家民委主任李德洙等出席开幕式。

9月7日—13日 应中国文联邀请,以阿拉木图国立音乐学院院长、著名钢琴家阿乌巴吉罗娃·扎尼亚·雅西娅耶夫娜为团长的哈萨克斯坦文艺界知名人士代表团一行访华。这是中哈建交后哈首次派重要文化代表团访华。中国文联党组副书记、副主席赵志宏会见并宴请代表团。

9月29日 中国文联和中国书协联合主办的庆祝中华人民共和国成立50周年系列书法大展在北京民族文化宫举行。10月8日,中共中央政治局委员、中共中央书记处书记、中宣部部长丁关根参观展览。

10月8日—11日 中国文联、中国民协、江苏省文联、无锡市人民政府主办的第四届中国民间艺术节在无锡马山举行。

10月16日—20日 第八届中国金鸡百花电影节在沈阳举行。全国政协副主席万国权出席电影节开幕式，全国人大常委会副委员长王光英、中国文联主席周巍峙出席闭幕式。在第十九届中国电影金鸡奖中，《那山 那人 那狗》获得最佳故事片奖，该片中饰演父亲的滕汝骏和在《黄河绝恋》中饰演安洁的青年演员宁静分获得最佳男女主角奖，张艺谋《一个都不能少》获得最佳导演奖。《共和国主席刘少奇》获得最佳纪录片奖。晚会上还颁发了最佳科教片奖、最佳美术片奖、最佳男女配角奖等10个奖项。本届金鸡奖的特别奖授予故事片《国歌》《春天的狂想》《黄河绝恋》、纪录片《挥师三江》。同时授予在影片《红娘》中饰法本的著名电影艺术家谢添荣誉奖。在第二十二届大众电影百花奖中，《男妇女主任》《红娘》《一个都不能少》获得最佳故事片奖，赵本山（《男妇女主任》中饰刘一本）获得最佳男演员奖，刘欣（《红娘》中饰红娘）获得最佳女演员奖，牛犇（《媳妇你当家》中饰公公）获得最佳男配角奖，李晓红（《银幕恋情》中饰引弟）获得最佳女配角奖。

11月6日—7日 中国文联、新华社澳门分社、澳门基本法协进会、澳门广州地区联谊会联合主办的大型歌舞晚会"莲颂"在北京保利大厦国际剧院举行。全国人大常委会副委员长布赫，中国文联党组书记、副主席高占祥，中央统战部常务副部长刘延东，国家煤炭工业局局长张宝明，财政部副部长楼继伟等观看演出。

11月19日 中国文联、中华全国总工会主办的"托起太阳——庆祝建国50周年迎接新世纪全国产业系统文艺展演"在北京中国剧院举行。中共中央政治局常委、中共中央书记处书记、中华全国总工会主席尉健行，中共中央政治局委员、中共中央书记处书记、中宣部部长丁关根，全国人大常委会副委员长布赫，全国政协副主席万国权，以及中华全国总工会副主席、书记处第一书记张俊九，中国文联主席周巍峙，中国文联党组书记、副主席高占祥等观看演出。

11月22日—27日 为庆祝中华人民共和国成立50周年和迎接澳门回归祖国，应澳门特别行政区筹委会副主任马万祺邀请，中国文联组派以党组书记、副主席高占祥为名誉团长，党组副书记赵志宏为团长的演出展览艺术团一行赴澳门，举办以澳门区花莲花为主题的大型歌舞晚会《莲颂》和"高占祥荷花摄影艺术展"。

12月6日—24日 为庆祝建国50周年，文化部、中国美协主办"第九届全国美展"，获奖作品在北京中国美术馆展出，作品588件。

12月7日 中国音协第五次全国代表大会在北京召开。来自全国各省、自治区、直辖市和中直机关、解放军等单位的近270名代表出席会议。大会通过了中国音乐家协会第四届理事会的工作报告，审议并通过了《中国音乐家协会章程修改草案》，选举出新一届理事会和主席团。傅庚辰当选为主席，吴雁泽当选为常务副主席，才旦卓玛、王世光、王立平、王次炤、李谷一、谷建芬、闵惠芬、陆在易、金铁霖、赵季平、鲍蕙荞当选为副主席。顾春雨被任命为秘书长，张弦、段五一被任命为副秘书长。吕骥、李焕之、吴祖强被推举为名誉主席。会议期间，中共中央政治局委员、中共中央书记处书记、中宣部部长丁关根亲切会见了大会选出的新一届中国音协主席、副主席和担任上届音协领导职务的老同志。

同日 第四届中国摄影艺术金像奖在浙江省丽水市举办。王文扬等14人获得金像奖，罗大伟等15人获得组织工作奖。浙江省丽水市被授予"中国摄影之乡"称号。

12月10日 中国文联在北京人民大会堂举行晚霞工程成果汇报会。全国政协副主席、中国文联晚霞工程组委会顾问万国权,中宣部副部长刘鹏,原中顾委秘书长、晚霞工程组委会名誉主任李力安,中国文联党组书记、副主席、晚霞工程组委会主任高占祥等领导和刘白羽、欧阳山尊、袁世海、陈强、骆玉笙、管桦、王金璐、谭元寿、梅葆玖、罗大张、叶宁等数十位老艺术家欢聚一堂,共叙晚霞工程实施5年来的成就。

12月14日 中国文联、中国剧协主办的第十二届曹禺戏剧奖·剧本奖在京颁发。全国政协副主席孙孚凌,中国文联党组书记、副主席高占祥等出席颁奖仪式并为获奖者颁奖。本届中国曹禺戏剧奖·剧本奖获奖剧目共有8部,分别是话剧《洗礼》《歌星与猩猩》《青春涅槃》,儿童剧《小宝贝儿》,戏曲《骆驼祥子》《荆钗记》《马陵道》《瘦马御史》。另有6部作品获提名奖。

12月28日 由中国书协主办的"世纪之交千人千作全国第七届书法篆刻展"在中国美术馆拉开帷幕。共选出参展作品1036件,其中获奖作品50件。

12月 应马来西亚华人文化协会和新加坡文艺协会邀请,中国文联副主席吴祖强率代表团访问马、新。

2000 年

1月4日 中国文联、中国剧协、北京市文化局、北京市戏曲艺术发展基金会联合主办的荀慧生尚小云诞辰100周年纪念大会在北京举行。中共中央政治局常委、全国政协主席李瑞环为纪念活动题词："弘扬流派艺术，推动京剧发展"。

1月17日 首届中国金鹰电视艺术节授证仪式在人民大会堂隆重举行。经中宣部批准，自第十八届金鹰奖起，设立中国金鹰电视艺术节。金鹰节由中国文联、湖南省人民政府、中国视协、湖南省广播电视厅联合主办。全国政协副主席王文元，中国文联主席周巍峙，中国视协主席杨伟光，湖南省人民政府副省长唐之享，中共北京市委常委、宣传部部长龙新民，中国文联党组成员、副主席李准出席授证仪式。周巍峙、杨伟光代表中国文联和中国视协向湖南省人民政府和湖南广播电视厅授予联合主办证书。

1月21日—22日 中国文联第六届全委会第五次会议在北京召开。中共中央政治局委员、中共中央书记处书记、中宣部部长丁关根与全体代表一起联欢。丁关根殷切希望广大文艺家振奋精神，团结进取，开创文艺工作新局面。中国文联主席周巍峙在开幕式上致辞。中国文联党组书记、副主席高占祥代表中国文联主席团向大会作了工作报告。会议通报了中国文联第六届全委会委员变动的情况；通报了关于接纳中国化工文联为中国文联团体会员的决议。

3月1日—12日 应澳大利亚堪培拉多元文化艺术节组委会邀

请，中国文联组派以书记处书记胡珍为团长的中国延吉市蓓蕾少儿舞蹈团一行访澳，参加堪培拉多元文化艺术节。

3月19日 中国文联荣誉委员，中国音协原主席、名誉主席李焕之逝世，享年81岁。

3月28日 以扶助中国西部地区有文艺天赋而就学困难的孩子上学为主旨的大型公益活动"朝霞工程"，在广州宣布正式启动，中国文联党组书记、副主席高占祥出席活动。

3月29日 第二届中国民间文艺山花奖在四川成都举办。中国民间文艺山花奖终身成就奖授予中国民协名誉主席、著名学者钟敬文，成就奖授予著名学者贾芝、姜彬、袁珂，搜集家、研究家萧崇素、董均伦，著名民间艺人居素普·玛玛依、康朗甩、刘德培。《美从民间来》等9部电视音像作品获山花奖。《黄阁麒麟舞》《淳安竹马》等8支代表队作品获山花奖广场民间歌舞作品奖。

4月4日—27日 应罗马尼亚文化基金会、捷克方博斯文化公司和斯洛伐克文化部的邀请，以中国文联党组成员、副主席陈晓光为团长的中国文联代表团一行访问罗马尼亚、捷克和斯洛伐克。这是中国文联首次派团访问捷克和斯洛伐克两国。捷文化部副部长温朔娃、斯文化部国务秘书加齐克会见代表团。

4月21日 中国文联文艺家采风团奔赴山东菏泽深入生活。中国文联党组书记、副主席高占祥参加采风活动。

4月25日—5月7日 应约旦哈希姆王国文化部和阿拉伯艺术家联合会邀请，以赵志宏为团长的中国文联代表团一行访问约、埃。约文化部秘书长会见代表团。阿艺联主席会见代表团，双方签署交流合作协议。

4月 为响应党中央"西部大开发"的号召，中国文联发起开展"中国文联绿色文化世纪行朝霞林工程"。

5月15日—26日 应挪威文化委员会和瑞典学会邀请，以中国文联党组副书记、副主席高运甲为团长的中国文联代表团一行访问挪、瑞。

5月22日 中国文联在北京人民大会堂举行"万里采风"活动5周年座谈会。会上，中国文联党组书记、副主席高占祥宣读了江泽民总书记的重要批示。批示中说："中国文联组织开展'万里采风'活动，是一件很好的事情，促进了文艺家们的思想进步和创作活动。'问渠那得清如许，为有源头活水来。'社会生活是文艺创作的唯一源泉。只要我们坚持贯彻落实党的文艺方针，真正投身人民群众进行改革开放和现代化建设的伟大实践，深入体验当代中国发展和进步的历史进程，就一定能不断创作出无愧于我们这个时代的优秀作品。希望你们再接再厉，把采风活动深入持久地开展下去。"

5月26日 中国文联、中国剧协和西安市人民政府共同主办的第十七届中国戏剧梅花奖颁奖活动在西安举行。中国文联领导李准、李默然和陕西相关领导李建国、崔林涛等出席。沈铁梅、宋国锋、冯玉萍、丁嘉丽、朱世慧等5名演员获二度梅，张火丁、韩再芬、钱惠丽、王少媛、冯咏梅、吴国华、单仰萍、李雪梅、金不换、史红梅、蔡建庭、张绍荣、董柯娣、张克、王阳娟、侯红琴、梁维玲、王向阳、高静、杨红丽、武凌云、孟科娟、倪大宏、吴军、孙宏雷、孙海英、康爱石、王瑶、张治中、李岚、马小矛、萧虹、孙毅、李海珍、陈淑敏等35名演员获梅花奖。

同日 中国文联思想政治工作经验交流会在成都召开。中国文联党组书记、副主席高占祥就切实加强和改进文联思想政治工作提出工作要求。

5月29日 中国文联文艺家凤凰湖生活创作基地揭幕仪式在位于四川省峨眉山下的凤凰湖宾馆举行。中国文联党组书记、副主席高占祥等出席。

6月1日 中国文联"朝霞工程"成果汇报会在北京人民大会堂举行。全国人大常委会副委员长彭珮云，中国文联主席周巍峙，中国文联党组书记、副主席、"朝霞工程"组委会主任高占祥等出席。

6月5日—18日 应西班牙外交部和意大利欧洲中华联合商会会长邀请，以中国文联党组书记、副主席高占祥为团长的中国文联代表团一行访问西、意。西国务秘书阿尔默多会见代表团。

6月17日—30日 应中国文联邀请，瑞典戏剧音乐协会主席司徒雷·卡尔松一行访华。中国文联党组副书记、副主席赵志宏会见并宴请卡尔松一行。

6月29日 纪念阿英同志诞辰100周年暨《阿英全集》首发式在北京人民大会堂举行。中国文联党组书记、副主席高占祥出席并讲话。

7月9日 第二届"中国百佳电视艺术工作者"和"中国百佳老电视艺术工作者"颁奖典礼在北京举行。中共中央政治局委员、中共中央书记处书记、中宣部部长丁关根接见了荣获"百佳电视艺术工作者"和"百佳老电视艺术工作者"称号的电视艺术工作者代表。全国人大常委会副委员长布赫，全国政协副主席万国权等出席颁奖仪式。中国文联党组书记、副主席高占祥在颁奖典礼上讲话。

7月26日—8月4日 应中国文联邀请，马来西亚华人文化协会会长戴小华率代表团访华，访问北京和西藏。中国文联党组书记、副主席高占祥会见并宴请代表团。

8月5日 2000年天津国际少年儿童文化艺术节举行。中共中央政治局常委、全国政协主席李瑞环为艺术节亲笔题词"和平、友谊、未来"。中共中央政治局委员、国务院副总理、本届艺术节组委会名誉主席钱其琛，联合国秘书长安南分别为艺术节发来贺信。全国政协副主席万国权宣布艺术节开幕。作为艺术节的一项重要活动,由中国文联、中国舞协、天津华夏未来少年儿童基金会共同主办的第二届"小荷风采"少儿舞蹈汇演颁奖典礼暨华夏未来舞蹈节开幕式于8月6日在天津礼堂举行。

8月15日—22日 应中国文联邀请,泰中艺术家联合会会长蔡义批率代表团访华。中国文联主席周巍峙会见并宴请代表团。

8月31日—9月9日 应中国文联邀请,西班牙作家代表团访华,访问北京、西安和上海。中国文联党组副书记、副主席赵志宏会见代表团。

9月19日—21日 中国杂协第四次全国代表大会在北京举行。中共中央政治局委员、中共中央书记处书记、中宣部部长丁关根看望了出席大会的代表。中宣部常务副部长刘云山在开幕式上讲话。大会选举产生了中国杂协新一届理事会和主席团。夏菊花再次当选为主席,林建当选为常务副主席,宁根福、边发吉、齐春生、孙力力、李西宁、何天宠、阿迪力·吾休尔、程海宝、戴武琦当选为副主席。

9月19日—29日 应中国文联邀请,越南文联副主席、著名画家武绛香率代表团访华。中宣部副部长刘鹏,中国文联党组成员、副主席李准会见代表团。

9月20日 中国文联和中国摄协在北京人民大会堂召开吴印咸诞辰100周年纪念会。全国人大常委会副委员长许嘉璐,中国文联党组书记、副主席高占祥等出席并讲话。

9月20日—28日 应中国文联邀请,尼泊尔皇家学院第一副院长莫汉·克拉拉率代表团访问了上海、杭州、绍兴和北京。中国文联主席周巍峙会见并宴请代表团。

9月24日—10月6日 应台湾中国文艺协会邀请,中国文联副主席沈鹏率访问团访问台湾。

10月6日 第二届中国舞蹈荷花奖（舞剧、舞蹈诗）决赛在宁波开幕。全国人大常委会副委员长许嘉璐出席开幕式并宣布荷花奖决赛开幕。舞剧《妈勒访天边》《闪闪的红星》、大型舞蹈诗《妈祖》、中型舞蹈诗《士兵旋律》4部剧目获作品金奖；舞剧《大梦敦煌》、大型舞蹈诗《啊，傈僳》等6部剧目获作品银奖；舞剧《山水谣》、大型舞蹈诗《咕哩美》等4部剧目获作品铜奖。刘震、山翀分获舞剧最佳男、女主角表演奖；阎红霞获舞蹈诗最佳表演奖；赵明、王勇、陈惠芬、吕玲分获得最佳编导奖；张千一、印青、方鸣分获得最佳作曲奖。

10月12日 中国文联和中国视协主办的第十八届中国电视金鹰奖揭晓。《钢铁是怎样炼成的》等作品获得最佳长篇电视剧奖，《开国领袖毛泽东》等作品获优秀长篇电视剧奖，《嫂娘》等作品获得最佳中短篇电视剧奖，其他奖项也在大会上颁发。19日，首届中国金鹰电视艺术节在长沙湖南电广传媒广场举行开幕式。数十万人冒雨观看演出。从全国观众投票中选出的12名优秀演员陆毅、周迅、娟子、王志飞、李保田、李幼斌、李媛媛、郭冬临等与观众见面。21日，在长沙世界之窗五洲大剧院举行第十八届中国电视金鹰奖颁奖晚会和金鹰狂欢夜。

10月15日—27日 应中国文联邀请，以台湾极忠文教基金会名誉董事长李子弋为团长的台湾极忠文教基金会大陆寻根之旅访问团一行访问上海、陕西、北京。中国文联领导高占祥、赵志宏会见并宴请访问团。

10月16日 经中宣部批准设立，由中国文联和中国音协共同主办的国家级音乐艺术综合奖——中国音乐金钟奖正式启动。

10月24日—31日 应朝鲜文艺总同盟邀请，中国文联副主席、中国视协主席杨伟光率代表团访朝。朝最高人民会议常任委员会副委员长杨亨燮会见代表团，文艺总同盟委员长张澈（朝鲜前副总理兼文化相）宴请该团。

10月26日 文化部、国家广电总局、中国文联、中国作协、中国人民对外友好协会、中国影协共同召开座谈会，纪念杰出的革命文艺家夏衍诞辰100周年。中共中央政治局常委、国务院副总理李岚清出席座谈会并发表讲话。他勉励广大文化艺术工作者继承和发扬夏衍高尚的革命情操、不朽的创新精神与崇高的人格风范，为促进新世纪有中国特色社会主义文化的繁荣和发展而团结奋斗。党和国家领导人丁关根、宋平、任建新同志出席座谈会。

10月28日—11月5日 应中国文联邀请，以教育文化部常务副部长彼得罗斯·卡莱克拉斯为团长的塞浦路斯文学艺术代表团一行访华，访问北京、上海、苏州。中国文联党组副书记、副主席赵志宏会见代表团。

11月4日 第十三届曹禺戏剧奖·剧本奖在西安颁奖。获得剧本奖的5部话剧作品是：《"厄尔尼诺"报告》《生死场》《父亲》《绿荫里的红塑料桶》《岁月风景》。5部戏曲作品是：《乡里警察》《金子》《徽州女人》《迟开的玫瑰》《葫芦庙》。另有10部作品获提名奖。

11月10日 中国文联、中国曲协主办的"北京国际曲艺节"在北京长安大戏院拉开帷幕。全国人大常委会副委员长铁木尔·达瓦买提为北京国际曲艺节题词。

11月15日 中国文联、国家民委、中国杂协在北京人民大会堂举行庆功会，授予阿迪力·吾休尔"高空勇士"称号。全国人大常委会副委员长铁木尔·达瓦买提、全国政协原副主席赛福鼎·艾则孜发来了贺信。国务委员司马义·艾买提和中国文联党组书记、副主席高占祥等出席。

11月16日—21日 中国文联、中国影协、南宁市人民政府联合主办的第九届中国金鸡百花电影节举行。中共中央政治局委员、中国社会科学院院长李铁映，全国人大常委会副委员长程思远等出席。在第二十届中国电影金鸡奖中，《横空出世》《生死抉择》《我的父亲母亲》获得最佳故事片奖，张艺谋、陈国星获得最佳导演奖，路学长获得最佳导演特别奖，贺子壮、宋继高获得最佳剧本奖（含改编），陈道明、巩俐分获得最佳男女主角奖，丹增卓嘎获得最佳女主角特别奖，雷明、陈瑾分获得最佳男女配角奖。在第二十三届大众电影百花奖中，《我的父亲母亲》《国歌》《黄河绝恋》获得最佳故事片奖，潘长江（《明天我爱你》中饰郝三多）获得最佳男演员奖，章子怡（《我的父亲母亲》中饰招弟）获得最佳女演员奖，尤勇（《紧急迫降》中饰刘远）获得最佳男配角奖，陶虹（《说好不分手》中饰鹿欣欣）获得最佳女配角奖。

11月 中国文联机关告别北京市东城区沙滩北街2号的两层简易楼，搬进朝阳区安苑北里22号修葺一新的6层大楼。

12月1日 中国文联党组副书记、副主席赵志宏率中国艺术团赴俄参加首届国际德尔菲艺术比赛。

12月5日—8日 中国舞协第七次全国代表大会在北京召开。中共中央政治局委员、中共中央书记处书记、中宣部部长丁关根看望与会代表。中宣部常务副部长刘云山在开幕式上讲话。中国文联党组书记、副主席高占祥在开幕式上致辞。大会通过中国舞协第六届副主席游惠海代表主席团所作的工作报告和新的《中国舞蹈家协会章程》，选举产生了新一届理事会和新一届主席团。白淑湘再次当选为主席；史大里当选为常务副主席，刀美兰、左青、冯双白、刘敏、吕艺生、李毓珊、张玉照、陈翘、陈爱莲、迪丽娜尔·阿不都拉、查干朝鲁、赵青、赵汝蘅、资华筠、崔善玉当选为副主席；聘请孙加保、李正一、舒巧、斯琴塔日哈、游惠海为顾问；任命史大里为秘书长，杨大林为副秘书长。

12月5日—20日 应马来西亚华人文化协会和泰国泰中艺术家联合会邀请，中国文联副主席张锲率代表团访问马、泰。

12月6日 民政部印发《民政部关于对部分社团免予社团登记有关问题的通知》，中国文联所属11个全国文艺家协会及省、自治区、直辖市文联可免予社团登记。

12月12日 中国文联各文艺家协会"第三次中青年会员德艺双馨座谈会"召开，中宣部常务副部长刘云山在会上讲话，希望广大文艺工作者牢记党和人民的嘱托，牢牢把握中国先进文化的前进方向，以德艺双馨的良好风貌，为中华民族的振兴建功立业。

12月20日—22日 中国书协第四次全国代表大会在北京召开。中共中央政治局委员、中共中央书记处书记、中宣部部长丁关根看望出席大会的全体代表，他希望书法艺术家继承传统，博采众长，推陈出新，不断提高书法艺术水平。中宣部常务副部长刘云山在开幕式上讲话。中国文联主席周巍峙出席开幕式。中国文联党组书记、副主席高占祥在开幕式上致辞。会议审议通过了第三届理事会工作报告和新的中国书协章程，选举产生了由128人组成的中国书协第四届理事会和15人组成的主席团。沈鹏当选为第四届中国书协主席，张飙当选为驻会副主席，申万胜、朱关田、旭宇、刘炳森、何应辉、张海、陈永正、林岫（女）、周慧珺（女）、钟明善、段成桂、聂成文、尉天池当选为副主席。启功被推举为名誉主席，王学仲、刘艺、李铎、佟韦、谢云被聘为顾问。郭雅君被任命为秘书长，张虎、刘正成、张旭光、吕如雄被任命为副秘书长。

12月26日 中共中央办公厅印发《中国文学艺术界联合会机关主要职责、内设机构和人员编制方案》，对中国文联机关主要职责、内设机构和人员编制进行调整，共设立 7 个内设机构和 11 个全国文艺家协会。

12月 中国文联党组成员、副主席李准一行应邀赴加拿大参加加艺术理事会举办的首届世界文化艺术峰会。

2001 年

1月4日 "朝霞工程"捐款仪式在珠海举行。全国政协副主席马万祺题词"朝霞温暖，培育幼苗"。中国文联党组书记、副主席高占祥出席，代表中国文联、中国文学艺术基金会向热心捐款的企业家颁发了荣誉证书和奖牌。

1月16日 中国文联第六届全委会第六次会议在北京召开。中宣部副部长刘鹏出席会议并讲话。中国文联党组书记、副主席高占祥在开幕式上作题为《同心同德，开拓创新，沿着先进文化的方向迈入新世纪》的工作报告。中国文联主席周巍峙致开幕词。大会宣布了《关于更替中国文联六届全委会委员的通报》。

1月 中国文联2000年度文艺评论奖揭晓。樊星的《全球化时代的文学选择》、王蕴明的《"前话"道路与中国话剧》、于敏的《深入浅出的夏衍电影剧作论》、李西安的《我们将如何面对21世纪——民族管弦乐队的转型、解构及其它》、杨吉平的《二十世纪草书四家评述》5篇文章获得一等奖。另有19篇文章获得二等奖、75篇文章获得三等奖。此次评奖是中国文联成立以来首次举办。

2月8日 中国文联召开文艺界揭批"法轮功"座谈会。中国文联党组书记、副主席高占祥讲话指出，文艺工作者要通过各种文艺形式做社会主义精神文明的传播者和精神文明建设的带头人。与会艺术家一致表示，要以文艺为武器，揭批"法轮功"的邪教本质。

3月7日 中国文联在北京西藏大厦举办以"文艺批评：方法与

责任"为主题的"当代文艺论坛"首届年会。

3月21日—24日 中国民协第六次全国代表大会在北京举行。中共中央政治局委员、中共中央书记处书记、中宣部部长丁关根看望出席大会的代表并合影留念。他希望广大民间文艺工作者深入生活，继承创新，繁荣民间文艺。中宣部常务副部长刘云山在开幕式上讲话。大会通过了中国民协第五届主席团副主席刘魁立所作的工作报告和新修订的《中国民间文艺家协会章程》，选举产生了中国民协新一届理事会和主席团，冯骥才当选为主席，白庚胜、刘春香、刘铁梁、农冠品、江明惇、杨继国、余未人、张锠、林德冠、郑一民、赵书、曹保明当选为副主席，钟敬文、冯元蔚、贾芝被推举为名誉主席。

4月6日 中国文联召开中层以上领导干部会议。中宣部常务副部长刘云山，中组部副部长张柏林，中国文联主席周巍峙，中国文联副主席、原党组书记高占祥，中国文联新任党组书记李树文出席会议并讲话。张柏林宣布了中共中央和中央组织部关于中国文联党组调整任免的决定。中央决定，李树文同志任中国文联党组书记，甘英烈同志任中国文联的党组副书记。高占祥同志因年龄超过任职期限不再担任中国文联党组书记。高运甲、赵志宏同志因年龄超过任职期限不再担任中国文联党组副书记。李准同志因年龄超过任职期限不再担任中国文联党组成员。陈晓光同志不再担任中国文联党组成员，另有任用。

4月10日 中国文联"朝霞工程"第二期工作会议在山东省沂蒙山区举行。以"弘扬革命传统，培育优秀人才"为宗旨的"朝霞工程"第二期由此正式启动。中国文联副主席高占祥出席会议并讲话。

4月18日 中国文联第六届主席团第十一次会议在北京召开。根据《中国文学艺术界联合会章程》规定，会议研究决定：李树文、甘英烈同志任中国文联书记处书记；高占祥、高运甲、赵志宏、李准、陈晓光等5名同志不再担任中国文联书记处书记职务；由李树文同志主持中国文联书记处工作。

4月27日 文化部、北京市人民政府、中国文联联合主办的纪念京剧表演艺术大师马连良诞辰100周年座谈会在北京人民大会堂举行。全国人大常委会副委员长王光英、全国政协副主席李贵鲜、中国文联主席周巍峙、文化部部长孙家正等出席会议。《马连良艺术评论集》同时由中国文联出版社出版。

5月9日 中国书协成立20周年纪念大会在北京人民大会堂举行。中国文联主席周巍峙，中国文联党组书记、书记处书记李树文等出席会议。

5月19日 首届中国音乐金钟奖暨新时期中国艺术歌曲演唱比赛在河北省廊坊市举行。全国政协副主席张思卿，中国文联主席周巍峙，中国文联党组书记、书记处书记李树文等出席颁奖音乐会。吕骥、孙慎、吴乐懿、张锐、李凌、李德伦、陈洪、周小燕、周巍峙、赵沨、钱仁康、喻宜萱、缪天瑞、谭抒真、瞿希贤、王萃、时乐濛、沈亚威、孟波、郎毓秀、黄飞立、瞿维、马革顺、李伟、廖辅叔、晓河、卢肃27名老音乐家获首届中国音乐金钟奖"突出贡献老一辈音乐家"终身荣誉勋章。由刘湲作曲的交响诗篇《土楼回响》获器乐、大型交响合唱作品金奖；邵永强作词、尚德义作曲的《大漠之夜》，蒋开儒作词、印青作曲的《走进新时代》等6部作品获首届中国音乐金钟奖声乐作品金奖；霍勇、冯瑞丽、于丽娜3名歌手获首届中国音乐金钟奖新时期中国艺术歌曲演唱比赛金奖；魏立娟、曾晓燕、朴美花3名歌手获新时期中国艺术歌曲演唱比赛新作品演唱特别奖。

5月21日 中国文联万里采风活动表彰会暨采风出发式在人民大会堂举行。中宣部常务副部长刘云山，中国文联主席周巍峙，中国文联党组书记、书记处书记李树文等出席会议。翌日，艺术家奔赴浙江嘉兴南湖进行慰问演出、采风。

6月6日 中国文联、中国美术家协会主办的首届"中国美术金彩奖"在河南郑州举行隆重的颁奖仪式。河南省委副书记王全书，中国文联副主席、中国美术家协会主席、本届金彩奖组委会主任靳尚谊出席颁奖大会。首届"中国美术金彩奖"成就奖共评出八位老艺术家：李剑晨、王朝闻、蔡若虹、黎雄才、华君武、罗工柳、彦涵、张仃。同时，本次金彩奖还评出银奖2名、铜奖8名、提名奖47名。"中国美术金彩奖"是经中宣部审批设立的一项专业性奖项，由中国美协具体组织实施评选工作，每两年举办一次。

6月15日 中宣部、文化部、中国文联共同主办的大型交响音乐会《希望》在北京保利剧院上演。纪念中国共产党成立80周年献礼系列演出由此拉开帷幕。

6月22日—24日 "第三届中国民间文艺山花奖·中华鼓舞大赛"在北京举行。全国12个省区市的18支队伍1200名演员参加了比赛，评出山花奖获得者6名。

7月15日—24日 应日中文化交流协会邀请，中国文联党组副书记、副主席高运甲率代表团访问日本，出席已故会长团伊玖磨纪念活动。

8月7日—12日 第二届中国国际民间工艺博览会暨"第三届中国民间文艺山花奖·民间工艺奖"评奖活动在北京举行。20个省区市的116名民间工艺家参展，评出张宝琳的面塑《中国历代文化名人群像》，滕腾的布糊画《大威德怖畏金刚》，于庆成的泥塑《王老五》，王玲的陶艺《九龙回归砚》，姚建萍的苏绣《蒙娜丽莎》，刘丽敏、袁桂廷的麦秆画《五牛图》，曹燕波的惠山泥人《琴棋书画》，刘静兰的剪纸《草原吉祥》，徐燕丰的高粱秆扎刻《黄鹤楼》和闫夫立的钧艺《石榴瓶》金奖共 10 名，银奖 31 名，优秀奖 60 名。

8月20日—29日 应韩国文化艺术振兴院邀请，中国文联主席周巍峙率代表团访问韩国。

8月23日 覃志刚任中国文联党组副书记。

8月26日 中国文联主办的陈毅诞辰百年诗书画展在北京中国革命博物馆开幕。全国政协副主席孙孚凌、陈毅同志亲属代表等出席开幕式。

8月30日—9月9日 应中国文联邀请，罗马尼亚文化基金会主席奥古斯丁·布祖拉、副主席安吉拉·马丁女士访华。中国文联党组成员、书记处书记胡珍会见并宴请代表团。

9月7日—13日 应中国文联邀请，新加坡文艺协会会长骆明率代表团访华。中国文联副主席吴祖强会见并宴请代表团。

9月16日 第十四届曹禺戏剧奖·剧本奖在上海颁发。戏曲剧本《班昭》《香魂女》《张协状元》《远山》、儿童剧本《寒号鸟》、话剧剧本《无话可说》《正红旗下》、歌剧剧本《司马迁》8 部作品获奖。另有 10 部作品获提名奖。

9月20日 中国文联荣获精神文明建设"五个一工程"第八届"组织工作奖"。中国文联报送的电影《芬芳誓言》（与重庆合作）、电视连续剧《邓小平在1950》（与贵州合作）、话剧《三峡魂》、歌曲《天安门广场抒怀》、图书《中国京剧史》入选作品奖。

10月5日—8日 中国民协在湖北省荆门市举办"第三届中国民间文艺山花奖·学术著作奖"颁奖仪式。本次评奖是中国民间文艺山花奖首次进行全国性民间文艺研究学术著作评奖，《民间文艺学及其历史》(钟敬文)、《播谷集》(贾芝)、《稻作文化与江南民俗》(姜彬)等 3 部作品获得最高荣誉奖，《刘魁立民俗学论集》(刘魁立)等 6 部作品获特别奖，《中原古典神话流变论考》(张振犁)等 16 部作品获一等奖，另有二等奖获奖作品41部，三等奖获奖作品59部。

10月11日 中国文联第六届主席团第十三次会议在北京召开。根据《中国文学艺术界联合会章程》规定，中国文联第六届主席团第十三次会议研究决定：推举覃志刚同志任中国文联书记处书记。会议原则通过《中国文联第七次全国代表大会工作报告》《中国文学艺术界联合会章程（修改草案）》和《关于修改〈中国文学艺术界联合会章程〉的说明》。

10月12日—24日 应中国文联邀请，以组委会主席凯尔·克利福德为团长的美国爱达荷艺术节组委会代表团一行访华，访问北京、西安、上海、杭州。在西安和杭州，代表团观摩了第五届中国国际民间艺术节演出。中国文联副主席高运甲会见并宴请代表团。

10月12日—28日 第五届中国国际民间艺术节在北京、上海、杭州、西安举行。

10月13日—24日 应中国文联邀请，以国际民间艺术组织副主席艾亨·万科斯比尔为团长的比利时代表团一行访华。中国文联党组成员、书记处书记胡珍会见并宴请代表团。

10月17日 中国文联、北京市人民政府、中国杂协在北京举办首届中国杂技艺术节。

10月18日—22日 第十届中国金鸡百花电影节在宁波举办。全国政协副主席李贵鲜，中国文联主席周巍峙，中国文联党组书记、书记处书记李树文等出席颁奖典礼。在第二十一届中国电影金鸡奖中，《毛泽东在1925》获得最佳故事片奖，霍建起获得最佳导演奖，戈治均获得最佳男主角奖，宋春丽获得最佳女主角奖，齐星获得导演处女作奖，最佳编剧奖（含改编）由《芬芳誓言》的编剧王晓棠、王宸获得，傅彪获得最佳男配角奖，彭玉获得最佳女配角奖，最佳电视电影片奖由《王勃之死》《上车，走吧！》获得，最佳美术片奖空缺，最佳纪录片奖由八一电影制片厂的《东方巨响——两弹一星实录》获得，《生死擂》获得最佳戏曲片奖，最佳摄影奖由《紫日》《血性山谷》获得，最佳录音奖由《刘天华》的冯德耀获得，最佳美术奖由《相伴永远》的屠居华获得，最佳音乐奖由《刮痧》的叶小钢获得。在第二十四届大众电影百花奖中，《生死抉择》《漂亮妈妈》《芬芳誓言》获得最佳故事片奖，王庆祥（《生死抉择》中饰李高成）获得最佳男演员奖，巩俐（《漂亮妈妈》中饰孙丽英）获得最佳女演员奖，朱旭（《刮痧》中饰许父）获得最佳男配角奖，阎青妤（《留住心中的月亮》中饰月兰）获得最佳女配角奖。

10月 中国文联、中国书协主办的"中国书法兰亭奖"首届评奖启动。

同月 第五届中国摄影艺术金像奖在福建省莆田市举办。曹红等10人获得创作奖，顾铮等4人获得理论评论奖，周润三等6人获得组织工作奖。

11月1日 第二届中国金鹰电视艺术节在长沙举行。全国人大常委会副委员长彭珮云、全国政协副主席毛致用等出席。2日，在湖南广电中心演播厅举行颁奖典礼，中国文联领导、湖南省政府领导及中国视协领导为第十九届中国电视金鹰奖获奖剧组及个人颁奖。《大雪无痕》获得最佳长篇电视剧奖，《女子特警队》等作品获优秀长篇电视剧奖，《红岸——邓小平在1929》获得最佳中短篇电视剧奖，其他奖项也在大会上颁发。本届评选未设置单项奖（编、导、美、摄、录等）。本届活动同步召开了为期两天的金鹰论坛。4日，在长沙世界之窗五洲大剧场举行第二届中国金鹰电视艺术节颁奖晚会暨闭幕式。

11月9日 第七届中国戏剧节开幕式暨第十八届中国戏剧梅花奖颁奖晚会在南宁市隆重举行。全国人大常委会副委员长程思远、中国文联副主席高占祥、中国剧协主席李默然、广西相关领导曹伯纯等出席了开幕式。任跟心、李仙花、崔连润、梁冠华等4名演员获二度梅，李宏图、裴永杰、董圆圆、陈学希、赵永伟、胡嫦娥、李洁、刘萍、刘玉凤、燕凌、孙存蝶、彭艳琴、耿巧云、谭建勋、梁淑卿、李佩红、郑曼莉、舒锦霞、李娟、李鼎、苗文华、王虹、吴燕琳、殷延平、温丽琴、王卫国、张凯丽、冷佳华等28名演员获梅花奖。

11月24日—12月1日 应中国文联邀请，以文化部艺术顾问艾贝·诺姆伯格为团长的爱沙尼亚艺术家代表团一行访华。中国文联副主席靳尚谊会见并宴请代表团。

11月30日 李牧、仲呈祥、廖奔任中国文联党组成员。

11月 中国文联、中国杂协主办的第三届中国杂技金菊奖，揭晓第一次全国杂技比赛获奖作品。中国杂技团的《中华魂》获得剧目"金菊奖"。沈阳军区前进杂技团的《在月亮的那一边》、河北杂技集团的《玄光》获优秀剧目奖。成都军区战旗杂技团的《绸调——蓝色遐想》、沈阳杂技团的《高椅》、中国杂技团的《软钢丝》等获得节目金奖。向丽、侯国经、章功力等5人获得最佳演员奖。优秀节目奖、最佳音乐奖、最佳编导奖等13个奖项也同时颁发。

12月18日 中国文联第七次全国代表大会、中国作协第六次全国代表大会上午在北京人民大会堂开幕。江泽民、李鹏、朱镕基、李瑞环、胡锦涛、李岚清等党和国家领导人出席开幕式。中共中央总书记、国家主席、中央军委主席江泽民在会上发表重要讲话。他强调，只有建设面向现代化、面向世界、面向未来的，民族的科学的大众的社会主义先进文化，才能满足人民日益增长的精神文化生活的需要，不断促进人民思想道德素质和科学文化素质的提高，也才能为发展经济、发展先进生产力指引正确的方向，提供强大的智力支持。文艺是民族精神的火炬，是人民奋进的号角。在培育和弘扬民族精神方面，文艺可以发挥独特的重要作用。当代中国的文艺工作者，应该遵循先进文化的前进方向，自觉投身改革开放和现代化建设的伟大实践，努力推进我国文艺的创新和繁荣，努力创作出弘扬中华民族的民族精神和我们时代的进步精神的作品，用以教育人、鼓舞人和鞭策人，为繁荣祖国文艺的百花园，为培养一代又一代有理想、有道德、有文化、有纪律的社会主义新人作出自己的贡献。这就是我国当代文艺工作者肩负的庄严使命。中国共产主义青年团中央书记处第一书记周强代表中华全国总工会、中国共产主义青年团、中华全国妇女联合会、中国科学技术协会和中华全国归国华侨联合会等人民团体，向大会致贺词。中国人民解放军总政治部副主任袁守芳代表中国人民解放军和武警部队的全体官兵也向大会致贺词。中国作协副主席金炳华宣读了全国政协副主席、中国作协主席巴金给大会的致辞。中国文联主席周巍峙主持大会开幕式。中央和国家机关有关部门负责人，来自全国的2400余名文艺界代表参加会议。19日，中国文联党组书记李树文代表中国文联第六届全国委员会作题为《团结广大文学艺术工作者，为建设有中国特色社会主义文化而奋斗》的工作报告。中国文联党组副书记、书记处书记覃志刚作《关于〈中国文学艺术界联合会章程〉修改情况的说明》。20日，中国文学艺术界联合会第七次全国代表大会、中国作协第六次全国代表大会在北京人民大会堂举办形势报告会，中共中央政治局常委、国务院总理朱镕基作经济形势报告，中共中央政治局委员、国务院副总理钱其琛为大会代表作关于国际形势的报告。中共中央政治局委员、中共中央书记处书记、中宣部部长丁关根主持报告会。21日，大会选举产生了由179人组成的中国文联第七届全国委员会，选举产生了中国文联新一届领导机构。周巍峙当选为主席，丁荫楠、才旦卓玛（女，藏族）、王兆海、丹增（藏族）、白淑湘（女）、冯骥才、仲呈祥、刘兰芳（女，满族）、刘炳森、李牧、李世济（女）、李树文、杨伟光、吴贻弓、吴雁泽、陈晓光、胡珍、夏菊花（女）、覃志刚（壮族）、靳尚谊、裴艳玲（女）当选为副主席，甘英烈、廖奔当选为主席团委员。中国文联第七届主席团第一次会议研究决定，推举李树文、覃志刚（壮族）、甘英烈、胡珍、李牧、仲呈祥、廖奔为中国文联第七届书记处书记，聘请马加等48名同志为中国文联荣誉委员。22日上午，大会闭幕，周巍峙致闭幕词。22日，中共中央政治局委员、书记处书记、中宣部部长丁关根在中国文联、中国作协全委会上发表讲话，强调中国文联和中国作协要认真学习贯彻江泽民同志"七一"讲话和十五届六中全会精神，按照"八个坚持、八个反对"的要求，改进作风、改进文风。要增强政治意识、大局意识、责任意识，坚持正确的创作思想，大力倡导祖国高于一切、人民利益至上、社会责任第一的精神，倡导勤奋敬业、知难而进、精益求精的精神，倡导团结协作、淡泊名利、乐于奉献的精神。要从政治上、工作上和生活上关心爱护文艺工作者，竭诚为作家艺术家服务，多为文艺工作者办好事、办实事，把协会办成"文艺工作者之家"。22日晚，中国文联第七次全国代表大会、中国作协第六次全国代表大会在北京人民大会堂举行联欢晚会，江泽民等党和国家领导人和文学艺术工作者一起联欢。

2002 年

1月5日　中国文联荣誉委员，中国音协原主席、名誉主席吕骥逝世，享年92岁。

1月10日　中国文联荣誉委员、中国民协原主席钟敬文逝世，享年100岁。

1月20日　2002年中国书法家新春联谊会在北京人民大会堂举行。中共中央政治局常委、国务院副总理李岚清给联谊会题写贺词。全国人大常委会副委员长铁木尔·达瓦买提，全国政协副主席张思卿，中国文联党组书记、副主席李树文等出席联谊会。

1月31日—2月7日　应中国文联邀请，以朝鲜文艺总同盟中央委员会副委员长金正浩为团长的朝鲜文艺总同盟代表团一行访华。全国政协副主席赵南起会见代表团，中国文联主席周巍峙会见并宴请代表团，中国文联党组成员、副主席李牧与代表团进行工作会谈。

2月5日　中国文联在北京举行文艺界学习《江泽民同志在第七次文代会第六次作代会上的讲话》座谈会。

3月1日—14日　应马来西亚华人文化协会和新加坡文艺协会邀请，中国文联荣誉委员李准率代表团访问马、新，其间出席马华协会举办的"第一届全国书法大赛——金鹅奖"活动。

3月18日—24日　应中国文联邀请，以文化社会司司长汉斯·勒普为团长的瑞典学会代表团访华。中国文联党组成员、副主席李牧会见并宴请代表团。

3月19日 中国文联第七届全国委员会第二次全体会议在北京举行。中宣部副部长刘鹏，中国文联主席周巍峙，中国文联党组书记、副主席李树文等出席会议。李树文在会上作中国文联七届二次全委会工作报告。中国文联首次建立全委会委员提案制度。

4月1日—10日 应中国文联邀请，韩国文化艺术振兴院院长、国际剧协主席金正钰率代表团一行访华。中国文联主席周巍峙，中国文联党组成员、书记处书记廖奔分别会见并宴请代表团。双方签定2003—2006年合作协议。

4月5日—15日 应中国文联邀请，叙利亚作协副主席赛娜·沙阿班女士率代表团访华。中国文联党组成员、副主席李牧会见并宴请代表团。

4月6日 中国文联、北京市文联、中国舞协主办的著名舞蹈家贾作光从艺65周年座谈会举行。全国人大常委会副委员长布赫为贾作光从事舞蹈艺术65周年题写贺词。国务委员司马义·艾买提发来贺电。

4月28日—5月2日 中国文联邀请12个国家的驻华使节赴昆明观摩首届中国舞蹈节。全国政协副主席朱光亚，中国文联主席周巍峙，中国文联党组副书记、副主席覃志刚，中国文联党组成员、副主席胡珍会见驻华使节。

5月5日 中国文联荣誉委员，中国曲协原主席、名誉主席骆玉笙逝世，享年88岁。

5月10日 中共中央文献研究室、中国文联、中国作协联合在北京人民大会堂召开《毛泽东文艺论集》出版座谈会。这部论集收入毛泽东从1936年到1976年的文稿101篇，包括毛泽东关于文艺问题和文艺工作的文章、讲话、批示、书信、电报、题词，以及阅读古代文学作品的批语和谈话等，其中部分文稿是第一次公开发表。

5月12日 在纪念毛泽东同志《在延安文艺座谈会上的讲话》发表60周年之际，由中华全国总工会、中国文联、中央电视台联合主办的首届中国职工艺术节在北京人民大会堂开幕。首届中国职工艺术节组委会名誉主席，中共中央政治局常委、中共中央书记处书记、中华全国总工会主席尉健行出席开幕式并观看大型合唱音乐会《劳动颂》。

5月12日—25日 应中国文联邀请，以加拿大文艺理事会主席汤姆森博士为团长的加拿大文艺理事会代表团访华。全国政协副主席孙孚凌会见代表团，中国文联党组书记、副主席李树文宴请代表团，党组成员、副主席李牧与代表团进行会谈并签署了2002—2005年双边文化艺术交流协议书。

5月16日—6月2日 应西班牙教育部和葡萄牙作者协会邀请，中国文联党组副书记、书记处书记甘英烈率中国文联代表团一行访问西、葡。

5月19日 第二届中国音乐金钟奖颁奖晚会暨鼓浪屿（国际）钢琴艺术节在厦门鼓浪屿举行。老志诚、张鲁、张洪岛、程云、韩中杰等22位老艺术家荣获终身荣誉奖。《情景》获钢琴作品金奖，《唐人诗意两首》《鼓之舞》获钢琴作品银奖。另有7首作品获钢琴作品铜奖。《又见彩虹》《好美一个秋天》等15首作品获声乐作品奖。谭小棠、陈曼春分获钢琴表演第一组（18—25周岁）、第二组（26—35周岁）金奖。马荣春、刘亚丽、朱广星、朱新华、朴长寿等10人荣获组织奖。

5月19日—22日 中国文联、陕西省委、陕西省人民政府主办的纪念毛泽东同志《在延安文艺座谈会上的讲话》发表60周年系列活动在延安和西安先后展开。20日，纪念《讲话》发表60周年、学习"三个代表"重要思想座谈会在延安市杨家岭延安文艺座谈会旧址举行。中国文联党组书记、副主席李树文作题为《发扬〈讲话〉精神，实践"三个代表"，促进社会主义文艺事业新的繁荣》的报告。

5月22日 中宣部、文化部、教育部、国家民委、广电总局、中国人民解放军总政治部、北京市人民政府、中国文联共同举办的纪念毛泽东《在延安文艺座谈会上的讲话》发表60周年群众歌咏大会在北京举行。中共中央政治局委员、中共中央书记处书记、中宣部部长丁关根，全国人大常委会副委员长王光英，全国政协副主席万国权观看歌咏大会。

同日 中宣部、文化部、广电总局、中国文联、中国作协、解放军总政治部等单位在京联合召开座谈会，隆重纪念毛泽东同志《在延安文艺座谈会上的讲话》发表60周年。中共中央政治局委员、中共中央书记处书记、中宣部部长丁关根出席会议，强调继承《讲话》精神，发展面向现代化、面向世界、面向未来的，民族的科学的大众的社会主义先进文化，用更多更好的精神食粮丰富人民群众的文化生活。

5月24日—6月7日 应俄罗斯作家协会邀请，中国文联副主席、中国民协主席冯骥才率代表团访问俄罗斯。

6月2日—20日 应捷克文化部、罗马尼亚文化基金会、德国柏林市文化局邀请，中国文联党组成员、副主席李牧率代表团访问捷、罗、德。

6月4日—22日 应中国驻瑞士大使馆和希腊文化部邀请，中国文联党组成员、副主席胡珍率代表团访问瑞、希。

6月18日 第二届中国曲艺牡丹奖颁奖晚会在江苏省常州市举行。中国文联党组副书记、副主席覃志刚出席并致辞。王汝刚、孙镇业、周玉峰、籍薇、张徐、刘秀梅、范伟、黄霞芬、范军、张蕴华 10 名演员获表演奖。相声《小眼看世界》、对口单弦《白杨对话》、短篇评话《了不起的人》、苏州弹词《上岗》、梅花大鼓《燕归来》、对口快板《曲艺摇篮天津卫》《夸家乡》、评书《老虎搬家》、山东琴书《俺想对你说》、快板书《哪吒闹海》10 个作品获文学奖。

6 月 22 日—11 日 应韩国文化艺术振兴院邀请，中国文联组派以党组成员、中国剧协分党组书记廖奔为团长的中国川剧艺术团一行参加了韩国汉城表演艺术节和水原华城国际戏剧节演出。

6 月 中国文联、中国民协举办第四届"中国民间文艺山花奖·首届民间剪纸艺术作品"评奖活动。评选出金奖 10 名、银奖 20 名、铜奖 30 名。

7 月 14 日 第十九届中国戏剧梅花奖颁奖典礼在浙江宁波举行。本届梅花奖首次设立的梅花大奖，由著名京剧表演艺术家尚长荣获得，霍俊萍、张静娴、濮存昕、刘秀荣、张腾、冯刚毅 6 位演员获二度梅，宋昌林、吴亚玲、张建国、艾金梅、周东亮、章瑞虹、李莎、陈晓红、张树萍、赵海英、徐秀芳、曾慧、武利平、林奋、韩剑光、汪荃珍、傅艺萍、柳萍、梁素梅、杨益琨、陈素琴、刘莉莎、张晓东、陈云霞、陈希光、强音、田水、肖雄、丁霄汉、王羊、高侠、贾雨岚、张璐、王辉、郑强等 35 名演员获梅花奖。

8 月 15 日 文化部、中国文联、上海市人民政府联合主办的京昆艺术大师俞振飞百年诞辰纪念活动在上海举行。中共中央政治局委员、上海市委书记黄菊，纪念活动组委会名誉主任、文化部部长孙家正分别发来贺信。

8 月 27 日—9 月 15 日 应古巴文联、墨西哥文化委员会和巴西文学院邀请，中国文联党组副书记、副主席覃志刚率代表团访问古、墨、巴。

8 月 28 日 中国文联主办、中国曲协承办的"纪念陶钝诞辰一百周年座谈会暨《陶钝文集》首发式"在北京人民大会堂举行。国务院原副总理谷牧，中国文联主席周巍峙等出席座谈会。

9月7日 中国文联、中国书协主办的首届中国书法兰亭奖颁奖仪式在山东青岛举行。中国书法兰亭奖是中国书法艺术最高奖，授予在书法艺术创作、理论研究、书法教育、编辑出版等领域有重大成就和突出贡献的书法家、书法理论家、书法教育家和书法工作者。启功获终身成就奖，欧阳中石获教育特别贡献奖，米闹等30人获创作奖，王玉池等15人的著作（论文）获理论奖，中国教育学会书法教育专业委员会等4家单位和个人获教育奖，《中国碑帖经典》（上海书画出版社）等6本书籍获编辑出版奖。

9月10日—15日 应中国文联邀请，挪威文化委员会主席维吉迪斯·莫·斯卡斯坦女士率代表团访华。中国文联党组书记、副主席李树文，党组成员、副主席李牧会见代表团。

9月16日—25日 应叙利亚作家协会、约旦艺术家工会邀请，中国文联党组成员、副主席仲呈祥率代表团访问叙、约。叙新闻大臣、约内阁国务大臣兼新闻大臣会见代表团。代表团与叙签署两组织2002—2005年合作协定书。

9月28日 中国文联、中国书协、天津市人民政府主办的第二届中国（天津）书法艺术节在天津开幕。中共中央政治局常委、全国政协主席李瑞环为本届书法艺术节题词"深入生活，潜心创作"。全国人大常委会副委员长、全国妇联主席彭珮云题词"笔墨千秋"。

9月 《大众摄影》杂志社在北京市东城区成立，成为全额拨款的事业单位。《中国摄影》杂志社在北京市东城区成立，成为独立法人事业单位。

10月18日 第十一届中国金鸡百花电影节在江苏无锡开幕。22日，在第二十二届中国电影金鸡奖评选中，《美丽的大脚》获得最佳故事片、最佳导演（杨亚洲）、最佳女主角（倪萍）、最佳女配角（袁泉）四项大奖。《冲出亚马逊》同获得最佳故事片奖，陈凯歌（《和你在一起》）同获得最佳导演奖，陶红（《生活秀》）同获得最佳女主角奖。宁才（《天上草原》）、王志文（《和你在一起》）分获得最佳男主角奖、最佳男配角奖。在第二十五届大众电影百花奖中，《二十五个孩子一个爹》《大腕》《法官妈妈》获得最佳故事片奖，葛优（《大腕》中饰尤优）获得最佳男演员奖，周迅（《烟雨红颜》中饰赵宁静）获得最佳女演员奖，英达（《大腕》中饰路易王）获得最佳男配角奖；袁立（《绝对情感》中饰安然）获得最佳女配角奖。

同日 第三届中国百佳电视艺术工作者颁奖活动在宁波举行。中共中央政治局原常委、全国人大常委会原委员长乔石，全国政协副主席杨汝岱、张思卿等参加活动。

10月25日 全国美术摄影书法精品展在北京中国革命博物馆举行。中国文联党组书记、副主席李树文在开幕式上讲话。

11月5日—20日 应中国文联邀请，巴西著名摄影家埃迪·诺瓦罗夫妇访华，为40多位中国知名艺术家及知名人士拍摄照片。中国文联党组成员、副主席李牧会见并宴请客人。

11月28日—12月7日 应美国南海艺术中心邀请，中国文联副主席刘炳森率中国文联书法摄影代表团访美并举办中国书法和摄影展。

11月29日 第四届"中国民间文艺山花奖·民俗影视音像片"颁奖典礼在深圳市隆重举行。评选出金奖5名、银奖10名、铜奖18名。

12月5日 中国文联和文化部在北京举行座谈会，纪念优秀的马克思主义文艺战士、中国新文化运动的先驱者之一和文艺界卓越领导人阳翰笙诞辰100周年。中共中央政治局常委、全国人大常委会委员长李鹏出席座谈会并讲话。

12月8日—10日 中国曲协第五次全国代表大会在北京举行。中共中央政治局委员、中共中央书记处书记、中宣部部长刘云山接见全体代表并在开幕式上讲话，他希望广大曲艺工作者认真学习贯彻党的十六大精神，学习实践"三个代表"重要思想，积极投身改革开放的伟大实践，为繁荣发展曲艺事业不懈努力，为建设面向现代化、面向世界、面向未来的，民族的科学的大众的社会主义文化作出新的贡献，不辜负党和人民的期望，不愧对我们这个伟大的时代。全国人大常委会副委员长许嘉璐为大会发来贺信。中国文联党组书记、常务副主席李树文出席会议并讲话。大会审议并通过了中国曲协第四届理事会工作报告，通过了修改《中国曲艺家协会章程》的决议。会议选举产生了新一届理事会和主席团，刘兰芳当选为主席，冯巩、李时成、余红仙、侯耀文、姜昆、夏雨田、郭刚、黄宏、崔凯、程永玲、道尔吉仁钦当选为副主席。主席团推举罗扬为中国曲协第五届名誉主席，聘请土登、马三立、朱光斗、吴宗锡、薛宝琨为中国曲协第五届顾问，任命黄启钧、刁惠香为中国曲协副秘书长。

同日 中国文联、中国剧协主办的第十五届曹禺戏剧奖·剧本奖颁奖仪式在山东济宁举行。戏曲剧本《驼哥的旗》《春秋霸主》《乡长本姓赵》《江上行》、话剧剧本《凌河影人》《老兵骆驼》《兰州老街》《大都市辩护》8部作品获奖。另有9部作品获提名奖。

12月12日—14日 中国视协第三次全国代表大会在北京开幕。中共中央政治局委员、中共中央书记处书记、中宣部部长刘云山接见会议代表并与大家合影留念。他在大会开幕式上的讲话中希望广大电视艺术工作者认真学习贯彻十六大精神，努力实践"三个代表"重要思想，投身改革建设的实践，扎根民族文化的沃土，吸纳世界文明的精华，站在时代发展的前沿，创作出更多中国气派、中国风格、中国特色的艺术精品，为人民群众提供更多丰富多彩、喜闻乐见、品质优良的精神食粮。全国人大常委会副委员长布赫发来贺信。中国文联党组书记、常务副主席李树文出席会议并讲话。大会听取中国文联副主席、中国视协主席杨伟光作的第二届理事会工作报告，通过了修改《中国电视艺术家协会章程》的决议。会议选举产生了新一届理事会和主席团，杨伟光当选为主席，朱咏雷、李兴国、李晓枫、张宏森、张绍林、张晓爱（女）、周振天、赵化勇、唐国强、黎鸣当选为副主席。主席团聘请于广华、卢子贵、刘迪一、阮若琳（女）、苏子龙、汪小为、陈杰、林辰夫、金钊、金照、赵寻、珠兰其其柯（女，蒙古族）、盛重庆、戴临风14位同志为中国视协第三届顾问，任命王锋为秘书长、张彦民为副秘书长。

12月19日 第三届中国金鹰电视艺术节在湖南国际影视会展中心正式开幕，同步进行电视直播。开幕式回顾了20年金鹰奖的发展历程。艺术节期间，举办了金鹰会展、金鹰论坛、明星面对面、颁奖晚会暨闭幕式等活动。在第二十届中国电视金鹰奖中，《长征》获得最佳长篇电视剧奖，《康熙王朝》等作品获优秀长篇电视剧奖，《向前，向前！》等作品获优秀中篇电视剧奖，其他奖项也在大会上颁发。

2003 年

1月10日 为期8个月的首届中国职工艺术节在北京落幕。中共中央政治局常委李长春出席观看闭幕式文艺演出。中国文联党组书记、副主席李树文致闭幕词。

1月13日—21日 应中国文联邀请，西班牙融汇基金会副主席米盖尔·安海尔·卡林多·维森特及秘书拉盖尔·卡林多·维森特女士访华，访问北京、杭州、上海。中国文联党组成员、副主席李牧会见客人。

1月19日 2003中国书法家新春联谊会在北京人民大会堂举行。全国政协副主席张思卿，中国文联党组书记、副主席李树文等出席活动。

1月21日 中华情——歌曲征集演唱大型系列活动新闻发布会在北京人民大会堂举行。此次活动由中国文联、中央人民广播电台、中央电视台主办。整个活动持续10个月。

2月10日 中国文联主办的"百花迎春——中国文学艺术界2003春节大联欢"在中央电视台三套黄金时间播出。这是中国文联首次举办文艺界春节大联欢活动。

2月11日 中国曲协顾问、著名相声表演艺术家马三立因病逝世，享年89岁。

2月14日 中共中央政治局常委李长春到北京大学第一医院看望中国文联主席周巍峙、中国书协名誉主席启功。

2月18日 中国民间文化遗产抢救工程新闻发布会在北京人民大会堂召开，宣布中国民间文化遗产抢救工程正式启动。全国人大常委会副委员长许嘉璐、中国文联主席周巍峙等出席会议。

2月28日—3月14日 应中国文联邀请，以俄罗斯作家股份公司总裁、文学博士朱拉夫列夫·瑟基为团长的俄罗斯作协代表团一行访华。中国文联党组成员、副主席李牧会见并宴请代表团。

3月22日 中国文联第七届全委会第三次全体会议在北京召开。会前，中国文联七届三次主席团会议审议通过关于接纳中国石化文联为中国文联团体会员和关于确认王凤胜等6位同志接任中国文联第七届全委会委员的决议。

3月31日—4月16日 应奥地利对华友好及文化关系促进会、意大利中国友好协会、法国法中友协联合会邀请，中国文联党组书记、副主席李树文率代表团访问奥地利、意大利、法国。奥地利文化国务秘书、联邦议会常务副议长分别会见代表团。

4月13日 第二十届中国戏剧梅花奖颁奖活动在北京举行。中国文联党组副书记甘英烈，中国剧协主席李默然，中国文联党组成员、中国剧协分党组书记廖奔等出席了颁奖典礼。王红丽、田蔓莎、刘玉玲3名演员获二度梅，贾文龙、王书龙、王珍如、王洪玲、赖琼霞、孙勇波、张彩萍、彭青莲、崔光丽、王锦文、刘惠欣、陈春、徐金仙、王桂荣、李新花、李丹瑜、杨帅学、杨立新、张丰毅、朱衡、曾拥军、姚居德、刘燕燕等23名演员获梅花奖。

4月14日 中国文联召开党组会议，传达国务院召开的全国非典防治工作会议精神，研究文联系统防范"非典"流行的措施。中国文联迅速成立预防"非典"领导小组，中国文联党组书记、副主席李树文担任领导小组组长，中国文联党组副书记、书记处书记甘英烈及中国文联党组成员、副主席胡珍任副组长。

7月2日 中国文联党组中心组召开"三个代表"重要思想学习会，认真学习胡锦涛总书记在"三个代表"重要思想理论研讨会上的重要讲话和《"三个代表"重要思想学习纲要》。中国文联党组领导李树文、覃志刚、甘英烈、胡珍、李牧、廖奔参加学习会。

9月3日 中国文联主办，中国美协、中国民协、中国摄协、中国书协和中国文联演艺中心承办的"永结同心"大型主题艺术展在北京民族文化宫展览馆开幕。中共中央书记处书记、中央纪委常务副书记何勇观看展览，中国文联主席周巍峙，中国文联党组书记、副主席李树文陪同观展。

9月11日 中国文联、中国作协主办，人民文学出版社、浙江义乌市人民政府承办的冯雪峰同志诞辰百年纪念大会在北京举行。全国政协副主席、中央统战部部长刘延东，中国文联党组书记、副主席李树文等出席。

9月14日 中国文联、中共浙江省委宣传部、浙江省文联和浙江海宁市人民政府联合举办的沙可夫百年诞辰系列纪念活动在浙江海宁举行。中国文联主席周巍峙等出席。

9月26日 第四届中国金鹰电视艺术节在湖南长沙开幕。27日，在湖南广电大楼会场举行颁奖典礼。第二十一届中国电视金鹰奖授予奖项创始人林辰夫"中国电视金鹰奖特别贡献奖"。《希望的田野》获得最佳长篇电视剧奖，《省委书记》等作品获优秀长篇电视剧奖，《恽代英》等作品获优秀中篇电视剧奖，其他奖项也在大会上颁发。

10月9日 中国文联、中国剧协与西安市人民政府联合主办的第八届中国戏剧节在西安开幕。话剧《我在天堂等你》《兰州人家》《让你离不成》，川剧《巴山秀才》，京剧《贞观盛事》，甬剧《典妻》，眉户剧《谷雨》和歌剧《太阳之歌》获优秀剧目奖。商洛花鼓戏《月亮光光》获特别奖。《巴山秀才》《典妻》《月亮光光》《兰州人家》《等郎妹》《又一个黎明》《太阳之歌》《让你离不成》获得优秀编剧奖。尚长荣、关栋天、李思源、侯红琴、殷桃、陈智林、孙学翔、陈淑敏、赵媛媛、吴军、康爱石等获得优秀表演奖。《贞观盛事》《谷雨》《我在天堂等你》《巴山秀才》《爱尔纳·突击》等获得优秀导演奖。优秀音乐奖、优秀舞美奖等也各有得主。

10月10日—18日 应中国文联邀请,叙利亚作协执委会委员、《阿拉伯遗产》杂志社主编玖玛娜·塔哈女士率代表团访华。中国文联党组成员、副主席李牧会见并宴请该团。

10月16日 中国文联、中国曲协、中共天津市委宣传部、天津市文化局、天津市文联共同举办的骆玉笙艺术成就座谈会在北京人民大会堂举行。全国人大常委会副委员长许嘉璐,中国文联党组副书记、副主席覃志刚出席座谈会。

10月16日—21日 应中国文联邀请,捷克"布拉格之秋"国际音乐节代表团访问北京。中国文联党组成员、副主席李牧会见并宴请代表团。

10月20日—29日 应韩国文化艺术振兴院邀请,中国文联副主席、中国美协主席靳尚谊率代表团访问韩国。

10月23日 文化部、教育部、中国文联共同举办的沙可夫诞辰一百周年纪念座谈会在北京人民大会堂举行。全国政协副主席张思卿、中国文联主席周巍峙等出席座谈会。

10月28日—11月16日 应爱沙尼亚文化部、瑞典学会和冰岛艺术家联合会邀请,中国文联党组成员、副主席胡珍率代表团访问爱、瑞、冰。

11月1日—5日 第十二届中国金鸡百花电影节在浙江嘉兴举办。在第二十三届中国电影金鸡奖中,最佳男女主角是夏雨和余男。

最佳男女配角奖由《看车人的七月》中的赵君和《我的美丽乡愁》中的徐静蕾获得。最受人关注的最佳故事片奖由《惊涛骇浪》《暖》获得，《邓小平》获得由评委会增设的故事片特别奖，《英雄》获得最佳合拍故事片奖、最佳导演奖、最佳录音奖等四项大奖。导演处女作奖由徐静蕾和乌兰塔娜获得。其他各单项奖也一一揭晓。本届"百花奖"颁奖从两奖合一的晚会中脱离出来，在开幕式上颁发。在第二十六届大众电影百花奖中，《冲出亚马逊》《邓小平》《英雄》获得最佳故事片奖，卢奇（《邓小平》中饰邓小平）获得最佳男演员奖，徐静蕾（《开往春天的地铁》中饰小慧）获得最佳女演员奖，王志文（《和你在一起》中饰江老师）获得最佳男配角奖，袁泉（《美丽的大脚》中饰夏雨）获得最佳女配角奖。

11月14日 "中国电视金鹰奖20周年庆典"在江苏省南京市举行。中国视协聘请有关领导，著名艺术家和影视专家、学者组成评选委员会，评出20年来为中国电视艺术作出突出贡献的单位和个人。其中，中央电视台荣获"中国电视金鹰奖特别突出贡献奖"，北京广播影视集团等10家电视机构荣获"中国电视金鹰奖突出贡献奖"，四川电视台等9家电视机构荣获"中国电视金鹰奖突出贡献奖"提名；王朝柱、张绍林、唐国强、刘效礼等61名电视艺术家荣获"中国电视金鹰奖突出成就奖"。

11月15日—12月2日 应德国国际文化基金会、奥地利对华友好及文化关系促进会和意大利作者出版者协会的邀请，中国文联党组副书记、副主席覃志刚率代表团访问德、奥、意。

11月16日—23日 应中国文联邀请，泰中艺术家联合会会长蔡义批率代表团访华。中国文联党组成员、副主席胡珍会见并宴请代表团。

11月18日 中国文联、文化部、中共上海市委宣传部、中共湖南省委宣传部主办的纪念贺绿汀诞辰一百周年座谈会在北京人民大会堂举行。中国文联主席周巍峙等出席座谈会。

11月21日—12月8日 应美国电视艺术科学院邀请，中国文联党组成员、副主席仲呈祥访美，参加第三届美国国际电视艾美奖颁奖活动。

11月30日—12月18日 应澳大利亚《大洋时报》、大洋洲文联和新西兰惠灵顿市政府邀请，中国文联党组成员、副主席李牧率代表团访问澳、新。

12月3日—4日 中国美协第六次全国代表大会在北京召开。中共中央政治局委员、中共中央书记处书记、中宣部部长刘云山出席开幕式并讲话，希望广大美术工作者不辜负党和人民的重托，牢记崇高的历史使命，珍视大好局面，珍惜发展机遇，坚持"二为"方向，贯彻"双百"方针，弘扬主旋律，提倡多样化，坚持"三贴近"，积极投身时代的洪流，扎根民族文化的沃土，吸收世界文明的精华，创作出更多为群众喜闻乐见的艺术精品，为建设民族的科学的大众的社会主义文化，为发展中国风格、中国气派，面向未来、面向世界的中国美术事业而努力奋斗。大会选举产生了新一届主席团。靳尚谊再次当选为主席，刘大为当选为驻会副主席，王明旨、王明明、韦尔申、冯远、尼玛泽仁、许江、杨力舟、杨晓阳、吴长江、林墉、曾成钢、潘公凯、施大畏（2005年7月26日增补）、罗中立（2005年7月26日增补）当选为副主席。刘大为任命为秘书长，戴志祺、李荣海、陶勤任命为副秘书长。

12月6日 文化部、广电总局、中国文联和北京市人民政府主办的"纪念程砚秋先生诞辰一百周年活动"在北京、天津、上海三地举行，以召开座谈会、研讨会，举行演出，出版书籍等方式来缅怀和纪念京剧大师程砚秋。8日，纪念程砚秋先生诞辰一百周年座谈会在北京人民大会堂举行。中共中央政治局常委、中共中央书记处书记、中宣部部长刘云山出席并讲话。

12月10日 中国文联、中国美协举办的第二届"中国美术金彩奖"在北京揭晓。全国人大常委会副委员长李铁映出席颁奖晚会。中国美术界前辈力群、曾竹韶、廖冰兄、艾中信、王琦、吴冠中、黄永玉等7位美术家获得成就奖，另有2部作品获得金奖，7部作品获得银将，9部作品获得铜奖，89部作品获得优秀奖。

12月12日—21日 第三届中国音乐金钟奖在广州揭晓。本届金钟奖共评选出荣誉奖8名；作品奖小提琴作品银奖2名（金奖空缺）、铜奖5名，二胡作品银奖1名（金奖空缺）、铜奖4名，声乐作品奖18名，声乐组委会特别奖1名；表演奖小提琴金奖1名、银奖3名、铜奖5名，二胡A组金奖1名、银奖3名、铜奖6名，B组金奖1名、银奖2名、铜奖3名，声乐金奖3名、银奖5名、铜奖8名，伴奏奖14名。

12月18日 中共中央统战部、教育部、中国文联主办的纪念钟敬文诞辰一百周年座谈会在北京人民大会堂召开。中国文联主席周巍峙出席并讲话。

12月25日 中国影协第七次全国代表大会在北京开幕。中宣部副部长李从军在开幕式上宣读了中共中央政治局委员、中共中央书记处书记、中宣部部长刘云山的书面讲话。27日，大会闭幕。大会审议并通过了中国影协第六届理事会工作报告，通过了修改《中国电影家协会章程》的决定。会议选举产生了新一届理事会和主席团，吴贻弓当选为主席，李平分、李前宽、李雪健、奚美娟、康健民、童刚、谢飞、塞夫、潘虹当选为副主席。主席团推举谢铁骊为中国影协名誉主席，聘请丁荫楠、于蓝、王晓棠、石方禹、刘建中、孙道临、苏云、苏叔阳、李国民、张瑞芳、高鸿鹄、郭维、谢晋为中国影协第七届顾问，任命康健民为中国影协第七届秘书长，任命汪菊平、陈若颖为副秘书长。

2004 年

1月4日　中华情——全球华语优秀原创歌曲征集活动在北京举行颁奖仪式，创作奖、提名奖、优秀组织奖、荣誉奖等奖项一一揭晓。中国文联领导周巍峙、覃志刚、李牧等为获奖作者颁奖。6日、7日，"中华情——全球华语优秀原创歌曲大型演唱会"在北京工人体育馆举行。

1月7日—13日　应泰中艺术家联合会邀请，中国文联副主席、中国舞协主席白淑湘率代表团赴泰参加泰中艺术家联合会创立五周年庆典活动。

1月11日　"百花迎春——中国文学艺术界2004春节大联欢"在北京航空航天大学体育馆举行。

2月7日—23日　应法国巴黎中国文化中心、德国文化政策研究会、荷兰科学教育文化部等单位邀请，中国文联党组副书记、副主席甘英烈率代表团访问法国、德国、荷兰、比利时。访问期间，代表团出席了中国音协在法国巴黎中国文化中心举办的"古乐精华——中国乐器展"。

2月24日—3月4日　应中国文联邀请，以越南文联副主席、越南美协主席陈庆章为团长的越南文联代表团一行访华，访问北京、上海、深圳、广州。中国文联党组成员、副主席李牧会见并宴请代表团。

3月2日　文艺界全国"两会"代表、委员在北京举行联谊会。

中国文联党组书记、副主席李树文在联谊会上致辞。中国文联领导覃志刚、甘英烈、李牧、仲呈祥、廖奔与大家一起联谊。

3月8日 第四届中国舞蹈荷花奖闭幕式在上海举行。大型历史舞剧《霸王别姬》和"原生态"舞蹈诗《云南映象》分别摘取三年一度的荷花奖舞剧和舞蹈诗评比的桂冠。

3月18日 中国文联第七届全国委员会第四次全体会议在北京举行。中国文联党组书记、副主席李树文作题为《紧紧围绕全面建设小康社会历史任务 努力开创新世纪新阶段文联工作新局面》的工作报告。中国文联领导覃志刚、甘英烈、胡珍、李牧、仲呈祥、廖奔出席开幕式。3月17日召开的中国文联第七届主席团第四次会议通过了《关于更替和增补中国文联第七届全委会委员的决议》。

3月19日—29日 应中国文联邀请，以弗里堡国际民间艺术节主席阿尔伯特·布格诺为团长的瑞士艺术节组委会代表团一行访华。中国文联党组成员、副主席李牧会见并宴请代表团。

3月26日 由中国书协主办的"全国第八届书法篆刻作品展览"在西安开幕。中国第八届书法篆刻展是进入新世纪以来中国书法界的第一次国展，共收到海内外创作稿件36630件，入展作品1000件，经现场反复考核后有59名作者获奖。

3月29日 中国文联和中共山西省委宣传部共同主办的力群美术作品展在中国美术馆举行。中国文联党组副书记、副主席覃志刚出席开幕式并讲话。本次展览共展出了力群的版画82件、国画39件、陶艺4件、速写7件。

4月6日 中国文联、中国作协和中共天津市委宣传部主办，天津市文联、作协等承办的"光荣的文学道路——纪念李霁野同志诞辰一百周年座谈会"在天津举行。中国文联党组副书记、副主席覃志刚出席。

4月9日 中国文联主办的《罗工柳油画》首发式在北京人民大会堂举行。中国文联主席周巍峙在首发式上讲话。中国文联党组成员、副主席李牧主持首发式。

4月18日 第二十一届中国戏剧梅花奖在扬州举行颁奖典礼。中国文联党组书记、副主席李树文等出席。何冰、陈智林获二度梅,赵志刚、陈澄、李小锋、张慧芳、赵媛媛、石晓亮、吴晶晶、李淑勤、李政成、杨红霞、李文、魏春荣、袁慧琴、赵立华、边肖、齐爱云、申小梅、黄美菊、吉有芳、王杭娟、萧雅、王晓英、戴玉强获梅花奖。

4月27日 文化部、北京市人民政府、国家广电总局、中国文联联合主办的第四届"相约北京"联欢活动暨第二届北京国际戏剧演出季在北京人民大会堂开幕。中共中央政治局常委李长春,中共中央政治局委员、北京市委书记刘淇,中共中央政治局委员、中共中央书记处书记、中宣部部长刘云山,中国文联领导周巍峙、李树文、覃志刚、李牧、仲呈祥、廖奔出席开幕式。首都近6000名观众和部分国家驻华使节一同欣赏了音乐剧《猫》。

5月11日 中国文联、湖北省文联主办的"南水北调汉江行,活水源头看东风"采风活动在湖北省十堰市举行。中国文联党组成员、副主席李牧在开幕式上讲话。

5月15日—23日 应中国文联邀请,以副会长、斯图加特市副市长伊丽斯·马格多夫斯基为团长的德国文化政策研究会代表团一行访问北京。中国文联党组副书记、副主席甘英烈会见并宴请代表团。

5月19日—29日 应津巴布韦教育体育文化部、南非-中国经济文化交流中心和肯尼亚性别体育文化社会服务部邀请,中国文联党组成员、副主席胡珍率代表团访问津、南、肯。

5月23日 中国文联、中国剧协、中国影协、中国视协在北京举行"红色经典"改编创作座谈会。中国文联领导仲呈祥、廖奔等出席会议。会议呼吁制止乱改"红色经典"的歪风。

5月28日 "情系西部"中国文联文艺金奖节目演出团赴贵州贵阳、江西遵义演出。出发仪式在北京举行，中国文联领导李树文、覃志刚、甘英烈、李牧出席。演出团以覃志刚为团长。

5月30日—6月5日 中国文联和中国民协主办的首届中国民间工艺品博览会在北京举行。中国文联领导李树文、甘英烈、李牧出席开幕式。博览会吸引来自全国26个省、区、市的200多家参展团体和个人的约5000件精美工艺品进行集中展示。

6月1日 中国文联在北京人民大会堂召开"向常香玉同志学习，做德艺双馨文艺工作者"座谈会。中国文联领导李树文、覃志刚、甘英烈、李牧、仲呈祥、廖奔出席座谈会。

6月8日 全国绿化委员会、中国文联、中国作协、国家林业局主办的百名著名文艺家六大林业重点工程采风系列活动正式在北京启动。中国文联党组副书记、副主席覃志刚出席启动仪式。

6月18日 中宣部、文化部、中国文联联合发出通知，决定在全国文艺系统广泛开展向常香玉同志学习活动。

6月25日 中国文联荣誉委员，中国摄协原主席高帆逝世，享年83岁。

7月6日 为宣传常香玉德艺双馨的先进事迹，推动文艺界"三项学习教育"活动深入开展，中宣部、文化部、中国文联、中国人民解放军总政治部、北京市委联合举办报告会，河南省"常香玉德艺双馨事迹报告团"在北京人民大会堂作了首场报告。中共中央政治局委员、中共中央书记处书记、中宣部部长刘云山会见报告团成员。

7月7日 中国文联"三项学习教育"活动系列讲座开讲。中宣部副部长李从军应邀作题为《以"三个代表"重要思想为指导,深化文化体制改革,加快文化事业和文化产业发展》的主旨报告。中国文联领导李树文、覃志刚、甘英烈、胡珍、李牧、廖奔等听取报告。

7月19日 由国家人事部和中国文联主办的首届全国中青年德艺双馨文艺工作者表彰大会在北京人民大会堂召开。中共中央政治局委员、中共中央书记处书记、中宣部部长刘云山同志接见与会代表,并在会上发表讲话。中国文联领导周巍峙、李树文、覃志刚、甘英烈、胡珍、李牧、仲呈祥、廖奔等出席会议。会上,宣读了国家人事部、中国文联《关于表彰全国中青年德艺双馨文艺工作者的决定》。

7月26日 中国文联和黄山市人民政府在人民大会堂召开第六届中国国际民间艺术节新闻发布会。中国文联党组成员、副主席李牧出席发布会。

8月3日—5日 经中宣部批准,中国文学艺术界联合会与中国民间文艺家协会在北京举行了第五届中国民间文艺山花奖·第二届学术著作奖评奖活动。评委会对参评的全国民间文学、民间艺术、田野考察与民俗志、民俗文化等学术著作进行了评选,共评出荣誉奖2名,金奖11名,银奖30名,铜奖20名,优秀奖8名,出版奖3名,组织奖4名。

8月10日 文艺界领导干部和文艺工作者"三项学习教育"第一期培训班在全国宣传干部培训中心举行开班式。李树文在开班式上作动员讲话。中国文联领导覃志刚、甘英烈、胡珍、廖奔等出席开班式。

8月12日—25日 中国文联党组成员、副主席李牧率中国文联艺术团赴加拿大举办"中国艺术周",在渥太华、蒙特利尔、多伦多、温哥华四个主要城市演出6场。

8月13日 中国文联主办的中国百名艺术家纪念邓小平百年诞

辰书画展在中国美术馆开幕。

8月20日 中宣部、文化部、广电总局、中国人民解放军总政治部、北京市人民政府、中国文联共同主办的纪念邓小平同志诞辰100周年大型文艺晚会《小平你好》在北京人民大会堂举行。

8月22日 中国文联主办的中国百名艺术家纪念邓小平百年诞辰书画展在山西太原中共太原支部旧址纪念馆展出。中国文联党组副书记、副主席覃志刚出席开展仪式。

8月26日 中国文联和甘肃省人民政府共同主办的两场"情铸阳关"促进西部大开发文艺扶贫义演活动在甘肃兰州举行。中国文联领导甘英烈、胡珍出席活动，并观看演出。

8月27日 文化部、中国文联、中国美协主办的庆祝中华人民共和国成立55周年美术经典作品回顾展在中国美术馆举行。中国文联党组副书记、副主席覃志刚出席开幕式并观看展览。

9月5日 第三届中国曲艺牡丹奖颁奖晚会在山东淄博举行。孙立生的河南坠子《大鼓槌》等作品获曲艺文学奖，赵伟洲、冯欣蕊、吕咏鸣、李时成等31名获奖者分获曲艺表演奖、曲艺音乐奖和曲艺理论奖。中国文联党组副书记、副主席覃志刚出席晚会并为获奖者颁奖。本次评奖新设立曲艺音乐奖、曲艺理论奖。

9月7日 中国文联主办，中国美协、中央美院、四川泸州市人民政府承办的纪念蒋兆和诞辰100周年座谈会在北京人民大会堂举行。中国文联党组副书记、副主席覃志刚出席座谈会。

9月16日—19日 第十三届中国金鸡百花电影节在宁夏银川举行。中国文联党组成员、副主席仲呈祥出席开幕式。在第二十四届中国电影金鸡奖评选中，《美丽上海》获得最佳故事片奖，《黑脸琵鹭》获得最佳科教片奖，《上学路上》获得最佳儿童片奖，《曾克林出关》获得最佳电视电影片奖，赵冬苓（《上学路上》）获得最佳编剧奖，彭小莲（《美丽上海》）获得最佳导演奖，方刚亮（《上学路上》）获得导演处女作奖，刘烨（《美人草》中饰刘思蒙）获得最佳男主角奖，郑振瑶（《美丽上海》中饰母亲）、章子怡（《茉莉花开》中饰茉、莉、花）获得最佳女主角奖，冯远征（《美丽上海》中饰阿荣）获得最佳男配角奖，梁明（《两个人的芭蕾》）获得最佳摄影奖，张磊、万仲平、黄文祥（《惊心动魄》）获得最佳录音奖，霍廷霄（《十面埋伏》）获得最佳美术奖，赵麟（《电影往事》）获得最佳音乐奖，儿童片《女生日记》获得特别奖，汤晓丹获得终身成就奖，最佳女配角奖空缺。在第二十七届大众电影百花奖中，《手机》获得最佳故事片奖，《暖春》《惊心动魄》获得优秀故事片奖，葛优（《手机》中饰严守一）获得最佳男演员奖，范冰冰（《手机》中饰武月）获得最佳女演员奖，李幼斌（《惊心动魄》中饰乘警长）获得优秀男演员奖，张妍（《暖春》中饰小花）获得优秀女演员奖。

9月23日 中国文联、湖南省人民政府、中国视协、湖南广播电视局主办的第五届中国金鹰电视艺术节在长沙湖南国际会展中心开幕。全国人大常委会副委员长司马义·艾买提宣布第五届中国金鹰电视艺术节开幕。中共湖南省委副书记谢康生，国家广电总局副局长田进，中国文联党组成员、副主席仲呈祥分别致辞。26日上午，举行第二十二届金鹰奖获奖作品研讨会；晚上，举行第二十二届中国电视金鹰奖颁奖晚会暨闭幕式活动，《延安颂》获得最佳长篇电视剧奖，《大染坊》等作品获优秀长篇电视剧奖，《没有硝烟的战争》获得最佳中篇电视剧奖，其他奖项也在大会上颁发。

9月30日 中国文联、天津市人民政府、中国民协和联合国教科文国际民间艺术组织主办的"第三届中国国际民博会暨第二届中华（天津）民间艺术精品博览会"在天津体育展览中心开幕。中国文联党组书记、副主席李树文出席开幕式并宣布博览会开幕。

同日 中国文联、中国书协共同主办的"庆祝中华人民共和国建国55周年中国书法家协会理事精品展"在北京炎黄艺术馆开幕。中国文联党组副书记、副主席覃志刚出席开幕式。

9月30日—10月2日 "第六届中国民间文艺山花奖·民间工艺奖"评奖结果揭晓，蜡像《齐白石》等10件作品获金奖，石雕《童子拜观音》等20件作品获银奖，艺术人偶《护法韦陀》等29件作品获铜奖，彩塑《福》等40件作品获优秀奖，天津市民协等7家单位获优秀组织奖。

10月1日—18日 第六届中国国际民间艺术节在黄山、北京、大同、太原、晋中等地举行。五大洲21个国家共计450余名艺术家演出40多场。全国政协副主席、中国国际交流协会会长李贵鲜出席黄山主会场开幕式。全国人大常委会副委员长许嘉璐、国务委员陈至立、全国政协副主席李蒙观看了北京闭幕式演出。

10月13日 中国文联、中国美协、中国书协、中国摄协主办的"辉煌55——庆祝建国55周年全国产业（企业）美术书法摄影精品展"在北京炎黄艺术馆举行。中国文联领导李树文、甘英烈出席开幕式。

10月21日 中国杂协在北京人民大会堂召开命名、表彰、颁奖大会。中国文联党组副书记、副主席覃志刚出席大会并讲话。会上，河北省吴桥县和河南省周口市被中国杂协命名为"中国杂技之乡"；孙力力、郑建清、曹建平、安宁、赵华、边玉宽6人被授予中国杂技金菊奖终身成就奖；评选杨宝林等50人为中国杂协"德艺双馨"会员。

10月27日 中国曲协成立55周年座谈会在北京举行。中国文联领导周巍峙、李牧出席座谈会。

10月30日 中国文联、中国摄协共同举办的"共和国缔造者"摄影展在中国科技馆举行。中国文联党组成员、副主席李牧出席开幕式并讲话。

10月31日 在湖北武汉召开的夏菊花从事杂技舞台艺术60周年座谈会暨《夏菊花传》一书首发式上，武汉市人民政府授予夏菊花"人民艺术家"荣誉称号，并颁发荣誉证书。中共中央政治局常委吴官正给夏菊花发来贺信。中国文联党组书记、副主席李树文出席座谈会。

10月 第六届中国摄影艺术金像奖在贵州省黔南布依族苗族自治州都匀市举办。邓伟等10人获得创作奖，王佐玉等10人获得组织工作奖，武治义获得成就奖，胡培烈获得组织工作成就奖。

11月17日 2004年全国文联工作经验交流会在广州召开。中宣部副部长李从军为会议发来书面讲话，中国文联党组书记、副主席李树文出席会议并讲话。中国文联领导覃志刚、甘英烈、李牧、仲呈祥、廖奔出席会议。

11月19日—28日 第四届中国音乐金钟奖系列活动在广州举办。本届金钟奖共评选出荣誉奖5名；作品奖琵琶作品（金奖空缺）、银奖2名、铜奖3名，声乐作品合唱8名、齐唱及二声部作品6名；表演奖声乐金奖3名、银奖6名、铜奖9名，钢琴金奖1名、银奖2名、铜奖2名，琵琶金奖1名、银奖2名、铜奖3名，伴奏奖5名。

11月20日 "共创辉煌——2004全国产业（企业）文艺展演"汇报演出在北京人民大会堂隆重举行。中国文联领导周巍峙、覃志刚出席。

11月29日—12月2日 中国文联、湖北省人民政府主办的中国（潜江）曹禺文化周在曹禺故里潜江举行。中国文联党组成员、副主席仲呈祥出席开幕式。

11月30日 中国文联、中国剧协在北京举办纪念梅兰芳、周信芳诞辰110周年座谈会。全国政协副主席王选，中国文联领导李牧、廖奔等出席座谈会。

11月 应意大利作者出版者协会和葡萄牙作者协会邀请，中国文联党组副书记、副主席覃志刚率代表团访问意大利、葡萄牙。

12月1日—14日 应希腊文化组织和埃及亚非作家协会邀请，中国文联党组书记、副主席李树文率代表团访问希腊、埃及。希腊文化部副部长佩特洛斯塔托里会见代表团。访问期间出席中国文联在开罗法官俱乐部举办的"中埃友谊见证"摄影展。

12月10日—2005年1月8日 "第十届全国美展获奖作品展"在中国美术馆举行，开幕当天举行了隆重的颁奖仪式。18件作品获金奖、73件获银奖、199件获铜奖、307件获优秀奖，共计597件。

12月14日—16日 中国音协第六次全国代表大会在北京召开。来自全国各省、自治区、直辖市和中直机关、解放军等单位的318名代表出席了会议。中共中央政治局委员、中共中央书记处书记、中宣部部长刘云山出席开幕式并讲话。大会选举产生新一届主席团。傅庚辰当选为主席，徐沛东当选为驻会副主席，王世光、王立平、王次炤、叶小钢、李谷一、吴雁泽、闵惠芬、陆在易、金铁霖、赵季平、鲍蕙荞、廖昌永、谭利华当选为副主席。吴祖强被推举为名誉主席。任命郑会林为中国音协第六届秘书长，张弦、段五一为中国音协第六届副秘书长。此后，田晓耕(2007年任)、李培隽(2008年任)、韩新安(2009年任)先后被任命为中国音协第六届副秘书长。

12月19日 中国文联、中国美协、中国书协、北京画院、商务印书馆、北京齐白石艺术研究会联合举办的纪念齐白石诞辰140周年暨《齐白石文集》首发式在北京老舍茶馆举行。中国文联党组成员、书记处书记廖奔出席首发式。

12月20日 中国文联和中国剧协在北京全国政协礼堂召开座谈会，纪念富连成社创办100周年。中国文联领导覃志刚、廖奔出席座谈会。

12月30日 中国文联、中国剧协主办的第十六届曹禺戏剧奖·剧本奖颁奖仪式在武汉市举行。中国文联党组成员、书记处书记廖奔出席颁奖仪式并讲话。《我在天堂等你》《爱尔纳·突击》《临时病房》《北街南院》《春雨沙沙》《十品村官》《走西口》《典妻》《流花溪》《红豆缘》10部剧本获奖，10部剧本获得提名。

2005 年

1月6日　中国红十字会与中国文联、外交部、文化部、民政部、广电总局、北京市人民政府、中华慈善总会、中央电视台等联合主办的"中国人爱心大行动为印度洋海啸赈灾义演"在北京工人体育馆举行。

1月15日　中国文联"百花迎春——中国文学艺术界2005春节大联欢"在北京奥体中心体育馆举办。

2月16日—3月2日　应以色列电影基金会、叙利亚艺术家工会和伊朗艺术研究院邀请，中国文联党组成员、副主席胡珍率代表团访问以、叙、伊。

3月2日　中国文联在北京举办文艺界全国人大代表全国政协委员联谊会。中国文联领导周巍峙、李树文、覃志刚、甘英烈、胡珍、李牧、廖奔等出席。

3月16日—23日　应中国文联邀请，以瑞典学会官员安德斯·厄恩为团长的瑞典舞蹈家代表团一行访华。中国文联党组成员、副主席胡珍会见并宴请代表团。

3月18日　中国文联第七届全国委员会第五次全体会议在北京举行。中宣部副部长李从军、中国文联主席周巍峙在开幕式上讲话。中国文联领导覃志刚、甘英烈、李牧、仲呈祥、廖奔等出席开幕式。中国文联党组书记、副主席李树文作题为《提高建设先进文化的能力，繁荣发展社会主义文艺》的工作报告。中国文联党组成员、副主席胡珍在会上宣读了《关于中国文联第七届全委会委员变动情况的通报》。

4月25日—29日 以美国两岸文化交流协会会长张一真为团长的美国华侨京剧票友团一行访华，中国文联为该团在中国戏曲学院剧场举办4场演出，并请北京京剧院、中国戏曲学院为票友团配戏。29日，在梅地亚中心举办联欢会，中宣部原部长丁关根、国务院侨办副主任许又声，以及中国文联领导李树文、覃志刚、李牧等出席联欢会。

5月8日 中国文联、中央电视台共同主办的"时代在召唤——保持共产党员先进性教育大型主题演唱会"在北京民族文化宫大剧院举办。

5月27日 中国文联、中国曲协、江浙沪评弹工作领导小组、江苏省文联、中共苏州市委宣传部主办的中国曲艺界纪念陈云同志诞辰100周年座谈会暨《出人　出书　走正路——陈云同志诞辰100周年纪念文集》首发式在江苏苏州举行。中国文联党组成员、书记处书记廖奔出席座谈会。

6月12日 中国文联、江西省人民政府、中国民协联合主办的中国江西国际傩文化艺术周在江西南昌举行。中国文联党组书记、副主席李树文出席开幕式并讲话。

6月21日 中国文联召开保持共产党员先进性教育活动总结大会。中国文联党组书记、中国文联保持共产党员先进性教育活动领导小组组长李树文，中央第18督导组组长贾祥，中国文联领导甘英烈、胡珍、仲呈祥、廖奔等出席会议。李树文代表中国文联保持共产党员先进性教育活动领导小组对教育活动进行了总结，并对后续阶段的工作进行了部署。

6月26日—30日 中国文联、中国民协主办的第二届中国民间工艺品博览会在北京举办。中国文联党组副书记、书记处书记甘英烈出席开幕式。

6月28日—30日 中国剧协第六次全国代表大会在北京召开。中共中央政治局委员、中共中央书记处书记、中宣部部长刘云山出席大会。大会推举李默然为名誉主席，选举尚长荣为主席，董伟为驻会副主席，王晓鹰、白淑贤、刘长瑜、李维康、茅威涛、孟冰、韩再芬、裴艳玲、魏明伦、濮存昕、瞿弦和等为副主席，推选季国平为秘书长，刘卫红为副秘书长，聘请于是之、马少波、方掬芬、刘厚生、刘锦云、红线女、李世济、吴雪、何孝充、余笑予、陈伯华、欧阳山尊、胡可、赵寻、袁雪芬、徐晓钟、郭汉城、阎肃、薛若琳等为顾问。

6月30日 中国文联荣誉委员，中国书协原主席、名誉主席启功逝世，享年93岁。

7月12日—25日 应墨西哥国家文化艺术委员会、加拿大艺术理事会邀请，中国文联党组书记、副主席李树文率代表团访问墨、加。

7月14日 中国文联、中国音协在北京召开向丛飞同志学习座谈会。丛飞同志致力于社会公益事业，先后被授予"中国百名优秀青年志愿者""深圳市爱心市民""深圳市爱心大使"等称号，获得"全国十大社会公益之星"称号。中国文联领导仲呈祥、廖奔出席座谈会。

8月10日 中国文联，中共陕西省委宣传部，延安市委、市人民政府主办的"纪念中国人民抗日战争胜利60周年、冼星海诞辰100周年大型文艺演出《黄河颂》"在陕西省宜川县黄河壶口瀑布岸边举行。中国文联党组副书记、副主席覃志刚观看演出。

8月11日 首届中国文联中青年文艺评论家高级研修班在安徽

合肥开班，中国文联党组成员、副主席仲呈祥出席开班仪式并讲话。

8月12日 中国文联、中国音协、福建厦门市人民政府主办的纪念中国人民抗日战争暨世界反法西斯战争胜利60周年全国合唱展演在厦门开幕。中国文联党组书记、副主席李树文出席。参加此次全国合唱展演的共有57个合唱团队，其中含香港、台湾地区的3个团队，共约3500人。15日，展演闭幕。

8月18日 中国文联为纪念抗日战争胜利60周年举行抗战老同志座谈会。中国文联领导李树文、胡珍、仲呈祥、廖奔等出席座谈会。

8月23日—9月4日 中国文联会同希腊文化部、中国驻希腊大使馆在希腊举办中国艺术周，中国文联书记处书记甘英烈率37人艺术团举办艺术周展览、演出活动。艺术团在希腊11个城市演出12场《东方神韵》综艺晚会，并在雅典艺术中心举办"北京风韵"美术作品展。

8月24日 中国文联主办的"历史不会忘记——纪念中国人民抗日战争胜利60周年历史图片展"在北京中国美术馆开幕。中国文联领导胡珍、李牧出席开幕式并为展览开幕剪彩，胡珍在开幕式上讲话。

8月25日 李牧任中国文联党组副书记，冯远任党组成员。

9月14日—16日 中国杂协第五次全国代表大会在北京举行。中共中央政治局委员、中共中央书记处书记、中宣部部长刘云山，中宣部副部长李从军，中国文联领导李树文、覃志刚、李牧、胡珍、冯远、廖奔等领导出席大会。大会选举产生了中国杂协新一届理事会和主席团。夏菊花再次当选为主席，邓宝金、宁根福、边发吉、齐春生、孙力力、李西宁、林建、阿迪力·吾休尔、程海宝、戴武琦当选副主席。大会聘请尹钰宏、李甡、何天宠、蓝天为顾问，任命邵学敏为秘书长，邹玉华为副秘书长。

9月20日—10月20日 由中国文联、北京市人民政府、中国美协共同举办的第二届中国北京国际美术双年展在中华世纪坛和中国美术馆举办。本届双年展以"当代艺术的人文关怀"为主题，共有69个国家的778件作品参展。

9月21日 中国文联、中国影协、黑龙江电视台在哈尔滨联合举办中国电影百年百首金曲演唱会。中国文联党组副书记、副主席覃志刚出席。

9月27日 中国文联、中国影协在北京人民大会堂举办纪念赵丹诞辰90周年座谈会。中共中央政治局常委、全国人大常委会委员长吴邦国发来贺信，中共中央政治局常委、全国政协主席贾庆林为座谈会题词，中共中央政治局常委李长春发来贺电。中国文联领导李树文、覃志刚参加座谈会。

9月30日—10月4日 应泰中友好协会邀请，中国文联副主席夏菊花率代表团赴泰出席中国文联与泰中友协联合举办的纪念中泰邦交30周年画展。

9月 为配合国家主席胡锦涛访问墨西哥，中国文联会同中国摄协、中国驻墨西哥大使馆在墨西哥参议院中央大厅举办了"中墨友谊见证摄影展"，胡锦涛在墨西哥议长陪同下观看了展览。

10月8日—21日 应国际艺术节协会巴西分会和墨西哥塞万提斯国际艺术节组委会邀请，中国文联党组成员、副主席胡珍率代表团访问巴、墨。

10月15日 中国文联、中国舞协、广西南宁国际民歌节组委会主办的"中国—东盟当代舞蹈发展研讨会"在广西南宁举行。中国文联党组副书记、副主席覃志刚出席。

10月16日 中国视协原主席金照逝世，享年90岁。

10月28日 国务院侨办、中国文联、中国海外交流协会主办的陈复礼先生影艺60年座谈会在北京举行。中国文联党组书记、副主席李树文出席座谈会。

10月29日 中国文联和北京市文联主办全国推选文艺新人活动招待会。中国文联领导李树文、覃志刚、李牧、冯远和全国部分省市文联的负责同志近百人出席。

10月31日 中国文联、中国舞协、贵阳市人民政府主办的第五届中国舞蹈荷花奖民族民间舞大赛在贵阳花溪开幕。中国文联党组成员、副主席胡珍出席开幕式并讲话。中央民族歌舞团的《邵多丽》获得作品金奖,中央民族大学舞蹈学院的《红河谷·序》获编导金奖,新疆阿克苏地区塔里木歌舞团的《刀郎人》获表演金奖。

11月9日—12日 第十四届中国金鸡百花电影节在海南省三亚市举行。在第二十五届中国电影金鸡奖评选中,《太行山上》《可可西里》获得最佳故事片奖,《走近毛泽东》获得最佳纪录片奖,《梁山伯与祝英台》获得最佳美术片奖,《我们》获得最佳电视电影片奖,刘恒(《张思德》)获得最佳编剧奖,马俪文(《我们俩》)获得最佳导演奖,万玛才旦(《静静的嘛呢石》)获得导演处女作奖,成龙(《新警察故事》中饰荣警官)获得最佳男主角奖,金雅琴(《我们俩》中饰老太太)获得最佳女主角奖,唐国强(《张思德》中饰毛泽东)获得最佳男配角奖,黄梅莹(《孔雀》中饰母亲)获得最佳女配角奖,李屏宾(《一个陌生女人的来信》)获得最佳摄影奖,张磊、李安磊(《太行山上》)获得最佳录音奖,曹久平(《一个陌生女人的来信》)获得最佳美术奖,叶小钢(《太行山上》)获得最佳音乐奖,谢晋、谢铁骊获终身成就奖。

11月16日 第五届中国音乐金钟奖闭幕式暨颁奖音乐会在广州举行。中国文联党组副书记、副主席李牧出席。在作品奖中,共评选出大提琴作品银奖 3 名、铜奖 5 名（金奖空缺），古筝作品金奖 1 名、银奖 2 名、铜奖 3 名、优秀奖 4 名；在表演奖中，共评选出声乐金奖 2 名、银奖 3 名、铜奖 5 名，大提琴金奖 1 名、银奖 2 名、铜奖 3 名，古筝金奖 1 名、银奖 2 名、铜奖 3 名。歌唱家王昆，作曲家莎莱，作曲家、音乐教育家苏夏，作曲家田光，音乐教育家陈铭志，指挥家尹升山荣获终身成就奖。

同日 中国文联、云南省人民政府主办，中国舞协、昆明市人民政府、云南省文联承办的第二届中国舞蹈节暨第五届中国舞蹈荷花奖评奖在昆明开幕。中国文联党组成员、副书记胡珍在开幕式上致辞。

同日 第九届中国戏剧节暨第二十二届中国戏剧梅花奖颁奖活动在浙江宁波举办。王平、王芳获二度梅，柯军、孙普协、陈飞、陈洪翔、常东、杜镇杰、彭玲、黄荣华、方素珍、张小君、王晓红、刘薇、李玉梅、张慧敏、陈媛、赵斌、冯远征、郝平、王晓玲、侯冰玉、孙健、刘丹丽、宋祖英等 23 名演员获梅花奖。

11 月 20 日—12 月 3 日 应洛杉矶市政府文化事务局邀请，中国文联组派以副主席刘兰芳为名誉团长的代表团访问美国。

11 月 24 日—12 月 3 日 应澳大利亚大洋洲文联和新西兰惠灵顿市政府邀请，中国文联党组副书记、副主席覃志刚率代表团访问澳、新。

11 月 29 日 中国文联、中国美协、中国人民大学徐悲鸿艺术学院、北京市文物局、徐悲鸿纪念馆主办的纪念徐悲鸿诞辰 110 周年座谈会暨大型画册《中国艺坛巨匠徐悲鸿》首发式在北京人民大会堂举行。中国文联党组成员冯远出席并讲话。

12 月 1 日 中国文联召开负责干部会议。中宣部常务副部长吉炳轩、中组部副部长沈跃跃、中国文联新任党组书记胡振民出席会议并讲话。中国文联副主席、原党组书记李树文主持会议。沈跃跃宣布了中共中央关于中国文联党组调整任免的决定。中央决定，胡振民同志任中国文联党组书记，免去李树文同志中国文联党组书记职务。

12月1日—13日 应越南文联和新加坡文艺协会邀请，中国文联组派以副主席王兆海为团长的代表团访问越、新。

12月3日 中国文联、中国影协、江苏省文联、中国电影集团公司、电影频道节目中心（CCTV-6）主办的纪念中国电影百年暨谢铁骊从影55周年活动在江苏南京举行。中国文联领导周巍峙、仲呈祥出席开幕式。

12月9日 中国文联七届六次主席团会议在河北香河召开。中国文联主席周巍峙主持会议。中国文联领导胡振民、李树文、覃志刚、李牧、胡珍、仲呈祥、冯远、廖奔出席会议。会议审议并一致通过了《关于调整中国文联第七届书记处书记的决定》。根据《中国文学艺术界联合会章程》规定，会议研究决定：推举胡振民、冯远同志为中国文联第七届书记处书记，李树文、甘英烈同志不再担任中国文联第七届书记处书记职务。会议审议并一致通过《关于更替和增补中国文联第七届全委会委员的决议》。

12月14日 中国文联、中国剧协和北京人艺联合召开的纪念著名导演艺术家焦菊隐先生诞辰100周年座谈会在全国政协礼堂举行。中国文联党组副书记、副主席覃志刚出席座谈会。

12月15日 中国书协第五次全国代表大会在北京开幕。来自全国各省、自治区、直辖市和新疆生产建设兵团、解放军、中央国家机关的代表出席会议。中共中央政治局委员、书记处书记、中宣部部长刘云山出席会议并讲话。中国文联主席周巍峙，中国文联党组书记胡振民，中宣部副部长李从军，中国人民解放军总政宣传部副部长张西南，中国文联领导覃志刚、李牧、仲呈祥、冯远、廖奔，以及中组部、中宣部有关方面负责人出席开幕式。经全体代表选举，张海当选中国书法家协会主席，赵长青、林岫（女）、申万胜、邵秉仁、张业法、吴东民、言恭达、吴善璋、何应辉、段成桂、陈永正、旭宇、朱关田、聂成文为副主席。推举沈鹏为名誉主席，聘请王学仲、刘艺、李铎、佟韦（满族）、张飙、周慧珺（女）、钟明善、尉天池、谢云为顾问；任命赵长青为秘书长，陈洪武、张旭光、吕如雄为副秘书长。

12月26日 中国文联、中国剧协首次以"送欢乐下基层"为主题，组织梅花奖艺术团来到唐山开滦，为煤矿工人慰问演出。中国文联党组成员冯远参加慰问演出。

12月27日 中国文联、中国书协和解放军军事科学院共同举办的纪念舒同诞辰100周年座谈会在北京人民大会堂举行。中共中央政治局常委、中央纪委书记吴官正致信表示祝贺。中国文联党组书记胡振民出席会议并讲话。

2006 年

1月7日 "百花迎春——中国文学艺术界2006年春节大联欢"在北京国家奥林匹克体育中心举行。

1月10日 中国文联、中共浙江省委宣传部、浙江出版联合集团在北京人民大会堂召开《夏衍全集》新书发布会。中国文联周巍峙作为全集的主编在发布会上讲话。中国文联党组成员、副主席仲呈祥参加发布会。

1月11日 中国文联、河南省人民政府主办的"爱的致意——艺术家送欢乐下基层郑州慈善义演晚会"在河南郑州举行。中共中央政治局委员、国务院副总理吴仪为此次活动发来贺信,中国文联领导胡振民、覃志刚、冯远出席。

1月16日 中国文联离退休干部新春团拜会在北京花都饭店举办。中国文联党组书记胡振民在会上讲话。中国文联领导覃志刚、李牧、胡珍、冯远、廖奔出席团拜会。

2月9日 中国文联荣誉委员,中国舞协原主席、名誉主席戴爱莲逝世,享年90岁。

2月14日—26日 应俄罗斯圣彼得堡演出家协会和突尼斯文化与遗产保护部邀请,中国文联主席团委员甘英烈率代表团访问俄、突。突文化与遗产保护部部长本·阿舒尔会见代表团。

2月18日—3月1日 应以色列电影基金会、叙利亚艺术家工会、伊朗艺术研究院邀请,中国文联副主席胡珍率代表团访问以、叙、伊。访问期间与叙签署交流合作意向书，与伊签署合作备忘录。

2月23日　中国文联在北京召开中国京剧晚霞工程、彩霞工程（二期）座谈会，中国文联党组书记胡振民在座谈会上讲话。中国文联领导李树文、覃志刚、李牧、冯远出席座谈会。

2月24日　中国文联、国家广电总局、中国影协、中共广东省委宣传部主办的纪念蔡楚生同志诞辰100周年座谈会在北京人民大会堂举行。中国文联党组成员、副主席仲呈祥参加座谈会并讲话。

3月2日　中国文联举办文艺界全国人大代表全国政协委员联谊会。中国文联领导周巍峙、胡振民、覃志刚、李牧、胡珍、仲呈祥、冯远、廖奔参加联谊会。

3月26日—4月3日，3月30日—4月13日　中国文联分别组派以赵汝蘅为团长的中央芭蕾舞团一行和以顾夏阳为团长的中央民族乐团一行赴澳大利亚举办"中国艺术周"。芭蕾舞剧《大红灯笼高高挂》在悉尼演出8场，《盛装民乐》在澳大利亚11个城市巡演13场。

3月28日　中国文联"中国艺术周"在澳大利亚举办。中国文联党组书记、副主席胡振民参加"中国艺术周"的有关活动，并对澳大利亚、新西兰进行访问。

3月30日　中国文联庆祝中国共产党成立85周年暨长征胜利70周年主题系列活动、中国曲协"长征路上送欢笑 革命圣地万里行"主题"送欢笑"到基层慰问演出活动启动仪式在北京举行。中国文联领导覃志刚、胡珍出席启动仪式。

4月6日—20日　应澳大利亚《大洋时报》和新西兰惠灵顿市政府邀请，中国文联党组成员、书记处书记廖奔率代表团访问澳、新，访问期间出席了中国文联举办的"中国艺术周"中央民族乐团首演和在悉尼的公益演出。

4月20日—22日　中国民协第七次全国代表大会在北京开幕。

来自全国各省、自治区、直辖市和新疆生产建设兵团、解放军、中央国家机关等有关单位的230多名代表参加会议。中共中央政治局委员、书记处书记、中宣部部长刘云山出席开幕式并发表讲话，他希望广大民间文艺工作者要牢牢把握社会主义先进文化前进方向，坚持继承与创新统一、专业与业余结合、研究与展示并重，进一步做好优秀民间文艺的宣传展示和开发利用，积极开展具有浓郁民间特色的群众文化活动，推动形成知荣辱、树新风、促和谐的文明社会风尚。中国文联党组书记、副主席胡振民在开幕式上讲话。中国文联领导覃志刚、李牧、胡珍、仲呈祥、冯远出席开幕式。

4月26日　中国文联与民族文化宫正式签订战略合作协议，联手打造全新品牌"百花剧场"。中国文联领导胡振民、覃志刚、冯远出席签约仪式。

4月27日　中国文联召开以"发扬'五四'革命传统，争当文联建设先锋"为主题的团员青年纪念五四运动87周年座谈会。中国文联领导胡振民、覃志刚、李牧、仲呈祥、冯远、廖奔出席座谈会。

5月1日　中国文联主办的"百花芬芳——明荣辱树新风促和谐主题演出周"在北京民族文化宫大剧院开幕。

5月13日—27日　应埃及文化部和希腊摄影家协会邀请，中国文联党组副书记、副主席李牧率代表团访问埃、希，出席中国文联与中国驻埃及大使馆共同举办的"中埃友谊见证百幅摄影作品展"，并与希腊摄影界交流。

5月20日　中国文联、中国作协、中共天津市委宣传部主办的"大地之子——梁斌文学艺术展"在北京炎黄艺术馆开幕。中国文联主席周巍峙发来贺词："文风画风，独树一帜。人格品格，誉满五洲。"中国文联党组成员、副主席胡珍出席并讲话。

5月23日　中国文联主办的"树立社会主义荣辱观当代书家作

品展"在中国国家博物馆开幕。中国文联领导周巍峙、覃志刚、冯远、廖奔等出席展览开幕式。

5月26日 文化部、中国文联、中共湖南省委宣传部、中国音协在北京人民大会堂联合举办吕骥作品首发座谈会。中国文联领导覃志刚、冯远出席座谈会。

6月8日 中国文联、中国民协、冯骥才民间文化基金会联合主办的第七届中国民间文艺山花奖暨中国民间文化守望者奖颁奖活动在北京人民大会堂举行。中国文联党组副书记、副主席李牧出席颁奖仪式。《跳菜舞》《彝族神鼓舞》《四美容》等15部作品获民间艺术表演奖，河北省民协等3个单位获民间工艺成就集体奖，吴元新等5人获民间工艺成就个人奖，河南省民协等10个单位获中国民协优秀团体会员单位称号，夏挽群等30人获德艺双馨工作者称号，王士媛、叶星生、李玉祥、郑云峰和黄永松获中国民间文化守望者奖。

6月13日 中国文联著作权集体组织管理研讨会在北京召开。中国文联领导李牧、胡珍、廖奔等出席。

6月20日—21日 中国文联主办的"百花芬芳——纪念中国共产党建党85周年系列演出活动"在北京民族文化宫大剧院"百花剧场"举行。

同日 中国文联、中国剧协主办的首届中国戏剧奖·曹禺剧本奖（第十七届曹禺剧本奖）颁奖大会在广州举行。首届中国戏剧奖·曹禺剧本奖评选活动共收到相关单位报送的剧本73部，最终评出获奖剧本8部，分别是话剧《黄土谣》、话剧《郭双印连他乡党》、话剧《马蹄声碎》、滑稽戏《青春跑道》、京剧《成败萧何》、潮剧《东吴郡主》、京剧《霸王别姬》和歌仔戏《邵江海》。

6月27日 中国文联、中国美协、中国摄协、中国书协共同主办的纪念中国共产党成立 85 周年美术摄影书法作品展在北京中国人民革命军事博物馆开幕。中国文联党组书记胡振民出席开幕式。

同日 中国文联主办的"时代·伟人——丁荫楠导演电影周"在北京开幕。中国文联党组成员、副主席仲呈祥在开幕式上致辞。

7 月 14 日—25 日 应英国本末公司和坦桑尼亚信息、文化及体育部邀请，中国文联党组副书记、副主席覃志刚率代表团访问英国、坦桑尼亚。坦桑尼亚信息、文化及体育部副常务秘书菲拉蒙先生会见代表团。

8 月 8 日 中国文联等单位主办的"我们的奥运"北京 2008 年奥运会倒计时两周年大型文艺晚会在北京举行。

8 月 10 日 中国文联、中国曲协、中共江苏省委宣传部、江苏省文联主办的第四届中国曲艺牡丹奖评奖结果发布会在北京人民大会堂举行。中国文联党组成员、副主席冯远，中国曲协名誉主席罗扬，中国曲协主席刘兰芳，中国曲协顾问朱光斗，中国曲协分党组书记、副主席姜昆，中共江苏省委宣传部副部长、省文联党组书记杨承志等近百人出席。这次评奖是在中央下发《全国性文艺新闻出版评奖管理办法》文件之后，曲艺界进行的首次评奖。本届中国曲艺牡丹奖首次增设了终身成就奖、节目奖和新人奖。经过终评，本届中国曲艺牡丹奖评选出节目奖 5 个、表演奖 10 人、文学奖 8 个、新人奖 5 人、理论奖 5 个、终身成就奖 10 人。9 月 23 日，颁奖晚会在江苏南京举行。中国文联党组书记、副主席胡振民等出席。

8 月 16 日 中国文联第七届主席团第八次会议在北京召开。中国文联党组书记、副主席胡振民主持会议。中国文联党组副书记、副主席覃志刚、李牧，党组成员、副主席胡珍、仲呈祥、冯远，党组成员廖奔出席会议。会议传达了《中共中央关于学习〈江泽民文选〉的决定》。会议根据《中国文学艺术界联合会章程》，决定于 2006 年

11月在北京召开中国文学艺术界联合会第八次全国代表大会。会议审议并原则通过了《中国文联第七届主席团关于召开中国文联第八次全国代表大会的决议》《中国文联第八次全国代表大会代表分配推选原则和产生办法》和《中国文联第八届全国委员会组成原则及委员候选人建议人选产生方案》。

9月4日 中国摄协、成都市人民政府主办的第28届国际摄影艺术联合会（FIAP）代表大会在四川成都开幕。国务委员陈至立为大会发来贺信。中国文联党组书记、副主席胡振民出席开幕式并讲话。

9月6日—15日 应澳大利亚《大洋时报》和新西兰惠灵顿市政府邀请，中国文联副主席李树文率代表团访问澳、新。

9月12日 中国文联第七届主席团扩大会议在北京召开。中国文联党组书记、副主席胡振民主持会议。中国文联党组副书记、副主席覃志刚作关于《中国文联第八次全国代表大会工作报告（征求意见稿）》起草情况的说明。中国文联领导李牧、胡珍、仲呈祥、冯远、廖奔出席会议。

9月22日 中国文联、中国作协、山西省委、山西省人民政府共同主办的纪念人民作家赵树理诞辰100周年座谈会在山西太原举行。中共中央政治局委员、中共中央书记处书记、中宣部部长刘云山发来贺信。中国文联党组副书记、副主席覃志刚出席座谈会。

9月26日 中国文联、文化部共同主办的《年方九十——周巍峙文集》首发式座谈会在北京人民大会堂举行。中共中央政治局委员、中共中央书记处书记、中宣部部长刘云山致信祝贺。中国文联领导周巍峙、胡振民、覃志刚、李牧、胡珍、仲呈祥、冯远、廖奔出席座谈会。

9月27日 庆祝中国杂协成立25周年命名颁奖表彰、庆祝北京申办2009年世界魔术大会成功大会在北京人民大会堂举行。中国文联党组书记、副主席胡振民出席并讲话。中国文联领导李牧、胡珍出席会议。

10月6日—15日 中国文联在北京举办国际艺术理事会及文化机构联合会第18次执委会，10位外国执委出席会议。中国文联党组副书记、副主席李牧作为中国执委出席会议。会后，外国执委访问了西安、上海。

10月23日 杨志今、白庚胜任中国文联党组成员。

10月25日—28日 第十五届中国金鸡百花电影节在杭州举行。中国文联领导周巍峙、仲呈祥出席开幕式。在第二十八届大众电影百花奖中，《张思德》获得最佳故事片奖，《功夫》《生死牛玉儒》获优秀故事片奖，尹力（《张思德》）获得最佳导演奖，吴军（《张思德》中饰张思德）获得最佳男主角奖，刘若英（《天下无贼》中饰王丽）获得最佳女主角奖；谢霆锋（《新警察故事》中饰锋警官）获得最佳男配角奖，元秋（《功夫》中饰包租婆）获得最佳女配角奖，孙俪（《霍元甲》中饰月慈）获得最佳新人奖。

10月29日 中国文联、湖南省人民政府、中国视协、湖南省广电局共同主办的第六届中国金鹰电视艺术节闭幕式暨第二十三届中国电视金鹰奖颁奖晚会在湖南省长沙市举行。这是金鹰奖和金鹰节由一年一次调整为两年一次后的首度亮相。中国文联党组成员、副主席仲呈祥出席。本届金鹰奖中，《任长霞》获得最佳长篇电视剧奖，《八路军》等作品获优秀长篇电视剧奖，《陈云在临江》等作品获得最佳中短篇电视剧奖，其他奖项也在大会上颁发。

11月3日 新西兰惠灵顿市市长凯利·普兰德加斯特一行应北京市政府邀请访华。中国文联党组书记、副主席胡振民会见并宴请代表团。

11月10日 中国文联第八次全国代表大会、中国作协第七次全国代表大会在北京人民大会堂开幕。中共中央总书记、国家主席、中央军委主席胡锦涛在会上发表重要讲话。他强调，繁荣社会主义先进文化，建设和谐文化，是我国广大文艺工作者的庄严使命。一切有理想有抱负的文艺工作者，都要担当起时代赋予的神圣使命，积极投身讴歌时代的文艺创造活动；都要密切同人民群众的血肉联系，积极反映人民心声；都要大力发扬创新精神，积极开拓文艺的新天地；都要做到德艺双馨，积极履行人类灵魂工程师的职责。党和国家领导人吴邦国、温家宝、贾庆林、曾庆红、吴官正、李长春、罗干等出席开幕式。中国文联主席周巍峙致开幕词。中华全国总工会副主席、书记处第一书记孙春兰致祝词。中国人民解放军总政治部副主任孙忠同代表中国人民解放军和武警部队向大会致祝词。中国作协党组书记、副主席金炳华主持开幕式。中央和国家机关有关部门、中国人民解放军、各人民团体的负责同志，来自全国的文艺工作者代表，来自香港特别行政区、澳门特别行政区、台湾地区以及海外华人华侨文艺界的特邀嘉宾3000余人参加会议。11日，中国文联党组书记胡振民作题为《高扬先进文化旗帜，繁荣发展文艺事业，为全面建设小康社会、构建社会主义和谐社会，实现中华民族的伟大复兴而努力奋斗》的工作报告。中国文联党组副书记、副主席覃志刚作《关于〈中国文学艺术界联合会章程〉修改情况的说明》。12日，大会选举产生由203人组成的中国文联第八届全国委员会，选举产生了新一届领导机构，孙家正当选主席，丁荫楠、才旦卓玛（女，藏族）、丹增（藏族）、白淑湘（女）、冯远、冯骥才、刘大为、刘兰芳（女，满族）、李牧、李维康（女）、杨志今、吴贻弓、吴雁泽、张西南、陈晓光、赵化勇、胡振民、段成桂、夏菊花（女）、覃志刚（壮族）、裴艳玲（女）当选副主席，白庚胜（纳西族）、冯双白、李前光（蒙古族）、林建、赵长青、姜昆、徐沛东、康健民、董伟、廖奔、黎鸣当选为主席团委员。中国文联第八届主席团第一次会议决定，推举胡振民、覃志刚（壮族）、李牧、冯远、杨志今、廖奔、白庚胜（纳西族）为中国文联第八届书记处书记。推举周巍峙同志为中国文联第八届名誉主席；聘请于蓝等 59 人为中国文联第八届荣誉委员。16 位港澳地区知名人士当选中国文联全委会委员，6 位港澳知名文艺家被聘为荣誉委员，这是中国文联历史上首次产生港澳地区全委会委员和荣誉委员。13 日上午，国务委员唐家璇向出席大会的代表介绍国际形势和我国外交工作。13 日下午，中共中央政治局常委、国务院总理温家宝同文学艺术家谈心。13 日晚，大会在北京人民大会堂举行联欢晚会，胡锦涛等党和国家领导人和文学艺术工作者一起联欢。14 日，大会闭幕。中国文联主席孙家正致闭幕辞。14 日，中共中央政治局常委李长春在中国文联第八届全国委员会、中国作协第七届全国委员会全体会议上讲话，要求紧紧抓住建设社会主义核心价值体系这个根本，大力推进和谐文化建设；坚持"三贴近"原则，推出更多优秀文艺作品；大力激发创新活力，全面繁荣文艺事业；建设一支高素质的文学艺术工作者队伍；努力做好文联和作协工作，增强凝聚力和影响力；切实加强和改善党对文艺工作的领导。

11 月 21 日 中国文联和中国剧协主办的首届中国戏剧奖·理论评论奖颁奖活动在海南海口举行。中国文联党组副书记、副主席李牧出席颁奖活动。刘厚生、李默然、郭汉城 3 位著名戏剧家的理论评论文章被授予荣誉奖，刘明厚等 9 位作者的 9 篇戏剧理论评论文章获奖。

11 月 28 日 中国文联、中国剧协、澳门佛山禅城联谊总会主办的"庆回归·中国戏剧家协会梅花奖艺术团澳门行"大型公益演出举行。中国文联党组书记、副主席胡振民出席开幕式。

12 月 4 日—16 日 应罗马尼亚文化学会、奥地利总理府双边与多边文化事务司和德国电视 2 台邀请，中国文联荣誉委员仲呈祥率代表团访问罗、奥、德。

12月6日 中国文联、中国作协、浙江省文联、浙江省作协主办的著名作家郁达夫烈士诞辰110周年纪念大会在浙江省富阳市（今杭州市富阳区）举行。中国文联党组副书记、副主席覃志刚出席。

12月16日—17日 中国文联、中国书协、安徽省人民政府、合肥市人民政府联合主办的第二届中国书法兰亭奖系列活动在安徽合肥举行。中国文联党组书记、副主席胡振民出席开幕式并讲话。展览共展出特邀作品、评委作品、各类获奖作品和艺术奖获奖提名及入展作品500余件。

12月22日 中国摄协成立50周年纪念大会暨中国摄影界新春联谊会在北京人民大会堂举行。中国文联领导胡振民、李牧、冯远、杨志今、廖奔、白庚胜出席大会。

12月26日 中国文联在北京召开理论研讨会，深入学习把握胡锦涛总书记在中国文联第八次全国代表大会、中国作协第七次全国代表大会上的重要讲话精神，推动文联工作的创新发展和文艺产业繁荣。中国文联领导胡振民、李牧、冯远、杨志今、廖奔等出席会议。

2007 年

1月3日　中国文联组织艺术家在河北唐山启动2007"送欢乐、下基层，促和谐、树新风"慰问活动。中共中央政治局委员、中共中央书记处书记、中宣部部长刘云山对这项活动作出批示。中国文联党组书记、副主席胡振民在慰问活动启动仪式上讲话。中国文联领导覃志刚、冯远参加相关活动。

1月18日　中国文联第八届主席团第二次会议在北京召开。中国文联主席、文化部部长孙家正主持会议，中国文联领导胡振民、覃志刚、李牧、冯远、杨志今、廖奔、白庚胜出席会议。会议审议并通过了《中国文联第八届全国委员会第二次会议议程》。审议了《在中国文联第八届全国委员会第二次会议上的工作报告（审议稿）》《中国文联2007年工作要点（审议稿）》和《中国文联主席团工作规则》《中国文联书记处工作规则》。会议审议并通过了《中国文联第八届主席团关于聘请荣誉委员的决议》，决定增聘高运甲、赵志宏为中国文联第八届荣誉委员。

1月19日　中国文联第八届全国委员会第二次会议在北京召开。中宣部副部长李从军代表中宣部发表了题为《学习贯彻胡锦涛总书记重要讲话精神　努力开创文艺事业繁荣发展新局面》的讲话。中国文联党组书记、副主席胡振民作题为《认真贯彻落实六中全会和八次文代会精神　为繁荣先进文化、建设和谐文化贡献力量》的报告。中国文联主席、文化部部长孙家正，党组副书记、副主席覃志刚、李牧，党组成员、副主席冯远、杨志今，党组成员、主席团委员廖奔、白庚胜出席会议。

1月21日　"百花迎春——中国文学艺术界2007年春节大联欢"在北京人民大会堂宴会厅举行。

1月25日—26日　中国文联派员出席国际德尔菲委员会执委会在德国柏林德尔菲总部召开的会议。

1月26日　中国文联香港特别行政区荣誉委员颁证仪式在香港举行，陈复礼、饶宗颐、查良镛、夏梦被授予中国文联荣誉委员证书和证章。中国文联党组副书记、副主席覃志刚出席并讲话。

2月3日—15日　应美国星桥艺术中心邀请，中国文联党组副书记、副主席覃志刚一行赴美出席《中华情·电影的记忆》大型音乐晚会巡演活动。

2月5日　中国文联维护知识产权工作领导小组办公室（维权办）组织各全国文艺家协会负责人参加"世界知识产权组织亚太地区表演者研讨会"。

2月　春节前，中国文联领导胡振民、李牧、冯远、杨志今、廖奔、白庚胜等分别看望中国文联荣誉委员、老艺术家、老领导老同志和困难职工代表，向他们致以节日的慰问和良好的祝愿。由此形成中国文联党组工作惯例。

3月2日　中国文联在北京举办文艺界全国人大代表全国政协委员联谊会。中国文联主席孙家正在联谊会上发表了题为《新春三愿》的致辞。中国文联党组书记、副主席胡振民在联谊会上讲话。中国文联领导覃志刚、李牧、冯远、杨志今、廖奔、白庚胜出席。

3月14日—24日　中国文联党组副书记、副主席李牧应邀出席在肯尼亚举办的国际艺术理事会及文化机构联合会执委会。

3月26日—30日　中国文联维权办公室组织全国文艺家协会负

责人参加"中国－欧盟集体管理组织发展和版权执行培训"活动。中国文联党组成员、副主席杨志今出席开幕式，中国文联党组成员、书记处书记廖奔在培训班上讲话。

4月6日—8日 文化部、中国文联主办的中国话剧诞辰100周年纪念活动学术研讨会在北京举行。中国文联主席、文化部部长孙家正在开幕式上讲话。中国文联党组副书记、副主席覃志刚出席。

4月18日 2009年北京世界魔术大会组织委员会成立大会在北京人民大会堂举行。中国文联主席、文化部部长孙家正在会上致辞。中国文联党组书记、副主席胡振民在会上讲话。北京市市长王岐山，中国文联党组副书记、副主席李牧，党组成员、副主席冯远出席成立大会。

4月28日 中国文联会同国务院新闻办、中国美协在中国美术馆举办"同一个世界——中国画家彩绘联合国大家庭艺术大展"，41个国家的80多位外交使节及联合国科教文组织驻华机构官员应邀出席开幕式。29日，中共中央政治局委员、中共中央书记处书记、中宣部部长刘云山到中国美术馆参观大展。中国文联领导胡振民、覃志刚、冯远陪同参观。7月25日、31日 "同一个世界——中国画家彩绘联合国大家庭艺术大展"全球巡展在墨西哥、瑞士等地举行。中国文联领导胡振民等出席开幕式并讲话。

5月9日 中国文联主办的当代篆刻艺术大展在北京中国美术馆开幕。中国文联党组书记、副主席胡振民在开幕式上讲话。中宣部副部长李从军和中国文联领导覃志刚、廖奔等出席开幕式。

5月25日—6月6日 应瑞典学会、挪中文化发展中心、丹麦文化协会邀请，中国文联党组成员、副主席杨志今率中国文联代表团访问瑞典、丹麦和挪威。

5月30日 中国文联、中国空间技术研究院援建的全国第一所

"神舟"希望小学在内蒙古自治区乌兰察布市四子王旗乌兰花镇竣工。中国文联党组成员、书记处书记廖奔出席竣工剪彩仪式。

6月3日 中国文联、中国民协在北京举行仪式,命名首批中国民间文化杰出传承人166名。中国文联名誉主席周巍峙,中国文联领导胡振民、白庚胜出席命名仪式。中国民间文化杰出传承人调查认定与命名工作是中国民间文化遗产抢救工程的重要项目。

6月21日 中国文联与中国剧协、中国影协、中国音协、中国曲协、中国舞协、中国民协、中国杂协、中国文联演艺中心共同主办的"百花芬芳——庆祝中国共产党成立86周年、迎接党的十七大胜利召开主题演出周"开幕。中国文联领导胡振民、覃志刚、李牧、廖奔出席并观看演出。

7月3日—17日 中国文联组派以副主席刘兰芳为团长、部分地方文联负责人组成的中国文联代表团一行访问法国、英国及爱尔兰。

7月31日 国务院新闻办公室、中国文联、中国常驻联合国日内瓦办事处和瑞士其他国际组织代表团、联合国驻日内瓦办事处共同主办的"同一个世界——中国画家彩绘联合国大家庭艺术大展"和"艺术之旅"文艺演出在瑞士日内瓦举行。中国文联领导胡振民、冯远出席开幕式。

8月1日—14日 应加拿大多元文化交流基金会和马来西亚华人文化协会邀请,中国文联党组成员、书记处书记白庚胜访问加拿大和马来西亚。

8月30日—9月8日 应芬兰艺术理事会和冰岛艺术家联合会邀请,中国文联党组副书记、副主席覃志刚率中国文联代表团一行访问芬兰、冰岛。

9月10日 中国文联、国家民委、中国曲协、宁夏回族自治区党委宣传部、银川市人民政府、宁夏文联主办的第三届全国少数民族曲艺展演在银川市举行。中国文联党组副书记、副主席李牧出席相关活动。

9月16日 中国文联、湖南省人民政府、中国美协主办的第二届中国（湘潭）齐白石国际文化艺术节在湖南省湘潭市举行。中国文联党组成员、副主席冯远出席开幕式暨文艺晚会。

9月25日—10月6日 中国文联、江苏省人民政府主办的第七届中国国际民间艺术节在苏州、北京举办。参加艺术节的有来自五大洲22个国家的艺术团，演出40多场。中共中央政治局委员、中共中央书记处书记、中宣部部长刘云山等领导及30多个国家的驻华使节观看了艺术节演出。

9月28日 第七届中国摄影艺术金像奖颁奖仪式在青海省西宁市举办。于全兴等15人获得创作奖（记录类），王子国等10人获得创作奖（艺术类），李楚益等5人获得创作奖（商业类），袁廉民、梁惠湘获得终身成就奖。

10月9日 中国文联与中国人民解放军总政宣传部主办的"党的旗帜高高飘扬——迎接党的十七大胜利召开大型系列演唱会"在北京开幕。

10月11日 中国文联、中国美协、中国书协共同主办的"翰墨丹心——向党的十七大献礼"全国美术书法精品展在中国人民革命军事博物馆开幕。中国文联领导胡振民、覃志刚、冯远出席开幕式。展览汇集150余位当代著名书画家的精品力作。

10月15日—22日 应中国文联邀请，以代表理事、著名画家松尾敏男为团长的日本中国文化交流协会代表团一行访华。

10月23日 中国文联在北京召开大会传达学习党的十七大精神。中共第十七届中央候补委员、中国文联党组书记、副主席胡振民出席会议并讲话，中国文联领导覃志刚、李牧、冯远、杨志今、廖奔、白庚胜出席会议。

同日 第十六届中国金鸡百花电影节在苏州开幕。中国文联名誉主席周巍峙，中国文联党组书记、副主席胡振民在开幕式上致辞。27日，颁发第二十六届中国电影金鸡奖18个奖项。颜丙燕凭借《爱情的牙齿》一片，与香港影星刘嘉玲并列获得最佳女主角奖项，富大龙（《天狗》中饰李天狗）获得最佳男主角奖，尹力《云水谣》和戚健《天狗》获得最佳导演奖，《云水谣》获得最佳故事片奖，小香玉（《鸡犬不宁》中饰大红）获得最佳女配角奖，王霙（《我的长征》中饰毛泽东）获得最佳男配角奖，张瑞芳、陆柱国获得终身成就奖，《我的长征》获得评委会特别奖。

10月26日 第六届中国音乐金钟奖民乐比赛（二胡、古筝）暨2007中国江苏二胡之乡民族音乐节在南京开幕。中共中央政治局常委、国家副主席曾庆红出席开幕式，并观看"盛世金钟——二胡、古筝名家名曲交响音乐会"。中国文联党组书记、副主席胡振民为金钟奖民乐比赛揭幕。

10月27日—11月2日 中国文联党组成员、副主席冯远赴美国出席洛杉矶华人艺术团举办的"中美当代名家书画交流展"并作专题演讲。

10月28日—11月1日 中国曲协第六次全国代表大会在北京召开。中共中央政治局委员、中共中央书记处书记、中宣部部长刘云山发来书面讲话。全国人大常委会副委员长热地出席开幕式并为大会题词，全国人大常委会副委员长许嘉璐为大会发来贺信。中国文联党组书记、副主席胡振民在开幕式上讲话。中宣部副部长欧阳坚，文化部副部长陈晓光，中国文联领导覃志刚、李牧、杨志今、白庚胜出席开幕式。大会审议并通过了中国曲协第五届理事会工作报告，讨论并通过了新修订的《中国曲艺家协会章程》。会议选举产生了新一届理事会和主席团，刘兰芳（女，满族）当选为主席，王汝刚、冯巩、李时成、吴文科、姜昆、郭刚、黄宏、盛小云（女）、崔凯、程永玲（女）、道尔吉仁钦（蒙古族）、籍薇（女）当选为副主席。中国曲协第六届主席团推举罗扬为第六届名誉主席，聘请土登（藏族）、朱光斗、吴宗锡、余红仙（女）、薛宝琨为第六届顾问，任命刁惠香为秘书长。

11月1日—6日 国际艺术理事会及文化机构联合会执委会会议在希腊召开，中国文联派员出席。

11月5日 中宣部、人事部、中国文联在北京人民大会堂隆重举行第二届全国中青年德艺双馨文艺工作者表彰大会。中共中央政治局委员、中共中央书记处书记、中宣部部长刘云山出席会议并讲话。中国文联党组书记、副主席胡振民主持会议。中国文联领导覃志刚、李牧、杨志今、廖奔、白庚胜出席。会议宣读《中宣部、人事部和中国文联关于表彰全国中青年德艺双馨文艺工作者的决定》，决定授予于志新等56位艺术家"全国中青年德艺双馨文艺工作者"称号。

11月10日—12日 中国视协第四次全国代表大会在北京召开。中共中央政治局委员、中共中央书记处书记、中宣部部长刘云山在大会开幕式上强调，广大文艺工作者要深刻认识肩负的历史责任，深入学习领会党的十七大精神，更好地把思想和行动统一到党的十七大精神上来，把智慧和力量凝聚到繁荣发展社会主义文艺事业中来，认真贯彻党的文艺方针，继承发扬优良传统，紧跟时代前进步伐，谱写社会主义文艺新的辉煌篇章。中国文联党组书记、副主席胡振民在开幕式上讲话。中宣部副部长欧阳坚，国家广播电影电视总局副局长胡占凡，中国文联领导覃志刚、李牧、冯远、杨志今、廖奔等出席开幕式。大会审议并通过了中国视协第三届理事会工作报告，讨论并通过了新修订的《中国电视艺术家协会章程》。会议选举产生了中国视协新一届理事会和主席团，赵化勇当选为主席，李兴国（满族）、李京盛、李晓枫、张晓爱（女）、周莉（女）、周振天、胡玫（女）、胡恩、唐国强、黎鸣、黎瑞刚、魏文彬当选为副主席。中国视协第四届主席团推举杨伟光为名誉主席，聘请于广华、卢子贵、朱咏雷、刘迪一、阮若琳（女）、苏子龙、汪小为、张宏森、张绍林、陈杰、金钊、赵寻、珠兰其其柯（女，蒙古族）、盛重庆、戴临风为顾问，任命王锋为秘书长，张彦民为副秘书长。

11月12日 第六届中国舞蹈荷花奖民族民间舞大赛在贵阳闭幕。中国文联党组书记、副主席胡振民出席。

11月14日—23日 应韩国艺术理事会和新加坡文艺协会邀请，以中国文联副主席李维康为团长的中国文联代表团一行访问韩国、新加坡。

11月16日 中国文联、中国艺术研究院、中国美协、中国美术馆、中国国家画院、中央美术学院共同主办的"王琦书画新作展开幕式暨美术著作集首发式"在中国美术馆举行。中国文联党组成员、副主席冯远在开幕式上讲话。中国文联党组书记、副主席胡振民，党组成员、书记处书记廖奔出席。

11月22日 中国文联召开经典作品改编创作座谈会，中国文联领导杨志今、廖奔出席座谈会。

11月23日—29日 中国文联党组成员、书记处书记白庚胜一行赴台湾出席"海峡两岸民间文化学术研讨会"。

11月24日—26日 中国摄协第七次全国代表大会在北京召开。中共中央政治局委员、中共中央书记处书记、中宣部部长刘云山出席会议并讲话。他强调，广大文艺工作者要把学习宣传贯彻党的十七大精神作为当前和今后一个时期的首要政治任务，围绕主题、掌握精髓、联系实际，深刻认识肩负的历史责任，更好地把思想和行动统一到党的十七大精神上来，把智慧和力量凝聚到发展社会主义文艺事业中来，为推动社会主义文化大发展大繁荣而团结奋斗。中国文联党组书记、副主席胡振民在开幕式上讲话。中国文联领导李牧、冯远、杨志今、廖奔等出席开幕式。大会审议并通过了中国摄协第六届理事会工作报告，审议并通过了新的《中国摄影家协会章程》，选举产生了中国摄协第七届理事会和主席团。邵华当选为主席，王悦、王瑶、王文澜、王玉文、邓维、朱宪民、李伟坤、李学亮、李前光、张宇、张桐胜、罗更前当选为副主席。中国摄协第七届主席团聘请于健、扎西次登、吕厚民、杨绍明、陈勃、陈昌谦、陈复礼、袁毅平、贾明祖、徐肖冰为顾问，任命李前光为秘书长，王郑生、顾立群、解海龙、高琴（2012年2月增补）为副秘书长。

11月24日—12月14日 中国文联与奥地利文化部在维也纳联合举办"今日中国"艺术周，中国文联党组书记、副主席胡振民率代表团出席首演式，中国文联党组成员、书记处书记廖奔率中国文联艺术团一行参加艺术周演出展览活动。

11月30日 中国文联、中国民协、江苏省文联、苏州市人民政府联合主办的第八届中国民间文艺山花奖颁奖典礼在苏州举行。中国文联名誉主席周巍峙，中国文联领导李牧、白庚胜出席颁奖典礼。贾芝、居素甫·玛玛依、冯元蔚、张振犁获得中国民间文艺终身成就奖，这是自1999年山花奖创办以来首次颁发该奖项。刘锡诚等20人获得民间文艺成就奖。《人与自然》等35件作品获得民间工艺美术作品奖，《白蛇传》等5部作品的创作队伍获得民间艺术表演奖，《中国民间剪纸集成·蔚县卷》等14部作品获得民间文艺学术著作奖，《升旗升旗》等13部作品获得民间文学奖。苏州市相城区被中国民协授予"中国民间文艺之乡"称号。

12月3日 中国文联、中国剧协和苏州市人民政府共同主办的第十届中国戏剧节暨首届中国戏剧奖·梅花表演奖（第二十三届中国戏剧梅花奖）颁奖典礼在苏州举行。中国文联名誉主席周巍峙，中国文联党组副书记、副主席李牧，江苏省委常委、省纪委书记冯敏刚，江苏省委常委、苏州市委书记王荣等出席颁奖典礼。宋国锋、茅威涛荣获梅花大奖；曾静萍、冯宪珍、陈美兰、林为林获得二度梅；方亚芬、蒋建国、谷好好、于兰、张俊玲、王惠、苗洁、沈丰英、刘晓燕、任小蕾、工新仓、俞玖林、张小琴、曾菊、罗慧琴、魏佳宁、田敏、梁桂星、张晓琴、陈素珍、李敏、闫慧芳、张怡凰、邵志庆、何小菊、贾书层、周虹、杨丽萍、焦黎、刘谊、张军强、孙涛、吕继宏等33人获得梅花奖。

12月7日 中国文联、共青团中央、全国妇联联合主办的"新农村少儿舞蹈美育工程"全国启动仪式在北京人民大会堂举行。中国文联党组书记、副主席胡振民，党组成员、书记处书记廖奔参加启动仪式。"新农村少儿舞蹈美育工程"是在建设社会主义新农村的背景下，为广大农村少年儿童量身定做的一套以舞蹈素质教育为主要手段的美育工程。

12月11日 为纪念中日邦交正常化35周年，中国文联、中国书协、日中文化交流协会、全日本书道联盟在北京皇城艺术馆联合举办"中日百位书法名家作品展暨中日文化名人书法展"，展出作品137幅。此展也作为中日文化体育交流年活动之一。文化部部长、中国文联主席孙家正为展览题词。

12月13日—20日 中国文联、中国音协、广州市人民政府主办的第六届中国音乐金钟奖在广州举办。20日，闭幕式暨颁奖典礼在广州市星海音乐厅隆重举行。全国政协副主席张思卿，中国文联党组副书记、副主席覃志刚出席闭幕式。乔羽等8位音乐家获得终身成就奖，本届金钟奖共评出表演奖83个、作品奖15个、理论评论奖 26 个。

12 月 18 日 中国书协、中共广东省委宣传部主办的"全国第九届书法篆刻展览"在广东省广州市中国进出口商品交易会流花展览馆开幕。全国政协副主席张思卿，中国文联党组副书记、副主席覃志刚，中国书协主席张海等为展览揭幕。展览最终评出一等奖 5 人，二等奖 9 人，三等奖 20 人，获奖提名作品 69 件，入展作品 889 件，入展提名作品 453 件。

2008 年

1月1日 中国文联2008年"送欢乐下基层"系列公益性惠民文化活动在广西壮族自治区钦州市开幕。中共中央政治局委员、中共中央书记处书记、中宣部部长刘云山对"送欢乐下基层"活动作出批示。中国文联领导胡振民、覃志刚出席相关活动。

1月3日 中国文联荣誉委员,中国文联原副主席、党组书记林默涵逝世,享年95岁。

1月8日 中共中央宣传部、中国文联、山东省委主办的邹树君同志先进事迹报告会在北京人民大会堂举行。中国文联领导杨志今、廖奔出席报告会。邹树君是继丛飞之后文艺界涌现出来的又一位重大先进典型。

1月16日 中国文联党组书记、副主席胡振民带领的"送欢乐下基层"艺术家赴四川广安慰问演出。

1月24日 中国文联第八届主席团第三次会议在北京召开。中国文联主席、文化部部长孙家正,中国文联领导胡振民、覃志刚、李牧、冯远、杨志今、廖奔、白庚胜参加会议。会议审议并通过了《中国文联第八届全国委员会第三次会议议程》,确认了第八届全国委员会委员更替和增补事宜,审议了《在中国文联第八届全国委员会第三次会议上的工作报告》《中国文联2007年工作总结(审议稿)》和《中国文联2008年工作要点(审议稿)》。

同日 中国文联在北京人民大会堂宴会厅举办"百花迎春——中

国文学艺术界2008春节大联欢"。中共中央政治局委员、中共中央书记处书记、中宣部部长刘云山致贺信。

1月25日 中国文联第八届全国委员会第三次会议在北京召开。中国文联党组书记、副主席胡振民代表中国文联第八届主席团作工作报告。中宣部副部长欧阳坚在会上讲话。中国文联领导覃志刚、李牧、冯远、杨志今、廖奔、白庚胜出席会议。会议通报了中国文联第八届全委会委员变动的情况。会议增选吴长江、罗杨为中国文联第八届中国文联主席团委员。

2月20日 中国文联、中国红十字会到遭受冰雪灾害的湖南郴州灾区进行慰问演出和捐赠活动。中国文联党组书记、副主席胡振民参加相关活动。此后,中国文联陆续派出慰问小分队,奔赴安徽庐江、广西桂林、贵州开阳、江西九江等南方重灾区开展慰问活动。

2月20日—25日 应泰中艺术家联合会邀请,中国文联组派以副主席冯骥才为团长的代表团访泰,出席该组织成立9周年庆典。

2月26日—3月3日 中国文联派员赴澳大利亚出席国际艺术理事会及文化机构联合会第21次执委会。

3月2日 中国文联组织的文艺界全国人大代表全国政协委员联谊会在北京举行。中国文联主席、文化部部长孙家正,中国文联领导胡振民、覃志刚、李牧、冯远、杨志今、廖奔、白庚胜参加联谊会。

3月27日—4月8日 应中国文联邀请,以秘书长王吉隆为团长的台湾中国文艺协会访问团一行访问北京、山东、云南。

4月3日 "我们的节日——清明节主题活动"启动仪式暨首届全国清明节美术书法摄影民间艺术作品展开幕式在山西太原举行。全国政协副主席、中国文联主席孙家正宣布活动正式启动。中国文联党组书记、副主席胡振民在启动仪式上讲话。中国文联党组成员、书记处书记白庚胜出席启动仪式。

4月3日—12日 应埃及文化部和约旦艺术家工会邀请，中国文联组派以党组副书记、副主席覃志刚为团长的代表团访问埃及、约旦。

4月4日—14日 应中国文联邀请，叙利亚作家协会主席侯赛因·朱玛率代表团访华。

4月5日 国务院新闻办、中国文联、中国美协共同主办的"同一个世界——中国画家彩绘联合国大家庭艺术大展"广州巡回展在广东美术馆开幕。中国文联党组成员、书记处书记廖奔出席展览开幕式。

4月15日 中国文联、中国杂协主办的纪念改革开放30周年、迎奥运金奖杂技节目展演暨第七届中国杂技金菊奖第二次全国杂技比赛在北京闭幕。中国文联主席孙家正和胡振民、李牧、冯远、杨志今、廖奔、白庚胜等出席颁奖晚会。

4月16日—21日 中国文联与澳门基金会在澳门联合举办"中华情"美术书法作品展，展出作品294幅。中国文联党组副书记、副主席覃志刚出席开幕式。

4月21日 中国文联精神文明建设委员会召开"迎奥运、讲文明、树新风"活动动员会。中国文联党组副书记、副主席、精神文明建设委员会主任李牧出席会议并讲话。

同日 中国文联党组成员、副主席杨志今会见以宣教部高级专员、国家文艺评论委员会副主席陶维括为团长的越共中央宣教部代表团。

5月7日 全国政协副主席、中国文联主席孙家正会见并宴请以著名作家、会长辻井乔为团长的日中文化交流协会代表团一行。该代表团系应对外友协邀请访华。

5月13日—14日 中国文联党组分别召开党组会议和扩大会议，传达中共中央办公厅、国务院办公厅《关于四川省汶川县发生强烈地震情况和全力做好抗震救灾工作的通报》，研究决定，以中国文联名义，代表广大文艺家和文艺工作者向四川省委、省人民政府捐赠100万元。中国文联党组书记、副主席胡振民主持会议。中国文联领导覃志刚、李牧、冯远、廖奔、白庚胜出席会议。

5月15日—21日 应韩国汉阳大学及韩国艺术管理中心邀请，中国文联党组成员、书记处书记廖奔赴韩国首尔出席亚洲传统剧场国际学术研讨会和第二届亚洲表演艺术论坛。

5月18日 中宣部、中央外宣办、文化部、国家广电总局、新闻出版总署、中国人民解放军总政治部、中国文联、中国作协、中国记协共同发起的"《爱的奉献》——2008抗震救灾大型募捐活动"在中央电视台举行。中共中央政治局常委李长春，中共中央政治局委员、中共中央书记处书记、中宣部部长刘云山出席活动并捐款。全国政协副主席、中国文联主席孙家正因公出差特委托中国文联负责同志代为捐款。

5月18日—25日 应日中文化交流协会邀请，中国文联党组副书记、副主席李牧率代表团访问日本。日本文化厅长官青木保会见代表团。代表团分别拜会著名表演艺术家栗原小卷、画家松尾敏男、书法家新井光风、美术评论家入江观等。

5月22日 中国文联主办的"放眼企业看巨变——纪念改革开放30周年千名文艺工作者专题采风活动"在北京启动。中国文联领导胡振民、覃志刚、冯远出席启动仪式。

5月25日 根据中央统一部署，中国文联组织赴地震灾区体验生活采访创作小分队，奔赴四川、陕西、甘肃等不同灾区。中国文联领导胡振民、覃志刚、杨志今、廖奔为中国文联组派的小分队送行。

6月7日 "奉献青春重建家园——新生代歌唱精英大型赈灾演唱会"在北京民族文化宫大剧院举行。中国文联领导胡振民、覃志刚、李牧、冯远、杨志今、廖奔、白庚胜出席。整场晚会有百余名歌手参加，持续 3 个多小时，全部善款通过中国红十字会总会捐献给灾区，用于灾后重建。

6月12日　中国文联文艺评奖工作座谈会在北京举行。中国文联党组副书记、副主席覃志刚出席会议并讲话。

6月16日—24日　应中国文联邀请，以韩国文化艺术委员会委员长金正宪为团长的代表团一行访华。中国文联党组书记、副主席胡振民会见代表团。

6月24日　中国文联组织的抗震救灾"心连心"慰问艺术团两支小分队赴陕西省汉中市、宝鸡市为灾区群众进行慰问演出。中国文联领导胡振民、李牧分别随两支小分队赴灾区参加慰问活动。

同日　中国文联荣誉委员、中国摄协主席邵华在北京病逝，享年69岁。

6月25日　中国文联维权办公室和中国民间文艺家协会在北京召开"民间文学艺术作品著作权保护研讨会"，新闻出版总署副署长阎晓宏，中国文联党组成员、书记处书记白庚胜出席会议。

6月25日—7月14日　应荷兰、德国当地艺术节组织的邀请，中国文联组派上海电影艺术学院张江艺术团一行赴荷兰和德国参加当地举办的国际民间艺术节。

6月28日　中国文联、中国书协、北京市文联主办的第八届国际书法交流大展在北京劳动人民文化宫太庙开幕。中国文联党组书记、副主席胡振民在开幕式上讲话。全国政协副主席、中国文联主席孙家正，中国文联领导覃志刚、杨志今、廖奔、白庚胜出席开幕式。此次展览是 2007 年 11 月国际书法联络会秘书处由新加坡书协正式移交中国书协后首次在中国举办。

6月29日　中国文联、中国摄协、中国美协、中国书协共同主办的"众志成城——2008 抗震救灾全国摄影美术书法特展"在北京民族文化宫展览馆开幕。全国政协副主席、中国文联主席孙家正宣布展览开幕。中国文联党组书记、副主席胡振民在开幕式上致辞。中国文联领导覃志刚、冯远、杨志今、廖奔出席开幕式。

7月6日 中国文联、中国书协主办的中国千名书家精品走进奥运场馆捐赠仪式在"鸟巢"举行。中国文联党组成员、书记处书记廖奔出席。

7月8日 中国文联、北京市人民政府、中国美协主办的第三届中国北京国际美术双年展在中国美术馆开幕。中国文联党组书记、副主席胡振民在开幕式上致辞。全国政协副主席、中国文联主席孙家正，中国文联领导覃志刚、冯远、杨志今、廖奔、白庚胜出席开幕式。作为北京奥运会期间举办的唯一大型国际美术展览，第三届中国北京国际美术双年展被列为北京人文奥运的重大文化活动之一。

7月11日—12日 中国文联和中国人民解放军总政治部宣传部联合主办的"8·1庆81——庆祝中国人民解放军建军81周年大型演唱会"在北京民族文化宫大剧院上演。中国文联领导胡振民、覃志刚、冯远、杨志今、廖奔等出席并观看演唱会。

7月11日—15日 应芬兰考斯蒂宁国际民间艺术节组委会邀请，中国文联组派以中国音协副主席徐沛东为团长的3人工作组访问芬兰，就合作举办2009年中国主题演出达成初步意向。

7月17日 中国文联、中国影协、北京市高级人民法院知识产权庭主办的影视作品版权保护座谈会在北京召开。中国文联党组成员、书记处书记廖奔出席。

7月18日 中共中央政治局常委李长春专程来到中国美术馆，观看了正在这里展出的第三届中国北京国际美术双年展。中国文联领导胡振民、李牧、冯远、杨志今、廖奔等陪同参观。

7月21日 中国文联会同国务院新闻办、中国常驻联合国代表团在纽约联合国总部举办"同一个世界——中国画家彩绘联合国大家庭艺术大展",联合国秘书长潘基文、副秘书长赤阪清隆,中国常驻联合国大使王光亚出席开幕式。

7月24日—8月1日 应外交部邀请,中国文联党组成员、副主席冯远赴华盛顿出席中国驻美大使馆新馆揭幕典礼。

7月26日 第二十九届奥组委、中国文联、中国民协、北京市文联在北京钓鱼台大酒店举行中国民族民间手工艺制作与展示活动新闻发布会和启动仪式。中国文联党组副书记、副主席覃志刚代表主办单位讲话,中国文联党组成员、书记处书记白庚胜向入驻奥运村的艺术家颁发证书。

8月13日—14日 中国文联、中国剧协、国家大剧院联合主办的"梅花赋——梅花奖艺术团庆奥运专场演出"在国家大剧院举行。中国文联名誉主席周巍峙,中国文联领导胡振民、李牧、杨志今、白庚胜等观看首演。

8月30日 第七届中国金鹰电视艺术节在湖南长沙举行颁奖仪式和闭幕式晚会。全国政协副主席、中国文联主席孙家正,中国文联党组成员、副主席杨志今出席开幕式晚会。第二十四届中国电视金鹰奖中,《闯关东》获得最佳长篇电视剧奖,《士兵突击》等作品获优秀长篇电视剧奖,《七十二家房客》获得最佳中短篇电视剧奖,其他奖项也在大会上颁发。

9月9日 第二届中国戏剧奖·曹禺剧本奖(第十八届曹禺剧本奖)在杭州颁奖,《风刮卜奎》《有一种毒药》《天籁》《柠檬黄的味道》《傅山进京》《走进阳光》《王茂生进酒》《赵氏孤儿》8部剧本获奖。

9月10日—13日 第十七届中国金鸡百花电影节在辽宁省大连市举办。本届电影节为《5.12汶川不相信眼泪》《麻辣母女》两部影片举行签约仪式,填补了以往金鸡百花电影节没有电影市场交易平台的空白。全国政协副主席、中国文联主席孙家正出席开幕式并宣布第十七届中国金鸡百花电影节开幕。中国文联党组书记、副主席胡振民在开幕式上致辞。中国文联党组成员、副主席杨志今出席开幕式。在第二十九届大众电影百花奖中,《集结号》获得最佳故事片奖,《云水谣》《隐形的翅膀》获优秀故事片奖,冯小刚获得最佳导演奖;张涵予(《集结号》中饰谷子地)获得最佳男主角奖;李冰冰(《云水谣》中饰王金娣)获得最佳女主角奖,邓超(《集结号》中饰赵二斗)获得最佳男配角奖,归亚蕾(《云水谣》中饰老年王碧云)获得最佳女配角奖;雷庆瑶(《隐形的翅膀》中饰志华)获得最佳新人奖。本届大众电影百花奖授予袁乃晨、陈强终身成就奖。

9月24日 国务院新闻办、国家广电总局、中国文联、中国摄协、青海省人民政府主办的2008中国(青海)三江源国际摄影节暨世界山地纪录片节在西宁开幕。中国文联党组成员、副主席杨志今出席开幕式并致辞。

10月5日 第六届中国舞蹈荷花奖校园舞蹈大赛暨首届青年舞蹈节闭幕式暨颁奖晚会在山西太原举行。中国文联党组成员、书记处书记廖奔出席颁奖晚会并讲话。

10月7日 中国文联、教育部、上海市人民政府主办的首届中国校园戏剧节在上海开幕。全国政协副主席、中国文联主席孙家正为戏剧节题词祝贺。中国文联名誉主席周巍峙,中国文联党组副书记、副主席李牧出席开幕式。

10月10日 中国文联主办的第七届造型表演艺术成就奖颁奖典礼在北京举行。王伯敏、王学仲、白雪石、齐康、李焕民、陈复礼、侯一民获得造型艺术成就奖,李世济、夏菊花、缪天瑞获表演艺术成就奖。中国文联领导覃志刚、冯远出席颁奖典礼。

10月14日 中国文联召开开展深入学习实践科学发展观活动动

员大会。中国文联党组书记、副主席、中国文联学习实践科学发展观活动领导小组组长胡振民作动员讲话。中国文联党组副书记、副主席、中国文联学习实践科学发展观活动领导小组副组长覃志刚、李牧，党组成员、副主席、中国文联学习实践科学发展观活动领导小组成员冯远、杨志今，党组成员、书记处书记、中国文联学习实践科学发展观活动领导小组成员廖奔、白庚胜出席动员大会。会上宣读《中国文联开展深入学习实践科学发展观活动实施方案》。

10月14日—20日 中国文联组派以中国文联出版办主任赵克忠为团长的出版代表团一行赴德国参加法兰克福国际书展。

10月15日 金陵牡丹曲——第五届中国曲艺牡丹奖颁奖晚会在南京举行。全国政协副主席、中国文联主席孙家正，中国文联党组成员、副主席冯远出席并观看演出。滑稽小品《刷卡》、苏州弹词《风雨黄昏》等6个节目获得节目奖；绍兴莲花落《征母》、相声《其实我想走》等5件作品获得文学奖；石富宽、闫淑平等11人获得表演奖；史不凡、闫磊等7人获得新人奖；马力、王兆一等10人获得终身成就奖；《浙江曲艺的生态现状及思考》等4部作品获得理论奖；方言快板《中国雄起》获得特别奖。

10月16日—26日 文化部、中国文联、江苏省人民政府主办的国际剧协第三十一届世界戏剧节开幕式文艺演出——"同一个地球，同一个舞台"在南京举办，来自16个国家和地区的400余名演员演出37台剧目。全国政协副主席、中国文联主席孙家正，中国文联党组成员、副主席冯远出席开幕式。

同日 中国文联、文化部、民盟中央、苏州市人民政府主办的纪念吴作人诞辰100周年座谈会在北京举行。中国文联党组副书记、副主席覃志刚出席座谈会并讲话。

10月17日 中国文联主办的中国文联文艺理论工作研讨会在江

苏无锡召开。中国文联党组成员、副主席杨志今出席研讨会并讲话。

10月18日 中国文联荣誉委员、著名电影导演谢晋逝世,享年85岁。

10月22日—24日 应中国文联邀请,芬兰考斯蒂宁艺术节艺术总监黑斯凯宁访问北京,与中国文联商谈2009年中国主题演出活动项目合作事宜。

10月22日—27日 中国文联领导胡振民、李牧、冯远会见应中国杂协邀请访华的世界魔术大会国际顾问及各国团组负责人考察团一行。

10月23日 全国政协副主席、中国文联主席孙家正会见并宴请以辻井乔为团长的日中文化交流协会代表团。

10月26日 中国文联、中国曲协、中共河南省委宣传部、河南省文联主办的第六届中国曲艺节在河南省平顶山市开幕。全国政协副主席、中国文联主席孙家正发来贺信。中国文联党组成员、副主席冯远出席开幕式。共有来自全国各地的64个演出单位参加,各类曲艺形式42种轮番上演。

10月27日 中宣部副部长欧阳坚到中国文联调研。中国文联领导胡振民、覃志刚、李牧、杨志今、廖奔、白庚胜出席调研会。

10月31日 著名画家陆俨少诞辰100周年展暨《陆俨少全集》首发式在中国美术馆举行。中国文联党组成员、副主席冯远出席开幕式。

11月12日 中国文联、文化部、中国作协在北京人民大会堂举行座谈会,纪念无产阶级革命家、著名的马克思主义文艺理论家、无产阶级革命文艺运动的先驱之一、党在文艺战线的卓越领导人周扬同志诞辰一百周年。全国政协副主席、中国文联主席孙家正出席会议并讲话。中国文联名誉主席周巍峙,中国文联领导胡振民、覃志刚、杨志今出席座谈会。

同日 中国文联在北京棋院举办第十四届中日文艺界围棋友谊赛，邀请日中文化交流协会理事、全日本书道联盟副理事长大井锦亭率日本文艺界围棋爱好者代表团一行参加。

11月15日 中国文联、中国剧协、中国田汉研究会、田汉基金会联合主办的田汉诞辰110周年逝世40周年纪念大会在北京人民大会堂召开。中国文联名誉主席周巍峙，中国文联党组副书记、副主席李牧出席大会。

11月17日 中国文联、中国舞协主办的"献给改革开放三十周年——舞蹈精品演出"在国家大剧院举行。中国文联党组成员、书记处书记廖奔出席并观看演出。

11月18日—22日 中国文联党组成员、副主席杨志今一行赴英国出席国际艺术理事会及文化机构联合会第22次执委会会议。

11月21日 在中国文联的指导和支持下，中国摄影著作权协会成立。中国文联党组副书记、副主席李牧出席成立大会并讲话。

11月26日—12月5日 应俄罗斯国家杜马文化委员会和日中文化交流协会邀请，以中国文联党组书记、副主席胡振民为团长的中国文联代表团一行访问俄罗斯、日本，出席"从莫斯科到北京——第二十九届奥运会摄影展"和在日本举办的"今日中国"艺术周开幕式。

11月27日 中国文联党组成员、副主席冯远会见以东京大学前校长、雕刻家澄川喜一为团长的日本文化界访华团。

12月2日—8日 中国文联会同日中文化交流协会在东京举办"今日中国"艺术周，中国文联党组成员、书记处书记廖奔率139人艺术团参加艺术周演出展览活动。

12月4日 中国文联主办的"改革开放颂"——纪念改革开放30周年系列演出举行。中国文联领导胡振民、覃志刚、李牧、杨志今出席并观看演出。

12月10日 "春天的故事——大型交响合唱朗诵晚会"在北京民族文化宫大剧院举行。中共中央政治局常委李长春，中共中央政治局委员、中共中央书记处书记、中宣部部长刘云山观看演出。

12月11日—13日 中国美协第七次全国代表大会在北京召开，中共中央政治局委员、书记处书记、中宣部部长刘云山出席并作重要讲话。会议出席代表共计421人，香港特别行政区、澳门特别行政区美术家首次以正式代表身份出席。中国美协分党组书记吴长江代表中国美协第六届主席团向大会作了题为《熔铸中国气派 塑造国家形象 进一步推动中国美术事业的繁荣发展》的工作报告。会议选举产生了新一届中国美术家协会领导机构：刘大为任主席，吴长江（常务）、王明明、韦尔申、冯远、许江、许钦松、杨晓阳、何家英、范迪安、罗中立、施大畏、黄格胜、曾成钢、潘公凯任副主席；刘健任秘书长，李荣海、张旭光、陶勤任副秘书长；推举靳尚谊为名誉主席，聘请王琦、王明旨、尼玛泽仁、华君武、刘文西、刘勃舒、李焕民、吴冠中、杨力舟、肖峰、林墉、哈孜·艾买提、秦征、黄永玉、常沙娜、詹建俊16人为中国美协顾问。会议对《中国美术家协会章程》进行了修改、补充和完善，根据中央和中国文联指示精神和实施意见，根据港澳地区美术家愿望和国家有关法规，中国美协将吸收港澳地区美术界人士作为个人会员入会，并将与有关机构共同制定入会条件和报批程序。

12月16日 中国文联、中国摄协主办的纪念改革开放30年中国摄影金像奖获奖作者作品回顾展在北京民族文化宫开幕。中国文联领导胡振民、覃志刚、廖奔出席展览开幕式。

12月20日 中国文联、中国杂协、新疆生产建设兵团党委宣传部、新疆生产建设兵团文联主办的"送欢乐下基层"慰问演出活动在新疆哈密举行。中国文联党组副书记、副主席李牧参加慰问演出。

12月25日—27日 中国影协在北京召开第八次全国代表大会，中共中央政治局委员、中共中央书记处书记、中宣部部长刘云山出席开幕式并讲话。全国政协副主席、中国文联主席孙家正，中宣部副部长焦利，国家广电总局党组副书记、副局长赵实，中国文联领导胡振民、覃志刚、李牧、杨志今、廖奔、白庚胜及中国影协第七届名誉主席谢铁骊出席开幕式。会议选出中国影协第八届主席李前宽，副主席为尹力、冯小刚、成龙、李平分、李雪健、张会军、奚美娟（女）、康健民、童刚、潘虹（女）。

12月27日 中华全国青年联合会、中国文联、中国美协联合主办的第三届全国青年美术作品展览在中国美术馆开幕。中国文联党组成员、副主席冯远出席并在开幕式上讲话。

12月29日 中共中央政治局常委李长春到中国美术馆观看"纪念中国改革开放30周年——全国美术作品展览优秀作品展"。

2009 年

1月16日　中国文联在北京凯宾斯基饭店举办迎新春驻华使节招待会，40多个国家的驻华使节应邀出席。中国文联党组成员、副主席冯远出席并致辞。

2月2日—8日　中国文联会同埃及文化部、中国驻埃及大使馆在埃及开罗、亚历山大举办"今日中国"艺术周。中国文联党组成员、副主席冯远，中国驻埃及大使武春华，埃及文化部副部长费萨尔·尤尼斯出席艺术周活动。

2月17日—23日　应日本大阪府堺市市长木原敬介邀请，中国文联党组成员、书记处书记白庚胜赴日本出席"活着的文化——非物质文化遗产的传承与发展"研讨会。

2月23日　中国文联和海南省人民政府联合主办的以"影响与交融——当代中华艺术的多点透视"为主题的首届海峡两岸暨港澳地区艺术论坛在海口市开幕。全国政协副主席、中国文联主席孙家正向论坛发来贺信。中国文联党组成员、副主席冯远在开幕式上讲话。中国文联党组成员、副主席杨志今宣读贺信。中共海南省委常委、宣传部部长周文彰主持开幕式。

3月2日　中国文联在北京举办文艺界全国人大代表全国政协委员联谊会暨中国文联"送欢乐下基层"活动表彰会。全国政协副主席、中国文联主席孙家正，中国文联名誉主席周巍峙，中国文联领导胡振民、覃志刚、李牧、冯远、杨志今、廖奔、白庚胜，参加十一届全国人大二次会议、全国政协十一届二次会议的文艺界代表、委员，部分参加"送欢乐下基层"活动的文艺家，各全国文艺家协会、中国文联各直属单位、机关各部门负责人参加联谊会。会上宣读了《中国文联关于表彰参加"送欢乐下基层"活动文艺工作者的决定》。

3月11日—14日　中国文联党组副书记、副主席李牧一行赴智利圣地亚哥出席国际艺术理事会及文化机构联合会第23次执委会会议。

4月8日—13日　应朝鲜文艺总同盟邀请，中国文联组派以中国文联副主席白淑湘为团长的代表团访朝。

4月15日　第二届中国戏剧奖·梅花表演奖（第二十四届中国戏剧梅花奖）大赛开幕式在河南省平顶山市举行。中国文联党组副书记、副主席李牧出席大赛开幕式。

4月17日　由文化部、中国文联、北京市人民政府主办的"不能说的秘密——国际顶级近台魔术秀"在北京演出。中国文联领导胡振民、李牧、冯远、杨志今、廖奔观看演出。这是第二十四届世界魔术大会暨2009年北京世界魔术大会倒计时100天之际推出的专场表演。

4月23日　中国文联主办的"我与文联"大型征文活动在北京启动。这是为庆祝中国文联暨中国剧协、中国影协、中国音协、中国美协、中国曲协、中国舞协，以及有关省区市文联成立60周年开展的一项大型征文活动。

4月30日　中国文联、中国书协主办的"创造力的实现——张海书法展"在浙江西湖美术馆开幕。中国文联党组书记、副主席胡振民，浙江省政协主席周国富出席开幕式。中国文联党组成员、副主席冯远在开幕式上讲话。

5月18日　第二届中国戏剧奖·梅花表演奖（第二十四届中国戏剧梅花奖）颁奖晚会在杭州余杭举行。中国文联领导胡振民、李牧，中国剧协主席尚长荣等出席。著名戏曲表演艺术家裴艳玲获梅花大奖。谢涛、曾昭娟、孟广禄、章兰获得二度梅。潘国梁、王英会、孔向东、田磊、倪茂才、张军、张蓓、苏燕蓉、李小雄、周源源、王润菁、陈雪萍、刘桂娟、张辉、赵靖、孔爱萍、陈新琴、黄静慧、徐俊霞、吴素英、刘凤岭、邢金沙、马少敏、惠敏莉、吕凤琴、郭英丽、屈巧哲、艾平、刘晓翠、张礼慧等30名优秀戏剧演员获得梅花奖。

5月23日 文化部、财政部、教育部、团中央、国家广电总局、全国妇联、中国文联、北京市人民政府共同主办的"歌声伴着我成长"——庆祝新中国成立60周年少儿音乐晚会在北京上演。

5月26日 中国文联主办的"翱翔的凤凰"——纪念郭沫若新诗创作90周年暨郭沫若题词（匾）大展启动仪式活动在郭沫若纪念馆举行。中国文联党组成员、书记处书记廖奔出席活动。

5月30日 中国文联、中国书协主办的"创造力的实现——张海书法展"在江苏省美术馆开幕。全国政协副主席、中国文联主席孙家正出席开幕式。中国文联党组副书记、副主席覃志刚在开幕式上讲话。

6月12日 首届中国聂耳音乐（合唱）周开幕式晚会《前进颂》在北京人民大会堂举行。中共中央政治局常委李长春与首都各界群众一同观看演出。经中宣部批准，由中国文联、云南省委、云南省人民政府、中国音协联合主办首届中国聂耳音乐（合唱）周，以聂耳音乐作品为代表，通过人民群众喜闻乐见、广泛参与的音乐艺术形式，弘扬中华民族优秀文化，赞颂新中国成立60年来的伟大历程和辉煌成就。

6月13日—28日 应台湾中国文艺协会邀请，中国文联组派以党组书记、副主席胡振民为团长的访问团访台，参加双方共同举办的"世纪初艺术——海峡两岸绘画联展"。中国文联党组书记、副主席胡振民在开幕式上致辞。

6月15日 中国文联组织抵制商品过度包装"万人签名"活动。中国文联领导覃志刚、李牧、廖奔参加签名活动。

6月25日 全国政协副主席、中国文联主席孙家正在政协礼堂会见韩国驻华大使辛正承，就进一步发展中韩文化交流交换意见。

6月29日 中华海外联谊会、中国文联、中国人民解放军总政宣传部、解放军艺术学院、总政歌舞团、中国音协和国家大剧院举办的"时代之声——傅庚辰作品音乐会"在国家大剧院音乐厅举行。

7月7日—9日 中国曲协成立60周年暨全国中青年曲艺家创作会议在北京二十一世纪饭店举行。全国政协副主席、中国文联主席孙家正，中国文联名誉主席周巍峙，中国文联党组书记、副主席胡振民，中国文联党组成员、副主席冯远，中宣部文艺局局长杨新贵，中国曲协名誉主席罗扬，中国曲协顾问朱光斗，中国曲协主席刘兰芳，中国曲协分党组书记、副主席姜昆，中国曲协副主席王汝刚、冯巩、李时成、吴文科、郭刚、盛小云、崔凯、程永玲、道尔吉仁钦、籍薇等出席纪念大会。8日，庆祝中国曲协成立60周年专场晚会《笑声与时代》在北京世纪剧院举行，中央电视台录制播出。《足迹——中国曲艺家协会60年》画册和《新中国曲艺60年》纪念邮折同时出版发行。

7月8日 为纪念中国文联成立60周年，弘扬我国老一辈艺术家献身艺术的崇高精神，由中国文联组织拍摄的电视专题片《艺坛大家》陆续在中国中央电视台十套《人物》栏目作为特别节目播出。

7月10日 中国文联、中国邮政集团公司主办的"百花芬芳——纪念中国文联成立60周年集邮展"在中国邮政邮票博物馆与广大集邮爱好者见面。中国文联名誉主席周巍峙，中国文联党组书记、副主席胡振民出席，中国文联党组副书记、副主席覃志刚在开幕式上讲话。

同日 第六届全国德艺双馨电视艺术工作者颁奖活动在浙江省嘉兴市举行。全国政协副主席、中国文联主席孙家正出席当晚举行的庆典晚会，并与获得第六届全国德艺双馨电视艺术工作者称号的电视人合影。中国文联党组成员、副主席杨志今，浙江省政协主席周国富，中国文联副主席、中国视协主席赵化勇，浙江省委常委、宣传部部长黄坤明等领导出席颁奖典礼。

7月11日 中国文联支持，中国文联国内联络部和湖北省文联联合主办的庆祝新中国成立60周年暨中国文联成立60周年全国文艺名家书画作品邀请展启动仪式在全国政协礼堂举行。全国政协副主席、中国文联主席孙家正为展览题词。中国文联领导覃志刚、冯远出席启动仪式。

7月17日 纪念中国文联成立60周年大会在北京人民大会堂召开。中共中央政治局常委李长春发来贺信，中共中央政治局委员、中共中央书记处书记、中宣部部长刘云山出席会议并讲话。全国政协副主席、中国文联主席孙家正出席会议并致辞。团中央书记处第一书记陆昊代表人民团体致贺词。中国文联党组书记、副主席胡振民主持大会。中国文联党组副书记、副主席覃志刚宣读了《中国文联关于向从事新中国文艺工作60年的文艺工作者颁发荣誉证章证书的决定》。中国文联名誉主席周巍峙，中国文联领导李牧、冯远、杨志今、白庚胜等出席纪念大会。

7月18日 纪念中国文联成立60周年座谈会在北京举行。中国文联党组书记、副主席胡振民在座谈会上讲话。中国文联领导覃志刚、李牧、冯远、杨志今、白庚胜出席座谈会。

7月21日 中国文联主办的中国金奖魔术节目展演暨2009年北京世界魔术大会开幕式晚会预演在北京保利剧院举行。26日，世界魔术大会开幕。全国政协副主席、中国文联主席孙家正致辞。中国文联领导胡振民、覃志刚、李牧、冯远、杨志今、廖奔参加开幕式。

7月25日 中国文联、共青团中央、全国妇联主办的"向祖国汇报——全国新农村少儿舞蹈展演"在北京举行。

8月1日—5日 第八届中国摄影艺术金像奖在云南省大理白族自治州举办。陈复礼等8人获得终身成就奖。乔天富等15人获得创作奖（纪实类），线云强等11人获得创作奖（艺术类），工敬民等3人获得创作奖（商业类）。

8月2日 中国文联主办的"我和我的祖国"庆祝新中国成立60周年著名艺术家演唱会在国家大剧院举行。

8月8日 中国文联、中国民协、吉林省人民政府、长春市人民政府主办的第五届中国（长春）民间艺术博览会在长春开幕。中国文联党组副书记、副主席覃志刚出席开幕式。

8月12日 中国文联、中国曲协、中国杂协、三亚市人民政府共同主办的2009（三亚）国际幽默艺术周开幕。中国文联领导胡振民、李牧、冯远出席开幕式。

8月24日—29日 应捷中文化艺术协会民间邀请，中国文联组派以党组副书记、副主席覃志刚为团长的代表团访问捷克。

8月31日—9月10日 应中国文联邀请，奥地利维也纳音乐厅总经理、艺术总监伯恩哈德·凯雷斯访华，为2011年举办中国音乐艺术节进行考察。

9月1日 文化部、中国文联、中国美协共同主办的第十一届全国美展壁画展在北京中央美术学院美术馆开幕。中国文联党组成员、副主席冯远出席展览开幕式并讲话。

9月5日 中国文联、中国曲协主办的"向祖国汇报"——庆祝新中国成立60周年曲艺精品展演周在北京开幕。

9月7日 中国文联、中华全国总工会、中央电视台、中国剧协主办的"向祖国汇报"——庆祝新中国成立60周年全国产业（行业）系统戏曲演唱活动颁奖晚会在北京梅兰芳大剧院举行。

同日 中国文联、中国音协、中央音乐学院、上海音乐学院、江西萍乡市委、萍乡市人民政府主办的"纪念女高音歌唱家声乐教育家喻宜萱先生诞辰100周年座谈会"在北京举行。中国文联党组副书记、副主席覃志刚等出席座谈会。

9月7日—12日 应加拿大艺术理事会和加拿大多元文化交流基金会邀请，中国文联党组书记、副主席胡振民率代表团访加，访问期间出席了中国文联主办的"欢声笑语迎国庆"巡演开幕式。

9月8日—16日 应国际德尔菲委员会、韩国国家德尔菲委员会邀请，中国文联组团赴韩国参加第三届国际德尔菲艺术比赛，出席第四届国际德尔菲代表大会。

9月11日 文化部、中国文联主办，中国音协、中国东方歌舞团、北京市东方华夏艺术中心承办的"王昆从事革命文艺工作70周年暨王昆声乐艺术研讨会"在北京人民大会堂举行。中国文联党组成员、副主席冯远出席研讨会并讲话。

9月15日 "中国民族民间文艺集成志书"在京首发。由文化部、国家民族事务委员会、中国文联及全国哲学社会科学规划领导小组、全国艺术科学规划领导小组共同主办的"大地芳华——中国民族民间文艺集粹展"也同期开展。"中国民族民间文艺集成志书"共10部，包括《中国民间歌曲集成》《中国戏曲音乐集成》《中国民族民间器乐曲集成》《中国曲艺音乐集成》《中国民族民间舞蹈集成》《中国戏曲志》《中国民间故事集成》《中国歌谣集成》《中国谚语集成》《中国曲艺志》。中国文联名誉主席周巍峙担任总编委会主任。

9月21日—26日 中国文联派员赴南非出席国际艺术理事会及

文化机构联合会第三次会员大会暨第四届世界文化艺术峰会。中国文联党组副书记、副主席李牧再次当选为该组织新一届执委。

9月24日 中国文联、中国美协、中国书协、中国摄协、中国民协主办的"向祖国汇报"——庆祝新中国成立60周年暨纪念中国文联成立60周年美术书法摄影民间艺术精品展在北京开幕。中国文联党组书记、副主席胡振民在开幕式上讲话。中国文联领导覃志刚、杨志今、廖奔参加开幕式。

9月25日 中国人民解放军总政治部和中国文联、中国摄协联合主办的"庆祝新中国成立60周年全军摄影展暨第一届全军摄影展"在北京中国人民革命军事博物馆开幕。中国文联党组书记、副主席胡振民为摄影展开幕剪彩。

9月28日 中国文联、贵州省人民政府主办的第七届中国舞蹈荷花奖民族民间舞大赛在贵阳闭幕。中国文联党组成员、书记处书记廖奔出席闭幕式。

10月9日 中国文联、中国摄协主办的"中华全家福1949—2009·56个民族共同走过"大型摄影展在北京王府井大街开幕。全国政协副主席、中国文联主席孙家正为展览撰写前言。中国文联领导胡振民、李牧、廖奔出席开幕式。

10月10日 中国文联、中华全国总工会、中央电视台、中国音协联合主办的"向祖国汇报"——庆祝新中国成立60周年全国产业（行业）系统职工歌咏比赛颁奖晚会在中国石化中原油田举行。中国文联党组副书记、副主席覃志刚出席颁奖晚会并观看演出。

10月11日 文化部、国家民委、中国文联、全国哲学社会科学规划领导小组、全国艺术科学规划领导小组在北京人民大会堂召开"十部文艺集成志书"全部出版总结表彰大会。中共中央政治局委员、中共中央书记处书记、中宣部部长刘云山，中共中央政治局委员、国务委员刘延东分别为大会发来贺信。中国文联名誉主席周巍峙，中国文联党组书记、副主席胡振民参加大会。

同日 文化部、中国文联和中国美协联合主办的第十一届全国美展艺术设计作品展在深圳关山月美术馆和华·美术馆分别展出。中国文联党组成员、副主席冯远出席开幕式。

同日 戏剧界庆祝新中国成立60周年暨中国剧协成立60周年纪念大会在北京饭店召开。中国文联领导胡振民、李牧、廖奔出席会议。全国政协副主席、中国文联主席孙家正，中宣部、文化部艺术司、总政治部宣传部、教育部教育委员会，以及各文艺家协会发来贺信。李默然、郭汉城、马少波、陈伯华、赵寻、刘厚生、胡可、袁雪芬、红线女、于是之、方掬芬、徐晓钟等12位老戏剧家获得首届中国戏剧奖·终身成就奖。

10月11日—16日 中国文联党组成员、副主席杨志今率中国文联出版业代表团赴德国参加法兰克福书展，书展期间杨志今出席中国美协举办的"中国当代美术精品展"开幕式并致辞。

10月12日—21日 应韩国文化艺术委员会和日中文化交流协会邀请，全国政协副主席、中国文联主席孙家正率代表团访问韩、日。日本参议院议长江田五月、福冈市市长吉田宏、那霸市市长翁长雄志和韩国国会副议长文喜相、韩国釜山市市长许南植分别会见代表团。

10月13日—17日 第十八届中国金鸡百花电影节在江西南昌举行。在第二十七届中国电影金鸡奖中，《集结号》《梅兰芳》获得最佳故事片奖，《决战太原》获得最佳纪录片奖，《月球探秘》获得最佳科教片奖，《马兰花》获得最佳美术片奖，《廉吏于成龙》获得最佳戏曲片奖，《走四方》获得最佳数字电影奖，《走路上学》获得最佳儿童片奖，江海洋、谷白、宗福先（《高考1977》）获得最佳编剧奖，冯小刚（《集结号》）获得最佳导演奖，李大为（《走着瞧》）获得导演处女作奖，吴刚（《铁人》中饰王进喜）获得最佳男主角奖，周迅（《李米的猜想》中饰李米）、蒋雯丽（《立春》中饰王彩玲）获得最佳女主角奖，王学圻（《梅兰芳》中饰十三燕）获得最佳男配角奖，岳红（《走着瞧》中饰大莲队长）获得最佳女配角奖，吕乐（《集结号》）获得最佳摄影奖，王乐文、李安磊、安韶峰（《八月一日》）获得最佳录音奖，芦月林、余麦多（《铁人》）获得最佳美术奖，王黎光（《集结号》）获得最佳音乐奖，编剧程晓玲（《清水的故事》）、故事片《八月一日》获得特别奖，秦怡、于蓝获得终身成就奖。

10月17日 中国文联、国家安全生产监督管理总局主办的庆祝新中国成立60周年《我的祖国》——刘炽作品音乐会在北京世纪剧院举行。

10月19日 中国文联、中华全国总工会、中央电视台联合主办的"向祖国汇报"——庆祝新中国成立60周年全国产业（行业）系统文艺展演综合晚会在湖北省武汉市琴台大剧院举行。

10月26日—31日 应中国文联邀请，以骆明会长为团长的新加坡文艺协会代表团一行访华。中国文联党组副书记、副主席李牧会见并宴请代表团。

10月27日 中国文联荣誉委员，著名摄影家徐肖冰逝世，享年93岁。

10月31日 中国文联、中国民协、宁波市人民政府主办的第九届中国民间文艺山花奖颁奖典礼在宁波市鄞州区举行。中国文联领导胡振民、李牧出席颁奖典礼。本届山花奖一共颁发了民间文艺表演、学术、工艺、影像、成就、文学作品共6大类7个奖项。其中，《蝶恋梁祝》等5部作品获民间艺术表演奖，《中国民俗史》等18部作品获民间文艺学术著作奖，《喀左·东蒙民间故事》等14部作品获民间文学作品奖，《九龙球》等35件作品获民间工艺美术作品奖，

《天边部落》等6部作品获中国民俗影像作品奖，段宝林等9名民间文艺家获民间文艺成就奖，29名民间艺术家获"中国民协第三届德艺双馨民间文艺家"称号。

11月2日　中国文联党组成员、副主席冯远会见美国路易斯·布鲁恩基金会主席布鲁恩女士。

11月2日—5日　中国文联组派以党组成员、书记处书记廖奔为团长的访问团赴澳门出席由中国文联、澳门基金会联合举办的"庆祝澳门回归10周年——中国当代美术作品展"，并代表中国文联向澳门中联办赠送巨幅画作《海风朗朗》。

11月3日—11日　应台北艺术家文教基金会邀请，中国文联党组副书记、副主席覃志刚率访问团赴台湾参加第二届海峡两岸合唱节。

11月9日　中国文联、中国剧协、中央戏剧学院联合主办的欧阳予倩120周年诞辰纪念活动在北京中央戏剧学院举行。中国文联党组副书记、副主席李牧出席并讲话。

11月12日　中国文联、中国民协、民族文化宫，以及各省、自治区、直辖市民间文艺家协会共同举办的"缤纷中国——中国民族民间服饰文化暨中国民间文化遗产抢救工程成果展"在北京民族文化宫开幕。中国文联党组副书记、副主席李牧出席开幕式。

11月20日—27日　由中国文联、中国音协和广州市人民政府主办的第七届中国音乐金钟奖系列活动在广州举办。27日，颁奖晚会在广州白云国际会议中心举行。全国政协副主席、中国文联主席孙家正，中国文联党组书记、副主席胡振民等出席晚会。本届金钟奖首设广州、重庆、南京、深圳等主、分会场共7个赛区，钢琴、声乐、合唱、室内乐、民族器乐等11个项目赛事合计产生奖牌83个，其中金奖16个、银奖21个、铜奖26个、优秀奖15个、中国新作品演奏奖5个，郭兰英等6位艺术家获终身成就奖。

11月23日 应中国文联邀请，日中文化交流协会代表理事、著名演员栗原小卷率代表团访华。全国政协副主席、中国文联主席孙家正会见代表团。

11月25日 中国文联主办的第八届造型表演艺术成就奖颁奖典礼在北京举行。中国文联领导胡振民、冯远出席颁奖典礼。王琦、方成、华夏、宋忠元、陈勃、李铎、吴良镛获造型艺术成就奖，刀美兰、吴素秋、周小燕获表演艺术成就奖。

11月27日 中国舞协成立60周年纪念大会在北京人民大会堂举行。全国政协副主席、中国文联主席孙家正，中国文联领导胡振民、廖奔参加。纪念大会上，向贾作光、盛婕、梁伦、彭松四位著名舞蹈艺术家颁发中国舞蹈荷花奖·终身成就奖。向著名舞蹈编导张继钢、陈维亚颁发中国舞蹈艺术"特别贡献舞蹈家"证书。翌日，由中国文联、中国舞协主办的"舞动中国——中国舞协成立60周年纪念精品晚会"在北京人民大会堂举行。

11月28日 中国文联、中国剧协和厦门市人民政府共同主办的第十一届中国戏剧节在厦门人民会堂开幕。中国文联党组副书记、副主席李牧出席开幕式并致辞。

12月5日 中国文联、中共武汉市委宣传部、中国视协、武汉玉龙影视制作有限公司、北京森威影视制作有限公司及中国文学艺术基金会联合摄制的19集电视连续剧《杂技皇后夏菊花》在湖北卫视和上海东方卫视首播。这是第一部反映杂技艺术家人生的电视剧。全国政协副主席、中国文联主席孙家正，中国文联党组书记、副主席胡振民担任总顾问，中国文联党组成员、副主席杨志今担任总策划。

12月10日—15日 中国文联会同中国摄协、澳门摄影学会在澳门举办"中华情——庆祝澳门回归10周年"摄影大展，展出图片120幅。

12月15日—17日 中国音协第七次全国代表大会召开。中共中央政治局原常委、国家原副主席曾庆红同志致电祝贺。中共中央政治局委员、中共中央书记处书记、中宣部部长刘云山，中国文联党组书记、副主席胡振民，文化部副部长、中国文联副主席陈晓光出席开幕式并讲话。全国政协副主席、中国文联主席孙家正，中国文联名誉主席周巍峙，中国人民解放军总政治部副主任刘永治及中国文联领导覃志刚、李牧、冯远、杨志今、廖奔出席会议。开幕式上，中国音协分党组书记、驻会副主席徐沛东代表第六届理事会向大会作了题为《谱写和谐乐章，彰显时代风范，为促进中国音乐事业的大发展大繁荣而奋斗》的工作报告。中国音协分党组成员、副秘书长李培隽作了《关于修改中国音乐家协会章程的说明》。会议选举赵季平为主席，徐沛东为驻会副主席，王次炤、叶小钢、印青、余隆、宋飞（女）、宋祖英（女，苗族）、张国勇、努斯来提·瓦吉丁（维吾尔族）、孟卫东、顾欣、彭丽媛、廖昌永、谭利华为副主席，吴祖强、傅庚辰为名誉主席，徐沛东兼任秘书长，副秘书长为李培隽、田晓耕、韩新安。

12月25日 文化部、中国文联、中国美协主办的"第十一届全国美术作品展暨首届中国美术奖·创作奖、获奖作品提名作品展"在北京中国美术馆开幕。中国文联领导胡振民、冯远出席展览开幕式。"中国美术奖"是中宣部批准设立，文化部、中国文联、中国美协主办，并由中国美协承办的国家级美术最高奖，含"创作奖""理论评论奖""终身成就奖"三个子项。"创作奖"在"全国美术作品展览"中产生，每五年评选一次。首届中国美术奖·创作奖153件获奖作品，其中金奖18件，银奖45件，铜奖49件，优秀奖41件。李淞等17人获中国美术奖·理论评论奖。贺友直、潘鹤、高虹、方成、赵延年、王伯敏获中国美术奖·终身成就奖。

12月26日 全国政协办公厅、文化部、国家新闻出版总署、中国文联、中国作协及中国美协共同主办的"甲子新旅——韩美林新作观摩及研讨"活动在全国政协礼堂举行。全国政协副主席、中国文联主席孙家正在开幕式上讲话。中国文联领导胡振民、覃志刚、李牧、冯远出席活动。

12月27日 中国文联、中国书协主办的第三届中国书法兰亭奖在河南省平顶山市举行颁奖晚会。中国文联党组副书记、副主席覃志刚出席并为获得者颁奖。刘江、沙曼翁、孙其峰、姚奠中获得终身成就奖。

2010 年

1月1日　中国文联领导胡振民、李牧带领艺术家赴海军旅顺保障基地进行慰问演出。

1月16日—17日　中国文联第八届全国委员会第五次会议在北京召开。全国政协副主席、中国文联主席孙家正主持开幕式。中国文联党组书记、副主席胡振民代表中国文联第八届主席团作工作报告。中宣部副部长翟卫华在开幕式上讲话。中国文联党组副书记、副主席覃志刚、李牧，党组成员、副主席冯远、杨志今，党组成员、书记处书记廖奔、白庚胜出席开幕式。冯远宣读了《关于中国文联第八届全委会委员变动情况的通报》。中组部干部三局负责人赵凡作了《关于中国文联第八届副主席、主席团委员调整的说明》。由于工作调整和任职年限，张西南不再担任中国文联第八届副主席，董伟、林建不再担任中国文联第八届主席团委员。经中国文联八届五次主席团会议提名，并通过中国文联八届五次全委会选举，黎国如当选为中国文联第八届副主席，季国平当选为中国文联第八届主席团委员。根据《中国文学艺术界联合会章程》规定，经中国文联八届五次主席团会议研究决定，聘请李前宽、张西南为中国文联第八届荣誉委员。

1月17日　中国文联主办的"百花迎春——中国文学艺术界2010春节大联欢"在北京人民大会堂举行。

1月18日　中国文联和文化部主办，中国剧协和文化部艺术司承办的尚小云先生诞辰110周年纪念大会在北京召开，全国政协副主席、中国文联主席孙家正，中国文联党组书记、副主席胡振民出席。中国文联党组副书记、副主席李牧在大会上致辞。

1月18日—20日 应香港中华文化城邀请，中国文联党组成员、副主席冯远赴香港出席第三届当代中国画学术论坛。

1月22日 中共中央政治局委员、中共中央书记处书记、中宣部部长刘云山到中国美术馆，参观第十一届全国美术作品展览暨首届中国美术奖·创作奖、获奖作品提名作品展览。中国文联领导胡振民、冯远陪同参观。

1月25日 中国文联正式迁入新址（北沙滩1号院32号楼）办公。中共中央总书记、国家主席、中央军委主席胡锦涛，中共中央政治局常委、国务院总理温家宝专门发来贺信。温家宝为中国文艺家之家题名。

1月26日 中国文联主办的中国文联新春招待会在全国政协礼堂举行。全国政协副主席、中国文联主席孙家正，中国文联领导胡振民、李牧、冯远出席招待会。国务院港澳办副主任周波、文化部副部长赵少华、海峡两岸关系协会副会长王在希，以及35个国家和地区的80多位驻华使节出席招待会并观看杂技专场演出。

1月31日 大地情深——全国城乡基层群众小戏小品展演活动开幕式在北京人民大会堂举行，中共中央政治局常委李长春，中共中央政治局委员、中共中央书记处书记、中宣部部长刘云山，中共中央政治局委员、国务委员刘延东出席观看。

同日 中国文联、中国民协、福建省文联主办的"中华情——海峡两岸民间艺术嘉年华"在福州开幕。全国政协副主席、中国文联主席孙家正出席宣布活动开幕。

2月7日 中共中央政治局常委李长春到新近建成并投入使用的

中国文艺家之家调研，对中国文艺家之家的建成使用表示祝贺，强调全国广大文艺工作者要自觉坚持先进文化的前进方向，积极投身我国改革开放和现代化建设的伟大实践，努力创作出更多为广大人民群众喜闻乐见的优秀作品，为实现中华民族伟大复兴作出新的更大贡献。中共中央政治局委员、中共中央书记处书记、中宣部部长刘云山，中共中央政治局委员、国务委员刘延东一同调研座谈。全国政协副主席、中国文联主席孙家正主持座谈会。中国文联党组书记、副主席胡振民作汇报。中国文联名誉主席周巍峙，中宣部副部长翟卫华，中国文联党组领导覃志刚、李牧、冯远、杨志今、廖奔，中国文联主席团在京成员，知名艺术家代表，中国文联机关各部门和有关直属单位主要负责人参加座谈会。

2月11日 中国文联2010年新春团拜会在中国文艺家之家举行。中国文联领导胡振民、覃志刚、李牧、冯远、杨志今、廖奔出席。

2月17日—23日 应美国犹他州政府邀请，中国文联党组成员、书记处书记廖奔率代表团访美，出席中国文联青少年艺术团交流演出活动。

3月2日 中国文联举行文艺界全国"两会"代表委员联谊会。全国政协副主席、中国文联主席孙家正，中国文联领导胡振民、覃志刚、李牧、冯远出席。

3月17日 中国文联、中国剧协、珠江电影制片有限公司联合出品，中国剧协摄制，中国文学艺术基金会资助的大型戏曲影片《响九霄》在中国文艺家之家举行首映仪式。全国政协副主席、中国文联主席孙家正题写片名。中国文联领导胡振民、覃志刚、李牧、冯远、廖奔出席首映式。

3月21日—29日 应印度国家美术院、柬埔寨文化艺术部邀请，中国文联党组副书记、副主席李牧率代表团访问印、柬。印度国家美术院行政院长苏达卡·萨尔玛、柬埔寨文化艺术部国务秘书肯萨勒会见代表团。

3月22日—28日 应中国文联邀请，以古巴文联所属《联合会》杂志社副主编艾尔奈斯多·佩雷斯·常为团长的古巴文联代表团一行访华。中国文联党组成员、副主席冯远会见并宴请代表团。

3月25日 中国文联举办"送欢乐下基层"活动文艺家联谊会，中国文联领导胡振民、覃志刚、冯远、廖奔出席联谊会。2006年至2008年，中共中央政治局委员、中共中央书记处书记、中宣部部长刘云山同志3次对活动作出重要批示；2006年，时任中共中央政治局委员、国务院副总理吴仪为活动发来贺信。2009年底，中共中央政治局常委李长春，中共中央政治局委员、国务院副总理回良玉，以及刘云山又分别对"送欢乐下基层"文化惠民活动作出重要批示，要求中国文联精心组织、周密安排，为基层人民群众送去高质量的精神食粮，送去党和政府的关怀和温暖。

3月28日—4月4日 应中国文联邀请，以秘书长李熙源为团长的朝鲜文学艺术总同盟代表团一行访华。中国文联党组成员、副主席冯远会见并宴请代表团。

4月5日 中国文联、河南省人民政府、中国民协等共同主办的"我们的节日——中国（开封）2010清明文化节"在开封开幕。中国文联领导胡振民、李牧等出席开幕式。

4月7日 夏潮任中国文联党组成员。

4月19日 中国文联发出《中国文联关于组织动员广大文艺工作者积极投身青海玉树抗震救灾工作的通知》。之后，中国文联在中国文艺家之家举行对青海玉树地震遇难同胞的哀悼仪式，中国文联党组领导及全国性文艺家协会、机关各部门负责人和干部职工200余人向青海玉树地震遇难同胞默哀。

4月20日 中国文联、中共青海省委宣传部、中国摄协主办的"2010青海玉树抗震救灾纪实摄影展"在北京开幕。作为玉树地震后国内外首个摄影展览，展览展出了40余位摄影家拍自抗震救灾一线的近80幅摄影作品。开幕式上，这些作品作为抗震救灾珍贵影像资料捐赠给了中央档案馆永久收藏；同时，中国摄协专门成立的抗震救灾小分队也正式出发，同时将协会筹集的第三批抗震救灾物资运往青海灾区。中国文联党组书记、副主席胡振民为中国摄协抗震救灾小分队授旗。中国文联党组成员、书记处书记廖奔出席开幕式。现场所得义卖善款总计204700元全部捐赠给地震灾区。

5月2日—8日 应台湾中国文艺协会邀请，中国文联副主席丹增率访问团访问台湾，出席该协会成立60周年庆祝大会暨"五四文艺奖章"颁奖仪式。

5月6日 中国文联第八届全国委员会第六次会议在北京召开。全国政协副主席、中国文联主席孙家正出席并主持会议。中国文联党组书记、副主席胡振民传达了李长春同志在全国宣传部长座谈会上的重要讲话精神。中国文联党组副书记、副主席覃志刚传达了刘云山同志在全国宣传部长座谈会上的重要讲话精神。中国文联领导李牧、冯远、廖奔、白庚胜、夏潮出席会议。中组部干部三局负责人周新建作了《关于调整中国文联第八届副主席、主席团委员的说明》。经过与会委员们的投票选举，廖奔被增选为中国文联第八届副主席，夏潮被增选为中国文联第八届主席团委员。5月5日召开的中国文联第八届主席团第六次会议推举夏潮为中国文联第八届书记处书记。杨志今不再担任中国文联第八届副主席、书记处书记职务，聘请杨志今为中国文联第八届荣誉委员。

5月11日—20日 应韩国文化艺术委员会和越南文联邀请，中国文联副主席丹增率代表团访问韩、越。

5月13日　在"5·12"汶川大地震两周年之际,由中国文联作为指导单位,中共四川省委宣传部、四川省文联主办的"5·12"汶川大地震两周年纪念大型交响音乐会《生命》在北京中山公园音乐堂举办。中国文联领导胡振民、夏潮等观看演出。

5月15日　中国文联、中国美协赴革命纪念地创作采风活动启动仪式在江西省南昌市举行。中国文联党组成员、副主席冯远出席启动仪式并讲话。

5月19日　中国文联主办、中国文联理论研究室和江西省文联承办的第二届全国文联文艺理论工作研讨会在江西井冈山举办。中国文联党组成员、书记处书记夏潮出席会议。

5月21日　中国文联主办的全国基层文联领导干部学习培训班在山东威海举行。中国文联领导覃志刚、夏潮出席培训班开班仪式。

6月12日　中国民协成立60周年纪念大会在北京举行。全国政协副主席、中国文联主席孙家正题写贺词。中国文联名誉主席周巍峙,中国文联领导胡振民、李牧、廖奔、白庚胜出席纪念大会。

6月13日　中国文联荣誉委员,著名漫画家华君武逝世,享年95岁。

6月14日—25日　应马来西亚华人文化协会、新加坡文艺协会、日中文化交流协会邀请,中国文联党组副书记、副主席覃志刚率代表团访问马、新、日。

6月16日　农业部、文化部、中国文联联合主办的首届中国农民艺术节在北京全国农业展览馆开幕。中共中央政治局委员、国务院副总理回良玉,全国人大常委会副委员长、民进中央主席严隽琪,全国政协副主席、中国文联主席孙家正等出席开幕式。中国文联党组书记、副主席胡振民主持开幕式。

6月16日—27日　应智利外交部和古巴文联邀请,中国文联党组成员、副主席冯远率代表团访问智、古，出席"今日中国"艺术周活动并与古巴文联签署交流合作协议。其间，中国文联会同中国驻智利大使馆在圣地亚哥举办"今日中国"艺术周，该活动被列为智利庆祝独立200周年系列活动，以中国舞协副主席冯双白为团长的艺术团一行参加艺术周展演活动。中国文联党组成员、副主席冯远，中国驻智利大使吕凡，智利参议院议长豪尔赫·皮萨罗等出席开幕式并观看演出。6月17日，"穿越地平线——中国当代艺术展"在智利国家美术馆开幕。冯远出席开幕式并讲话。艺术周结束后，中国文联艺术团又应阿根廷布宜诺斯艾利斯文化厅邀请赴阿举办"中华风韵晚会"巡演。

6月17日—23日 中国文联与澳洲文联在墨尔本市政厅联合举办"同一个世界——中国画家彩绘联合国大家庭艺术大展"，并组派以中国文联副主席夏菊花为团长的代表团及画家团出席访澳。

6月23日 中国文联、中国作协联合在北京召开"倡导深入生活、推动文艺繁荣座谈会"。中共中央政治局委员、中共中央书记处书记、中宣部部长刘云山发来贺信。他强调，要积极倡导贴近实际、贴近生活、贴近群众的优良作风，把深入生活与服务基层、服务群众结合起来，进一步推动文艺创作繁荣。中国文联领导胡振民、李牧、夏潮参加座谈会。

6月24日—26日 中国剧协第七次全国代表大会在北京召开。来自全国31个省、自治区、直辖市和中国人民解放军、中直机关等单位的戏剧工作者代表参加会议。中共中央政治局委员、中共中央书记处书记、中宣部部长刘云山出席开幕式并讲话，强调广大戏剧工作者要坚持正确价值取向，坚守民族文化立场，推进戏剧艺术创新，创作更多富有时代气息、充满艺术魅力的戏剧精品，谱写中国戏剧艺术事业新篇章。全国政协副主席、中国文联主席孙家正出席大会。中国文联党组书记、副主席胡振民在会上讲话。大会选举产生了由188人组成的新一届理事会和13人组成的新一届主席团。尚长荣当选为中国剧协第七届主席，王晓鹰、白淑贤、李树建、李维康、沈铁梅、茅威涛、罗怀臻、季国平、孟冰、韩再芬、裴艳玲、濮存昕当选为副主席。李默然被推举为名誉主席。于是之、方掬芬、刘长瑜、刘厚生、刘锦云、红线女、李世济、何孝充、余笑予、陈伯华、赵寻、胡可、钟景辉、袁雪芬、徐晓钟、郭汉城、阎肃、董伟、薛若琳、穆凡中、魏明伦、瞿弦和22名同志被聘请为中国剧协第七届顾问。刘卫红被任命为秘书长，周光被任命为副秘书长。

7月1日—12日 应埃及国家文化中心开罗歌剧院邀请，中国文联组派北京军区战友文工团《红楼梦》剧组一行赴埃及开罗、亚历山大巡演，共计演出6场。中国文联党组书记、副主席胡振民出席首演式。埃文化部副部长安瓦尔·易普拉辛希姆、埃中友协副主席艾哈迈德·瓦利分别会见代表团。

7月6日 中国文联、中国美协、中共浙江省委宣传部共同主办的"农民画时代·时代画农民——全国农民绘画展"在浙江美术馆举办。中国文联领导覃志刚、夏潮出席展览开幕式。

7月12日 中国文联、国家民委、贵州省人民政府、中国曲协主办的第四届全国少数民族曲艺展演开幕式在贵阳人民广场举行。中国文联党组成员、副主席冯远出席开幕式。15日，全国政协副主席白立忱出席当晚举行的"锦锈中华——第四届全国少数民族曲艺展演闭幕式暨颁奖晚会"并宣布此次展演闭幕。中国文联党组书记、副主席胡振民出席晚会。

7月23日 中国文联党组书记、副主席胡振民会见应中国杂协邀请访华的国际魔术联盟主席埃瑞克·埃斯文和副主席海瑞特·本杰明。

8月5日 中国文联、中共黑龙江省委宣传部、黑龙江省文联主办的"走上高高的兴安岭"全国文艺家采风活动在黑龙江省漠河县（今漠河市）北极村启动。中国文联党组副书记、副主席李牧出席启动仪式并宣布采风活动启动。

8月9日 文化部、中国文联共同召开的吴冠中纪念座谈会在文化部举行。中国文联党组书记、副主席胡振民参加座谈会并讲话。

8月16日 中国文联、中国红十字会、中国曲协主办的"情系舟曲 大爱无疆——曲艺界为甘肃舟曲灾区赈灾义演"在北京民族宫大剧院举行。中国文联党组书记、副主席胡振民出席并致辞。

8月17日 中国文联举行向甘肃舟曲特大山洪泥石流灾区人民献爱心捐款活动。中国文联领导胡振民、李牧、廖奔、夏潮等带头捐款。

8月18日 中国文联、中国舞协主办的以"走进北京，走进中国文艺家之家"为主题的新农村少儿舞蹈美育工程民族舞蹈交流展演在北京举办。全国政协副主席、中国文联主席孙家正题词"心系农村，快乐成长"。中国文联领导胡振民、李牧、廖奔出席并观看了演出。

8月22日 文化部、全国青联、中国文联、中国音协主办的纪念人民音乐家施光南诞辰70周年音乐会在北京人民大会堂举行。中共中央政治局委员、中共中央书记处书记、中央组织部部长李源潮，中国文联党组副书记、副主席覃志刚出席并观看演出。

8月26日 中国文联、中国民协主办，山东省文联、烟台市人民政府承办，各省区市民间文艺家协会和山东省各市文联协办的第五届中国民间工艺品博览会在山东省烟台市开幕。中国文联党组副书记、副主席李牧在开幕式上讲话。

8月26日—9月2日 应德国柏林中国文化中心邀请，中国文联组派以党组成员、书记处书记夏潮为团长的艺术团赴德国举办"今日中国"主题演出活动。其后，夏潮一行应坦桑尼亚文化部邀请访坦桑尼亚，出席中国文联向坦桑尼亚捐赠杂技道具仪式。

8月28日 中国文联支持，中国宋庆龄基金会、中国视协主办，宋庆龄基金会文化艺术中心、中国视协儿童电视委员会、北京卡酷动画卫视承办的首届国际儿童电视艺术高峰论坛在北京举行。全国政协副主席、中国文联主席孙家正在论坛上致辞强调，"三俗"（低俗、庸俗、媚俗）最直接的受害者就是儿童。中国文联党组副书记、副主席覃志刚出席论坛。

8月29日 中国文联、清华大学共同主办的"向人民艺术家致敬——吴冠中先生追思会暨清华大学吴冠中艺术研究中心成立仪式"在清华大学举行。中国文联党组成员、副主席冯远在仪式上致辞。

8月31日 中国文联、中国影协主办的"百花放映"暨"百县千村万场"大型公益放映活动启动仪式在全国政协礼堂举行。中国文联党组成员、副主席冯远在仪式上致辞。

9月6日—12日 应中国文联邀请，以韩国文化艺术委员会委员长吴光洙为团长的代表团一行访华。中国文联党组成员、副主席冯远会见并宴请代表团。

9月16日—20日 应中国文联邀请，奥地利教育、艺术和文化部部长施密特率代表团访华。代表团出席了第四届中国北京国际美术双年展及奥地利特展开幕式，参观了上海世博会、国家大剧院等。中国文联党组书记、副主席胡振民在中国文艺家之家会见来华访问的奥地利教育、艺术和文化部部长克劳蒂亚·施密特一行。

9月18日 中国文联、香港中华文化城有限公司、中央电视台、香港电视广播有限公司联合主办的第十一届"香江明月夜"——大型中秋晚会在香港文化中心大剧院上演。中国文联党组副书记、副主席覃志刚等观看演出。

9月19日 中国文联、山西省人民政府、中国民协主办的第八届中国民间艺术节暨第九届中国（大同）云冈文化艺术节在山西大同开幕。中国文联党组副书记、副主席李牧出席开幕式。

9月20日 由中国文联、北京市人民政府、中国美协联合举办的第四届中国北京国际美术双年展在中国美术馆开幕。展览以"生态与家园"为主题，共有84个国家的500余件作品参展。中宣部部长刘云山、国务委员刘延东分别参观展览。中国文联领导胡振民、冯远出席开幕式。

9月20日—21日 由中国文联、湖南省人民政府、中国视协和湖南省广播电视台主办的第八届中国金鹰电视艺术节在长沙开幕。全国政协副主席张梅颖和湖南省委副书记、代省长徐守盛，湖南省政协主席胡彪，中国文联党组副书记、副主席李牧，湖南省委常委、纪委书记许云昭，湖南省委常委、秘书长杨泰波，青海省委常委、宣传部部长吉狄马加，湖南省人民政府副省长郭开朗，湖南省政协副主席魏文彬，中国视协名誉主席杨伟光，中国文联副主席、中国视协主席赵化勇等领导出席开幕式并观看了晚会。第二十五届中国电视金鹰奖参评的作品总数为历届最多。《解放》获得最佳电视剧奖，《媳妇的美好时代》等作品获优秀电视剧奖，《爱的奉献——2008宣传文化系统抗震救灾大型募捐活动》等节目获电视文艺节目特等奖，其他奖项也在大会上颁发。李牧等出席观看颁奖晚会暨闭幕式并为获奖者颁奖。

9月21日 中国文联与天津市人民政府战略合作框架协议签字仪式在天津市迎宾馆举行。中共中央政治局委员、天津市委书记张高丽会见中国文联领导胡振民、廖奔、夏潮。

9月24日 文化部、中国文联、北京市人民政府在京联合举行纪念曹禺诞辰100周年座谈会，中共中央政治局委员、中共中央书记处书记、中宣部部长刘云山出席会议并讲话,强调要继承和发扬曹禺等老一辈文艺工作者的宝贵精神,始终坚持先进文化前进方向,创作生产更多无愧于时代、无愧于人民的文艺精品,为促进社会主义文艺事业繁荣发展作出新的贡献。中国文联党组书记、副主席胡振民主持会议。

9月27日 中共中央政治局委员、中共中央书记处书记、中宣部部长刘云山,中共中央政治局委员、国务委员刘延东分别来到中国美术馆参观第四届中国北京国际美术双年展。中国文联领导胡振民、冯远等陪同参观。

同日 中国人民银行文联成立揭牌仪式暨"迎国庆"职工优秀艺术作品展开幕式在京举办。中国人民银行党委书记、行长周小川出席揭牌仪式并发表讲话。中国文联名誉主席周巍峙同志及中国书法家协会、中国美术家协会、中国摄影家协会的有关领导应邀出席揭牌仪式。

9月28日 中国致公党中央委员会、中国文联、中国书协、中共江苏省委宣传部主办,中国书协、中国致公书画院、江苏省文化厅、江苏省文联、南京艺术学院承办的《徐利明书画篆刻》首发式在北京中国文艺家之家举行。全国政协副主席、中国文联主席孙家正发来贺信。中国文联领导胡振民、覃志刚、李牧、冯远、廖奔、夏潮出席。

10月7日—17日 由中国文联和江苏省人民政府主办、苏州市人民政府承办的第八届中国国际民间艺术节在苏州、北京举办,来自五大洲14个国家的1200多位艺术家参加,演出80场。7日,艺术节开幕式在苏州举行。中共中央政治局委员、国务委员刘延东发来贺信。全国政协副主席、中国文联主席孙家正宣布第八届中国国际民间艺术节开幕。中国文联领导胡振民、冯远及江苏省省长罗志军,中共苏州市委书记蒋宏坤等出席开幕式。中共中央政治局委员、国务委员刘延东,全国人大常委会副委员长华建敏观看了闭幕演出。

10月12日 波兰共和国驻华大使馆、中国文联和中国音协联合主办的"纪念波兰伟大音乐家肖邦诞辰200周年——肖邦生平图片展"在中国文艺家之家开幕。中国文联领导胡振民、覃志刚、李牧等出席开幕式。

10月12日—16日 第十九届中国金鸡百花电影节在江苏省江阴市举办。中央统战部副部长楼志豪等出席开幕式。中国文联党组成员、书记处书记夏潮出席开幕式并致辞。在第三十届大众电影百花奖中,《建国大业》获得最佳故事片奖,《花木兰》《惊天动地》获优秀故事片奖,冯小刚获得最佳导演奖,陈坤(《画皮》中饰王生)获得最佳男主角奖,苏有朋(《风声》中饰白小年)获得最佳男配角奖,许晴(《建国大业》中饰宋庆龄)、王嘉(《惊天动地》中饰齐红玉)获得最佳女配角奖,徐箭(《惊天动地》中饰张向川)获得最佳新人奖。本届大众电影百花奖授予于洋、田华终身成就奖。

10月18日 中国文联党组成员、副主席冯远会见并宴请古巴中共中央政治局委员、文化部长普列托一行。普列托系应文化部邀请访华,访问期间观看了第八届中国国际民间艺术节闭幕演出。

10月20日 中国文联、中国剧协主办的第三届中国戏剧奖·理论评论奖颁奖仪式暨"戏剧的品格和使命"研讨会在北京举行。中国文联党组副书记、副主席李牧参加颁奖仪式和研讨会。

10月23日 中国文联、中国曲协、中共江苏省委宣传部、江苏省文联主办的第六届中国曲艺牡丹奖颁奖系列活动在南京举行。中国文联领导胡振民、冯远出席。

10月26日 中国文联、中国美协、中共浙江省委宣传部主办的"农民画时代——全国农民绘画展览进京汇报展"在北京开幕。中国文联领导胡振民、冯远出席开幕式。

10月28日 第三届中国戏剧奖·曹禺剧本奖(第十九届曹禺

剧本奖）在潜江颁奖，《大树西迁》《阿搭嫂》《大明贤后》《知己》《顾家姆妈》《矸子山上的男人女人》《毛泽东在西柏坡的畅想》《古丢丢》8部剧本获奖，12部剧本获得提名。

11月1日—2日　中国文联主办的第七届中国文联文艺评论奖颁奖式暨第五届当代文艺论坛在湖南长沙举办。中国文联党组成员、书记处书记夏潮出席。经初评、复评和终评，共有101篇文章从44个团体会员报送的2376篇参评文章中脱颖而出。于润洋的《关于音乐学研究的若干问题思考》、张海的《时代呼唤中国书法经典大家》、黄会林的《钟惦棐电影观初探》3篇获特别奖，《主流文化的体系建构与国家文化软实力》等10篇获一等奖，《"学院制造"可否"变质"——盘点"学院派民族民间舞创作"》等30篇获二等奖，另有58篇作品获三等奖。中国戏剧家协会等12家单位荣获组织工作奖。

11月3日　中国杂协第六次全国代表大会在北京开幕，中共中央政治局委员、中共中央书记处书记、中宣部部长刘云山出席并讲话，中国文联领导胡振民等出席。中国杂协副主席边发吉主持开幕式。5日，大会闭幕。大会选举产生了由107人组成的新一届理事会和11人组成的新一届主席团。边发吉当选为中国杂协第六届主席，邓宝金（女）、宁根福、刘全利、齐春生、孙力力（女）、李西宁（女）、阿迪力·吾休尔（维吾尔族）、邵学敏、程海宝、戴武琦当选为副主席。夏菊花被推举为名誉主席。聘请尹钰宏（回族）、李甡、何天宠（女）、林建、蓝天为顾问。任命邵学敏为秘书长，邹玉华、曹建明为副秘书长。

11月9日　中国文联、教育部、上海市人民政府主办的第二届中国校园戏剧节在上海戏剧学院开幕。中国文联党组书记、副主席胡振民出席并宣布第二届中国校园戏剧节开幕。中国文联党组副书记、副主席李牧出席开幕式并致辞。

11月20日—24日 中国文联、中国红十字基金会和香港仁爱堂在香港联合举办"和韵天歌——感悟《道德经》咏诵会",中国文联党组成员、书记处书记夏潮率艺术团参加演出活动。

11月22日 文化部、中国文联、云南省人民政府主办的第二届中国·福保乡村文化艺术节暨首届中国农民艺术节·全国乡村歌手大赛闭幕式暨颁奖晚会在昆明举行。中国文联党组书记、副主席胡振民出席并致辞。

同日 中央文明办和中国文联主办、中国曲协承办的"全国道德模范故事汇"启动仪式暨首场演出在北京举行。中央文明办专职副主任王世明,中国文联党组成员、副主席冯远参加启动仪式。

11月27日 中国文联、文化部艺术司、中国音协、中国国家交响乐团、中国交响乐发展基金会共同主办"情系交响——贺韩中杰先生90华诞暨从艺73周年专场音乐会"在北京举行。全国政协副主席、中国文联主席孙家正出席。

12月1日 中国舞协第九次全国代表大会在北京开幕。来自全国各省、自治区、直辖市和新疆生产建设兵团、中国人民解放军及武警部队、中央国家机关、中直院团等单位,以及港澳地区的220余名舞蹈工作者代表参加会议。中共中央政治局委员、中共中央书记处书记、中宣部部长刘云山出席开幕式并讲话,强调广大舞蹈工作者要坚持为人民服务、为社会主义服务方向,贯彻百花齐放、百家争鸣方针,推出更多深受群众喜爱、思想性艺术性观赏性相统一的艺术精品,为民族而舞、为人民而舞、为时代而舞,努力谱写出中国舞蹈艺术事业新篇章。全国政协副主席、中国文联主席孙家正出席。中国文联党组书记、副主席胡振民在开幕式上讲话。中国文联领导李牧、廖奔、夏潮等出席开幕式。大会审议通过了中国舞协分党组书记、第八届驻会副主席冯双白代表中国舞协第八届理事会所作的工作报告,修改了《中国舞蹈家协会章程》，选举产生了由 123 人组成的新一届理事会和由 13 人组成的新一届主席团。赵汝蘅（女）当选为中国舞协第九届主席，王小燕（女）、丹增贡布（藏族）、左青、冯英（女）、冯双白、刘敏（女）、杨丽萍（女，白族）、张继钢、陈维亚、迪丽娜尔·阿不都拉（女，维吾尔族）、赵林平（女，蒙古族）、黄豆豆当选为副主席。贾作光（满族）、白淑湘（女）被推举为中国舞协第九届名誉主席。刀美兰（女，傣族）、吕艺生、多吉才旦（藏族）、孙加保、李正一（女）、李毓珊（回族）、张玉照、陈翘（女）、陈泽盛、陈宝珠（女）、陈爱莲（女）、赵青（女）、查干朝鲁（蒙古族）、资华筠（女）、崔善玉（女，朝鲜族）、斯琴塔日哈（女，蒙古族）、舒巧（女）、游惠海被聘为中国舞协第九届顾问。罗斌被任命为中国舞协第九届秘书长，李甲芹、李淑芬被任命为副秘书长。

12 月 9 日 李屹任中国文联党组副书记。

同日 农业部、文化部、中国文联主办的首届中国农民艺术节在北京闭幕。全国人大常委会副委员长华建敏，全国政协副主席、中国文联主席孙家正和中国文联领导胡振民、覃志刚、李牧、冯远、夏潮出席并观看了当晚的闭幕式文艺晚会《金色的田野》。

12 月 16 日 中国文联、造型表演艺术创作研究基金理事会主办的第九届造型表演艺术成就奖颁奖典礼在北京举行。中国文联领导胡振民、覃志刚、冯远、夏潮出席。

12 月 17 日—24 日 中国文联会同台湾中国文艺协会、台湾鹤山 21 世纪国际论坛在台北市举办以"青年与中华艺术的未来"为主题的第二届海峡两岸暨港澳地区艺术论坛。全国政协副主席、中国文联主席孙家正出席论坛活动并作主旨演讲，中国文联党组成员、副主席冯远出席论坛活动。

12 月 27 日 中国书协第六次全国代表大会在北京开幕。来自全国各省、自治区、直辖市和新疆生产建设兵团、中国人民解放军、中央国家机关等单位，以及港澳地区的400余名书法工作者代表参加会议，共商书法事业发展大计。中共中央政治局委员、中共中央书记处书记、中宣部部长刘云山出席开幕式并讲话，强调广大书法工作者要坚持为人民服务、为社会主义服务方向，贯彻百花齐放、百家争鸣方针，弘扬优秀文化传统，积极推进艺术创新，推出更多深受群众喜爱、充满艺术魅力的书法精品，努力书写时代发展和社会进步的新篇章。全国政协副主席、中国文联主席孙家正出席。中国文联党组书记、副主席胡振民在开幕式上讲话。中宣部副部长翟卫华，中国文联领导覃志刚、李牧、冯远、廖奔、夏潮等出席开幕式。29日，大会闭幕。大会审议并通过了《中国书法家协会第五届理事会工作报告》和新修订的《中国书法家协会章程（修改草案）》。选举产生了由206人组成的新一届理事会和由15人组成的新一届主席团。张海当选为中国书协第六届主席，王家新、申万胜、苏士澍（满族）、吴东民、吴善璋、何应辉、何奇耶徒（蒙古族）、言恭达、张业法、张改琴（女）、陈振濂、赵长青、胡抗美、聂成文当选为中国书协第六届副主席。沈鹏被推举为中国书协第六届名誉主席。王学仲、朱关田、旭宇、刘艺、李铎、佟韦（满族）、张飙、陈永正、邵秉仁、林岫（女）、周慧珺（女）、钟明善、段成桂、尉天池、谢云被聘请为中国书协第六届顾问。陈洪武被任命为中国书协第六届秘书长，戴志祺被任命为中国书协第六届副秘书长。

12月30日 中国文联、文化部、中国民协在北京人民大会堂正式启动中国口头文学遗产数字化工程。该工程将中国民协成立60年来组织全国民间文艺工作者采集、记录的所有民间文学文字和图片资料进行数字化存录，包括全国各地县（市、区、旗）和乡（镇、苏木、街道）的民间文艺普查记录的原始文字资料及其所附的第一手民间文化记忆与信息，总字数达8.4亿，是迄今为止我国口头文学资料最为系统的民间文学数据库。中国文联名誉主席周巍峙，中国文联领导胡振民、李牧出席启动仪式。

2011 年

1月7日—8日 中国文联党组书记、副主席胡振民率领艺术家慰问团赴遵义革命老区举行"送欢乐下基层"慰问活动。中国文联党组成员、书记处书记夏潮参加。

1月10日 中国文联、中国作协和中国人民解放军总政宣传部共同举办《李瑛诗文总集》出版暨李瑛同志诗歌创作座谈会。中国文联党组书记、副主席胡振民等出席会议并讲话，中国文联党组成员、书记处书记夏潮出席。《李瑛诗文总集》由中国文联出版社出版，共14卷。

1月14日 中国文联八届七次主席团会议推举李屹为书记处书记。

1月15日 中国文联第八届全委会第七次会议在北京召开。全国政协副主席、中国文联主席孙家正主持会议。中国文联党组书记、副主席胡振民作了题为《承前启后 继往开来 进一步开创文艺工作和文联工作新局面 为推动社会主义文化大发展大繁荣作贡献》的报告。中宣部副部长翟卫华，中国文联领导覃志刚、李屹、冯远、廖奔、白庚胜、夏潮等出席会议。会议选举李屹为中国文联第八届副主席，邵学敏、董耀鹏、张显为中国文联第八届主席团委员，姜昆、黎鸣不再担任中国文联第八届主席团委员。1月14日召开的中国文联第八届主席团第七次会议审议通过了《关于更替和增补中国文联第八届全委会委员的决议》。

1月16日　"百花迎春——中国文学艺术界2011春节大联欢"在北京人民大会堂举行。

1月20日　中国文联与中央新闻媒体新春联谊会在中国文艺家之家举行。中国文联党组书记、副主席胡振民，党组成员、副主席廖奔等参加联谊会。中国文联党组副书记、副主席李屹在联谊会上讲话。中国文联党组成员、书记处书记夏潮主持联谊会。中国文联党组成员、副主席冯远宣读了《中国文联关于表彰2010年度"好新闻"奖的决定》。根据《中国文学艺术界联合会新闻宣传工作管理办法》，《幽默艺术——将中国式欢笑洒向世界》等20件2010年度宣传报道中国文联的新闻作品被授予中国文联"好新闻"奖。

1月21日　应中国文联邀请，以澳门基金会主席吴志良为名誉团长、中央驻澳门联络办文教部部长刘晓航为顾问、澳门中华文化联谊会会长梁华为团长的澳门文艺界知名人士访问团一行访问北京。中国文联领导胡振民、冯远在中国文艺家之家会见访问团。

1月　中国文联组织编写旨在为文联工作提供基本遵循、为文联提供干部培训教材的《文联工作概论》一书，由中国文联出版社出版。

2月17日—26日　应西班牙文化部和南非国家艺术理事会邀请，中国文联党组书记、副主席胡振民率代表团访问西班牙、南非，访问期间出席了中国文联在西班牙举办的"世界遗产与今日中国"摄影展开幕式。

3月1日　中国文联在北京召开领导干部大会。全国政协副主席、中国文联主席孙家正，中组部副部长李建华，中宣部常务副部长雒树刚等出席会议并讲话。会议由中国文联党组副书记、副主席覃志刚主持。李建华宣读了中共中央关于中国文联党组主要负责同志调整任免的决定。中央决定，赵实同志任中国文联党组书记，免去胡振民同志的中国文联党组书记职务。

3月2日 中国文联举办文艺界全国人大代表、全国政协委员联谊会。全国政协副主席、中国文联主席孙家正在联谊会上致辞。中国文联副主席、书记处书记胡振民，中国文联党组书记赵实在会上讲话。中国文联领导覃志刚、李屹、冯远、廖奔、夏潮出席联谊会。

3月10日 由中国文联、中国舞协在世纪剧院举办2011年外国驻华使节招待会暨优秀舞蹈作品晚会。中国文联领导赵实、李屹、冯远、廖奔、白淑湘，以及20多个国家的驻华使节出席招待会并观看演出。

4月16日 中国文明办、中国文联主办的"全国道德模范故事汇"基层巡演暨首场演出在重庆举行。中国文联党组成员、副主席冯远出席。

4月19日 在纪念"5·12"汶川特大地震三周年之际，中国文联和四川省文联在成都举办"全国百名文艺工作者看四川震后重建"大型活动启动仪式。中国文联党组书记赵实在启动仪式上讲话。中国文联党组成员、副主席冯远参加启动仪式。

同日 全国文联工作座谈会在成都召开，中国文联领导赵实、冯远出席。

4月25日 中国文联在中国文艺家之家召开产（行）业文联工作座谈会。中国文联领导赵实、夏潮等出席会议。

4月25日—26日 中国民协第八次全国代表大会在京召开。中共中央政治局委员、中共中央书记处书记、中宣部部长刘云山，全国政协副主席、中国文联主席孙家正，中宣部常务副部长雒树刚，中国文联党组书记赵实及中国文联领导覃志刚、李屹、冯远、廖奔、白庚胜等出席开幕式。冯骥才致开闭幕词，罗杨作了题为《继往开来谱写民间文艺事业的新篇章》的报告。大会通过修改后的《中国民间文艺家协会章程》，选举产生中国民间文艺家协会新一届领导机构。贾芝、冯元蔚（彝族）被推举为名誉主席，冯骥才当选为主席，马雄福（回族）、王勇超、韦苏文（壮族）、叶舒宪、刘华、乔晓光、吴元新、沙马拉毅（彝族）、罗杨、索南多杰（藏族）、曹保明、潘鲁生当选为副主席。任命罗杨为秘书长，吕军、周燕屏为副秘书长。

5月5日—9日　中国文联在香港、澳门举办港澳会员联谊会，听取港澳地区文艺界人士对文联工作的意见和建议，并与澳门中华文化联谊会联合举办"濠江之春——澳门与内地艺术家大联欢"活动。全国政协副主席、中国文联主席孙家正，中国文联党组成员、副主席冯远出席大联欢活动。

5月6日　教育部、文化部和中国文联主办，中国美协、中国美术馆和中央美术学院承办的王式廓诞辰100周年纪念大会在中央美术学院美术馆举行。中国文联党组副书记、副主席覃志刚出席大会并致辞。

5月8日　第三届中国戏剧奖·梅花表演奖（第二十五届中国戏剧梅花奖）大赛在山西太原开幕。中国文联党组副书记、副主席李屹出席开幕式。

5月11日—16日　应土耳其文化旅游部邀请，中国文联党组成员、副主席廖奔率代表团访问土耳其。

5月11日—20日　应马来西亚华人文化协会、韩国文化艺术委员会邀请，中国文联党组副书记、副主席李屹率代表团访问马、韩。马华文协总会署理会长郭家华、韩文化艺术委员会委员长金光洙会见并宴请代表团。

5月18日　太湖文化论坛、中国文联、江苏省人民政府、中国人民外交学会共同主办的太湖文化论坛首届年会在江苏苏州举办。中共中央政治局委员、国务委员刘延东出席开幕式并致辞。全国政协副主席、中国文联主席孙家正出席开幕式。中国文联领导赵实、覃志刚、夏潮等出席开幕式。本届论坛以"加强文明对话与合作，促进世界和谐与发展"为主题。在为期两天的时间里，共有来自世界各地的国家政要、专家学者、文化官员等约500人出席了论坛。

5月23日 中国文联、中国人民解放军总政宣传部、中华海外联谊会、中国人民对外友好协会、中国音协主办的"理想之歌——傅庚辰作品音乐会"在国家大剧院举办。全国政协副主席、中国文联主席孙家正和中国文联领导赵实、李屹、廖奔、夏潮等出席音乐会。

5月27日—6月2日 中国文联、中国曲协等单位共同主办的"向党报告——庆祝中国共产党成立90周年曲艺演出周"在北京举行。中国文联领导赵实、李屹、冯远、廖奔、夏潮等出席。

6月3日 中国文联组织知名文艺家到山东省沂蒙山革命老区举办"情系沂蒙山——庆祝中国共产党成立90周年中国文联文艺家采风慰问沂蒙革命老区沂南行"活动。中国文联党组副书记、副主席李屹出席开幕式并致辞。

6月4日—13日 应马耳他摄影家协会和奥地利教育艺术文化部邀请，中国文联党组副书记、副主席覃志刚率代表团访问马、奥。马耳他文化艺术委员会主席艾德里安·马默、奥地利教育艺术文化部部长克劳迪娅·施密特会见代表团。

6月9日—22日 应中国文联邀请，美国欢乐儿童·美中文化交流协会会长朱莉·哈特率青年艺术团访华，与北京、内蒙古、浙江三地学校师生进行交流演出。中国文联党组成员、副主席冯远宴请艺术团并观看北京演出。

6月10日 中国文联、中国影协在北京举办"光辉的历程——纪念建党90周年革命历史题材电影回顾展及创作研讨会"。中国文联党组成员、书记处书记夏潮出席研讨会开幕式并致辞。

同日 第三届中国戏剧奖·梅花表演奖（第二十五届中国戏剧梅花奖）颁奖晚会在成都西南剧场举行。中国文联党组副书记、副主席李屹，四川省政协副主席吴正德等出席颁奖晚会。顾芗、沈铁梅获梅花大奖，史佳花、李树建、陈巧茹、李梅、吴凤花获二度梅，王艳、安平、李君梅、陈琼、詹丽华、徐铭、吴桂云、王玉梅、李鸿良、王志萍、包飞、王小蝉、赵玉华、肖笑波、闫巍、王珮瑜、常秋月、华渭强、李雪飞、蒋文端、侯艳、谭继琼、许亚玲、陈娟娟、李淑芳、黎骏声、夏青玲、周丹、胡春华、李青、楚淑珍、渠建红、王丹红、胡瑜斌、冯瑞丽等35名演员获梅花奖。

6月12日 中国文联、云南省、上海市和中国音协联合举办的第二届中国聂耳音乐（合唱）周在聂耳故乡玉溪拉开序幕，这是全国庆祝建党90周年重要系列活动之一。16日晚，第二届中国聂耳音乐（合唱）周开幕式大型文艺晚会《人民的声音》在上海大剧院上演。晚会以"人民的声音"为主题，沪滇两地的著名艺术家同台献艺。

6月19日 中共中央政治局委员、中共中央书记处书记、中宣部部长刘云山在北京先后参观了纪念西藏和平解放60周年美术作品展和首届全国农民摄影大展。中宣部副部长翟卫华，中国文联领导赵实、李屹、冯远、廖奔、夏潮等陪同参观展览。

6月20日 中宣部、人力资源社会保障部、中国文联在京举行第三届全国中青年德艺双馨文艺工作者表彰大会。全国政协副主席、中国文联主席孙家正出席会议，中共中央政治局委员、中共中央书记处书记、中宣部部长刘云山出席会议并讲话。中国文联党组书记、副主席赵实主持会议，中国文联领导胡振民、覃志刚、李屹、冯远、廖奔、白庚胜、夏潮，中国文联副主席丁荫楠、才旦卓玛、白淑湘、刘大为、刘兰芳、李牧、吴雁泽、赵化勇、段成桂、夏菊花、黎国如等出席。会议宣读《关于表彰第三届全国中青年德艺双馨文艺工作者的决定》，授予于兰等54名同志"第三届全国中青年德艺双馨文艺工作者"称号。

同日 中国文联党组成员、副主席冯远会见尼泊尔中国研究中心代表团。

6月21日 中国文联第八届全国委员会第八次会议在北京召开。全国政协副主席、中国文联主席孙家正出席并主持会议。中国文联党组书记赵实，中国文联副主席胡振民，党组副书记、副主席覃志刚、李屹，党组成员、副主席冯远、廖奔，党组成员、书记处书记白庚胜、夏潮等出席会议。会议通报了八届七次全委会以来中国文联全委变动情况。会议增选赵实为中国文联第八届副主席。当天召开的中国文联八届八次主席团会议推举赵实为中国文联书记处书记，决定胡振民不再担任中国文联书记处书记职务。

6月22日 中国文联、云南省委、云南省政府、中国音协主办的第二届中国聂耳音乐（合唱）周闭幕式暨第八届中国音乐金钟奖合唱比赛、颁奖音乐会在昆明举行，中国文联党组书记、副主席赵实出席闭幕式。

同日 中国检察官文联在京成立并召开第一次会员代表大会。最高人民检察院党组书记、检察长曹建明出席会议并讲话。中国文联党组成员、副主席廖奔出席会议并致辞。会议传达了中央领导对检察文化建设的重要批示，通过了中国检察官文联章程、会徽等事项，选举产生了中国检察官文联首届领导机构和组成人员。全国政协科教文卫体委员会副主任、最高人民检察院原常务副检察长张耕当选中国检察官文联第一届主席。

6月24日 中国文联、中国书协、人民画报社主办，中国文联演艺中心协办的"纪念中国共产党成立90周年——中国书法交响音乐会"在北京人民大会堂举行。全国人大常委会副委员长韩启德，中国文联领导赵实、覃志刚等出席。

同日 由中国文联、中国剧协联合主办的"见证历史、重铸辉煌——纪念中国共产党成立90周年小戏小品专场献礼演出"在北京举行。

6月27日 中国文联、中国美协、中国文学艺术基金会共同主办的庆祝中国共产党成立90周年美术作品展览在中国人民革命军事博物馆开幕。全国政协副主席、中国文联主席孙家正和中国文联领导赵实、胡振民、覃志刚、李屹、冯远、廖奔、夏潮出席展览开幕式。

6月30日 中共中央政治局委员、中共中央书记处书记、中宣部部长刘云山到中国人民革命军事博物馆参观庆祝中国共产党成立90周年美术作品展览。中国文联领导赵实、李屹、冯远陪同参观。

7月5日 全国政协副主席、中国文联主席孙家正会见并宴请以常任理事团纪彦为团长的日中文化交流协会代表团，中国文联党组成员、副主席冯远陪同会见和宴请。该团系应中国文联邀请访华。

7月22日 中国文联召开文艺家学习贯彻胡锦涛同志"七一"重要讲话精神座谈会，中国文联党组书记、副主席赵实出席座谈会并讲话，中国文联领导李屹、冯远、夏潮，以及文艺家代表等参加座谈会。

8月6日 中国文联、中国书协、吉林省文联、吉林省书协联合主办的段成桂书法作品展在中国美术馆开幕。中共中央政治局委员、中共中央书记处书记、中宣部部长刘云山向展览发来贺信。

8月16日 中共中央政治局常委李长春到中国摄协新会址调研。李长春详细了解协会建设和摄影家创作情况，对中国摄协的工作给予充分肯定，希望中国摄协在中国文联的领导下，更好地发挥党和政府联系摄影界的桥梁和纽带作用，团结带领广大摄影家，为推动中国摄影事业的繁荣发展作出更大的贡献。

8月27日 中国文联组成慰问采风团赴西藏举办"纪念西藏和平解放60周年全国书法名家作品展"和"2011·中国西藏珠穆朗玛摄影大展",28日,展览开幕,中国文联党组书记、副主席赵实出席活动并致辞。

8月27日—9月1日 应中国民间组织国际交流促进会和肯尼亚非政府组织协调委员会邀请,中国文联党组成员、书记处书记白庚胜一行赴肯尼亚参加中非民间论坛。

8月30日 中国文联主办,中国美协承办,中国美术馆、高等教育出版社协办的"素描大师——李岚清素描作品展"举行。中共中央政治局原常委、国务院原副总理李岚清出席。全国政协副主席、中国文联主席孙家正出席。中国文联党组书记、副主席赵实在开幕式上致辞。中国文联党组副书记、副主席覃志刚、李屹,党组成员、副主席冯远出席。

9月4日—10日 中国文联主办的首期全国中青年德艺双馨文艺工作者高级研修班在中国井冈山干部学院开班。中国文联党组副书记、副主席李屹出席开班仪式并作动员讲话。

9月10日 中国文联、北京大学、中共山东省委宣传部共同主办的"杏坛花雨——感悟《论语》大型交响组歌"在北京人民大会堂演出。

9月12日 内地(大陆)和港澳台地区著名文艺家共同参与的2011"中华情·中秋月"展演活动在厦门举行。中国文联党组副书记、副主席覃志刚等出席。

9月15日 中国文联第八届主席团第九次扩大会议在北京召开。会议根据《中国文学艺术界联合会章程》,审议通过了《中国文联第八届主席团关于召开中国文联第九次全国代表大会的决议》,决定于2011年11月在北京召开中国文学艺术界联合会第九次全国代表大会。会议还审议接纳全国检察官文联为中国文联团体会员单位。

同日 中国文联主办、青海省文联承办的2011中国文联全国文艺家高级研修班在西宁举行。中国文联党组副书记、副主席李屹在开班仪式上讲话。

9月22日 杨承志任中国文联党组成员。

同日 中国文联、中国文学艺术基金会和中国摄协主办的"人间正道是沧桑——庆祝中国共产党成立90周年摄影展"在北京玉渊潭公园开幕。中国文联党组副书记、副主席李屹出席开幕式。

9月26日 教育部、文化部、中国文联和北京市人民政府主办的2011北京国际设计周暨首届北京国际设计三年展在北京开幕。中国文联党组成员、副主席冯远出席开幕式。

9月26日—10月10日 应瑞典南方音乐学会邀请,中国文联党组书记、副主席赵实,中国文联党组成员、书记处书记夏潮率中国文联代表团和艺术团访瑞,出席"今日中国"艺术周及相关交流活动,赵实致辞。

9月28日 中央机构编制委员会办公室印发《关于调整中国文联机关内设机构的批复》,同意设立权益保护部,同意办公厅加挂"计划财务部"牌子。

10月12日—14日 为纪念辛亥革命100周年,由中国文联、中国文学艺术基金会主办,艺谷文化产业集团承办的孙中山肖像中国画作品展在北京举行。中国文联领导胡振民、李牧、冯远等出席展览开幕式。

10月13日 按照中宣部的要求和部署,中国文联理论研究室、中国作协创作研究部在北京召开加强和改进文艺评论工作座谈会。中国文联党组书记、副主席赵实出席会议并讲话。中国文联党组成员、书记处书记夏潮主持会议。

10月15日 中国文联、中国剧协和重庆市人民政府共同主办的第十二届中国戏剧节在重庆开幕。剧作家阎肃、话剧表演艺术家朱琳、豫剧表演艺术家马金凤、京剧表演艺术家王金璐获终身成就奖，滑稽戏《顾家姆妈》等19台剧目获优秀剧目奖，顾芗等20人获优秀表演奖，孟冰等6人获优秀编剧奖，曹其敬等8人获优秀导演奖，张延培等2人获优秀音乐奖，刘杏林获优秀舞美奖，话剧《红玫瑰与白玫瑰》等10个剧目获剧目奖，重庆市文联、重庆市剧协获突出贡献奖。中国文联党组副书记、副主席李屹出席并为获奖者颁奖。

10月19日 第七届中国曲艺节在浙江省绍兴县（今绍兴市柯桥区）开幕。全国政协副主席、中国文联主席孙家正向曲艺节发来贺信。23日闭幕。

10月19日—22日 第二十届中国金鸡百花电影节在安徽省合肥市开幕。中共中央政治局委员、中共中央书记处书记、中宣部部长刘云山专门向电影节发来贺信。22日，第二十八届中国电影金鸡奖颁奖典礼暨第二十届金鸡百花电影节闭幕式在安徽合肥举行。中国文联党组书记、副主席赵实出席颁奖典礼及闭幕式。《飞天》获得最佳故事片奖，孙淳获得最佳男主角奖，娜仁花获得最佳女主角奖，陈力获得最佳导演奖，程晓玲获得最佳编剧奖，徐才根、国歌分别获得最佳男女配角奖，《老寨》获得最佳中小成本故事片奖，路阳获导演处女作奖，《守护童年》摘得最佳儿童片奖，《兔侠传奇》获得最佳美术片奖，《天赐》荣获得最佳纪录片奖，《响九霄》摘得最佳戏曲片奖，《变暖的地球》获得最佳科教片奖，霍廷霄、孙明、王丹戎、王黎光则分别荣获得最佳美术奖、最佳摄影奖、最佳录音奖和最佳音乐奖。朱旭获得评委会特别影人奖，《钢的琴》获评委会特别影片奖。傅正义、向隽殊获得终身成就奖。

10月23日—28日 中国文联会同澳门基金会在澳门举办以"传播与融汇——全球化背景下中华艺术的发展与未来"为主题的第三届海峡两岸暨港澳地区艺术论坛。中国文联党组副书记、副主席李屹,澳门基金会行政委员会主席吴志良出席论坛并致辞。

11月1日 中央机构编制委员会办公室印发《关于中国文联所属事业单位机构编制调整的批复》,同意设立中国文联文艺资源中心,同意中国文联文艺学校更名为中国文联文艺研修院。

11月3日 由中国书协、上海市文联共同主办的全国第十届书法篆刻作品展览(上海展区)在上海开幕。全国政协副主席李金华宣布展览开幕。中国文联党组副书记、副主席覃志刚参加了开幕式并讲话。本届全国书法篆刻作品展览分设上海和广西两个展区。其中,上海展区展出楷书、草书和隶书,广西展区展出行书、篆书、篆刻和刻字。经评选共有394件作品入展,其中优秀作品28件,优秀提名作品30件。

11月5日 中国文联、贵州省人民政府、中共贵州省委宣传部、中国舞协主办的第八届中国舞蹈荷花奖民族民间舞比赛闭幕式暨颁奖晚会在贵阳举行。中国文联党组成员杨承志出席。本次比赛共产生7部金奖作品、13部银奖作品和15部铜奖作品。在单、双、三人舞组的比赛中,《祭礼长生天》《森林孔雀》获表演金奖,《马背上的女人》获编导金奖;《被风吹走的云》《遇》获作品银奖,《艾迪莱丝情》等4部作品获表演银奖;《泥人的事》等6部作品分获作品、表演铜奖。在群舞组的比赛中,《一抹红》《盅·碗·筷》《彝山魂》获作品金奖,《哀牢回响》获表演金奖;《口弦》等7部作品分获作品、编导、表演银奖;《围楼里的成长》等9部作品分获作品、表演、编导铜奖。"最佳音乐创作""最佳灯光设计"和"最佳服装设计"3个单项奖分别花落《马背上的女人》《口弦》《阿尺目刮斗嘎来》,《归途》等作品获

"十佳作品"荣誉称号。

11月10日 中国文联主办的"百花芬芳——中国文联舞台艺术金奖作品文艺晚会"在北京举行。中国文联领导赵实、李屹、杨承志、夏潮出席晚会。

11月12日 新中国美术史上首个新疆主题美术作品展"天山南北——中国美术作品展"在北京举行。全国人大常委会副委员长司马义·铁力瓦尔地、全国政协副主席阿不来提·阿不都热西提和中国文联领导赵实、胡振民、李屹、冯远、杨承志出席开幕式。

11月14日 中国文联主管主办、中国艺术报社承建的中国文艺网和中央电视台主办、中国网络电视台创建的CNTV（中国网络电视台）文化社区上线开通仪式在北京举行。全国政协副主席、中国文联主席孙家正，中国文联党组书记、副主席赵实共同点击开通中国文艺网和CNTV文化社区，中国文联领导李屹、冯远、杨承志、夏潮等出席。

11月16日 李前光任中国文联党组成员。

11月22日 中国文联第九次全国代表大会、中国作协第八次全国代表大会上午在北京人民大会堂开幕。中共中央总书记、国家主席、中央军委主席胡锦涛发表讲话强调，广大文艺工作者要认清时代和人民赋予的神圣使命，坚持为人民服务、为社会主义服务，坚持百花齐放、百家争鸣，坚持贴近实际、贴近生活、贴近群众，高擎民族精神火炬，吹响时代前进号角，创作生产更多无愧于历史、无愧于时代、无愧于人民的优秀作品，奋力开创文艺发展新局面，为推动社会主义文化大发展大繁荣、建设社会主义文化强国贡献智慧和力量。吴邦国、温家宝、贾庆林、李长春、习近平、李克强、贺国强、周永康[1]等党和国家领导人出席开幕式。全国政协副主席、中国文联主席孙家正致开幕词，共青团中央书记处第一书记陆昊代表各人民团体致辞，中国人民解放军总政治部副主任杜金才代表中国人民解放军和武警部队致辞。中国作协党组书记、副主席李冰主持开幕式。中央和国家机关有关方面负责同志，全国文艺工作者代表，香港特别行政区、澳门特别行政区特邀代表和台湾地区、海外地区特邀嘉宾约3300人出席会议。23日，中国文联党组书记、第八届副主席赵实代表中国文联第八届全国委员会作题为《高举先进文化旗帜，团结动员广大文艺工作者，为建设社会主义文化强国而努力奋斗》的工作报告。中国文联党组副书记、副主席覃志刚作《关于〈中国文学艺术界联合会章程〉修改情况的说明》。24日，大会选举产生由213人组成的中国文联第九届全国委员会，选举产生中国文联新一届领导机构。孙家正当选为中国文联第九届主席，丹增（藏族）、冯远、冯骥才、边发吉、刘大为、刘兰芳（女，满族）、李屹、李雪健、李维康（女）、杨承志（女）、陈晓光、迪丽娜尔·阿布都拉（女，维吾尔族）、赵实（女）、赵化勇、段成桂、徐沛东、奚美娟（女）、彭丽媛（女）、覃志刚（壮族）、裴艳玲（女）、黎国如21人当选为副主席，冯双白、李前光（蒙古族）、吴长江、张显、邵学敏、罗杨、季国平、赵长青、夏潮、康健民、董耀鹏11人当选为主席团委员。中国文联第九届主席团推举赵实（女）、覃志刚（壮族）、李屹、冯远、杨承志（女）、夏潮、李前光（蒙古族）7人为中国文联第九届书记处书记；周巍峙为中国文联第九届名誉主

---

[1] 2014年12月，鉴于周永康严重违纪，中共中央经立案审查后决定给予其开除党籍处分。2015年6月，周永康因受贿、滥用职权、故意泄露国家秘密罪被天津市第一中级人民法院判处无期徒刑，剥夺政治权利终身。

席，聘请丁荫楠等 73 人为中国文联第九届荣誉委员。25 日上午，大会闭幕。中国文联主席孙家正在闭幕式上致辞。25 日下午，中共中央政治局常委李长春在中国文联第九届全国委员会、中国作协第八届全国委员会全体会议上发表讲话，指出要求牢牢把握社会主义核心价值体系这个兴国之魂，始终坚持社会主义先进文化前进方向；全面贯彻"二为"方向和"双百"方针，为人民提供更好更多的精神食粮；坚持贴近实际、贴近生活、贴近群众，进一步增强社会主义文艺的吸引力和感染力；坚持以改革创新为强大动力，推动文艺事业全面繁荣发展；积极推动中华文化走出去，不断增强中华文化在世界上的感召力和影响力；建设高素质人才队伍，为文艺事业繁荣发展提供有力人才支撑。25 日晚，中国文联第九次全国代表大会、中国作协第八次全国代表大会在北京人民大会堂举行联欢晚会。李长春等党和国家领导人与文学艺术工作者一起联欢。

11 月 28 日 中国文联、湖南省人民政府、中国美协、中国书协联合主办的第三届中国（湘潭）齐白石国际文化艺术节在湖南湘潭举行。中国文联党组副书记、副主席覃志刚在开幕式上致辞。

12 月 3 日 第八届中国音乐金钟奖闭幕式暨颁奖音乐会在广州举行。全国政协副主席、中国文联主席孙家正和中国文联领导赵实、覃志刚等出席音乐会并为获奖艺术家颁奖。

12 月 13 日 中国文联、文化部主办的纪念张庚诞辰 100 周年座谈会在北京举行。中共中央政治局原常委、全国政协原主席李瑞环，全国政协副主席、中国文联主席孙家正和中国文联名誉主席周巍峙等题词祝贺。中国文联党组成员、副主席杨承志在座谈会上致辞。

12 月 17 日 中国文联、财政部、文化部主办，中国美协承办的中华文明历史题材美术创作工程在北京人民大会堂启动。全国政协副主席、中国文联主席孙家正和中国文联党组书记、副主席赵实在启动仪式上致辞。中国文联领导覃志刚、冯远、夏潮出席启动仪式。

12月19日 第八届中国杂技金菊奖第五次全国魔术比赛暨中国·宝丰第五届魔术文化节在河南省平顶山市开幕。全国政协副主席、中国文联主席孙家正发来贺信。

12月25日—2012年1月3日 应印度国家美术院、尼泊尔学院邀请，中国文联党组成员、副主席冯远率代表团访问印、尼。

12月26日 全国政协办公厅、文化部、新闻出版总署、中国文联、中央文史研究馆、中国美协、清华大学、中国国家博物馆联合主办的韩美林艺术大展在中国国家博物馆开幕。全国政协副主席、中国文联主席孙家正和中国文联领导赵实、覃志刚等出席开幕式。

2012 年

1月1日 中国文联党组书记、副主席赵实率中国文联"送欢乐下基层"慰问采风团赴黑龙江边防线慰问演出并采风。慰问采风团与抚远县（今抚远市）乌苏镇"东方第一哨"官兵一起参加升国旗仪式，赴黑瞎子岛等地慰问边防守备部队，赴同江市赫哲族民族村慰问采风。黑龙江省委常委、宣传部部长张效廉等出席慰问演出活动。

1月5日 中国文联、中国民协、中共海南省委宣传部共同主办的第十届中国民间文艺山花奖颁奖盛典在海南省海口市举办。中国文联党组副书记、副主席李屹出席并致开幕词。《大双竹提梁壶》等38件作品获得民间工艺美术作品奖，《细碗莲花》等5个作品获得民间艺术表演奖（民俗礼仪表演），《海城高跷秧歌》等5个作品获得民间艺术表演奖（民间广场歌舞），《高原鼓韵》等3个作品获得民间艺术表演奖（民间鼓舞鼓乐），《二龙戏珠》等5个作品获得民间艺术表演奖（舞龙），《越涧穿火展英姿》（高桩醒狮）等5个作品获得民间艺术表演奖（民间绝技绝艺），《中国宝卷研究》等18部作品获得民间文艺学术著作奖，《满族民间故事·辽东卷》等13部作品获得民间文学作品奖。从本届山花奖开始，由中央财政支持，设立山花奖奖金制度。

1月8日 中国文联主办的"百花迎春——中国文学艺术界2012春节大联欢"在北京人民大会堂举行。

1月17日 中国文联新春联欢会在中国文艺家之家举行。中共中央政治局常委李长春发来贺词,中共中央政治局委员、中共中央书记处书记、中宣部部长刘云山,中共中央政治局委员、国务委员刘延东,全国政协副主席、中国文联主席孙家正分别发来祝词、贺信、贺词。中国文联领导赵实、李屹、冯远、杨承志、夏潮、李前光出席联欢会并向大家拜年。

2月7日 中华全国总工会、文化部、中国文联、中国作协联合开展的"文艺工作者深入职工创作实践"活动在北京启动。中国文联党组成员、书记处书记夏潮出席。

2月9日 中国文联2012驻华使节新春招待会在中国文艺家之家举行。中国文联领导赵实、冯远、杨承志、夏潮、李前光出席。

2月11日 著名版画家力群逝世,享年99岁。

2月15日 中国文联党组成员、副主席冯远、杨承志在中国文艺家之家会见并宴请台湾中国文艺协会理事长王吉隆。

3月1日 中国文联第九届全国委员会第二次会议在北京召开。全国政协副主席、中国文联主席孙家正主持会议,并传达中央领导同志对文联工作的指示。会议审议通过中国文联党组书记、副主席赵实所作的题为《爱国 为民 崇德 尚艺 努力推动社会主义文艺大发展大繁荣》的工作报告和《中国文联2012年工作要点》《关于中国文艺工作者职业道德公约的决议》。

3月2日 中国文联在北京举办新闻发布会,向社会发布文艺界核心价值观和《中国文艺工作者职业道德公约》。文艺界核心价值观是:爱国、为民、崇德、尚艺。《中国文艺工作者职业道德公约》的主要内容为:坚持爱国为民、弘扬先进文化、追求德艺双馨、倡导宽容和谐、模范遵纪守法。文艺界核心价值观和《中国文艺工作者职业道德公约》由中国文联第九届全委会第二次会议审议通过。

同日 中国文联举办文艺界全国人大代表、全国政协委员联谊会。全国政协副主席、中国文联主席孙家正在会上致辞。中国文联党组书记、副主席赵实主持联谊会。中国文联领导覃志刚、李屹、冯远、杨承志、夏潮、李前光出席联谊会。

3月11日—15日 中国文联国际部主要负责人等赴香港出席国际艺术理事会及文化机构联合会第33次执委会。此次会议之后，黄文娟接替中国文联原副主席李牧担任该组织执委。

3月14日—19日 应泰中文化艺术交流协会邀请，中国文联副主席奚美娟率代表团访问泰国，出席泰中文化交流中心成立庆典。

3月16日 中国文联党组成员、副主席杨承志出席中国影协与古巴驻华使馆在北京电影学院举办的"古巴电影招待会"。

4月1日 中国文联、河南省人民政府主办的"2012中国（开封）清明文化节"在河南省开封市开幕。本届文化节以"传承文明、拥抱春天"为主题。中国文联党组书记、副主席赵实出席开幕式并致辞。

4月10日 中国文联、中国曲协主办的祝贺罗扬同志从事曲艺工作60周年暨《曲艺耕耘录》出版座谈会在北京举行。中国文联领导冯远、杨承志出席座谈会。中国文联党组成员、书记处书记李前光在座谈会上讲话。罗扬新作《曲艺耕耘录》正式由中国文联出版社出版。

4月17日 文化部、中国文联、全国政协书画室、广东省人民政府、中共广东省委宣传部、中国美术馆、中国美协、中国艺术研究院、中国国家画院联合主办的"吞吐大荒——许钦松山水画展"在中国美术馆开幕。全国政协副主席、中国文联主席孙家正，中国文联领导赵实、冯远等出席展览开幕式。

4月20日 中国金融文学艺术界联合会在京成立。全国政协副主席、中国文联主席孙家正表示祝贺，中国文联党组书记、副主席赵实出席并讲话。中国金融文学艺术界联合会第一届第一次全体委员会审议通过《中国金融文学艺术界联合会章程》，推选郭利根担任主席，张东风等12人担任副主席。

4月21日—30日 应瑞士"山水"艺术基金会邀请，中国文联党组副书记、副主席覃志刚率中国美术家代表团一行访问瑞士、法国，进行美术创作、交流。

4月25日 中华全国总工会、中国文联、中央文明办和中央电视台联合主办的"阳光路上"——2012五一国际劳动节文艺晚会暨第三届中国职工艺术节开幕式在北京工人体育馆举行。中共中央政治局委员、全国人大常委会副委员长、中华全国总工会主席王兆国，中共中央政治局委员、中共中央书记处书记、中宣部部长刘云山，中共中央政治局委员、中共中央书记处书记、中组部部长李源潮，全国人大常委会副委员长司马义·铁力瓦尔地，国务委员兼国务院秘书长马凯等党和国家领导人与全国劳模代表，获全国五一劳动奖状、奖章的工人代表和全国工人先锋号代表，香港、澳门工会"五一"代表团成员一同观看演出。中国文联党组书记、副主席赵实出席。

同日 中央文明办、中国文联、中国曲协主办的2012"全国道德模范故事汇"基层巡演启动。中国文联党组书记、副主席赵实在启动仪式上讲话，中国文联党组成员、书记处书记李前光出席。

4月26日 中共中央政治局委员、中共中央书记处书记、中宣部部长刘云山到中国美术馆参观"笔墨尘缘——冯远中国画作品展"。全国政协副主席、中国文联主席孙家正为展览发来贺信。中国文联领导赵实、李屹、杨承志、李前光等出席展览开幕式。

同日 中国文联、中国影协主办的"百花放映·情系基层"百县千村万场大型电影惠民系列慰问活动在北京启动。中国文联领导赵实、夏潮出席启动仪式。

4月27日 中国文联、中华全国总工会主办的"时代领跑者——大型绘画、书法、摄影展"在全国政协礼堂开幕。中国文联党组成员、书记处书记李前光在开幕式上讲话。

5月3日 中国文联文艺志愿服务活动正式在北京启动。中共中央政治局委员、中共中央书记处书记、中宣部部长刘云山发来贺信。中国文联党组书记、副主席赵实在启动仪式上讲话，并为中国文联和各全国文艺家协会文艺志愿服务团授旗。

5月4日 中国文联机关青年联合会成立。中国文联领导赵实、覃志刚、李屹、冯远、杨承志、夏潮、李前光出席成立大会。

5月6日 左中一任中国文联党组成员。

5月8日 中国文联、中国剧协、中共陕西省委宣传部、陕西省文联、中共延安市委、延安市政府、陕西省剧协、陕西省戏曲研究院、中共延安市委宣传部、延安市文联共同主办了"纪念毛泽东同志《在延安文艺座谈会上的讲话》发表70周年——中国戏剧家延安行"活动。中国文联领导赵实、杨承志出席活动。

同日 应中国文联邀请，韩国文化艺术委员会委员长权宁彬率代表团访华。中国文联党组副书记、副主席李屹会见并宴请代表团。

5月9日 中国文联、陕西省文化厅、中国舞协、中国武警文工团联合出品的大型原创舞蹈诗剧《延安记忆》在延安解放剧院演出。中国文联党组书记、副主席赵实等出席首演活动。

5月10日 中国文联、中国书协主办的"百花扎根沃土 艺术奉献人民——纪念毛泽东同志《在延安文艺座谈会上的讲话》发表70周年书法作品展"在中国人民革命军事博物馆开幕，中国文联领导覃志刚、夏潮出席开幕式。

同日 中国文联、陕西省人民政府主办的为纪念毛泽东同志《在延安文艺座谈会上的讲话》发表70周年大型演出活动"我要去延安"在延安市体育场举行。中国文联领导赵实、杨承志，陕西省副省长郑晓明等观看演出。

5月11日 中国文联、中国美协、中国国家画院、中共河南省委宣传部、河南省文联主办的"中原行——中国当代著名画家大型采风活动"在河南郑州启动。中国文联党组成员、书记处书记李前光在启动仪式上讲话。

5月13日 第一期全国地县级文联负责人研修班在北京举办。中国文联党组副书记、副主席李屹在开班仪式上作动员讲话。

5月17日 中国文联在北京举办纪念毛泽东同志《在延安文艺座谈会上的讲话》发表70周年座谈会。全国政协副主席、中国文联主席孙家正主持座谈会。中国文联党组书记、副主席赵实在会上讲话。中国文联领导覃志刚、李屹、杨承志、左中一、夏潮、李前光出席。

5月18日 纪念《在延安文艺座谈会上的讲话》发表70周年全国美术作品展在北京举行。中国文联领导覃志刚、杨承志、左中一出席开幕式。

5月19日 中国文联党组副书记、副主席李屹会见应中国杂协邀请到访的国际魔术联盟主席埃瑞克·埃斯文，就中国文联派团参加将在英国举办的第二十五届世界魔术大会会商意见。

5月22日 纪念《在延安文艺座谈会上的讲话》发表70周年暨喜迎党的十八大召开中国文联老同志书法、美术、摄影作品展在中国文艺家之家开幕。中国文联领导赵实、覃志刚、李屹、杨承志、左中一、夏潮、李前光为获奖的老艺术家代表颁发获奖证书并观看展览。

同日 中国文联召开权益保护部成立会议。中国文联党组书记、副主席赵实在会上讲话。中国文联党组副书记、副主席李屹，中国文联党组成员、书记处书记李前光出席会议。

5月23日 中宣部、文化部、国家广电总局、中国文联、中国作协、中国人民解放军总政治部共同主办的"为人民放歌——纪念毛泽东同志《在延安文艺座谈会上的讲话》发表70周年大型文艺晚会"在北京举行。中共中央政治局常委李长春出席观看，并与老艺术家代表和演职人员亲切交谈。中共中央政治局委员、中共中央书记处书记、中宣部部长刘云山，中共中央政治局委员、国务委员刘延东，全国人大常委会副委员长华建敏，全国政协副主席、中国社科院院长陈奎元，全国政协副主席、中国文联主席孙家正一同观看演出。

同日 中国文联、中央文献研究室、中央党史研究室、中国延安干部学院和中共延安市委联合主办的"纪念延安文艺座谈会召开70周年专题研讨会"在延安举行。中国文联党组成员、书记处书记夏潮出席开幕式并讲话。

5月23日—25日 第九届中国摄影艺术金像奖在湖北省十堰市武当山举办。雍和等10人获得创作奖（纪录类），孙晋强等9人获得创作奖（艺术类），王敬民获得创作奖（商业类），裘植等6人获得终身成就奖。

5月25日 中共中央政治局委员、中共中央书记处书记、中宣部部长刘云山到中国人民革命军事博物馆参观纪念毛泽东同志《在延安文艺座谈会上的讲话》发表70周年全国美术作品展。

5月26日 中国文联领导赵实、李屹率中国文联文艺志愿服务团赴吉林省吉林市开展采风慰问演出活动。

5月30日 澳门中联办文化教育部、中国剧协、澳门中华文化联谊会主办的"2012濠江之春——澳门与内地艺术家大联欢"暨中国文联、中国剧协梅花奖艺术团"澳门行"活动在澳门渔人码头会议展览中心举办。中国文联党组成员、副主席杨承志在开幕式上致辞。

其间，杨承志为中国文联澳门荣誉委员颁发了证书。

6月3日—8日 应日中文化交流协会邀请，中国文联副主席刘兰芳率代表团访问日本，出席为纪念中日邦交正常化40周年举办的日中文化名人书法展开幕式等活动。

6月4日 全国地方文联负责人研修班在北京举行，中国文联党组书记、副主席赵实出席并讲话。

6月5日 中国文联、农业部、中国摄协联合主办的第二届全国农民摄影大展在中国美术馆开幕。中国文联领导赵实、李前光出席。

6月19日 中国文联理论研究室主办、北京市文联研究部承办的全国省级文艺评论家协会工作交流会在北京召开。中国文联党组书记、副主席赵实书面致辞。中国文联党组成员、书记处书记夏潮出席并讲话。

6月28日—7月9日 应土耳其摄影艺术联合会、以色列职业艺术家协会、约旦摄影协会邀请，中国文联党组成员、书记处书记李前光率代表团访问土、以、约。

6月30日 文化部、中国文联、民进中央、全国政协书画室、中国美协、中国美术馆、中央美院主办的"再创唐风——唐勇力中国画作品展"在中国美术馆开幕。中国文联领导孙家正、覃志刚、杨志今等出席。

7月5日 中国文联第九届全国委员会第三次会议在北京召开。全国政协副主席、中国文联主席孙家正主持会议。中国文联党组书记、副主席赵实就中国文联2012年上半年工作情况和下半年工作安排作了通报。会议增选左中一为中国文联第九届副主席，王瑶为中国文联第九届主席团委员。中国文联第九届主席团第三次会议推举左中一为中国文联书记处书记，冯远不再担任中国文联书记处书记；通过了《关于更替和增补第九届全委会委员的决议》；审议通过关于接纳中国人民银行文联为中国文联团体会员的决议。

7月6日 中央机构编制委员会办公室印发《关于设立中国文联戏剧艺术中心等事业单位的批复》，同意设立中国文联戏剧艺术中心、中国文联电影艺术中心、中国文联音乐艺术中心、中国文联美术艺术中心、中国文联曲艺艺术中心、中国文联舞蹈艺术中心、中国文联民间文艺艺术中心、中国文联摄影艺术中心、中国文联书法艺术中心、中国文联杂技艺术中心、中国文联电视艺术中心等11个艺术中心，同意设立中国文联文艺志愿服务中心，撤销中国文联烟台文艺之家。

7月12日 中国文联、北京市人民政府主办的"党的旗帜高高飘扬"系列音乐会首场演出《唱支山歌给党听》在国家大剧院举行。中国文联领导赵实、杨承志、左中一出席。

7月12日—17日 应西班牙普利斯马戏院邀请，中国文联党组副书记、副主席李屹率代表团访问西班牙，与普利斯马戏院、索纳演出集团公司、西班牙国际文化艺术基金会等商洽交流合作事宜。

7月15日 中国文联、江苏省人民政府主办的"2012中国书法·金陵论坛"在南京市浦口区开幕。全国政协副主席、中国文联主席孙家正出席开幕式。中国文联党组成员、书记处书记夏潮在开幕式上讲话。

7月24日 中国文联、财政部、文化部联合主办的"中华文明历史题材美术创作工程"创作动员大会在四川峨眉山召开。中国文联党组成员、副主席左中一出席动员大会并讲话。

7月26日 中国文联、中国影协、新疆维吾尔自治区党委宣传部、新疆维吾尔自治区文联和新疆生产建设兵团文联共同主办的"百花放映·情系新疆"大型电影惠民工程暨慰问采风活动开幕式在新疆昌吉州阜康市举行。中国文联领导赵实、夏潮出席开幕式。

8月2日 第十届造型表演艺术成就奖颁奖典礼在中国文艺家之

家举行。中国文联领导覃志刚、夏潮出席颁奖典礼。

8月12日 第一期全国文艺家协会秘书长研修班在北京举办。中国文联党组成员、书记处书记夏潮出席开班式,并作了专题讲座。

8月15日—21日 应中国文联邀请,泰中艺术家联合会会长蔡义批率代表团访华。中国文联党组成员、书记处书记李前光会见并宴请代表团。

8月20日 全国文联系统维权研讨班在内蒙古呼和浩特开班。这是中国文联权益保护部成立以来,首次举办以维权为主题的专题研讨班。中国文联党组成员、书记处书记李前光出席开班式并讲话。

8月23日 中国文联在中国文艺家之家举行韩雪同志先进事迹报告会,授予勇救落水儿童的河北省沧州市青县文联主席韩雪"见义勇为文艺工作者"荣誉称号。中国文联领导赵实、覃志刚、李屹、杨承志、左中一、夏潮出席报告会。

8月24日 第七届中国曲艺牡丹奖在江苏省南京市举行新闻发布会,宣布评奖结果。经过终评,本届中国曲艺牡丹奖评选出节目奖5个、表演奖12个、文学奖7个、新人奖8个、理论奖5个、终身成就奖6个。同时还增设4个特别奖,各有两部作品获得节目特别奖和文学特别奖。

同日 "百花竞芳为人民——迎十八大召开,展文艺界风采"图片展在中国文艺家之家开幕。中国文联领导赵实、覃志刚、李屹、杨承志、左中一出席展览开幕式。

8月28日—9月8日 应日本株式会社角川集团、墨西哥作家总会、秘鲁文化部邀请,中国文联党组书记、副主席赵实率代表团访问日本、墨西哥和秘鲁。

9月5日 第四届中国戏剧奖·曹禺剧本奖(第二十届曹禺剧本奖)在潜江颁奖,《生命档案》《红旗渠》《雾蒙山》《米脂婆姨绥德汉》

《朱安女士》《将军道》《别妻书》《大红灯笼高高挂》8部剧本获奖，12部剧本获得提名。

9月7日 第九届中国金鹰电视艺术节开幕。8日，举办第二十六届中国电视金鹰奖颁奖典礼及电视主持人颁奖晚会，《中国1921》获得最佳电视剧奖，《厂花》等作品获优秀电视剧奖，《2012春节联欢晚会》获得最佳电视文艺节目奖，其他奖项也在大会上颁发。9日，举行第九届中国金鹰电视艺术节颁奖晚会暨闭幕式，中国文联、湖南省委、湖南省政府、中国视协、湖南广播电视台等有关方面领导出席。

9月9日 文化部、国务院参事室、全国政协文史和学习委员会、民进中央、中国文联、中国作协、天津大学、中国美协、中国民协、北京画院10家单位联合主办的"四驾马车——冯骥才的绘画、文学、文化遗产保护与教育展"举行。中国文联党组副书记、副主席李屹出席并讲话。

9月10日—15日 应澳大利亚艺术理事会邀请，中国文联党组成员、副主席左中一率代表团访澳。

9月14日 中国文联、中国作协发表声明，对日本政府"购买"钓鱼岛及其附属岛屿、侵犯我国领土主权的恶劣行径表示强烈愤慨，予以严厉谴责。

同日 中国侨联、中国文联、中国美协、中国书协主办的"亲情中华——世界华侨华人美术书法展"在国家博物馆开幕。全国政协副主席、中国文联主席孙家正和中国文联党组书记、副主席赵实出席开幕式。

9月15日 第七届中国曲艺牡丹奖颁奖晚会在江苏省南京市举行。全国政协副主席、中国文联主席孙家正出席并宣布颁奖典礼开幕，中国文联党组书记、副主席赵实，江苏省政协主席张连珍，省委副书记石泰峰,省人大常委会副主任林祥国,副省长何权共同启动颁奖晚会。

9月15日—21日 应台湾中华舞蹈学会邀请,中国文联党组成员、副主席杨承志率访问团访问台湾,出席中国舞协与邀请方共同举办的海峡两岸青少年舞蹈交流展演活动,会见吴伯雄、江丙坤等多位台湾知名人士。

9月15日—22日 由中国文联主办、美国亚洲表演艺术协会承办,中国驻纽约总领馆作为支持单位的"今日中国"艺术周在美国举行。中国文联党组成员、书记处书记夏潮率代表团出席开幕式等活动。

9月21日 中国文联文艺资源中心在国家事业单位登记管理局登记成立。中华文艺资源数据库工程、"网上文联"数字文艺工作平台建设启动。中国文联文艺资源中心是中央机构编制委员会办公室批准设立的正局级事业单位。

9月23日—29日 应中国文联邀请,尼泊尔学院副院长耿加·普拉萨德·乌普雷蒂率代表团访华。中国文联党组成员、副主席杨承志会见并宴请代表团。

9月26日—29日 第二十一届中国金鸡百花电影节在绍兴举行。26日,全国政协副主席、中国文联主席孙家正和浙江省委书记、省人大常委会主任赵洪祝,中国文联党组成员、书记处书记夏潮等出席开幕式。在第三十一届大众电影百花奖中,《唐山大地震》获得最佳故事片奖,《辛亥革命》《失恋33天》获优秀故事片奖,冯小刚(《唐山大地震》)获得最佳导演奖,苏小卫(《唐山大地震》)获得最佳编剧奖;文章(《失恋33天》中饰王小贱)获得最佳男主角奖;白百何(《失恋33天》中饰黄小仙)获得最佳女主角奖;孙淳(《辛亥革命》中饰孙中山)获得最佳男配角奖;宁静(《辛亥革命》中饰秋瑾)

获得最佳女配角奖；张子枫（《唐山大地震》中饰幼年方登）获得最佳新人奖。29日，中国文联党组书记、副主席赵实出席闭幕式，并为王为一、严寄洲颁发终身成就奖。

9月28日 中国文联党组成员、书记处书记李前光会见来华参加尼泊尔文化节的尼泊尔国家美术院院长吉兰·马南达尔一行。

9月28日—10月下旬 由中国文联、北京市人民政府、中国美协共同主办的第五届中国北京国际美术双年展在中国美术馆举办。本届双年展主题为"未来与现实"，共展出84个国家的700余件作品。中国文联党组书记、副主席赵实出席双年展开幕式并致辞。

10月8日 中国文联、中国书协主办的"党的旗帜高高飘扬 文艺事业繁荣发展"——迎庆党的十八大部长将军名家书法作品邀请展在中国人民革命军事博物馆举行。中国文联党组副书记、副主席覃志刚在开幕式上致辞。

10月9日 中国文联举办的第二期全国中青年德艺双馨文艺工作者高级研修班在中国井冈山干部学院正式开班。中国文联党组副书记、副主席李屹在开班仪式上作动员讲话。

10月10日 中华全国总工会、中国文联、中央文明办、中央电视台和中国书协、中国美协联合主办的第三届中国职工艺术节"神华杯"书法美术展览在北京炎黄艺术馆开幕。中国文联领导覃志刚、左中一出席开幕式。

同日 中国文联主办的首届全国中青年编剧高级研修班在北京开班。中国文联党组副书记、副主席李屹在开班仪式上作动员讲话。

10月19日 由中国文联、教育部、上海市人民政府主办的第三届中国校园戏剧节在上海开幕。中国文联党组成员、副主席，第三届中国校园戏剧节组委会主任杨承志出席开幕式。

10月23日 全国政协副主席、中国文联主席孙家正在中国文艺家之家会见以会长辻井乔为团长的日中文化交流协会代表团。

同日 中国文联党组副书记、副主席李屹会见摩纳哥驻华大使凯瑟琳·福特里一行，就在摩纳哥举办中国艺术周等活动交流意见。

10月30日 第八届中国文联文艺评论奖颁奖典礼暨第六届当代文艺论坛在云南昆明举办。中国文联党组书记、副主席赵实在颁奖典礼上讲话，中国文联党组成员、书记处书记夏潮出席活动。

11月1日 中国文联、中国摄协联合主办的"温暖边疆 辉煌历程——祖国边疆建设成就摄影展"在北京开幕。中国文联领导李屹、杨承志、李前光出席。

11月16日 中国文联召开全体党员干部大会，传达学习贯彻党的十八大精神。中共第十八届中央委员、中国文联党组书记、副主席赵实在大会上传达党的十八大精神并对中国文联学习宣传贯彻党的十八大精神进行部署。中国文联领导覃志刚、李屹、杨承志、左中一、夏潮、李前光，中国文联党组老领导李树文、胡振民、李准、甘英烈、李牧和部分在京的中国文联主席团成员、各全国文艺家协会主席等出席大会。

11月18日 中国文联、中国剧协共同主办的裴艳玲从艺60周年《甲子四折》专场演出座谈会在北京举行。中国文联党组成员、副主席杨承志出席座谈会并讲话。

11月19日—23日 中国文联与香港艺术发展局在香港联合举办以"文化交融与艺术发展"为主题的第四届海峡两岸暨港澳地区艺术论坛。全国政协副主席、中国文联主席孙家正，中国文联党组成员、副主席杨承志，中国文联副主席丹增、赵化勇、边发吉，以及80余位专家学者出席了论坛活动。

11月20日 中国文联召开文艺家学习贯彻党的十八大精神座谈会。中国文联党组书记、副主席赵实出席并讲话。中国文联党组成员、书记处书记夏潮主持会议。

11月25日—29日 中国曲协第七次全国代表大会在北京京西宾馆召开。中共中央政治局委员、中共中央书记处书记、中宣部部长刘奇葆出席会议并讲话。全国政协副主席、中国文联主席孙家正，中国文联党组书记、副主席赵实，中宣部副部长翟卫华，文化部副部长董伟，中国人民解放军总政治部宣传部副部长黎国如，中国文联领导李屹、杨承志、左中一、夏潮、李前光等出席开幕式。来自全国31个省、自治区、直辖市和产（行）业曲协，解放军、中直机关，以及香港特别行政区、澳门特别行政区等单位的285名代表，12名特邀代表，还有4名台湾地区、海外嘉宾参加了会议。会议审议通过了中国曲协第六届理事会工作报告，修改了《中国曲艺家协会章程》，选举产生了由125人组成的中国曲协新一届理事会。会议期间举行的中国曲协第七届理事会第一次会议选举产生了由13人组成的新一届主席团。姜昆当选为中国曲协第七届主席，马小平（回族）、王汝刚、冯巩、李时成、吴文科、翁仁康、郭刚、黄宏、盛小云（女）、崔凯、董耀鹏、籍薇（女）当选为中国曲协第七届副主席。罗扬、刘兰芳（女）被推举为中国曲协第七届名誉主席。土登、朱光斗、吴宗锡、余红仙（女）、程永玲（女）、薛宝琨被聘请为中国曲协第七届顾问。董耀鹏被任命为中国曲协第七届秘书长，曲华江被任命为副秘书长。

11月29日 中国文联、北京市人民政府主办的2012北京国际幽默艺术周暨北京喜剧幽默艺术大赛在北京开幕。中国文联领导赵实、李屹、杨承志、夏潮、李前光等出席开幕式晚会。

11月30日—12月2日 文化部、中国文联、北京市人民政府主办的首届中国北京国际魔术大会在北京举行。中国文联党组副书记、副主席李屹出席开幕式。本届魔术大会吸引近22个国家和地区的著名魔术师参与。

11月 由中国文联、文化部、中国美协主办，中国美协承办的第二届"中国美术奖·终身成就奖"终评在北京举办。经评选委员会评选，中国文联批准，方增先、孙其峰、杨之光、李焕民、侯一民、詹建俊荣获第二届"中国美术奖·终身成就奖"。

12月3日—5日 中国视协第五次全国代表大会在北京召开。中宣部常务副部长雒树刚出席会议，转达了中共中央政治局委员、中共中央书记处书记、中宣部部长刘奇葆对会议代表，以及全国电视艺术工作者的诚挚问候。全国政协副主席、中国文联主席孙家正出席。中国文联党组书记、副主席赵实讲话。中国视协第四届主席赵化勇致开幕词。中国视协分党组书记、第四届驻会副主席张显作工作报告。赵化勇当选中国视协第五届主席，万克、马维干（回族）、李兴国（满族）、李京盛、张显、陈华、欧阳常林、周莉（女）、赵多佳（女）、胡玫（女）、胡恩、唐国强、程蔚东、裘新当选副主席。任命张显为秘书长，张彦民为副秘书长。

12月3日—9日 应土耳其文化旅游部邀请，中国文联组派50人艺术团赴土耳其安卡拉、保鲁举办"古道欢歌"——2012土耳其中国文化年闭幕演出。中国文联党组成员、副主席杨承志，中国驻土耳其大使宫小生，土耳其文化旅游部部长等观看了首场演出。

12月4日 为庆祝党的十八大胜利召开，集中展示近年来我国各个艺术门类的金奖作品和优秀成果，由中国文联主办的"百花芬芳 盛世风华"表演艺术精品展演晚会在国家大剧院隆重上演。全国政协副主席、中国文联主席孙家正，中国文联领导赵实、李屹、夏潮、李前光出席。

12月4日—13日 应土耳其文化旅游部和泰国泰中艺术家联合会邀请，中国文联党组成员、副主席杨承志率代表团访问土、泰，访问期间出席了2012土耳其中国文化年闭幕演出活动。

12月5日 中国文联、中国摄协主办的"文明生态 美丽中国"摄影大展在北京王府井步行街举行。中国文联党组成员、书记处书记李前光出席开幕式。

12月6日 中国文联学习贯彻十八大精神辅导讲座在北京举行。中国文联领导赵实、李屹、左中一、李前光和各全国文艺家协会、中国文联机关各部门、各直属单位负责人及干部职工参加讲座。中共中央党史研究室副主任李忠杰作了辅导报告。

12月9日 中国摄协第八次全国代表大会在北京开幕。全国政协副主席、中国文联主席孙家正出席开幕式。中宣部常务副部长雒树刚出席开幕式，转达了中共中央政治局委员、中共中央书记处书记、中宣部部长刘奇葆对大会胜利召开的热烈祝贺和对会议代表以及全国摄影工作者的诚挚问候。全国政协副主席白立忱，全国人大常委会原副委员长许嘉璐、蒋正华，全国政协原副主席李蒙发来贺信。中国文联党组书记、副主席赵实讲话。中宣部副部长翟卫华，中国文联党组副书记、副主席李屹，中国文联党组成员、副主席左中一，新闻出版总署党组成员、纪检组组长宋明昌，中国文联副主席、中国人民解放军总政治部宣传部副部长黎国如，中国文联党组成员、书记处书记夏潮、李前光，以及中宣部文艺局局长汤恒，中宣部干部局局长蒲增繁出席开幕式。中国摄协分党组书记、第七届驻会副主席王瑶致开幕词并作工作报告。第七届副主席朱宪民主持会议。11日，大会闭幕。大会闭幕式上宣布新当选的中国摄协第八届主席、副主席名单。王瑶（女）当选为主席，王悦、王文澜、王达军、邓维、李舸、李伟坤、李学亮、李树峰、张桐胜、罗更前、索久林、雍和当选为副主席。中国摄协第八届主席团第一次会议任命高琴为秘书长、顾立群为副秘书长。聘请于健、王玉文、扎西次登（藏族）、吕厚民、朱宪民、李公剑、李前光（蒙古族）、杨绍明、连登良、张宇、陈勃、陈复礼、周志刚、袁毅平、贾明祖、黄贵权、简庆福为中国摄协第八届顾问。

12月12日 中国文联主办的"庆贺百岁贾芝从事革命文艺工作80周年座谈会"在北京人民大会堂召开，中国文联党组副书记、副主席李屹出席座谈会并致辞。

12月16日 中国文联、中国美协主办的2012第二届造型艺术新人展在北京中国美术馆开幕。中国文联党组成员、副主席左中一出席展览开幕式。

12月18日 中国社会科学院、中国科学院、中国文联、中国人民对外友好协会联合主办的"郭沫若诞辰120周年纪念会暨第四届郭沫若中国历史学奖颁奖仪式"在北京人民大会堂举行。中国文联党组副书记、副主席覃志刚出席并讲话。

12月31日—2023年1月1日 中国文联文艺志愿服务团赴海南三沙市开展"为人民 送欢乐 下基层"慰问演出活动。中国文联党组书记、副主席赵实致辞，中国文联党组副书记、副主席李屹参加活动。这是三沙市建市后第一场新年文艺演出，也是文艺门类最齐全、文艺名家阵容最大的一次文艺活动。其间，文艺志愿服务小分队慰问了渔民村和海军某部哨卡。1月1日晚，中国文联文艺志愿服务团在海南省文昌市举行了专场慰问演出。

2013 年

1月12日　中国文联第九届全国委员会第四次会议在北京召开。全国政协副主席、中国文联主席孙家正主持会议。中宣部副部长翟卫华出席会议并讲话。中国文联党组书记、副主席赵实作题为《强化以人民为中心的价值导向　自觉担当建设社会主义文化强国的历史使命》的工作报告。中国文联第九届主席团第四次会议审议通过《关于更替和增补中国文联第九届全委会委员的决议》。

1月13日　"百花迎春——中国文学艺术界2013春节大联欢"在北京人民大会堂举行。

1月16日　中国文联党组成员、副主席杨承志在中国文艺家之家会见以澳门中华文化交流协会会长谢志伟为团长的访问团。

1月17日—27日　由中国杂协选派的杂技演员赴摩纳哥和法国第三十七届蒙特卡洛国际马戏节和第三十四届法国"明日"世界马戏节两大国际马戏节参赛,分别夺得蒙特卡洛国际马戏节最高奖"金小丑"奖、第三十四届法国"明日"世界马戏节金奖。中国文联党组书记、副主席赵实致电祝贺。

1月21日　中国文联出台《关于贯彻落实中央规定改进工作作风、密切联系群众的实施办法》,从改进调查研究、精简会议活动、精简文件简报、规范出访活动、改进新闻报道、严格文稿发表和个人作品展演、厉行勤俭节约、加强督促检查等方面作出具体规定。

1月29日　第二届"中国美术奖·终身成就奖"在北京颁发。

中国文联党组书记、副主席赵实出席活动并致辞。中国文联领导李屹、杨承志、左中一、夏潮等出席颁奖仪式。

1月31日 中国文联与国家版权局共同主办了"去伪存真——书画作品版权保护研讨会"。中国文联党组成员、书记处书记李前光，国家版权局副局长阎晓宏出席会议并讲话。

2月1日 中华全国总工会、文化部、中国文联、中国作协联合印发《关于表彰文艺工作者深入职工创作实践活动优秀组织单位和个人的决定》，71家单位和130名个人分别获得优秀组织单位和优秀个人称号。

2月6日 中国文联文艺志愿服务中心正式成立。中国文联领导赵实、覃志刚出席仪式并揭牌。中国文联文艺志愿服务中心是中央机构编制委员会办公室批准设立的正局级事业单位。

2月25日 中国文联启动中国"当代文艺名家名作译介工程"。工程包括《中国当代文艺年度名作》《中国当代文艺名家》《中国当代艺术图鉴》《中国当代文化艺术成果》等多个系列，推出汉语、英语、法语、俄语、阿拉伯语、德语、西班牙语、日语等多语种版本。

3月1日 中国文联、中国音协、中共辽宁省委宣传部、辽宁省文联、抚顺市委、抚顺市人民政府等单位主办的纪念毛泽东等老一辈革命家为雷锋题词50周年"《老百姓的雷锋》首唱式——傅庚辰作品音乐会"在北京举行。

3月5日 中国文联、中国音协、中国美协、中国舞协联合开展的文艺支教试点项目正式启动。试点地区分别为甘肃省陇南市武都区、贵州省安顺市西秀区、河北省承德市丰宁满族自治县3个贫困县区。4月9日，中国文联首批文艺服务志愿者前往河北省承德市丰宁满族自治县开展文艺支教志愿服务。中国文联党组副书记、副主席覃志刚出席出发式。本月，中国文联文艺支教志愿者赴甘肃陇南、贵州安顺、河北丰宁开展音乐、美术、舞蹈、书法专业的文艺支教志愿服务。

4月2日 中国文联主持编写、中国文联出版社出版的《2012中国艺术发展报告》在北京发布。这是首部年度艺术行业发展报告，由此形成工作惯例。

4月3日 文化部、中国文联、中国艺术研究院、中国美协、中国书协、中央美术学院、中国美术馆、中国国家画院、国际中国书画家交流促进会共同主办的王琦"水墨新旅程"书画展开幕式暨作品集首发式在中国美术馆举行。中国文联党组成员、副主席左中一在开幕式上致辞。

同日 中国文联和河南省人民政府主办的2013中国（开封）清明文化节暨"宋韵之春"首演在河南开封清明上河园开幕。

4月11日 中国文联、中国书协主办，浙江省文联、绍兴市人民政府联合主办的第四届中国书法兰亭奖颁奖晚会在绍兴举办，第四届中国书法兰亭奖作品展在绍兴博物馆举行。中国文联党组副书记、副主席覃志刚在作品展开幕式上致辞。

4月16日 中国文联、中国音协和中共深圳市委宣传部联合主办的中国音乐金钟奖流行音乐比赛在北京启动。本届金钟奖第一次援引联赛模式并命名为中国流行音乐超级联赛。中国文联党组书记、副主席赵实出席启动仪式。

同日 中国文联、中国剧协主办的第二十六届中国戏剧大赛（东片）在浙江杭州开幕。中国文联党组成员、副主席杨承志出席开幕式。

4月17日—26日 应坦桑尼亚信息青年文化体育部、毛里求斯文化艺术部、塞内加尔文化部邀请，中国文联党组成员、副主席杨承志率代表团赴坦、毛、塞访问。

4月23日 中国文联第二期全国中青年编剧高级研修班在京举办"坚持以人民为中心的创作导向"主题论坛，中国文联党组书记、副主席赵实与研修班学员座谈交流。

同日 中国文联领导赵实、夏潮到北京协和医院看望著名电影编剧、文艺理论家于敏，并庆贺他的百岁寿诞。

4月28日 中国文联、中共甘肃省委宣传部联合主办的"送欢乐下基层"中国文联文艺志愿服务团陇南武都行系列活动举行。中国文联党组书记、副主席赵实在演出前讲话，并代表中国文联向贫困大学生家庭、文艺支教学校贫困生颁发助学金。

5月3日 中国文联党组书记、副主席赵实在北京会见非洲英语国家文艺组织运营管理研修班全体学员。这是中国文联首次开展的国际培训项目。

同日 文化部、中国文联、中央文史研究馆、中国美术馆、中国国家画院、中国美协、中央美术学院、北京市文史研究馆、中国画学会联合主办的"扶犁回望——杨力舟·王迎春艺术回顾展"在中国美术馆开幕。中国文联党组成员、副主席左中一出席开幕式。

5月5日 中国文联主办的第二期全国省级文艺家协会秘书长研修班在北京开班。中国文联党组副书记、副主席李屹在开班式上作动员讲话，并为学员们作了《深入学习贯彻党的十八大精神 努力推动文联工作创新发展》主旨报告。

5月5日—16日 应美国达拉斯-沃斯堡地区世界事务理事会、美国纽约艺术基金会、加拿大艺术理事会和古巴作家艺术家联盟邀请，中国文联党组书记、副主席赵实率代表团赴美、加、古进行访问。

5月7日 中国文联与美国纽约艺术基金会达成战略合作，中国文联党组书记、副主席赵实出席并签署协议。

5月8日 中国民间文化周在美国得克萨斯州达拉斯市克劳亚洲艺术博物馆开幕，中国文联党组书记、副主席赵实在开幕式上致辞，并出席相关活动。

5月13日 中国曲艺牡丹奖艺术团成立仪式在宁波举行，中国文联党组成员、书记处书记李前光为艺术团授旗。中国曲艺牡丹奖艺术团主要由获得历届牡丹奖表演奖和终身成就奖的艺术家组成。

5月14日 文化部、外交部、国家新闻出版广电总局、国家体育总局、国家宗教局、国家文物局、中国文联、中国作协等共同组织开展的首届"中阿丝绸之路文化之旅"活动在北京启动。

5月18日 中国文联、浙江省人民政府、中国人民外交学会主办的太湖文化论坛第二届（杭州）年会在杭州开幕。中共中央政治局常委、全国政协主席俞正声出席开幕式，并发表题为《加强国际合作，建设生态文明》的主旨讲话。中国文联党组书记、副主席赵实参加有关活动。

5月20日 中国文联、中国剧协主办的第四届中国戏剧奖·梅花表演奖（第二十六届中国戏剧梅花奖）大赛在成都落幕。文化部副部长、中国剧协顾问董伟，中国文联副主席杨承志，中国剧协主席尚长荣，中共四川省委常委、省委宣传部部长吴靖平，四川省人民政府副省长黄彦蓉等出席颁奖晚会。冯玉萍获得本届梅花大奖，李东桥、景雪变、柳萍、刘子微、茅善玉、张秋歌获二度梅，董红、郑国凤、吕洋、周利、黎安、赵杨武、方汝将、王超、刘露、姜亦珊、刘建杰、陈亚萍、孙劲梅、苏凤丽、吕淑娥、屈连英、詹春尧、王琴、孙娟、范乐新、姚百青、崔玉梅、王滨梅、刘雯卉、王红、贾菊兰、马力、雷玲、边点旺久、佟红梅、袁泉、张艳秋、王斑、陈小朵等34名演员获本届梅花奖。

5月21日 中国文联、中国音协、国家大剧院主办，中国音协合唱联盟承办的"一百年中国合唱——纪念李叔同创作第一首中国合唱曲音乐会"在国家大剧院举办。中国文联领导孙家正、赵实、李屹、左中一、李前光等出席音乐会。

5月23日 中国文艺志愿者协会成立大会在北京举行。中国文联党组书记、副主席赵实向中国文艺志愿者协会授牌并讲话。中国文联领导覃志刚、李屹、左中一、夏潮、李前光等出席成立大会。大会通过协会《章程》，选举产生协会第一届理事会理事和主席团。姜昆当选中国文艺志愿者协会主席。

5月28日 中国文联团体会员负责人研修班在北京开班，中国文联主席孙家正作题为《文化、文化修养及文化情怀》的开班讲座。中国文联领导赵实、覃志刚、李屹、杨承志、左中一、夏潮、李前光等出席。

6月6日 由中国文联和中国剧协策划、出品并拍摄的首批中国戏剧梅花奖获奖演员优秀剧目数字电影工程入选影片首映仪式在中国文艺家之家举行。中国文联党组书记、副主席赵实出席活动并讲话。国家新闻出版广电总局电影管理局局长张宏森致辞。中国文联党组成员、书记处书记李前光参加首映式。

6月20日—25日 应瑞士"水墨"基金会邀请，以中国文联党组副书记、副主席覃志刚为团长的代表团赴瑞士出席在夏兰古堡举办的"水墨阿尔卑斯——中国当代国画精品展"开幕式，并赴法国访问交流。

6月28日 中国文联、中国书协、中华诗词学会、中国人民解放军美术书法研究院、中国人民革命军事博物馆主办的《青槐吟草——李铎诗词选》首发式在全国政协礼堂举行。中国文联主席孙家正和中国文联党组副书记、副主席覃志刚等出席首发式。

6月29日 中国文联、北京师范大学、中国民协主办的"钟敬文先生110周年诞辰纪念暨钟敬文高等教育与学术文化思想座谈会"在北京人民大会堂举行。中国文联党组副书记、副主席李屹出席并讲话。

6月30日 中国文联第九届全国委员会第五次会议暨全国文联系统先进集体和先进个人表彰会在北京召开。中国文联主席孙家正主持会议。中国文联党组书记、副主席赵实作题为《讲好中国故事 追寻中国梦想》的报告。会议表彰北京市公安文联等50个先进集体，史长义等15名先进个人。（注：这是中国文联成立以来首次开展的全国文联系统文联工作者的表彰活动，并与人社部联合举行。）会议增选周涛、夏潮为中国文联第九届副主席，黎国如不再担任中国文联第九届副主席。中国文联第九届主席团第五次会议决定，杨承志不再担任中国文联第九届书记处书记；聘请黎国如为中国文联第九届荣誉委员；审议通过《关于更替和增补中国文联第九届全委会委员的决议》。

7月1日 由中国文联、中国美协联合主办的庆祝香港回归祖国16周年"萧晖荣国画·书法·雕塑艺术展"在全国政协礼堂举办。中国文联副主席杨承志出席展览开幕式，并代表中国文联接受萧晖荣捐赠的书画和雕塑作品。

7月5日 根据中央统一部署，中国文联召开党的群众路线教育实践活动动员大会。中央教育实践活动第25督导组组长张基尧代表督导组讲话。中国文联党组书记、副主席赵实就认真学习贯彻《中共中央关于在全党深入开展党的群众路线教育实践活动的意见》、党的群众路线教育实践活动工作会议精神和中央领导讲话精神，对中国文联开展党的群众路线教育实践活动进行动员部署。中国文联领导覃志刚、李屹、左中一、夏潮、李前光出席会议。近期退出中国文联党组班子的老同志，党组织关系在文联的十八大代表、全国人大代表、全国政协委员，各文艺家协会、机关各部门、各直属单位领导班子成员及驻中国文艺家之家全体党员，各基层党组织负责人、离退休老同志代表参加会议。

7月7日 非营利文艺组织运营与管理海外研修班（简称"海外一期"）在美国纽约举办。这是中国文联首次举办的海外培训班。

7月15日 中国文联党组书记、副主席赵实率领中国文联文艺志愿服务团赶赴青海省玉树藏族自治州，开展"送欢乐下基层"慰问活动并讲话。

7月19日—8月23日 中国文联在中国文艺家之家举办党的群众路线教育实践活动专题讲座。7月19日，中央党校党建部教授祝灵君作了题为《坚持群众路线 做好新形势下的群众工作》的讲座。7月25日，中央党校教授谢春涛作题为《中国梦的回顾与展望》的专题系列讲座。8月2日，北京师范大学马克思主义学院院长王祖荫教授就学习党章作专题讲座。8月23日，中央纪委监察部信访室原副主任、中国纪检监察学院兼职教授王焕庚作题为《讲党性、重品行、做表率》的讲座。中国文联领导赵实、覃志刚、李屹、左中一、夏潮、李前光参加讲座。

7月31日 中国文联、中国舞协主办的第七届"小荷风采"全国少儿舞蹈展演闭幕式颁奖晚会在北京举行。中国文联领导赵实、左中一、杨承志出席闭幕式并观看演出。

7月—8月 中国文联主办、中国文联文艺志愿服务中心联合中国剧协、中国美协、中国摄协共同启动中国文联文艺培训志愿服务试点项目。在宁夏吴忠启动了摄影培训项目，在江苏宜兴启动了戏剧培训项目，在四川巴中启动了美术培训项目。

8月6日 中国文联、中共北京市委宣传部主办的"北京圆梦"文艺工作者座谈会在北京举行。中国文联党组书记、副主席赵实出席座谈会并讲话。北京市委常委、宣传部部长李伟主持座谈会。

8月9日 中国文联、中国民协、吉林省人民政府和长春市人民政府共同主办的第八届中国（长春）民间艺术博览会在长春举办。

8月13日 中国文联、中国摄协共同主办的"绚彩意象——张桐胜摄影作品展"在中国文艺家之家开幕。中国文联领导李屹、左中一出席开幕式。

8月16日 中国文联发出《关于转发中宣部等五部委关于制止豪华铺张、提倡节俭办晚会的通知》，要求提倡勤俭节约、反对铺张浪费，提倡简朴大方、反对豪华奢侈，提倡因地制宜、反对大操大办，切实在丰富思想内涵、引领价值追求、增强文化底蕴上下功夫，不拼明星、比阔气、讲排场，杜绝奢华之风和铺张浪费的不良现象。

8月20日 中国文联主办的中华经典系列咏诵作品研讨会在北京举行。中国文联党组成员、副主席夏潮出席。

8月21日—31日 应柏林中国文化中心邀请，中国文联党组成员、副主席夏潮率中国曲协艺术团赴德国和丹麦进行文化交流演出活动，其间举办三场曲艺专场演出和一场中国曲艺讲座。

8月 国家新闻出版广电总局正式批复同意组建中国书法出版传媒有限责任公司。

9月1日 中国戏剧梅花奖创办30周年大会在北京人民大会堂举行。来自全国各地的400多名梅花奖获得者出席大会。中国文联党组书记、副主席赵实出席并讲话。

9月2日 中国文联首届全国中青年文艺人才高级研修班在北京开班。来自全国各地近年获梅花奖、金鸡奖、金钟奖等各国家级文艺奖项的中青年艺术家41人参加培训。中国文联党组副书记、副主席李屹出席开班式并作动员讲话。24日，研修班结业前，中国文联党组书记、副主席赵实出席"中青年文艺工作者的使命"座谈会，与研修班学员座谈交流。

9月4日 中国文联召开全国文艺家协会会员发展工作座谈会。中国文联党组书记、副主席赵实，党组副书记、副主席覃志刚，各全国文艺家协会分党组领导等出席。会后，中国文联印发《关于进一步加强各全国文艺家协会会员发展工作的意见》的通知。

9月16日 由中国文联和湖北省人民政府联合举办的第九届中国国际民间艺术节在湖北宜昌开幕。世界五大洲14个国家的300多位民间艺术家登台表演异彩纷呈的民族歌舞。中国文联领导赵实、李前光出席开幕式。

9月19日 中国文联、海峡两岸关系协会、厦门市人民政府共同主办的2013"中华情·中国梦"美术书法作品展览活动在厦门举行。中国文联领导覃志刚、夏潮参加活动。"中华情·中国梦"中秋展演系列活动自2013年开始，每年举办一届，此后形成惯例。

9月24日—28日 由中国文联、中国影协和武汉市人民政府主办的第二十二届中国金鸡百花电影节在武汉举行。为加强和扩大与国外同行的合作与交流，本届电影节邀请波兰、伊朗、日本、缅甸等近20个国家的电影代表团参加。25日，电影节在武汉开幕。中国文联党组成员、副主席夏潮出席开幕式并致辞。28日，在颁奖典礼暨闭幕式上，中国文联主席孙家正，中国文联党组书记、副主席赵实为于敏、刘学尧颁发终身成就奖。在第二十九届中国电影金鸡奖中，《中国合伙人》《周恩来的四个昼夜》获得最佳故事片奖，《万箭穿心》获得最佳中小成本故事片奖，《我的影子在奔跑》获得最佳儿童片奖，《兰梅记》《红楼梦》获得最佳戏曲片奖，《气候变化与粮食安全》获得最佳科教片奖，《冰血长津湖》获得最佳纪录片奖，《终极大冒险》获得最佳美术片奖，陈可辛（《中国合伙人》）获得最佳导演奖，黄宏、王金明（《倾城》）获得最佳原创剧本奖，刘震云（《一九四二》）获得最佳改编剧本奖，黄晓明（《中国合伙人》中饰成东青）、张国立（《一九四二》中饰范殿元）获得最佳男主角奖，宋佳（《萧红》中饰萧红）获得最佳女主角奖，王庆祥（《一代宗师》中饰宫羽田）获得最佳男配角奖，王珞丹（《搜索》中饰杨佳琪）获得最佳女配角奖，吕乐（《一九四二》）获得最佳摄影奖，吴江（《一九四二》）获得最佳录音奖，张叔平、邱伟明（《一代宗师》）获得最佳美术奖，章绍同《周恩来的四个昼夜》获得最佳音乐奖，赵薇（《致我们终将逝去的青春》）获得导演处女作奖，《一九四二》获得评委会特别奖（影片奖），吴天明获得评委会特别奖（个人奖），《忠诚与背叛》获得组委会奖。

9月29日—10月8日 中国文联、全国政协书画室、西藏自治区党委宣传部、中国美协、中国美术馆、李可染艺术基金会、西藏自治区文联主办的"韩书力进藏40年绘画展"在北京中国美术馆举行。中国文联党组成员、副主席左中一出席开幕式。

10月8日—14日 应西班牙中国文化中心邀请，中国文联组派以副主席迪丽娜尔·阿布都拉为团长的十二木卡姆艺术团一行访西，在马德里中国文化中心举办"十二木卡姆与弗拉明戈的对话"展览和演出交流活动。该活动系中西建交40周年系列庆祝活动之一。

10月9日 中国文联组织的文艺志愿服务团专程到"辽宁舰"开展文艺志愿服务和慰问演出。中国文联党组书记、副主席赵实出席并致辞，中国文联领导李屹、左中一、夏潮、李前光出席并参加有关活动。

10月13日—17日 由中国文联、中共河北省委宣传部共同主办的以"凝聚与提升——中华文化对当代艺术的影响力"为主题的"第五届海峡两岸暨港澳地区艺术论坛"在河北省承德市举办。中国文联党组书记、副主席赵实出席论坛并作主旨讲话，中国文联领导夏潮、李前光出席。

10月18日 中国文联、国家新闻出版广电总局作为支持单位，中国影协、中国美协主办的"光影彩墨——第二届中国电影家与美术家作品邀请展"在中国电影博物馆开幕。中国文联主席孙家正，中国文联党组成员、副主席夏潮出席开幕式。

10月25日 根据中央统一部署和中国文联党的群众路线教育实践活动总体安排，中国文联党组召开党的群众路线教育实践活动专题民主生活会。中央第25督导组组长张基尧到会指导。中国文联党组书记、副主席赵实主持会议。中国文联领导覃志刚、李屹、左中一、夏潮、李前光出席。中央纪委、中央组织部及中央督导组有关同志参加会议。

10月30日 中国文联"今日中国"艺术周系列活动在泰国启动。中国文联党组成员、书记处书记李前光出席并参加有关活动。11月2日，代表团赴柬埔寨举办相关活动。这是"今日中国"艺术周首次在泰国和柬埔寨举办。

10月31日 中国文联网络与信息工作座谈会在北京召开。中国文联党组书记、副主席赵实出席会议并作题为《传递文艺正能量 唱响网上主旋律》的讲话，中国文联领导左中一、夏潮出席，会上正式启动中华文艺人才信息数据库采集应用平台和网上文艺家社区建设。

11月1日 中国文联和中国文艺志愿者协会、中国美协、中国音协、中国文学艺术基金会在中国建设银行等多家单位的支持下，正式启动实施乡村艺术教师培训志愿服务项目。首期试点第一站在邯郸市涉县龙北小学开班。

11月9日 中国文联、中国剧协和苏州市人民政府共同主办的第十三届中国戏剧节在苏州开幕，全国35个艺术团体和单位的29台参评剧目和6台展演剧目参与演出。中国文联党组副书记、副主席李屹出席开幕式。开幕式上举行2013年中国戏剧奖·终身成就奖颁奖典礼，杜近芳、张春华、郑榕、徐玉兰、章宗义、蓝天野6位老艺术家获得中国戏剧奖·终身成就奖。滑稽戏《探亲公寓》、昆曲

《续琵琶》等20个剧目获优秀剧目奖，滇剧《水莽草》、汉剧《金莲》等9个剧目获剧目奖，顾芗、茅威涛、董红等28人获优秀表演奖，陆伦章等5人获优秀编剧奖，张曼君等6人获优秀导演奖。朱绍玉、汝金山等获优秀音乐奖，刘杏林、周正平等获优秀舞美奖。苏州市人民政府获突出贡献奖，苏州市文广新局、张家港市人民政府获优秀组织奖。中国文联党组成员、书记处书记李前光在闭幕式上致辞。

11月11日 中国文联、中国舞协主办的第九届中国舞蹈荷花奖民族民间舞大赛决赛在贵阳举行。中国文联副主席杨承志出席开幕式。

11月20日 中国文联、中共上海市委宣传部主办的第九届中国舞蹈荷花奖舞剧·舞蹈诗评奖决赛在上海开赛。中国文联副主席杨承志致开幕词并宣布活动开幕。

11月25日—27日 中国美协第八次全国代表大会在北京会议中心召开，中共中央政治局委员、中共中央书记处书记、中宣部部长刘奇葆出席开幕式并讲话。来自全国各省、自治区、直辖市和新疆生产建设兵团、中国人民解放军、中央国家机关以及港澳地区的400余名美术工作者代表参加会议。吴长江代表中国美协第七届主席团向大会作了题为《塑造人民形象 描绘美丽中国 为建设社会主义文化强国而努力奋斗》的工作报告。会议选举产生了新一届中国美协领导机构：刘大为任主席，王明明、韦尔申、冯远、许江、许钦松、李翔、杨晓阳、吴长江、吴为山、何家英、范迪安、施大畏、黄格胜、曾成钢任副主席。中国美协第八届主席团第一次会议任命徐里为秘书长，陶勤、杜军为副秘书长；推举靳尚谊为名誉主席，聘请王琦、王明旨、尼玛泽仁、刘文西、刘勃舒、李焕民、杨力舟、肖峰、林墉、罗中立、哈孜·艾买提、秦征、黄永玉、常沙娜、詹建俊、潘公凯为顾问。会议对中国美协《章程》作了修改。

11月26日 第九届中国音乐金钟奖在广州落幕。中国文联主席孙家正出席闭幕式并颁奖。胡松华、于润洋、冯文慈、何占豪、李重光、谭冰若获得本届金钟奖终身成就奖。

11月29日—12月1日 中国影协在北京召开第九次全国代表大会，中共中央政治局委员、中央书记处书记、中宣部部长刘奇葆出席开幕式并讲话。中国文联党组书记、副主席赵实，中宣部副部长黄坤明，国家新闻出版广电总局党组成员、副局长童刚，中国文联党组副书记、副主席覃志刚、李屹，中国文联党组成员、副主席左中一、夏潮，中国文联党组成员、书记处书记李前光，中国人民解放军总政治部宣传部副部长李秀宝出席开幕式。李雪健当选中国影协第九届主席，王兴东、尹力、冯小刚、成龙、张会军、张宏森、陈凯歌、明振江、奚美娟（女）、黄建新、康健民、潘虹（女）为副主席。

12月2日 中宣部、文化部、国家新闻出版广电总局、中国文联、中国作协发出通知，于2013年12月开始在全国范围内用两年左右时间开展以"中国梦"为主题的文艺创作活动，向新中国65周年华诞献礼。

12月5日—7日 中国文联、中国曲协、中国文学艺术基金会共同主办的2013年相声小品二人转优秀节目展演在北京民族文化宫大剧院举行。这是首次举办年度相声小品优秀节目展演，旨在为元旦春节各级电视台广播晚会发现和推荐优秀语言艺术节目和人才。

12月8日 中国文联、国家民委、中国曲协、内蒙古呼和浩特市人民政府主办的第五届全国少数民族曲艺展演在呼和浩特举行。中国曲协少数民族曲艺专业艺术委员会同期成立。中国文联党组成员、书记处书记李前光出席有关活动。

同日 中国文联荣誉委员、著名粤剧表演艺术家红线女（原名邝健廉）逝世，享年88岁。

12月11日 中国文联、中国音协、中国交响乐团、中国音乐学院、中央音乐学院主办的"跋涉人生——纪念李凌先生诞辰百年座谈会暨系列图书首发仪式"在北京举行。中国文联副主席彭丽媛以书面发言形式表达对李凌先生深切缅怀和由衷敬佩之情。

同日 第十一届中国民间文艺山花奖在长春颁奖，共有民间文学作品奖、民间艺术表演奖、民俗影像作品奖、民间工艺美术作品奖、民间文艺学术著作奖5个奖项的98件作品获奖。中国文联党组副书记、副主席李屹出席颁奖活动。

12月12日—19日 应摩纳哥驻华大使和意大利作者出版者协会邀请，中国文联组派以副主席、书记处书记左中一为团长的中国文联代表团一行访问摩纳哥、意大利。

12月18日 中国文联主办的"追寻中国梦——摄影家采风创作基层行"作品展在中国文艺家之家开幕。展览通过近20位摄影家和青年摄影师在半年多时间里深入老少边穷地区拍摄的160幅作品，发掘基层"追梦者"拼搏奋斗的故事。中国文联领导赵实、李屹、李前光出席开幕式。

12月20日 中国摄影展览馆在京正式开馆，这是我国摄影发展史上第一个专门的摄影展览馆，由中国摄协与北京设计之都发展有限责任公司合作共建。当日，中国文联、新华社、中国摄协主办的"同筑中国梦 百年跨越史——中国摄影与科技"大型影像展作为开馆首展拉开帷幕。全国政协原副主席白立忱，中国文联党组成员、书记处书记李前光等出席开幕活动。中国文联党组书记、副主席赵实致开幕词。

12月27日 中国文联、中国杂协主办的第八届中国杂技金菊奖第三次剧目奖在河南濮阳颁奖。中国杂技团有限公司《一品一三绝》、广州军区政治部战士杂技团《生命·阳光》、濮阳豪艺杂技（集团）有限公司《水秀》获优秀剧目奖，李西宁《茶》，钟浩、艾尼瓦·麦麦提《你好，阿凡提》等 7 个作品获得最佳编导奖，其余奖项也同时颁发。中国文联党组副书记、副主席覃志刚出席颁奖仪式。

同日 中国文联主办的"追寻中国梦——美术家采风创作基层行"写生作品展在中国文艺家之家开幕。中国文联领导左中一、夏潮、李前光出席开幕式。

12 月 28 日 中国文联党组书记、副主席赵实率"送欢乐下基层"中国文联文艺志愿服务团赴南水北调中线工程建设现场慰问演出。

2014 年

1月2日 中国文联发展史展览在中国文艺家之家正式开展。中国文联领导赵实、覃志刚、李屹、左中一、夏潮、李前光出席开展仪式并参观展览。展厅由"奋斗足迹 光辉历程""亲切关怀 坚强领导""科学发展 卓越贡献""精品荟萃 名家云集""团结奋进 锐意进取""百花齐放 共谱新篇"六个部分组成,全面反映中国文联走过的不平凡历程。

1月9日 郭运德、罗成琰任中国文联党组成员。

1月11日 中国文联第九届全国委员会第六次会议在北京召开。中国文联主席孙家正出席并主持会议。中宣部副部长黄坤明出席会议并讲话。中国文联党组书记、副主席赵实作题为《努力唱响实现中国梦的时代最强音》的工作报告。会议增选李前光为中国文联第九届副主席,郭运德、罗成琰为中国文联第九届主席团委员。1月10日召开的中国文联第九届主席团第六次会议,通过关于调整中国文联第九届书记处书记的决定,推举郭运德、罗成琰为中国文联第九届书记处书记,覃志刚不再担任中国文联第九届书记处书记;通过《关于更替和增补中国文联第九届全委会委员的决议》;通过《关于接纳中国金融文联为中国文联团体会员的决议》。

1月12日 "百花迎春——中国文学艺术界2014春节大联欢"在北京人民大会堂举行。

同日 第九届中国音乐金钟奖在北京颁发理论评论奖和作品奖,

共评出金奖、银奖各3部，铜奖4部，优秀奖27部。中国文联党组成员、副主席夏潮出席并颁奖。

1月16日 第九届中国舞蹈荷花奖·中国舞蹈艺术终身成就奖颁奖典礼在北京举行。叶宁、吕艺生、张文明、陈翘、郭明达、蒋祖慧6位艺术家获奖。中国文联领导赵实、左中一出席典礼并为获奖者颁奖。

1月21日 经中国文联党组决定，并报中央党的群众路线教育实践活动第25督导组同意，中国文联在中国文艺家之家召开党的群众路线教育实践活动总结大会。中国文联党组书记、副主席赵实讲话，代表党组总结了中国文联开展党的群众路线教育实践活动的情况。从2013年7月初至2014年1月下旬，历时6个多月，中国文联在全体党员中开展了党的群众路线教育实践活动。

1月23日 文化部、中国文联、北京市人民政府主办的纪念齐白石先生诞辰150周年座谈会在北京画院举办。中国文联党组成员、副主席左中一出席座谈会并发言。

2月14日—21日 应摩纳哥驻华大使、捷中友好合作协会邀请，中国文联党组书记、副主席赵实率中国文联代表团赴摩纳哥、捷克访问。访问摩纳哥期间，赵实出席了由中国文联和摩纳哥政府共同主办的"2014今日中国"艺术周暨"摩纳哥中国节"活动。访问捷克期间，赵实分别会晤了捷克众议院议长、文化部第一副部长等，并与捷中友协会长共同签署了《中国文联与捷中友协合作备忘录》。

2月27日 2014年中国文联出版报刊业改革工作会议在京召开。中国文联党组书记、副主席赵实出席会议并讲话。

2月28日 中宣部传承发展地方戏曲事业座谈会在中国文艺家之家召开。中宣部副部长黄坤明，中国文联党组书记、副主席赵实，中国文联党组副书记、副主席李屹，中国文联党组成员、副主席夏潮，文化部副部长董伟出席座谈会。

3月4日 中国文联党组成员、书记处书记郭运德在中国文艺家之家会见到访的加拿大亚太基金会总裁兼首席执行官胡元豹。加拿大亚太基金会是一个旨在促进加拿大与亚洲各国之间文化、政治、经济、安全及社会问题方面全方位对话的知名智库。

3月6日 中国文联党组书记、副主席赵实在中国文艺家之家会见以台湾两岸电影交流委员会主任委员、中国影协顾问李行为团长的台湾电影交流团，就加强两岸电影交流进行座谈。

3月17日 第四期全国中青年文艺人才高级研修班在北京开班。来自全国20多个省区市、10余个艺术门类的38名中青年文艺家参加研修。本期研修班以"坚持以人民为中心的创作导向，推动艺术融合和创新"为主题。中国文联党组副书记、副主席李屹出席并作开班动员。

3月19日 第十一届造型表演艺术成就奖颁奖典礼在中国文艺家之家举行。孙伯翔、杨先让、林岗、姚奠中、闻立鹏、袁毅平获造型艺术成就奖，于蓝、刘厚生、郭兰英、崔善玉获表演艺术成就奖。中国文联领导赵实、李屹、罗成琰出席颁奖典礼。

3月25日 中央机构编制委员会办公室印发《关于设立中国文联文艺评论中心的批复》，同意设立中国文联文艺评论中心。

3月26日 中国文联主办的"首届中国艺术发展与前瞻网谈会暨《2013中国艺术发展报告》首发式"在人民网举行。中国文联党组成员、副主席夏潮出席首发式并致辞。

4月2日 中国志愿服务联合会会长刘淇会见中国文联党组书记、副主席赵实，听取了中国文联就推进志愿服务制度化等问题的汇报。

4月7日 中国摄协、中华人民共和国驻纳米比亚大使馆共同主办的"中国摄影家眼中的纳米比亚"摄影展在中国摄影展览馆开幕。中国文联党组书记、副主席赵实,中国文联党组成员、副主席李前光出席开幕式。

4月10日 "实现中国梦——文艺工作者的使命与担当"主题座谈会在中国文艺家之家举办。中国文联党组书记、副主席赵实与中国文联第四期全国中青年文艺人才高级研修班学员交流座谈。

4月11日 中央文明办、中国文联、中国曲协主办的"讲述道德故事 弘扬中国精神"——2014全国道德模范故事汇基层巡演活动正式启动,并在清华大学举行首场演出。中国文联领导赵实、李前光出席启动仪式并观看演出。

4月18日 首届中国电视演员形象榜在江苏扬州揭晓。邓超、佟丽娅入选青年演员形象金榜,卢奇、陈好入选演员行业形象金榜,李雪健、孙俪入选演员形象金榜,奚美娟入选演员形象金榜评委会奖,濮存昕、倪萍入选演员公众形象金榜,李立群、归亚蕾入选港台演员形象金榜,于洋、吕中入选演员成就形象金榜。中国文联主席孙家正,中国文联党组成员、副主席夏潮出席颁奖晚会。

4月25日 中国文联、中共云南省委宣传部、中国美协、中国美术馆、云南省文联、中央民族大学、中国文学艺术基金会等单位主办的"七彩云南——中国美术作品展"在中国美术馆开幕。中国文联领导李屹、左中一、夏潮出席开幕式。

4月28日 中国书法出版传媒有限责任公司及中国书法出版社、《中国书法报》报社在京揭牌。3月,大众文艺出版社完成工商变更登记,正式更名为书法出版社。经国家新闻出版广电总局批准,同意创办《中国书法报》是中国文联主管,中国书协、书法出版社主办的全民所有制企业。这是中国文联整合重组出版报刊资源的重要举措。全国人大常委会原副委员长周铁农,中国文联领导赵实、李前光、罗成琰参加揭牌仪式。

5月5日—6日 中国文联文艺志愿服务团走进江西南昌"常规导弹第一旅"举行"中国梦·强军梦"送欢乐下基层慰问演出活动。中国文联党组书记、副主席赵实致辞，中国文联领导李屹、左中一、郭运德、罗成琰等参加活动。

5月10日 文化部、中国文联、中共河南省委宣传部、中国书协主办的"古稀新声——张海书法展"在郑州河南博物院开幕。中国文联领导赵实、左中一、罗成琰等出席开幕式。

5月16日 中国文联、中国文艺志愿者协会在北京举行新闻发布会，宣布将毛泽东同志《在延安文艺座谈会上的讲话》发表纪念日5月23日设立为"中国文艺志愿者服务日"，并决定今后每年在"中国文艺志愿者服务日"前后倡导集中开展文艺志愿服务主题活动。

5月22日—28日 "笔墨唱响爱国情——纪念毛泽东《在延安文艺座谈会上的讲话》发表72周年老艺术家美术作品展"在中国文艺家之家展览馆举办，展出彦涵、董辰生、郭公达、马西光、姚治华、雷正民、李碧霞、李宝民等著名画家的百幅书画精品，集中反映在《在延安文艺座谈会上的讲话》精神指引下我国美术界著名书画家的成长足迹与丰硕成果。

5月27日 第二十五届中日友好自作诗书交流展在北京炎黄艺术馆开幕。中国文联党组成员、书记处书记罗成琰出席开幕式。

5月27日—28日 "2014年全国文联维权工作会议"在京召开。中国文联党组书记、副主席赵实出席会议并讲话。中国文联党组成员、副主席李前光主持会议。会上发布了《中国文联关于进一步加强文艺维权工作的意见》。

5月30日 中国文艺评论家协会（简称"中国评协"）成立大会在中国文艺家之家举行。中国文联主席孙家正出席。中宣部副部长黄坤明，中国文联党组书记、副主席赵实出席并讲话。中国文联领导李屹、左中一、夏潮、李前光、郭运德、罗成琰参加成立大会。大会审议通过《中国文艺评论家协会章程》，选举产生中国评协第一届理事会理事和主席团，仲呈祥当选中国评协第一届主席，于平、王一川、王丹彦、王次炤、毛时安、尹鸿、向云驹、张德祥、陈振濂、范迪安、庞井君、夏潮、郭运德、崔凯、傅谨、路侃等16人当选副主席。推选李准为名誉主席，聘任于润洋、冯远、冯骥才、刘厚生、沈鹏、张炯、陆文虎、陆贵山、邵大箴、罗扬、袁毅平、资华筠、黄会林、童庆炳、曾庆瑞、谢冕、蓝天为顾问，聘任庞井君为协会秘书长，邓光辉、周由强为副秘书长。

6月5日　中国文联文艺资源中心主办的袁毅平数字艺术馆网站正式对外开放，这是中华文艺资源数据库推出的首个艺术家数字艺术馆。中国文联领导李前光、郭运德出席活动。

6月6日　第五期全国地县级文联负责人研修班在浙江杭州开班。中国文联党组副书记、副主席李屹在开班式上作动员讲话并作题为《学习贯彻落实党的十八届三中全会精神和习近平总书记系列讲话精神　努力推动文联工作创新发展》的主旨报告。

6月9日—11日　应澳门中华文化联谊会邀请，中国文联党组书记、副主席赵实率访问团赴澳门出席"濠江之春——澳门与内地艺术家大联欢"活动并在开幕式上讲话。

6月10日　为落实习近平总书记提出的"让群众望得见山、看得见水、记得住乡愁"的指示精神，由住建部特别委托，中国民协、中国摄协、中国文学艺术基金会共同组织实施的中国传统村落立档调查项目在中国文艺家之家启动，这是我国首次对农耕家园进行全面盘点和记录。

6月16日　中国文联文艺志愿服务团赴四川广安举办"高山仰

止——纪念邓小平同志诞辰110周年"慰问演出活动。中国文联党组书记、副主席赵实出席活动并在开幕式上致辞，中国文联党组成员、书记处书记罗成琰参加活动。

6月18日 中国文联、上海市人民政府、太湖世界文化论坛、中国人民外交学会联合主办的太湖世界文化论坛第三届年会在上海举办。中共中央政治局委员、国务院副总理刘延东出席开幕式，并发表题为《加强文化交流互鉴，促进世界和平与发展》的主旨讲话。中国文联领导孙家正、赵实、覃志刚、郭运德等参加论坛。

6月28日 中国文联、中国书协、中华海外联谊会教科文卫体委员会、科技日报社主办的张飙撰并书《甲午120年祭》书法展览在中国人民革命军事博物馆开幕。中国文联主席孙家正和中国文联党组书记、副主席赵实等出席开幕式。

6月30日 中国评协，中国影协，中共四川绵阳市委、市人民政府联合主办的电影《兰辉》作品研讨会在北京召开，中国文联领导夏潮、郭运德出席。这是中国评协自成立以来召开的首个研讨会。

同日 中国文联召开《著作权法》修订草案征求意见座谈会。中国文联党组成员、副主席李前光出席会议并讲话，各全国文艺家协会代表参会。

7月2日 中国文联第五期全国中青年文艺人才（编剧）高级研修班在中国文艺家之家举办"讲好中国故事——编剧的使命与担当"主题座谈会。中国文联党组书记、副主席赵实与来自全国各地的中青年编剧人才交流座谈。

7月4日 中国文联、中国文学艺术基金会、中国摄协联合主办的"中国梦"影像公益广告主题展在中国文艺家之家展览馆开幕。中国文联领导孙家正、赵实、李屹、左中一、夏潮、李前光、郭运德等出席活动。

7月16日 "翰墨薪传工程"中小学书法师资培训开学仪式在丰台培训基地举行。中国文联党组书记、副主席赵实出席仪式并讲话。首批培训在全国12个省区市同时开学。

同日 中国文联主办的"追寻中国梦——庆祝中国文联成立65周年全国文联系统干部职工美术书法摄影展"在中国文艺家之家展览馆开幕。中国文联主席孙家正出席并为中国文艺家之家展览馆开馆揭牌。中国文联领导赵实、李屹、左中一、夏潮、李前光出席展览开幕式。

同日 中国曲协主办的"我们的价值观——曲艺走基层全国百场巡演"启动仪式暨"节俭养德"首场演出在北京市房山区韩村河村举办。中国文联领导赵实、李前光参加活动并观看演出。

7月17日 中国文联组织50多位艺术家来到新疆生产建设兵团第六师五家渠市开展"送欢乐下基层"文艺志愿服务活动，庆祝新疆生产建设兵团成立60周年。中国文联党组成员、副主席李前光出席活动。

7月23日 中国文联、农业部农村社会事业发展中心、中国摄协共同主办的第四届全国农民摄影大展在中国摄影展览馆开幕。中国文联党组成员、副主席李前光出席展览开幕式。

7月24日 中国文联、中国舞协主办的第五届中国舞蹈节暨第九届中国舞蹈荷花奖校园舞蹈评奖活动在北京开幕。中国文联党组成员、副主席左中一出席开幕式。

7月25日 第六期全国地县级文联负责人研修班在辽宁沈阳开班。中国文联党组副书记、副主席李屹出席并作主旨报告。

7月26日 中国人民解放军总政治部宣传部与中国美协举办的"中国梦强军梦——军事题材美术作品展"在中国美术馆开展。中国文联领导赵实、左中一出席开幕式。

7月31日 中国摄影艺术发展专项基金在北京设立，这是我国首个国家级摄影专项基金。中国文联领导左中一、李前光出席中国摄影艺术发展专项基金签约仪式。

同日 中国文联与国家版权局共同召开《民间文学艺术作品著作权保护条例》（草案）征求意见座谈会。国家版权局有关负责人和和民间文艺领域专家学者等参会。

8月6日 中国文联、中国曲协、中共天津市委宣传部、天津市文联共同主办的纪念骆玉笙诞辰100周年座谈会在中国文艺家之家举行。中国文联党组成员、副主席李前光出席座谈会。

8月11日 中国文联主办的第八届全国中青年文艺评论家高级研修班在浙江杭州开班。中国文联党组成员、副主席夏潮出席开班式并讲话。

8月18日 "共筑中国梦"——庆祝新中国成立65周年中国文联职工摄影展在中国文艺家之家开幕。中国文联领导赵实、李屹、左中一、夏潮、郭运德参观展览并为参展获奖者颁发荣誉证书。

8月19日 应摩纳哥驻华大使馆邀请，中国文联党组成员、书记处书记郭运德出席摩纳哥驻北京名誉领事馆开馆仪式并参观"摩纳哥沙龙"展览。

8月25日 中国文联、中国舞协主办的新农村少儿舞蹈美育工程——少数民族舞蹈课堂成果展演在北京举行。中国文联主席孙家正和中国文联党组书记、副主席赵实出席。

8月29日 中国文联在北京举行文艺工作者带头践行社会主义核心价值观座谈会。中国文联党组书记、副主席赵实出席会议并作题为《文艺工作者要带头讲正气、走正道、树正风》的讲话，中国文联领导左中一、夏潮参加座谈会。会上宣读了《文艺工作者践行社会主义核心价值观倡议书》。

8月30日 中国文联、中国曲协、中共天津市委宣传部、天津市文联共同主办的纪念马三立诞辰100周年座谈会在天津举行。中国文联党组成员、副主席李前光出席座谈会。

9月2日—3日 中国文联机关第四次党代会在中国文艺家之家召开。中国文联党组副书记、副主席李屹代表机关党委作题为《求真务实开拓创新不断提高机关党建工作的科学化水平》的工作报告。中国文联党组书记、副主席赵实出席闭幕会并就进一步加强和改进中国文联机关党建工作作出部署。会上，选举产生了新一届中国文联机关党委和中国文联机关纪委。李屹当选为中国文联机关党委书记，刘国强、汤鸿卫当选为副书记；汤鸿卫当选为中国文联机关纪委书记。

9月5日 由中国文联、海峡两岸关系协会、厦门市人民政府共同主办的"中华情·中国梦"展演系列活动在厦门举行。中国文联党组成员、副主席左中一，中国文联副主席覃志刚等出席。中华情·中国梦活动自2013年开始，每年一届。

同日 中国文联党组副书记、副主席李屹出席在香港大会堂举办的第三届"紫荆杯"海峡两岸暨港澳青少年书画大赛颁奖典礼暨展览开幕式。

9月12日 中国文联名誉主席周巍峙因病医治无效，在北京医院逝世，享年98岁。

9月15日 为纪念新中国成立65周年和中国文联成立65周年，中国文联老同志书法美术摄影作品展在中国文艺家之家开幕。中国文联领导赵实、李屹、左中一、夏潮、李前光出席开幕式。

9月16日 中国文联文艺评论中心揭牌仪式在中国文艺家之家举行。中国文联党组书记、副主席赵实，中国文联党组副书记、副主席李屹共同为中国文联文艺评论中心揭牌。中国文联党组成员、副主席夏潮出席揭牌仪式。中国文联文艺评论中心是由中央机构编制委员会办公室批准设立的正局级事业单位。

9月17日 中国文联、中国曲协、中国文学艺术基金会等单位联合主办的"向人民报告——庆祝新中国成立65周年暨说唱中国梦优秀曲艺节目展演"在北京开幕。中国文联主席孙家正，中国文联党组书记、副主席赵实，中国文联党组成员、书记处书记郭运德等观看演出。

9月19日 中国文联、中国书协、教育部语言文字应用管理司共同主办的"弘道养正——培育和践行社会主义核心价值观书法展"在北京市海淀区民族小学首展。中国文联党组副书记、副主席李屹出席展览并致辞。

9月20日 文化部、中国文联、中国美协主办的第十二届全国美术作品展览油画作品展在浙江美术馆开幕。中国文联党组成员、副主席左中一出席展览开幕式。

同日 中国文联荣誉委员，中国文联副主席，中国视协原主席杨伟光逝世，享年79岁。

9月21日—28日 应东盟秘书处（设在印度尼西亚）、澳大利亚维多利亚州上议院议长布鲁斯·阿特金森及澳大利亚大洋洲文联邀请，中国文联党组副书记、副主席李屹率代表团赴印、澳访问。访问期间，代表团出席中国文联在雅加达举办的"梦想·记忆——中国民生35年之变迁"摄影展和在墨尔本举办的"新疆风情美术摄影展"相关活动，并就组派国内艺术家赴海外研修及全国文艺家协会吸收海外会员等事宜进行调研。

9月23日 中国文联印发《中国文联关于进一步加强信息化建设工作的意见》。

9月24日—27日 由中国文联和中国影协联合主办的第二十三届中国金鸡百花电影节在甘肃省兰州市举办。为加强和扩大与国外同行的合作与交流，本届电影节邀请丹麦、厄瓜多尔、韩国、柬埔寨等20个国家的电影代表团共约50人参加电影节相关活动。24日，电影节开幕，中国文联党组成员、副主席夏潮在开幕式上致辞。27日，第三十二届大众电影百花奖颁奖典礼在甘肃兰州国际会展中心举行，《一代宗师》获得最佳故事片奖，《周恩来的四个昼夜》《中国合伙人》获优秀故事片奖，李樯（《致我们终将逝去的青春》）获得最佳编剧奖，黄晓明（《中国合伙人》中饰成东青）获得最佳男主角奖，章子怡（《一代宗师》中饰宫二）获得最佳女主角奖，佟大为（《中国合伙人》中饰王阳）获得最佳男配角奖；邓家佳（《全民目击》中饰林萌萌）获得最佳女配角奖，程季华、史超、王心刚、庞学勤获终身成就奖。

同日 第五届中国戏剧奖·曹禺剧本奖（第二十一届曹禺剧本奖）在潜江颁奖，《兵者·国之大事》《幸存者》《老大》《海底捞月》《探亲公寓》《一盅缘》《项羽》《青藤狂歌》《西京故事》9部剧本获奖，11部剧本获得提名。

9月25日 中国文联第六期全国中青年文艺人才（编导）高级研修班"培育和践行社会主义核心价值观——文艺工作者的时代责任"主题座谈会在中国文艺家之家举办。中国文联党组书记、副主席赵实与来自全国各地的中青年编导进行交流座谈。

9月27日 中国文联、中国书协、中国文学艺术基金会主办的"翰墨中国——全国书法作品大展"在中国国家博物馆开幕。中国文联党组书记、副主席赵实出席开幕式并致辞。

9月29日 中国文联、中国文学艺术基金会、中国摄协联合主办的"追梦足迹——庆祝新中国成立65周年、改革开放35周年摄影大展"在中国摄影展览馆开幕。中国文联党组成员、副主席李前光出席开幕式。

10月7日—16日 应奥中友协、欧洲时报、斯洛伐克ECC集团、匈中社会关系发展促进（基金）会邀请，中国文联党组成员、书记处书记郭运德率32人民间艺术家代表团赴奥地利举办"中国民间艺术展"，并赴斯洛伐克、匈牙利进行工艺品展销和交流。

10月9日 在新中国成立65周年、中央红军长征出发80周年之际，中国文联组织艺术家赴红军长征出发地江西瑞金开展"送欢乐下基层"文艺志愿服务活动，在瑞金市红五星广场举行"不朽的记忆——纪念红军长征出发80周年"主题慰问演出。中国文联党组成员、副主席李前光出席有关活动。

10月10日 中国文联、中国文学艺术基金会、中国石油文联主办的"我们的中国梦——全国优秀艺术作品展：傅剑锋石油系列油画展"在中国文艺家之家举办。中国文联领导赵实、左中一出席开幕式。

同日 中国文联、四川省人民政府主办的第四届全国新农村文化艺术展演和四川省首届农民艺术节暨民间艺术节在四川达州开幕。中国文联党组副书记、副主席李屹出席并观看开幕式演出。本届艺术展演以"实现伟大中国梦·讴歌美丽新农村"为主题。参加本届展演及艺术节的共有来自世界五大洲及全国31个省区市的370个优秀新农村文艺节目、266件小戏小品作品，分别在达州的7个县（市、区）演出，同时还有400件优秀摄影作品、130件优秀版画作品、555篇公共文化和新农村文化建设论文、30家出版社600余个品种图书、17个非遗项目展示交流。

同日 中国文联和湖南省人民政府、中国视协主办的第十届中国金鹰电视艺术节在湖南长沙举办。中国文联党组成员、副主席夏潮致开幕词，湖南省政协主席陈求发宣布开幕。10月12日，第十届中国金鹰电视艺术节暨第二十七届中国电视金鹰奖颁奖晚会在湖南国际会展中心举行。《焦裕禄》等作品获得最佳电视剧奖，《大秦帝国之纵横》

等作品获优秀电视剧奖,《最强大脑》获得最佳电视文艺节目奖,其他奖项也在大会上颁发。湖南省委书记、省人大常委会主任徐守盛,中国文联党组书记、副主席赵实,湖南省政协主席陈求发,中国文联副主席、中国视协主席赵化勇,湖南省委常委、宣传部部长许又声,省军区司令员黄跃进,省人大常委会副主任刘莲玉,省人民政府副省长李友志等出席。

10月12日 中国文联、中国美协主办的第三届造型艺术新人展在中国美术馆开幕。中国文联党组成员、副主席左中一出席展览开幕式。

10月15日 中共中央总书记、国家主席、中央军委主席习近平在京主持召开文艺工作座谈会并发表重要讲话。他强调,文艺是时代前进的号角,最能代表一个时代的风貌,最能引领一个时代的风气。实现"两个一百年"奋斗目标、实现中华民族伟大复兴的中国梦,文艺的作用不可替代,文艺工作者大有可为。广大文艺工作者要从这样的高度认识文艺的地位和作用,认识自己所担负的历史使命和责任,坚持以人民为中心的创作导向,努力创作更多无愧于时代的优秀作品,弘扬中国精神、凝聚中国力量,鼓舞全国各族人民朝气蓬勃迈向未来。16日上午,中国文联党组召开扩大会议,专题传达学习贯彻习近平总书记在文艺工作座谈会上的重要讲话精神。中国文联党组书记、副主席赵实主持会议并讲话。会议指出,习近平总书记在文艺工作座谈会上的重要讲话,是新时期中国特色社会主义文艺事业的科学指南,是马克思主义文艺理论和文艺观的最新最好教材。学习好、宣传好、贯彻好、落实好总书记的重要讲话,是当前和今后一个时期文艺界以及广大文艺工作者的重大政治任务,是文联党组和各级领导班子、领导干部的首要政治责任。16日下午,中国文联在北京召开文艺家学习习近平总书记在文艺工作座谈会上重要讲话精神座谈会。中国文联主席孙家正出席会议并讲话。中国文联党组书记、副主席赵实作题为《新时期中国特色社会主义文艺事业的行动纲领》的讲话。中国文联领导李屹、左中一、夏潮、李前光及文艺家代表出席。

10月18日—19日 中国文联、中国曲协、中共江苏省委宣传部、江苏省文联主办的第八届中国曲艺牡丹奖颁奖系列活动在江苏南京举办。中国文联党组成员、副主席李前光，中国文联副主席杨承志，江苏省人大常委会副主任、党组副书记张艳，中国曲协主席姜昆，中国曲协分党组书记、驻会副主席兼秘书长董耀鹏，中共江苏省委宣传部副部长、省文联党组书记章剑华，中国曲协副主席马小平、冯巩、李时成、吴文科、翁仁康、郭刚、盛小云、崔凯、籍薇等出席系列活动。本届中国曲艺牡丹奖评选出节目奖9个、节目特别奖3个、创作奖7个、表演奖11个、表演特别奖1个、新人奖8个、新人特别奖1个、理论奖4个、终身成就奖7个。

10月27日 中国文联、中国文学艺术基金会、海南省文联主办的"中国梦 海南美"全国优秀美术书法摄影作品展在中国文艺家之家举办。中国文联领导赵实、左中一出席开幕式。

11月3日 由中国文联、教育部、上海市人民政府联合主办的第四届中国校园戏剧节在上海开幕。来自全国22个省区市、33所高校的23台大戏和10个短剧参与角逐"中国戏剧奖·校园戏剧奖"，最终将评出优秀剧目奖10个，优秀编剧奖、优秀导演奖、优秀表演奖等单项奖6个。中国文联党组副书记、副主席李屹出席开幕式并致辞。

11月5日 中国文联主办的第九届中国文联文艺评论奖颁奖典礼暨第七届当代中国文艺论坛在苏州举行。中国文联党组书记、副主席赵实出席并作题为《说真话讲道理辨是非敢担当》的主旨讲话，中国文联党组成员、副主席夏潮出席颁奖典礼。朱良志的《南画十六观》、资华筠和王宁的《舞蹈生态学》、贾芝的《拓荒半壁江山——贾芝民族文学论集》获著作类特等奖，蒋述卓的《流行文艺与主流价值关系初议》、刘厚生的《建设社会主义文化强国，戏曲怎么办？》、饶曙光的《华语电影新发展及其前景》获文章类特等奖。陶庆梅的《当代小剧场三十年（1982—2012）》等5部专著获著作类一等奖，姜昆的《使二人转更好地"转"下去》等21篇文章获文章类一等奖。傅强的《叙事的嬗变——新世纪军旅小说的写作伦理》等12部专著获著作类二等奖，张永刚的《当代西南边疆少数民族文学的主体倾向》等9篇文章获文章类二等奖。中国影协等15家单位获组织工作奖。

同日 为深入学习贯彻落实习近平总书记在文艺工作座谈会上的重要讲话精神，中国文联党组书记、副主席赵实在江苏省苏州市与来自全省各艺术门类的20余位中青年文艺工作者代表进行调研座谈。

11月12日 中国文联、中国曲协、中共陕西省委宣传部、陕西省文联主办的"纪念韩起祥诞辰100周年座谈会"在西安举行。中国文联党组成员、副主席李前光出席座谈会并讲话。陕西省委常委、宣传部部长景俊海出席。

11月16日—24日 应古巴文化部和巴哈马巴中友协邀请，中国文联党组成员、副主席左中一率代表团访问古、巴。

11月17日 由中国文联、中国剧协、中共河北省委宣传部、河北省文化厅、河北省文联主办的裴艳玲戏剧艺术研讨会在天津举行。中国文联党组副书记、副主席李屹出席研讨会并讲话。

11月24日 中国文联主办的文联工作信息化、文艺资源数字化人才培训班在北京开班。这是全国文联首次对文联系统内信息化人才进行专题培训。中国文联党组成员、书记处书记郭运德出席开班式并讲话。

11月26日—28日 中国文联在北京举办全国文艺家深入学习

习近平总书记在文艺工作座谈会上重要讲话精神专题研讨班。中国文联主席孙家正在开班式上作专题辅导讲话。中国文联党组书记、副主席赵实在开班式上作动员讲话。中国文联党组副书记、副主席李屹在研讨班结业式上作总结讲话。中国文联领导左中一、夏潮、李前光、郭运德出席研讨班活动。中国文联部分主席团成员，各全国文艺家协会、各省区市文联、新疆生产建设兵团文联以及各产（行）业文联等中国文联各团体会员主要负责人参加研讨班。

12月2日 文化部、中国文联、北京市人民政府主办的纪念梅兰芳诞辰120周年座谈会在中国文艺家之家举行。中国文联党组书记、副主席赵实出席并作《梅花依旧梅韵芬芳》的讲话，中国文联党组副书记、副主席李屹出席座谈会。

12月3日 中国文联、中国文艺志愿者协会"到人民中去——中国文艺志愿者深入基层服务采风活动"在中国文艺家之家正式启动。中国文联领导赵实、李屹、夏潮、郭运德出席启动仪式并为各文艺志愿服务小分队授旗。

12月3日—12日 应丹麦摄影中心、冰岛中国文化交流协会、意大利职业摄影家协会邀请，中国文联党组成员、副主席李前光率代表团赴丹、冰、意访问。

12月5日 中国文联、中国文艺志愿者协会印发《中国文艺志愿者管理办法（试行）》。

12月9日—12日 由中国文联、台湾沈春池文教基金会共同主办的"第六届海峡两岸暨港澳地区艺术论坛"在台湾台中市举办。本届论坛以"根脉与梦想——中华文化艺术及其当代复兴"为主题。中国文联党组成员、副主席夏潮出席开幕式并致辞。共有80余位专家学者与会。

12月10日 中国文联、中国民协、中国文学艺术基金会、江西省文联主办的"国瓷精粹"全国优秀陶瓷艺术作品展在中国文艺家之家开幕。展览以"中国梦"为主题，从全国各大窑口和重要产瓷区收集的 600 多件优秀陶瓷艺术作品中，遴选出 200 余件作品参展。中国文联领导李屹、左中一、郭运德出席开幕式并参观展览。

12 月 14 日 文化部、中国文联、全国政协京昆室主办的纪念京剧大师叶盛兰诞辰 100 周年座谈会在北京人民大会堂召开。中共中央政治局委员、国务院副总理刘延东，中国文联主席孙家正和中国文联党组副书记、副主席李屹等出席座谈会。

12 月 15 日 文化部、中国文联、中国美协共同主办的"第十二届全国美术作品展览暨中国美术奖·创作奖、获奖提名作品展览"在中国美术馆开幕。展览作品中，160 件为第二届"中国美术奖·创作奖"获奖作品。其中金奖作品 7 件，银奖作品 18 件，铜奖作品 49 件，优秀奖作品 86 件。本届全国美展首次将陶艺、漆画和综合材料绘画独立展示，并在艺术设计展区增加了工艺美术的内容，增设实验艺术展区。中国文联领导孙家正、李屹、左中一、李前光、郭运德出席展览开幕式。中国文联党组书记、副主席赵实在开幕式上讲话。

同日 中国文联文艺研修院新媒体学习平台正式上线，中国文联党组副书记、副主席李屹出席上线仪式。

同日 中国文联文艺研修院聘任了首批德艺双馨的艺术家和政治、经济、社会等各领域专家共计 30 人作为中国文联文艺研修院特聘导师。中国文联党组副书记、副主席李屹出席座谈会并向特聘导师颁发聘书。

12 月 19 日 第九届中国杂技金菊奖系列颁奖活动在福州举行。王亚非、艾尼瓦·麦麦提、侯泉根获终身成就奖；《中国文化思维之于杂技》（聂翠青）获理论作品奖金奖，《论〈时空之旅〉对地域文化的审美塑造》（王岩）等 3 篇作品获银奖，《杂技的哲学意味》（李丹）

等 5 篇作品获铜奖，45 人获优秀论文奖，10 个单位获组织工作奖；林防等 40 人被表彰为第七次德艺双馨会员；江苏淮安市淮安区、安徽省临泉县和广西博白县被授予"中国杂技之乡"。中国文联党组成员、书记处书记郭运德出席活动并致辞。

12 月 26 日 中国文联、中国音协、中国文联出版社共同举办的"唱响中国梦·《傅庚辰作品集》出版座谈会"在中国文艺家之家举行。中国文联主席孙家正和中国文联党组成员、副主席李前光出席座谈会。

12 月 28 日 中国文联文艺志愿服务团"送欢乐下基层"走进云南巧家、景谷地震灾区，把精彩的节目和诚挚的问候送到受灾地区各族人民群众中。中国文联党组书记、副主席赵实参加慰问演出活动并致辞。

2015 年

1月6日 中国文联、中国摄协、宁波市人民政府主办的第十届中国摄影艺术节在浙江宁波开幕。中国文联党组成员、副主席李前光出席开幕式。本次摄影艺术节以"复兴梦想 盛世和光"为主题，倡导影像共绘中国梦、和谐文明、文化共享等理念。8日，第十届中国摄影金像奖颁发。29位摄影家分别获得摄影创作、摄影理论、摄影传播和终身成就4大类奖项。终身成就奖由林少忠、茹遂初、邵柏林获得，纪录摄影奖由李洁军、赵青等获得，艺术摄影奖项由李英杰、楼宇浩等获得。商业摄影奖项由胡国庆和贾云龙分别获得。

1月20日 陈建文任中国文联党组成员。

1月21日 中国文联、中国文学艺术基金会、陕西省文联共同主办的"我们的中国梦——全国优秀艺术作品展之长安精神·陕西省油画、水彩、水粉画作品展"在中国文艺家之家举办。中国文联领导赵实、左中一等出席开幕式。

1月23日 中国文联第九届全国委员会第七次会议在北京召开。中国文联主席孙家正主持会议。中宣部常务副部长黄坤明讲话。中国文联党组书记、副主席赵实作题为《深入学习贯彻习近平总书记重要讲话精神 努力推动当代文艺开创新风貌》的工作报告。会议增选陈建文、陈洪武、罗斌、韩新安为中国文联第九届主席团委员。冯双白、赵长青不再担任中国文联第九届主席团委员职务。1月22日召开的中国文联九届七次主席团会议通过了关于调整中国文联第九届书记处书记的决定，推举陈建文为中国文联第九届书记处书记；通过了《关于更替和增补中国文联第九届全委会委员的决议》；通过了关于接纳中国文艺评论家协会为中国文联团体会员的决议。

1月24日 "百花迎春——中国文学艺术界2015春节大联欢"在北京人民大会堂举行。

1月27日 中国文联、中国音协、中共河南省委宣传部主办的"我们的中国梦"——文化进万家'送欢乐下基层'慰问演出活动在兰考举行。中国文联领导赵实、左中一、郭运德在演出开始前向焦裕禄烈士墓敬献花篮，并参观焦裕禄纪念馆。

1月30日 中国文联离退休干部新春团拜会在中国文艺家之家举办。中国文联领导赵实、李屹、左中一、夏潮、李前光、郭运德、陈建文，以及中国文联老领导李牧等参加团拜会。

2月5日—12日 应克罗地亚中国友好协会、白俄罗斯文化联盟邀请，中国文联党组成员、副主席夏潮率代表团赴克罗地亚、白俄罗斯进行访问。在克罗地亚期间，参加由中国文联和驻克使馆共同举办的2015年"欢乐春节"杂技戏曲专场演出暨春节招待会。

2月13日 中国电视艺术终身成就奖获奖艺术家座谈会在北京中国文艺家之家举行。中国文联党组书记、副主席赵实，中国文联党组成员、副主席夏潮，中国文联副主席、中国视协主席赵化勇出席会议。王扶林、沈力、陈汉元、焦晃、邓在军获得中国电视艺术终身成就奖。

3月11日—20日 应摩纳哥驻华大使、法国明日电视台邀请，中国文联组派以内蒙古文联主席巴特尔为团长的内蒙古艺术团一行赴摩纳哥、法国参加第二届摩纳哥"中国节"和"巴黎·中国内蒙古文化周"活动。

3月—7月 为认真贯彻落实党的十八大、十八届三中、四中全会精神和习近平总书记系列重要讲话精神，把学习贯彻习近平总书记在文艺工作座谈会上的讲话引向深入，贯彻落实《中共中央关于加强和改进党的群团工作的意见》，中国文联党组决定从3月到7月底，集中利用4个月的时间，党组领导分赴全国20多个省区市开展大调研。

4月14日　中国文联主办的首届全国文艺评论骨干专题研讨班在云南昆明举办，围绕深入学习习近平总书记在文艺工作座谈会上的重要讲话精神和中华美学精神等展开为期半个月的学习与研讨。中国文联党组成员、副主席夏潮在开班式上讲话。该班次每年举办一次。

4月21日　第三十一届中国兰亭书法节在绍兴开幕。第五届中国书法兰亭奖同时揭晓并颁奖：孙伯翔、周慧珺获得中国书法兰亭奖终身成就奖；韩天衡等10人获得中国书法兰亭奖艺术奖；蒋乐志等5人获得中国书法兰亭奖佳作奖一等奖，另有10人获得二等奖，15人获得三等奖，共198人入展；金丹、盛东涛、叶梅3人的专著同获中国书法兰亭奖理论奖一等奖，另有16部（篇）专著和论文获得理论奖二、三等奖。中国文联党组副书记、副主席李屹出席开幕式并讲话。

4月24日　中国文联第七期全国中青年文艺人才（编导）高级研修班"培育和践行社会主义核心价值观——文艺工作者的时代责任"主题座谈会在中国文联举行。中国文联党组书记、副主席赵实以"拥抱伟大时代，追求德艺双馨"为题，与高研班学员作深入交流。

4月27日　中国文联、中华全国总工会、中国关心下一代工作委员会主办的"时代领跑者"美术作品展在中国国家博物馆举行。中国文联领导孙家正、赵实、左中一出席开幕式。

5月1日　中国文联、中国杂协、广东省文联主办的第九届中国杂技金菊奖第六次全国魔术比赛在深圳欢乐谷举行。李洁《美女·几何》、丁洋《变鸽子》获金奖。本届比赛特别增设"中国古典魔术传承奖"及"中国魔术新人奖",刘静和许扬分别获此殊荣。中国文联党组成员、书记处书记郭运德出席活动。

5月5日—11日 中国文联党组成员、书记处书记陈建文等一行赴台湾出席"写意美之岛 相会阳明山"——2015两岸笔会活动。

5月6日 第七期全国地县级文联负责人研修班在广西南宁开班,来自全国各地的64位地县级文联负责人参加研修。中国文联党组副书记、副主席李屹出席开班式并作动员讲话和主旨报告。

5月11日—20日 应韩国文化艺术委员会、日中文化交流协会、大洋洲文学艺术界联合会邀请,中国文联副主席周涛率代表团赴韩、日、澳访问,并在澳大利亚举办"梦想·记忆——中国当代民生之变迁"摄影展。

5月18日—23日 中国文联多支文艺志愿服务队伍分赴海南临高、福建平潭、河南三门峡、湖北英山、陕西延安和北京玉渊潭公园等地开展"到人民中去"文艺志愿服务主题活动,以慰问演出、展览展示、书画笔会、交流座谈、辅导培训、采风创作等形式,把精神食粮奉献给各地群众。中国文联领导夏潮、陈建文等参加活动。

5月20日 第五届中国戏剧奖·梅花表演奖(第二十七届中国戏剧梅花奖)颁奖晚会在广州举行。中国文联党组副书记、副主席李屹,广州市委副书记、市长陈建华等领导参加颁奖典礼并观看了闭幕式演出。欧凯明、韩再芬、华雯、朱衡、许荷英等5名演员获得二度梅;吴非凡、王荔、侯岩松、施洁净、张馨月、马佳、凌珂、杨霞云、朱福、刘巍、万晓慧、杜欢、符传杰、刘京、吴熙、吴双、杨俊、陈明矿、王君安、金喜全、麦玉青、杜建萍、刘莉莉、郭广平、卫小莉、何云、窦凤霞、邱瑞德、张涛、周雪峰、唐妍、张艳萍等32名演员获得梅花奖。

5月23日 由中国文艺志愿者协会、中国文联文艺志愿服务中心、北京市文学艺术界联合会、天津市文学艺术界联合会、河北省文学艺术界联合会共同主办的纪念中国人民抗日战争胜利70周年"到人民中去"京津冀百名艺术家志愿者赴抗战圣地服务采风大地行系列活动,在卢沟桥桥头广场正式启动。中国文联党组书记、副主席赵实出席并讲话。中国文联党组成员、副主席李前光参加。京津冀三地艺术家代表200余人参加了启动仪式。

同日 中国文联领导赵实、李屹、左中一、李前光率领中国文联文艺志愿服务团,来到武警猎鹰突击队进行艺术培训及慰问演出。艺术家分成8个小组,分别对官兵进行书画、舞蹈、评书、朗诵、声乐等方面的艺术辅导。

5月25日—27日 中国文联党组成员、书记处书记郭运德率访问团赴澳门出席由中国文联、中国音协、澳门中华文化联谊会共同举办的第五届"濠江之春——澳门与内地艺术家大联欢"活动。

同日 中国文联、中国音协联合推荐的音乐作品《七子之歌》,中国文联、中国视协联合推荐的影视作品《舌尖上的中国I》,同时荣获第四届"世界知识产权组织版权金奖(中国)作品奖"。

6月12日 中国文联、中国民协主办的《中国非物质文化遗产百科全书》首发式暨出版座谈会在北京举行。《中国非物质文化遗产百科全书》是中国文联"文艺出版精品工程"重大项目,是中国第一部非物质文化遗产百科全书。中国文联党组书记、副主席赵实出席并讲话。

6月16日 中国音协第八次全国代表大会在北京开幕。来自全国各省区市和新疆生产建设兵团、中国人民解放军、中央国家机关,以及港澳地区的410余名音乐工作者代表参加会议。中共中央政治局委员、中共中央书记处书记、中宣部部长刘奇葆出席开幕式并讲话。国务院台办、中国人民解放军总政治部宣传部、国家民委、国家版权局、国务院侨办、全国友协、欧美同学会和各全国文艺家协会等相关单位发来贺信贺词。中国文联主席孙家正，中宣部常务副部长黄坤明，中国文联领导李屹、左中一、夏潮、李前光、郭运德、陈建文出席开幕式。中国文联党组书记、副主席赵实在开幕式上讲话。18日，大会闭幕。大会审议通过中国音协第七届理事会工作报告，修改《中国音乐家协会章程》，选举产生由214人组成的中国音协新一届理事会。会议期间举行的中国音协第八届理事会第一次会议选举产生了由15人组成的新一届主席团。叶小钢当选中国音协第八届主席，印青、关峡、关牧村、余隆、宋飞、宋祖英、张千一、张国勇、孟卫东、赵塔里木、徐沛东、韩新安、廖昌永、谭利华当选副主席，推举吴祖强、傅庚辰、赵季平为名誉主席。

6月19日 中国文联荣誉委员，中国影协原主席、名誉主席谢铁骊逝世，享年90岁。

6月20日 中国文联、北京大学、中央歌剧院联手打造的大型交响清唱剧《屈原颂》在京首演。中国文联领导赵实、夏潮观看演出。

6月26日 文化部、中国文联主办的纪念徐悲鸿诞辰120周年座谈会在北京人民大会堂举办。中共中央政治局委员、国务院副总理刘延东致贺信。中国文联党组书记、副主席赵实在座谈会上发言。中国文联党组成员、副主席左中一主持座谈会。

6月29日—7月7日 应捷克皮尔森"欧洲文化之都"组委会和比利时阿特拉斯国际文化公司邀请，中国文联在捷克举办"今日中国"艺术周活动，在比利时布鲁塞尔举办首届"中国—欧盟文化节"暨2015"今日中国"艺术周（欧盟部分）。

6月30日 中国文联第八期全国中青年文艺人才（视觉艺术）高级研修班"培育和践行社会主义核心价值观——文艺工作者的时代责

任"主题座谈会在中国文联举办。中国文联党组书记、副主席赵实以"拥抱伟大时代，追求德艺双馨"为题，与高研班学员作了深入交流。

7月1日—8日 应捷中友好合作协会和欧洲议会议员邀请，中国文联党组成员、副主席李前光率代表团访问捷克和比利时。访问捷克期间，李前光与中国驻捷克大使马克卿、捷克文化部第一副部长卡利斯托娃、捷克外交部副部长考茨基、皮尔森市长兹尔扎维茨基等中捷各界人士400余人出席了"今日中国"艺术周开幕式。

7月7日 中国文联、中国影协、中国电影资料馆主办的纪念中国人民抗日战争暨世界反法西斯战争胜利70周年专题影展开幕式在北京举行。中国文联党组成员、副主席夏潮出席开幕式。

7月14日 中国剧协第八次全国代表大会在北京开幕。来自全国各省区市和新疆生产建设兵团、中国人民解放军、中央国家机关以及港澳地区的近400名戏剧工作者代表参加会议。中共中央政治局委员、中共中央书记处书记、中宣部部长刘奇葆出席开幕式并讲话。中国文联主席孙家正，中宣部常务副部长黄坤明，中国文联领导赵实、李屹、左中一、夏潮、李前光、郭运德、陈建文出席开幕式。中国文联党组书记、副主席赵实在开幕式上讲话。16日，大会闭幕。会议审议通过中国剧协第八次全国代表大会工作报告，修改《中国戏剧家协会章程》，选举产生由192人组成的中国剧协新一届理事会。会议期间举行的中国剧协第八届理事会第一次会议选举产生了由15人组成的新一届中国剧协主席团。濮存昕当选中国剧协第八届主席，季国平、于魁智、王晓鹰、冯玉萍、李树建、杨凤一、沈铁梅、茅威涛、罗怀臻、孟冰、孟广禄、柳萍、韩生、韩再芬当选副主席。尚长荣被推举为名誉主席；聘请方掬芬、白淑贤、刘长瑜、刘厚生、刘锦云、李世济、李维康、何孝充、胡可、钟景辉、徐晓钟、郭汉城、阎肃、董伟、裴艳玲、廖奔、薛若琳、穆凡中、魏明伦、瞿弦和为顾问；决定任命崔伟为中国剧协第八届秘书长，朱正明为副秘书长。

7月15日 中国文联、农业部农村社会事业发展中心、中国摄协主办的第五届全国农民摄影大展在湖南省资兴市首展。

7月17日 "艺术家的精神家园——庆祝《中国艺术报》创刊20周年展览"在中国文艺家之家开幕。中国文联主席孙家正宣布展览开幕。中国文联党组书记、副主席赵实传达了中央领导同志的重要批示。中国文联领导李屹、左中一、李前光、郭运德、陈建文出席。

7月18日 中国文联主办的第九届全国青年文艺评论家高级研修班在内蒙古自治区呼伦贝尔市扎赉诺尔区开班。本期研修班以"本体与价值——当代文艺评论的理论建构和主体重塑"为主题。中国文联党组成员、副主席夏潮出席开班仪式并讲话。

7月20日—28日 应毛里求斯艺术和文化部、南非国家艺术理事会邀请，中国文联党组副书记、副主席李屹率代表团赴上述两国访问。访毛期间，代表团出席由中国文联和毛里求斯中国文化中心共同举办的"女性视角下的今日中国"摄影展活动。访南期间，与南非国家艺术理事会续签合作备忘录。

7月21日—22日 中国文联、中国曲协共同主办的"向和平致敬——纪念中国人民抗日战争暨世界反法西斯战争胜利70周年优秀曲艺节目展演"在北京民族文化宫上演。在为期两天的展演中，来自北京、天津、山西、辽宁、江苏、山东、河南、广东、重庆、四川、陕西等11个省区市的曲艺工作者联袂献艺。

7月24日 中国文联、中国舞协共同主办的第八届"小荷风采"全国少儿舞蹈展演在北京举行，来自全国30多个省区市，包括中直、解放军各军兵种直属幼儿园及港澳台地区的180个入围作品参加展演，参与6场演出的各民族小演员达5000多人。本届赛事首次运用互联网平台进行网络同步直播。中国文联党组成员、副主席左中一参加活动。

7月29日—8月7日 应吉尔吉斯斯坦文化信息旅游部、白俄罗斯文化联盟和土库曼斯坦文化部邀请，中国文联党组书记、副主席赵实率代表团赴吉、白、土访问。访吉、土期间，出席由文化部和中国文联在上述两国共同举办的2015年"中国文化日"展演活动，会晤两国文化部长及相关文化机构负责人。访白期间，出席"第十二届全国美展国际巡展——白俄罗斯站"开幕式，与白文化联盟签署合作备忘录，会晤白文化部长并与白艺术家代表座谈交流。

7月30日 文化部、中国文联，中国美协主办的"纪念华君武诞辰100周年座谈会"在中国美术馆举行。中国文联党组成员、副主席左中一出席座谈会。

8月3日 中国文联主办的新疆地区文联系统干部培训班在新疆乌鲁木齐开班，来自新疆维吾尔自治区文联、新疆生产建设兵团文联的122名干部参加培训。中国文联党组副书记、副主席李屹进行开班动员，并作题为《学习贯彻落实习近平总书记在文艺工作座谈会上的重要讲话精神，努力推动文联工作创新发展》的主旨报告。

8月10日 由中国书协主办的"全国第十一届书法篆刻作品展"古今系列展示与学术论坛在北京开幕。中国文联主席孙家正，中国文联党组书记、副主席赵实，中宣部副部长景俊海，文化部党组副书记、副部长杨志今，中国文联领导李屹、左中一、夏潮、李前光、郭运德、陈建文、杨承志，中国国家博物馆馆长吕章申出席活动。展览共选出入展作品679件，其中获奖作品41件。分古今书法两大系列6个展区，分别于中国美术馆、中国国家图书馆展出。

8月12日 中国文联、中国摄协主办的"历史不容忘却——纪念中国人民抗日战争暨世界反法西斯战争胜利70周年"摄影展之"中流砥柱"在北京居庸关长城展出。26日，在卢沟桥展出。

8月22日 由文化部、中国文联、中国人民解放军总政治部、宣传部、中国美协共同主办的"铸魂鉴史 珍爱和平——纪念中国人民抗日战争暨世界反法西斯战争胜利70周年美术作品展"在中国美术馆开幕。28日,中共中央政治局委员、国务院副总理刘延东参观展览。

8月24日 中国文联第九期全国中青年文艺人才(编剧)高级研修班在北京开班。中国文联党组副书记、副主席李屹出席开班式并作主旨报告。

8月31日 "历史不容忘却——纪念中国人民抗日战争暨世界反法西斯战争胜利70周年"摄影展在北京中华世纪坛开幕。展出的近300幅作品记述了中国人民抚养日本遗孤等感人故事,全方位、多角度地展现了战争给全世界带来的沉痛灾难,以及中华民族参与世界反法西斯战争的伟大历程。中国文联领导孙家正、赵实、李屹、李前光、陈建文出席开幕式。

9月6日 教育部、中国文联作为支持单位,北京电影学院主办的电影《启功》首映典礼在北京举行。中国文联领导孙家正、左中一、夏潮等出席首映典礼。

9月8日 中国文联在北京召开纪念中国人民抗日战争暨世界反法西斯战争胜利70周年"抗战中的中国文艺"座谈会。中国文联领导孙家正、赵实、李屹、左中一、夏潮、李前光、郭运德、陈建文参加座谈会。赵实作题为《救亡图存的战鼓 民族精神的号角》的主旨讲话。

9月13日 纪念中国人民抗日战争暨世界反法西斯战争胜利70周年——"保卫黄河"舞蹈专场晚会在北京举行。中国文联领导赵实、李屹、左中一、夏潮观看演出。

9月15日 中宣部、人力资源社会保障部、中国文联主办的第四届全国中青年德艺双馨文艺工作者表彰大会在北京举行。中国文联主席孙家正出席大会。中宣部常务副部长黄坤明出席大会并讲话。中国文联党组书记、副主席赵实主持大会。解放军总政副主任殷方龙，中宣部副部长景俊海，人力资源和社会保障部副部长兼国家公务员局局长信长星，教育部副部长刘利民，新闻出版广电总局副局长田进，解放军总政宣传部副部长张常银，中国文联领导李屹、左中一、夏潮、李前光郭运德、陈建文，中国作协党组成员、副主席陈崎嵘，出席会议。会上宣读《关于表彰第四届全国中青年德艺双馨文艺工作者的决定》，授予丁寺钟等54名同志"全国中青年德艺双馨文艺工作者"称号。

9月16日 第二十四届中国金鸡百花电影节在吉林省吉林市开幕。中国文联主席孙家正出席开幕式。中国文联党组成员、副主席夏潮在开幕式上致辞。19日晚，第三十届中国电影金鸡奖各奖项揭晓。在本届中国电影金鸡奖中，《狼图腾》获得最佳故事片奖和最佳美术奖，徐克获得最佳导演奖，陈建斌获得最佳导演处女作奖，李樯获得最佳编剧奖，李玉娇、韩景龙、徐昂获得最佳编剧（改编）奖，张涵予获得最佳男主角奖，巴德玛获得最佳女主角奖，张译获得最佳男配角奖，邓家佳获得最佳女配角奖，《诺日吉玛》获得最佳中小成本故事片奖，《西游记之大圣归来》获得最佳美术片奖，《小鸭快跑》获得最佳科教片奖，《大唐女巡按》获得最佳戏曲片奖，《西藏天空》获得最佳摄影奖和最佳音乐奖，《归来》获得最佳录音奖，《智取威虎山》获得最佳剪辑奖，最佳儿童片奖和最佳纪录片奖空缺。中国文联党组书记、副主席赵实为著名表演艺术家王晓棠和张良颁发了终身成就电影艺术家奖。

9月19日—23日 应韩国文化艺术委员会邀请，中国文联党组成员、书记处书记陈建文率代表团赴韩国访问。

9月22日 中国文联、光明日报社主办的文艺行业建设与社会治理研讨会在北京召开。中国文联党组成员、副主席夏潮出席会议并讲话。

9月23日 首批中国文艺评论基地授牌仪式在中国文艺家之家举行。中国文联党组领导赵实、夏潮、郭运德，中国文艺评论家协会主席仲呈祥出席授牌仪式，并为首批22家中国文艺评论基地授牌。

9月24日 中国文联、北京市人民政府和中国美协联合主办的"2015·第六届中国北京国际美术双年展"在中国美术馆开幕。中国文联领导孙家正和赵实、夏潮、陈建文出席开幕式，赵实致辞。本届中国北京国际美术双年展展出作品685件，其中，国内作品188件，国外作品497件，涵盖当代绘画、雕塑、装置、影像及其他综合类作品。

同日 中国文联、全国政协书画室、中国美协、中国艺术研究院、中国国家画院、中共浙江省委宣传部、浙江省文联、中国美术学院、浙江日报社主办的"抱华追梦——何水法花鸟画展"在中国国家博物馆举办。中国文联党组书记、副主席赵实出席展览开幕式。

9月25日 中国文联、厦门市人民政府、海峡两岸关系协会共同主办的"永远的乡愁"——2015中华情·中国梦系列展演活动在厦门开幕。中国文联党组成员、副主席左中一出席开幕式。

9月26日—10月15日 中国文联主办，中国摄协、中国文联国内联络部、中国文学艺术基金会承办的"向人民汇报"——著名摄影家"深入生活、扎根人民"作品展览在北京王府井、西单同时展出。

9月 中国文联指导中国剧协、中国音协、中国美协、中国曲协、中国舞协、中国民协、中国摄协、中国书协在全国14个省份、28个地市及相关区县，分别开展了8个艺术门类的文艺培训。先后组织招募文艺志愿者 160 名，培训基层文艺工作者、中小学艺术教师和文艺爱好者约 8600 位，合计完成课时约 184 天。

10月10日 中国文联首届全国少数民族地区文艺骨干（舞台艺术）研修班在北京开班，来自戏剧、音乐、曲艺、舞蹈和杂技 5 个艺术领域的 35 名学员将参加为期 3 周的研修学习。此次研修班是财政部和中国文联批准立项的"全国少数民族地区文艺骨干研修工程"面向舞台艺术领域学员的第一个研修项目。中国文联党组副书记、副主席李屹出席开班式并进行开班动员。至 2021 年，该班已举办 12 期。

10月15日 中国文联和中国音协共同主办的"向人民汇报"——社会主义核心价值观组歌交响音乐会在清华大学新清华学堂唱响，由此拉开中国文联和相关全国文艺家协会向人民汇报——"深入生活、扎根人民"文艺创作成果展演的序幕。展演集中展现中国文联和各全国文艺家协会响应习近平总书记重要讲话号召、积极组织开展"深入生活、扎根人民"主题实践活动取得的丰硕成果，共包括 6 场文艺展演。

10月16日 《中国文艺评论》杂志创刊仪式在北京举行。中国文联党组成员、副主席夏潮出席会议并讲话。中国文联党组成员、书记处书记郭运德出席。《中国文艺评论》是由中国文联主管，中国文联文艺评论中心、中国评协主办的学术月刊。

10月18日 中国文联、中国文艺志愿者协会联合中国残联、中国杂协、中华曲艺学会、中央电视台等单位共同推出的"2015 中国文艺志愿者（天泰剧院）公益演出季"开幕。这是首个中国文艺志愿者公益演出季。中国文联领导赵实、李屹、李前光、陈建文出席开幕式并观看演出。

10月20日 第十届中国音乐金钟奖全国民乐（二胡、弹拨）比赛暨 2015 中国江苏二胡之乡民族音乐节在江苏南京开幕。中国文联党组成员、书记处书记郭运德出席开幕式。27日，闭幕。陆轶文、高白、黄晓晴分获二胡比赛金、银、铜奖，张碧云、杨冰冰、高艺真分获弹拨类比赛金、银、铜奖。首届民族器乐作品（二胡与乐队）征集评选活动的获奖作品同期揭晓，《云南印象》《龙凤呈祥》分获金、银奖，《楚颂》《烽火》获铜奖。

10月22日 中国文联在北京举办深入学习贯彻习近平总书记在文艺工作座谈会上的重要讲话精神、《中共中央关于繁荣发展社会主义文艺的意见》专题研讨班。中国文联领导孙家正、李屹、左中一、夏潮、李前光、陈建文出席。中国文联党组书记、副主席赵实主持并讲话。

10月23日 "向人民汇报"——著名摄影家"深入生活、扎根人民"作品展览在中国文艺家之家开幕。展览以深入生活、扎根人民、繁荣创作为主题，共展出作品200余幅。中国文联领导赵实、左中一、夏潮、李前光、郭运德、陈建文出席展览开幕式并参观展览。

同日 由中国文联主办的文艺理论家评论家学习贯彻《中共中央关于繁荣发展社会主义文艺的意见》专题座谈会在中国文艺家之家举办。中国文联党组成员、副主席夏潮和李准、仲呈祥等文艺理论家评论家代表出席会议。

10月27日 中国文联印发《关于深入学习贯彻习近平总书记〈在文艺工作座谈会上的讲话〉和〈中共中央关于繁荣发展社会主义文艺的意见〉的通知》。

10月30日 中央第二巡视组巡视中国文联工作动员会召开，中国文联主席孙家正出席会议并讲话，中国文联党组书记、副主席赵实主持会议并作动员讲话，中央第二巡视组组长李五四就即将开展的专项巡视工作作了讲话。中央巡视组在中国文联工作两个月。

10月31日—11月3日 应澳门基金会邀请，中国文联党组成员、副主席左中一一行，赴澳门出席以"造型艺术与中华美学精神的育成"为主题的"第七届海峡两岸暨港澳地区艺术论坛"活动。

11月3日 中国杂协第七次全国代表大会在北京开幕，来自全国各省、自治区、直辖市，中国人民解放军、中直系统以及港澳台地区的200余名杂技工作者代表参加会议。中共中央政治局委员、中共中央书记处书记、中宣部部长刘奇葆出席开幕式并讲话。中国文联领导孙家正、李屹、夏潮、李前光、郭运德、陈建文等出席开幕式。中国文联党组书记、副主席赵实在开幕式上讲话。4日，大会闭幕。大会审议通过了《中国杂技家协会第七次全国代表大会工作报告》，修改了《中国杂技家协会章程》，选举产生了由118人组成的中国杂协新一届理事会。会议期间举行的中国杂协第七届理事会第一次会议选举产生了由13人组成的新一届中国杂协主席团。边发吉当选为中国杂协第七届主席，邓宝金、付继恩、刘全利、齐春生、李西宁、吴正丹、张红、阿迪力·吾休尔、邵学敏、俞亦纲、梅月洲、戴武琦当选为副主席。大会推举夏菊花为名誉主席；聘请尹钰宏、宁根福、孙力力、李甡、何天宠、林建、程海宝、蓝天为顾问；任命邵学敏为秘书长，邹玉华、肖世革为副秘书长。

11月11日 中国文联、中国剧协和江苏省苏州市人民政府共同主办的第十四届中国戏剧节在苏州落下帷幕。中国文联党组副书记、副主席李屹在闭幕式上致辞。历时18天的本届戏剧节共汇聚了来自全国22个省市及解放军的39台演出剧目，涵盖了昆剧、京剧、豫剧、黄梅戏、评剧、苏剧、锡剧等23个剧种，以及话剧、歌剧、歌舞剧、音乐剧等戏剧样式。

11月17日 中国舞协第十次全国代表大会在北京开幕，来自全国各省区市和新疆生产建设兵团、部分产（行）业文联舞协、解放军及武警部队、中央直属单位，以及港澳台地区的200余名舞蹈工作者代表参加会议。中共中央政治局委员、中共中央书记处书记、中宣部部长刘奇葆出席开幕式并讲话。中国文联领导孙家正、李屹、左中一、夏潮、李前光、郭运德、陈建文等出席开幕式。中国文联党组书记、副主席赵实在开幕式上讲话。19日，大会闭幕。大会审议通过《中国舞蹈家协会第十次全国代表大会工作报告》，修改了《中国舞蹈家协会章程》，选举产生了由140人组成的中国舞协新一届理事会。会议期间举行的中国舞协第十届理事会第一次会议选举产生了由15人组成的新一届中国舞协主席团。冯双白当选中国舞协第十届主席，丁伟、山翀、王小燕、冯英、达娃拉姆、刘敏、杨丽萍、杨笑阳、陈维亚、迪丽娜尔·阿布拉、罗斌、赵明、赵林平、黄豆豆当选为副主席。大会推举贾作光、白淑湘、赵汝蘅为名誉主席；聘请刀美兰、丹增贡布、左青、吕艺生、多吉才旦、孙加保、李正一、李毓珊、应萼定、冼源、张玉照、张继钢、陈翘、陈宝珠、陈泽盛、陈爱莲、赵青、查干朝鲁、崔善玉、斯琴塔日哈、舒巧、游慧海、薛菁华为顾问；任命罗斌为秘书长，李甲芹、夏小虎为副秘书长。

11月18日—25日 第十届中国音乐金钟奖比赛在广州举办。中国文联党组成员、书记处书记郭运德在开幕式上致辞。小提琴组陈家怡获金奖、柳鸣获银奖、王温迪获铜奖；手风琴组许笑男获金奖，曹野获银奖，姜伯龙获铜奖；声乐（美声组）张学樑获金奖，王泽南获银奖，马飞、王一凤获铜奖；声乐（民族组）龚爽获金奖，陈家坡获银奖，郝亮亮、徐晶晶获铜奖。本届金钟奖还由中国文联、中国音协特授予傅庚辰、谷建芬"终身成就音乐艺术家"称号。

11月23日—12月2日 中国文联党组成员、书记处书记郭运德率代表团访问毛里求斯、法属留尼汪和印度，其间出席在孟买举行的"中国民生摄影展"开幕式。

12月1日 中国文联出台《中国文联全国性文艺评奖管理办

法（修订稿）》和《中国文联全国性文艺评奖评委库建立实施规范》。经中央审批同意，中国文联与各相关全国文艺家协会继续主办"中国戏剧奖""大众电影百花奖""中国电影金鸡奖""中国音乐金钟奖""中国美术奖""中国曲艺牡丹奖""中国舞蹈荷花奖""中国民间文艺山花奖""中国摄影金像奖""中国书法兰亭奖""中国杂技金菊奖""中国电视金鹰奖"12个文艺大奖，同时对评奖数量和子项进行了大幅度压缩。

同日 中国文联、中共江苏省委宣传部、中国工艺美术协会、中国民协、中国非物质文化遗产保护协会、江苏省文联联合主办的"针融百家 艺开新境——姚建萍刺绣艺术展"在中国美术馆开幕。中国文联党组成员、书记处书记陈建文出席开幕式并观看展览。

12月2日 中国文联、中国民协、浙江省文联共同主办的第十二届中国民间文艺山花奖在海宁市颁奖。64件优秀民间文艺作品分获民间艺术表演奖、民间工艺美术作品奖、民俗影像作品奖、民间文学作品奖、民间文艺学术著作奖等五大类奖项。其中，陶瓷《仿宋木雕观音》等27件作品获"民间工艺美术作品奖"，舞龙《五龙呈祥庆太平》等18件作品获"民间艺术表演奖"，陈维彪的《何钧佑锡伯族长篇故事》等5件作品获"民间文学作品奖"，土族传统仪式《跳於菟》等6件作品获"民俗影像作品奖"，刘锡诚的《二十世纪中国民间文学学术史》上下卷等8部著作获得"民间文艺学术著作奖"。中国文联党组成员、书记处书记陈建文出席颁奖仪式。

12月7日 中国书协第七次全国代表大会在北京开幕，400余位书法工作者代表参加大会。中共中央政治局委员、中共中央书记处书记、中宣部部长刘奇葆出席开幕式并讲话。中国文联领导孙家正、李屹、左中一、夏潮、李前光、郭运德、陈建文等出席开幕式。中国文联党组书记、副主席赵实在开幕式上讲话。9日，大会闭幕。大会审议通过中国书协第六届主席团工作报告，修订《中国书法家协会章程》，选举产生了由 195 人组成的中国书协新一届理事会和由 15 人组成的中国书协新一届主席团。苏士澍当选为中国书协第七届主席，王丹、毛国典、包俊宜、刘金凯、刘洪彪、孙晓云、吴东民、何奇耶徒、宋华平、张建会、陈洪武（驻会）、陈振濂、顾亚龙、翟万益当选为副主席。沈鹏、张海被推举为名誉主席。任命郑晓华为秘书长，曹建明、潘文海为副秘书长。

12 月 14 日 中国文联主办的全国藏族地区文联系统干部研修班在昆明市开班。96 名来自西藏自治区和云南、四川、甘肃、青海四省藏族聚居区的文联系统干部参加此次研修。中国文联党组副书记、副主席李屹出席开班式并作题为《学习贯彻落实习近平总书记在文艺工作座谈会上的重要讲话精神，努力推动文联工作创新发展》的主旨报告。

12 月 23 日 中宣部、文化部、国家新闻出版广电总局、中国文联联合举办的 2016 年"我们的中国梦"——文化进万家活动启动仪式暨首场演出在革命老区河北省平山县西柏坡举行。中国文联党组成员、副主席李前光出席活动。

12 月 中国文联权益保护部编著的《捍卫名誉——文艺界名誉权典型案例评析》正式出版，该书是国内首部专门针对文艺界名誉权纠纷编写的典型案例分析。

2016 年

1月5日 中国文联、中国舞协主办的"舞动中国"——2016中国舞蹈新人新作晚会在北京举办。中国文联党组副书记、副主席李屹，党组成员、副主席左中一出席并观看演出。

1月14日 中国文联荣誉委员，中国民协名誉主席贾芝逝世，享年103岁。

1月15日 中宣部和中国文联共同举办的深入学习贯彻习近平总书记文艺工作座谈会重要讲话第一期专题培训研讨班在北京开班。这是贯彻落实中宣部、财政部、文化部、国家新闻出版广电总局、中国文联、中国作协联合印发的《2016—2017年全国文艺骨干和管理干部培训工作规划》的重要举措，也是中国文联第九届全委会第八次会议的一项主要议程，标志着全国文艺骨干和管理干部大培训工作正式开始。中国文联主席孙家正出席开班式。中宣部副部长景俊海作动员报告。中国文联党组书记、副主席赵实主持开班式。中国文联领导左中一、夏潮、李前光、郭运德、陈建文参加开班式。

同日 中国文联举办阎肃同志先进事迹报告会。中国文联主席孙家正出席报告会。中国文联党组书记、副主席赵实主持报告会并作总结讲话。中国文联领导李屹、左中一、夏潮、李前光、郭运德、陈建文参加。

1月16日 "百花迎春——中国文学艺术界2016春节大联欢"在北京人民大会堂举行。

1月17日 中国文联第九届全国委员会第八次会议在北京召开。中国文联主席孙家正主持会议。中国文联党组书记、副主席赵实作题为《把握新机遇 担当新使命 努力为繁荣发展社会主义文艺作出新贡献》的工作报告。中国文联领导左中一、夏潮、李前光、郭运德、陈建文出席会议。1月14日召开的中国文联九届八次主席团会议审议确认了中国文联全委会委员变动事项和中国文联第九届主席团委员变动事项。

1月26日—28日 中国文艺志愿者协会首次赴海外重大项目建设工地——苏丹上阿特巴拉水利枢纽项目工地和乌干达伊辛巴水电站项目工地开展慰问演出并赴我国驻乌干达大使馆慰问使馆工作人员、中资企业、华人华侨代表。

1月29日 中国文联召开学习贯彻十八届中央纪委第六次全会精神暨2016年党风廉政建设工作部署会议。中央纪委驻中宣部纪检组组长傅自应出席会议并讲话。中国文联党组书记、副主席赵实作动员部署。中国文联党组副书记、副主席李屹主持会议。中国文联领导左中一、夏潮、李前光、郭运德、陈建文出席会议。

2月2日 根据中央巡视工作领导小组的部署，中央第二巡视组向中国文联党组反馈专项巡视情况。中央巡视工作领导小组办公室负责同志向中国文联党组书记赵实传达了习近平总书记关于巡视工作的重要讲话精神，中央第二巡视组组长李五四，副组长韦翼群、肖德福、贺恒扬反馈了专项巡视情况。随后，李五四代表中央巡视组向文联党组领导班子进行了反馈，中央巡视办负责同志对巡视整改工作提出要求。中国文联主席孙家正出席会议并讲话，中国文联党组书记、副主席赵实主持会议并作表态发言。

3月4日 中国文联领导赵实、李屹、李前光在中国文艺家之家会见了由中国文联推荐并荣获2015年学雷锋志愿服务"四个100"

先进典型代表，并为其颁发证书、奖牌。在此次"四个100"志愿服务先进典型推荐活动中，中国文联推荐的北京电视台主持人徐春妮、八一电影制片厂影视表演艺术家岳红、少数民族青年歌手乌兰图雅、战友文工团京剧表演艺术家于兰4人荣获"最美志愿者"，中国曲协"送欢笑到基层"文艺志愿服务项目、中国文联"送欢乐下基层"文艺志愿服务项目、中国文联文艺支教志愿服务项目、中国摄协摄影曙光学校文艺志愿服务项目4个项目荣获"最佳志愿服务项目"，中国文联文艺志愿服务团、浙江省文艺家志愿者服务总团、中国剧协梅花奖艺术团3个组织荣获"最佳志愿服务组织"。

同日 中国文联荣誉委员，著名女高音歌唱艺术家、音乐教育家周小燕逝世，享年99岁。

3月4日—11日 应大洋洲文联、新西兰艺理会邀请，中国文联党组成员、书记处书记郭运德率代表团访问澳大利亚、新西兰。在澳期间，代表团出席在墨尔本举办的"女性视角下的今日中国"摄影展，与大洋洲文联进行交流；在新期间，与新西兰艺理会商洽合作意向，观摩新西兰国际艺术节等。

3月5日 中国文联党组书记、副主席赵实在北京会见澳门特别行政区行政长官崔世安一行。

3月26日 中国文联、中国国家博物馆、故宫博物院、中国美术馆、中国书协主办的"追梦之旅"张海书法展在中国国家博物馆开幕。中国文联领导孙家正、赵实、李屹、夏潮出席展览开幕式。

4月1日 文化部、中国文联、全国政协京昆室主办的纪念袁世海先生诞辰100周年座谈会在北京举行。中共中央政治局委员、中共中央书记处书记、中宣部部长刘奇葆出席并讲话。中国文联党组书记、副主席赵实主持座谈会，中国文联党组副书记、副主席李屹等出席。

4月13日 中国文联第十期全国中青年文艺人才（视觉艺术）高级研修班开班式在北京举行，来自美术、民间文艺、摄影和书法4个艺术领域的69名学员参加研修学习。中国文联党组副书记、副主席李屹出席开班式并作主旨报告。22日，该班"文艺工作者的使命与担当"主题座谈会在中国文联举行。中国文联党组书记、副主席赵实与高研班学员作了深入交流。

4月15日 中国文联"两学一做"学习教育动员部署大会在北京召开。中国文联党组副书记、副主席李屹传达习近平总书记关于"两学一做"学习教育重要指示精神，并作动员讲话。

4月26日 中国文联首次举办为期一周的知识产权宣传活动在文艺界集中开展知识产权普法宣传。

4月28日 中国文联文艺法律志愿服务座谈会在京召开。中国文联党组成员、副主席李前光出席会议并讲话。

5月11日 中国文联处级以上干部和基层党组织负责人"两学一做"专题培训班开班式在中国文艺家之家举行。中国文联党组书记、副主席赵实围绕"深入学习贯彻习近平总书记文艺工作座谈会重要讲话精神，努力担当繁荣发展社会主义文艺新使命"这一主题，讲授专题党课。中国文联领导李屹、夏潮、李前光、郭运德、陈建文参加。

5月12日 文化部、中国文联主办的纪念戴爱莲先生诞辰100周年座谈会在北京人民大会堂举行。中国文联党组副书记、副主席李屹出席会议并讲话。

5月18日 中国文联党组书记、副主席赵实带领中国文联扶贫工作组奔赴甘肃陇南市武都区考察调研，出席中国文联扶持武都区鱼龙镇中药材种植产业捐赠仪式，开展精准扶贫工作。中国文联党组成员、书记处书记陈建文出席有关活动。

5月23日 文艺志愿者歌曲《到人民中去》MV发布会暨文艺

扶贫慰问演出在河北承德举行。中国文联党组副书记、副主席李屹出席发布会并为发布会揭幕。歌曲《到人民中去》是词作家宋青松、曲作家陈卫东在2015年参加中国文联、中国文艺志愿者协会组织的"到人民中去"文艺志愿服务主题活动的过程中创作的。

同日 中国文联、中国美协、中国文学艺术基金会、中国文学艺术发展专项基金联合主办的"中国精神·中国梦——美丽乡村行写生采风作品展"座谈会暨开幕式在中国文艺家之家举办。展览展出了全国近百位画家创作的国画、油画、水彩、雕塑等124件作品。中国文联领导赵实、左中一、郭运德出席座谈会及开幕式。

同日 《中国口头文学遗产数据库总目·河北卷》（以下简称《河北卷》）成果发布会在北京召开。中国文联领导赵实、陈建文出席发布会。《中国口头文学遗产数据库总目》项目于2015年3月在中国文学艺术基金会正式立项启动，本次发布的是该项目的示范卷《河北卷》。

5月26日 中国文联、湖南省人民政府、中国视协、湖南广播电视台主办的第二十八届中国电视金鹰奖暨第十一届中国金鹰电视艺术节启动仪式——中国视协与乐视视频战略合作发布会在北京举行。本届中国电视金鹰奖只评选电视剧，设置优秀电视剧、观众喜爱的男演员、观众喜爱的女演员、最佳编剧、最佳导演、最佳摄像、最佳美术、最佳照明、最佳表演艺术奖等9个奖项。中国文联党组成员、副主席夏潮出席启动仪式。

6月7日—9日 中国文联党组成员、书记处书记郭运德赴澳门出席太湖世界文化论坛第四届年会，并主持开幕式。本届论坛以"合力建设人类命运共同体的新文明"为主题，来自40多个国家的近1000名政要和专家学者参加。

6月13日—15日 中国民协第九次全国代表大会在北京召开。来自全国各省区市和新疆生产建设兵团民协、中央直属单位以及港澳台地区的 200 余名民间文艺工作者代表参加会议。中共中央政治局委员、中共中央书记处书记、中宣部部长刘奇葆出席开幕式并讲话。中国文联领导孙家正、赵实、李屹、左中一、夏潮、李前光、郭运德、陈建文等出席开幕式。中国文联党组书记、副主席赵实在开幕式上讲话。会议审议通过《中国民间文艺家协会第九次全国代表大会工作报告》，修订《中国民间文艺家协会章程》，选举产生由 134 人组成的中国民间文艺家协会第九届理事会和 15 人组成的第九届主席团，潘鲁生当选为主席，万建中、马雄福（回族）、王勇超、韦苏文（壮族）、叶舒宪、乔晓光、刘华、李丽娜（瑶族）、吴元新、邱运华、沙马拉毅（彝族）、苑利、索南多杰（藏族）、程建军当选为副主席。推举冯元蔚（彝族）、冯骥才为名誉主席。聘请卢正佳、白庚胜（纳西族）、刘铁梁、刘魁立、江明惇、农冠品（壮族）、杨继国（回族）、余未人（女）、张锠、林德冠、郑一民、赵书（满族）、夏挽群、陶思炎、常嗣新、罗杨、曹保明为顾问。

6月13日—16日 由全国政协和中国文联指导，中国舞协、澳门中华文化联谊会、澳门中联办文教部等联合主办的"2016濠江之春"系列活动在澳门举办。

6月15日—22日 应葡萄牙教育与科学部澳门科学文化中心、冰岛艺术家联合会邀请，中国文联党组副书记、副主席李屹率代表团赴葡萄牙、冰岛访问。访葡期间，代表团出席了"2016汉字之美——中国古代哲人的深思与当代书家的表现"书法展开幕式，李屹在开幕式上致辞。访冰期间，代表团会见了冰岛教科部、冰岛美术中心、设计艺术中心等负责人，还就签署《中国文联与冰岛艺术家联合会合作备忘录（草案）》达成意向。

6月17日 中国文联在京召开应对"山寨社团"专题研讨会。各全国文艺家协会负责人、法律专家等参加会议。

6月19日 中国文联、中国美协、中国文学艺术基金会、中国文学艺术发展专项基金共同主办的"庆祝中国共产党成立95周年全国美术作品展"在中国国家博物馆开幕。中国文联领导孙家正、左中一、陈建文等出席展览开幕式，中国文联党组书记、副主席赵实出席并致辞。

6月22日 纪念中国共产党成立95周年——"没有共产党就没有新中国"中国文联文艺志愿服务团走进北京房山堂上村大型慰问演出举行。中国文联领导赵实、陈建文参加有关活动。

6月27日 中国文联、中国影协和电影频道节目中心主办的《我的祖国》——纪念中国共产党成立95周年电影音乐会在北京航空航天大学举行。中国文联领导赵实、李屹、夏潮出席音乐会。

6月28日 中国文联文艺志愿者服务团在湖北恩施开展"永跟党走"送欢乐下基层系列慰问活动。中国文联主席孙家正与参加活动的艺术家座谈并讲话，观看"永跟党走"大型慰问演出。中国文联党组成员、书记处书记陈建文参加座谈。

同日 中国文联和中国曲协主办的"向党汇报——纪念中国共产党成立95周年优秀曲艺节目展演"在北京举办。

6月29日 由中国文联、中国剧协主办的纪念中国共产党成立95周年、纪念红军长征胜利80周年"为党放歌——京剧名家名段演唱会"在梅兰芳大剧院上演。

7月1日 中国文联和中国书协共同主办的"纪念中国共产党成立95周年全国书法名家邀请展"在中国文艺家之家开幕。中国文联领导赵实、李屹、左中一、夏潮、郭运德、陈建文出席开幕式。

7月6日 中国文联第二、三期少数民族地区文艺骨干研修班"文艺工作者的使命与担当"主题座谈会在北京举行。中国文联党组书记、副主席赵实与学员交流座谈。

7月8日 中国文联、中国驻圣但尼总领事馆、留尼汪当地机构共同主办的2016"今日中国"艺术周在留尼汪正式开幕。中国文联党组成员、副主席夏潮出席并致辞。

7月13日 中国文联印发《关于开展"文艺扶贫奔小康"志愿服务行动的通知》，启动实施"文艺扶贫奔小康"志愿服务行动，着重从精神鼓舞、文化发展、产业促进、资源整合等方面推动各地广泛开展文艺扶贫志愿服务。

7月15日 纪念周巍峙同志诞辰100周年座谈会在北京人民大会堂举办。中共中央政治局委员、中共中央书记处书记、中宣部部长刘奇葆出席座谈会并讲话。中国文联主席孙家正出席。中国文联党组书记、副主席赵实主持座谈会。中国文联领导李屹、左中一、夏潮、郭运德、陈建文参加座谈会。

7月22日 中国文联、北京大学和中共贵州省委宣传部等单位共同主办的"我心光明——走进王阳明咏诵会"在贵阳举行。

7月27日 中央文明办、中国文联主办，中国曲协承办的第五届全国道德模范故事汇基层巡演启动仪式暨首场演出在北京举办。中国文联领导赵实、李前光出席启动仪式并观看演出。

8月8日 中国文联和青海省人民政府共同主办的第十届中国国际民间艺术节在青海西宁开幕。来自世界五大洲12个国家的近300位艺术家登台表演民族歌舞。全国政协副主席罗富和，青海省委书记王国生，青海省委副书记、省长郝鹏，青海省政协主席仁青加，中国文联党组成员、书记处书记郭运德，青海省委常委、宣传部部长张西明，青海省人大常委会副主任苏宁，青海省副省长程丽华，印度文化部和毛里求斯文化部代表团嘉宾，以及主承办单位相关负责人出席开幕式并观看演出。开幕式由青海省委常委、西宁市委书记王晓主持。中国文联党组书记、副主席赵实在开幕式上致辞，并在当日签署中国文学艺术界联合会与印度文化关系委员会之谅解备忘录。

8月9日 中国文联文艺志愿服务团"送欢乐下基层"到贵州遵义、黔南开展慰问演出。中国文联领导赵实、李前光参加相关活动。

8月25日 "第十届中国摄影金像奖获奖者摄影作品展"在中国摄影展览馆新址举行，展览展出了16位第十届中国摄影金像奖获奖者的百余件摄影作品。中国文联领导赵实、李前光、陈建文参观展览。展览持续至9月2日。

8月26日 中国文联领导孙家正、赵实、左中一等分别走访看望参与中华文明历史题材美术创作工程的在京部分美术家。中华文明历史题材美术创作工程2012年由中宣部批准，财政部、中国文联、文化部联合主办，中国美协承办。工程历时5年。

9月5日—10日 首届全国中青年网络文艺人才研修班在北京举办。全国中青年网络文艺人才培训工程启动。中国文联党组成员、书记处书记郭运德出席开班式并作专题辅导。

9月7日—14日 应俄罗斯克拉斯诺达尔边疆区政府文化部、克拉斯诺达尔国立文化艺术大学，波兰波中友协邀请，中国文联党组成员、副主席左中一率代表团赴俄、波访问，出席中国儿童主题摄影展及"中国当代文艺名家名作译介工程"等相关交流活动。

9月8日 中国文联、中国曲协共同主办的"纪念高元钧诞辰100周年座谈会"在北京召开。中国文联党组成员、副主席李前光出席座谈会并讲话。

9月17日 中国文联、中国音协与国家大剧院联合主办的"永恒的丰碑"——纪念红军长征胜利80周年音乐会在国家大剧院音乐厅上演。中国文联主席孙家正，中国文联党组书记、副主席赵实，中国文联荣誉委员胡振民，中国文联领导李屹、夏潮、李前光、郭运德、陈建文等观看演出。

9月19日 中国文联、新疆文联、山西省文联和河南省文联主办的"丝路新语——我们新疆好地方美术作品展"在中国文艺家之家开幕，共展出115件绘画作品。中国文联领导孙家正、赵实、李屹、左中一、夏潮、李前光、郭运德、陈建文出席展览开幕式。

9月21日—24日 中国文联、中国影协、中共河北省委宣传部、唐山市人民政府主办的第二十五届中国金鸡百花电影节在唐山大剧院开幕。中国文联党组成员、副主席夏潮在开幕式上致辞。24日，第三十三届百花奖颁奖典礼在河北唐山举行。在第三十三届大众电影百花奖中，《烈日灼心》获得最佳故事片奖，《战狼》获优秀故事片奖，曹保平、焦华静（《烈日灼心》）获得最佳编剧奖，乌尔善（《寻龙诀》）获得最佳导演奖，冯绍峰（《狼图腾》中饰陈阵）获得最佳男主角奖，许晴（《老炮儿》中饰话匣子）获得最佳女主角奖，李易峰（《老炮儿》中饰张晓波）获得最佳男配角奖，杨颖（《寻龙诀》中饰丁思甜）获得最佳女配角奖，陶玉玲、葛存壮、梁信、谢芳获终身成就奖，《智取威虎山》获优秀电影特别表彰。中国文联主席孙家正和中国文联党组书记、副主席赵实为著名表演艺术家陶玉玲、葛存壮、谢芳及著名剧作家梁信颁发终身成就电影艺术家荣誉。

9月23日 中国文联第九届全国委员会第九次会议在北京召开。中国文联主席孙家正出席并主持会议。中国文联党组书记、副主席赵实传达中央关于第十次文代会换届工作等指示精神。会议增选郭运德为中国文联第九届副主席。当天上午召开的中国文联第九届主席团第九次会议通过关于召开中国文联第十次全国代表大会的决议，根据中国文联章程，决定于2016年11月下旬在北京召开中国文联第十次全国代表大会；会议审议通过了中国文联第十次全国代表大会代表分配推选原则和产生办法、中国文联第十届全国委员会组成原则及委员候选人建议人选产生办法；通过了《关于更替和增补中国文联第九届全委会委员的决议》。

9月25日 中国文联所属6家出版报刊单位参加了"2016年中国（武汉）期刊交易博览会"。参展团荣获"优秀组织奖"，中国文联展区荣获"创意设计优秀奖"。《中国摄影》《中国书法》杂志被组委会评为"中国最美期刊"。

9月26日 中国侨联、中国文联、中国美协、中国书协共同主办的第三届世界华侨华人美术书法展在北京中国华侨历史博物馆开幕。中国文联党组副书记、副主席李屹出席开幕式。

10月12日—25日 中国文联和中国舞协、中国美协、中国音协、中国摄协先后共同举办"向人民汇报"——"深入生活、扎根人民"主题实践活动成果汇报展演展览活动。12日，"深入生活、扎根人民"主题实践活动成果汇报舞蹈专场演出在民族剧院举行；14日，20位中青年画家"深入生活、扎根人民"主题实践活动成果汇报展览在中国政协文史馆开幕；24日，"深入生活、扎根人民"主题实践活动成果汇报音乐会在国家大剧院唱响；25日，"深入生活、扎根人民"主题实践活动成果汇报摄影展在中国文艺家之家展览馆举办。

10月14日—16日 中国文联、湖南省人民政府、中国视协主办的第二十八届中国电视金鹰奖暨第十一届中国金鹰电视艺术节举办。国家新闻出版广电总局党组成员、副局长田进，中国文联党组成员、副主席夏潮，中国文联副主席、中国视协主席赵化勇，中共湖南省委常委、宣传部部长张文雄，湖南省人大常委会副主任陈君文，湖南省人民政府副省长、省政府秘书长向力力，湖南省政协副主席、省文联主席欧阳斌等出席开幕式晚会。16日上午，以"讴歌时代旋律 创作电视精品"为主题的金鹰论坛暨第二十八届中国电视金鹰奖优秀电视剧作品研讨会在长沙召开。晚上，第二十八届中国电视金鹰奖颁奖晚会暨第十一届中国金鹰电视艺术节闭幕式在湖南国际会展中心举行。中国文联党组书记、副主席赵实，湖南省委书记杜家豪，湖南省委副书记、代省长许达哲，中国文联副主席、中国视协主席赵化勇等领导出席闭幕式。本届金鹰奖中，《十送红军》等作品获优秀电视剧奖，郑晓龙获得最佳导演奖，温豪杰获得最佳编剧奖，其他奖项也在大会上颁发。本届金鹰奖正式设置监审委员会制度，其独立于评奖组委会，职责在于"监督评委工作和评选过程"。中国文联与中国视协共同派员组成监委会。

10月15日 中国文联、中国曲协、中共江苏省委宣传部、江苏省文联主办的"彭城牡丹颂"第九届中国曲艺牡丹奖颁奖仪式暨"深入生活、扎根人民"成果汇报演出在江苏省徐州市举办。这是曲艺界严格落实全国性文艺评奖改革各项要求之后举办的第一次牡丹奖评奖活动。中国文联主席孙家正出席颁奖仪式并为获得"中国文联终身成就曲艺艺术家"称号的陈涌泉、阮世池颁奖。中国文联党组成员、副主席李前光出席开幕式。

10月15日—23日 中国文联、中国摄协主办的"记录崇高精神，凝聚闪光力量·庆祝中国共产党成立95周年和纪念中国工农红军长征胜利80周年主题摄影展"在北京中华世纪坛中央金色世纪大厅展出。中国文联领导李屹、李前光、陈建文观看展览。

10月20日 中国文联文艺工作者职业道德建设委员会在北京成立。中国文联党组书记、副主席赵实出席成立大会并讲话。中国文联党组成员、副主席左中一出席大会。会议审议通过《中国文联文艺工作者职业道德建设委员会章程（草案）》，推举姜昆为中国文联文艺工作者职业道德建设委员会主任。

10月22日 中国文联、中国国家博物馆、中国美协、中国文学艺术基金会共同主办的纪念红军长征胜利80周年美术作品创作展在中国国家博物馆举办。中国文联领导赵实、李屹、左中一出席开幕式。

10月28日 国务院扶贫办、中国文联和中国书协主办的"2016年扶贫日书法名家邀请展"在北京炎黄艺术馆开幕。中国文联党组成员、副主席夏潮出席开幕式,并为参展书法家颁发捐赠证书。

11月1日 由中国文联、香港艺术发展局共同主办的第八届海峡两岸暨港澳地区艺术论坛在香港开幕。论坛主题是"舞台艺术与中华文化形象"。中国文联党组成员、副主席郭运德出席论坛开幕式并致辞。

11月4日 第十一届中国摄影艺术节开幕式暨金像奖颁奖典礼在北京市怀柔区举办。20位摄影家分获第十一届中国摄影金像奖3个子项的奖项,于文国等9人获得纪实摄影奖,周梅生等8人获得艺术摄影奖,汤辉等3人获得商业摄影奖。郝建国、袁苓被授予"中国文联终身成就摄影家"称号。中国文联党组成员、副主席李前光出席开幕式暨颁奖典礼。中国摄协向怀柔区授予了"中国摄影之乡"称号。

11月8日 权益保护部编写的《文联组织常用法律汇编》丛书正式向全国文联组织发放,这是首套专为文联组织及工作人员和广大文艺工作者编写的法律工具书。

11月15日 中国文联、中国美协在中国文联艺术家之家举办罗工柳、郁风、彦涵、丁聪百年诞辰纪念座谈会。中国文联党组成员、副主席左中一出席座谈会并讲话。

11月20日 "中华史诗美术大展"在国家博物馆开幕。这是经中宣部批准,由中国文联、财政部、文化部共同主办的"中华文明历史题材美术创作工程"的集中成果展示,共展出146件(幅)作品。中国文联主席孙家正,中国文联党组书记、副主席赵实,中宣部副部长景俊海,全国政协文史与学习委员会副主任翟卫华,文化部副部长董伟,中国文联领导李屹、左中一、夏潮、李前光、郭运德、陈建文等有关方面负责人和多位美术界人士出席展览开幕式。

11月28日 中国文联第九届主席团第十次会议在北京召开。中国文联主席孙家正主持会议。中国文联党组书记、副主席赵实通报第十次全国文代会筹备工作情况。中国文联领导李屹、左中一、夏潮、李前光、郭运德、陈建文等出席会议。会议确定第十次全国文代会预备会议主持人，确定中国文联第九届全委会工作报告和关于中国文联章程修改说明的委托报告人，审议《中国文联第十次全国代表大会主席团组成原则（草案）》，通报第十次全国文代会代表资格审查委员会成员名单。

11月30日 中国文联第十次全国代表大会、中国作协第九次全国代表大会在北京人民大会堂开幕。中共中央总书记、国家主席、中央军委主席习近平出席大会并发表重要讲话。他强调，文运同国运相牵，文脉同国脉相连。广大文艺工作者要坚持以人民为中心的创作导向，坚持为人民服务、为社会主义服务，坚持百花齐放、百家争鸣，坚持创造性转化、创新性发展，高擎民族精神火炬，吹响时代前进号角，把艺术理想融入党和人民事业之中，做到胸中有大义、心里有人民、肩头有责任、笔下有乾坤，推出更多反映时代呼声、展现人民奋斗、振奋民族精神、陶冶高尚情操的优秀作品，努力筑就中华民族伟大复兴时代的文艺高峰。习近平在讲话中给广大文艺工作者提出四点希望。第一，希望大家坚定文化自信，用文艺振奋民族精神。第二，希望大家坚持服务人民，用积极的文艺歌颂人民。第三，希望大家勇于创新创造，用精湛的艺术推动文化创新发展。第四，希望大家坚守艺术理想，用高尚的文艺引领社会风尚。习近平指出，中国文联、中国作协是党和政府联系广大文艺工作者的桥梁纽带，在团结文艺工作者方面负有重要职责。新形势下，文联、作协要深化改革、加强引领、加强联络、增强本领、加强沟通，把文艺战线的力量发动起来，把人民群众中蕴藏的创作能量激发出来，推动文艺事业呈现百花齐放的繁荣景象。中共中央政治局常委李克强、张德江、俞正声、刘云山、王岐山、张高丽出席大会。中国文联主席孙家正致开幕词，共青团中央书记处第一书记秦宜智和中央军委等领导分别致贺词。中国作协主席铁凝主持开幕式。部分中共中央政治局委员，中共中央书记处书记，全国人大常委会、国务院、全国政协和中央军委有关领导同志出席大会。中央和国家机关有关部门负责同志，全国文艺工作者代表，香港特别行政区、澳门特别行政区和台湾地区的特邀代表以及海外地区的特邀嘉宾约3300人参加会议。12月1日，中国文联第十次全国代表大会举行第二次全体会议。中国文联党组书记、副主席赵实代表中国文联第九届全国委员会作题为《肩负时代新使命 推动文艺新发展 为实现中华民族伟大复兴中国梦贡献力量》的工作报告。中国文联党组成员、副主席左中一作《关于〈中国文学艺术界联合会章程〉修改情况的说明》。12月1日，中国文联党组印发通知，要求中国文联各团体会员、机关各部门、各直属单位认真学习贯彻习近平总书记《在中国文联十大、中国作协九大开幕式上的讲话》。2日，中国文联第十次全国代表大会选举产生由208人组成的中国文联第十届全国委员会，选举产生中国文联新一届领导机构。铁凝（女）当选为中国文联第十届主席，左中一、叶小钢、冯巩、冯远、边发吉、许江、李屹、李前光（蒙古族）、李祯盛、李雪健、张平、陈振濂、迪丽娜尔·阿布拉（女，维吾尔族）、孟广禄、赵实（女）、胡占凡、奚美娟（女）、郭运德、彭丽媛（女）、董伟、潘鲁生、濮存昕（按姓氏笔画排序）22人当选为副主席，王瑶（女）、王一川、冯双白、陈建文、高西西、盛小云（女）（按姓氏笔画排序）6人当选为主席团委员。中国文联第十届主席团第一次会议推举赵实（女）、李屹、左中一、李前光（蒙古族）、郭运德、陈建文6人为中国文联第十届书记处书记；推举孙家正为中国文联第十届名誉主席，聘请丁荫楠等81人为中国文联第十届荣誉委员。3日上午，大会闭幕，中国文联主席铁凝致闭幕词。3日，中共中央政治局常委、中共中央书记处书记刘云山在中国文联第十届全国委员会、中国作协第九届全国委员会全体会议上发表讲话，要求自觉用习近平总书记重要思想指导文艺工作，自觉担负起立心铸魂的文化使命，自觉树立以人民为中心的创作导向，自觉聚力精品佳作的创作生产，自觉提升文艺创新创造的能力，自觉履行文艺工作者的社会责任。3日晚，中国文联第十次全国代表大会、中国作协第九次全国代表大会在北京人民大会堂举行联欢晚会。习近平等党和国家领导人和文代会、作代会代表一起联欢。

12月5日 由中国文联、中国影协等单位推荐，中国电影股份有限公司等制作的电影《狼图腾》荣获2016年"中国版权金奖"作品奖。

12月14日 中共中央办公厅印发《中国文联深化改革方案》。20日，中国文联党组召开扩大会议，传达学习《中国文联深化改革方案》，部署贯彻落实工作。

同日 中国文联、中国杂协、中共河南省委宣传部、洛阳市人民政府主办的第三届中国杂技艺术节在河南省洛阳市开幕。中国文联党组成员、书记处书记陈建文出席开幕式。

12月15日 首届"啄木鸟杯"中国文艺评论年度推优活动发布仪式在北京会议中心举行。活动推选出年度优秀文艺评论著作9部，年度优秀文艺评论文章32篇，优秀组织单位10家。为了突出文艺评论的批评精神，中国文艺评论家协会设计制作青铜"啄木鸟杯"，用以鼓励受表彰者继续发扬文艺评论工作者褒优贬劣、激浊扬清的可贵精神和品格。发布仪式上，中国文联党组成员、副主席郭运德宣读《中国文联、中国文艺评论家协会关于表彰中国文艺评论2016年度优秀作品、优秀组织单位的决定》。

12月16日 中国文联与中国音协、中央音乐学院联合在中央音乐学院举办"赵渢同志百年诞辰纪念学术活动"。

12月21日 文化部、中国文联主办的"山情海韵——纪念周巍峙同志诞辰100周年音乐会"在全国政协礼堂上演。

12月22日 中国文联、中国摄协主办的第六届全国农民摄影大展在中国摄影展览馆举行，100位农民摄影家入展。中国文联领导赵实、李前光出席开幕式并观看展览。

12月24日 中国文联、中国摄协、浙江桐乡市人民政府主办的纪念徐肖冰诞辰100周年研讨会在浙江桐乡举办。中国文联党组成员、副主席李前光出席研讨会。

2017 年

1月7日 "百花迎春——中国文学艺术界2017春节大联欢"在北京人民大会堂举行。

1月10日 中宣部、文化部、国家新闻出版广电总局、中国文联联合举办的2017年"我们的中国梦"——文化进万家文化惠民演出活动在革命老区安徽省金寨县红军广场启动。

1月13日 "文化品牌传承与知识产权保护"会议在京召开,中国文联党组成员、副主席李前光出席会议并讲话。年内组织开展了中国文联系统重大品牌活动的商标注册工作。4月20日—30日,以中国文联文艺品牌活动的商标保护为重点,中国文联开展了"中国文联知识产权宣传周"活动。

2月6日 中宣部副部长景俊海到中国文联调研,与中国文联党组书记处同志、各全国文艺家协会分党组负责人进行座谈。中国文联领导铁凝、赵实、李屹、左中一、李前光、郭运德、陈建文参加调研活动。

2月17日 中国文联召开党员干部大会,传达学习贯彻习近平总书记重要讲话精神和中央纪委七次全会精神,对文联全面从严治党工作作出具体部署。中国文联党组书记、副主席赵实讲话,并部署2017年文联全面从严治党工作。中国文联党组副书记、副主席李屹主持会议。中国文联领导左中一、李前光、郭运德、陈建文参加会议。

2月23日 中国文联在北京召开学习《关于实施中华优秀传统

文化传承发展工程的意见》暨实施中国民间文学大系出版工程座谈会，对中国民间文学大系出版工程的主要内容、重点任务、组织实施和保障措施征求意见建议。中国文联党组书记、副主席赵实出席座谈会并讲话。中国文联党组成员、书记处书记陈建文主持座谈。

2月27日 中国文联第十届全国委员会第二次会议在北京召开。中国文联主席铁凝主持会议。中宣部副部长景俊海在会上讲话。中国文联党组书记、副主席赵实作题为《以坚定的文化自信筑就伟大复兴时代的文艺高峰》的工作报告。全委会上通报了中国文联十届一次全委会以来中国文联全委变动情况。中国文联领导李屹、左中一、李前光、郭运德、陈建文出席会议。当天举行的中国文联第十届主席团第二次会议通过了《关于增补中国文联第十届全委会委员的决议》；通过了关于接纳中国文艺志愿者协会为中国文联团体会员的决议。

3月7日 中国文联主办的"先人与我们同行——感悟国学经典大型交响咏诵会"在北京举行。全国人大常委会副委员长陈竺，全国人大常委会原副委员长顾秀莲，中国文联党组书记、副主席赵实，全国政协常委、教科文卫体委员会副主任胡振民，中国文联领导左中一等观看演出。

3月19日—26日 应澳大利亚大洋传媒集团、新西兰七彩中国文化传媒集团邀请，中国文联党组成员、书记处书记陈建文率中国文联代表团赴澳、新访问。访问期间，陈建文出席在墨尔本举办的"中国木版年画展"开幕式。

4月1日 中国文联召开干部大会。中宣部常务副部长黄坤明，中组部副部长周祖翼，中国文联领导铁凝、赵实、李屹等出席会议并讲话。会议由赵实主持。周祖翼宣布中央关于中国文联党组主要负责同志的任免决定。中央决定，李屹同志任中国文联党组书记，免去赵实同志中国文联党组书记职务，改任中国文联党组成员。赵实同志继续主持中国文联书记处的日常工作。

4月19日 中国文联党组成员、副主席李前光在中国文联会见来访的世界知识产权组织副总干事王彬颖一行。

4月24日 中央机构编制委员会办公室印发《关于中国文联文艺资源中心更名等事项的批复》，同意中国文联文艺资源中心更名为中国文联网络文艺传播中心。

同日 中国文联、中国文艺志愿者协会、国家国防科技工业局、国家航天局主办的"航天创造美好生活"——中国文联文艺志愿服务团"中国航天日"专场演出在陕西西安举行。

4月—10月 中国文联、中国文艺志愿者协会主办"文艺扶贫奔小康"歌曲创作活动，选派23名知名词曲作家前往13个国家级贫困县实地采风，为它们创作歌曲。

5月2日 纪念潘天寿诞辰120周年座谈会在北京人民大会堂举办。中共中央政治局委员、国务院副总理刘延东出席座谈会并讲话。中国文联领导李屹、左中一出席座谈会。同日，"民族翰骨——潘天寿诞辰120周年纪念大展"在中国美术馆开幕。

5月15日 中国文联、印度驻华大使馆、印度文化关系委员会主办的"多彩印度文化节"——印度佛教文化遗产摄影展在中国文艺家之家展览馆开展。这是中国文艺家之家展览馆首次举办境外艺术家作品展。中国文联党组成员、副主席郭运德出席开幕式并为展览剪彩。

5月18日 中国文联、中国文学艺术基金会、中国民协、中国美术馆共同主办的"中国精神·中国梦"全国农民画创作展暨第十三届山花奖·优秀民间工艺美术作品评选在中国美术馆开幕。中国文联党组书记、副主席李屹宣布展览开幕。中国文联党组成员、书记处书记陈建文在开幕式上讲话。

同日 中国文联、中国驻欧盟使团、中国驻比利时使馆、欧中"一带一路"文化旅游发展委员会、中国—欧盟文化艺术节组委会联合主办的第三届中国—欧盟文化艺术节开幕式在欧盟总部布鲁塞尔圣米歇尔剧院举行。中国文联党组成员、副主席赵实出席艺术节开幕式。

5月18日—24日 中国文联文艺志愿服务小分队分别到西藏、江西、广西、安徽、四川、甘肃等省区的文艺扶贫示范县开展慰问演出。中国文联党组成员、副主席李前光参加在西藏的慰问演出活动。

5月22日 第六届中国戏剧奖·梅花表演奖（第二十八届中国戏剧梅花奖）、第六届中国戏剧奖·曹禺剧本奖（第二十二届曹禺剧本奖）在广州颁奖。中国文联党组书记、副主席李屹，中国文联荣誉委员、中国剧协名誉主席尚长荣，国际剧协总干事托比亚斯·比昂科尼等出席。本届梅花奖是2015年全国性评奖制度改革后的首届评奖，奖项名额减少一半。汪育殊、张建峰、张琳、苏春梅、周妤俊、王少华、曾小敏、韦小兵、程丞、沈昳丽、叶红、袁丫丫、吴则文、龚莉莉、赵旭等15名演员获梅花奖。《狗儿爷涅槃》《大稻埕》《大清贤相》《星海》《小平小道》5部剧本获曹禺剧本奖。

同日 中国文联、马耳他中国文化中心主办的"梦想·记忆——中国当代民生纪实摄影展"在马耳他中国文化中心开幕。中国文联党组成员、副主席赵实出席开幕式，并为展览揭幕。

5月22日—27日 中国文联在江西井冈山江西干部学院举行第四期全国中青年德艺双馨文艺工作者高研班开班式。本期高研班共有20名获得第四届全国中青年德艺双馨文艺工作者荣誉称号的学员参加。中国文联党组书记、副主席李屹出席高研班开班式并作题为《明确创作导向，提升精神境界》的主旨报告。

6月4日—7日 由中国文联支持，中央政府驻澳门联络办文化教育部、中国舞协、中国文联港澳台办公室、澳门中华文化联谊会共同主办的"2017濠江之春"活动在澳门举办。

6月9日—16日 应尼泊尔学院和越南文联邀请,中国文联副主席潘鲁生率代表团赴尼、越访问交流。访问期间,代表团与尼泊尔学院共同签署了新的合作备忘录。

6月12日 中国文联、中国书协主办的第二届"深入生活、扎根人民"——文质兼美优秀基层书法家创作活动作品成果展在中国文艺家之家展览馆开幕。中国文联领导李屹、赵实、左中一、李前光、郭运德出席开幕式。

6月15日 在中国文联主席铁凝带领下,中国文联文艺志愿服务团"送欢乐下基层"走进吉林临江开展慰问演出活动。中国文联党组成员、副主席李前光参加相关活动。

6月18日 第十五届中国戏剧节在宁夏银川开幕。中国文联党组书记、副主席李屹出席开幕式,并为荣获2017年"中国文联终身成就戏剧家"的京剧表演艺术家尚长荣、吕剧表演艺术家郎咸芬颁奖。

同日 中国文联文艺工作者职业道德建设委员会在北京召开第二次全体会议。中国文联党组书记、副主席李屹出席会议并讲话。中国文联党组成员、副主席左中一出席会议。

6月21日 中国文联在北京举办中国文联第四期、第五期全国少数民族地区文艺骨干研修班"文艺工作者的使命与担当"主题座谈会。中国文联党组书记、副主席李屹与学员们深入交流座谈。

7月4日 中国文联、中国摄协、西藏自治区文联主办的中国文联所属各全国文艺家协会西藏会员和文艺骨干深入学习贯彻习近平总书记文艺工作座谈会重要讲话精神培训班在拉萨成功举办,参训学员260人。这是西藏文联历史上规模最大的一次专题培训。

7月16日 中国文艺志愿者服务基地在银川市韩美林艺术馆挂牌成立。这是《中国文艺志愿者服务基地管理办法》颁布以来,中国文联首次在地方共建文艺志愿者服务基地。

7月19日—21日 中国曲协第八次全国代表大会在北京召开，285位曲艺工作者代表参加大会。中共中央政治局委员、中共中央书记处书记、中宣部部长刘奇葆出席开幕式并讲话。中国文联领导铁凝、赵实、左中一、李前光、郭运德、陈建文出席开幕式。中国文联党组书记、副主席李屹在开幕式上讲话。经选举，姜昆再次当选为中国曲协主席，乌力吉图、冯巩、闫淑平、吴文科、张旭东（叮当）、范军、种玉杰、翁仁康、盛小云、董耀鹏、籍薇当选为副主席；罗扬、刘兰芳被推举为名誉主席；土登、王汝刚、朱光斗、李时成、吴宗锡、余红仙、郭刚、黄宏、崔凯、程永玲被聘请为第八届顾问。任命董耀鹏为秘书长，曲华江、黄群为副秘书长。

7月30日 中国文联和中国摄协主办"镜头里的人民军队——庆祝中国人民解放军建军90周年摄影展"在中国摄影展览馆举办。中国文联党组成员、副主席李前光宣布展览开幕。

8月21日 西藏自治区人民政府和中国文联主办的"喜迎党的十九大——第十届西藏珠穆朗玛摄影展"在北京民族文化宫开幕。中国文联领导李屹、李前光出席开幕式。

8月21日—25日 中国文联、中共黑龙江省委宣传部联合主办以"文艺评论与中华文艺的创新发展"为主题的第九届海峡两岸暨港澳地区艺术论坛在哈尔滨举行。

8月—12月 中国文联、中国文艺志愿者协会主办，联合中国影协、中国音协、中国美协、中国曲协、中国舞协、中国民协、中国摄协在全国11个省份15个市县，分别开展文艺培训志愿服务项目，共开设15个培训班次，培训学员2000余人。

9月1日—3日 中国摄协第九次全国代表大会在北京召开。中共中央政治局委员、中共中央书记处书记、中宣部部长刘奇葆出席开幕式并讲话，强调要深入学习贯彻习近平总书记系列重要讲话精神，坚定文化自信，坚持以人民为中心的创作导向，坚持"二为"方向、"双百""两创"方针，大力繁荣摄影创作，不断推出摄影精品，为时代存照、为人民画像，谱写中国摄影事业新篇章。中国文联领导铁凝、赵实、左中一、李前光、郭运德、陈建文出席开幕式。中国文联党组书记、副主席李屹在开幕式上讲话。大会选举产生由147人组成的中国摄协第九届理事会。中国摄协第九届理事会第一次会议，选举产生中国摄协第九届主席团。李舸当选为中国摄协第九届主席，郑更生当选为中国摄协第九届驻会副主席，王琛、刘鲁豫、李学亮、杨越峦、陈小波（女）、居杨（女）、线云强、柳军、雍和、潘朝阳当选为中国摄协第九届副主席；推举王瑶（女）为中国摄协第九届名誉主席；聘请于健、王悦、王文澜、王玉文、王达军、扎西次登（藏族）、邓维、朱宪民、李伟坤、李前光（蒙古族）、杨绍明、连登良、张宇、张桐胜、陈复礼、罗更前、袁毅平、索久林、贾明祖、黄贵权、简庆福为中国摄协第九届顾问。任命高琴为秘书长，杜金、彭文玲为副秘书长。

9月6日 中国文联和中国摄协共同主办的"新农村建设全国纪实摄影十年精品展暨第七届全国农民摄影大展"在北京举行，展出历届大展中的部分精品佳作和本届大展的140余件优秀作品。中国文联党组成员、副主席李前光出席活动。

9月8日 中国文联、中国音协、中国文艺志愿者协会主办的"喜迎十九大 唱响幸福歌"文艺扶贫歌曲汇报音乐会在北京民族文化宫大剧院举办，并由中央电视台录制播出。中国文联党组书记、副主席李屹，全国政协常委、教科文卫体委员会副主任胡振民，中国文联党组成员、副主席左中一、李前光、郭运德，国务院扶贫办副主任洪天云，中国文联副主席、中国音协主席叶小钢，中国曲协主席、中国文艺志愿者协会主席姜昆，中宣部文艺局局长汤恒，中国扶贫开发协会会长袁文先以及国务院扶贫开发领导小组49个成员单位有关领导和部分中央企业代表，参加歌曲创作的30余名词曲作家，有关贫困县领导及所在地省级文联负责人观看了音乐会。

9月11日 中国文联、中国书协主办的"汉字之美"——中国青年书法家作品展在俄罗斯莫斯科中国文化中心举办。中国文联党组书记、副主席李屹出席开幕式。

9月13日 中国文联获"百花迎春"商标维权案件胜诉，有力维护了中国文联的品牌声誉和合法权益。

9月13日—16日 中国文联、中国影协、内蒙古呼和浩特市人民政府主办的第二十六届中国金鸡百花电影节在呼和浩特举办。中国文联主席铁凝宣布开幕，中国文联党组成员、副主席郭运德在开幕式上致辞。在第三十一届中国电影金鸡奖中，《湄公河行动》获得最佳故事片奖，冯小刚获得最佳导演奖，文章获得导演处女作奖，管虎、董润年获得最佳编剧奖，邓超获得最佳男主角奖，范冰冰获得最佳女主角奖，王千源和于和伟共同获得最佳男配角奖，吴彦姝获得最佳女配角奖，《告别》《塔洛》共同获得最佳中小成本故事片奖，《日本战犯忏悔备忘录》获得最佳纪录片奖，《乌珠穆沁的孩子》获得最佳儿童片奖，《大耳朵图图：美食狂想曲》获得最佳美术片奖，《首星揭秘》获得最佳科教片奖，《穆桂英挂帅》获得最佳戏曲片奖，《开罗宣言》获得最佳音乐奖，《村戏》获得最佳摄影奖，《火锅英雄》获得最佳录音奖，《罗曼蒂克消亡史》获得最佳美术奖，《解救吾先生》获得最佳剪辑奖。中国文联党组成员、副主席赵实为著名表演艺术家牛犇、刘世龙及著名剧作家玛拉沁夫颁发终身成就电影艺术家荣誉证书。

9月16日 第十届中国杂技金菊奖全国杂技比赛在山东蓬莱开幕。中国文联领导铁凝、陈建文出席开幕式。20日，比赛颁奖仪式暨获奖节目展演在山东蓬莱举行。中国文联领导赵实、陈建文出席并为获奖团队颁奖。

同日 中国文联、美中经济文化交流协会等联合主办的"青春中国"舞蹈晚会在美国华盛顿演出。中国文联党组成员、副主席郭运德出席并致辞。

9月18日 中国文联、中国音协、北京市文联主办的"阳光与梦想"少儿交响合唱音乐会在国家大剧院上演。中国文联党组成员、副主席赵实出席音乐会。

9月20日 中国文联、中国科协和法国驻华大使馆联合支持指导中国文联出版社举办的"绿色发展通识丛书"新书发布会暨"绿色发展志愿行动计划"IP征集启动仪式在北京举行。中国文联党组成员、副主席左中一出席活动。

同日 中国文联、秘鲁文化部、中国驻秘鲁大使馆主办的"互见互鉴·中秘电视纪录片创作交流研讨会"在秘鲁首都利马举办。中国文联党组成员、副主席郭运德在研讨会上致辞。

9月20日—22日 中国视协第六次全国代表大会在北京召开。中共中央政治局委员、中共中央书记处书记、中宣部部长刘奇葆出席开幕式并讲话,强调要深入学习贯彻习近平总书记系列重要讲话精神,坚定文化自信,坚持以人民为中心的创作导向,坚持把社会效益放在首位、实现两个效益相统一,聚力打造荧屏佳作,努力提升艺术水准,用更多有风骨有品格有境界的作品点亮荧屏、照亮生活,为党的十九大胜利召开营造良好文化氛围。中国文联领导铁凝、赵实、左中一、陈建文出席开幕式。中国文联党组书记、副主席李屹在开幕式上讲话。大会审议通过了张显同志作的第五届理事会工作报告,修改了《中国电视艺术家协会章程》,选举产生了新一届理事会和主席团。胡占凡当选为主席,卜宇、王丽萍(女)、王福豹、毛羽、吕焕斌、朱彤、牟丰京、李幼斌、李春良、张显、林永健、胡玫（女）、胡正荣、高满堂当选为副主席；推举赵化勇为名誉主席；聘请于广华、万克、马维干（回族）、卢子贵、朱咏雷、苏子龙、李兴国（满族）、李京盛、张宏森、张绍林、张晓爱（女）、陈华、欧阳常林、周振天、赵多佳（女）、胡恩、唐国强、盛重庆、程蔚东、黎鸣、黎瑞刚、魏文彬为顾问。任命张显为秘书长，范宗钗为副秘书长。

9月24日 中国文联、北京市人民政府、中国美协联合主办，以"丝路与世界文明"为主题的"2017·第七届中国北京国际美术双年展"在中国美术馆开幕。中国文联领导李屹、左中一出席开幕式。

同日 中国文联和中国曲协主办、中国文学艺术基金会支持的"说唱中国梦 喜迎十九大"——全国优秀曲艺节目展演在北京民族文化宫举办。中国文联领导铁凝、李屹、李前光观看开幕式演出。

9月26日 由中国文联主办的中国文艺评论传播联盟成立仪式暨第二届"啄木鸟杯"年度推优发布会在中国文艺家之家举行。按照推优章程和实施细则规定，最终评选出40件优秀作品，包括著作10部、文章30篇。中国文联党组成员、副主席郭运德等出席活动并领奖。

同日 中国文联在中国传媒大学首次开展"文艺法律志愿服务进校园"活动，自此建立了文艺法律志愿服务进校园的长效工作机制。

10月10日 由中宣部指导，中国文联、中国美协、中国国家博物馆共同主办的"最美中国人——庆祝中国共产党第十九次全国代表大会胜利召开大型美术作品展"在中国国家博物馆开幕。中国文联名誉主席孙家正和中国文联领导铁凝、李屹、赵实、左中一、郭运德、陈建文出席开幕式。

同日 中国文联、中共河北省委宣传部、中国美协、中国摄协、中国文学艺术基金会共同主办的"美丽的高岭——塞罕坝迎接党的十九大胜利召开中国文联知名美术摄影艺术家赴塞罕坝机械林场采风创作作品展"在中国文艺家之家展览馆开幕。中国文联领导李屹、赵实、左中一、李前光、郭运德出席开幕式。

10月13日 中国文联、中国剧协、中国文学艺术基金会共同主办的"梅花蓓蕾向阳开——迎接党的十九大胜利召开中国少儿戏曲小梅花20年汇报演出"在梅兰芳大剧院举办。

10月16日 中国文联与清华大学联合主办的"张仃诞辰百年纪念展"在北京开幕。展览着重展现了张仃70余年的人生轨迹及艺术创作历程，展出了张仃的照片及作品近300件。中国文联党组成员、副主席左中一出席开幕式。

同日 中国文联、中国书协、中国文学艺术基金会、中国国家博物馆共同主办的"民族脊梁——迎庆党的十九大胜利召开全国书法大展"在中国国家博物馆开幕。展览展出100余名书法家的百余幅作品。中共中央政治局委员、中共中央书记处书记、中宣部部长刘奇葆参观展览。中国文联名誉主席孙家正和中国文联领导铁凝、赵实、左中一、李前光、郭运德、陈建文出席开幕式。中国文联党组书记、副主席李屹在开幕式上致辞。

10月26日 中国文联首届全国新文艺群体拔尖人才高级研修班在北京举办。本期班主要面向各艺术领域的新文艺群体拔尖人才。11月6日，中国文联党组书记、副主席李屹同中国文联首届新文艺群体拔尖人才高研班学员进行座谈交流。本届研修班以"中华文化的创造性转化和创新性发展"为主题，学员包括45名来自全国23个省区市、11个艺术领域的自由编剧导演、独立制片人、独立演员歌手、自由美术工作者、网络艺人等新文艺群体优秀人才。至2021年已举办5期。

10月29日—11月4日 应美国中美电影节组委会邀请，以中国文联副主席奚美娟为团长的中国文联代表团一行赴美访问，参加中国文联与中美电影节组委会共同举办的"新思路、新视听、新渠道"2017中美影视创新峰会。

10月31日 中国文联召开党员干部大会，传达贯彻党的十九大精神，对文联系统学习宣传贯彻党的十九大精神进行深入动员和全面部署。第十九届中央委员、中国文联党组书记、副主席李屹出席会议并作报告。中国文联党组成员、副主席赵实主持会议。中国文联领导左中一、李前光、郭运德、陈建文出席会议。

11月2日 中国文联、中国舞协主办的第十一届中国舞蹈荷花奖古典舞评奖在北京启动。中国文联党组成员、副主席左中一出席开幕式并观看演出。

11月3日 中国文联主席团学习贯彻党的十九大精神座谈会在北京召开。中国文联主席铁凝主持会议并讲话。中国文联党组书记、副主席李屹在会上讲话。中国文联领导赵实、左中一、李前光、郭运德、陈建文出席会议。

11月8日—11日 中国文联、中国曲协、福建省文联共同主办的第七届海峡两岸曲艺欢乐汇在福建省东山县举办。本届欢乐汇以"说唱青春 共筑梦想"为主题，来自海峡两岸暨香港、澳门地区的150余名曲艺界人士参加。中国文联党组成员、副主席李前光出席相关活动。

11月16日 中国文联主办、浙江省文联协办的"新文艺组织、新文艺群体权益保护研讨会"在浙江横店召开，中国文联党组成员、副主席李前光出席会议并讲话。

11月20日 第十一届中国音乐金钟奖评选活动在广州大剧院开幕。27日，颁奖典礼暨闭幕式音乐会举行。程皓如、姚伊新、杨雨桐、赵墨佳、邓翊群5人成为第十一届中国音乐金钟奖古筝比赛获奖者，陈学弘、郝一雷、陈小雨、李博文、谢子薇5人成为第十一届中国音乐金钟奖钢琴比赛获奖者，王泽南、张文沁、秦侃如、陈大帅、王传亮5人成为第十一届中国音乐金钟奖美声唱法获奖者，于海洋、郝亮亮、曾勇、孔庆学、郭芳芳5人成为第十一届中国音乐金钟奖民族唱法获奖者。中国文联党组书记、副主席李屹出席开幕式。中国文联党组成员、副主席李前光出席闭幕式音乐会。

同日 中国文联党组成员、副主席赵实会见澳门中华文化联谊会代表团一行，就中国文联与该会加强合作事宜交换意见。

11月21日 由中国文联、中共湖北省委宣传部指导，湖北省文联、湖北省文化厅、湖北省新闻出版广电局、湖北省演艺集团、湖北潜江市人民政府主办的第三届全国剧本创作交易会在湖北潜江举办。中国文联党组成员、副主席左中一出席开幕式并致辞。

11月26日 中国文联荣誉委员，著名摄影家侯波逝世，享年94岁。

11月27日—12月3日 由中国文联组织主办的文艺界十九大代表学习宣传贯彻党的十九大精神宣讲团，赴黑龙江省、内蒙古自治区、甘肃省、上海市、广东省和贵州省等地进行巡回宣讲。

11月28日 中国文联主办的全国文联"互联网+文艺"工作会议在北京召开。中国文联党组书记、副主席李屹在会上讲话。中国文联领导赵实、郭运德、陈建文出席会议。李屹、郭运德为中国文联网络文艺传播中心正式揭牌。中国文联网络文艺传播中心前身为中国文联文艺资源中心，是承担中国文联网络与信息化建设的职责部门。中国文联主管主办的中国文艺网在会前改版上线试运行。

同日 中国文联、中国书协、中国铁路文联主办的"辉煌历史：'一带一路'诗书万里行"暨"深入生活、扎根人民·当代书坛基层采风主题实践"活动成果展在中国文艺家之家展览馆开幕。展出作品是中国书协组织20余位当代书坛老中青知名书法家赴丝绸之路和海上丝绸之路沿线代表性地区进行采风创作的成果。中国文联领导李屹、赵实、郭运德、陈建文出席展览开幕式。

12月4日 中国文联认真学习贯彻习近平总书记重要指示精神深入开展"扎根生活沃土,服务基层群众"主题实践活动座谈会在北京召开。11月21日,习近平总书记给内蒙古自治区苏尼特右旗乌兰牧骑队员们回信,勉励他们以党的十九大精神为指引,大力弘扬乌兰牧骑的优良传统,继续扎根基层,服务牧民群众,努力创作更多接地气、传得开、留得下的优秀作品,永远做草原上的"红色文艺轻骑兵"。11月29日,中国文联印发《中国文联关于学习贯彻习近平总书记重要指示精神 深入开展"扎根生活沃土,服务基层群众"主题实践活动的通知》,决定在全国文联系统开展"扎根生活沃土,服务基层群众"主题实践活动。中国文联领导李屹、赵实、左中一、李前光参加座谈会。

同日 由中国文联、香港大公文汇传媒集团、中国美协、中国书协共同主办的首届香港青少年书法大奖赛暨"翰墨香江"——庆祝香港回归祖国20周年中国书法·美术名家作品展在香港九龙塘创新中心举行。中国文联党组成员、书记处书记陈建文出席展览开幕式并讲话。

12月8日 中国文联、中国音协、西藏自治区文联主办的"格桑花开新时代——美丽西藏采风原创歌曲演唱会"在北京中国剧院举办。

12月11日 文化部、中国文联共同主办的中国话剧诞辰110周年纪念座谈会在北京举行。中国文联党组书记、副主席李屹出席并讲话。

12月12日 中国文联、中国舞协、西藏自治区文联共同主办的

"天域舞风——原创西藏题材舞蹈作品展演"在国家大剧院举办。

12月13日 中国文联、中国曲协、中国广播艺术团在北京联合举办纪念相声大师侯宝林诞辰100周年系列活动。中国文联领导李屹、赵实、李前光、陈建文出席纪念活动

12月20日 中国文联、中国摄协主办的"向人民汇报"——"深入生活、扎根人民"当代10位摄影家纪实摄影展在中国文艺家之家展览馆展出。中国文联领导李屹、赵实、李前光、郭运德、陈建文出席展览开幕式并观看展览。

12月22日 中国文联、中国摄协主办的"与时代同行——全国摄影艺术展览60年精品回顾展"在北京中华世纪坛开幕。展览精选历届全国影展经典作品260余件（330余幅）。中国文联领导赵实、李前光、陈建文出席开幕式。

同日 中国文联、全国政协书画室、故宫博物院和中国书协联合主办的"紫垣秋草 翰墨人生——纪念刘炳森诞辰八十周年作品暨文献展"在北京故宫博物院开幕。中国文联党组成员、副主席赵实出席开幕式。

12月26日 "坚定文化自信 追求德艺双馨——中国文联知名老艺术家艺术成就展"在中国文艺家之家展览馆开幕。展览展出中国文联荣誉委员才旦卓玛、夏菊花、白淑湘三位知名老艺术家300幅照片、20余件实物、4部视频，全面系统回顾她们的艺术生涯和成就。中国文联领导铁凝、李屹、赵实、左中一、李前光、陈建文出席开幕式并观看展览。

2018 年

1月8日 中宣部、文化部、国家新闻出版广电总局、中国文联联合开展的2018年"我们的中国梦"——文化进万家启动活动暨文化文艺小分队演出和慰问活动在河南兰考和江西井冈山举行。

1月11日 中国文联、中国书协、中国美术馆、浙江绍兴市人民政府、浙江省文联联合主办的第六届中国书法兰亭奖作品展在中国美术馆开幕。中国文联名誉主席孙家正,中国文联领导铁凝、赵实、左中一、李前光、郭运德出席开幕式。中国文联党组书记、副主席李屹在开幕式上讲话。

1月13日 第十三届中国民间文艺山花奖颁奖盛典在广州举办。中国文联领导铁凝、陈建文出席盛典并为获奖者颁奖。著名民俗学家乌丙安、中国民协名誉主席冯骥才获得"中国文联终身成就民间文艺家"称号。共有优秀民间艺术表演、优秀民间文艺学术著作、优秀民间文学作品、优秀民间工艺美术作品4个奖项的20件作品获奖。

1月15日 中国文联、中国美协主办的"纪念潘天寿、李桦、李可染、叶浅予、张仃百年诞辰座谈会"在北京召开。中国文联党组成员、副主席左中一出席座谈会并讲话。

1月16日 中宣部、中央文明办、国家发展改革委、教育部、科技部、司法部、农业部、文化部、国家卫生计生委、国家新闻出版广电总局、国务院扶贫办、共青团中央、全国妇联、中国文联、中国科协联合下发通知,要求深入学习贯彻党的十九大精神,充分发挥文化科技卫生"三下乡"活动的品牌效应和示范作用，进一步动员社会各方力量，按照产业兴旺、生态宜居、乡风文明、治理有效、生活富裕的总要求，大力组织开展"三下乡"活动，深入实施乡村振兴战略，助力精准扶贫，补齐"精神短板"。

1月20日 "百花迎春——中国文学艺术界2018春节大联欢"在北京国家会议中心举行。

1月20日—21日 中国文联第十届全国委员会第三次会议在北京召开。中国文联主席铁凝主持会议。中国文联党组书记、副主席李屹作题为《深入学习贯彻党的十九大精神 努力推动新时代社会主义文艺繁荣兴盛》的工作报告。中国文联领导赵实、左中一、李前光、郭运德、陈建文出席会议。1月19日召开的中国文联第十届主席团第三次会议审议《中国文联2018年工作要点（审议稿）》《中国文联关于加强全国委员会委员履职工作的暂行办法（讨论稿）》，通过了《关于更替和增补第十届全委会委员的决议》。

1月21日 中国文联文艺工作者职业道德建设委员会在北京召开"学习贯彻党的十九大精神大力推进行风建设"座谈会，向全国文艺工作者发出《新时代文艺工作者"讲品位、讲格调、讲责任，抵制低俗、庸俗、媚俗"倡议书》。中国文联党组书记、副主席李屹出席会议并讲话。中国文联党组成员、副主席左中一出席会议。

同日 由中国视协主办的第十届全国德艺双馨电视艺术工作者表彰大会在京召开。中国文联主席铁凝，中国文联党组书记、副主席李屹出席会议并为获表彰艺术家颁发荣誉证书。中国文联党组成员、副主席郭运德出席会议并讲话。中国文联副主席、中国视协主席胡占凡主持大会。

1月25日 中国文联机关老同志新春团拜会在中国文艺家之家举办。中国文联领导李屹、赵实、左中一、李前光、郭运德、陈建文，以及甘英烈、董良翚等中国文联老领导出席团拜会并观看文艺演出。

1月 《民艺》杂志创刊,杂志的前身是《民俗》画刊。《民艺》杂志是由中国文联主管、中国民间文艺家协会主办的学刊。

2月1日 中国文联、印度文化关系委员会、中国驻印度大使馆主办的"今日中国"艺术周中国芭蕾舞专场演出在印度新德里开幕。中国文联党组成员、书记处书记陈建文出席相关活动。

2月6日 中国文联荣誉委员、国学大师饶宗颐在香港逝世,享年101岁。2月26日至28日,中国文联党组成员、书记处书记陈建文一行赴香港出席饶宗颐先生遗体告别仪式和追思会。

2月—12月 中央文明办三局、中国文联文艺志愿服务中心在中西部地区11个省选择34个贫困县实施乡村学校少年宫艺术辅导员培训计划试点项目。项目以集中培训为主,每个县培训150人左右,共培训5000人。项目依托各地乡村学校少年宫,以乡村学校少年宫专兼职艺术辅导员为主,农村学校一线艺术教师为辅,招募文艺家和文艺工作者作为文艺志愿者对其开展音乐、舞蹈、美术、书法、手工艺等培训,助力提升艺术辅导员的水平和素养。

3月2日 中国文联印发《全国文联"互联网+文艺"建设工作规划(2018—2020)》。

3月25日 中国文联、中国曲协、中共天津市委宣传部、天津市文联主办的第九届中国曲艺节在天津开幕。本届中国曲艺节以"曲艺的盛会、大众的节日"为主题,共组织15场演出。中国文联党组书记、副主席李屹宣布第九届中国曲艺节开幕。中国文联党组成员、副主席李前光出席活动。

3月29日 全国文联系统深化改革座谈会在湖南长沙召开。中国文联党组书记、副主席李屹出席会议并讲话。中国文联领导左中一、陈建文出席会议。

3月 为贯彻落实中宣部《宣传思想文化战线大调研工作方案》部署要求，中国文联领导李屹、赵实、左中一、李前光、郭运德、陈建文分别带队组成调研组，重点就深入贯彻落实习近平新时代中国特色社会主义思想，全面提高文联履职能力，开创新时代文联工作新局面等课题开展为期一个月的全面调研。

同月 中国文联所属出版单位在申报国家新闻出版广电总局"第四届中国出版政府奖"评选中，中国书法出版传媒有限责任公司荣获"优秀出版人物奖"；中国摄影出版社2种图书获得印刷复制奖提名奖、图书奖提名奖；中国电影出版社印刷获印刷复制奖提名奖。获奖种类和数量上均创历史之最。

4月9日 中国文联党组书记、副主席李屹带领对口帮扶工作组赴甘肃省陇南市武都区调研。中国文联党组成员、书记处书记陈建文参加调研。

4月13日 中国文联党组书记、副主席李屹同中国文联第二期全国新文艺群体拔尖人才高研班学员进行座谈交流。

4月18日 第三十四届兰亭书法节暨第六届中国书法兰亭奖颁奖活动、第六届中国书法兰亭奖作品展在浙江绍兴举办。中国文联党组书记、副主席李屹出席活动并讲话。高式熊、张海被授予"中国文联终身成就书法家"称号。

4月20日 中国文联领导李屹、李前光在中国文艺家之家会见由中国文联推荐并荣获学雷锋志愿服务"四个100"先进典型代表，并为他们颁发证书、奖牌。在此次学雷锋志愿服务"四个100"先进典型推荐活动中，中国文联推荐的中国广播艺术团女高音歌唱家殷秀梅、内蒙古自治区文联副主席武利平、青年歌手平安、相声表演艺术家牛群4人荣获"最美志愿者"；"翰墨薪传·全国中小学书法教师培训"获得"最佳志愿服务项目"；河南省文艺志愿者协会、大同煤矿集团公司文艺志愿者协会、重庆市文艺志愿者协会获得"最佳志愿服务组织";朝阳区六里屯街道秀水园社区获得"最佳志愿服务社区"。

4月21日—28日 应波兰密茨凯维奇学院、德国柏林亚太论坛协会邀请,中国文联党组成员、副主席郭运德率代表团赴波、德访问交流。在波期间,代表团出席在华沙举办的中国漆画艺术展开幕式、在克拉科夫举办的中国曲艺世界行波兰专场演出;在德期间,代表团出席在科隆举办的中德电视纪录片创作研讨会开幕式、在柏林举办的中国摄协"中国女性"摄影展开幕式及柏林中德文化节开幕式演出。

4月23日 中国文联、中央广播电视总台、中国艺术研究院主办的百集大型系列人物传记纪录片《百年巨匠》第二季启动暨建筑篇开机仪式在北京故宫博物院武英殿举行。中国文联党组成员、副主席李前光出席启动仪式。《百年巨匠》是我国第一部大规模、全方位拍摄制作的关于20世纪画坛巨匠、艺苑大师、文坛泰斗的纪录片。

5月2日 中国文联定点扶贫工作座谈会在北京召开。中国文联党组书记、副主席李屹在座谈会上讲话。中国文联党组成员、书记处书记陈建文参加座谈会。

5月3日 中国文联、中国书协主办的"向人民汇报"——第三届"深入生活、扎根人民"文质兼美优秀基层书法家创作活动成果作品展在中国文艺家之家展览馆开幕。中国文联领导李屹、李前光、郭运德出席展览开幕式。

5月5日 中宣部、中央党史和文献研究院、中国文联共同主办的"真理的力量——纪念马克思诞辰200周年主题展览"开幕式在国家博物馆举行。中共中央政治局委员、中共中央书记处书记、中宣部部长黄坤明出席开幕式。展览分为"伟大革命导师马克思的壮丽人生""马克思主义中国化的光辉历程""新创作马克思主义题材美术作品"3个部分,全景式展示马克思的生平、革命实践、理论贡献和精神境界，展现马克思主义在中国传播运用和丰富发展的光辉历程。

5月7日 中国文联文艺志愿服务团走进四川绵阳、北川等地举行纪念"5·12"汶川特大地震10周年慰问演出、辅导培训系列活动。中国文联领导李屹、李前光参加相关活动。

5月9日—18日 应希腊文化体育部、克罗地亚克中友协和突尼斯文化部邀请，中国文联党组书记、副主席李屹率代表团赴希、克、突访问交流。16日，中国文联、突尼斯文化事务部、中国驻突尼斯大使馆主办的中国瓷艺术展在突尼斯首都突尼斯市文化城开幕。展览共展出瓷艺术作品40件（组），汇集了中国当代中青年瓷艺术家的精品力作。李屹出席展览开幕式并致辞。

5月23日 "向人民学习 向生活学习 潜心创作无愧于新时代的精品力作"座谈会在北京召开。中国文联主席铁凝主持会议。中国文联党组书记、副主席李屹出席会议并讲话。中国文联领导赵实、左中一、李前光参加座谈会。

同日 中国文联、中国美协、中国文学艺术基金会共同主办的2018"中国精神·中国梦——美丽乡村行写生采风作品展"在文化部恭王府博物馆举行。展览展出全国80余位知名美术家创作的87件作品。中国文联领导李屹、左中一出席开幕式。

6月1日—8日 应冰岛艺术家联合会、丹麦文化协会邀请，中国文联党组成员、副主席赵实率代表团一行赴冰、丹访问交流。3日，中国文联、中国音协、冰岛艺术家联合会、哈帕国际音乐营联合主办的中冰音乐专场演出活动在冰岛首都雷克雅未克哈帕音乐厅北极光厅举行。赵实在开幕招待会上致辞。6日，中国文联和中国驻丹麦大使馆支持，中国摄协和丹麦瓦伦斯拜克市人民政府主办的"梦想·记忆——中国民生40年之变迁"摄影展在丹麦哥本哈根瓦伦斯拜克市举行。中国文联党组成员、副主席赵实致辞并剪彩。

6月4日—8日　由中国文联、澳门基金会支持，中国视协、中国文联港澳台办公室、中央政府驻澳门联络办公室宣传文化部、澳门中华文化联谊会共同主办的2018"濠江之春"系列活动在澳门举办。此次活动包括"澳门与内地艺术家大联欢""祝福新时代综艺晚会""内地艺术家走进澳门校园""下基层惠民演出"等。

6月8日　第六届全国青年美术作品展览在中国美术馆开幕。李屹、左中一出席展览开幕式。

6月15日　中国文联党组书记、副主席李屹在中国文艺家之家会见来华访问的希腊中马其顿省副省长亚历山德罗·萨诺斯一行。

6月24日—30日　中国文联主办的全国中青年网络音乐人才培训班在四川成都举办。

6月25日　习近平总书记给新近入党的83岁电影表演艺术家牛犇写信，勉励他发挥好党员先锋模范作用，继续在从艺做人上为广大文艺工作者作表率。29日，中国文联在北京召开"文艺界认真学习贯彻习近平总书记重要指示精神　做有信仰、有情怀、有担当的新时代文艺工作者"座谈会。中国文联主席铁凝出席并主持会议。中国文联党组书记、副主席李屹出席会议并讲话。中国文联领导赵实、左中一、李前光、陈建文参加座谈会。

6月29日　由中央文明办、中国文联主办，中国曲协承办的第六届全国道德模范故事汇基层巡演启动仪式暨首场演出在北京二七剧场开幕。中国文联领导李屹、李前光出席活动并观看演出。

6月　由中国文联、中国美协具体组织协调中央美术学院、中国美术学院、清华大学美术学院、鲁迅美术学院、中国美术馆参与创作和五个专业厂家参与加工的共产党历史展览馆重大主题雕塑工程启动。8月，由中宣部、中国文联、文化和旅游部、财政部共同主办，中国美协具体组织协调全国各大美术学院、美术机构、30多个省市区美协和军队系统的 3000 多名作者参与创作的"不忘初心 继续前进——庆祝中国共产党成立 100 周年大型美术创作工程启动。2021 年 6 月 18 日，中国共产党历史展览馆落成开馆，两个工程历时 3 年。这是新中国美术史上规格最高、规模最大、参与创作人员最多的雕塑工程和美术创作工程。

7 月 6 日 中国文联、中国舞协主办的"纪念盛婕先生百年诞辰"研讨会在中国文艺家之家举行。中国文联党组成员、副主席左中一出席研讨会并讲话。

7 月 17 日 中国文联、中共甘肃省委宣传部、中国文艺志愿者协会和陇南市委、陇南市人民政府共同主办的"武都椒红筑梦小康"中国文联文艺志愿服务团赴甘肃省陇南市武都区慰问演出、文艺培训和文艺扶贫及调研活动举行。中国文联领导铁凝、李前光参加相关活动。

7 月 25 日 中国民间文学大系出版工程学术委员会第一次会议在北京召开。中国文联党组书记、副主席李屹在会上讲话，并向中国民间文学大系出版工程学术顾问、学术委员会主任、常务副主任颁发聘书。中国文联党组成员、书记处书记陈建文出席会议。

8 月 7 日 为庆祝宁夏回族自治区成立 60 周年，中国文联文艺志愿服务团赴宁夏石嘴山市、中卫市和吴忠市盐池县等地开展慰问演出、辅导培训等文艺志愿服务活动。中国文联党组书记、副主席李屹出席有关活动并讲话。

8 月 13 日 中国文联"深入生活、扎根人民"音乐舞蹈艺术家赴西藏采风创作成果汇报演出首站在拉萨举办。中国文联党组书记、副主席李屹出席相关活动并观看演出。

8 月 17 日 中国文联、中国摄协主办的 2018 第八届全国农民摄影大展在北京中国摄影展览馆开幕。展览展出 120 余位农民摄影家创作的 150 幅入选作品。中国文联党组成员、副主席李前光出席开幕式。

8月23日 "崇德尚艺 做有信仰有情怀有担当的新时代文艺工作者巡回宣讲活动"在中国文艺家之家正式启动。中国文联领导李屹、李前光出席仪式。仪式启动后，姜昆、吴为山、孙晓云、黄豆豆、吴元新、居杨、奚志农、何沐阳等 8 位艺术家分为三组赴山东济南、浙江杭州、湖北武汉、重庆、云南昆明进行巡回宣讲。

8月24日 中国文联信息化建设工作领导小组工作会议暨"互联网＋协会"工作推进会在北京召开。中国文联党组书记、副主席李屹出席并讲话。

8月30日 中国文联、中国摄协主办的"影像见证40年"全国摄影大展在中国国家博物馆开幕。中国文联主席铁凝出席并宣布展览开幕。中国文联党组书记、副主席李屹观看展览。中国文联党组成员、副主席李前光在开幕式上讲话。

9月12日 中国文联、文化和旅游部主办的纪念田汉诞辰 120 周年座谈会在北京举行。中国文联主席铁凝主持座谈会。中国文联党组书记、副主席李屹在会上讲话。

9月15日 中国文联、中国舞协、首钢集团有限公司共同主办的第七届中国舞蹈节系列活动在北京启动。中国文联党组成员、书记处书记陈建文出席活动。

同日 2018年度"中国最美期刊"遴选活动结果在中国（武汉）期刊交易博览会上公布。中国文联所属《美术》《舞蹈》《民艺》《大众摄影》《中国摄影》《中国书法》《中国文艺评论》7家期刊入选。

9月17日 中国文联、厦门市人民政府共同主办的 2018 年"传承与发展"——"中华情·中国梦"美术书法作品展在厦门市美术馆开幕。本次作品展以"传承与发展"为创作主题，共展出当代优秀书画作品674幅。中国文联党组成员、副主席李前光出席展览开幕式。

9月19日 中国文联党组成员、副主席李前光在中国文艺家之家会见了来访的国际作者和作曲者协会联合会（CISAC）总干事加迪·奥龙和CISAC亚太区总裁吴铭枢一行。

9月21日 中国文联第十届主席团第四次会议在北京召开。中国文联主席铁凝主持会议。中国文联党组书记、副主席李屹在会上讲话。中国文联领导赵实、李前光、左中一、郭运德、陈建文出席会议。会议审议通过中国文联书记处书记人员调整事项，赵实、左中一、郭运德不再担任中国文联第十届书记处书记。

9月26日 中国文联团体会员党组（分党组）主要负责人培训班在北京举办。中国文联党组书记、副主席李屹主持开班式并作主旨报告。中国文联领导李前光、陈建文出席培训班。培训班传达学习习近平总书记在全国宣传思想工作会议上的重要讲话精神和全国宣传思想工作会议精神。中央党校专家学者分别以《领导科学与领导力提升》《增强党的群众工作本领》为题作专题讲座。

10月1日 第十届中国杂技金菊奖全国魔术比赛决赛暨深圳欢乐谷第十九届国际魔术节在"中国魔术文化创意产业基地"深圳欢乐谷举行。来自全国各地的24个魔术节目进入决赛角逐"金菊"。辽宁的《九儿》、北京的《流光掠影》、江苏的《纸飞机》等7个节目摘得桂冠。中国文联党组成员、书记处书记陈建文出席相关活动。

10月8日 中国文联、中国文艺志愿者协会日前印发《中国文艺志愿者管理办法（试行）》。

10月10日 中国文联、中国民协、中共江西省委宣传部、江西省文联主办的第十一届中国民间艺术节暨第十四届中国民间文艺山花奖·优秀民间艺术表演（民歌）评选在江西省赣州市兴国县开幕。

10月10日—12日 "中国文联出版管理和改革工作培训班"在

京举办。中国文联所属出版单位和主管主办单位负责人及全体编辑人员等共280余人参加培训。中国文联党组成员、副主席李前光作开班动员讲话。

10月11日 中国文艺志愿者协会第二次全国代表大会在北京召开。中宣部常务副部长、国家电影局局长王晓晖，中国文联主席、中国作协主席铁凝，中国文联党组书记、副主席李屹，中国文联党组成员、副主席李前光，以及中央文明办、民政部、国务院扶贫办、中国志愿服务联合会、中国青年志愿者协会、中华志愿者协会、中国助残志愿者协会、中国志愿服务基金会、各全国文艺家协会、中国文联机关部室、直属单位负责同志，大会代表、特邀嘉宾、特邀代表，共380余人出席会议开幕式。

10月12日—14日 第十二届中国金鹰电视艺术节暨第二十九届中国电视金鹰奖系列活动在湖南长沙举行。13日，召开以"致敬六十载，'剧'焦新时代"为主题的金鹰论坛。中国视协主席胡占凡，中国评协主席仲呈祥等出席。14日，第十二届中国金鹰电视艺术节颁奖晚会现场揭晓所有奖项，《海棠依旧》获得最佳电视剧奖，《白鹿原》等作品获优秀电视剧奖，陈力获得最佳导演奖，李准、王朝柱被授予"中国文联终身成就电视艺术家"称号，中国文联党组书记、副主席李屹，湖南省委书记杜家毫，湖南省政协主席李微微出席并为获奖者颁奖。

10月15日 中国文联、中国曲协、中共江苏省委宣传部、江苏省文联共同主办的"广陵牡丹曲"第十届中国曲艺牡丹奖颁奖仪式暨"讴歌新时代 共筑中国梦"成果汇报演出在江苏省扬州市举行。中国文联领导李屹、李前光出席活动。单弦表演艺术家赵玉明和独脚戏表演艺术家童双春被授予"中国文联终身成就曲艺艺术家"称号。

10月17日 中国文联、中国摄协、中国民协主办的"影像见证新时代——聚焦扶贫决胜期 2018—2020 大型影像跨界驻点调研创作工程"2018 年汇报展示展览活动在北京举办。中国文联领导李屹、李前光、陈建文参加活动。

10 月 19 日 中国文联、中国剧协主办的"为时代放歌——中国文联、中国剧协庆祝改革开放 40 周年京剧名家名段演唱会"在北京梅兰芳大剧院举行。20 位德艺双馨的著名京剧表演艺术家登台献唱，献礼改革开放 40 周年。中国文联领导李屹、赵实观看演出。

同日 中国文联、中国美协、中国文学艺术基金会共同主办的"向人民汇报"——中青年美术家"深入生活、扎根人民"主题实践活动作品展在北京炎黄艺术馆开幕。展览展出 30 位美术家的 230 幅作品。中国文联党组书记、副主席李屹出席开幕式。

同日 由中国文联和中国舞协推荐的上海歌舞团创作舞剧《朱鹮》荣获 2018 年"中国版权金奖"作品奖。这是中国文联推荐的文艺作品第 5 次获此殊荣。

10 月 30 日—11 月 7 日 应俄罗斯克拉斯诺达尔国立文化艺术学院、挪威中国电影学会，以及欧中"一带一路"文化旅游发展委员会、中国—欧盟文化艺术节组委会邀请，中国文联党组成员、副主席李前光率代表团赴俄、挪、欧盟总部访问交流。在俄罗斯期间，代表团出席"今日中国"艺术周系列活动；在挪威期间，代表团出席"中国改革开放 40 年电影海报展"、奥斯陆中国电影节开幕式、"纪念格里格诞辰 175 周年"中挪音乐家联合演出等活动；顺访欧盟总部期间，代表团出席第四届中国—欧盟文化艺术节闭幕式演出。

10 月 31 日—11 月 3 日 应中国曲协邀请，来自中国、俄罗斯、美国、法国、德国、意大利、乌克兰、塞尔维亚等 10 个国家的艺术家赴江苏张家港参加第六届国际幽默艺术周，为当地观众表演 6 台特色各异、幽默欢乐的演出。

11月2日 香港作家联会成立30周年纪念活动在香港举办，中国文联主席铁凝出席活动并与15位中国文联各全国文艺家协会香港会员座谈并讲话。

11月5日 中国文联、中共天津市委宣传部、天津市文联共同主办的"放歌新时代——庆祝改革开放四十周年天津市文艺界创作成果精品展"在中国文艺家之家展览馆开展，这是天津市优秀艺术作品首次亮相中国文艺家之家展览馆。中国文联领导李屹、赵实、陈建文出席展览开幕式。

11月7日 中国文联、中国书协、国家典籍博物馆主办的"书写新时代——全国新文艺群体书法作品汇报展"在国家典籍博物馆开展，集中展出128位新文艺群体书法工作者的作品。中国文联党组书记、副主席李屹出席开幕式并讲话。本次展览是中国文联、中国书协首次以新文艺群体名义举办的书法展览。

11月7日—10日 第二十七届中国金鸡百花电影节在佛山举办。中国文联党组成员、副主席赵实在开幕式上致辞。中国文联主席铁凝出席闭幕式暨第三十四届大众电影百花奖颁奖典礼。《红海行动》获得最佳故事片奖，《建军大业》获优秀故事片奖，林超贤（《红海行动》）获得最佳导演奖，林咏琛、李媛、许伊萌、吴楠（《七月与安生》）获得最佳编剧奖，吴京（《战狼Ⅱ》中饰冷锋）获得最佳男主角奖，陈瑾（《十八洞村》中饰麻妹）获得最佳女主角奖，杜江（《红海行动》中饰徐宏）获得最佳男配角奖，蒋璐霞（《红海行动》中饰佟莉）获得最佳女配角奖，王雨甜（《红海行动》中饰张天德）获得最佳新人奖。本届百花奖授予祝希娟、郑国恩、张勇手终身成就奖。

11月11日 中国文联文艺志愿服务团走进广西崇左举行庆祝广西壮族自治区成立60周年慰问演出、文艺辅导培训系列活动。中国文联党组书记、副主席李屹出席活动并讲话。

11月12日　中国文联、中国剧协主办的"庆祝改革开放四十周年——2018优秀原创校园戏剧展演暨第六届中国校园戏剧节"在北京开幕。这是中国校园戏剧节首次在北京举办。中国文联党组成员、副主席李前光出席开幕式。

11月14日　中国文联、中国美协、中共湖北省委宣传部指导，湖北省文联主办的"写意长江——湖北省中国画作品展"在中国文艺家之家展览馆开幕。中国文联领导李屹、李前光、陈建文出席开幕式。

11月18日—25日　由中国文联、中共河南省委宣传部、中国摄协主办的中国摄影艺术节在河南省三门峡市举办。本届艺术节以"聚焦新时代　金像映初心"为主题。艺术节期间举行第十二届中国摄影金像奖颁奖典礼，中国文联党组书记、副主席李屹出席并宣布艺术节开幕，中国文联党组成员、副主席李前光在开幕式上致辞。颁奖典礼表彰了获得"中国文联终身成就摄影家"称号的牛畏予、黄贵权。王芯克等8人获得纪实摄影奖，吴健等8人获得艺术摄影奖，白辰等3人获得商业摄影奖。中国摄协授予三门峡市"中国摄影之乡"称号。

11月26日　中国文联、中国书协、中国楹联学会共同主办的庆祝改革开放四十周年全国书法大展在北京民族文化宫展览馆开幕。中国文联名誉主席孙家正等出席开幕式。中国文联党组书记、副主席李屹在展览开幕式上致辞。

11月　在中国文联权益保护部（出版办）的指导和推动下，中国文联所属4家出版社历时一年全部完成了中央文化企业公司制改制申报工作，并于当年获得了财政部批复。

12月16日　中宣部、中央文明办、文化和旅游部、国家广播电视总局、中国文联共同主办的2019年"我们的中国梦"——文化进万家活动启动仪式在江苏徐州举行。中国文联党组成员、副主席李前光出席活动。

12月17日 中国文联、中国曲协主办的第六届全国相声小品优秀节目展演在北京民族文化宫大剧院举行。中国文联领导铁凝、李屹、陈建文出席并观看演出。

12月19日 中国文联、中国摄协主办的纪念石少华同志诞辰100周年座谈会在北京举办。中国文联党组成员、副主席李前光出席座谈会。

12月22日 中国美协第九次全国代表大会在北京开幕。来自全国各省、自治区、直辖市和新疆生产建设兵团、中国人民解放军、中央国家机关以及港澳台地区的400余名美术工作者代表参加会议。中共中央政治局委员、中共中央书记处书记、中宣部部长黄坤明出席开幕式并讲话，强调要以习近平新时代中国特色社会主义思想为指导，坚定文化自信，坚持以人民为中心的工作导向，自觉承担举旗帜、聚民心、育新人、兴文化、展形象的使命任务，挥毫泼墨描绘时代画卷，用心用情用功展现人民风采，努力开创中国美术事业发展新局面。中国文联领导铁凝、李前光、陈建文出席开幕式。中国文联党组书记、副主席李屹在开幕式上讲话。24日，大会闭幕。大会审议通过了中国美术家协会第八届主席团工作报告，修订了《中国美术家协会章程》，选举产生了中国美协第九届理事会和主席团，范迪安任主席，徐里、马锋辉（2021年12月增补）任驻会副主席，王书平、许江、闫平（女）、李翔、李劲堃、李象群（满族）、杨晓阳、吴为山、何家英、周京新、庞茂琨、鲁晓波、曾成钢任副主席，任命马锋辉为秘书长，推举靳尚谊、冯远为名誉主席。王明旨、王明明、韦尔申、尼玛泽仁（藏族）、刘文西、刘勃舒、许钦松、杨力舟、肖峰、吴长江、林墉、罗中立、施大畏、秦征、黄永玉（土家族）、黄格胜（壮族）、常沙娜（女，满族）、詹建俊（满族）、潘公凯等19人被聘为顾问。

12月24日 人民日报社、中国文联主办的人民日报社与中国摄协战略合作启动仪式在北京举行。"人民日报期待你的好照片"全国精品照片征集活动同时开启。中国文联领导李屹、李前光出席。

12月25日 第三届"啄木鸟杯"中国文艺评论年度优秀作品发布大会、2018中国文艺评论年会暨中国评协第一届理事会第五次会议在中国文艺家之家举办。中国文联党组成员、书记处书记陈建文出席并讲话。本年度"啄木鸟杯"中国文艺评论推优活动由中国文联、中国评协按照推优章程和实施细则规定,最终推选出年度优秀文艺评论著作8部,年度优秀文艺评论文章26篇。

同日 中国文联、中国美协主办的"纪念何香凝、丰子恺、吴作人、王琦百年诞辰座谈会"在北京会议中心召开。中国文联党组书记、副主席李屹出席座谈会并讲话。

12月27日 中国文联知名老艺术家艺术成就展在中国文艺家之家展览馆开幕。展览以"崇德尚艺 潜心耕耘"为主题,用200余幅照片、300件实物、4部视频,全面系统地梳理回顾丁荫楠、尚长荣、刘兰芳的艺术生涯及取得的杰出成就。中国文联党组书记、副主席李屹在开幕式上讲话并宣布展览开幕。中国文联领导铁凝、赵实、李前光、陈建文出席开幕式。

12月28日—29日 中国影协第十次全国代表大会在北京召开。中共中央政治局委员、中共中央书记处书记、中宣部部长黄坤明,中宣部常务副部长、国家电影局局长王晓晖,中国文联主席铁凝,中国文联党组书记、副主席李屹出席开幕式。会议选出中国影协第十届主席陈道明,副主席为于冬、尹力、尹鸿、成龙、任仲伦、苏小卫(女)、吴京(满族)、张宏、张涵予、黄渤、喇培康(回族)。

2019 年

1月1日 为庆祝中华人民共和国成立 70 周年，中宣部、中央文明办、教育部、文化和旅游部、中国文联、中国作协联合开展的"我和我的祖国"征文征集活动正式启动，面向全国征集作品。

1月5日 由中国文联、中国音协、内蒙古文联共同主办的"歌从草原来——内蒙古采风原创歌曲演唱会"在北京天桥剧场精彩呈现。演唱会包括"序""天堂牧歌""北疆壮歌""草原恋歌""幸福赞歌""尾声"6 个部分，集中展示了中国音协组织著名词曲作家深入内蒙古采风创作的 18 首优秀歌曲，唱响了各族群众团结和睦、共建美好家园的新时代凯歌。

1月14日 由中国文联、中国音协主办的"致新时代——大型原创交响音乐会"在国家大剧院音乐厅举行。中国文联、中国音协委约中国文联荣誉委员、中国音协名誉主席、著名作曲家赵季平创作的大型民族管弦乐《风雅颂之交响》，中国文联副主席、中国音协主席、著名作曲家叶小钢创作的第七交响乐《英雄》在音乐会上演出。中国文联领导铁凝、李屹、赵实、李前光出席并观看演出。

1月16日—17日 中国文联第十届全国委员会第四次会议在北京召开。中宣部常务副部长王晓晖出席会议并讲话。中国文联主席铁凝主持会议并传达中央领导同志有关重要批示。中国文联党组书记、副主席李屹作题为《坚持守正创新 勇担使命任务 为新时代文艺事业繁荣发展作出更大贡献》的工作报告。中国文联领导李前光、陈建文出席会议。在全委会上，中国文联党组成员、副主席李前光通报了中国文联十届三次全委会以来中国文联全委变动情况。会议增选陈建文为中国文联第十届副主席。1月15日召开的中国文联第十届主席团第五次会议审议通过《中国文联十届四次全委会会议议程》；审议通过《关于更替和增补中国文联第十届全委会委员的决议》；审议并原则同意《中国文联十届四次全委会工作报告（审议稿）》《中国文联2019年工作要点（审议稿）》，提交中国文联十届四次全委会进行审议；审议《中国文联第十届副主席增选办法（草案）》，提交中国文联十届四次全委会通过；通过《中国文联第十届主席团第五次会议决议》。

1月17日 "百花迎春——中国文学艺术界2019春节大联欢"在北京人民大会堂举行。

1月19日 中国文联、北京师范大学和中国民协主办的"跨文化视野下的中国优秀传统文化教育与传承——《钟敬文全集》出版与钟敬文学术文化思想座谈会"在北京人民大会堂召开。中国文联党组书记、副主席李屹出席座谈会并讲话。中国文联党组成员、副主席陈建文主持座谈会。

2月28日 中国文联党组书记、副主席李屹会见由中国文联推荐并荣获学雷锋志愿服务"四个100"先进典型代表并为他们颁发证书、奖牌。在此次学雷锋志愿服务"四个100"先进典型推荐活动中，中国文联推荐的中央广播电视总台主持人康辉、青年影视演员佟丽娅、中国舞协副主席王小燕、朗诵家艺术家徐涛、作家蒋巍5人荣获"最美志愿者"；广州文艺志愿者协会、杭州市富阳区文联文艺志愿者服务团获得"最佳志愿服务组织"；"到人民中去"中国文艺志愿者服务日主题活动、河北省文艺志愿服务基层"百千万"工程获得"最佳志愿服务项目"。

3月4日 习近平总书记参加全国政协十三届二次会议文化艺术界、社会科学界联组会，亲切慰问文化艺术界、社会科学界委员并发表重要讲话，强调一个国家、一个民族不能没有灵魂。要坚定文化自信、把握时代脉搏、聆听时代声音，坚持与时代同步伐、以人民为中心、以精品奉献人民、用明德引领风尚。8日，中国文联召开党组扩大会（理论学习中心组学习会），传达学习习近平总书记重要讲话精神，对贯彻落实作出安排部署。13日，中国文联印发《关于学习贯彻习近平总书记看望文艺界、社科界政协委员时重要讲话精神的通知》。

3月 中国文联所属中国文联出版社有限公司、中国电影出版社有限公司、中国摄影出版传媒有限责任公司、书法出版社有限公司全部完成工商注册登记，由全民所有制企业改制为国有独资公司。

4月19日 中国文联党组成员、副主席李前光在北京会见了以美国演员工会主席加布里埃尔·卡特里斯为团长的美国电影代表团。

4月26日 第七届中国戏剧奖·梅花表演奖（第二十九届中国戏剧梅花奖）、第七届中国戏剧奖·曹禺剧本奖（第二十三届曹禺剧本奖）在广西南宁颁奖。中国文联党组书记、副主席李屹出席闭幕式并为获奖者颁奖。广西壮族自治区党委常委、宣传部长范晓莉，自治区人大常委会副主任卢献匾，自治区人民政府副主席李彬，自治区政协副主席陈刚等出席。单雯、张欢、陈丽宇、蔡浙飞、李小青、傅希如、哈丹、张培培、虞佳、顾卫英、吴素真、林燕云、林川媚、辛柏青、雷佳等15名演员获中国戏剧梅花奖。《桃花烟雨》《双蝶扇》《送你过江》《山羊不吃天堂草》《遥远的乡土》5部剧本获曹禺剧本奖。

4月28日 中国文联印发《中国文联关于推行法律顾问制度的意见》，正式建立了中国文联系统法律顾问制度。

5月7日 董耀鹏任中国文联党组成员。

5月14日 中国文联荣誉委员，著名戏剧理论家、评论家刘厚生逝世，享年 99 岁。

5月23日 中国文联、中国美协、中国文学艺术基金会共同主办的2019"中国精神·中国梦——美丽乡村行写生采风作品展"在中国文艺家之家展览馆开幕。中国文联党组书记、副主席李屹出席并宣布展览开幕。

同日 由中国文联、中国曲协主办的刘兰芳从艺60周年暨《岳飞传》播出40周年座谈会在中国文艺家之家举行。中国文联党组成员、副主席李前光出席并讲话。当日还举行了刘兰芳从艺60周年暨《岳飞传》播出40周年专场演出。

5月27日 全国基层文联工作座谈会在湖北潜江召开。这是全国文联系统首次召开基层文联专题会议。中国文联党组书记、副主席李屹出席会议并讲话。中国文联党组成员、副主席陈建文主持会议。全国各省、自治区、直辖市文联，新疆生产建设兵团文联，各全国文艺家协会、中国文联机关有关部门和直属单位，副省级城市文联和部分地市、县级文联的主要负责同志，以及组联部门的有关负责同志参加会议。

6月6日 中国文联"不忘初心、牢记使命"主题教育动员部署大会在中国文艺家之家召开。中国文联党组书记、副主席李屹作动员讲话。中国文联领导李前光、陈建文、董耀鹏出席动员大会。

6月10日 中央人民政府驻澳门联络办公室、中国文联、澳门基金会支持，中央政府驻澳门联络办宣传文化部、中国文艺志愿者协会、澳门中华文化联谊会主办的"2019濠江之春——澳门与内地艺术家大联欢"在澳门举行。中国文联党组书记、副主席李屹出席活动并讲话。同期，由中国文联、澳门基金会主办，以"全媒体时代的艺术与文学"为主题的第十一届海峡两岸暨港澳地区艺术论坛在澳门举行。李屹出席论坛开幕式并致辞。

6月17日—21日 中国文联文艺志愿服务团在中国文联主席铁凝率领下，赴新疆伊犁的霍城县、克拉玛依市开展"送欢乐下基层"慰问演出、辅导培训活动。

7月8日—10日 中国文联在京举办了"中国文联系统出版管理和改革发展工作培训班"。中国文联党组成员、副主席李前光出席培训班并做开班动员讲话。各全国文艺家协会和直属单位的负责人、中国文联所属出版单位班子成员及全体编辑人员180余人参加培训，实现了中国文联所属出版单位编辑人员培训全覆盖。

7月10日 "守正创新 迈向未来——中国曲艺家协会成就展览"在中国文艺家之家展览馆开幕。中国文联领导铁凝、李屹、李前光、陈建文、董耀鹏，以及中国曲协主席姜昆、中国曲协名誉主席刘兰芳和中国曲协第八届主席团成员、知名曲艺家代表、基层德艺双馨曲艺家、一线曲艺工作者和"两新"组织代表等近300人出席了展览开幕式。这是中国曲协发展史上第一次以专题展览的形式全面呈现曲艺事业和曲协工作70年来的发展历程。共展出2000余张珍贵图片、近400件具有收藏价值的实物。同时借助新媒体技术开辟了网上3D展厅和360度全景展厅，实现了展览的线上线下同步开展。

同日 中国曲协在中国文艺家之家举办庆祝中国曲协成立70周年座谈会。中国文联党组成员董耀鹏，中国曲协主席姜昆，中国曲协名誉主席刘兰芳，中国曲协顾问崔凯、王汝刚，中国曲协副主席吴文科、盛小云、籍薇、翁仁康、种玉杰、闫淑平、张旭东、范军等200余人参加座谈。

7月15日 中国文联第十届主席团第六次会议在北京召开。中国文联主席铁凝主持会议。中国文联领导李屹、赵实、李前光、陈建文出席会议。会议审议通过《关于推举中国文学艺术界联合会第十届书记处书记的决定》，推举董耀鹏同志为中国文联第十届书记处书记。

同日 中国文联主办的"庆祝新中国成立70周年暨中国文联成立70周年文联干部职工美术书法摄影作品展"在中国文艺家之家展览馆开幕。中国文联主席铁凝宣布展览开幕。中国文联党组书记、副主席李屹在开幕式上致辞。中国文联领导李前光、陈建文、董耀鹏出席展览开幕式。展览展出文联系统231位离退休老同志及在职干部职工创作的美术书法摄影作品。

同日 中国文联荣誉委员，中国文联原副主席，中国民协原主席冯元蔚逝世，享年89岁。

7月16日 在中国文联、中国作协成立70周年之际，中共中央总书记、国家主席、中央军委主席习近平发来贺信。他指出，文艺事业是党和人民的重要事业，文艺战线是党和人民的重要战线。新中国成立70年来，广大文艺工作者响应党的号召，积极投身社会主义革命和建设、改革开放伟大实践，创作出一批又一批脍炙人口的优秀文艺作品，塑造了一批又一批经典艺术形象。特别是党的十八大以来，广大文艺工作者坚持以人民为中心的工作导向，深入生活、扎根人民，不断增强脚力、眼力、脑力、笔力，推动我国文艺事业呈现出良好发展态势，文学、戏剧、电影、电视、音乐、舞蹈、美术、摄影、书法、曲艺、杂技、民间文艺、文艺评论等都取得了丰硕成果，弘扬了民族精神和时代精神，为实现国家富强、社会进步、人民幸福作出了十分重要的贡献。中国特色社会主义新时代呼唤着杰出的文学家、艺术家。中国文联、中国作协是党和政府联系文艺界的桥梁和纽带，在团结引领文艺工作者、繁荣发展社会主义文艺事业方面肩负重要职责。希望中国文联、中国作协深入学习贯彻新时代中国特色社会主义思想和党的十九大精神，自觉承担起举旗帜、聚民心、育新人、兴文化、展形象的使命任务，认真履行团结引导、联络协调、服务管理、自律维权的职能，团结带领广大文艺工作者记录新时代、书写新时代、讴歌新时代，努力创作出无愧于时代、无愧于人民、无愧于民族的优秀作品，为繁荣发展社会主义文艺事业、建设社会主义文化强国，为实现"两个一百年"奋斗目标、实现中华民族伟大复兴中国梦作出新的更大的贡献。

同日 纪念中国文联、中国作协成立70周年座谈会在北京人民大会堂举行，中共中央政治局委员、中共中央书记处书记、中宣部部长黄坤明在会上宣读习近平总书记的贺信并讲话。中国文联、中国作协相关负责人和作家、艺术家代表在座谈会上发言。

7月25日 中国文联警示教育大会在中国文艺家之家召开。中国文联党组书记、副主席李屹出席会议并讲话。中国文联领导李前光、陈建文、董耀鹏出席会议。会上播放警示教育片《法庭上的忏悔》，通报中国美协原分党组成员、副秘书长杜军受贿行贿案有关情况。

8月10日 中国文联、中国摄协主办的第九届全国农民摄影大展在北京民族文化宫开幕。中国文联党组书记、副主席李屹出席并宣布展览开幕。中国文联领导李前光、陈建文为《第九届全国农民摄影大展作品集》首发揭幕。

8月23日 中国文联和内蒙古自治区人民政府联合主办的第十一届中国国际民间艺术节在呼和浩特市开幕。来自世界五大洲13个国家的600余位艺术家参加。中国文联领导李屹、李前光出席开幕式。

8月29日 中国文联和中国音协共同主办的庆祝中华人民共和国成立70周年——《奋进新时代》大型原创交响合唱音乐会在国家大剧院音乐厅举办。

8月30日 中国文联、北京市人民政府、中国美协共同主办的第八届中国北京国际美术双年展在中国美术馆开幕，本届双年展主题是"多彩世界与共同命运"。中国文联领导铁凝、李屹、李前光、陈建文、董耀鹏出席开幕式。中国文联党组书记、副主席李屹在开幕式上致辞。

9月2日 中国文联"不忘初心、牢记使命"主题教育总结大会在中国文艺家之家召开。中国文联党组书记、副主席李屹作主题教育总结。中国文联领导李前光、陈建文、董耀鹏出席总结大会。中国文联自6月开始，集中3个月时间，按照党中央统一部署，深入开展"不忘初心、牢记使命"主题教育。

9月4日 中国文联、中国剧协主办的"为祖国放歌——中国文联、中国剧协庆祝中华人民共和国成立70周年戏剧晚会"在北京梅兰芳大剧院上演。

9月6日 中国文联正式印发《关于贯彻落实〈关于加强和改进出版工作的意见〉的实施方案》。

9月8日 中宣部、中央文明办、教育部、文化和旅游部、中国文联、中国作协主办的"我和我的祖国——摄影、短视频优秀作品展"在北京民生现代美术馆开幕。展览展出的近400幅摄影、短视频作品生动呈现70年来新中国从站起来、富起来到强起来的伟大飞跃。中国文联领导李前光、董耀鹏出席展览开幕式。

同日 中央第六巡视组巡视中国文联党组工作动员会召开。会前，中央第六巡视组组长王荣军主持召开与中国文联党组书记、副主席李屹的见面沟通会，传达习近平总书记关于巡视工作的重要指示精神，通报有关工作安排。

9月9日—19日 应巴拿马文化部、墨西哥全国作家总会及古巴作家和艺术家联盟（古巴文联）邀请，中国文联党组书记、副主席李屹率代表团访问巴、墨、古。9月10日，中国文联和中国驻巴拿马大使馆共同主办的"今日中国"艺术周拉美行之中巴高端文化论坛在巴拿马举行。论坛以"推动文化交流合作，促进中巴民心相通"为主题。李屹出席论坛并作主旨发言。

9月14日 中国文联荣誉委员、中国影协名誉主席吴贻弓逝世，享年80岁。

9月16日 中国文联、中共河南省委宣传部、中国杂协主办的第四届中国杂技艺术节开幕式在河南省濮阳市举行。中国文联领导铁凝、陈建文出席开幕式。

9月16日—21日 应中国文联邀请，以后藤纯男美术馆馆长后藤洋子为团长的日中文化交流协会代表团一行来华访问。中国文联党组成员、副主席李前光会见并宴请了代表团一行。

9月25日 中国文联、中国书协共同主办的"盛世中国——庆祝中华人民共和国成立70周年书法大展"在中国人民革命军事博物馆开幕。中国文联名誉主席孙家正出席开幕式。中国文联党组书记、副主席李屹在开幕式上讲话。中国文联领导李前光、陈建文、董耀鹏出席开幕式。

9月27日 中国文联、中国摄协主办的第二十七届全国摄影艺术展在山东省潍坊市开幕。中国文联党组成员、副主席李前光出席并宣布展览开幕。

10月8日 中国文联、中国摄协、北京市东城区委、区政府共同主办的庆祝中华人民共和国成立70周年"中国人家"主题摄影展在北京展出。中国文联党组书记、副主席李屹宣布展览开幕。中国文联领导李前光、陈建文、董耀鹏出席展览开幕式。展览展出新中国成立以来近300幅历史照片和摄影作品，分为"国""家"两个单元。

10月9日—12日 应毛里求斯文化与艺术部邀请，中国文联主席铁凝率代表团访问毛里求斯。访问期间，铁凝会见毛里求斯议长哈努曼吉女士，出席由中毛双方共同举办的2019年中国电影周开幕式、"溢彩琉璃咏东方"中国琉璃作品展、中国舞蹈精品演出暨顶尖舞者海外巡演等多场活动。

10月11日 中国文联、中国书协主办的"古语今声·汉字之美——中国当代书法家作品展（立陶宛展）"在立陶宛首都维尔纽斯开幕。中国文联党组成员、副主席陈建文出席开幕式并致辞。

10月13日 中国文联、中国音协在北京民族剧院举办"同心曲"——中国音协"深入生活、扎根人民"优秀创作成果演唱会，集中展示中国音协五年来组织开展"深入生活、扎根人民"主题实践活动取得的优秀成果。中国文联领导李屹、李前光、董耀鹏观看演唱会。

10月15日 中国文联、中国视协、英国创意艺术大学联合主办的2019中英电视艺术论坛在英国创意艺术大学法纳姆校区影视中心举办。中国文联党组成员、副主席陈建文出席相关活动。

同日 全国文艺界"崇德尚艺、潜心耕耘，做有信仰、有情怀、有担当的新时代文艺工作者"座谈会在中国文艺家之家召开。中国文联主席铁凝出席并主持会议。中国文联党组书记、副主席李屹出席会议并讲话。中国文联领导李前光、董耀鹏出席座谈会。

10月17日 中国文联、中国美协、中国书协主办的"情系武都——美术、书法作品展览"在甘肃省陇南市博物馆开幕。中国文联党组成员、书记处书记董耀鹏出席开幕式并宣布展览开幕。展览展出参加中国文联、中国美协、中国书协赴武都开展文艺培训、写生创作活动的作品共130幅。

同日 由中国文联、中国音协、中国文艺志愿者协会主办的"奋进小康路 唱响幸福歌"——中国文联2019年文艺扶贫原创歌曲音乐会在北京二七剧场举办，集中展示了2019年音乐助力扶贫工作成果。

10月19日—28日 由中国文联、中国音协主办的"放歌十月·盛世金钟"第十二届中国音乐金钟奖在成都举行。中国文联党组书记、副主席李屹出席开幕式并宣布第十二届中国音乐金钟奖开幕。

中国文联党组成员、副主席李前光出席开闭幕式。本届金钟奖近300名参赛选手经过8天角逐，决出了金钟奖二胡组、小提琴组、声乐（民族）组、声乐（美声）组的20名获奖者，授予曹鹏和郑秋枫"终身成就音乐艺术家"称号。

10月26日 第十六届中国戏剧节在福建福州开幕。中国文联党组书记、副主席李屹出席开幕式。开幕式上举行了2019年"中国文联终身成就戏剧家"表彰仪式。歌剧表演艺术家郭兰英、越剧表演艺术家王文娟获此殊荣。

10月29日 中国文联名誉主席孙家正在中国文艺家之家会见奥地利萨尔茨堡音乐节主席拉布尔－施塔德勒女士，就2020年萨尔茨堡音乐节合作事宜进行洽谈。

11月5日—8日 应中国文联邀请，以韩国文化艺术委员会委员长朴钟宽为团长的代表团一行访华，中国文联党组成员、副主席李前光在文艺家之家会见代表团并与韩方签署交流合作协议。

11月12日 由中国文联、中国民协、江西省文联共同主办的"壮丽70年·阔步新时代"全国农民画创作展巡展开幕式在北京民族文化宫展览馆举行。展览共收录来自全国各地农民画创作者的绘画作品300幅。中国文联党组成员、副主席陈建文出席开幕式并宣布展览开幕。

11月14日 中国文联、中国美协主办的第三届"中国美术奖"评奖工作会在北京召开。中国文联党组书记、副主席李屹出席会议并讲话。

11月19日—23日 第二十八届中国金鸡百花电影节在厦门举行。中共中央政治局委员、中共中央书记处书记、中宣部部长黄坤明出席开幕式并致辞，传达了习近平总书记关于推进电影事业发展的重要指示精神。23日，电影节闭幕。在第三十二届中国电影金鸡奖中，

《流浪地球》获得故事片奖，阿美、王小帅（《地久天长》）获得最佳编剧奖，林超贤（《红海行动》）获得最佳导演奖，文牧野（《我不是药神》）获得最佳导演处女作奖，王景春（《地久天长》）获得最佳男主角奖，咏梅因（《地久天长》）获得最佳女主角奖，王志飞（《古田军号》）获得最佳男配角奖，吴玉芳（《送我上青云》）获得最佳女配角奖，《红花绿叶》获得最佳中小成本故事片奖，《小狗奶瓶》获得最佳儿童片奖，《挑山女人》获得最佳戏曲片奖，《绿色长城》获得最佳科教片奖，《奋斗时代》获得最佳纪录片奖，《风语咒》获得最佳美术片奖，曹郁（《妖猫传》）获得最佳摄影奖，王丹戎、祝岩峰、刘旭（《流浪地球》）获得最佳录音奖，屠楠、陆苇（《妖猫传》）获得最佳美术奖，居文沛（《古田军号》）获得最佳音乐奖，朱利赟（《进京城》）获得最佳剪辑奖。中国文联党组书记、副主席李屹在颁奖典礼上为著名表演艺术家杨在葆、王铁成、许还山颁发中国文联终身成就电影艺术家荣誉证书。从本年开始，中国电影金鸡奖每年评选一次。

12月2日 中国文联主办的首期全国中青年文艺领军人才高级研修班在北京开班。中国文联党组书记、副主席李屹出席开班式并讲话。

12月4日 中国文联系统法律顾问工作推进会在北京召开，法律顾问制度在文联系统全面推开。中国文联党组成员、副主席李前光出席会议并讲话。

12月5日 中国文联、中国曲协主办的第七届全国相声小品优秀节目展演在北京开幕。中国文联领导铁凝、李屹、董耀鹏观看演出。

12月7日 中宣部、中央文明办、文化和旅游部、国家广播电视总局、中国文联共同主办的2020年元旦春节期间"我们的中国梦"——文化进万家活动启动仪式暨首场慰问演出在广西柳州三江侗族自治县举行。中国文联党组成员、副主席李前光出席活动。23日，中国文联动员大会在中国文艺家之家举行，李前光作动员讲话并为文艺小分队授旗。

12月8日—15日 应阿曼皇家摄影学会、国际剧协格鲁吉亚中心和第比利斯市政府邀请，以中国文联党组成员、副主席李前光为团长的中国文联代表团一行访问阿曼、格鲁吉亚。代表团出席在阿曼马斯喀特市举办的"中国敦煌文化遗产摄影展"开幕式，观看在格鲁吉亚巴统市举办的中国徽剧《惊魂记》格鲁吉亚巡演首演。

12月10日 中国文联、中国书协主办的全国第十二届书法篆刻展览行书草书展开幕式在宝鸡青铜器博物院开幕。中国文联党组成员、副主席陈建文在开幕式上讲话并宣布展览开幕。本次展览共展出作品624件。

12月18日 中国文联、中国美协主办的"纪念钱松嵒、王朝闻、尹瘦石、古元、石鲁、吴冠中百年诞辰座谈会"在北京召开。中国文联党组书记、副主席李屹出席会议并讲话。

同日 中国文联、中国视协、中国传媒大学主办，成都市人民政府承办的第八届中国大学生电视节在四川省成都市举行闭幕式。中国文联党组成员、副主席李前光出席闭幕式盛典。

12月20日 中国文联、中国国家博物馆主办的"隻立千古——《红楼梦》文化展"在中国国家博物馆开幕。中国文联党组成员、书记处书记董耀鹏出席开幕式。

同日 文化和旅游部、中国文联、中国美协共同主办的"庆祝中华人民共和国成立七十周年——第十三届全国美术作品展览暨第三届中国美术奖进京作品展"在中国美术馆开幕。中国文联主席铁凝在开幕式上致辞，中国文联领导陈建文、董耀鹏出席开幕式。本届获奖作品共37件（其中金奖作品9件、银奖作品14件、铜奖作品14件）

12月22日 第十四届中国民间文艺山花奖颁奖盛典在深圳举行，共20部作品获中国民间文艺山花奖优秀民间文学作品、优秀民间工艺美术作品、优秀民间文艺学术著作、优秀民间艺术表演作品等奖项。为中国民间文艺事业发展作出突出贡献的民间文艺专家刘锡诚、刘魁立获得"中国文联终身成就民间文艺家"称号。中国文联领导李屹、陈建文出席颁奖典礼。

12月23日 中宣部、中国文联、中国作协、北京市委共同主办的"奋进新时代 礼赞奋斗者"音乐诗歌咏唱会在北京举行。

12月25日 中国文联、中国民间文学大系出版工程领导小组在北京人民大会堂举行中国民间文学大系出版工程首批成果发布会，发布了由中国文联出版社出版的首批示范卷成果，包括《中国民间文学大系·神话·云南卷（一）》《中国民间文学大系·史诗·黑龙江卷·伊玛堪分卷》《中国民间文学大系·传说·吉林卷（一）》《中国民间文学大系·故事·河南卷·平顶山分卷》《中国民间文学大系·歌谣·四川卷·汉族分卷》《中国民间文学大系·长诗·云南卷（一）》《中国民间文学大系·说唱·辽宁卷（一）》《中国民间文学大系·小戏·湖南卷·影戏分卷》《中国民间文学大系·谚语·河北卷》《中国民间文学大系·谜语·河南卷（一）》《中国民间文学大系·俗语·江苏卷（一）》《中国民间文学大系·理论（2000—2018）·第一卷（总论）》，共12卷本，1200多万字，300余幅图片及音视频资料。中国文联党组书记、副主席李屹在发布会上讲话，并为首批成果图书揭幕。中国文联党组成员、副主席陈建文主持发布会。

12月26日 中国文联文艺工作者职业道德建设委员会加强行业行风建设工作推进会暨职业道德建设联席会议第一次全体会议在北京召开。中国文联党组书记、副主席李屹出席会议并讲话，中国文联党组成员、书记处书记董耀鹏参加会议。

12月28日 中国文联、中国剧协梅花奖艺术团在中国文昌航天发射场文化活动中心举行"送欢乐下基层"慰问演出。中国文联党组书记、副主席李屹出席相关活动。

12月30日　中国文联知名老艺术家艺术成就展在中国文艺家之家展览馆开幕。展览以"崇德尚艺 潜心耕耘"为主题，梳理回顾沈鹏、吴雁泽、李维康的艺术生涯及取得的杰出成就。中国文联主席铁凝宣布展览开幕。中国文联党组书记、副主席李屹在开幕式上讲话。中国文联领导赵实、李前光、董耀鹏出席开幕式。

同日　中国文联党组理论学习中心组参观位于中国文艺家之家三层的中国文联发展史展厅，这是中国文联发展史展厅展陈更新项目完成之后的首次开放。中国文联领导铁凝、李屹、李前光、董耀鹏参观展览。

12月31日　第四届"啄木鸟杯"中国文艺评论年度推优发布典礼暨2019中国文艺评论峰会在北京举办。中国文联党组成员、书记处书记董耀鹏出席并宣读表彰决定。推优活动评选出38件优秀作品，包括著作7部、文章31篇。

12月　由中国文联网络文艺传播中心编撰的《中国网络文艺发展研究报告（2018—2019）》首次出版。

2020 年

1月6日 中央第六巡视组向中国文学艺术界联合会党组反馈巡视情况。中央巡视工作领导小组成员王鸿津主持召开向中国文联党组书记李屹的反馈会议，出席向中国文联党组领导班子反馈会议，对巡视整改提出要求。会议向中国文联党组主要负责人传达了习近平总书记关于巡视工作的重要讲话精神，中央第六巡视组组长王荣军代表中央巡视组分别向中国文联党组主要负责人和领导班子反馈了巡视情况。中国文联主席铁凝出席向领导班子反馈会议，李屹主持会议并就做好巡视整改工作讲话。根据党中央统一部署，2019年9月至11月，中央第六巡视组对中国文联党组进行了常规巡视。

1月7日—8日 中国文联第十届全国委员会第五次会议在北京召开。会议深入学习贯彻落实习近平新时代中国特色社会主义思想和党的十九大及十九届二中、三中、四中全会精神，贯彻落实全国宣传部长会议精神，全面总结2019年工作，部署2020年工作。中国文联主席铁凝主持会议并传达中央领导同志对中国文联工作的批示。中国文联党组书记、副主席李屹作题为《牢记初心使命 坚定正确方向 为繁荣发展新时代文艺事业作出新贡献》的工作报告。中国文联党组成员、副主席李前光通报了中国文联第十届全委会第四次会议以来中国文联全委变动情况。会议通过李祯盛同志不再担任中国文联副主席，增选董耀鹏同志为中国文联主席团委员。中国文联副主席赵实、叶小钢、冯巩、冯远、许江、李雪健、张平、陈振濂、迪丽娜尔·阿布拉、胡占凡、奚美娟、郭运德、彭丽媛、董伟、潘鲁生，中国文联主席团委员王瑶、王一川、冯双白、高西西、盛小云，中国文联第十届全委会委员出席会议。中央纪委国家监委驻中宣部纪检监察组，中组部干部三局，中宣部文艺局、干部局有关负责人到会指导工作。有关全国文艺家协会主席，各全国文艺家协会、中国文联机关各部门、各直属单位领导班子成员，各副省级城市文联负责人，中国文联机关部室各处室负责人列席会议。1月6日召开的中国文联第十届主席团第七次会议，审议了《中国文联第十届全国委员会第五次会议议程（草案）》；审议了《中国文联十届五次全委会工作报告（审议稿）》；审议了关于同意中国检察官文联不再作为中国文联团体会员事项；审议了《关于更替和增补中国文联第十届全委会委员的决议》；通过《中国文联第十届主席团第七次会议决议》。

1月8日 "百花迎春——中国文学艺术界2020春节大联欢"在北京人民大会堂举行。

1月29日 中国文联党组印发《关于文联各级党组织坚决贯彻习近平总书记重要指示精神和党中央决策部署在打赢疫情防控阻击战中充分发挥作用的通知》，动员广大文艺工作者开展抗疫主题文艺工作。

2月2日 中国文联、中国视协、中国影协、中国音协联合中共湖北省委宣传部、湖北省文联共同出品，由众多文艺名家一起演绎的抗击新冠疫情主题MV《坚信爱会赢》获得广泛关注，成为以"艺"战"疫"的代表作。5月23日，中国文联主办的《坚信爱会赢——文艺界"以艺战疫"5·23特别节目》在江苏卫视、湖北卫视、北京卫视、湖南卫视、浙江卫视、东方卫视、广东卫视、重庆卫视等8家卫视及多家新媒体平台推出。

2月20日 按照中央赴湖北指导组宣传组的指示要求，在中国文联党组的安排部署下，中国摄协赴湖北抗击新冠疫情摄影小分队逆行武汉，经过66个日夜的连续奋战，圆满完成为4.2万余名援鄂医务工作者拍摄肖像的光荣任务。9月11日，中国文联在京召开摄影小分队抗疫事迹报告会。中国文联党组书记、副主席李屹在报告会上讲话。中国文联党组成员、副主席李前光主持报告会。

4月7日 中国文联、中国文艺志愿者协会和中国人寿保险股份有限公司共同研究制定并推出"文艺志愿者保险计划"。

5月28日 全国文联网络运营管理工作培训班以线上形式开班。这是中国文联首次依托自主建设的在线视频会议系统举办全国范围的线上业务培训。中国文联党组成员、书记处书记董耀鹏出席开班式并作理论学习辅导报告。

6月18日 中国文联在北京召开"转变作风、重心下沉，广泛联系、紧紧依靠广大文艺工作者，切实增强文联组织政治性先进性群众性"专题研讨会。中国文联党组书记、副主席李屹出席会议并讲话。中国文联领导李前光、陈建文、董耀鹏出席会议。

6月27日 中国文联荣誉委员，著名表演艺术家于蓝逝世，享年99岁。

7月13日 北京冬奥组委、中国文联主办的北京2022年冬奥会和冬残奥会第一届冬奥优秀音乐作品正式发布。本次发布以"用歌声传递奥林匹克力量"为主题，以电视节目结合云发布、云颁奖、云合唱的形式，推出《冰雪冬奥》等10首优秀歌曲，《冰雪在燃烧》等20首优秀歌词，同时启动了第二届冬奥音乐作品的征集。

7月20日 全国文联系统干部增强"四力"网络培训班在中国文联文艺研修院云直播授课教室举办。本次培训为中国文联首次开展的线上大规模培训，共计培训学员9854名。

7月25日 张雁彬任中国文联党组成员。

8月16日—18日 全国文联文艺评论工作会暨中国评协第二次全国代表大会在北京召开。中国文联领导铁凝、董耀鹏出席开幕式。中国文联党组书记、副主席李屹在开幕式上讲话。大会选举产生中国评协第二届领导机构。选举产生由160人组成的中国评协第二届理事会。中国评协第二届理事会第一次会议选举产生了中国评协第二届主席、副主席，夏潮当选主席，王一川、尹力（女）、尹鸿、叶青、叶培贵、向云驹、李明泉、李树峰、汪涌豪、张德祥、茅慧（女）、周海宏、董耀鹏、傅谨、傅道彬当选副主席。于平、王丹彦（女）、朱以撒、刘和平、范迪安、罗怀臻、孟繁华、高建平、崔凯、蒋述卓、路侃被聘请为顾问。周由强、袁正领被聘任为副秘书长。

8月18日 中国文联、中国视协组织文艺工作者赴湖北武汉开展"坚信爱会赢——'中国医师节'致敬抗疫白衣战士"系列活动。

8月25日 中央文明办、中国文联主办，中国曲协、首都文明办承办的第七届全国道德模范故事汇基层巡演启动仪式暨首场演出在中央民族歌舞团民族剧院开幕。中国文联党组书记、副主席李屹出席启动仪式并观看演出。

8月28日 中国文联网络培训工作推进会在中国文艺家之家举行。中国文联党组书记、副主席李屹出席会议并讲话。

8月29日 由中国文联和中国音协共同主办的"庆祝中华人民共和国成立70周年——《奋进新时代》大型原创交响合唱音乐会"在国家大剧院音乐厅举办。音乐会由"序"、4个乐章和"尾声"6部分组成，12首作品通过独唱、重唱、合唱和单乐章交响曲等形式演绎，生动表达了中国人民置身于新时代的幸福感和使命感。中国文联领导铁凝、李屹、赵实、李前光、陈建文、董耀鹏等出席音乐会。

9月4日 胡孝汉任中国文联党组成员。

9月14日 中国文联领导李屹、李前光在中国文艺家之家会见了由中国文联推荐并荣获 2019 年度学雷锋志愿服务"四个 100"先进典型暨新冠疫情防控最美志愿者代表张继、卞留念、周宇、杨发维、舒楠、古丽米娜·麦麦提，以及最佳志愿服务组织代表和最佳志愿服务项目单位代表，并向他们颁发证书、奖牌。

9 月 17 日 中国文联荣誉委员，著名书法家李铎逝世，享年 90 岁。

9 月 19 日 中国文联、首钢集团、中国舞协主办的"2020 中国舞协首钢园环境舞蹈展演"在北京首钢园区内开幕。中国文联领导李屹、董耀鹏出席开幕式。

9 月 21 日 中国文联、中国摄协主办的"纪念吴印咸同志诞辰 120 周年"摄影艺术研讨会在江苏沭阳举办。中国文联党组成员、副主席李前光出席座谈会并讲话。

9 月 22 日 中共中央总书记、国家主席、中央军委主席习近平在京主持召开教育文化卫生体育领域专家代表座谈会并发表重要讲话，强调要努力培养担当民族复兴大任的时代新人，扎实推进社会主义文化建设，大力发展卫生健康事业，加快体育强国建设，推动各项社会事业增添新动力、开创新局面，不断增强人民群众获得感、幸福感、安全感。10 月 23 日，中国文联召开党组理论学习中心组学习会议暨党组（扩大）会议，学习贯彻习近平总书记重要讲话精神并开展专题研讨。

9 月 24 日—26 日 2020 年中国金鸡百花电影节在河南郑州举办。中国文联党组成员胡孝汉出席开幕式并致辞。在第三十五届大众电影百花奖中，《我和我的祖国》获得最佳影片奖，《我不是药神》获优秀影片奖，饺子（《哪吒之魔童降世》）获得最佳编剧奖，郭帆（《流浪地球》）获得最佳导演奖，黄晓明（《烈火英雄》中饰江立伟）获得最佳男主角奖，周冬雨（《少年的你》中饰陈念）获得最佳女主角奖，王传君（《我不是药神》中饰吕受益）获得最佳男配角奖，袁泉（《中国机长》中饰毕男）获得最佳女配角奖。26日，中国文联主席铁凝出席闭幕式并为最佳影片《我和我的祖国》颁发奖杯和获奖证书。

9月29日—30日 中国文联、中国曲协、平顶山市人民政府主办的第十届中国曲艺节在河南平顶山举行。本届中国曲艺节采用现场演出和线上展演相结合的方式举行。30日举行闭幕式，中国文联党组成员、书记处书记董耀鹏出席。

10月9日 中国文联荣誉委员，著名京剧表演艺术家谭元寿逝世，享年92岁。

10月15日—16日 中国文联、中国曲协、中共江苏省委宣传部、江苏省文联在江苏省苏州市举办第十一届中国曲艺牡丹奖颁奖系列活动。中国文联主席铁凝为南音表演艺术家、理论家苏统谋，评书表演艺术家刘兰芳，苏州评弹表演艺术家邢晏春3位"中国文联终身成就曲艺艺术家"称号获得者颁奖。中国文联党组成员、书记处书记董耀鹏出席活动。

10月16日 中国文联、中国摄协主办的"晴朗的天空"——青藏高原各族人民的新生活主题摄影展览在北京举行。中国文联领导李屹、李前光、张雁彬出席。展览共展出101幅作品，展现了西藏和四省涉藏州县经济发展、民生改善、社会稳定、民族团结、对外开放、生态良好、宗教和谐等方面的美好景象。

同日 第十三届中国金鹰电视艺术节在长沙启幕。中国文联党组成员胡孝汉宣布开幕，中国文联副主席、中国视协主席胡占凡致开幕词，湖南省委常委、宣传部部长张宏森致欢迎词，湖南省人民政府副省长谢卫江主持开幕式。17日，第十三届中国金鹰电视艺术节金鹰论坛在湖南长沙举办。18日，第十三届中国金鹰电视艺术节颁奖晚会暨闭幕式在湖南国际会展中心举行。中国文联领导李屹、胡孝汉出席颁奖晚会。第三十届中国电视金鹰奖中,《外交风云》获得最佳电视剧奖,《大江大河》等作品获优秀电视剧奖,孔笙获得最佳导演奖,李保田、陈铎、刘效礼被授予"中国文联终身成就电视艺术家"称号,其他奖项也在大会上颁发。

10月17日 中宣部、文化和旅游部、中国文联、国务院扶贫开发领导小组办公室共同主办的全国脱贫攻坚题材舞台艺术优秀剧目展演在北京开幕。本次展演持续两个月,聚焦决战决胜脱贫攻坚、全面建成小康社会主题,用文艺的形式宣传、展示脱贫攻坚取得的重大成就以及人民群众的幸福生活。参演的67部舞台艺术作品,涵盖戏曲、话剧、歌剧、舞剧、音乐会等多种舞台艺术形式,既有民族歌剧《扶贫路上》、歌舞剧《大地颂歌》、儿童剧《萤火虫姐弟历险记》、越剧《山海情深》等今年新创作品,也有民族歌剧《马向阳下乡记》、话剧《闽宁镇移民之歌》、评剧《藏地彩虹》等经过观众与市场检验的精品佳作,具有较高思想性、艺术性。

10月22日 中国文联系统的杜高、马成义、呼冉、魏军、刘钦明、雷正民、周葆华、朱一昆、王廷民、王金山、付中枢、赵光明、尚进、任一权、陈荣玲和程玉琴等16位老同志获颁"中国人民志愿军抗美援朝出国作战七十周年"纪念章。

10月30日 中国文联新时代文明实践文艺志愿服务项目扩大试点工作培训会在北京召开。中国文联党组书记、副主席李屹出席会议并讲话。

10月 中国文联所属全民所有制企业公司制改革全面启动。11月,组织召开工作推进会,中国文联党组成员张雁彬同志出席会议并讲话。截至2021年底,中国文联所属9家全民所有制企业已完成公司制改制。

11月1日 中国文联、中国书协主办的"中国力量——全国扶贫书法大展"在北京中华世纪坛开幕。中国文联领导铁凝、张雁彬参加开幕式。中国文联党组书记、副主席李屹在开幕式上讲话。

11月4日—7日 由澳门中华文化联谊会、上海市文联、河北省文联、中国文联港澳台办公室、中央人民政府驻澳门联络办公室宣传文化部共同主办的2020"濠江之春——澳门与内地艺术家大联欢"系列活动在澳门成功举办。中国文联党组成员张雁彬出席并致辞。

11月5日 中国文联、中国评协主办的首届习近平总书记文艺工作重要论述理论研讨会在北京召开。中国文联党组书记、副主席李屹出席研讨会并作主旨讲话。中国文联党组成员、书记处书记董耀鹏主持会议。

同日 中国文联荣誉委员、著名书法家欧阳中石逝世，享年93岁。

11月6日 中国文联党组2020年巡视工作动员部署会议在北京召开，部署开展中国文联党组首轮内部巡视工作。中国文联党组书记、副主席李屹出席会议并对文联党组首轮巡视工作进行动员部署。中国文联领导李前光、胡孝汉、董耀鹏出席会议。会议强调，要坚持以习近平新时代中国特色社会主义思想为指导，深入学习贯彻习近平总书记关于巡视工作的重要论述和党中央关于巡视工作的新部署新要求，增强做好巡视工作的责任感和使命感，紧扣巡视工作方针，坚定不移深化政治巡视，切实把巡视工作作为重要政治任务抓牢抓实。

11月7日 中国文联、湖北省人民政府主办的第四届中国（潜江）曹禺文化周在曹禺故里湖北潜江开幕。中国文联党组成员胡孝汉出席开幕式。

11月8日—20日 中国文联在甘肃兰州、广州深圳、江西景德镇、贵州贵阳、黑龙江哈尔滨、云南昆明等地举办"崇德尚艺，做有信仰、有情怀、有担当的新时代文艺工作者"巡回宣讲，实现全国各省区市全覆盖。

11月18日 中国文联香港会员总会成立典礼在香港举行。中国文联致贺信。

11月23日 第十二届中国民间艺术节在广东中山开幕。中国文联党组成员张雁彬出席开幕式。

11月25日 中国文联、中国影协、厦门市人民政府主办的第三十三届中国电影金鸡奖颁奖盛典系列活动开幕。中国文联党组成员胡孝汉出席开幕式并致辞。28日，活动闭幕。在本届中国电影金鸡奖中，《夺冠》获得最佳故事片奖，《我和我的祖国》获评委会特别奖，张冀获得最佳编剧奖，王瑞获得最佳导演奖，申奥获得最佳导演处女作奖，黄晓明获得最佳男主角奖，周冬雨获得最佳女主角奖，印小天获得最佳男配角奖，袁泉获得最佳女配角奖，《我的喜马拉雅》获得最佳中小成本故事片奖，《哪吒之魔童降世》获得最佳美术片奖，《点点星光》获得最佳儿童片奖，《贞观盛事》获得最佳戏曲片奖，《掬水月在手》获得最佳纪录/科教片奖，赵晓时获得最佳摄影奖，吴江获得最佳录音奖，宋军、东智良、郭钟山获得最佳美术奖，张一博获得最佳剪辑奖，最佳音乐奖空缺。中国文联党组书记、副主席李屹出席并为荣获"中国文联终身成就电影艺术家"的丁荫楠、赵焕章、金迪颁奖。

11月28日 "碧血丹心——纪念沙孟海诞辰120周年系列活动"在中国美术馆举办，中国文联党组书记、副主席李屹出席。

12月1日 中国文联、中国曲协共同主办的第八届全国相声小品优秀节目展演在北京举办。中国文联领导铁凝、李屹、赵实、李前光、董耀鹏观看首场演出。

12月7日—8日 中国文联机关第五次党员代表大会在中国文

艺家之家召开。中国文联党组书记、副主席李屹当选为中国文联机关党委书记。

12月14日 中国剧协第九次全国代表大会、中国杂协第八次全国代表大会在北京开幕，来自全国的344名戏剧工作者代表、240名杂技工作者代表参加会议。中共中央政治局委员、中共中央书记处书记、中宣部部长黄坤明出席开幕式并讲话。中国文联领导铁凝、李屹、胡孝汉、董耀鹏、张雁彬出席开幕式。15日，大会闭幕。中国剧协第九次全国代表大会审议通过了中国剧协第八届理事会工作报告，修改了《中国戏剧家协会章程》，选举产生了由202人组成的中国剧协新一届理事会。中国剧协第九届理事会第一次会议选举产生了中国剧协新一届主席团。濮存昕当选中国剧协第九届主席，于魁智（回族）、王勇、尹晓东、冯玉萍（女）、任鸣、李树建、杨凤一（女）、沈铁梅（女）、陈彦、茅威涛（女）、孟广禄、柳萍（女）、韩再芬（女）、谢涛（女）当选中国剧协第九届副主席。中国剧协第九届主席团第一次会议任命崔伟为中国剧协第九届秘书长，推举尚长荣为中国剧协第九届名誉主席，聘请王晓鹰、毛俊辉、方掬芬（女）、白淑贤（女）、刘长瑜（女）、刘锦云、李维康（女）、何孝充、何冀平（女）、罗怀臻、季国平、徐晓钟、郭汉城、董伟、裴艳玲（女）、廖奔、薛若琳、魏明伦、瞿弦和19人为中国剧协第九届顾问。中国杂协第八次全国代表大会审议通过了中国杂协第七届理事会工作报告，修改了《中国杂技家协会章程》，选举产生了由123人组成的中国杂协新一届理事会。中国杂协第八届理事会第一次会议选举产生了由13人组成的中国杂协新一届主席团。边发吉当选中国杂协第八届主席。邓宝金（女）、付继恩、安宁、李宁（回族）、吴正丹（女）、阿迪力·吾休尔（维吾尔族）、赵双午（女）、俞亦纲、唐延海、梅月洲、童荣华、薛金升当选中国杂协第八届副主席。中国杂协第八届主席团第一次会议推举夏菊花（女）为中国杂协第八届名誉主席；聘请王仁刚、尹钰宏（回族）、刘全利、齐春生、孙力力（女）、何天宠（女）、张红（女）、林建、程海宝、蓝天、戴武琦11人为中国杂协第八届顾问；任命肖世革为中国杂协第八届秘书长。

12月19日 纪念张君秋先生诞辰100周年座谈会在人民大会堂举办，中国文联党组书记、副主席李屹出席。

12月20日 第十三届中国摄影艺术节在河南三门峡举办。19位摄影家分获第十三届中国摄影金像奖3个类别的奖项，鲍永清等9人获纪实摄影类奖项，李志良等8人获艺术摄影类奖项，马国彤、李嘉宾获商业摄影类奖项。颁奖典礼现场还表彰了获得"中国文联终身成就摄影家"称号的魏德忠、佟树珩两位为中国摄影事业作出突出贡献的摄影界元老。中国文联主席铁凝出席并宣布第十三届中国摄影艺术节开幕。中国文联党组成员、副主席李前光出席活动。

同日 2020年中国文联加强社会组织党建和业务工作会在京召开，印发《中国文联加强和改进社会组织党的建设和业务管理工作方案（试行）》。

12月22日 中宣部、中央文明办、文化和旅游部、国家广播电视总局、中央广播电视总台、中国文联主办的2021年"我们的中国梦"——文化进万家活动启动仪式暨慰问演出在北京市海淀区举行。中国文联党组成员、副主席李前光出席活动。

12月23日 中国文联、中国音协主办，协同全国多个省区市音协和老中青音乐家共同创作并推出的大型主题音乐会《小康之歌》在国家大剧院歌剧厅上演。中国文联领导铁凝、李屹、李前光、胡孝汉、董耀鹏、张雁彬出席音乐会。

12月30日 中国文联在中国文艺家之家召开警示教育大会，通报赵长青严重违纪违法案件剖析材料，要求文联各级党组织、领导班子和干部群众深入学习贯彻中央领导同志指示精神，切实把思想和行动统一到中央精神上来，以赵长青案件为反面教材，深挖问题根源，深刻汲取教训，举一反三、以案促改，持续净化文联政治生态，推进文联党风廉政建设和反腐败斗争向纵深发展。中国文联党组书记、副主席李屹在会上讲话。中央纪委国家监委驻中宣部纪检监察组组长贾育林，中央纪委国家监委第一监督检查室副主任耿姗姗，中国文联领导李前光、胡孝汉、董耀鹏、张雁彬等出席会议。

12月31日 中国文联荣誉委员，著名儿童戏剧表演艺术家方掬芬逝世，享年91岁。

2021 年

1月5日　中国文联主办的"崇德尚艺　潜心耕耘——中国文联知名老艺术家艺术成就展"开幕，展览用321幅珍贵的历史图片和画面、211件代表性实物以及4部专题宣传片梳理回顾田华、邵大箴、傅庚辰三位老艺术家艺术生涯及杰出成就。中国文联主席铁凝宣布展览开幕。中国文联党组书记、副主席李屹在开幕式上讲话。中国文联领导赵实、李前光、胡孝汉、董耀鹏、张雁彬出席开幕式。

1月16日　中国文联文艺工作者职业道德建设联席会议第二次全体会议在北京召开，中国文联文艺工作者职业道德建设委员会全体会议也同时举行。会议向全社会发布《文艺工作者广告代言自律公约》。中国文联党组书记、副主席李屹出席会议并讲话。

1月16日—17日　中国文联第十届全国委员会第六次会议在北京召开。中国文联主席铁凝主持会议并传达中央领导同志重要批示。中国文联党组书记、副主席李屹作题为《立足新阶段　奋斗新征程　为推进社会主义文化强国建设展现新作为》的工作报告。中国文联领导胡孝汉、董耀鹏、张雁彬出席会议。中国文联党组成员、副主席李前光通报了关于调整中国文联书记处书记的决定和关于中国文联十届五次全委会以来全委变动情况。会议增选胡孝汉为中国文联副主席，增选张雁彬为中国文联主席团委员，陈建文不再担任中国文联副主席。根据中国文联章程第二十三条规定，1月15日召开的中国文联第十届主席团第八次会议决定，推举胡孝汉、张雁彬为中国文联第十届书记处书记，陈建文不再担任中国文联第十届书记处书记；会议通过了《关于更替和增补第十届全委会委员的决议》。

1月21日 中国文联、中国评协主办的第五届"啄木鸟杯"中国文艺评论年度推优暨第二届网络文艺评论优选汇云发布典礼在北京举行。中国文联党组成员、书记处书记董耀鹏，中国评协主席夏潮等出席典礼。本届推优活动由中国文联、中国评协按照推优章程和实施细则规定，最终评选出26件优秀作品，包括著作4部、文章22篇。

1月26日 中国书协第八次全国代表大会在北京开幕。中共中央政治局委员、中共中央书记处书记、中宣部部长黄坤明出席开幕式并讲话。他强调，要深入学习贯彻习近平总书记关于文艺工作的重要论述，坚持以人民为中心的创作导向，坚守中华文化立场，传承中华文化基因，展现民族风骨，攀登艺术高峰，饱蘸浓墨书写精彩壮美的时代华章。中国文联领导铁凝、李屹、李前光、胡孝汉、董耀鹏、张雁彬出席开幕式。27日，大会闭幕。大会审议通过中国书协第七届理事会工作报告，修改《中国书法家协会章程》，选举产生中国书协新一届理事会。孙晓云当选中国书协第八届主席，王丹、毛国典、叶培贵、代跃、刘月卯、李昕、张继、张建会、张胜伟、顾亚龙、鄢福初、潘善助当选副主席。任命郑晓华为中国书协第八届秘书长，潘文海、张潇羽为副秘书长；推举沈鹏、张海、苏士澍为中国书协第八届名誉主席；聘请包俊宜、朱关田、旭宇、刘金凯、吴东民、吴善璋、何应辉、言恭达、宋华平、张飙、张业法、张改琴、陈永正、陈洪武、陈振濂、邵秉仁、林岫、周慧珺、胡抗美、钟明善、段成桂、施子清、聂成文、尉天池、谢云、翟万益为中国书协第八届顾问。

2月1日 中国音协第九次全国代表大会、中国舞协第十一次全国代表大会在北京开幕。中共中央政治局委员、中共中央书记处书记、中宣部部长黄坤明出席开幕式并讲话。他强调，要深入学习贯彻习近平总书记关于文艺工作的重要论述,牢记嘱托、铭记初心,为时代放歌、为人民起舞、为祖国喝彩,用多彩音符和灵动舞姿展现亿万人民的奋斗和创造,激励人民群众意气风发踏上新征程、建功新时代。2日,大会闭幕。中国音协第九次全国代表大会审议通过中国音协第八届理事会工作报告,修改《中国音乐家协会章程》,选举产生由208人组成的中国音协新一届理事会。中国音协第九届理事会第一次会议选举产生了中国音协新一届主席团。叶小钢当选中国音协第九届主席,王黎光、李心草、杨燕迪、何沐阳、余隆、宋飞(女)、张也(女)、张千一、张国勇、俞峰、戚建波、韩新安、雷佳(女)、廖昌永(按姓氏笔画排序)当选中国音协第九届副主席。推举吴祖强、赵季平为中国音协第九届名誉主席,聘请才旦卓玛(女,藏族)、王世光、王立平(满族)、王次炤、关峡(满族)、关牧村(女,锡伯族)、孙慎、李谷一(女)、吴雁泽、谷建芬(女)、陆在易、陈永华、努斯勒提·瓦吉丁(维吾尔族)、金铁霖(满族)、孟卫东、赵塔里木、徐沛东、鲍蕙荞(女)、谭利华19人(按姓氏笔画顺序)为中国音协第九届顾问;任命韩新安为中国音协第九届秘书长,任命王宏(女)、张天文、熊纬为中国音协第九届副秘书长。中国舞协第十一次全国代表大会审议通过中国舞协第十届理事会工作报告,修改《中国舞蹈家协会章程》,选举产生由139人组成的中国舞协新一届理事会。选举产生了中国舞协新一届主席团。冯双白当选中国舞协第十一届主席。山翀(女)、王舸、冯英(女)、达娃拉姆(女,藏族)、吕萌、杨丽萍(女,白族)、迪丽娜尔·阿布拉(女,维吾尔族)、罗斌、赵明、赵林平(女,蒙古族)、赵铁春、咸顺女(女,朝鲜族)、郭磊、黄豆豆(按姓氏笔画顺序)当选中国舞协第十一届副主席。推举白淑湘(女)、赵汝蘅(女)为中国舞协第十一届名誉主席;聘请丁伟、刀美兰、王小燕、丹增贡布、吕艺生、多吉才旦、李正一、李毓珊、应萼定、陈维亚、冼源、张玉照、陈翘、陈宝珠、陈泽盛、赵青、查干朝鲁、崔善玉、斯琴塔日哈、舒巧、薛菁华21人为中国舞协第十一届顾问；任命夏小虎为中国舞协第十一届秘书长，柳斌为中国舞协第十一届副秘书长。

2月8日 徐永军任中国文联党组成员。

2月 中国文联党组认真落实中办、国办关于做好2021年元旦春节期间有关工作的通知精神，结合文联工作实际和新冠疫情防控工作要求，中国文联领导铁凝、李屹、李前光、胡孝汉、董耀鹏、张雁彬等通过电话、短信、微信、寄发慰问信等方式，向中国文联荣誉委员、老领导、兼职副主席及老同志、老党员、困难职工代表致以诚挚问候和新春祝福。

同月 为做好疫情防控工作，"百花迎春——中国文学艺术界2021春节大联欢"在没有观众的封闭场馆录制完成，并于春节期间播出。

3月4日 中国文联荣誉委员，中国文联原党组成员，中国音协原分党组书记、副主席孙慎逝世，享年105岁。

3月12日 中国文联党组书记、副主席李屹在文艺家之家会见中国文联香港会员总会（香港文联）会长马逢国、常务副会长霍启刚一行。中国文联党组成员、书记处书记张雁彬参加会见。

3月22日 中国文联、中国摄协主办的"天山放歌——新疆各族人民幸福生活"主题摄影展览在中国文艺家之家展览馆举行。中国文联领导李屹、李前光、胡孝汉、徐永军、张雁彬出席开幕式。

同日 中国文联、中国评协、江西省文联主办的建党百年红色文艺经典研讨会在江西赣州举办。中国文联党组成员、书记处书记董耀鹏出席活动开幕式并作主旨发言。

同日 中国文联印发《中国文联关于进一步做好新时代离退休干

部工作的若干意见》，从强化离退休干部意识形态工作、做好离退休干部精准化服务工作等六个部分对做好新时代离退休干部工作作出了部署，强化了文联老干部工作制度建设和顶层设计。

3月24日 中国文联召开2021年全面从严治党工作部署会议，深入学习贯彻党的十九届五中全会和十九届中央纪委五次全会精神，全面落实中央和国家机关党的工作暨纪检工作会议要求，安排部署2021年中国文联全面从严治党重点工作任务。中国文联党组书记、副主席李屹出席会议并讲话。中国文联领导李前光、胡孝汉、徐永军、董耀鹏、张雁彬出席会议。

3月25日 中国文联印发《全国文联"网上文艺之家"建设工作规划（2021—2023）》。

4月9日 中国文联、中国国家博物馆、中国摄协主办的"希望的田野——脱贫攻坚 共享小康全国摄影展"在中国国家博物馆开幕。展览通过不同时期近150名摄影家的近180幅作品，生动记录脱贫攻坚这一伟大历史实践，展示和反映全面建成小康社会取得的伟大成就。

4月12日 由中国文联主办的加强改进新时代文艺评论工作座谈会在北京举行。中国文联党组书记、副主席李屹出席会议并讲话。中国文联党组成员、书记处书记董耀鹏主持会议。中国评协主席夏潮，中宣部文艺局副局长彭云，中国文联机关各部门、各直属单位、各全国文艺家协会负责同志，各省区市文联有关负责同志，中国评协主席团在京成员以及文艺评论家代表等90余人参加会议。会议深入贯彻落实习近平总书记关于文艺工作的重要论述和系列指示批示精神，交流各文艺家协会和各地文联开展文艺评论情况，安排部署加强改进文联系统新时代文艺评论工作。

4月14日 第七届中国书法兰亭奖颁奖活动、第七届中国书法兰亭奖作品展开幕式在绍兴兰亭书法博物馆举行。中国文联党组书记、副主席李屹出席开幕式并讲话。授予沈定庵、段成桂"中国文联终身成就书法家"称号。

4月20日 中宣部、文化和旅游部、中国文联共同举办的庆祝中国共产党成立100周年优秀舞台艺术作品展演开幕。展演活动围绕庆祝中国共产党成立100周年、全面建成小康社会和实现中华民族伟大复兴的中国梦等主题，认真学习贯彻习近平总书记在党史学习教育动员大会上的重要讲话精神，重点推出围绕党史、新中国史、改革开放史、社会主义发展史创作的优秀作品。作品涵盖了京剧、昆曲、地方戏曲、话剧、儿童剧、歌剧、舞剧、音乐剧、交响音乐会、民族音乐会等多个艺术门类，全国各省区市和新疆生产建设兵团共有140部优秀剧目参演。当晚，民族歌剧《沂蒙山》在国家大剧院上演。

4月22日 "沐浴党的光辉 追溯百年风华"宣讲会在北京举办，2021年度文艺名家宣讲活动启动。

5月10日 由中国文联、中共江西省委宣传部、中国视协联合出品的庆祝中国共产党成立100周年特别节目《闪亮的坐标》在北京召开全媒体上线开播新闻发布会。中国文联党组书记、副主席李屹，江西省委常委、宣传部部长施小琳等出席活动。5月中旬，节目在江西卫视及多家新媒体平台上线播出。

5月17日—20日 中国文联主办的全国文联"文艺两新"工作座谈会在浙江省杭州市召开。这是中国文联首次在全国文联系统召开的"文艺两新"工作座谈会。中国文联党组书记、副主席李屹作主旨讲话。全国各省、自治区、直辖市文联，新疆生产建设兵团文联，各全国文艺家协会，中国文联机关有关部门和直属单位，各副省级城市文联和部分地市、区县级文联主要负责同志以及"文艺两新"代表130余人参加会议。

5月19日 为庆祝中国共产党成立100周年，由中国文联、中国音协共同举办的大型原创交响合唱《百年放歌》在国家大剧院音乐厅演出。中国文联领导铁凝、李屹、李前光、张雁彬出席。

5月21日 第八届中国戏剧奖·梅花表演奖（第三十届中国戏剧梅花奖）和第八届中国戏剧奖·曹禺剧本奖（第二十四届曹禺剧本奖）在江苏南京颁奖。中国文联党组书记、副主席李屹，江苏省委书记娄勤俭，中国文联党组成员徐永军，中国文联副主席、中国剧协顾问董伟，江苏省委常委、宣传部部长张爱军，江苏省委常委、南京市委书记韩立明，中国剧协名誉主席尚长荣、主席濮存昕等出席闭幕式。戏曲演员楼胜、杨少彭、黄齐峰、李晓旭、黄艳艳、杨升娟、彭庆华、张璇、吴美莲、熊明霞、余维刚、伍思亭、张燕和话剧演员涂松岩、歌剧演员王丽达共15人获颁梅花奖。王宝社创作的话剧《三湾，那一夜》、吴傲君创作的湖南花鼓戏《蔡坤山耕田》、喻荣军创作的话剧《家客》、罗周创作的昆曲《梅兰芳·当年梅郎》、冯必烈和冯柏铭创作的歌剧《尘埃落定》5部作品获颁曹禺剧本奖，5部剧本获得提名。

同日 中国文联主办的"雪域新篇——庆祝西藏和平解放70周年美术摄影展"举行。展览展出美术和摄影作品86件，再现新时代西藏的发展进步。中国文联党组成员、书记处书记张雁彬为展览剪彩。

5月23日 纪念中国电影金鸡奖创立40周年暨中国金鸡百花电影节举办三十届研讨活动在北京举行。中国文联领导李屹、胡孝汉出席研讨活动。

5月27日 为庆祝中国共产党成立100周年，由中国文联、中国音协共同举办的大型演唱会《各族儿女心向党》在北京保利剧院举办。中国文联领导铁凝、李屹、赵实、李前光、胡孝汉、左中一、董耀鹏等出席并观看演唱会。

5月28日 为庆祝中国共产党成立100周年，由中国曲协等主办的"向党报告"——庆祝中国共产党成立100周年优秀曲艺节目展演在北京喜剧院举办。中国文联领导铁凝、李屹、赵实、徐永军、董耀鹏、张雁彬、左中一、杨承志出席。

6月2日 中国文联党组2021年巡视工作动员部署会议在中国文艺家之家召开。会议深入学习贯彻习近平总书记关于巡视工作重要论述，贯彻落实全国巡视工作会议暨十九届中央第七轮巡视动员部署会精神，部署开展中国文联党组2021年内部巡视工作。中国文联党组书记、副主席李屹对2021年巡视工作进行动员部署。中国文联领导李前光、胡孝汉、董耀鹏、张雁彬出席会议。

6月8日 中国文联、中国摄协、北京市东城区委、区政府主办的"百年·百姓——中国百姓生活影像大展（1921—2021）"在北京王府井步行商业街开幕。展览多方位展示百年中国翻天覆地的伟大变革，反映中国共产党为中国人民谋幸福、为中华民族谋复兴的初心和使命。中国文联领导铁凝、李屹、李前光出席开幕式。

6月10日 "百年辉煌——中国文联、中国剧协庆祝中国共产党成立100周年戏剧晚会"在梅兰芳大剧院举办。中国文联名誉主席孙家正和中国文联领导铁凝、李屹、赵实、胡孝汉、徐永军、董耀鹏等观看演出。

6月14日 由中国文联、中国文艺志愿者协会举办的"学党史 传精神 跟党走"系列活动"欢聚吧 第一百个春天"中国文联原创歌曲特别节目在多平台同步上线播出，展示由中央文明办三局和中国文联文艺志愿服务中心联合开展的"圆梦工程"文艺培训学员和文艺志愿者围绕迎接中国共产党成立100周年开展创作的成果。

6月19日 中国文联、中国国家博物馆、中国国家图书馆、中国书协共同主办的"伟业：庆祝中国共产党成立100周年书法大展"

在中国国家博物馆开幕。中国文联领导铁凝、胡孝汉、徐永军、张雁彬等出席开幕式。中国文联党组书记、副主席李屹在开幕式上讲话。

6月22日 中国文联支持、中国剧协选编、作家出版社出版的《百部优秀剧作典藏》在北京首发。中国文联领导铁凝、徐永军等出席首发式并共同为新书首发剪彩。中国文联党组书记、副主席李屹在首发式上讲话。《百部优秀剧作典藏》全书十卷，共550万字，遴选了百余位剧作家的100部优秀戏剧作品。

6月下旬 在喜迎中国共产党成立100周年之际，中国文联党组领导相继走访慰问部分中国文联党龄50年以上的老同志，并为他们颁发"光荣在党50年"纪念章，向他们转达以习近平同志为核心的党中央的亲切关怀。中国文联共有122名50年以上党龄老党员获得"光荣在党50年"纪念章。

7月5日 中国文联召开党组扩大会议，深入学习领会习近平总书记在庆祝中国共产党成立100周年大会上的重要讲话精神。中国文联党组书记、副主席李屹主持会议并讲话。中国文联领导李前光、胡孝汉、徐永军、董耀鹏、张雁彬出席会议并发言。

同日 由中国文联、中国音协、中国舞协共同主办的"各族儿女心向党"歌舞晚会在北京民族剧院举行。中国文联领导铁凝、李屹、胡孝汉、董耀鹏出席观看演出。

7月9日 中央宣传部、文化和旅游部、国家广播电视总局、中国文联、中国作协等五部门联合印发了《关于加强新时代文艺评论工作的指导意见》。

7月12日 "百年辉煌·武汉记忆——庆祝中国共产党成立100周年全国美术作品展"在武汉美术馆开幕。中国文联党组成员徐永军出席开幕式。展览共展出作品253件。

7月13日—15日 中国民协第十次全国代表大会在北京召开。

中共中央政治局委员、中共中央书记处书记、中宣部部长黄坤明出席开幕式并讲话，强调要认真学习贯彻习近平总书记"七一"重要讲话精神，贯彻落实习近平总书记关于文艺工作的重要论述，坚守中华文化立场，传承中华文化基因，推出更多民间文艺精品，不断焕发民族文化瑰宝的神韵风采。中宣部常务副部长王晓晖，中国文联领导铁凝、李屹、李前光、胡孝汉、徐永军、董耀鹏、张雁彬等出席开幕式。中国文联党组书记、副主席李屹在开幕式上讲话。会议审议通过了中国民协第九届理事会工作报告，修改了《中国民间文艺家协会章程》，选举产生了由142人组成的中国民协新一届理事会。中国民间文艺家协会第十届理事会第一次会议选举产生了中国民协新一届主席团。潘鲁生当选中国民协第十届主席，万建中、韦苏文（壮族）、伊和白乙拉（蒙古族）、安德明、李丽娜（女，瑶族）、李豫闽、吴元新、邱运华（驻会）、林继富、杭间、郑土有、赵世瑜、索南多杰（藏族）、郭崇林当选中国民协第十届副主席。大会推举冯骥才为中国民协第十届名誉主席，推举马雄福（回族）、王勇超、卢正佳、叶舒宪、白庚胜（纳西族）、乔晓光、刘华、刘铁梁、刘魁立、江明惇、农冠品（壮族）、杨继国（回族）、余未人（女）、沙马拉毅（彝族）、张锠、苑利、林德冠、罗杨、郑一民、赵书（满族）、夏挽群、陶思炎、曹保明、常嗣新、程建军为中国民协第十届顾问。任命邱运华为秘书长，任命侯仰军、王锦强为副秘书长。

7月20日 由中国文联、中国杂协主办的"中国杂技与外交"图片展览在中国文艺家之家展览馆开幕。中国文联领导铁凝、李屹、胡孝汉、徐永军、董耀鹏、张雁彬等出席开幕式。展览展出照片425幅。

7月21日 以"从不惑走向大成"为主题的庆祝中国杂协成立40周年座谈会在北京召开。中国文联党组成员、书记处书记张雁彬出席座谈会并讲话。

7月24日 "礼赞百年 同心向党——庆祝中国共产党成立100周年全国优秀杂技作品展演"在北京举办。中国文联领导铁凝、李屹、李前光、张雁彬等出席并观看演出。

7月28日—29日 中国文联第十届全委会第七次会议在北京召开。中国文联主席铁凝主持会议。中国文联党组书记、副主席李屹就学习宣传贯彻习近平总书记在庆祝中国共产党成立100周年大会上的重要讲话精神作辅导报告。中国文联领导李前光、胡孝汉、徐永军、董耀鹏、张雁彬出席会议。会议通报《中国文联第十届主席团第九次会议关于推举中国文联书记处书记的决定》。李前光通报中国文联第十届全委会第六次会议以来中国文联全委变动情况。会议对筹备中国文联第十一次全国代表大会作出安排部署。会议增选徐永军、董耀鹏为中国文联副主席。此前召开的中国文联第十届主席团第九次会议决定，推举徐永军为第十届书记处书记。

8月5日 中国文联继续实施2021年度青年文艺创作扶持计划。2016年至2021年，中国文联开展六届青年文艺创作扶持计划，重点扶持45周岁以下、活跃在创作一线的青年文艺工作者（包括新文艺组织和新文艺群体）进行艺术创作，涵盖12个艺术门类，累计扶持立项327项，共投入资金5200余万元。其中，新文艺群体项目141个，占比43%。"青创"计划已成为中国文联助力青年文艺人才成长、扶持原创优秀文艺作品的重要抓手。

8月6日 著名越剧表演艺术家王文娟逝世，享年95岁。

8月12日 中国文联荣誉委员，中国影协原主席、名誉主席李前宽逝世，享年80岁。

8月24日 "修身守正 立心铸魂——中国文联文艺工作者职业道德和行风建设工作座谈会"在北京举行。中国文联主席铁凝主持会议。中国文联党组书记、副主席李屹出席会议并讲话，中国文联领导徐永军、董耀鹏参加座谈会。与会艺术家代表向全国文艺工作者发出《修身守正 立心铸魂——致广大文艺工作者倡议书》。

8月25日—26日 12个艺术门类全国文艺家协会分别召开职业道德和行风建设工作座谈会，200多位艺术家参加座谈展开评议，共同批评抵制文娱领域不良现象。

8月 中央宣传部、文化和旅游部、国家广播电视总局、中国文联、中国作协等五部门联合印发了《关于加强新时代文艺评论工作的指导意见》。

9月7日 中国摄影出版社出版的图书《口述影像历史——与共和国同行（1949—1978）》（全三卷）荣膺第五届中国出版政府奖图书奖（正式奖）。这是中国文联所属出版社首次获得中国出版政府奖图书奖。

9月16日 中国文联第五期全国新文艺群体拔尖人才高级研修班、中国文联第五期视觉艺术策展人高级研修班"深入学习习近平总书记关于文艺工作重要论述 新时代文艺工作者的使命与担当"主题座谈会在北京召开。中国文联党组书记、副主席李屹出席会议并讲话。

9月23日 由中国文联、中国摄协主办的第十届全国农民摄影大展在中华世纪坛开幕。中国文联党组书记、副主席李屹出席开幕式并宣布展览开幕。中国文联党组成员、副主席李前光为作品集首发揭幕。从本届展览开始，大展举办由一年一届改为两年一届，开幕时间也固定在举办年的农历秋分。

9月28日 中国文联召开全国文联系统新文艺群体职称评审工作推进会。中国文联党组书记、副主席李屹出席会议并讲话。

9月30日 中国文联修订印发了《中国文联关于进一步加强文

艺维权工作的指导意见》。

10月9日 第十七届中国戏剧节在湖北武汉开幕。中国文联领导铁凝、徐永军出席开幕式，为焦晃、魏明伦颁发"中国文联终身成就戏剧家"奖牌和证书。来自全国23个省区市各级各类戏剧团体，涵盖14个戏曲剧种和话剧、歌剧、儿童剧等戏剧种类的31台剧目在戏剧节上演。

10月11日—18日 由中国文联港澳台办公室和澳门中联办宣传文化部指导的2021"濠江之春"系列活动——"天山放歌"摄影展和"汉字之美·以民为本"书法展在澳门举办。"天山放歌"摄影展展出作品80幅（组），展现新疆决胜全面小康、决战脱贫攻坚的历史性成就。"汉字之美·以民为本"主题书法展展出作品50幅，使澳门观众了解中国民本思想的悠久历史及进程。

10月16日 以"百年华诞·盛世金钟"为主题的第十三届中国音乐金钟奖在四川成都开幕。中国文联主席铁凝出席开幕式并宣布第十三届中国音乐金钟奖开幕。中国文联党组成员、副主席李前光在开幕式上致辞。第十三届中国音乐金钟奖共计44场音乐比赛。26日，金钟奖在成都闭幕，中国文联党组成员、副主席李前光出席闭幕式并为获奖选手颁奖。

10月19日 中国文联荣誉委员，著名戏曲理论家、剧作家郭汉城逝世，享年104岁。

10月21日 中国文联、中国摄协主办的纪念陈昌谦诞辰100周年座谈会在北京举行。

10月26日 首届粤港澳大湾区文艺合作峰会在珠海市开幕。中国文联党组成员、书记处书记张雁彬出席会议。27日，粤港澳12家单位共同签署《粤港澳大湾区文艺合作峰会成员单位合作备忘录》，标志着粤港澳大湾区文艺合作峰会机制正式建立。

10月29日 4位中国文联主席郭沫若、周扬、曹禺、周巍峙雕像在中国文艺家之家揭幕。中国文联领导铁凝、李屹为雕像揭幕，李前光、胡孝汉、徐永军、董耀鹏、张雁彬出席揭幕仪式。

11月6日—7日 由中国文联港澳台办、香港中联办宣传文化部、澳门中联办宣传文化部共同指导，中国评协、中国文联文艺评论中心与广东省文联共同主办的"首届粤港澳大湾区文艺创新论坛"在广东中山举行。中国文联党组成员、副主席董耀鹏出席论坛开幕式并致辞。

11月8日—14日 中国文联与中国外文局联合主办2021"今日中国"艺术周。本届艺术周由7个版块组成，主要采用线上传播形式，全面展示中国在电影、美术、摄影、民间文艺、电视等领域的最新艺术成就。中国文联党组成员、书记处书记张雁彬出席在中国文艺家之家举行的艺术周开幕式。

12月3日 2021"濠江之春——澳门与内地艺术家大联欢"活动在澳门举行。活动由中国文联和澳门中联办指导，澳门中华文化联谊会和广东省文联共同主办。澳门中联办副主任严植婵出席，中国文联党组成员、书记处书记张雁彬在北京致视频贺词。

12月9日 俞峰、诸迪、张宏任中国文联党组成员。

12月14日 中国文学艺术界联合会第十一次全国代表大会、中国作协第十次全国代表大会在北京人民大会堂开幕。中共中央总书记、国家主席、中央军委主席习近平出席大会并发表重要讲话。讲话强调，一百年来，党领导文艺战线不断探索、实践，走出了一条以马克思主义为指导、符合中国国情和文化传统、高扬人民性的文艺发展道路，为我国文艺繁荣发展指明了前进方向。习近平给广大文艺工作者提出五点希望。一是心系民族复兴伟业，热忱描绘新时代新征程的恢宏气象；二是坚守人民立场，书写生生不息的人民史诗；三是坚持守正创新，用跟上时代的精品力作开拓文艺新境界；四是用情用力讲好中国故事，向世界展现可信、可爱、可敬的中国形象；五是坚持弘扬正道，在追求德艺双馨中成就人生价值。习近平强调，繁荣发展社会主义文艺、建设社会主义文化强国，需要在党的领导下，广泛团结凝聚爱国奉献的文艺工作者，培养造就一大批德才兼备的文学家、艺术家。中国文联、中国作协要发挥文联、作协系统的组织优势，创新工作体系，做好对新的文艺组织和新的文艺群体的教育引导工作，向基层文艺工作者倾斜，用事业激励人才，让人才成就事业。各级党委要贯彻党的理论和路线方针政策，通过深化改革、完善政策、健全体制，形成不断出精品、出人才的生动局面。要加强马克思主义文艺理论和评论建设。要坚持教育引导和综合治理并重，建设山清水秀的文艺生态。要识才、爱才、敬才、用才，引导青年文艺工作者守正道、走大道，鼓励他们多创新、出精品，支持他们挑大梁、当主角，让当代中国文学家、艺术家像泉水一样奔涌而出，让中国文艺的天空更加群星灿烂。中共中央政治局常委李克强、栗战书、汪洋、王沪宁、赵乐际、韩正出席。中国文联主席、中国作协主席铁凝致开幕词，共青团中央书记处第一书记贺军科代表人民团体致辞。中国文联党组书记、副主席李屹主持开幕式。部分中共中央政治局委员，中共中央书记处书记，全国人大常委会、国务院、全国政协、中央军委有关领导同志出席大会。中央和国家机关有关部门负责同志，全国文艺工作者代表和特邀嘉宾等约3000人参加会议。

12月15日 中国文联第十一次全国代表大会举行第二次全体会议，中国文联党组书记、副主席李屹代表中国文联第十届全国委员会作了题为《开启新征程奋进新时代为建设社会主义文化强国作出更大贡献》的工作报告。中国文联党组成员、副主席徐永军作《关于〈中国文学艺术界联合会章程〉修改情况的说明》。16日，中国文联第十一次全国代表大会选举产生由207人组成的中国文联第十一届全国委员会，选举产生中国文联新一届领导机构。铁凝（女）当选为中国文联第十一届主席，毛乃国、卢映川、叶小钢、冯巩、边发吉、朱彤、刘恒、许江、李屹、李舸、李雪健、陈振濂、迪丽娜尔·阿布拉（女，维吾尔族）、孟广禄、俞峰、徐永军、奚美娟（女）、诸迪、彭丽媛（女）、董耀鹏、潘鲁生（按姓氏笔画排序）21人当选为副主席，王一川、冯双白、张宏、张雁彬、高希希、盛小云（女）（按姓氏笔画排序）6人当选为主席团委员。中国文联第十一届主席团第一次会议推举李屹、徐永军、董耀鹏、俞峰、诸迪、张雁彬、张宏、黄豆豆（挂职）8人为中国文联第十一届书记处书记。17日下午，大会闭幕，中国文联主席铁凝致闭幕词。

12月17日 中共中央政治局常委、中共中央书记处书记王沪宁在中国文联第十一届全委会、中国作协第十届全委会全体会议上发表讲话，指出迈入新时代新征程，更加需要文艺提供强大价值引导力、文化凝聚力、精神推动力。要更加自觉地为时代和人民谱写新史诗，树立以人民为中心的创作导向，推出更多讴歌党、讴歌祖国、讴歌人民、讴歌英雄的优秀作品。要更加自觉地担当培根铸魂的文化使命，坚持用社会主义核心价值观引领文艺创作生产，大力弘扬以伟大建党精神为源头的中国共产党人精神谱系，弘扬中华优秀传统文化。要更加自觉地推动文艺守正创新，提高文艺原创能力，塑造更多为世界所认知的中华文化形象。要更加自觉地追求德艺双馨，引导文艺工作者讲品位、讲格调、讲责任，始终把社会效益放在首位，不断提升职业道德素养。文联、作协要全面加强党的领导和党的建设，加强对文艺工作者的思想政治引领，加强文艺领域行风建设。

12月21日 中国文联印发《中国文联关于认真学习贯彻习近平总书记在中国文联十一大中国作协十大开幕式上重要讲话的通知》。

12月28日—30日 28日，2021年中国金鸡百花电影节开幕式暨第三十四届中国电影金鸡奖提名者表彰仪式在厦门举办。中国文联党组成员、副主席诸迪出席开幕式并致辞，中国文联党组成员、书记处书记张宏主持开幕式。30日，电影节在福建厦门闭幕，各大奖项最终揭晓：《守岛人》获得最佳故事片奖，《我和我的家乡》获得评委会特别奖，余曦、黄欣、赵宁宇（《1921》）获得最佳编剧奖，张艺谋（《悬崖之上》）获得最佳导演奖，张译（《悬崖之上》）获得最佳男主角奖，张小斐（《你好，李焕英》）获得最佳女主角奖，范伟（《一秒钟》）获得最佳男配角奖，朱媛媛（《我的姐姐》）获得最佳女配角奖，旦真旺甲（《随风飘散》）获得最佳导演处女作奖，《冰下的鱼》获得最佳中小成本故事片奖，《白蛇2：青蛇劫起》获得最佳美术片奖，《再见吧！少年》获得最佳儿童片奖，《南越宫词》获得最佳戏曲片奖，《九零后》获得最佳纪录/科教片奖，英国电影《困在时间里的父亲》获得最佳外语片奖，赵小丁（《悬崖之上》）获得最佳摄影奖，陶经因（《一秒钟》）获得最佳录音奖，霍廷霄《革命者》获得最佳美术奖，陈光荣、陈永健（《中国医生》）获得最佳音乐奖，钟炜钊（《拆弹专家2》）获得最佳剪辑奖。中国文联领导李屹、张宏等出席颁奖典礼并为吕其明、张鑫炎、李前宽颁发终身成就奖。

12月29日 中国文联第十一次全国代表大会工作总结会在中国文艺家之家举行。中国文联党组书记、副主席李屹出席会议并讲话强调，要充分认识习近平总书记在大会开幕式上的重要讲话的重大意义，深刻把握新时代赋予文艺的新使命新任务，深入领会习近平总书记对文艺工作的殷切期望，牢牢把握"五个坚持"，即坚持紧随时代、坚持人民至上、坚持守正创新、坚持心怀天下、坚持弘扬正道，不断增强历史主动，把准时代方位，明确职责定位，把"做人的工作"和"推进文艺创作"有机结合起来，把"立己"和"铸魂"与潜心创新创造结合起来，把深化改革、优化职能与发挥系统组织优势和人民团体专业优势、创新工作机制有机结合起来，加强履职能力和行风建设，健全体制机制，夯实基层基础，以更加昂扬的精神状态、更加扎实的工作作风，推动文艺事业和文联工作迈上新台阶、开创新局面。

后记

历史是最好的教科书。中国文联是党领导的文艺界人民团体，是党和政府联系广大文艺工作者的桥梁纽带，它从1949年7月成立至今已经走过75个春秋。在建党一百周年之际，中国文联决定，组织编写《中国文学艺术界联合会大事记（1949－2021)》，系统梳理在党的领导下中国文联开拓进取历程中发生的重大事件、召开的重要会议、举办的重大活动，对于广大文艺文联工作者以史为鉴、开创未来，坚定文化自信，增强历史主动，自觉担负起新时代新的文化使命，为铸就新时代文艺高峰、建设社会主义文化强国、建设中华民族现代文明而努力奋斗具有重要意义。

《中国文学艺术界联合会大事记（1949－2021）》编写工作是在中国文联党组坚强领导下，由中国文联理论研究室牵头组织实施的。编写工作汇集各方面力量，历时一年半时间完成。在编写过程中，全国人大常委会副委员长、中国文联主席、中国作协主席铁凝同志提供了宝贵的指导意见。中国文联党组书记、副主席李屹同志多次就编写工作提出明确要求和具体指导，并审定了全部书稿。中国文联党组成员、副主席徐永军、董耀鹏、俞峰、诸迪，中国文联党组成员、书记处书记张雁彬、张宏，中国文联书记处书记（挂职）黄豆豆审阅了书稿。中国文联名誉主席孙家正，中国文联老领导胡振民、赵实充分肯定编写本书的重要意义，审阅书稿并提出了宝贵修改意见。在资料收集和书稿修改过程中，中国文联所属各全国文艺家协会、机关各部门、各直属单位负责同志以及熟悉文联历史的常祥霖、李树峰、朱丽华、向云驹等同志提出了有价值的意见建议，给予了无私的帮助。

董耀鹏主持全书统稿工作。参加本书编写和统稿工作的有：周由强、董涛、杨晓雪、胡一峰、王亚春、于德海、于雪峰、云菲、张鑫、孙晋耀、宋保成、沈文明、赵嘉琛、周利利、程楠、郭韵菲、郭露超、郭雨枫、徐国华、朱启凡等。周由强、尹兴、杨晓雪、胡一峰、王柏松统筹协调了本书编写和出版工作。本书责任编辑曹艺凡、张甜等同志认真负责、细心审校，中国文联出版社精心策划出版发行事宜。在本书编写过程中，参考使用了《人民日报》《光明日报》《文艺报》《中国艺术报》等媒体的相关报道，以及中国文联档案和内刊等历史资料，一并致谢。由于水平有限，部分时期历史资料不够齐全，文中难免出现疏漏之处，诚请广大读者批评指正。

本书编写组

2023 年 6 月